吴蔚◎著

斧声烛影

上

中国民主法制出版社

图书在版编目（CIP）数据

斧声烛影 / 吴蔚著 .—2 版 .— 北京：中国民主法制出版社，2018.4

（中国古代大案探奇录）

ISBN 978-7-5162-1759-7

Ⅰ.①斧… Ⅱ.①吴… Ⅲ.①长篇小说－中国－当代
Ⅳ.① I247.5

中国版本图书馆 CIP 数据核字（2018）第 056061 号

图书出品人　刘海涛

出版统筹　乔先彪
责任编辑　董　理
责任印制　姜　婷
发行总监　杨光捷
责任校对　姚丽娅
装帧设计　孟纪原　聂　强

书　　名　斧声烛影（上）
作　　者　吴　蔚 / 著

出版·发行　中国民主法制出版社
地　　址　北京市丰台区右安门外玉林里 7 号（100069）
电　　话　010－63055259（总编室）　63057714（营销中心）
传　　真　010－63055259
http://www.npcpub.com
E-mail: mzfz@npcpub.com
经　　销　新华书店
开　　本　32 开　880 毫米 ×1230 毫米
印　　张　7.75
字　　数　224 千字
版　　本　2018 年 5 月第 2 版　2018 年 5 月第 1 次印刷
印　　刷　北京汇瑞嘉合文化发展有限公司
书　　号　ISBN 978-7-5162-1759-7
定　　价　49.00 元（全二册）

[illegible]

中国古代大案探奇录

再版序——历史不远

十年，在人生的长河中是一个不长也不短的时段。如果用十年坚持做一件事情，很漫长。如果沉浸并乐在其中，其实也不久。以一己之力，将中国2000多年的精彩故事娓娓道来，让历史还原其本来可能的模样，忽然发现，历史从未远离。鱼玄机、韩熙载、包青天、柳如是、宋慈；斧声烛影、甘露之变、钓鱼城、江宁织造……一个个鲜活的人物和事件，在她的笔下丰满而真实，与历史隔空交流如此荡气回肠。吴蔚，一位用文字丈量历史的行者。

回望与吴蔚共同走过的岁月，感慨万千。11年前，央视《探索发现》栏目播出的《大唐西游记》节目需要出版纸质图书，我们看过电视小片后，觉得内容需要补充，认为可以将这第一部手绘纪录片内容做得更充实。经制片人盛振华先生推荐，与吴蔚认识。第一次见面吃了一惊，本认为是位男士，当看到是一位妙龄女郎时，着实有些担心是否能把握那么大题材的补撰。经过整理出版的《大唐西游记》图文并茂，很快得到市场的积极反馈。接着我们又把《探索发现》栏目的《竹林七贤》重新补撰出版，也请吴蔚进行了重写。这一方式后来成为我社电视图书出版的模版。

经过两次合作，发现吴蔚虽然年轻，但文史功底和对文字的把控能力非常强，更难能可贵的是她叙事技巧的多变，故事架构的铺设，让我们颇为惊叹！一种长期合作历史题材作品的想法油然而生。

从何入手？双方能否一拍即合？我们谈了多次，由电视谈到图书，由古代谈到当今，由行业谈到出版，进而谈到我们出版社的产品线规划，谈到如何丰富，找到别人不曾介入的领域……渐渐地，思路清晰起来，古代大案探奇系列进入了我们的视野。

十年前的这场策划，吴蔚、时任社长杨瑞雪、我以及编辑团队几易方案。当时考虑，中国历史上有许多扑朔迷离的历史名案和历史之谜，历来众说纷纭，莫衷一是，甚至有很多迄今为止学术界都无法给出真正的定论，这就给推敲和研究历史名案留下了空间。正是看中了这种空间，最终决定由吴蔚拟订出版计划，正式下笔创作《中国古代大案探奇录》系列，以小说的叙述方式来展现精彩的历史案件及人物。就这样，让历史大案再次鲜活起来，还原那些虽然耳熟，但未必能详的事件成为了我们系列产品的方向。

悠悠十多年，弹指一挥间。自 2007 年《中国古代大案探奇录》系列开始策划推出第一部《鱼玄机》以来，迄今已推出 24 部（26 种）图书，作者孜孜不倦用十年的时间创作如此蔚为大观的鸿篇巨作，恐怕当今作坛也无几人能及。吴蔚以超人的毅力沉浸于故纸堆中，凭借过人的才情与深厚的积累，先后推出《鱼玄机》《韩熙载夜宴》《孔雀胆》《大唐游侠》《璇玑图》《斧声烛影》《和氏璧》《大汉公主》《包青天》《明宫奇案》《宋慈洗冤录》《柳如是》《钓鱼城》《战襄阳》《敦煌》《青花瓷》《交子》《开元悬疑录》《江东二乔》《大明惊变》《鱼肠剑》《江宁织造》《竹林七贤》《甘露之变》等。

《中国古代大案探奇录》系列集宏观历史的真实性、微观历史的细致性于一体，以作者独特的历史观与历史视角，选取各朝代著名大案，在忠于历史的基础上，填补宏观历史背后的微观世界，对重要历史人物、重大历史事件作出细致的刻画和表现，并力求将人物、事件与环境、背景和大气候有机地结合在一起，有血有肉地讲述中国古代一系列广为人关注又鲜为人知的传奇大案，并以此探寻历史人物精神境界深层次的内容，探寻历史事件中人物复杂矛盾的心理状态及人性。将一个个名闻遐迩而又扑朔迷离的历史名案镶嵌在波澜壮阔的历史背景中。

纵观系列图书，事件选材起于春秋止于明清，横跨中国 2000 余年历史，该系列于 2017 年底全部完成，系列图书累计销售几十万册，全部品种的繁体版输出至我国台湾地区，多部作品影视改编权被中外知名影视公司高价买走，相关影视作品也已开机……

十年磨一剑。吴蔚老师十多年执着而多产的写作，时常感动着我。记得陪她参加台湾书展时，她一路上述说历史上的种种，如数家珍；看到美好景色，欢呼跳跃如孩子般纯真；参观书展及名胜古迹，如痴如醉；与引进版权的出版商沟通，坦诚而谦恭。让我近距离看到一位作家经过十年后的风骨：坚定而不失温婉，内敛而不做作，知性而不娇纵。后来，又陪吴蔚去参加了意大利的博洛尼亚国际儿童书展，我们又一起憧憬和策划了未来十年的出版计划《真小说》系列和《沧海录》系列。

“有多少爱可以重来，有多少人值得等待”。历史很远，那些旷世的精彩已然远去，但依然值得重现，值得期待。相信写作是吴蔚钟爱一生的事业，愿她在写作的这条道路上继续辛勤耕耘，追逐属于自己的那片蓝天，我们也愿意与她及她的作品共同守护这片蔚蓝。其实历史不远，就在当下。

值《鱼玄机》《韩熙载夜宴》《孔雀胆》《大唐游侠》《璇玑图》《斧声烛影》改版之际以志。

刘海涛

中国民主法制出版社社长、总编辑

总目录

上

下

目　录（上）

CONTENTS

咏双手，将其手腕锁入铜筝的铸环中。姚恕笑道："这刑罚叫'老鼠弹筝'，创自唐代酷吏来俊臣之手，专门用来拷掠犯人双手，厉害无比。所谓十指连心，你是执剑的人，该知道其中厉害。怎样，你招还是不招？"

一名狱卒自后面抓住犯人头发，迫他仰面朝上。两名文笔匠正手持尖凿往他脸颊上刺字，血流满面，刿目怵心。额头已然凿好"免斩"两个大字的创口，肉中揉搓了永不褪色的墨汁，伤口经火烧炙，虽不再流血，却在灯烛的映照下闪现出诡异的黑色，煞是扎眼。

张咏见她不止一次，但从未像今日这样正面仔细地打量她，只觉得她素面朝天，闲花淡雅，有一股天然的风韵，心不由跳得快了许多，忙站起来道："娘子来了！"李雪梅淡淡"嗯"了一声，道："张郎请坐。"

秦国统一中国后，和氏璧最终落入秦始皇嬴政之手。秦始皇命人将这块玉璧琢成玉玺，宰相李斯亲书八字鸟虫状篆书印文："受命于天，既寿永昌。"自雕成之日起，这块玉玺便作为"皇权神授、正统合法"之信物，被隆重供奉在咸阳皇宫的符节台上，号称传国之宝、国之重器，成为中国至高无上皇权的象征。

可怜烛影摇红夜，尽有雄心一夕灰。

——作者题记

引子

自秦代以后，皇帝的印章专用名称为『玺』，又专以玉制，所以称『玉玺』。神玺称『皇帝神宝』，专门镇国，藏而不用。受命玺称『皇帝承天受命之宝』，专用来封禅祭天。两方玉玺显示着皇帝受命于天和受命于神的无上权威。

公元960年，后周[1]显德七年正月朔日[2]，是中国的传统节日元旦。爆竹一声除旧，桃符万户更新，家家户户争相用鸦青纸剪成各种大幡小幡，糊在门楣之上。从一大清早开始，士民们饮干屠苏酒，吃完年馎饦[3]，便迫不及待地换上新衣出门，走亲访友，往来拜节，祝福道贺。

京师开封的主要街道上早搭起了无数彩棚，摆满食物、果子、衣着、靴鞋、首饰、玩好等各色年货，间列着舞场歌馆、杂耍赌摊，热闹异常。车马交驰，人海如潮，四处充溢着浓郁的节日气氛。

今岁元旦凑巧是周恭帝[4]登基以来的第一个新年，后周君臣为此也在大庆殿中举办大型朝会庆贺。大庆殿位于宣德门内，是皇宫正殿，殿宇巍峨广阔，可同时容纳数万人，只有大礼和正朔朝会才会启用。

年仅七岁的小皇帝柴宗训端坐在殿首，身侧坐着他的母亲符太后。殿庭四周仪仗队环伺，威严肃穆。大殿四角站着四名武士，称为“镇殿将军”，高大魁伟，远过常人。

仪式正式开始前，负责掌管皇帝玺印的符玺郎先将神玺、受命玺两方白玉宝玺呈送到御座两侧。

自秦代以后，皇帝的印章专用名称为“玺”，又专以玉制，所以称“玉玺”。一共有六方，分别为皇帝之玺、皇帝行玺、皇帝信玺、天子之玺、天子行玺、天子信玺。另有一方传国玉玺，为和氏璧琢成，是秦以后历代帝王相传之印玺。到唐代时，天子玉玺增加到九方，成为定制，除以上七玺外，又增添了神玺以及受命玺，均以白玉雕成。天子外出，则将玺分别装在木匣里，用五辆车装载，随行天子仪仗中。五代时期，

[1] 从907年到959年五十三年中，中原地区总共换了五个朝代——后梁、后唐、后晋、后汉、后周，史称五代。后周为五代之一。公元951年，郭威先称监国，后称帝，建国号为“周”，史称后周。共传三帝，太祖郭威、世宗柴荣（郭威内侄及养子）、恭帝柴宗训（柴荣子），历十年。

[2] 正月朔日：农历正月初一，古时元旦即为今之春节。元旦，意为一年的第一个早晨，是一年的开始。

[3] 屠苏：古代一种酒名，常在农历正月初一饮用。馎饦（bó tuō）：古代的一种面食。

[4]“恭”为柴宗训死后谥号，史称其为恭帝。因本书先后出现多位皇帝，为方便读者，均根据习惯称谓采用谥号或庙号来区别。

由于连年征战，政权更迭，并非所有朝代都刻过国玺，也无法像唐代那样实现天子九玺的定制。后周就只有神玺、受命玺二玺。这两方金盘龙钮的玉玺为后周太祖郭威登基后请高手匠人雕刻，神玺称“皇帝神宝”，专门镇国，藏而不用；受命玺称“皇帝承天受命之宝”，专用来封禅祭天。两方玉玺代表着后周的至高皇权，只有大朝会时才会取出来，用来显示皇帝受命于天和受命于神的无上权威。

玉玺一举，大朝会遂正式开始。京师九品以上文武官员均朝服冠冕，穿戴得整整齐齐，鱼贯入殿，向小皇帝及符太后拜贺新年。朝贺的队列中还有手捧土特产的各州进奏官[1]，以及高丽、大理、回纥、于阗等外蕃使臣。

礼仪结束后，小皇帝在符太后的提示下稚声稚气地宣布赐宴。酒如池，肉如山，还有教坊乐人从旁助兴，丝竹叮咚，轻歌曼舞，好一幕君臣同乐，好一派喜气洋洋！

酒宴正酣之时，边境忽有急报传来，说是辽国与北汉正联兵南下，侵犯后周边境。

辽国[2]是以契丹族为主体的国家，五代以来日益强盛，成为中国的北方强敌，后唐、后晋两个沙陀族人建立的朝代的灭亡均跟其有直接关系。北汉则是后周的死敌，其开国皇帝刘崇是后汉高祖刘知远亲弟，而灭亡后汉、夺取中原政权的正是后周太祖郭威。北汉地瘠民贫、国力微弱，为了复仇，干脆屈膝奉辽帝为叔皇帝，输赋税贡辽，由此换来辽国的武力支持，两方不断联兵攻扰后周。

小皇帝和符太后未经历多少大风大浪，听到敌人大军压境，锐不可当，顿时吓得六神无主、不知所措。辅政的宰相范质和王溥等人也慌作一团，竟然忘记了应该先去辨明消息的真伪。一场盛大的宴会不欢

[1] 诸州在京师设常驻联络机构进奏院，为各州官员入京办事提供寓所，类似今驻京办事处。进奏院置有进奏官，掌管各种文牒、章奏、诏令等的投递、承转。

[2] 公元916年，契丹可汗耶律阿保机（辽太祖）正式称帝，国号契丹。公元947年，耶律德光（辽太宗）灭后晋后进入开封，建国号大辽。984年，耶律隆绪（辽圣宗）又改称大契丹，1066年耶律洪基（辽道宗）复国号为大辽。

而散。

文臣们匆匆商议之后，决定派朝中最勇猛的将领率精锐军队前去抵抗敌人，殿前都点检兼太尉赵匡胤便成了众望所归——他不仅名高位重，手握重兵，且与皇室沾亲带故，其弟赵光义[1]的妻子即是符太后亲妹。

第二天，在后周君臣殷殷期待的目光中，赵匡胤率领大军离开开封，前往边境。开封百姓忽然奔走相告："点检做天子。"似是谶语。

尤其离奇的是，这句谶语已经不是第一次流传。半年前，后周世宗柴荣率大军北讨契丹，打算从辽国人手中夺回本属于中原之地的幽州[2]，一日在军中检视文书时，意外发现了一块不到三尺长的木牌，上面写着"点检做天子"五个大字。当时的殿前都点检是后周太祖郭威的女婿张永德，地位名望很高，柴荣捡到木牌后对其深加猜忌，不久因病班师回到开封后，立即解除了妹夫张永德的兵权，升任资历较浅的赵匡胤为殿前都点检。而今张永德早已被排挤出了权力的中枢，有名无实，"点检做天子"的流言显然是暗示现任殿前都点检赵匡胤该当皇帝。

自唐末以来，每逢政权变更，京师都会有大的劫掠行为发生，称为"靖市"，遍地狼藉，官民均难以逃过。不少富庶人家担心再遭动乱，甚至开始收拾细软，准备外出逃避兵祸。一时间，满城风雨，人心惶惶。

而领军出征的点检赵匡胤也大为反常，本来兵贵神速，他出京师后非但不着急赶赴前线，反而走走停停，到开封城北二十里的陈桥驿[3]时，便不再前进，下令军队就地驻扎下来。

当晚，赵匡胤全无临阵对敌前的紧张和忧虑，仿佛对一切早就胸有成竹，泰然自若地喝了不少酒，且一反常态地早早回到临时充作军帐的东岳庙中睡下。

就在这天晚上，号称精通术数的殿前散指挥使苗训夜观天象后，突

[1] 赵光义本名赵匡义，其兄赵匡胤即位后避讳改名为赵光义，即后来的宋太宗，他本人登基后又改名赵炅。本小说中一律采用赵光义的名字。

[2] 幽州：古称"燕"，今北京及长城一带。天福元年（936年），石敬瑭（后晋开国皇帝）为求军事援助割让燕云十六州给辽国，辽人改幽州为南京，成为辽国陪都，驻有重兵。

[3] 陈桥驿：今河南封丘东南陈桥镇。

然在军中宣布说："天象有异，该当点检做天子。"军中将士开始窃窃私语，骚动不安。

在苗训大肆散布天象论后，赵匡胤之弟赵光义和归德军[1]掌书记赵普聚集了禁军将领高怀德、慕容延钊、王彦升、潘美等，研讨"天命"一事，一直讨论到深夜。然后，便开始有人四处在军营散布消息，说："现在周帝幼小，不能主政，我们在外面出死力，为国家抵御外敌，谁又能知道？不如先立点检为天子，然后再北征也不迟。"声势越来越大，口径越来越一致，军士们都哄然答应，由此发生了中国历史上著名的"陈桥兵变"。

而此时真正的主角赵匡胤却佯装对外面的一切都不知情，在东岳庙中呼呼大睡。黎明时分，群情激奋的军士披甲执锐，团团围住了东岳庙。赵匡胤出来一看，只见将士们拿着兵器，一起大声喊道："诸将无主，愿册太尉为皇帝。"赵匡胤还来不及回答，就有人将象征皇权的黄袍披在他身上。众人立即下拜，一起高呼万岁。这就是"黄袍加身"这一典故的来历。

赵匡胤好像还有些不情愿，有意沉下脸，严肃地说："你们这些人自己贪图富贵，立我为天子。如果能够听从我的命令，我才能答应当你们的皇帝。不然，我不能当皇帝。"诸将均信誓旦旦地表示道："愿意听从命令。"

赵匡胤于是当众申明军纪：不得惊犯周恭帝、符太后及公卿大臣；不得侵掠朝市、府库。他如此刻意约束将士，自然是用心良苦，有意收揽民心，等待将士一一答应，这才率军杀回开封城。

陈桥驿恰巧位于城北陈桥、封丘二门之间，陈桥守将见到军队叛变，不肯开门，赵军遂改从封丘门入城。开封守备空虚，负责京师和皇宫守卫的殿前都指挥使石守信、都虞侯王审琦均为赵匡胤亲信，二人在宫中做内应，赵匡胤轻而易举地控制了京师。又下令斩封丘门守将，提拔拒军入城的陈桥守将，以表彰他忠于职责。

后周重臣范质、王溥被俘虏后押到赵匡胤面前。赵匡胤一见到二人，

[1] 归德军：治所宋州（今河南商丘），赵匡胤当时还兼任归德军节度使。

立即流涕道："我受世宗厚恩，被六军所迫，一旦至此，惭负天地，将怎么办？"范质等未及回答，赵匡胤部将罗彦环已经拔剑在手，上前一步，厉声道："我们无主，今日一定要立天子！"

范质等人面面相觑，不知所为。还是王溥反应快，先向赵匡胤下拜，高呼"万岁"，范质不得已也只好下拜，赵匡胤名分遂定。他随即赶到崇元殿行禅代礼，即皇帝位。因汉唐开基均以始封建国——汉高祖刘邦在秦末战争时期曾被封为汉王，称帝后将新王朝定名为"汉"；唐高祖李渊在隋朝时袭封"唐国公"，故将定其朝国号为"唐"——赵匡胤也承袭传统，取其担任节度使的归德军治所宋州之意，以"宋"为国号，建立了赵宋王朝。赵匡胤即为宋太祖。

新的赵宋天子顺顺当当地从周恭帝手中取得了象征最高皇权的神玺和受命玺。为了表示他并没有欺负故主的孤儿寡母，又着意雕刻了一方新玉玺，称"大宋受命之宝"，表示他建宋称帝是受命于天。不过因为中国从来没有在玺文上刻上朝代名号的先例，这一空前绝后的创新之举倒多了几分欲盖弥彰的嫌疑。

此时，距离对赵匡胤有知遇提拔之恩的后周世宗柴荣病死才仅仅半年时间。

柴荣共有七个儿子，前三子早死，周恭帝柴宗训为第四子，赵匡胤登基后废其帝号，改封为郑王，与符太后一道软禁在开封城东南的天清寺[1]中。第五子柴熙让在陈桥兵变当日失踪。又有两名宫女携着柴荣最年幼的两个儿子柴熙谨、柴熙诲及金银珠宝，意欲趁乱逃出皇宫，不幸被兵士发现捕获。

赵匡胤饶有深意地指着柴熙谨、柴熙诲问诸将道："他们两个该如何处置？"亲信将领王彦升揣度出新皇帝的弦外之音，立即拔刀上前，打算将这两个年仅四五岁的孩子当场砍死……

[1] 天清寺为五代后周太祖郭威所建，明末毁于水患。遗迹繁塔在今河南开封禹王台公园西侧，是开封现存最古老的建筑。

第一章 博浪飞鹰

这飞鹰学名叫海东青，出自辽东女真部落，擅长抓捕各种水禽、小兽。本身已是天下罕有，爪白者最为稀奇。天底下仅有两只，除了这只外，另一只在当今辽国皇帝手中。

“君不见，黄河之水天上来，奔流到海不复回”——大河如同从天上倾泻而下，势不可当；河水汹涌奔腾，滚滚东去，势不可回。唐代诗仙李白这句诗堪称描写黄河壮观景象的神来之笔。

唐代诗人刘禹锡也有诗云：“九曲黄河万里沙，浪淘风簸自天涯。”黄河如带，九曲回肠，一直到中原腹心之地河洛一带时，才算彻底冲出山谷峡口，进入了一马平川的平原地带，真正展现出一泻千里、东走大海的王者气概。

这条气势磅礴的文明之河也是世界上含沙量最多的河流，两岸多有沙地，其中最著名者莫过于黄河南岸的博浪沙。博浪沙位于开封府阳武县[1]，博者，宽广也；浪者，涌动也。初闻其名，已经可以想象到它是一大片连绵起伏的沙丘，荆棘纵横、乱草丛生、风声掠地、沙气逼天。

博浪沙虽然地貌荒芜苍凉，却并非人迹罕至的偏僻之地——这里距京师汴京仅三十里，离大宋发祥地陈桥驿仅十里，一条东西向的大道蜿蜒穿过，更是给沙地带来了无限生机和人气。大道是一条极为古老的驰道，已有千余年的历史，昔日张良便是带领力士在此用大铁锤行刺秦始皇。博浪一击千古恨，只缘误中副车中，事虽不成，然此于千乘万骑之中一锤奋击的勇气点燃了天下人反抗暴秦统治的烽火，博浪沙亦由此名闻天下。后人有《博浪沙》一诗咏道：

一击车中胆气豪，
祖龙社稷已惊摇。
如何十二金人外，
犹有人间铁未销？

[1] 北宋京师为开封（今河南开封），又称东京、汴京、汴州、汴梁（战国时期魏国建都于此，称大梁）等。另有三大陪都：南京应天府（今河南商丘）、西京河南府（今河南洛阳）、北京大名府（今河北大名），与东京开封府合称“四京”。开封设开封府，府尹为最高长官，下辖十六县，其中开封、浚仪（宋真宗时改名为祥符）位于京城中，称赤县，分管京师东南和西北。另外陈留（今河南陈留）、封丘（今河南封丘）、阳武（今河南原阳）等十四县位于京师四周，称畿县。又，黄河曾多次改道，本小说一律以历史记载为准。

人们为了纪念张良与力士的惊天一击，在驰道边上建了一座八角博浪亭，不但成为来往行人绝佳的休憩之所，更是开封府名闻遐迩的游览胜地。

正值寒食节[1]，春光淡荡，晴岚烟霭，博浪沙也笼罩在一片空濛的水汽中。“人间佳节唯寒食”，寒食是民间第一大祭日，无论士庶平民，均会选择这一天出城，或扫墓祭祀，或踏青游春，田野道路，士女遍地。驰道上的行人亦明显比平日多了许多，大都是开封本地的扫墓者，素服白衣，倾家而出，身后是担挑着香烛、纸马、楮钱[2]等祭祀用品及美酒、枣铚、姜豉、乳饼之类供奉品的僮仆、女使[3]，浩浩荡荡，来往不息，真可谓驰道若市。

博浪亭内外也聚集了不少人——有站在亭中观览风景的，有散坐在台阶石阤上歇息的；既有长袍纶巾的文士，也有戴着席帽[4]、一身苦力打扮的脚夫，以外地人居多，且明显不止一路。

亭侧有一块大石堠[5]，是唐代遗物，多历战火风雨，风化得厉害。顶端一角倒是滑不溜手，光可鉴人，二百多年来，不知道有多少路人用手在上面抚摸过。

一名年轻男子正举袖拂去石堠上的尘土，仔细辨认着字迹。这是一块标记里程的里堠，石碑正面除了刻着“东北至汴州三十里”外，还镌刻着一行小字，云：“贱避贵，少避长，轻避重，去避来。”

[1] 寒食：冬至后第一百零五日，宋人称百五节，是纪念春秋名臣介子推的节日，节日期间家家断火，只吃事先准备好的冷食。寒食过后第二天即为清明节。

[2] 纸马：也称甲马，即以刻版在五色纸上印制神佛画像，供祭祀时焚化。因这些神像上“皆有马以为乘骑之用，故曰纸马”。楮（chǔ）钱：纸钱的代称。后周世宗柴荣出殡时，翰林学士陶谷命人在楮钱上雕印文字，黄钱曰“泉台上宝”，白钱曰“冥游亚宝”，此即为后世纸钱分黄、白两色的开端。

[3] 女使：被雇的婢女，并非卖身的奴婢，合约到期后可自由离开。按照法律，“雇人为婢，限止十年。其限内转雇者，年限、价钱，各应通计”。

[4] 席帽：宋代的一种围帽，四周以垂丝网之如盖网，故戴席帽叫作张盖。通常为山野村夫所戴。

[5] 堠（hòu）：标记道路的土堆，上插木牌、石刻之类。分里堠（一般五里、十里立一堠）、界堠（标记地界）等。

男子约摸二十岁年纪，瘦削强健，一身玄色道服[1]宽大飘逸，楚楚有致，望上去颇有仙风道骨。他略略一扫碑文，即轻蔑一笑，扬声招呼道：“寇准，你快过来看，这最后一句好没道理。”

寇准[2]正站在亭中凭栏远眺——天涯渺渺，云重烟轻，凉风若扇，淡远清流。几只水鸟正在阴翳的天幕悠闲地盘旋，更高处则有一只雄鹰御风翱翔，身姿矫健。他不过十四五岁年纪，眉头紧蹙，神情凝重，倒显出几分成年人的深沉老道来。听到同伴呼唤，当即回身走到石堠前，细细看过碑文刻字，沉吟片刻，道：“贱避贵，少避长，轻避重，这三条都是人之常情，可为何去者该避开来者？”

道服男子道：“所以我才笑它没道理。‘去’是指离开所在的地方到别处，由自己一方到另一方，与‘来’相对。可在博浪亭这里，何谓‘去’，何谓‘来’？东南是开封，西北是阳武县，既可以说去开封，也可以说去阳武，方向却是完全相反，到底要如何区分？”寇准道：“这石堠上写明‘东北至汴州三十里’，应该是以汴州为准，譬如我二人是来开封，这些脚夫可就去开封了。”

道服男子道：“即便如此，可是对来者而言，目的地近在眼前，去者则长路漫漫，艰辛才刚刚开始，为何反要避让？这还是不合常理。”寇准道：“也许这‘去避来’背后有什么特别的来历故事。”

一旁一名脚夫见这一长一少一本正经，非要弄明白究竟的样子，不禁哈哈大笑道：“你二人说得都不对，去避来，并不是指去的路人要避开迎面过来的人，而是要避开身后的来者。有人自背后奔走赶过来，脚步匆忙，必是有要紧的事，所以要及时避开。这不过是习惯性的避让，哪

[1] 宋代隐士、文士极流行穿道士的道服，一些官宦退朝或致仕后均爱穿道服羽衣，表示心怀高远、志慕清虚。

[2] 寇准本名寇凖。凖音 zhǔn，据《前汉·律历志》：“绳直生凖。凖者，所以揆平取正也。”寇凖后来成为北宋名相，宋代公文避其讳，在文书中省“十”作“准”。本小说中一律以避讳后的“寇准”称呼。

里有啥子来历哟！”[1]口音中带着浓重的蜀音。

道服男子倨傲地望了一眼脚夫，露出鄙夷的神色来，显然内心很瞧不起这贫贱苦力，对他的话也不屑一顾。寇准倒是觉得脚夫的话有几分道理，只是反复品度，还是觉得经不起字面的推敲——“去”对“来”，一定是指互相照面的行人，果真如脚夫所言，该称“来避来、去避去”才对。

正巧一名三十岁左右的青衣文士背着行囊路过，闻言走过来笑道：“‘去避来’当然是有来历的。白居易有诗云：‘日出江花红胜火，春来江水绿如蓝。’岸花汀草，碧芜千里，美不胜收。张若虚则有诗云：‘江水流春去欲尽，江潭落月复西斜。’芳华难驻，美意不留，怅恨无穷。世人总是屈指盼春来，弹指惊春去，如此类推，去的难道不该为来的让道吗？”

他虽偷换了概念，却是才思敏捷，解释得着实巧妙，尤其眼下正值寒食，恰是暮春的尽头，这一番奇谈妙论可谓十分应景。道服男子欣赏他才情风雅别致，有心结识，上前作了一揖，道：“在下大名府潘阆，字梦空，号逍遥子。这位是小友寇准，字平仲，关中人氏。敢问兄台高姓大名？”青衣文士道：“鄙姓王，名嗣宗，字希阮，河东汾州[2]人氏。”

潘阆道：“原来是王兄。”寒暄几句，又问道，“不知王兄这次来汴京所为何事？是探亲，还是访友？”王嗣宗笑道：“王某预备参加明年乙亥科的科举考试，此番进京，特地为游学而来，务求明年金殿题名。”

科举始于隋朝，是一种以考试成绩而不是以门第来选拔官员的制度，在唐朝时渐趋完善，基本特征是分科考试，择优录取。终唐一朝，科举取士约一万人，唐代宰相八成以上都是进士出身，由此可见科举的影响

[1]“贱避贵，少避长，轻避重，去避来”于宋太宗时成为官方律令，但就连宋太宗赵光义本人对“去避来”一条也感到费解，曾特意向博学的大臣孔令恭询问其来历，孔令恭不能解释。直到南宋末年，著名文学家周密还记载道：“律云‘去避来’之文，最为难晓。”其真正含义迄今无人能解。

[2]汾州：今山西汾阳。

和成效。宋代科考本来只有乡试和会试，然则去年因知贡举[1]李昉取士不公，引发落榜举子徐士廉等人敲击登闻鼓[2]告御状，当今皇帝赵匡胤极为重视，亲自出题并主持复试，此后殿试成为制度。因而现在的科考改分为乡试、会试、殿试三级进行——乡试即各地州郡举办的考试，旨在从本地户籍考生中选拔出类拔萃者，到中央朝廷参加礼部主办的会试。会试合格者再进皇宫谢恩，参加皇帝亲自主持的最后一轮殿试。最后的登科进士名单和名次也由皇帝钦定，因而所有及第的人都是堂而皇之的“天子门生”。凡于殿试中进士者均立即授官，不需要再经吏部选试，所以王嗣宗才言明“金殿题名”，而不是前人常说的“金榜题名”。

按照惯例，乡试在秋季举行，会试和殿试则分别在次年的正月和二月举行。州郡均有“解额”限制，即朝廷分配的录取指标有数目规定。为防止外地人在本地应试发解，占用本地解额，各地对考生的户籍资格要求极严，只有有户籍且长居本地的考生才有资格参加乡试。这王嗣宗其貌不扬，囊橐萧然，又是孤身一人，未带僮仆，连代步的驴马也没有一匹，料来家境贫寒，并非出身世家豪族。他不在家乡汾州安心准备乡试，却提前到京师游学，无非是要投诗献文给名公巨卿，先求扬名于京师，混个脸熟，好在将来的会试中占到先机。[3]这一招即世人所称的“行卷”，在唐宋士子中颇为流行，大才子白居易昔日也曾用过。当今声誉卓著的知制诰王祐也是靠这一招起家的，他年轻时在洛阳游学，投书给宰相桑维翰[4]，桑维翰惊叹其文采华丽，击案赞赏，王祐由此名闻京师，顺

[1] 知贡举：主持科举考试的官员，往往是考试前皇帝临时指派翰林学士、知制诰、中书舍人及六部尚书等官出任。另选派六部侍郎、给事中、台谏官一至三人同为知贡举。另设点检试卷官、参详官各若干人。

[2] 古代帝王为了表示听取臣下的冤情或谏议，悬鼓于朝堂之外，允许臣民击鼓直接向皇帝反映问题，称“登闻鼓”。

[3] 此时科举考试尚未出现“糊名”“誊录”等制度，考官可以从答卷上了解到考生身份、籍贯。直到景德四年（1007年），宋真宗颁布《亲试进士条例》，才将“糊名”“誊录”定为制度。糊名是用纸条覆盖考生姓名、籍贯、家世等关键信息，使考官无法知道考生身份。誊录是派专人将答卷重抄一次，使考官无法认出考生的笔迹。这两项措施主要是为了防止考官评定试卷时徇私作弊。

[4] 桑维翰：五代时后晋宰相，曾任石敬瑭掌书记，力劝石敬瑭拜契丹国主耶律德光为父，割燕云十六州给契丹称臣，被后世史学家称为“祸及万世，万世之罪人”，有“覆载不容之罪”。

利步入仕途。招儿固然是好招儿，但京师藏龙卧虎，高士如云，非文章才华杰出者不能走行卷之路，不然只会贻笑大方。这王嗣宗一张口便是“金殿题名”，可见对自己的才学极有信心且对进士头衔势在必得。

潘阆虽也自负诗文才学，却久有隐逸山林之心，不喜科举，对士子“行卷”“通榜”[1]之举更是轻视，闻言只淡淡一笑，并不作答。寇准却恭恭敬敬地拱手道：“原来王丈[2]是进京游学。想来王丈诗文华美锦绣，寇准不才，还请多多指教。”

王嗣宗见他年纪虽幼，却是言谈不俗，举止有大家气派，颇为惊奇，忙回礼道：“不敢当。”又问道：“寇小哥儿当真是关中人氏吗？听你口音，倒似河北一带人氏。”寇准道：“王丈好耳力！寇准祖籍是华州下邽[3]，不过因先父在外宦游，我自生下来便居住在大名府，还没有回过故乡，将来参加乡试，按律也得在大名府报名。”

王嗣宗见他不过十来岁年纪，却已有追求功名之心，志向当真不容小觑，好在对方年纪还小，断然赶不及与自己争锋，当即兴高采烈地道：“大名府好，人杰地灵，人才济济！当今知制诰王祐王相公籍贯家乡不正是在大名府吗？”寇准道：“是，王祐王相公是大名莘县[4]人氏。”

知制诰是唐宋时掌起草诏令的加衔。唐初时中书省有中书舍人一人，专掌草拟诏敕，称为知制诰。唐玄宗开元以后，时常以尚书省诸司郎中等官领其职，称为兼知制诰。唐中叶以后知制诰之职转入翰林学士院，翰林学士入院一年若加知制诰则掌内命起草机要文书，否则仅备顾问不作文书。宋朝沿袭唐制，但又略有不同，凡翰林学士入院皆加知制诰，起草内制文书；若以他官加知制诰衔，则仅起草外制文书而已。王祐在后晋时以文章俊秀闻名，不过一直只是担任地方县令，宋朝立国后才担任监察御史，不久后任知制诰，加集贤殿修撰，备受太祖皇帝赵匡胤宠

[1] 通榜：考试前，主考官预列知名之士，中第者往往出于其中，谓之“通榜”。

[2] 丈：宋代文人雅士之间的通用称谓，有尊敬和亲昵之意。多用于称呼年长和位尊者。通常与姓或排行连用，如王安石称司马光为司马十二丈，苏轼被人称为东坡二丈。

[3] 华州下邽：今陕西渭南。陕西以位于陕原（今河南陕县）之西得名，今陕西之地唐时大部属京畿道和关内道，宋初设为陕西路。

[4] 莘县：今山东莘县。

信。名将符彦卿后周时封魏王，任大名尹、天雄军节度使，入宋后依旧率领重兵镇守大名府，以防契丹。他虽是赵匡胤弟赵光义的岳父，却也是后周恭帝柴宗训的祖父，加上他本人武艺出众、用兵如神，在军中威望很高，赵匡胤逐渐起了猜忌之心，特意派王祐到大名侦伺动静，令其务必取得不利符彦卿的证据，好除去这个心腹大患。不料王祐到大名仔细调查一番后，以自己全家百口性命担保符彦卿没有异心，方才免去一场大祸事。但王祐本人却因为忤逆皇帝心意而失宠，被调到南方偏僻之地任知州，直到后来向朝廷奉上自己所编撰的二十卷《重定神农百草》[1]，赵匡胤虽是武将出身，却酷好书籍文学，龙颜大悦之下，才召其回京师，重任知制诰一职。

王嗣宗道："王相公可是本朝第一等的大才子，学问既高，人品也好，自从翰林学士陶谷死于南唐弄臣韩熙载所设的美人计后[2]，朝中再无第二人能与他齐驾比肩。"言语中对王祐品学深为尊敬、钦佩。

王祐时任知制诰，才名满天下，很可能会被任命为下一任的知贡举，主持明年的会试。潘阆揣度王嗣宗此番进京，多半预备要向王祐行卷，忍不住插口道："王祐的文章和为人都是不错的，可惜老来糊涂，编了一本错误百出的《重定神农百草》。"

王嗣宗愕然道："错误百出？"潘阆道："王祐以文章起家，对本草和医术从无涉猎，却非要不懂装懂充行家，编撰什么《神农百草》。我敢说，书中的大多药材他见都没有见过。"

王嗣宗闻言很是不悦，可他毕竟是读书人，在家乡也是文名远扬，若是当众与一个比自己年轻许多的后生小子争论，多少有失体面，眼见话不投机，便拱手道："王某还要赶着进京去拜会王相公。二位小哥儿，我先行一步了。"

寇准却道："此去京师已然不远，不如我们与王丈一道上路，也好有

[1] 古代称药学为"本草"。唐代于显庆四年（659 年）颁布《唐本草》，为中国古代由官方颁布的第一部药典，收药物八百五十种。王祐编撰的《重定神农百草》在《唐本草》的基础上增加了药材一百三十种，宋太祖赵匡胤亲自作序刊行，为宋官方颁行的第一部药典。

[2] 此故事详情见同系列小说《韩熙载夜宴》。

个照应。王丈可别介意，潘大哥心直口快，但并无恶意，他虽然年轻，却是大名府有名的神医，适才品评《神农百草》疏漏，也是本性所致。”

王嗣宗这才知道潘阆原来也是有些本事之人，虽并未因此对其人有所好感，但见寇准举止进退有度，料来是名门之后，他本人在京师毫无根基，广交朋友总是一件有利前途的好事，便道：“原来如此。承蒙二位小哥儿不嫌弃，咱们这就结伴同行如何？”

寇准点点头，又道：“潘大哥，你这就唤飞鹰下来，我去牵马。”王嗣宗闻言大奇，举头仰望，问道：“原来天上的那只飞鹰是潘兄所养。”

潘阆很是得意，道：“它可不是普通的飞鹰，它的学名叫海东青，出自辽东女真部落，擅长抓捕各种水禽、小兽。”边说边将手指抿在唇边，打了声长长的唿哨。那飞鹰闻声立即回旋掉头，翩然朝博浪亭方向俯冲下来。王嗣宗还是第一次亲眼见到驯鹰，忍不住惊叹一声。

潘阆又道：“这海东青本身已是天下罕有，爪白者最为稀奇。天底下仅有两只，除了我这只俊鹘外，另一只在当今辽国契丹皇帝手中……”王嗣宗忽指着空中道：“呀，它飞走了！它怎么飞走了？”

潘阆抬头一看，果见自己心爱的海东青蓦然旋风羊角而上，直入云际。正不明所以间，它却又钻下云层，疾若闪电，直朝西北方向俯冲而去。

遥见那方向正有尘头升起，潘阆“哎哟”一声，心道：“该不会是有行商往京师贩卖猪羊，俊鹘随我一路南下，未曾捕猎过瘾，它见到道上有活禽路过，忍不住要小试身手？”慌忙奔到驰道上，穿梭人群，疾步往西北方赶去，意欲探明究竟。

却听见海东青一声急促的嘶鸣，又重新振翅腾入空中，两支箭矢如流星般擦着它的尾羽破空呼啸而上。

潘阆顿时明白前方有人在用弓箭射海东青，心下大急，又抿嘴唿哨一声，高声叫道：“俊鹘，快回来！”

那海东青受到飞箭的威胁，竟还是不肯飞回主人身边，只在上空箭力不及之处盘旋不止，似乎下面有什么令它难以割舍之物。

潘阆心道：“俊鹘这是怎么了？它可从来没有这样过。”眼见驰道上人多难以行快，索性斜插到沙地中，一口气跑上路边一个高高的沙丘——却见前方正有一大队行商停在道中，除了拉车的骡马之外，并无猪羊等活禽。商队前头有数名骑士勒马伫立，正对着空中指指点点地商议着什么。其中一名雪衣骑士手挽强弓，应该就是适才朝海东青发箭之人。潘阆见他又在扣箭上弦，情急之下，一边挥手一边大叫道：“喂，不能射！不能射！”

话音未落，却见驰道北边沼泽地的芦苇丛中钻出二十余名麻衣男子来，虽是素服扫墓者的打扮，却是用布包着脸，手执明晃晃的钢刀，如幽灵般悄然无声，朝行商的队伍摸去。此时此刻，无论是商队，还是驰道上其他的路人，所有人的注意力都集中在头顶的海东青上，根本没有人留意到危险正在临近。

潘阆及时停止了喊叫，只是饶有兴趣地打量眼前的场面——这两方人马都不简单，到底是什么来头的商人能有这么大的阵势，仅运货的太平车就有二十余辆；又是什么样的强盗胆大包天，敢在天子脚下的开封府持刀劫货。

正紧要之时，忽有一骑自队伍后飞驰而来，枣红马上的一名灰衣男子头戴席帽，一边挥舞着长剑，一边高声大嚷着什么。众人闻声回首，见到那男子手持兵刃，均是蓦然色变。正弯弓搭箭欲朝海东青射击的雪衣骑士反应极快，略一侧身，即发出一箭，登时将那灰衣男子射下马来。

这一番惊扰到底还是将众人的视线从天上拉回了平地，商队中终于有人发现了来自北侧的威胁，连连出声示警。这时候，那些麻衣强盗距离队伍已不过几米之遥。

商队乍逢突袭伏击，虽事出意外，却是丝毫不乱，显是训练有素，早已见惯这种场面。有人扬声叫道：“有强盗，抄家伙！”

担任护卫的厮儿[1]及车夫们各自变戏法般地掏出兵刃，跃下车马，上前迎战。邻近不相干的路人慌忙四散逃开，生怕刀剑无眼，平白遭了无妄之灾。

[1]厮儿：青年僮仆。也是“小子”“青年”的口语。

寇准和王嗣宗紧随潘阆赶到沙丘时，驰道上金刃交接声如暴风骤雨，激烈的厮杀正在紧锣密鼓地上演。寇准乍见之下，登时愣住，半晌才惊讶地问道："呀，这……这是怎么回事？"

潘阆慢条斯理地答道："似乎是一伙子强盗想要打劫一伙子商队。"寇准道："啊，京畿之地，天子脚下，竟然会有这等罔顾法纪的亡命之徒！"

正说话间，却见出行的扫墓者风闻前面有强盗劫道，立即争相掉头，争先恐后地往开封城的方向奔去。驰道上一片混乱，祭祀物品丢落得满地都是，纸马、楮钱随风飘散。昔日唐代大诗人白居易有"风吹旷野纸钱飞"之句，景象也不过如此。

其实并非开封人没有见过刀光剑影的场面，也并非这些路人格外胆小如鼠，居然连一点儿好奇看热闹的心思都没有，而是生怕受到强盗的牵累。自唐代灭亡，中原群雄争霸，政权更迭有如走马观花般频繁，战乱导致农作生产无法正常进行，死徙逃亡者极众，大量百姓失去土地，沦落为无所倚靠的游民，引发了严重、复杂的社会病象。宋朝立国十余年，不设法恢复前朝寓兵于农的办法，而是采用招募饥民当兵的办法来缓和矛盾。由于没有足够的农作人员，诸州县大量土地闲置荒芜，民生凋敝，盗匪横生。朝廷治标不治本，采取严刑峻法来杀一儆百，盗贼被捕获后无论轻重均要以极刑处死，即使意外获得恩赦也要刺配[1]黥面后流放牢城[2]服苦役，可谓生不如死。博浪沙距离京师不过三十里，强盗在这里明刀明枪地抢劫，官兵瞬息即到，一定会立即展开大搜捕。路人万一牵涉其中，被官府扣上个"通盗"的罪名，那可是有口难辩。加上朝廷素来鼓励告发，告发者可以得到被告发盗贼的全部家产作为奖赏，如果有仇家借机诬告，一样是跳进黄河也洗不清，这样的事可不止发生过一

[1] 刺配是将罪犯面部、臂部或身体其他部位刺刻标记后，发配至边远地区或一定场所服劳役或职役的刑罚，最早创立于五代后晋天福年间（936—942 年），宋代进一步完备。刺配中的刺字所刺部位依情节轻重有耳后、背、额、面之分，所刺标记有字（一般为罪名）和记号（一般为环形），所刺深度有四分、五分、七分等种。

[2] 牢城是宋代独创的监狱，是流配罪犯被集中囚禁并强迫服劳役的场所。如《水浒》中林冲因得罪高俅被流配沧州（今河北沧州）牢城，武松为兄武大郎复仇流配孟州（今河南孟州）牢城，卢俊义因私通梁山事发被流配沙门岛（今山东）牢城。

次。所以在开封府有个惯例，凡是一听到与盗贼有关的人和事，最好是立即躲得越远越好。

寇准不明情由，虽然年少，性情却是刚直尖锐，见路人们纷纷走避如风，不由得很是愤慨，道："路见不平，理该拔刀相助。况且朝廷有律令明文规定，见到强盗及杀人不救助者要受杖刑处罚。想不到这些人一见到有事，比兔子溜得还快。潘大哥，我们快些下去帮忙！"

潘阆忙扯住他，道："这事哪里轮得到你我出头？"寇准道："你我可不能见危不救。"潘阆道："不是见危不救。你可看清楚了，这些商人不是普通的商人，这些强盗也不是普通的强盗。"

寇准仔细一看，登时恍然大悟道："这两边的人全是军人。"他生父寇湘为后晋开运二年科考状元，进士及第后一直在军队中担任记室[1]。他幼年时经常跟随父亲出入军营，对军中事物极是熟悉，此刻一见交手双方的身手，便立即认了出来。

王嗣宗一旁听见，着实难以相信，道："汴京驻有数十万禁军，虽少不得有包藏祸心的不法之徒，但怎么也不可能如此胆大包天，在天子脚下公然犯法。"寇准皱眉道："话虽如此，可瞧这些人的身手，确实是军人无疑。尤其这些麻衣强盗，虽然手执兵刃，步法、招式却分明是官家所创的长拳。"

他口中所称的"官家"，即是指当今太祖皇帝赵匡胤。"官家"取自"三皇官天下，五帝家天下"，是时人流行的对皇帝的称呼。赵匡胤未发迹之前已经习得一身好武艺，游走江湖，行侠仗义，曾留下千里送京娘[2]的风流佳话，从军成为武官后又将自己生平所学结合战场实战格杀技巧编制成三十二式长拳拳法，用来训练麾下士卒。宋朝立国后，长拳因是开国皇帝所创，亦成为禁军军事训练的固定套路。

王嗣宗却连连摇头道："会长拳的未必就是禁军。在本朝立国前，长

[1] 记室：官名，掌管章表书记文檄。

[2] 赵匡胤年轻时路过清幽观，无意中救了被囚禁在暗室的赵京娘。赵京娘年方十七岁，随父外出烧香还愿遭劫，父亲被杀，她因生得美貌被强盗留下，专供其发泄凌辱，幸遇赵匡胤拔刀相救。赵匡胤为免京娘再次遇险，与之结为兄妹，千里护送其回家。

拳就已经流入民间。听说十几年前少林寺住持福居禅师为振兴少林拳法，曾邀全国十八家武林高手入寺切磋技艺，长拳便是十八家之一，而且上场献技的并非军人，只是普通民间人士。后来，福居禅师综合诸家之长，汇编成《少林拳谱》，主要仍是以长拳套路为主。河东尚武成风，我家乡就有不少壮年男子习练长拳强身健体，我自己也曾经……”

一语未毕，已然被眼前的景象惊得呆了——商队中部的一辆马车里蓦然跃出一名黑衣少年来，不过十六七岁年纪，手持一杆银枪，上下翻飞，光影如雪，满地梨花，当者无不倒地。为首的强盗见对方突然惊现如此年轻武艺又如此厉害的人物，猜想那辆豪华精美的马车里面定然坐着目标人物，忙打个唿哨，指挥手下集中朝马车围去。

行商中亦有极精明的人物，当即意识到这些素服强盗并非真的强盗，他们的目标不是财物，而是马车中的人，忙高呼道："护住马车！护住马车！"

强盗愈发肯定目标人物即在车中，拼死向马车突击攻去。然则商队的人数本就比强盗多出两倍有余，又多有武艺精强之辈，那使银枪的黑衣少年更是以一当十，来回驰击，勇悍无比，强盗伤者甚众，已明显处在下风，要接近马车难上加难。

为首强盗见一时难以得手，抬眼又瞥见东南方向尘土飞扬，也不知道是人群奔逃回京所致，还是已然有大批官兵赶来，略一踌躇，即高声呼叫道："风紧，扯呼！"

恰在此时，一名强盗手中钢刀被挑飞，凑巧从白马身后划过。那马受惊，嘶鸣一声，拉着马车朝斜里奔去，数步后即奔入沙地，车轮一软，立时陷入沙砾中。白马吃力，顺势停了下来。马车中一人却因惯性滚落出来——却是一名二十五六岁的青年男子，胸前、大腿上均缠绕着厚厚的绷带，隐有血迹渗出，右臂捆扎着夹板，用布条挂在脖子间。他挣扎着翻过身，努力昂起头来，"呸呸"几口吐掉口中的沙土，叫道："快救我！快救我！"声音有气无力，甚是微弱，显是身受重伤。

众强盗奉令如山，已然开始撤退，再无人理会马车及车内跌落的重伤男子。倒是那强盗首领奔出几步后又回过头来，凝视那男子不放，似不忍就此弃其离去，但最终还是举手一挥，决然率众突围退走。

一名车夫生怕强盗又回转头来，赶紧奔过来将马车赶回驰道，又将那受伤男子小心翼翼地抱回车中。

一名强盗正与银枪少年对敌，听到首领招呼撤退，匆忙舍弃敌人，转身意欲退入道旁的芦苇丛中。那银枪少年追上几步，将枪尖搭在了他的肩膀上，大喝一声。强盗惊然回头时，黑衣少年挺枪直刺，刺穿其咽喉，又顺势挑起他身子五尺多高，再摔到地上。银枪抽出时，那人喉咙处鲜血如泉水般喷射而出，他口中“嚯嚯”有声，痛苦地抽搐了两下，这才气绝身亡，眼睛犹自睁得老大，流露出活生生的恐惧。其余强盗见状，无不心惊胆寒，怯意顿生，呆得一呆，争相往南面的沼泽地逃去。

银枪少年意气风发，乘胜追击，疾步赶上一名强盗，又将银枪搭上他肩头，正待如法炮制杀敌，有人大声叫道：“延朗，留下活口，好问清幕后主使。”

银枪少年应了一声，轻抬手腕，欲改刺那强盗肩头，忽觉得风声飒然，正有人从左面偷袭，忙侧身回肘挺枪抵挡。但对方来得好快，瞬间已感到刀风拂面，生生作疼，正以为无法幸免之时，一支羽箭破空呼啸而来，洞穿了那人右肩。延朗转头望去，原来是雪衣弓手及时射出一箭救了他性命，忙朝那弓手点头表示谢意，那弓手却只是冷漠地扭转脸去，并不理睬。

延朗挥枪打掉那中箭强盗首领手中的钢刀，将他挑翻在地，往他胸口、小腹各踹了两脚，令他再无反抗逃走之力，便要再去追击适才本已被他银枪搭住的强盗，忽又听得商队中有人高声呼叫道：“戒备！戒备！”

扭转头去，但见驰道上一大群脚夫正朝商队直奔过来——约摸三四十人，个个戴着席帽，褐衣短袍，脚穿多耳麻鞋，肩头挑着担子，服饰装扮跟民间最常见的脚夫并无分别。奇怪的是，这些人不断地蹦蹦跳跳，口中吆喝不止，仿若唱戏跳大神一般，情状甚是诡异。

待走得近些，方才看清那些脚夫都是赤手空拳，手中并无兵刃。担子的箩筐中不过装些纸马等祭祀用品，随着各人步伐有节奏地晃来荡去，看起来里面也没有装什么重物。

行商们刚刚击败强敌，也死伤损折了不少人手，一时不知道脚夫是什么来路，到底是友是敌，只凝神暗中戒备，并不主动出击。那群脚夫也似无敌意，仅仅是着了魔一般大呼小叫，接近商队时便自动避让，远远从驰道一边擦身而过。

那雪衣弓手见脚夫一边奔走一边自顾自地手舞足蹈，似是装扮成驱傩逐疫之神的方相，忍不住叫道："喂，你们装神弄鬼地做什么？"声音娇嫩清脆，赫然是名女扮男装的年轻女郎。她见无人相应，冷笑一声，当即引弓搭箭，对准一名跳得最欢快的脚夫，忽听得父亲惊叫道："雪梅，快些让开！太平车动了！"

名叫雪梅的女郎正勒马站在两辆太平车中间，闻声转头，这才发现拉着太平车的两排骡马居然不待驱赶便朝前赶去。这太平车是一种大辎车，有厢无盖，厢如勾栏而平，板壁前出两木，长二三尺许，驾车人在中间，两手扶捉鞭鞍驾之。一辆太平车可载重四五千斤，装满货物后需要二十余头骡马才能拉动，是以车子一动非同小可。雪梅不及思虑更多，匆匆收弓，策马让过一旁。车夫们听见主人呼喝，慌忙舍弃追击麻衣强盗，各自跳回太平车上，却怎么也拢不住牲口。那套在二十余辆太平车前的骡马不知为何忽然一改适才刀光剑影中的淡定，都死命伸头往前走，口鼻呼哧着喷出白气，极是兴奋。

正不明所以然时，头顶上盘旋不止的海东青蓦地俯冲下来，自一辆太平车箱上掠过，双爪一探，轻巧地抓起一个布袋，旋即腾空飞去。车夫惊叫道："飞鹰！飞鹰抓走了袋子！"

雪梅重新扣箭上弦，张弓如满月，臂指长空，正追击瞄准海东青之时，眼前忽然不知道从何处冒出来一阵白色烟尘，气味刺激呛鼻。她自幼随父亲走南闯北，见多识广，一闻便知道是江湖上下三烂盗贼常用的生石灰，遇水即沸，一旦入眼，轻则视力大减，重则变成瞎子，顾不上再去射鹰，急忙回臂护住双眼。

刹那间，脚夫们停止蹦跳，有的从担子中掏出纸包朝商队扔去，有的打火点燃纸马连同担子抛上太平车。驰道上火焰四起，烟雾缭绕，粉末弥天，如一场大霜雪莅然降临，咫尺之内难辨人影。众人不得不用手遮住口、鼻等要害之处，有人猝不及防吸入几口石灰粉，更是被呛得剧烈地咳嗽起来。

为首行商已然醒悟过来，这群装神弄鬼的脚夫跟适才的麻衣强盗一样不怀好意，急忙命道：“救火！护住马车！”话音未落，便听见金刃交接及连声惨叫。白影绰绰中，有脚夫跃上马车，推下车夫尸首，挽起缰绳，大声呵斥，竟是劫持了马车掉头往西。

银枪少年延朗听到车轴“轧轧”滚动之声，举袖掩面，正待赶过去追击，左脚蓦然一紧，低头望去，却是被适才那中箭的强盗首领抱住了脚。他一挣未能挣脱，便提枪欲朝对方背心刺下。平地里忽然伸出一柄钢刀，荡开了他的银枪。原来是适才险些丧命在延朗银枪下的麻衣强盗趁乱又折返了回来，适时救了同伴一命。延朗无意恋战，虚晃一枪，逼退那强盗，旋即抬起左脚，踢开中箭强盗，转身去追赶被劫走的马车。

只听见前面驰道上马蹄嘚嘚，尘土弥天，蒙蒙中似有无数兵马赶来。有人远远便大声报出了名号：“李员外[1]不必惊慌，开封府程羽程判官率本府人马到了！”

那强盗听到商队大援已到，急忙弯腰扶起同伴，欲从原路逃走。中箭的正是强盗首领，伸手扯下早已经被冷汗打湿的面巾，气喘吁吁地道：“我受了伤，走不动路，你快走，不用管我。”

那强盗便依言放开他，稍一迟疑，即将钢刀刀尖对准他胸口，欲杀死他灭口，不令其活着落入对方之手。强盗首领一言不发，闭上了眼睛。那执刀强盗见他身受重伤，摇摇欲坠，想到他本可以逃脱，全是为了从黑衣少年银枪下营救自己才会中箭，再也不忍心下手，咬咬牙道：“你自行了断吧。”将钢刀塞到首领手中，转身疾步退入芦苇丛中。

强盗首领单刀拄地，努力站定，举目朝驰道望去——但见那些太平车的火并未烧起来，零星火苗也旋即被人扑灭，脚夫们四散奔逃，烟尘渐散；那武艺了得的银枪少年正率数骑人马往西追击马车，人强马精，瞬息便不见了踪影；东面大队官兵已经赶到，既有开封府的黑衣吏卒，

[1] 员外：本意是尚书省各部的员外郎，为长官的副手，宋代以此来尊称社会上的富人。

也有身穿红色戎装的禁军士兵，正分成几队，散开包抄搜索。他知道今日非但大事难成且再也无法逃脱，虽心有不甘，却也难以挽回，仰天怒吼一声，挥刀一舞，刀光划出一道漂亮的弧线，朝他自己的脖颈中割去。

恍惚中，似乎有人正在呼喊他的名字："高琼！高琼！"微弱得仿佛母亲临终前的呢喃，又仿佛当日那少女仇恨的嚅语。她知道吗，他其实是一直想死在她的刀下的。

刀锋瞬间触及肌肤，他清晰嗅到了死亡的滋味，这是他生平第二次距离死亡如此之近，却是与前一次全然不同的感受。不甘心哪，他真是不甘心就此自刎而死，他宁可死在她的刀下。

就在他略微犹豫的一刹那，不知道从哪里飞过来一支羽箭，正射在刀身上，"铛"的一声，火光迸射间，钢刀脱手飞出。他也被这一箭之力带得仰天跌倒，闷哼一声，只觉得浑身骨头如散架一般，伤口处更是疼痛如裂，再无丝毫力气，动弹不了分毫。

却见一男一女飞骑奔近来，男人约摸四十来岁，气度从容，手中握着一柄长剑。女子甚是年轻，一身雪衣，面色阴冷如冰，正是那名叫雪梅的弓手，举箭对准高琼胸口，生怕他暴起反击。

中年男人翻身下马，插剑入鞘，仔细打量高琼一番，这才问道："你可认得我？"高琼喘了几口气，道："当然认得，你是汴京首富李稍。"

李稍点点头，道："那么你叫什么名字？"高琼甚是倨傲，冷冷道："我没有名字。"

雪梅道："阿爹何必跟这种人多废话，将他绑起来直接交给官府拷问岂不更省事？"

李稍道："嗯。"口中答应，却并不真的采纳女儿的建议，又俯身劝道："年轻人，你可知道，开封府中有许多常人难以想象的酷刑，专门用来对付顽固的盗贼。你一旦被官兵带进那里，就会受尽荼毒，生不如死，最后还是要吐实招供。你现在若是肯说实话，交代出是谁主使你的，我可以考虑为你说情，放你一马，你也不必多受皮肉之苦。"

高琼道："能有什么主使？不过是我们兄弟最近手头紧，没有了酒钱，所以才打起了你这位开封首富的主意。"李稍道："你不愿意说实话，也由得你。”转身见开封府判官程羽已赶将过来，便道：“程判官，你来得正好，此人就是适才持刀打劫的盗贼，似乎是首领人物。”不卑不亢，浑然没有寻常商人见到官员时的谦卑。

程羽字冲远，深州陆泽[1]人氏，四十余岁年纪，浑身儒雅之气，一望便知其人是靠文章才华步入仕途的文官，只是其圆领大袖的绯色官服在这满目素色的寒食节日煞是扎眼。

宋朝制度，三品以上官员服紫，五品以上服绯，七品以上服绿，九品以上服青。开封府判官是从六品的官员，程羽本不够官品穿绯，只因顶头上司开封尹赵光义相当信任他，所以特别奏请太祖皇帝赐其绯色官服，称为“借绯”，这可是件极为荣耀的事。

程羽为人淳厚温和，虽官居开封府要职，却对李稍极是恭敬，拱手上前道：“本官奉命在陈桥驿班荆馆相候，听到有路人呼叫出了盗贼，这才匆匆赶来。还是来得迟了，倒教李员外和贵客受惊。”挥手命吏卒上前缚了高琼，先拖到一边看管。又问道：“贵客人在哪里？”

李稍道：“适才贵客的马车被贼人趁乱劫走，他气急之下亲自带人去追赶了。”

程羽闻言色变，忙招手叫过一同赶来的殿前司[2]指挥使皇甫继明，请他速速率人往西赶去接应贵客。皇甫继明为人沉穆，也不多问，上马举手一挥，即领一队骑兵绝尘而去。

程羽这才走近李稍身前，刻意压低声音问道：“盗贼的目标不是财物，而是贵客本人，对吗？”李稍道：“正是。”当即简略说了事情经过，又道：“所幸这一路南来，贵客想多看看风景，并没有乘坐马车，马车中

[1] 深州陆泽：今河北深州南。深州土产蜜桃有“一境之独胜”之称，自古就是皇室贡品。唐代贞元年间，博陵（今河北安平一带）人崔护到长安应试时路过深州，正值桃花盛开，他在城南遇到一名女子，心仪不已。第二年又来到此处，桃花依旧，物是人非。崔护感伤之余，写下了《题都城南庄》一诗：“去年今日此门中，人面桃花相映红，人面不知何处去，桃花依旧笑春风。”成为不朽之作。

[2] 北宋军制，枢密院为总理全国军务的最高机构，简称“枢府”。枢密院只有发兵之权，并不真正统率军队。朝廷中央主力军队为禁军，分别由殿前司和侍卫司马军、侍卫司步军统领，合称“三衙”，互不统属。

装的是贵客的礼物。不过今日之事实在蹊跷，贵客一事本是机密，如何先后会有两批盗贼赶来截杀？”虽是反问，却多少带着些不满，隐有怀疑之意。

程羽听出几分弦外之音来，他莅事恪谨，不敢轻易回答，只踌躇道：“这个……怕是要仔细查过才能知道。”李稍道：“好在侥幸抓住了活口，程判官可以带回开封府好好拷问一番，兴许能问出幕后主使来。”程羽道：“是。”

李雪梅忽插口道：“程大官人[1]，那边的三个人也是同谋，你快些派人去将他们捉住。”

程羽顺着她手指的方向望去，只见东面的一座高丘上伫立着三名男子，正在俯瞰驰道。其中一名道袍男子衣袂飘飘，肩头上还立着一只奇特的飞鹰，颇似画中人物。

李雪梅遥指的正是潘阆、寇准和王嗣宗，他三人始终没有跟随惊散的人群离开博浪沙，也没有贸然赶来相助，只严密关注着商队的历遇——盗贼在开封府地界持刀拦截商队固然罕见，却远不如后来脚夫们撒石灰、烧担子、趁乱劫走马车离奇。而那群脚夫之前曾跟潘阆、寇准同时在博浪亭歇脚，其中一名操着蜀音的人还向二人解释过“去避来”的含义。

寇准道：“我就觉得这些脚夫有点不对劲儿，他们的担子明明很轻，却在博浪亭歇了很久，原来是居心叵测，在暗中等待伏击商队，只是料不到有人抢在他们前面先下了手。”

王嗣宗道：“你怎么知道先前的持刀盗贼跟脚夫是两伙人？”寇准道：“他们一前一后动手，目标都不是财物，而是那辆精美的马车。若是同时行事，胜算岂不更高？”

王嗣宗道：“可马车中的银枪少年明明已经跳出车外，为何两伙贼人还要死命争抢那辆马车？”寇准道：“听说开封城中多剧盗，时有人被当街劫走后索取赎金的事情发生。这商队如此声势，主人也定然非同小可，

[1] 官人：民间百姓对现任官员的尊称。

定是富贵无比的显赫人物，也许马车中坐着他的亲眷，劫持了她，岂不比夺取太平车上的财物要省力得多？”

马车中受伤男子跌落车外时，道上酣战正烈，人影闪动，尘土弥张，他们三人所站沙丘又距离甚远，因而并未看得分明，寇准只以为车上还有什么女眷。又见潘阆一直默然，问道：“潘大哥，你怎么看？”

潘阆道：“嗯，我们先下去跟主人打声招呼，再问个清楚。俊鹘吃了人家一袋子天鹅肉，我们好歹得给个交代。”原来海东青两次冒险俯冲太平车，不过是为车箱中的一袋天鹅肉干。

刚从高丘下来，便有数名军士飞骑赶将过来围住三人。领头的散指挥都知杜延进报了官职姓名，命道：“将他们几个拿下了！”王嗣宗愕然问道：“都知官人为何要拿我们？”杜延进道：“你们跟适才抢劫商队的盗贼是一伙，还想抵赖吗？”

王嗣宗大呼冤枉，辩道：“我们三个一直站在这里，动也未动一步，如何能跟贼人一伙？”杜延进冷笑道：“若不是你们放出飞鹰，吸引了众人注意，贼人如何能轻易接近商队？”张手便欲去捉潘阆肩头的飞鹰，那俊鹘一张翅膀，箭一般蹿入空中。

潘阆怒道：“若是惊吓了海东青，怕是你倾家荡产也赔不起。”杜延进道：“原来这就是传说中的海东青。人证、物证俱在，你们还敢强辩说跟贼人不是一伙吗？”

寇准道：“谁是人证？物证又是什么？”杜延进道：“人证是李员外的大姐[1]，物证就是这只海东青。”

潘阆道：“海东青如何成了物证？”杜延进道：“我倒问你，你这海东青是从哪里来的？”潘阆道：“是我向女真人买的。”杜延进斥道：“胡说！女真与中原并不相通，你肯定是契丹人的探子。”

原来海东青只出产在辽东的白山黑水间，素来是女真部落进贡辽国的珍贵贡品。女真在唐朝贞观年间曾与中原相通，派使者到长安拜见唐

[1] 大姐：指长女。宋代一般尊称年轻女性为“娘子”，“小姐”则是用来称呼妓女等地位低微的女性。

太宗李世民。不久后渤海国兴起，隔断了女真与唐朝的交通。五代时，契丹耶律阿保机灭掉了渤海国，后改名黄龙府，女真迁移到渤海故地，成为契丹的附庸。宋朝立国后，辽国在辽东通向中原的路上设置了三道栅栏，每栅驻守三千军士，以此来阻止女真与中原往来。

杜延进颇有见识，虽认定潘阆几人是契丹细作，但也知道那只海东青的非凡价值——官家酷爱狩猎，若能将它弄来献给皇帝，升官发财只在转眼之间。只是那海东青飞得实在太高，不过是天际中一个极小的圆点，寻常弓弩望尘莫及，大概只有装备在东京城墙上号称能射千步的床子弩[1]才能射到它。当即缓和颜色，道："给敌国当细作，按律要处以极刑。若是你能将飞鹰唤下来交给我，我可以报称你们是辽国使者，自古以来两国相争，不斩来使，你和同伴也不会就此枉送了性命。"

寇准很是不满，肃色道："都知官人要拿我们几个，有凭有据，我们并不敢相抗。但官人身为禁军统领，为谋得海东青而刻意编造谎言，不但徇私枉法，且是知法犯法，犯下重罪。"杜延进冷笑道："想不到你小小年纪，倒是一本正经。我倒想看看回头你进了开封府，还有没有这般能说会道。来人，将这三个契丹细作绑了，带回去好好拷问。"

寇准忙道："这件事跟王兄无干，他不过是个路人，我们才刚刚在博浪亭结识。"

杜延进哪里肯听，下令用绳索缚了寇准、潘阆、王嗣宗三人，牵了寇准、潘阆的马，一路拉扯着往商队而来。

一名被捆缚的灰衣男子正被带到程羽面前，大声抗议道："明明是我出声呼叫，提醒你们旁边有贼人袭击商队，你们先是不分青红皂白射了我一箭，现今又诬陷我是贼人一伙。天底下哪有这个道理？"

那男子肩头尚插着一支羽箭，正是麻衣强盗偷袭时在商队后面驰马高声呼喊的人。李雪梅那箭并未射中要害，倒是他就此从马上摔下来，

[1] 床子弩：利用多弓的合力发射箭矢的弩炮。宋代一步合 1.536 米，千步有 1536 米。澶渊之盟时辽名将萧挞览（曾入侵中原擒宋名将杨业、攻高丽迫高丽王称臣）即死在床子弩之下。

额头正好撞在一块圆石上，当即晕了过去，适才吏卒一一检视，发现他轻伤未死，又并非商队中人，便立即将他绑了起来。

程羽不明究竟，转头问道："李员外，事情当真如他所言吗？"李稍沉吟道："这个……"李雪梅已然道："真相未必如此。这个人当时手持利剑，策马向商队狂冲而来，我见他来意不善，这才射他下马。"那男子大怒道："这可真是好心没好报了。"

程羽道："那好，本官问你，你叫什么名字？"那男子道："张咏。"程羽道："你来开封府做什么？"

张咏不及回答，李稍已抢过来问道："你就是张咏张复之？"程羽更是惊奇，问道："李员外认得他？"李稍道："不认得。不过李某久仰张咏张郎大名，他可是名冠两河的大侠士[1]，想不到这般年轻。"

程羽一听李稍用了"久仰"二字，忙命人解开张咏绑绳。李稍歉然道："张郎，怪我等鲁莽，没问清楚就射了你一箭，得罪了。"

张咏为人本就豁达，见对方肯认错道歉，便不再计较，笑道："这实在怪不得你们，当时情势危急，敌我难辨。好在令爱那一箭并未射中要害。"

李稍上前检视他伤口，箭伤确实不重，只是那箭深入肩头，并未穿透，要想取出箭头，须得用刀割开中箭处的皮肉，少不得要多遭一番罪了。忙向女儿连使眼色，示意她向张咏赔礼道歉，至少说几句软话。李雪梅只佯作不见，咬着嘴唇，别过脸去。李稍无奈，只得道："我这就派人送张郎进城，延请名医为你取出羽箭，治疗伤势。"

杜延进正带领军士押着潘阆三人过来。寇准闻言道："何必多此一举，这里就有一位现成的大夫。"

李稍见他不过是个少年，不大相信地问道："你是大夫？"寇准道："不是我，是我的同伴潘阆潘大哥，他是大名府有名的神医。"

[1] 宋代称河北（泛指黄河以北的地区）、河东（黄河流经山西、陕西两省自北而南一段之东部，大略为今山西省）为"两河"。张咏之"咏"字本为"詠"，诗言志，歌咏言，詠者，永言也。其人以政绩显赫留名青史，然本人武功高强，剑术精湛，早年长期漫游江湖，行侠仗义，留下许多逸事趣闻，史籍中多有记载。

程羽道："你们三个都是来自大名府吗？为何正好在盗贼将要出现的时候放出飞鹰抢掠李员外的财物？"寇准道："不是……"杜延进忙插口道："那不是普通的飞鹰，是辽东的海东青，这几个人一定是契丹的探子。"

李稍以极为奇怪的目光望了程羽一眼，程羽会意地点点头，道："这三个人就交给本官来处置。杜都知，烦请你先将那些尸首和捕获的贼人送回开封府。"

程羽只是开封府地方官员，根本无权指挥中央禁军行事，但他的顶头上司却是开封尹赵光义——本朝皇帝最信任的亲弟弟，去年刚被封为晋王，成为本朝唯一的亲王，毫无疑问也是未来的皇帝[1]——杜延进并不想就此离开，尤其不想听程羽这类手无缚鸡之力的文官的命令，不过还是畏惧他是赵光义手下第一能人，颇不情愿地道："那好，下官先行一步，这里就有劳程判官了。"

等杜延进走远，程羽才问道："少年，你叫什么名字？"寇准道："寇准。"

程羽道："你可是寇湘寇记室的长子？"寇准道："正是。官人认得我先父吗？"

程羽道："当然认得，我也曾在大名军中为符相公担任文书。想不到寇记室的儿子竟这般大了！难怪我第一眼见到你就觉得你有些面熟。"忙命人解开三人绑绳。又问道："你是为符相公的生辰而来，那只海东青就是生日贺礼，对吗？"寇准道："正是。"

他们所谈论的符相公正是有"符王"之称的符彦卿，一位际遇传奇的人物——其长女是后周世宗柴荣第一任皇后，次女则是柴荣第二任皇后，亦是后周最后一任太后符太后，第六女是大宋晋王王妃，封越国夫人。他本人既是前朝废帝周恭帝柴宗训的祖父，又是本朝晋王赵光义的岳父，身份奇特而复杂。寇准生父寇湘以头名状元身份及第后应辟为他的记室，

[1] 按照皇室惯例，皇子成年后都要封王，然而宋太祖赵匡胤在世时其亲生儿子赵德昭、赵德芳均未封王，唯有其弟赵光义于开宝六年（973 年）被封晋王。开封尹正三品，掌开封府之事，是京师开封的最高行政长官。五代旧制，储君即位前一般都先担任开封尹之职。

随其走南闯北，镇守四方，直至亡故。符彦卿勇略有谋，善于用兵，曾多次大破契丹军，令辽人畏惧。然而正因为其人军威太盛，赵匡胤建宋代周后开始猜忌这位名将。符彦卿明白究竟后干脆交出兵权，只挂太师的虚名，常居洛阳、开封两地，终日只带着家僮游僧寺名园，优游自适，这才得以免祸。他生平不近酒色，不好钱财，所得赏赐均分给了手下将士，所喜者唯有名鹰名犬。熟知他性情的下属犯下大错后往往求得好鹰好犬献上，符彦卿即使暴怒，亦能原谅。

程羽道："这么说，你们三个撞见盗贼当道打劫李员外的商队只是碰巧？"寇准明知实话实说兴许会惹来麻烦，可他不愿意撒谎，还是照实道："不瞒官人，麻衣强盗出现时我们已经站在沙丘上，只不过见到强盗不似强盗，商队不似商队，一时弄不清究竟……"

忽听得有人惨叫一声，众人惊然回头，却见潘阆不知道什么时候溜到张咏身边，手法奇快地拔出了他肩头的箭。那羽箭箭头是铁铸的倒三角形，被生生用力带出，痛楚更胜中箭之时，创口顿时血流如注。

张咏强忍疼痛，怒道："你这算是什么大夫？"潘阆也不理睬，朝寇准使了个眼色，径自走到一边。

李稍忙道："我们商队里有上好的金创药。"命人取过药来，亲手为张咏敷上。那药膏辛辣之气极重，一抹上伤口，汩汩鲜血顿时止住，且冰冰凉凉，疼痛之感大为减轻。

程羽还有许多事要立即处理，不欲故人之子卷入今日复杂的局面，便道："寇准，我先派人送你进城，你和你的同伴可以暂时安顿在我家里。"寇准迟疑道："这个……"潘阆已然抢着道："既然有人认为我们几个跟今日之事有些干系，程判官又主管此案，我们住进程府，怕是不大方便。"他既然点破，程羽不便多说，一时沉吟不语。

李稍忙道："不如这样，李某在城东还有一处空宅，跟程判官的宅邸一般同在汴阳坊，相距也不远。几位郎君若是不嫌简陋，不如暂且屈尊移驾，李某自会派人料理伺候。"

王嗣宗道："是汴阳坊吗？我正要去那里投奔亲属。"潘阆忙道："如此实在再好不过，只是有劳李员外了。"

李稍道："举手之劳，何足挂齿！"又转向张咏道："张郎若不嫌弃，也请一并前去汴阳坊安置。等李某将这里的事料理妥当，再行设宴致歉。"张咏本有所犹豫，忽见寇准正满怀期待地望着自己，心念一动，当即满口答应道："好。"

李稍招手叫过一名二十岁左右的年轻厮儿，低声吩咐几句。那厮儿小名阿图，甚是伶俐，躬身领命。程羽也过来叮嘱了几句，阿图一一应了，命人牵过马来，请张咏、寇准等人骑了，领着几人驰回城去。

不久前还摩肩接踵的驰道上空无一人，处处狼藉，各人心中自有一番滋味。

路过博浪亭时，却见亭中不知道何时多了一男一女，正互相依偎靠在一起。春风如醉，香气似熏，陌上相会，情意绵绵。

北宋风气相对开放，对女子约束不似后来南宋、明、清那么严重，当时婚后妇女入酒肆、看关扑赌博，甚至与丈夫携手游街均属常见现象。众人驰近时，那对男女完全陶醉在自己的世界中，始终未回过头来。

潘阆恶念忽起，抿嘴吹了一声口哨，一直在天上盘桓的海东青听到召唤，蓦然直冲下来，掠过亭盖，轻巧地落在主人肩头。那对男女听到动静，女子匆忙起身避到一侧，假意观看风景。男子则转过头来，目光炯炯凝视着众人。

阿图却认得那年轻男子，忙招呼道："原来是王衙内。"

既然称"衙内"，那么这人一定是权贵子弟了。这位王衙内与恋人在此相会并不离奇，奇的是那女子一听见声响即起身远远避开，仿若陌生人一般，分明是不想让人知道她跟这位王衙内相识。潘阆更有心捉弄一番，正要设法迫使那女子转过身来，好看清她的面孔，张咏忽冷冷道："还是快些进城吧。人只道鹰恶，殊不知主人更恶呢。"潘阆道："老兄不知道这海东青的新主人是符相公吗？莫非你是在暗示符相公是恶人吗？"张咏心下厌恶他人品，懒得与他做口舌之争，一打马抢先而去。

阿图忙道："咱们还是快些进城吧，今日闹出了盗贼，怕是要全城大搜索，提前关闭城门也说不准。”潘阆这才勉强作罢，携了飞鹰跟在众人身后。

一过博浪沙，便是成片成片的葱郁树林，新绿溶溶，处处落英花红，透露出点点生命气息。这些林木树种虽然普通，却是近年来受当今皇帝赵匡胤钦命植就，蕴含着深沉而无奈的军事意义。

自从后晋石敬瑭割让燕云十六州[1]给契丹后，中国失去了东北部与北部地区最重要的险关要塞与天然屏障，整个中原地带门户大开，以骑兵见长的契丹军可以从容沿着幽蓟以南的坦荡平原冲入河朔，直达大宋京师开封，八百里间，一马平川，没有任何一个关隘和险要之地可以阻挡骑兵大兵团的冲击。为了扭转失去燕云后无险可守的被动地位，赵匡胤不得不将天下精兵聚集京师，既能以兵代险，又能抑制地方节度使势力。至于下令在汴京四周广植树木，则是希望密集的森林能应对契丹铁骑由燕云十六州疾驰而至的威胁。这显然只是大宋皇帝一厢情愿的天真想法，若敌国骑兵能渡过黄河，逼近京师，几片树林又有何用？

然而遍地绿荫终究能给人带来愉悦的享受。尤其时逢一年一度的寒食节，芳树之下，园囿之间，不少士民正罗列杯盘，互相劝酬。

往东南行十里即到陈桥驿，即昔日太祖皇帝赵匡胤黄袍加身的地方，因此被视为大宋发祥地。而今驿站犹在，不过已经改称为班荆馆，专门用来招待番国使臣。

驿馆前站着许多禁军兵士，不少人正焦急地往驰道上张望。一见到有人骑马过来，便有禁军上前拦下。张咏问道：“出了什么事？”阿图忙道：“不碍事。小人是李员外的心腹小厮，程判官有话要小的带给这里的主事相公。”

却见一名二十来岁的年轻公子闻声出来，虽是一身便服，身后却跟着数名穿紫披绯的官员，气派极大。那公子连声问道：“怎么样了？到底

[1] 燕云十六州，又称幽蓟十六州，大致是今北京、天津和河北北部、山西北部的大片土地，东西约六百公里，南北约二百公里，全部面积差不多为十二万平方公里。所处的地势居高临下，易守难攻，自古以来一直是中原的屏障，具有重要的军事地位。

怎么样了？”

阿图忙上前跪下，低声禀告了几句。公子长舒一口气，又指着张咏等问道：“这几个是什么人？”阿图道：“回相公话，他们是我家主人的客人。”

公子道：“喂，那穿道袍的汉子，快些把你的飞鹰献上来给我瞧瞧。”潘阆傲然道：“抱歉，穿道袍的汉子不能把飞鹰献上来给你瞧瞧。”“汉子”是辱骂男子的秽言，他恼怒对方出口伤人，有意说得阴阳怪气，年轻公子登时勃然色变。

一旁有名侍从抢过来喝道：“好个大胆的贼汉子，你可知道我家相公是谁？”潘阆道：“实在抱歉，在下不知。不过这飞鹰是天下最名贵的海东青，是我同伴要献给晋王岳父的生日礼物，你家相公也想强取吗？”

那侍从一呆，回头朝主人望去，等他示下。年轻公子眯起了双眼，露出极盛的敌意来，死死盯着潘阆。潘阆微一耸肩，那海东青即腾空飞去。年轻公子受到公然挑衅，心中更怒，一张白脸涨得通红，右手不由自主地去拔腰间长剑。忽有一名四五十岁的紫袍官员抢上前来，附到他耳边，低语了几句。年轻公子这才悻悻松开已经握住剑柄的手，从牙缝中挤出一个字：“滚！”

阿图如蒙大赦，忙从地上爬起来，催促潘阆几人上马，继续朝城中赶去。

默默驰出几里，张咏忍不住问道：“阿图，那年轻相公是谁？他身后那穿着紫衣公服的官员又是谁？”阿图脸色惨白，不断举袖抹汗，嘶声道：“年轻相公是本朝皇子。紫衣官员是邢国公宋偓相公，也是当今官家的岳父。你们几位郎君闯下大祸了！”

原来那前呼后拥的年轻公子即是太祖皇帝赵匡胤的长子赵德昭。赵匡胤本育有四子，其中长子赵德秀和第三子赵德林均早夭，第四子赵德芳生母地位卑贱，唯有第二子赵德昭为第一任皇后贺氏所生，是本朝地位最尊的皇子，也是目下的嫡长子。

张咏闻言大吃了一惊，道：“原来是皇长子，难怪能有这样的排场。”

王嗣宗不满地道："潘老弟适才实在太过轻率了！你明明见到对方的架势，就算你不愿意将飞鹰给赵相公，也不该反唇相讥。"潘阆不以为然地道："皇子又能怎样？明明是他辱骂我在先，我还要抱着他的大腿，哭着喊着献海东青给他吗？"

张咏虽不大喜欢潘阆为人古怪，却对他这份威武不屈、不媚权贵的傲骨很是赞赏，忙道："这事确实不能怪潘阆，对方出言不逊在先，况且他也不知道赵相公的身份。"

寇准歉然道："潘大哥，这事其实还是怪我，我不该要了你心爱的海东青作为生辰贺礼。"潘阆摇摇头道："是我自己提出要送俊鹘给符相公作为生日礼物。王兄、张兄，寇准是知道我的性格的，散漫放浪惯了，若是当真就此惹下了大祸，我潘阆自己一力承担，你们不必烦心。"

张咏道："既然潘老弟已经说明飞鹰是给符相公的礼物，未必会惹来什么祸事。阿图，我倒想问问你，本朝习俗，以寒食、冬至、元旦为最重要的三大节日，按照惯例，大小官员都要放假七天以团聚家人，庆贺节日。今日明明是寒食节，是七日长假的第一天，为何班荆馆破例聚集了这么多文武官员？他们是在等候你家李员外吗？"

阿图赔笑道："张郎就会说笑，我家主人不过是个商人，如何能劳动皇子出城亲迎？"

张咏道："难道是被召回京师的前原州[1]防御使王剑儿？我今日曾经遇到过他，不过他随行的货物太多，装了十来辆太平车呢，按脚程算来，他今日怕是到不了开封。"

他所说的王剑儿即本朝开国功臣王彦升，其人因剑术高超得了"王剑儿"的别号，后周时任殿前司散员都指挥使，是赵匡胤最为倚重的心腹。陈桥兵变后，赵匡胤派王彦升为前锋，带兵先入京师。王彦升回京后，果断地杀死了后周侍卫亲军副都指挥使、在京巡检韩通及全家，消除了唯一可能反击的军事力量。宋朝立国后，王彦升升任京城巡检，负责开封的治安，正是韩通之前担任过的官职。然而得意忘形的王彦升某

[1] 原州：今甘肃镇原。

晚趁酒醉闯入了宰相王溥家中，强行索要贿赂。王溥是后周遗臣，见王彦升公然带兵闯入，惊惧异常，置办了一桌酒席，好不容易敷衍了过去。次日一早，王溥进宫，将王彦升言行密奏太祖皇帝。赵匡胤暴怒，王彦升从此失宠，被外放为地方官，专门负责西北边防。

阿图连连摇头道："不是王相公。"张咏道："那还有谁？算里程，今日天黑前能到开封的只有你家主人了。"阿图道："决计不是我家主人。"

潘阆忍不住插口道："他们等的是北汉使者！"张咏十分意外，道："什么？"王嗣宗连连道："决计不可能。北汉一意投靠契丹，是本朝死敌。当今皇帝雄才大略，志在统一天下，北汉占据我河东十二州之地，非讨平它不可。"

潘阆只微笑望着阿图不语。阿图结结巴巴地道："你……潘郎如何会知道？"潘阆悠然道："宋偓宋相公都出现了，实在不难猜到。"

宋偓是当今身份最贵盛的大臣——他跟唐代名相宋璟同族，祖父宋瑶在唐代任天德军节度使兼中书令，位极人臣。父亲宋廷浩娶后唐庄宗女义宁公主为妻，他本人娶后汉太祖刘知远之女永宁公主为妻，长女宋氏则为当今皇后。而北汉开国皇帝刘崇是后汉太祖刘知远的亲弟弟，因而论起辈分来宋偓是当今北汉皇帝刘继元的姑父，宋皇后则是刘继元的表妹。

张咏、王嗣宗、寇准均是聪明过人，起初虽觉得潘阆所言匪夷所思，但仔细一想确实有理——负责大宋北部边防的最高将领是关南兵马都部署陈思让，而陈思让跟赵匡胤是儿女亲家，其女儿嫁给了皇子赵德昭。再算上宋偓身份的因素，能劳动皇子和王公同时出城在驿馆等候迎接的，确实只有北汉使者。自从乾德三年宋师平后蜀、开宝三年平南汉后，天下已逐渐露出一统之势，大宋军威盛极一时。传说官家的下一个目标将是占据河东之地的北汉，这是因为目前残存在中原与宋并立的北汉、南唐、吴越几个国家中，不但以北汉国力最弱，而且南唐、吴越两国国主早已向大宋纳贡称臣，唯有北汉仗着辽国支持，与大宋对抗，不断派军队入宋境抢掠，大宋早有用兵河东之意。不久前，在外担任节度使之职的曹彬、王全斌等名将奉旨回京，动武之势如箭在弦上。在这个紧要关头，北汉派使者来到开封，应该是跟大战在即的风声有关。但既然皇子和王公都赶出城迎接，规格之高，前所未有，应该是北汉当权者事先已露了口风，是极好的兆头——割城请和是必需的，说不定还会就此归降，那么大宋和北汉之间免去一场大兵祸，两国的百姓都有福了。

如此看来，那些麻衣盗贼肯定不是真正的强盗，他们的目标不是李大员外的财物，而是混杂在商队中的北汉使者。难怪他们个个武功高强，也难怪那个散指挥都知杜延进一听到飞鹰是海东青，立即就将寇准三人当成了契丹探子，想来他也怀疑那些盗贼是辽国人派来的刺客。北汉想低调行事，瞒过辽国叔皇帝，偷偷与大宋媾和，不料消息泄露，辽国派出大批刺客明目张胆地赶来中原狙杀，行刺地点竟然选在张良刺杀秦始皇的千古名地博浪沙，可谓深具讽刺意味。

不过还是有一个极大的疑问，脚夫们又是什么人呢？那些人虽然用席帽遮住了面孔，但他们的肤色、体形，甚至包括坐靠、行走的姿态都能显示出他们是真正的脚夫。就算是辽国的脚夫，也不可能有那么大一群人溜过边卡而不被边防觉察。况且，正如寇准之前所言，他们若真跟辽国有关联，被人收买来对付北汉使者，如何不与契丹刺客同时动手？又为何一定要劫走那辆马车？

寇准几人被押来商队时，诸人均以程羽和李稍为中心，并没有看上去像是北汉使者的人。早先那些去追赶马车的人马应该就是使者和他的手下，包括那武艺极高的银枪少年。可是推算起来，被脚夫们劫走的车中肯定没有什么要紧人物，不然李稍和程羽早就吓得亲自出动了。那么马车中的乘客到底是什么人，令北汉使者无比紧张，甚至亲自冒险去追赶，而一路负责掩护使者行踪的开封第一首富李稍却并不如何关心？

张咏还想从阿图口中套些话出来，不料那厮儿甚是精明，自潘阆提到北汉使者后，便连连摇头称什么也不知情。张咏追问不到，更加急躁，气氛陡然紧张了起来。还是寇准道："既然跟北汉和谈的事情还没有公开，属于朝廷机密大事，我们还是不要多问的好。"

张咏见他严肃正经，先是一愣，随即哈哈大笑道："好，就听寇准的。"又道："你知道吗？我家乡濮州鄄城有一位姓王的教书先生，原是太原人氏，凡事正儿八经、一丝不苟，人们都称他为老西。你年纪虽小，老成持重却不在老夫子王老西之下，堪称寇老西。”寇准喜他性情豪迈随性，也不以为意，只微微一笑。

潘阆道：“寇老西，这个别号好，既衬寇准为人沉稳，他的祖籍也恰好在陕西，可谓应人应景。”王嗣宗笑道：“咱们几个人以寇准年纪最小，偏偏他堪称一个‘老’字。”

阿图见众人终于有了别的话题，不会再行逼问，忙道：“几位郎君都是第一次来汴京吗？那么晚上可要好好出去逛上一逛。今天是寒食节，城里热闹得很，有好多新鲜玩意儿，可是平时看不到的。”

张咏问道：“京师什么地方最热闹？”阿图骄傲地道：“那还用说，当然是我们樊楼！”

第二章

樊楼灯火

忽有人一把扯掉门帘闯了进去，却是隔壁六号阁子的老者，二话不说，先扬手打了唐晓英一巴掌。庞丽华惊叫一声，扔掉鼗鼓，赶过来查看，却被老者一把推到墙上，『砰』的一声，正撞在额头上，登时血流如注。

梁园[1]歌舞足风流，美酒如刀解断愁。
忆得承平多乐事，夜深灯火上樊楼。

宋人这首诗说的是北宋都城汴京节物风流，人情和美，富丽甲天下，有“八荒争凑，万国咸通”的盛况。而樊楼则是开封城中最豪华、最气派的酒楼，为京师七十二家酒楼之首。其酿造的“和旨”“眉寿”美酒名扬天下，四方酒客趋之若鹜。每年樊楼向都曲院购买的酒曲多达五万斤[2]，按时价一斤一百五十文来折算，仅酒曲一项，官府便可收到七千五百贯[3]现钱。而宋初正七品的开封县令月俸不满十贯钱，比六十名县令一年俸禄的总和还多。略一比照，便可见樊楼的美酒消耗量何等惊人。

樊楼位于皇宫东华门外的景明坊，坐南朝北，西临东华门大街，北朝大货行街。这里最初是大商贾贩鬻酒肉和白矾[4]的交易点，后来有精明商人看中其优越的地理位置，在此盖起了酒楼，称为白矾楼，又称矾楼，

[1] 梁园：开封的别称。汉文帝刘恒曾封皇子刘武为梁孝王，王都最初设在开封。刘武在这里兴建了一座规模宏大的梁园，园林亭台相连，为一时游览之胜地。刘武常同枚乘、司马相如等著名文士一道到园中吹弹歌舞，吟诗作赋。唐代大诗人李白游开封时，曾写下著名的《梁园吟》。

[2] 宋代实行榷酒制度，即对酒实行高价专卖。宋初小麦每斗约六十文，可出六斤四两酒曲，酒曲每斤售价约一百五十文，高出小麦售价十余倍。民间有能力酿酒的大酒户、大酒楼经官府批准后，向都曲院购买官方酒曲，没有能力酿酒的小酒店则从大酒店批量购买后再售卖。榷酒是宋朝廷增加财政收入的重要手段，私自酿贩者要被处于严刑。宋太祖赵匡胤于建隆二年（961 年）颁布酒曲律，规定“民犯私曲十五斤，以私酒入城至三斗者始处极典（死刑）”，后虽数量上有所放宽，但依旧量刑严酷。直到天禧三年（1019 年），宋真宗才将犯酒禁死刑改为刺配之刑。

[3] 铜钱为宋代的流通货币，一千文铜钱称一贯，又称一缗（mín）。银也逐渐开始流通，一两白银相当于一贯钱（宋代银价时有上涨，有时一两银相当于一贯二百文或一贯四百文不等）。绢帛（唐代以铜钱和绢帛为货币，四贯钱约合五匹绢）因体积大不利流通，已失去了货币功能，不过常常在对外贸易中参与折价（因少数民族得到铜钱后也不会使用，而是熔掉制作器具，由此会直接造成中原钱荒，缺少现钱流通）。

[4] 白矾即明矾，具有收敛作用，外用能解毒杀虫、燥湿止痒，内用止血、止泻、化痰。但内服刺激性很大，故除了用于铅绞痛外，一般均外用。

日久天长则讹传为樊楼。外地来汴京的人不太明了其得名的来由，想当然地以为“樊”是酒楼老板的尊姓。其实樊楼有两位大老板，一位姓李名稍，即大名鼎鼎的开封第一首富，一位姓孙名赐，均与樊姓无干。

樊楼是一组庭院式楼阁，正北门扎有门面彩楼，用七彩花卉、饰物装点，花头画竿，醉仙锦旆。门框上则挂着些柳条及面粉制成的飞燕，以应寒食习俗。穿过门楼，则是一处极大的院落，按照方位建有五座楼宇，灰瓦青砖，雕梁画栋，分别称东、西、南、北、中楼，各高两层，巍然耸立。东、西、南、北四楼的高处搭有飞桥，与中心的中楼明暗相通，是以五座楼虽各自独立，楼上酒客却能借助桥栏在不同楼间往来游弋自如。

阁楼里面的陈设既富丽又典雅，底层的主廊是散座，酒楼行话称其为“门床马道”，档次不高，凡是有身价有来历的客人都往楼上招呼。二楼天井的两廊均是一个一个单独的包厢，称为“小阁子”，五座阁楼加起来总共有三四百个小阁子。

东京时兴以妓伴坐侑酒，又有数百名酒妓浓妆艳抹，聚于主廊檐面上，等待酒客呼唤。每每夜幕降临，樊楼灯烛荧煌，上下相照，笙簧聒耳，鼓乐喧天，望之宛若神仙洞窟，成为开封城中一道亮丽的风景线。

京师蜡烛价格比油灯贵出许多倍，别说普通百姓，就是一般官僚家里也点不起蜡烛，以致皇帝常有赐臣僚巨烛之举。樊楼却是财大气粗，消费惊人，每晚仅蜡烛一项，便是一大笔开销，为其供应蜡烛的商铺也因此发了大财。

此刻正值灯火凝眸之时，五座楼顶的每一道瓦楞间各燃放了一盏莲灯，将樊楼点缀得分外明媚。樊楼主人李稍白日在博浪沙遭遇的凶险搏杀竟没有投下丝毫涟漪，酒客如蚁，专门负责换汤斟酒的妇女往来穿梭，忙得没有丝毫空闲。大酒楼习惯用女子做酒保，个个腰系青花手巾，绾着高髻，称为“焌糟”，虽不及酒妓们妖娆美艳，却别有一番风情。

一名二十来岁的绛衣女子正站在中楼散座堂前说书。她名叫庞丽华，是专事说书的路歧人[1]，身材娇小玲珑，模样还算端正，只是比起廊下那

[1]路歧人：没有固定演出场所的民间艺人。

些十五六岁的妙龄酒妓来，年龄明显要大出许多，在这灯红酒绿的销金窟中，多少显出了几分强颜欢笑的老态。

只见庞丽华将手中鼗鼓[1]“咚咚”摇了几下，曼声道：“那秦蒻兰号称江南第一美人，有着绝世容貌，更能弹一手好琵琶，她主动投怀送抱，陶尚书如何能不受诱惑？当即坠入韩熙载事先安排好的美人计中……”

她所讲的正是本朝已故礼部尚书陶谷数年前出使南唐、为南唐大臣韩熙载设计戏弄的故事——大宋礼部尚书陶谷奉命出使南唐，见到国主李煜时态度甚是倨傲无礼，南唐君臣都很气愤，却因不敢得罪大宋而无可奈何，只有大臣韩熙载说他有办法整治陶谷，于是派侍妾秦蒻兰装扮成驿吏之女到驿馆接近陶谷。秦蒻兰容貌绝世，又有意编造悲苦身世，陶谷又爱又怜，遂入圈套。他怜悯秦蒻兰“际遇”，甚至有意娶其为妻，还填了一首《风光好》的艳词以表心意。几日后，南唐再设宴会招待陶谷，陶谷不肯饮酒，颇有正人君子派头。韩熙载于是唤秦蒻兰出来劝酒，陶谷这才知道中了美人计，羞愧得无地自容。

这段真人真事改编的故事名为《赠词记》，是汴京酒客最爱听的一段说书。虽说陶谷的作为有损大宋国体，然而自古以来都是“窈窕淑女，君子好逑”，那秦蒻兰有“江南第一美女”之称，才色双绝，如何不让人心动？只可惜红颜薄命，这位人见人爱的尤物最终卷入了一起离奇命案，落了个投河自杀的下场。

每每讲到秦蒻兰最后的结局时，庞丽华都会怔怔落下泪来，她不但完全投入了情节，而且从女主人公的际遇中忧虑到自己未来的命运。而听书的酒客们见到这一幕时，往往会情不自禁地拍桌大叫道：“有巴！有巴[2]！”然后照例掏出几文钱来交给一旁伺候的焌糟，打赏给庞丽华。

那焌糟名叫唐晓英，忙用木盘一一接了赏钱，走过来交给庞丽华道：“有二十好几文呢。可惜得有一半交给樊楼当作进酒楼说书的楼价钱。”

庞丽华凄然一笑，将铜钱一枚枚捡起来，收入一个小小的钱袋中。

[1] 鼗（táo）鼓：一种两旁缀灵活小耳的小鼓，有柄，执柄摇动时，两耳双面击鼓作响，俗称“拨浪鼓”。

[2] 有巴：东京市民表示赞赏的惯用俚语。

唐晓英见她面色甚是疲倦，忙道："丽华姊姊，不如你先回去。今日寒食，你等的那人怕是出城扫墓，不会来了。"

庞丽华也觉得今日酒客实在太多，灯光人影纷纷济济，晃得她头晕眼花，便道："也好，若是他来了，你告诉他我先回家了。"招手叫过正坐在台阶下仰望楼上灯火的女儿，道："小娥，咱们先回家吧。"

那小娥约摸五六岁年纪，甚是乖巧，跳过来问道："那位叔叔不是还没来吗？"庞丽华道："小娥乖，叔叔有事，来不了了，咱们回家吧。"

唐晓英忙道："正好今日看大门的小厮是个熟人，我跟姊姊一道出去，跟他说说，看他能不能不收你今晚的楼价钱。"庞丽华迟疑道："好是好，只是不合规矩，万一被人知道告发，你可就惹下麻烦了。"唐晓英笑道："我不说，你不说，他不说，谁会知道？"

正说着，一名焌糟奔过来叫道："丽娘别急着走，我刚在西楼斟酒，一间大阁子的官人提到想听人说书，我特意推荐了你，他叫你上去陪酒呢。你也知道寻常百姓上不了西楼，运气好的话，随手打赏的钱可就够你好几个月的说书钱了。"

因为从西楼俯瞰下去即是皇宫大内，出于安全的考虑，樊楼从不对外开放西楼，也不准普通士民登楼，能上西楼阁子饮酒的不是达官，即是显贵。庞丽华在樊楼说书已久，自是清楚这一点，只是今晚凑巧带了女儿进来，不免有些踌躇，道："丁丁，多谢你的好意，可我不是酒妓啊。"

唐晓英也道："是啊，你不知道吗？丽华姊姊是沾不得酒的，碰一点就会全身起疹子。"丁丁笑道："放心，我已经说过你不能饮酒了，那官人只想听你说书。"

庞丽华还是不放心，问道："对方是什么人？"丁丁道："主人是位极年轻的郎君，顶多也就十五六岁年纪，丽娘还怕他对你怎样吗？你若还是不放心，我跟晓英换班，让她上西楼服侍，如何？"唐晓英喜道："这样子最好。"又问道："能带小娥一道去吗？"丁丁道："没问题，我跟把守的罗锅儿说一声。不过小娥不能进阁子，你可以留她在我哥哥那里。"

庞丽华为女儿刘娥治病欠下了巨债，急需一笔钱还债，心中确实对丁丁所称的巨额赏钱有所期待，又听说能带女儿同去，便应承了下来，牵着女儿的小手，与唐晓英一道跟随丁丁往西楼而来。

西楼楼前疏种着不少树木，杏花灼灼，槐叶青青，烟霞空蒙，丽景如屏。

楼上也有许多阁子灯火通亮，不时有觥筹交错声传下来。一楼散座中分坐着不少人，不过只是静静坐着，不敢轻易走动，应该是楼上达官贵人的随从。相对于其他四楼市井一般的喧嚣鼎沸，这里可以说得上是十分安静冷清了。

丁丁向门前把守的小厮罗锅儿说明了情形。罗锅儿压低声音道："原来是八号阁子的那位小官人，他姓李，并非中原人氏。你们可得小心伺候了。"

唐晓英奇道："姓李，又不是中原人氏，莫非是南唐的使者？"罗锅儿道："这我可不知道。我只知道他第一次来樊楼饮酒的时候，陪同的是鸿胪寺判寺事。"

鸿胪寺是主管民族、外交事务的机构，既然是最高长官判寺事陪同前来，那么这人在本国的身份一定相当尊贵了。

唐晓英道："不对呀，先前南唐国主的弟弟郑王李从善出使汴京请和时，已经被官家下令扣押，软禁在汴阳坊中。难道那国主李煜傻乎乎地又派了一个弟弟来？"

旁人可没有她这般联想和见识，丁丁也不耐烦听下去，见庞丽华正往脸上扑粉，忙催道："丽娘别再扑粉了，快些上去吧，别让李官人久等。晓英，你可千万别再犯火爆娘子的脾气，又做出冒犯客人的事。记住了，你现在的身份是焌糟，不是酒妓，可别老窝在阁子里不出来。"

东京惯例，酒妓陪酒是自愿行为，只管伴坐陪酒，不涉及买欢和肉体交易。然而当那些酒客喝得满脸通红、分不清方向时，手脚往往就不由自主地往身边美貌的酒妓身上摸去求欢。虽然酒妓可以明里拒绝，可又有绝对不能开罪客人的规矩，为了保住饭碗，往往只能忍气吞声。当然酒客云雨后也有钱物赏给酒妓，两下并不吃亏，这已经是樊楼公开的秘密。唐晓英原本是一名酒妓，只因忍受不了酒客时不时的动手动脚，才改行当了收入低微许多也辛苦许多的焌糟。偏偏她为人正直仗义，在看到一些酒妓极不情愿地被酒客扑倒时，总是忍不住上前相助，由此落了“火爆娘子”的名头，差点儿因此被赶出樊楼。

唐晓英笑道：“放心，眼下小娥治病需要钱，我不会再那么冒失了。”当即上楼来，将刘娥带到楼梯口的储酒间里，交给酒厮丁大，自己领着庞丽华来到楼上八号阁子。

那阁子里只有三人，西首正中案前席坐着一名黑脸少年，旁侧坐着名四十余岁的中年文士。另有一名小厮正赔着笑脸站在一旁奉承，却是个熟脸，小名呆子，人其实一点也不呆。跟庞丽华一样，呆子并不是樊楼的人，只每日晚上拿些果子香药混进来叫卖，也帮酒客跑腿，做些买物命妓、取送钱物的杂事，因模样俊秀，口齿伶俐，善于迎合，很得客人欢喜。

那黑脸少年见有人进来，问道：“这位绛衣娘子就是丽娘吗？”庞丽华忙上前道：“丽娘见过二位官人。不知道二位官人如何称呼？”

那少年甚是爽直，指着一旁一只脚凳道：“我姓李，这位是张先生。丽娘只管坐下，将最拿手的故事一一说出来。”

一旁呆子笑道：“丽娘今日可算是遇到贵人了。小的刚刚给李官人随意讲了讲汴京的来历，就得了两吊赏钱呢。”

那中年文士张先生先站起身来，取出一串金珠，递到庞丽华手中，笑道：“我家主人最爱听故事，烦劳娘子今晚多说一些给他听。”

庞丽华见那金珠颗颗有蚕豆般大小，总共是十来颗，给女儿治病是绰绰有余，不由得喜出望外，连声道：“多谢官人。”

一旁唐晓英瞧在眼中，既为庞丽华高兴，又不禁暗暗称奇，心道：“久闻江南富庶，民风糜软，这二人虽出手大方，却完全不似江南人。尤其那黑衣黑脸的少年鼻梁高挺，眼窝深陷，头发带着褐色，莫非……是党项人？”

又听见张先生笑道：“说得好了，我家主人还有重赏。不过最好是说些跟本朝有关的故事。”庞丽华道：“是。”坐到一旁，选了一段本朝名将王全斌、曹彬率六万大军平定后蜀的故事，鼓起精神，晃了两下鼗鼓，说唱了起来。

唐晓英本待留在阁子中，忽见那张先生挥了挥手，只得退了出来。刚出来廊中，便见隔壁六号阁子绣帘一掀，香气漾开，旋即伸出一张白皙如玉的美人脸来，粉红樱唇一张，娇滴滴地叫道："喂，快些给这里再送两瓶酒来。"

唐晓英认得她，她名叫蔡奴，是小姐中的行首，妓女中的楚翘，也算是樊楼常客，当然从来不是她独自前来，总是那些权贵们带着她来。几年前，曾经有位沈姓富豪为了讨好追求她，来到樊楼后当场以蔡奴的名义付下在座所有酒客数千人的酒钱，成为震动京师的艳闻盛事。轰动之程度，只有十年前后蜀国主孟昶与他那位倾国倾城的妃子花蕊夫人被押进京师献俘时才能相比。从此，蔡奴成为汴京第一名妓，每日赶往鸡儿巷求见者络绎不绝，但蔡小姐却有自己的眼光和底线，能入其门者少之又少。

唐晓英应了一声，匆忙奔到楼梯口的储酒间，见刘娥正乖乖地坐在一旁，一动不动，便向管账的酒厮丁大领了两瓶酒，出来时正撞见楼主李员外的心腹小厮阿图领着三名男子上来。

阿图陡然见到唐晓英，颇为惊讶，问道："英娘如何来了西楼？"唐晓英道："嗯，这个……"阿图不及询问更多，只道："这几位是员外的贵客，可要好生招待了。"唐晓英道："是。"

阿图回头向三名男子赔笑道："三位郎君请随英娘到阁子入座，酒菜立即奉上。小的还要去看看我家员外回来没有，先行告退。"

那三名男子正是张咏、寇准和潘阆。他们进城后被阿图径自领来汴阳坊的空宅中安置，王嗣宗则去投奔在汴阳坊当坊正的族叔王仓。沐浴更衣、歇息一番后，阿图先领着三人步行来到汴河正中的州桥，等着看河灯夜景。

州桥是一座石桥，桥柱均是青石筑成，上面雕镌海马水兽飞云形状，栩栩如生。桥拱低平，禁止舟船通过。桥西两岸还各立有巨干铁枪数条，正有禁军军士将连接铁枪的铁索横绞上水面，这是为了防止失火舟船顺流而下，损毁州桥桥墩及州桥正对的大内御街。

所谓御街，顾名思义，就是专供皇帝出巡用的街道。这条街道宽二百余步，长七八里——北起皇宫正南的宣德门，笔直向南，经景灵宫、大晟府、太常寺、都进奏院、都亭驿、开封府等重要官署后，到达州桥。再经过鳞次栉比的店铺后，到达内城朱雀门。出了内城继续往南，经过延真观、太学、五岳观、看街亭，到达外城正门南薰门，御街主干道才算结束。因为正对大内的缘故，南薰门不准寻常百姓殡葬车舆出入，但却规定民间运抵京师的猪羊必须由此门进京。因京师人口庞大，每日从早到晚都有人赶着猪群出入南薰门，多则万只，少也有数千只，只有十数人驱逐，从无有乱行者，可谓汴京一大奇景之一。御街正道两侧挖有御沟，御沟中尽植莲花，两旁一边栽种柳树，一边种满桃李杏梨，杨柳依依似绦，杂花相间怒放，望去宛如锦绣。御沟外侧则是御廊，允许市民商贩在这里做买卖。

张咏等来到州桥时，才明白阿图为何一定急着先带他们来游御街了。原来御街正道平时只对一定品衔的权贵开放，新科进士唱名赐宴后也可以享受一次“御街驰骤”的待遇，寻常普通百姓要想到正道上走一走、跑一跑，就只有等寒食、新年以及皇帝生辰这样重大的节日了。

但见御街上有成千上万人争相来回往来，只为能多在御道上走上几步。虽然这种情形在张咏等人看来有些可笑，甚至有点疯狂，但那些士民个个满面红光，脸上写满了兴奋与快乐的真实。御街两边歌舞百戏，鱗鱗相切，乐声嘈杂十余里。州桥东北侧的大相国寺前有大象表演，更是游人嬉集，观者溢道。

天色渐暗时，游人依然没有丝毫要散去的迹象。无数盏灯骤然点着，京师重新亮堂了起来，灯山上彩，金碧相射，仿若天汉降临人间，铺天盖地，锦绣交辉，难怪州桥又被称为天汉桥了。那一刻的震撼和感动，只有身临其境的人才能体会。

开封御道无与伦比的美景确实令寇准等印象深刻，以至一路北来樊楼时，不断走走停停，流连领略夜市的风情，短短几里路，竟走了两个多时辰。到达目的地樊楼时，其规模和气派也着实令几人吃了一惊，入夜已深，竟还是人满为患，大多数人竟似预备在这里畅饮通宵。难怪那李稍能成为开封第一首富，所结交的尽是权贵人物，拥有这样一个日进斗金的赚钱酒楼，怕是他做不到的事也不多。

阿图将张咏等带上西楼便即离去。这一层楼天井走廊两边总共五十来个阁子：东面单号，房间稍小，窗户正对中楼；西面双号，窗外即是巍峨的宫阙。号码越小的阁子，不但越远离中心楼梯，且越靠近大内腹心之地，因而素来是贵客的首选。今日是寒食，大约是因为官员们忙着祭祖扫墓、不及应酬的缘故，西楼上的贵客并不多，还有不少双号阁子都空置着，二、四、六、八、十号阁子已经有人，唐晓英便领着三人进来十二号阁子。

一进来不等坐下，寇准便深深吸了口气，道："好酒！"先伸手取了一瓶酒，拔开泥封便往嘴里倒。

唐代沽酒惯用升斗，宋代却是使用酒瓶，一瓶最少也有一升。唐晓英见他年纪最小，却如此贪杯，忍不住问道："小郎君是不是从家中偷跑出来的？"

寇准愕然道："娘子何出此言？还有，为何偏要在郎君前加个小字？"唐晓英道："你小小年纪，当然是小郎君了。你这般迫不及待，连同伴都不顾，虽然可以说得上是不拘小节，可一定是被父母大人管束得严，许久不敢饮酒了。"

寇准心道："你不过是个焌糟，卖酒才是正事，对酒客指手画脚，实在是太多事。"不再理睬，只仰头贪婪地饮酒，仿若饥渴了很久。

唐晓英见他瞬间如喝水般饮干一瓶一升装的眉寿，又伸手去取另一瓶，慌忙劝道："小郎君还是少喝一点好，这一瓶酒足足六十八文钱呢。钱还是小事，万一喝醉了，你瞒着大人偷偷出来喝酒的事可就瞒不住了。"

潘阆笑道："这位小娘子说得真有趣。不过如果真来拼酒的话，我敢说就算你们樊楼所有的人都醉倒了，这位小郎君也不会醉。"

唐晓英"扑哧"一笑，道："郎君好大的口气！这里可是樊楼！我们这里的酒妓个个是海量，我这就去喊几个来跟这位小郎君拼酒，看谁先倒下。”

她当然不是开玩笑，说到就要做到。她做过酒妓的营生，知道酒妓不属于酒楼正式雇工，其收入仅仅来自酒楼所给的酒钱的抽成或是酒客的打赏，若是没有酒客叫其陪酒，那便没有任何收入，只能白站一晚。适才她见到楼前还站有不少酒妓女郎，穿着薄薄的罗衫，寂寞地站在料峭的春寒中，她就势提出拼酒，也是想帮助那些姐妹。

潘阆居然也不是开玩笑，一拍桌子道："好，我愿与娘子打赌，我以十贯钱赌寇准赢。”唐晓英道："郎君身上可带有十贯现钱？”

潘阆哈哈笑道："谁身上会带一万个铜钱？不过我有这个……”说着从怀中掏出一颗珍珠来，有如拇指盖般大小，圆整光滑，在灯光下泛着柔和粉嫩的光泽。

唐晓英呆了一呆，问道："这是产自辽东大海的北珠吗？”潘阆道："正是。想不到你一个焌糟，倒很有些见识。”

唐晓英不悦地道："郎君可不要门缝里瞧人，焌糟就不该有见识吗？樊楼来来往往的人成千上万，我们焌糟什么样的人、什么样的东西没见过？”潘阆笑道："我说话不中听，却是大实话，见多未必就是识广。不过你这位焌糟倒是很不一样。怎么样，赌还是不赌？”

唐晓英心道："这少年郎君连饮两瓶酒都面不改色，他同伴又敢如此托大，看来酒量不浅。不过这颗珠子价值千贯，我若能赢过来交给丽华姊姊，她不但能还清大相国寺长生库[1]的巨债，还有多余的路费带着小娥回去蜀中老家了。”当即点头道："好，我跟你赌，我来跟这位小郎君喝。”

潘阆道："你？你不是焌糟吗？”唐晓英道："我以前也当过酒妓，而且我比她们更需要那颗珠子。”

张咏一直默不作声，只站在窗口朝大内凝视，闻言转过身来笑道："娘子倒是老实人。”唐晓英傲然道："那是当然。不过话先说清楚了，我

[1] 长生库：宋代从事典当业的地方，也吸存富人多余闲钱放贷获利。

可没有什么值钱的东西当作赌注。”

潘阆道：“就赌你的人如何？你赢了，珠子自然归你。你输了，珠子一样归你，不过你得给寇准当一年女使。”寇准惊讶地抬起头来，不及推让，唐晓英已摇头道：“这可不行。”

潘阆道：“当一年女使，难道不值一颗珍珠吗？”唐晓英道：“当然是值得的，当十年女使都是值得的。只是我有很要紧的事要办，不能离开樊楼。”

张咏、潘阆都觉得这焌糟不但性情爽快，而且古怪有趣，一时起了好奇之心，齐声问道：“什么要紧的事？”唐晓英道：“这是我的私事，不能告诉你们。”

忽听得廊间有女子尖声叫道：“酒呢？快些来上酒！”唐晓英这才想起蔡奴所在的六号阁子要的两瓶酒还没有送去，忙道：“几位郎君稍候，我去去就来。”

匆匆出来，到储酒间重新领了两瓶酒，又让丁大记了两瓶酒在十二号阁子账上，这才送酒来六号阁子。经过八号阁子时，刻意停了一下，驻足细听，里面庞丽华正说到后蜀国主孟昶出降、花蕊夫人写下“十四万人齐解甲，宁无一个是男儿”的诗句，似乎一切顺利，这才放下心来。

进来六号阁子时，一名五六十岁的老者正坐在上首。蔡奴香肩半露，倚靠在他胸前，媚态横生。

唐晓英刚揭起帘子，老者便森然问道：“为何这么久才送来？”唐晓英道：“抱歉得紧，适才有点事情耽搁了。”将酒瓶放下摆好，斟好两杯酒，又问道：“相公还需要添些酒菜吗？”

她见那眼界极高的蔡奴对这老者极尽谄媚奉承之能事，料来他身份非同一般，是以用上了专门称呼高级官员的“相公”，而不常用的“官人”。

老者道：“酒菜就不需要了。你去叫隔壁那家说书的不要说了，敲敲打打，叽叽咕咕，说个不停，叫老夫如何饮得下酒？”唐晓英迟疑道：

“这个怕是……”忽见那老者双眼精光暴射，露出瘆人的凌厉来，吓了一跳，忙道，“是。相公请稍候，我这就去请他们挪到别的阁子中去。”

这樊楼虽建造装饰得富丽堂皇，却是木质结构，虽然墙壁上也糊了一层泥浆，但紧邻阁子间的隔音确实不怎么好。但来樊楼的都是来饮酒作乐的人，兴之所至，情之所至，又有谁会在意隔壁的人在做什么？

唐晓英不得已，只得进来八号阁子中。呆子居然还死赖在这里，忙前忙后地斟酒夹菜，大约是见到此阁酒客出手阔绰大方，还想多混些赏钱。

庞丽华正说到后蜀国主孟昶病死、花蕊夫人被当今官家纳入宫中为宠妃一段。黑脸少年忽插口问道：“那孟昶真的是病死吗？他为何早不病、晚不病，到开封没几日就撒手归西了？”庞丽华道：“也许是水土不服的缘故。”

中年文士张先生笑道：“也许不是。我曾听人说是灭掉后蜀的宋军主帅王全斌派人暗杀了孟昶。”

王全斌、花蕊夫人这些当事人均还在世，甚至孟昶的两个儿子投降后也在朝中担任高官。庞丽华不敢接口，只垂首道：“丽娘可不知道真实情形如何。”

中年文士道：“嗯，我听说事情的经过是这样，王全斌擅自屠杀已经投降的三万蜀兵，残暴行为令人发指，蜀人对这屠夫切齿痛恨。而孟昶到京师后受到当今圣上的优待，封秦国公，任开府仪同三司，检校太师兼中书令，王全斌怕孟昶日后报复，所以先下手为强……”

他摇头晃脑，语调抑扬顿挫，声音也越来越高亢。唐晓英生怕他惊扰隔壁那凶狠老者，可又不知道该如何开口劝阻。正干着急之时，忽有人一把扯掉门帘闯了进来，却是隔壁六号阁子的老者，二话不说，先扬手打了唐晓英一巴掌。

唐晓英道：“你……”只觉得左脸火辣辣作疼，似乎半边脸都肿了起来。庞丽华惊叫一声，扔掉䥫鼓，赶过来查看，却被老者一把推到墙上，“砰”的一声，正撞在额头上，登时血流如注。

唐晓英扶住庞丽华，见她已撞晕了过去，忙道：“呆子，快去叫人来。”呆子见到庞丽华血流满面，好好一个女子，转瞬变成了大相国寺十八层地狱壁画中的女鬼模样，早吓得傻了，茫然退到墙角，动也不敢动。

那黑脸少年霍地站起来，喝道：“你做什么？”那老者冷笑道：“做什么？告诉你，老夫就是你所称的屠夫王全斌！”

黑脸少年道：“原来你就是王全斌！怎么，你坏事做尽，还想堵住天下悠悠众人之口吗？”

王全斌是本朝开国功臣，深受皇帝赵匡胤宠信，所以才在十年前被任命为讨伐后蜀的主帅。然而他攻下成都后纵兵掳掠，残杀无辜，一度激起了蜀中军民的剧烈反抗。他也因为屠杀太重为朝廷所斥，被贬到偏远之任，直到最近才被召回京师。明明为国家社稷立下盖世奇功，却因为多杀了几个人而遭贬斥，且落下千夫所指的屠夫骂名，这正是他生平最恨之事。如今他重新被召回京师，正要东山再起，却被人当着京师第一名妓的面揭开了伤疤，如何叫他不怒？他本就不是好脾性的人，以往杀人掠地只在点头之间，见那黑脸少年听到他名头后非但不畏惧，而且厉声指责，不由得杀气大盛，二话不说，转身就奔回六号阁子，拔出佩剑来。

蔡奴惊问道：“相公要做什么？”

王全斌也不理睬，奔到走廊，正遇到一名焌糟领着三名男子朝北里走来，预备进去三号阁子。那三人均是十六七岁年纪的少年郎君，衣服鲜亮华丽，腰间环佩叮当，一望便是权贵子弟。见到王全斌执着宝剑冲出来，那焌糟立时吓得呆在那里，浑然忘记了闪避。一名红脸公子抢上前将她推到一边，喝问道：“你是谁？要做什么？”

王全斌也不理睬，擦过这几人，正欲闯进八号阁子，里面的中年文士张先生已赶出来查看究竟，见王全斌杀气腾腾地亮出了兵刃，立即大叫道：“杀人啦！”居然不躲避，直朝王全斌冲过来。

王全斌久在外地，相当多的新任京官[1]都不认识，不过他也知道能上

[1] 京官：在京师任职的文武官员的通称。

西楼饮酒的人都很有些来头。他回去取出兵刃确实是暴怒下的愤恨之举，但长剑拔出来后已然冷静许多，不过是想要继续吓唬一下，逼得对方服软道歉。忽见那中年文士毫不惧死，径自朝向自己冲来，一副死缠烂打的泼妇架势，一时呆住，不知道是该一剑刺下还是该避开。

电光火石间，中年文士已到面前。王全斌微一踌躇，即收剑闪身避开。中年文士却只是虚招，顺势抱住王全斌腰间往前一冲，二人一齐扑倒在红脸公子身上。走廊本不宽敞，那公子“哎哟”一声，仰天便倒，又撞上了身后的两名同伴，几人滚做一团。却听见楼梯间砰砰作响，王全斌的随从已经和人动手打了起来，西楼一片大乱。

王全斌心道：“虽不知道那黑脸少年是什么人，反正梁子已经结下，干脆一不做二不休杀了他再说。反正官家正要任命我为统帅，大战在即，他也不会在意我杀了几个纨绔子弟。”

他既下定决心，便将剑一挥，正戳在那中年文士小腿上。那文士吃痛之下，本能地松开了手。王全斌用力将他推开，起身将剑尖对准他胸口，正待刺下，斜地里伸过来一柄长剑，寒光湛湛，宛如一泓秋水，好一把宝剑！不但挑开了他的兵刃，还在他的剑锋上割出了一个大大的豁口。王全斌那宝剑也是一柄利器，见状又惊又怒，回头一看，一名青年男子正站在身后。

那及时出剑救了中年文士的男子正是张咏，他见走廊人多，几个阁子里的酒客均拥出来看热闹，生怕动起手来伤及无辜，忙将那柄锋锐之极的宝剑收到肘后，喝问道：“你怎能下手杀一个手无寸铁的人？”

中年文士慌忙爬起来，道：“他杀过的无辜之人成千上万，他就是屠夫王全斌！”

王全斌大怒，挺剑再刺，却又被张咏挡开。王全斌怒道：“快些滚开，不然老夫连你也杀了！”张咏道：“这里人多，你要杀我，出楼再说！”王全斌骂道：“蠢货！”正要上前动手，只听见背后有人喝道：“王全斌，你好大胆，还不快些住手！”

王全斌回头见说话之人是适才被他撞倒的红脸公子，轻蔑一笑，也不理睬，他今日颜面尽失，必须得杀掉那中年文士和黑脸少年方能解心头之恨，长剑一挽，划出一线亮光……

忽从一号阁子中传出一阵琵琶声，音色清亮舒缓，旋律婉转动人。高徊低转间，一条泉水泠泠流淌，涌动着奔腾的快乐。悠扬缠绵时，一朵小花幽幽绽放，温暖着渴望慰藉的心灵。一幅幅美景缓缓展开，伴随着逝去的情怀、美好的回忆。

纷杂的楼廊渐渐平静了下来，人们不再打斗争吵，只静静聆听这妙韵仙乐。曲终之后，人人各有所感，默默回到自己的阁子中。就连王全斌也老老实实收了长剑，转身回了自己的阁子。

张咏叹道："想不到世间竟有此等圣乐妙手，若是这人在那屠夫屠城杀人时来上这么一曲，兴许就不会有那么多人枉死了。"

潘阆道："今时不同往日。王全斌是老了，换作当日，一支曲子可阻止不了他杀人。此人秉性残忍，难以改变。"忽见唐晓英自八号阁子中出来，脸庞高肿，满手鲜血，不由得吃了一惊，上前问道："娘子受伤了吗？是谁打了你？"唐晓英朝六号阁子望了一眼，恨恨道："还能有谁？当然是那屠夫了。"

张咏忙道："这里有现成的大夫，快些让潘阆给你看看。"唐晓英摇摇头道："我没事，这不是我的血，是说书的丽华姊姊的，也是拜那屠夫所赐。"

潘阆道："丽娘人呢？"唐晓英道："八号阁子的李官人给她包了伤口，她还在里面说书。"心中惦记庞丽华的女儿小娥，唐晓英不及多说，匆匆往十二号阁子里瞟了一眼，道："几位郎君的酒菜竟还没有送上来？我这就下去催催。不过有一点，只有凉菜，没有热菜。"张咏道："寒食节，该吃冷食，这也是应节气。有劳。"

三人重新进阁子坐下，寇准一直一言不发，但显然对王全斌大闹樊楼之举也很是气愤。

蓦地帘子一掀，一名美貌妓女进来，娇笑道："三位官人适才可有受惊？"张咏道："你是跟王全斌一伙的吗？我见到你站在六号阁子门边。"妓女笑道："奴家姓蔡名奴，是鸡儿巷的上厅行首，跟王相公可不

是一伙。”

她自负容貌无双，又名满京华，天下男子见了她无不趋迎奉承，不料张咏三人均没有听过她的名字，只问道：“娘子有何贵干？”蔡奴道：“王相公为适才的鲁莽行为感到抱歉，特派奴家来为几位官人赔酒压惊。”

张咏摆手道：“不必了，你去吧。”蔡奴也不勉强，道：“那好，奴家去隔壁斟酒赔罪了。几位要找我，随时都可以。”嫣然一笑，一扭腰肢，如风摆杨柳，翩然走了出去。

潘阆道：“等一下！我想问问娘子王全斌适才为何突然狂性大发，出手伤人？”蔡奴已走到门外，浅浅笑道：“这可不方便大声说，适才的祸事就是隔墙有耳惹出来的。郎君若真想知道，何不走出来？”

潘阆微一迟疑，竟然当真追了出去。那蔡奴倚靠上来，附到他耳边低语一番，这才往旁边十号阁子去了。

张咏道：“她说了些什么？”潘阆道：“原来是八号阁子的人请了说书女来说平蜀一段，那说书女讲了不少王全斌滥杀无辜的事，哪知道王全斌本人就在隔壁六号阁子中饮酒，听了个清清楚楚。”寇准道：“原来如此。王全斌为人凶狠残暴，那说书女日后怕是要多加小心了。”张咏霍然站起来，道：“我出去一下。”

寇准、潘阆与张咏相交不过一天，却已深知他性格疾恶如仇，他所谓的“出去一下”，肯定是要去找王全斌，警告他不得再向说书女庞丽华寻仇。潘阆劝道：“这人坏事做得太多，老天爷自己会收他的。”

张咏冷笑道：“多少人坏事做尽，却还在世上活得好好的呢。”也不听劝阻，携了长剑，径直来到六号阁子。正撞见到三名年轻公子从里面出来，其中一人居然是在博浪亭与女子私会的王衙内。

那王衙内早在张咏与王全斌动手时就已经认出了他，见他忽然又携带兵器出现，问道：“你来这里做什么？”张咏反问道：“王衙内又来这里做什么？”

一名白脸同伴问道：“王旦，你认得这位壮士？”王旦道：“回相公话，不认得，不过今日凑巧在路上见过一面。”那白脸公子点点头，道：“咱们还是回去喝酒吧，别坏了兴致。”

凑巧蔡奴从十号阁子出来，见状立即凑了过来，笑道："蔡奴给几位官人请安。"白脸公子奇道："你就是汴京第一名妓蔡奴？"蔡奴道："正是。奴家正想去为几位官人斟酒压惊呢。"

那白脸公子本不喜她妖艳浪荡，一上来就主动投怀送抱，但见她眼波盈盈，来回荡漾，仿若要滴出水一般，心中一动，实在难以抗拒，便点头道："甚好。"当即拥了蔡奴，与王旦和红脸同伴一起回了三号阁子。

张咏便打帘进来六号阁子，却见王全斌面色铁青，头也不抬一下，只一杯一杯地饮酒。张咏道："王相公，张某特意过来，是请你不要再为难那位说书的娘子。"王全斌道："嗯。"张咏大感意外，道："相公答应了？"王全斌道："嗯。"

张咏不知道他为何突然变得如此驯服，神情又如此沮丧，一时猜不透其中关窍，便拱手道谢，退了出来。却见适才见过的红脸公子又来到六号阁子，问道："他人在里面吗？"

张咏点点头，道："正在饮酒。"回来阁子向寇准、潘阆说明经过，道："这可太奇怪了，眨眼之间，王全斌就完全变了一个人。"

潘阆猜道："大约这里有什么了不得的人物，镇住了王全斌。"寇准道："什么人能镇住王全斌？莫非是那一号阁子里弹琵琶的神秘人？"潘阆道："我也只是瞎猜。"

议过一回，也无定论。过了一会儿，只听见门外唐晓英叫了一声"丽华姊姊"，张咏以为有事，正要出去查看，唐晓英却已端着酒菜进来。

潘阆便道："你们先吃，我去解个手行个方便。"张咏应了，问道："娘子可知道一号阁子里是什么人？"唐晓英道："我本不在西楼当值，今晚是临时跟丁丁交换，我来的时候一号阁子门前的灯已经点亮，表示那里面已经有人了。不过一直没有人出来。按照规定，不得客人召唤，焌糟是不能随意进阁子的。"

张咏道："双号阁子可以俯瞰大内，上西楼的人不是一般都选这边吗？"唐晓英道："确实如此，人人都想看看皇宫到底什么样儿，西楼正好可以看到全部轮廓，极少有贵客选单号阁子的。"又笑道："郎君能想象吗？有些官人想方设法上来西楼，静静待上一夜，只为听皇宫的打更声。”

张咏道：“这是因为天下所有地方的一夜只有五更，唯独大宋皇宫的一夜分成六更。六更一过，朝会就正式开始。这些特意来听更漏声的人肯定是来京城赶考的举子，他们都盼着早日金殿题名。”

唐晓英不以为然地道：“听更漏声就能带来金殿题名的运气吗？这倒是稀奇得紧。”张咏笑道：“我倒是跟娘子一样的看法。”

唐晓英见一旁寇准默不作声，只饮酒如水，十分惊奇，道：“寇郎当真是天生的好酒量。”寇准道：“不过娘子也猜得不错，家母对我管教极严，向来不准我饮酒。这次来到京师，要好好过过酒瘾了。”

张咏问道：“娘子当真很需要那颗珠子吗？我看娘子并不像是贪财的人。”唐晓英叹了口气，道：“当真需要。不过我得承认，真拼起酒来，我是赢不了寇郎的。”

她已经忙了一晚上，滴水未沾，便趁机讨要了几杯酒喝。酒一下肚，暖意顿生，疲倦也减轻不少，忍不住道：“果真是好酒，难怪卖得这么贵。”

张咏笑道：“娘子以前不是酒妓吗？应该没少喝樊楼的酒。”唐晓英叹道：“我就当过十天酒妓。樊楼的酒确实好喝，可为什么卖得这么贵？”

寇准笑道：“娘子不知道吗？酒价向来是官方制定，樊楼的和旨、眉寿，跟大名府的香桂、法酒都是一个价钱呢。”唐晓英嘟囔道：“贵就是贵，我们这些天天端酒送酒的焌糟可喝不起。”

寇准道：“那么我们今晚请娘子好好喝上几杯。可惜今日寒食，不能举火，不能烫酒，不然风味更佳。”唐晓英道：“虽是冷食冷酒，只要是樊楼的，味道总是不错的。”

正说笑间，潘阆急急奔进来道：“我知道是谁能镇住王全斌了！适才在茅厕中，我听到有人悄声议论说那三号阁子的三位年轻公子中，白脸公子就是当今皇二子赵德芳！”几人这才恍然大悟，齐声道：“难怪！”

寇准道：“王全斌久在外地为官，十年不回京师，不认得皇子原也不奇怪。可他适才当着皇子的面舞刀弄枪、喊打喊杀，若是被御史参上一本，圣上追究起来，那可是死罪。他大约是知道后果极其严重，所以才如此沮丧。”唐晓英道：“真是活该！谁叫他没来由地打人！”

潘阆笑道：“不过我也不知道是什么人在议论，未必就是真的。适才我还偷偷摸去三号阁子前偷听了片刻，不过他们掩了门，只能听得到里面蔡奴娘子吃吃地笑个不停。”

唐晓英笑道：“既有人说看见了皇二子，那么肯定是真的了。不光皇子，就是皇帝本人和晋王都常常便服化装来樊楼饮酒呢。”

寇准道：“当真？”唐晓英道：“你们不知道吗？晋王的侍妾孙敏原本是樊楼的酒妓，晋王就是来这里饮酒见过她本人后才娶回府中的。孙赐孙员外原先只是个茶博士，在城外虹桥边摆茶摊，孙敏嫁给晋王后，李员外立即将一半樊楼送给了他。孙员外其实也算是沾了女儿的光。”

潘阆道：“这位李员外左右逢源，还真是会来事，如此，便轻易巴结上了晋王。看起来，你们樊楼的风流韵事一定不少了。”唐晓英道：“嗯。”叹息一回，又道：“其实嫁进豪门有什么好？晋王有那么多女人，孙敏也不过是……”

忽听得门外有人大声叫道：“来人！快来人！”

旁人还没有反应过来，张咏已抓起长剑，飞快地蹿了出去。只见八号阁子的黑脸少年正站在六号阁子前面，右手揭着门帘，眼睛死死瞪着阁子里面，脸上露出不可思议的震惊表情。

张咏忙抢将过去，一把扯下门帘来。却见六号阁子木窗的窗格大开着，王全斌魁梧的身子悬吊在窗顶的横梁下，头发散乱，双眼圆睁，嘴张得老大，模样十分恐怖。

正愕然间，三号阁子的红脸公子开门出来怒喝道：“李继迁，你又在这里大呼小叫做什么？要打架骂街，滚回你的夏州去！”李继迁立即大声回应道：“折御卿，我的事要你管！你最好滚回你的府州[1]老家去！”红脸的折御卿道：“我本来就在朝中为官，倒是你，官家圣诞早就过了，你为何还不滚回去？”

[1] 夏州：今陕西靖边，时为党项贵族拓跋氏（唐时助平黄巢乱赐姓李）所据。府州：今陕西府谷，时为党项大族折（shé）氏所据。李继迁后来成为宋朝大敌，其孙李元昊称帝后追尊其为西夏太祖。

原来黑脸少年即是党项使者李继迁，时任管内都知蕃落使，是党项贵族中的后起之秀。他两个月前受党项首领李光睿的派遣，来京师向太祖皇帝恭贺长春节[1]，一直滞留汴京，尚未归去。红脸公子名叫折御卿，也是党项族人，在朝中任右屯卫上将军。其家族占据府州一带已近百年，因勇悍尚武，又能控扼西北，素来为中国倚重笼络。李氏与折氏当时均归附宋朝，虽同是党项族，却是世仇，水火不容。

张咏可没有兴趣关心他二人自祖上积累下来的恩怨，道："你们别吵了，这里出人命了，王全斌死了！"折御卿一呆，道："什么？"过来一看，惊讶异常，立即要抢进去查看尸首。张咏伸剑挡住他道："既是死了人，这里就是命案第一现场，只有官府的人才能先进去。"

折御卿道："你明明不是官府的人，想不到倒是个行家里手，难怪刚才敢跟王相公动手。"张咏道："过奖。"

折御卿道："不过这里是樊楼，要找官府的人还不容易吗？"扬声叫道："喂，西楼里面可有开封府的官员？"

潘阆已赶出阁来，闻声笑道："哪会那么巧，正好有开封府的官员在此？"折御卿也不理睬他，提高声音，道："再不出来，我可要挨门挨户地搜了。"

却见十号阁子的门慢慢滑开，一名四十来岁的男子慢吞吞地走出来，道："开封府推官在此。"折御卿冷笑道："瞧见没有，果然传说不假，开封府的人无处不在。这位就是开封府推官姚恕，正好是掌管狱讼的官员。"

姚恕打起官腔道："原来是右屯卫折将军，出了什么事？"他官职远远低于折御卿，不过却是地方实权官员，背后靠山又是晋王赵光义，自然不大将只有尊名却无兵权的折御卿放在眼中。

折御卿道："姚推官不知道王全斌适才借酒仗剑闹事吗？"姚恕道："嗯，本官适才听见外面有些动静，不过因为朋友酒兴正浓，也没有多理会。"

[1] 长春节：赵匡胤生日是二月十六。

其实他的十号阁子就在李继迁隔壁，自王全斌闯入八号阁子打烧糟和说书女开始，他就将情形听得一清二楚。只不过他知道能进西楼的人都有来头，卷入争斗危险得紧，稍有不慎就会得罪权贵，所以才假装没有听见。就连王全斌仗剑在楼廊动手时，也依然关门安坐饮酒，而不是像旁人那样拥出来看热闹。

姚恕又问道："折将军是要告王全斌相公吗？他人呢？"折御卿道："他上吊自杀了。"姚恕轻笑一声，道："王相公自杀，怎么可能？"折御卿道："他尸首就在这里。"

姚恕这才吃了一惊，抢过来略略一扫，立即回头叫道："押衙官人[1]，你快些出来，查验伤势可是你的长处。"

折御卿道："查验伤势？姚推官什么意思？"姚恕道："天下人都知道，官家此次召王全斌相公回京师是预备重用，折将军认为他会在这种时候上吊自杀吗？"

折御卿迟疑道："这个……本来不会，可是……"姚恕道："可是什么？"折御卿摇了摇头，不肯再说下去。

十号阁子又出来二人，一俗一道——身穿黑色便服的中年男子便是姚恕所称的押衙，名叫程德玄，也是开封府的官吏，最早做过仵作，所以姚恕才称查验伤势是他的长处。灰衣道士名叫马韶，虽然年轻，却是程德玄的至交好友。

程德玄进来六号阁子，只在王全斌尸首前来回走了几下，便皱眉出来，问道："是折将军第一个发现尸首的吗？"折御卿道："不是，我是听到李继迁在廊间喊叫'来人'才出来……"忽见同伴王旦正朝自己招手，忙道："这可不关我们的事。"匆匆奔进三号阁子，掩上房门，再也没有出来。

姚恕追问道："程押衙，王相公当真是自己上吊自杀的吗？"他有意加重了"当真"二字，一副浑然不相信王全斌会上吊自杀的口气。

程德玄眯起眼睛，慢条斯理地道："当然不是。挂住他脖子的绳子下

[1] 押衙：宋元时对吏目（低级文官官职名）的尊称。

还有一道明显的勒痕，他是被人缢死后再挂上窗梁的。”李继迁道：“缢死？”程德玄道：“不错。而且人还没有死透，腿间还有热气。姚推官，你快去叫人封锁西楼，不让人进出，说不定能当场捉住凶手。”

姚恕无奈地摇摇头，叹道：“寒食节出来喝个酒都喝不安生。”他虽很不情愿来接手这件案子，可命案就在眼皮底下，按例归开封府管，不得不如程德玄所言，赶下楼去作安排。

程德玄又一指张咏命道：“你，如果没事做的话，先进去把尸首解下来。”

潘阆一直站在门边冷眼旁观，闻言很是不满地道：“张咏又不是押衙官人的下属，为何要指使他去做？”程德玄道：“因为你们大伙儿个个有杀人嫌疑，数他嫌疑最小。”

潘阆不解地道：“张咏武艺高强，是河北有名的剑客，随身又带有兵器，怎么反倒被认为嫌疑最小？对不起，张兄，我不是指认你是凶手，我只是就这位押衙官人的话论事。”

程德玄道：“正因为张咏是个剑客，剑客视剑为生命，只会用剑杀人，绝不会用这种缢杀后掩饰为上吊自杀的手段。”张咏喜道：“我喜欢这种推论。”

寇准道：“可是适才十号阁子的门一直关着，押衙根本没有出来过，怎么会知道张大哥是个有名的剑客？”程德玄嘿嘿一笑，并不回答，露出一份高深的神秘来。

那六号阁子的窗下放着一只矮脚凳，漆面光滑如镜。张咏道：“果然是他杀。”

这是显而易见的事——那木窗窗台高及胸前，王全斌要自杀的话，应该会先踩上脚凳，再爬上窗台，然后系好绳索套入脖颈中。可那脚凳上没有任何踩过的痕迹。可见是有人杀了王全斌伪装成自杀后怕留下线索，伸袖拂去了脚凳上的鞋印。

张咏也不碰脚凳，一提气跳上窗台，挥剑割断丝绳，接住王全斌，再跃将下来，将尸首平放在地上。旁人看他身法干净利落，忍不住喝彩，其实这一番动作牵动了他的箭伤，只觉得伤口又疼痛起来。忍得一忍，轻轻拉开丝绳，果见王全斌颈间有两道深浅不一的勒痕，喉上一道呈紫红色，喉下一道呈黑淤色。

程德玄道："怎样，我没说错吧？"张咏道："确实是他杀。这道黑淤勒痕是先造成的，也是王全斌的真正死因，他被凶手用绳子勒死后又被挂上横梁，伪装成自杀的样子，这才造成了第二道紫红色的勒痕。"

潘阆问道："这位就是八号阁子的官人吗？你适才不是跟王全斌闹得很不愉快吗，为何反而是你最先发现了尸首？"李继迁不快地道："你这话什么意思？莫非怀疑是我杀了王全斌吗？"

潘阆道："官人自己说呢？适才你请说书女丽娘说书，讲到王全斌屠杀蜀中无辜军民一段，激起他仗剑闹事，楼廊里好不热闹，你的手下也差点儿被王全斌杀死，你却根本没有走出八号阁子来查看，不是很奇怪吗？"

楼廊狭窄，适才打斗时又是一片混乱，众人根本没有留意到太多不相干的事情，听潘阆一说，这才知道事情因八号阁子而起，而主人居然没有出来过，不由得一齐将怀疑的目光投向李继迁。

李继迁只是冷笑，似是不屑辩解。一旁唐晓英忙道："你们错怪李官人了！适才王相公取剑前已经先闯进八号阁子打了我和丽娘，丽娘满头是血，人也昏迷不醒，是李官人在帮助救治敷药，所以他才没空出去看你们打架，我和卖果子的呆子都可以作证。"庞丽华躲在人群后面，也低声道："我也可以作证的。"

潘阆道："这也只能解释适才李官人闻声不出阁子的情形。李官人既已经与王全斌结下了梁子，为何又主动来到六号阁子，凑巧第一个发现了王全斌上吊自杀？"言下之意，无非暗示是李继迁勒死了王全斌，又将他挂上横梁佯作上吊自杀状。

中年文士名叫张浦，是李继迁的心腹谋士，闻言怒道："阁下是谁？口口声声诬陷我家主人是何道理？"潘阆道："我叫潘阆，平民百姓一个，今日是第一次来汴京。我没有诬陷你家主人，只想帮助开封府快些找到凶手，凶手不露面，咱们今日在西楼饮酒的人谁也别想离开了。"

庞丽华泣道："你们可别冤枉李官人，李官人是为了我才来找王相公的。”潘阆愕然道：“为了你？”庞丽华道：“是。况且李官人才离开了阁子一小会儿就已经出声叫人，别说杀人，就连喝一杯酒的空隙都没有。”

程德玄追问道：“李官人当真是为了丽娘才来找王全斌相公的吗？”李继迁点点头。

张浦道：“好，丽娘既然已经开了口，我就替我家主人实话实说——王全斌打架闹事后，右屯卫折御卿将军忽然来到我们门前叫丽娘出去。过了好大一会儿，丽娘才慌慌张张地回来，说折将军将她带进了隔壁六号阁子中，王全斌相公居然起身向她赔礼道歉。她当时完全糊涂了，不明所以，但事后越想越是害怕，怀疑王相公要对她下手。我家主人见她惶恐难安，便想去找王相公问个清楚明白，也想跟他讲和，请他不要因为今晚之事日后再找丽娘的麻烦。”

程德玄道：“结果李官人刚到六号阁子门前就发现王相公已经上吊了。”李继迁道：“是的。我跟姚推官、程押衙都是一样的反应，也觉得王全斌这样的性格，蓦然在樊楼上吊实属异常，所以连门都未进，便开始叫人。后面发生的事，这位张壮士已然尽知了。”

正好姚恕重新进来，道：“我已经召集了附近维持治安的巡铺卒来封锁西楼，有好消息也有坏消息。好消息是今晚进来西楼的酒客到现在为止没有一个离开，包括在一楼等候的那些随从。我已经叫人去将凡是今晚进出过这里的焌糟和小厮都拘禁起来问话。如果王相公真是被人缢死后再装出上吊自杀的姿态，那么凶手现在应该还在楼里。坏消息是今日寒食，现下又是半夜，一时难以寻到仵作来验尸记录，怕是要等明日了。”他是推官，官衔远在押衙之上，却对那程德玄甚是恭敬。

程德玄沉吟道：“今日是长假第一日，怕是明日也难寻到足够人手。”寇准自告奋勇道：“我愿意协助推官来做文书记录。”程德玄道：“你是……”寇准道：“我叫寇准。”

程德玄奇道：“你就是寇准？”寇准更是惊讶，道：“程押衙如何知道我的名字？”程德玄道：“我经常跟随晋王出入符府，曾听符相公提起过你和你的父亲。你是今日才到京师吗？符相公见到你，一定特别高兴。”

却听见蔡奴急道：“让让，烦请让让……”好不容易挤进阁子来，第一眼看到的却是个狰狞的尸首，当即尖叫一声，别转脸去，顺势瘫倒在姚恕身上，哭道："怎么会这样？王相公他……他……姚推官，你快些送我回家好不好？奴家实在不能……也不敢再待这里了。"

秀软的头发撩过脖颈，又闻见她身上香气馥郁甜腻，姚恕登时意乱情迷，只因是众目睽睽，不得已轻轻推开她，道："这个……王全斌相公死得不明不白，西楼的人都有嫌疑，不问清楚明白，娘子可不能轻易离开。"

蔡奴道："奴家离开阁子的时候王相公还好好的，怎么突然就……就……"有心再看不久前还与她一道寻欢的老男人一眼，却始终鼓不起勇气来。

程德玄道："娘子一晚上都跟王相公在一起，偏偏你一离开阁子他就被人杀死，娘子的嫌疑可着实不小呢。"

蔡奴听他颇有幸灾乐祸之意，哭道："是王相公让奴家去向各位赔礼敬酒。况且王相公身形魁伟，武艺高强，奴家如何能杀得了他？"

张咏道："这话确实不错。王全斌身经百战，以勇猛狠辣闻名，就算而今年老，可武艺力气犹在，仍是一员不容小觑的虎将。别说妇女，就是寻常年轻男子也杀不了他。"

张浦道："寻常男子杀不了王相公，那么壮士的嫌疑岂不是最大？而且适才壮士因为救我跟王全斌相公动过手，结下了梁子，有杀人的动机。"一言既出，旁人都奇怪地望着他，不知他如何反倒要怀疑他自己也承认的救命恩人来。

张咏道："我确实带剑进过六号阁子，王全斌虽然看起来很是苦闷，可当时他人还好好的。而且就算是我要杀他，他会不反抗吗？我们两个动起手来，隔壁左右会听不见吗？"

李继迁道："嗯，确实是这个道理。我就在隔壁八号阁子中，还有张浦和丽娘，我们都没有听到这边有什么动静。"张浦道："正是如此。不过我和我家主人之前完全沉迷在丽娘精彩的故事和鼓声中，有什么轻微的动静也是听不见的。"

程德玄道："那么谁在隔壁四号阁子？"潘阆接口道："四号阁子的门

还关着呢。”又道：“不仅四号阁子，还有二号阁子、一号阁子、三号阁子，门都关得严严实实，连个出来看热闹的人都没有。”

听到出了命案，各阁子里的人已相继赶出来。而一、二、三、四号阁子却丝毫不见动静，确实很有些不寻常。

众人便先来到嫌疑最大的四号阁子门前。张咏叫道：“杀人凶手在里面的话，快些出来自首，好让我们大伙儿早些散了回家睡觉。”

门一下拉开，露出一张年轻英俊却带着怒气的脸来，不满地质问道：“说谁是杀人凶手呢？”

姚恕道：“原来是千牛卫孟将军。还有谁在里面呢？”朝四号阁子中望了一眼，慢悠悠地道：“本官来为各位正式介绍，这位是千牛卫上将军孟玄珏孟将军，他身后这位是检校太尉孟玄喆孟太尉，是孟将军的兄长，也是当代有名的书法大家。这位是……不好意思，这位倒是面生得紧。”那人便自报了姓名：“在下布衣向敏中。”

众人目光一齐集中孟太尉和孟将军身上。这二人是年纪轻轻，均不到三十岁，却官居高位，肯定是世袭的爵位。又或者跟折御卿一样，有着什么特别的背景，是朝廷需要笼络的人物。

正困惑间，又听见姚恕道：“忘了说一句，孟太尉和孟将军正是故秦国公之子。”

秦国公就是十年前已经暴毙的后蜀国主孟昶。众人一听，这才恍然明白姚恕为什么是那副奇奇怪怪的口气——推算起来，这西楼里面的人，没有什么人比孟氏兄弟杀死王全斌的嫌疑更大了，他们双方的阁子又正好挨着，这应该不只是巧合。

孟玄喆见大家目光灼灼，片刻不离自己兄弟，忙上前问道：“姚推官有事吗？适才有人喊什么杀人凶手，到底是怎么回事？”姚恕咳嗽了声，道：“原来孟太尉还不知道，隔壁……”

程德玄忽然抢着问道：“孟太尉、孟将军，你们可知道隔壁六号阁子里是什么人？”孟玄珏冷笑道：“当然知道，不是王全斌吗？”他与王全斌同朝为官，却只称呼其名字，显然敌意极盛。

程德玄道：“孟将军是早就知道，还是凑巧知道王全斌相公在隔壁？”

孟玄珏道："自打坐进阁子里，他就不停地对一个女子叫嚷说他王全斌如何能耐、如何有功，谁能听不见？"

程德玄问道："那么三位中途有没有离开阁子？"孟玄珏坚决地道："没有。就连楼廊外面动家伙的时候，我们也没有开门出来看热闹。"

潘阆道："事情就发生在眼皮底下，你们却佯作不闻。这不是不合情理吗？"孟玄喆忙道："家弟本来是想要出去的，是我拦住了他。他素来爱管闲事，我怕他又卷入什么事情。"潘阆道："哦，原来如此。很好。"

那向敏中为人敏锐，已觉察出气氛异样，上前问道："姚推官领人到此诘问，是隔壁王全斌王相公遇害了吗？"

不待旁人回答，孟玄喆先是大吃一惊，道："什么？王全斌相公遇害了？"孟玄珏更是大惊失色道："你们怀疑是我们兄弟杀了王全斌？"

他三人反应各自不一，未免令旁人疑忌更深。

程德玄忙道："姚推官，烦请你领着孟太尉回咱们的阁子问话。"又道："孟将军，劳烦你跟下官到隔壁。张咏，你在这里看着向敏中，问清楚他今晚的行踪，不准他离开，也不准他向外传递消息。"

如此安排，自然是因为四号阁子中的三人嫌疑太大，要立即分开问讯，以免他们串通口供。

那孟玄喆为人平和，倒也不再多说什么。孟玄珏却是个血气方刚的人物，闻言勃然色变，喝道："程德玄，你不过是开封府一个不入品的小芝麻官，凭什么命令我们兄弟？你是拿我们当犯人吗？"程德玄道："嗯，这个嘛……"

潘阆忽插口道："王子犯法，尚且与庶民同罪。你们不过是亡国之民、不祥之人，圣上为显君恩浩荡，才提拔你们在本朝做官，你们就真当自己是太尉、将军了吗？"孟玄珏大怒道："你是什么人？敢在这里胡说八道？"

姚恕忙道："将军海涵，何必计较。孟太尉，人命关天，烦请你跟下官到十二号阁子去。"程德玄道："孟将军，也请你跟随不入品的下官到隔壁交代清楚你今晚都做了些什么吧。寇准，请你跟我一道过去，将孟将军的话原原本本记下来。"寇准道："是，乐意效劳。"

孟玄珏一张脸涨得通红，还待发作，忽见兄长朝自己摇了摇头，只得强行按捺怒气。确实如潘阆所言，他兄弟官位虽尊，却只是亡国之君之子，就连开封城也不能随意进出，别说与程德玄这等晋王眼前的红人争锋，无可奈何，只得跟着程德玄走了出去。

张咏当真仗剑守在四号阁子门前，虎视眈眈地望着向敏中，先报了自己姓名，道："实话告诉兄台，我不是官府的人，不但不为王全斌之死难过，相反还有几分庆幸。只是他在这里被杀，不找出凶手，今晚在西楼的人都有嫌疑，大伙儿谁也走不了。所以烦请兄台自己主动些，一五一十地交代清楚。"

向敏中点点头，道："事关重大，敏中当然要说个清楚明白。"当即说了自己与孟氏兄弟之间的交往及当晚情形。

原来他只是开封普通的平民子弟，父亲向瑀曾出仕后汉的符离[1]县令，后辞官在家，亲自教督爱子。一日，他去大相国寺东的荣六郎家书铺买书，结识了孟玄喆，因在文学书法上有共同的爱好，从此成为好友。

张咏忙道："我听过荣六郎家书铺的名字，听说他家亦工亦商，既印书也卖书，质量一流。"向敏中道："嗯，这家书铺我最爱去，他家原先只是卖纸马的，生意极好，全仗荣六郎一手凿纸钱[2]的绝技——一百张一叠的纸，一凿下去，上面九十九张都是凿好的纸钱，最底下的那张却毫无痕迹。后来他利用打纸马的闲暇刻印佛经及各种常销好卖的书籍。虽是半路出家，书确实印得好，纸张也好，字样也好，比国子监[3]印的书要漂亮许多。"

张咏道："这我也听过。听那些常与契丹贸易来往的商人说，荣六郎家书铺的书是最受辽国达官贵人欢迎的。[4]对了，我听说有个大富豪为了

[1] 符离：今安徽宿县符离集。

[2] 凿纸钱就是用一把圆孔铜钱状的铁凿子在一刀纸上猛力捶打，使纸张成为圆钱形状。

[3] 国子监：古代中央官学，始于隋朝，是中国古代教育体系中的最高学府。国子监刻书肇始于五代，继起于宋代，是官方刻书的主体。由于宋代是中国雕版印刷史上的黄金时代，国子监刻书对中国刻书事业做出了很大贡献，影响极为深远，在古代印刷史上占有重要的地位。其所刻书，世称"监本"，现仍有少量存世，珍藏在国家图书馆等机构。

[4] 中原文化发达，因而宋代与辽国贸易时书籍是占重要比重的输出物。当时的辽国贵族大多精通汉文，喜读汉字书籍。

追求一位名妓，买下了国子监所有的书。”

向敏中道：“张兄提到的大富豪名叫沈偕，狎游京师时恋上了鸡儿巷的小姐蔡奴，为了讨好她，不但买下了国子监的所有书籍，而且还付下了某一晚樊楼所有酒客的酒钱，从此蔡奴就成了汴京第一名妓。”

张咏道：“啊，原来主角就是蔡奴。向兄，你等在这里，可别乱走，我去去就来。”向敏中大奇，问道：“张兄不是奉命审问我吗？我还没有洗清嫌疑。”张咏道：“你不会是凶手。”匆匆出来找蔡奴，却见她正在十号阁子中发呆，潘阆也是闷不作声地坐在一旁。

张咏道：“原来娘子在这里！倒教我好找！”蔡奴忙起身道：“奴家既不能离开，又没有地方可去。程押衙便叫奴家将今晚的行踪告诉潘郎，请他记录下来。可潘郎说不愿意听官府差遣……”

张咏道：“这么说，程押衙是认为潘阆没有嫌疑了？”潘阆不悦地道：“张兄这话是什么意思？”张咏笑道：“开个玩笑嘛。王全斌闹事后，你可是我们三个中唯一一个出去了一趟的人。”

潘阆道：“我可是去了厕所，有管酒的酒厮可以作证。哎呀，一说酒厮，我倒想起来了——我到楼梯间的时候，问那酒厮厕所在哪里，转身的时候看见了孟玄珏站在楼廊中，现下想起来，他站的位置正是六号阁子。他居然还敢强辩称从来没有出过阁子！哎，不光我一个人看见了，酒厮和那小女孩小娥也看见了的。”

张咏道：“这可是关键线索，你赶紧去告诉姚推官，请他立即盘问酒厮，若你二人口供对上，那可就是铁板钉钉的证据了，不容孟玄珏再抵赖。”潘阆道：“为何要去找姚推官？张兄难道看不出来，姚推官全听程押衙的吗？”

张咏道：“想来那程押衙是晋王的心腹，然而姚推官才是开封府掌管刑狱的官员，不可乱了法度。”潘阆冷冷一笑，道：“法度？法度有用吗？”一边嘟囔埋怨着，一边走了出去。

张咏忙问道：“听说以前有位阔少为了追求娘子，买下了国子监的全部书籍，可有此事？”

这正是蔡奴生平最得意之事，她登时一改愁容，笑颜如花，道：“确有此事。”张咏道：“那么那些书籍去了哪里？娘子若是不读书，抑或是嫌那些书已经陈旧，可以转送给在下。”

蔡奴这才会意对方是为书而来，并非为自己容色倾倒，颇为失望，道：“沈郎确实买下了国子监所有书籍送我，我很开心，可开心的只是他肯为我一掷千金，其实我根本不喜欢读书，所以我又叫他将那些书运走了。”张咏听说，不免扼腕叹息，深以为憾。

蔡奴问道：“张郎很喜欢读书吗？”张咏道：“嗯。我自小家贫，买不起书，只有到有书的人家恳求借阅，借到手之后抄下来再读。人家都以为我是江湖剑客，其实我是为了读书才四处游历，宝剑不过是用来防身罢了。玄门非有闭，苦学当自开。[1]我自小的理想，就是建一座大大的藏书楼。”

蔡奴叹道：“寻常男子无非是想着升官发财、金殿题名之类，唯有张郎志向与众不同，教人好生钦佩。”张咏笑道：“倒教娘子见笑了。”

蔡奴道：“奴家听说天下最大最好的私人藏书楼是望海楼[2]，号称‘万卷藏书楼’。可惜不在中原，而是在契丹国土。其主人耶律倍原是大契丹国的皇太子，封东丹王，也只有他这等财势雄厚的人物才能在大望海山的绝顶高峰修建藏书楼。”

张咏道：“不错，娘子不愧是汴京第一名妓，见多识广。”蔡奴笑道：“妇道人家，能有什么见识？不过是闲时听客人们说的罢了。”

张咏道：“可惜耶律倍后来争权失败，弟弟耶律德光当了契丹皇帝，他受到迫害，不得已逃来中原，临行前在望海楼刻诗道：‘小山压大山，大山全无力。羞见故乡人，从此投外国。’不带金银，不带珠宝，连爱子也没有带，只将所有的书籍装运到船上，渡海逃来了中原。”

蔡奴抿嘴笑道：“如此说来，耶律倍倒是张郎的知己。其实他南来中原时，并非只带了书籍，还带了他最喜欢的一位汉人妃子——高美人。”

[1] 张咏所作《劝学》诗中的两句。张咏是中国历史上著名的勤奋好读之人，官居高位后也是如此，“力学求之，于今不倦”。他一生中所有的钱财都用来买了书籍，时人称他“不事产业聚典籍”。

[2] 是中国东北地区最早的私人藏书楼，现遗址犹存。

张咏道："当真？"蔡奴道："当然是真的，当今辽国晋王耶律道隐就是高美人在中原所生。后唐末帝李从珂派人来杀耶律倍时，一名僧人悄悄抱走了还在襁褓中的耶律道隐。契丹灭掉后唐后，派人多方寻访，才将耶律道隐带回契丹。"

张咏道："当今辽国皇帝[1]是耶律倍的孙子，论起来与中原也算颇有渊源，不过耶律倍被中原皇帝所杀，中原又一心要夺回燕云十六州，兵戎相见怕是在所难免。"蔡奴道："所以当今官家才预备先荡平北汉。"

张咏想起潘阆认为开封首富李稍的车队护送的正是来大宋议和的北汉使者，心道："官家大张旗鼓地召回王全斌、曹彬、王彦升等名将，作出将举兵攻打北汉的姿态，也许正是要攻心为上，逼迫北汉归降。"忙问道："娘子如何知道官家要出兵北汉？"蔡奴道："是奴家多嘴，不过跟张郎聊得开心，顺嘴就说了出来。张郎别奇怪，奴家也是听王全斌相公说的，可惜他……也算是出师未捷身先死了。"

张咏闻听她将杜甫追怀三国名相诸葛亮所作的诗句用在了王全斌身上，忍不住笑了起来。

他二人在阁子里聊得正欢，忽见向敏中进来讪讪叫道："张兄！"张咏道："呀，向兄怎么到这里来了？你是不能擅自离开四号阁子的。"

向敏中道："我等了许久不见张兄回来，我得去趟茅厕。"张咏道："向兄先进来坐下。我问你，你们三个当真都没有出过四号阁子一步吗？你要老实答我。"

向敏中踌躇道："既是张兄发问，我可以拒绝回答吗？"张咏道："向兄既不能背弃朋友之义，又不愿谎言相欺，张某足感盛情。我也不想强人所难，你先去茅厕吧。"

向敏中应道："多谢。"又道："若是张兄愿意的话，改日我可以带你去逛荣六郎家书铺，我跟铺主很熟。另外，开封还有一些小书铺，也有些不错的书。"张咏大喜道："如此好极了。"

---

[1] 指当时在位的辽景宗耶律贤，其皇后即为著名的萧燕燕。耶律倍虽为弟弟耶律德光所迫去家离国，但耶律德光死后，耶律倍之子耶律阮继承皇位为辽世宗，以后的辽代诸帝除辽穆宗耶律璟外都是他的子孙。

向敏中刚走，潘阆便领着姚恕过来，道："姚推官已经亲自盘问过酒厮丁大和那个小女孩刘娥，我三人的口供对上了。"

诸人便一起来到六号阁子中，程德玄正与寇准一道盘问孟玄珏。那孟玄珏却甚是倔强，被问得发恼，再也不肯开口。姚恕告知潘阆和丁大二人均见到孟玄珏曾站在死者王全斌门前鬼鬼祟祟地往里窥测。孟玄珏大约料不到有人看到他出过阁子，抬头狠狠瞪了潘阆一眼，便别转头去，仍然不肯招承。

程德玄道："如今人证俱在，孟将军何不坦白交代实话？"孟玄珏只是不断冷笑。

张咏忍不住道："孟将军，我见你也是条好汉，你杀死王全斌为蜀民复仇，很令张某钦佩。有意伪装成上吊自杀，试图瞒天过海，是怕连累亲人，这也能理解。而今铁证如山，你还不肯说出实话，累得这么多人白白跟你耗在这里，这可不是大丈夫所为。"孟玄珏依然不予理睬。

潘阆道："而今真相大白，何须多费唇舌？姚推官干脆直接带孟将军回开封府拷讯便完了。"

姚恕斥道："胡说八道！孟将军身居高位，岂能轻易加刑？"又劝道："孟将军，你实在不肯开口，下官也难以勉强。你兄长和朋友为了维护你，跟你一样不肯讲出实话，如此可是犯了伪证和包庇之罪。难道将军眼睁睁地看着亲人朋友为了你触犯刑律吗？若是你肯说实话，下官保证不再追究孟太尉和你的朋友向敏中。"他毕竟久掌狱讼，极善于利用他人心理循循诱供。

孟玄珏终于开了口，道："那好，我说。只是我说实话，你们会信吗？"姚恕哑然失笑道："只要是实话，谁会不信？"

孟玄珏道："之前我听到隔壁有人厉声呵斥，却不是王全斌的声音，一时好奇，想去看个究竟，家兄却不准我出去，怕我惹事。我便等了一会儿，假意要去茅厕，来到六号阁子前，正好那阁子没有掩门，我便揭起门帘的一角，朝里面望去，结果看见……看见……"

他迟疑不肯说完，气氛陡然紧张起来。张咏性急，先问道："孟将军看见那厉声呵斥的人杀死了王全斌？"孟玄珏摇了摇头，道："不是。我看见王全斌正站在窗台上，将横梁上的绳结套在脖子上……”

张咏道：“啊，将军是说你亲眼看见王全斌上吊自杀？”孟玄珏道：“正是，这是我亲眼所见。”

潘阆道：“这怎么可能？适才程押衙已经验过尸首，王全斌颈中有两道勒痕，分明是被绳子勒死后再挂上横梁的。你在说谎！”孟玄珏怒道：“你们非逼着我说，我说出来你们又不信。我就是亲眼看见王全斌将绳索套入颈中，再一脚蹬开，吊在半空中。不错，我当时确实可以进去救他，但我偏偏不想救。你们可以告我见死不救，可要逼我承认我没有做过的事，那可办不到。”

众人闻言无不面面相觑。古代见危不救是犯罪行为，尤其王全斌是朝廷命官，孟玄珏肯承认亲眼看见其吊死而不相救，即使能免除刑罚，亦会被御史上奏弹劾，贬官流放的命运在所难免。如此，他的话应该是实话，只是听起来是实话，却因与物证相悖，实在难以令人相信。

隔了好半晌，程德玄才问道：“那么孟将军为何适才矢口否认出过四号阁子？”孟玄珏冷笑道：“隔壁王全斌死了，你们有物证证明是他杀，我兄弟岂不成了首要嫌疑人？我可不想平白惹上麻烦。这件事，我兄长和向敏中毫不知情，我亲眼看到王全斌吊死后，又不动声色地回到四号阁子，他们根本就不知道隔壁发生了什么事。”

程德玄道：“下官倒是相信孟将军的话。不过王全斌相公是他杀无疑，孟将军又亲口承认是最后一个见到他活着的人，杀人嫌疑实在难以洗清。”说着向姚恕使了个眼色。姚恕便道：“孟将军，得罪了。来人，将孟将军锁拿回开封府，交给右军巡院[1]讯问。”

两名随从抢上前来，一左一右去抓孟玄珏手臂。孟玄珏怒道：“不劳动手，我自己会走。”

向敏中忽然挤过人群，进来道：“等一等！姚推官，程押衙，请容我

[1] 右军巡院：开封府下属机构。北宋法律程序，刑事案件审理分三级：先由右军巡院审理；审理不当，再由左军巡院审理；审理不当，最后由开封府府司或中央御史台重审。因为开封府尹赵光义身份特殊，宋初开封府已有中央职能，号“南衙”，与“北府”（中书省与枢密院对掌文、武二柄，号“二府”）对称。

插一句嘴。”姚恕道：“有话去开封府说。来人，将他一起带走。”向敏中道：“姚推官，真凶还在这里！”姚恕吃了一惊，问道：“你说什么？”

向敏中道：“官人们都认为是孟将军下手杀了王全斌相公，目的在于为那些冤死在他刀下的蜀中将士百姓复仇，再伪装成上吊自杀的模样。可你们想过没有，王相公认得孟将军，就算十年过去，已经不记得容貌，可是有陌生人进来，他会不警惕提防吗？王相公的身材比孟将军高大许多，两个人当真动起手来，隔壁会听不到动静吗？我和孟太尉就在隔壁四号阁子，并没有听到打斗。就算你们认为我的话不可信，也该问问另一边八号阁子的官人。”

张咏道：“关于这一点，适才八号阁子的李继迁官人已经作证，他和随从还有丽娘均未听到任何不寻常的动静。”

向敏中道：“如此就对了。再看这六号阁子里面，案桌上的酒肴虽然狼藉一片，却是摆放如初，并没有凌乱的痕迹。王相公若是先被勒死，他必定大力挣扎、本能求生，怎么可能桌凳、酒具都完好无损呢？”

这话极是有力。就连一心想早些结案的程德玄也捋着胡须道：“有道理，有道理。”

姚恕道：“那么你如何解释王相公颈项中一深一浅两道勒痕？”向敏中道：“家父曾出仕后汉符离县令，我曾听他提过一个移尸讹诈的案子——符离有个好赌的男子去向表兄借钱还债，钱没有借到，还被表兄辱骂一番，回家后不忿上吊自杀了。家人便趁天黑将他的尸首挂到表兄家的屋檐下，想以此来讹诈表兄钱财。哪知道官府验尸时验出颈项中有一深一浅两道缢痕，认定是表弟家人移尸诈财。”

姚恕道：“你是说王相公是在别处上吊自杀，又被人移来西楼这里？哈，越来越离谱了。”

寇准却听出了名堂，忙解释道：“不，向郎的意思是说，王相公是自己先上吊自杀，再被人抱着身子往上移了一下，刻意造成两道勒痕，好造成他杀的假象，以嫁祸旁人。”

众人这才恍然大悟，虽感匪夷所思，然而仔细推测，这种说法确实是能将孟玄珏口供和物证统一起来的唯一合理解释。

向敏中朝寇准点点头，表示感谢，又走到王全斌尸首前，指着脖颈道：“缢杀和上吊自杀的勒痕其实有些区别。如果王相公是先被勒死的，凶手必然要走到他身后，用绳索之类的物事勒住他脖子，用力往后拉，令他窒息而死，这样所造成的勒痕是平的。而上吊自杀由于死者身体的重量，所留下的痕迹必然是斜向上的，且会在左右耳后交会。王相公颈项中这两道勒痕，虽然有深浅之分，却均是向上斜交的。”

程德玄沉吟道：“如此说来，王相公当真是自杀？可又是谁居心叵测，有意造成他杀的假象来陷害孟将军？”口中说着，眼睛已经向潘阆望去。在目前的供词中，只有他和酒厮丁大亲眼见到孟玄珏站在王全斌六号阁子前，理所当然嫌疑最大了。

潘阆道：“呀，程押衙倒怀疑起我来了。我根本不认得孟将军，为何要陷害他？”

向敏中道：“应该不是这位郎君。我和孟太尉、孟将军三人一直没有出来过，旁人也不知道我们就在四号阁子中。我猜那人想嫁祸的不是孟将军，而是旁人，嫁祸者和被嫁祸者应该都是之前你们在楼廊大闹时出现过的人。”

寇准道：“且不说嫁祸者的动机如何，被嫁祸者一定是之前跟王全斌相公结下过梁子、最容易受到怀疑的人，譬如张咏张大哥，八号阁子的李继迁李官人……”

李继迁的随从张浦正在当场，闻声立即应道：“那我知道了，一定是折御卿折将军！”姚恕道：“对啊，还真奇怪呢，折将军在楼廊大喊开封府的官员，结果自己倒缩进了三号阁子，再也没有出来过。”

张浦道：“想必各位也知道，折将军与我家主人是世仇，只是想不到他会用这样卑劣的法子来陷害我家主人。”张咏道：“我可以作证，我两次撞见过那个红脸的折将军出现过，一次是他和两名同伴出来六号阁子，后一次是他又要进来。”

寇准翻了一下笔录，道：“适才张浦张先生提到右屯卫折将军到八号阁子叫走了说书女庞丽华，带她到王相公的六号阁子中，让王相公向丽娘赔礼道歉。丽娘回来后惊恐不安，所以李继迁李官人就来到六号阁子，找王相公为丽娘求个情，结果发现王相公已经吊死了。”

如此一对口供，折御卿的嫌疑确实相当大，王全斌莫名其妙自杀也应该跟他有关，凑巧他所在的三号阁子就在王全斌六号阁子的斜对面，来去方便，又不引人注目。

程德玄便道：“姚推官，何不派人去三号阁子请折将军出来说个清楚明白？”姚恕道：“是，还是本官亲自前去比较好。”当即来到三号阁子前，轻轻敲了敲门，叫道：“折将军在吗？麻烦三号阁子的人都出来吧。”

门迅疾拉开，露出折御卿的红脸来，倒像他早就等在那里，飞快地将姚恕拉了进去。众人大惑不解，只静静等着。

过了一会儿，姚恕退了出来，道：“折将军不肯承认是他所为。另外……”附到程德玄耳边，低声说了几句。程德玄道：“既然如此，也无可奈何。就这么算了吧。”

姚恕便大声道：“各位，王相公确属上吊自杀，后来由于有人不小心移动了尸首，才造成他杀的假象，让各位担惊受怕了。本官这里已经录下各位的口供，这就散了吧。”指挥从人将王全斌尸首用布单包了，抬出去交给他家人。

众人料不到一场惊天大案竟如此草草收场，张咏等人猜到多半是因为皇二子赵德芳在三号阁子中的缘故，各自无语散去。

只有寇准道：“等一等！此案虽说已经水落石出，可一号阁子和二号阁子里的人还没有露过面，也没有留下笔录，万一将来有变故，又如何去找那两个阁子中的人讯问？”

姚恕道：“这个无妨。西楼有人看守，能进来的人不是熟脸也须凭官印。且案子已破，跟一、二号阁子毫无干系，无须再多事。”寇准无奈，只得道：“是。”

大大闹过一回，张咏、寇准、潘阆三人再无酒兴，勉强吃了些冷酒菜，填饱肚子，悻悻下楼来，正遇到阿图。

张咏不免十分奇怪，问道：“西楼出了命案，这么大的事，你们樊楼怎么倒像没事一样？”阿图道：“命案自有开封府处理，我们樊楼从来不敢干预，这是规矩。”

潘阆道：“谁叫孙员外是开封府尹的岳父呢？全开封也只有你们樊楼能有如此底气了。”阿图赔笑道：“潘郎就会说笑。”

潘阆问道：“我可不是说笑，我对你家主人李员外佩服得紧。他人回来了吗？”阿图道：“回来了，正在中楼歇息。”

张咏道：“博浪沙的事情到底如何了？商队可有伤亡？那两批盗贼可有擒获？”阿图道：“多谢张郎关心。我方死了三个人，有七八个人挂了彩。第一批麻衣强盗也死了三个人，只生擒了一人，已经被程判官带回开封府拷问。那些神神鬼鬼的脚夫大多逃走，捕到的几个也都抢先服了藏在衣襟中的毒药自尽了，没有抓到活口。”

寇准道：“这是什么缘故？脚夫既无兵刃，又无坐骑，为何反倒大多都逃脱了？”阿图道：“那里可是博浪沙。一旦逃入沙地中，处处荆棘，马力反而不及人力。那些脚夫个个跑得比兔子还快。好在有路人帮手，将被劫走的马车夺了回来，万幸。”

寇准叹道：“如此看来，那些人确实是真正的脚夫了。”一边说着，一边去摸钱袋，预备到柜台结算酒钱，不料伸手入怀，竟掏了个空，那只母亲亲手为他缝制的钱袋不知道何时已然不见了！

忽听得背后有人“呀”的大叫一声，不由得吓了一跳。回过头去，却是那一直跟在程德玄身后不发一言的道士马韶，正死死瞪着坐在散座中玩耍的刘娥，惊呼出声。

程德玄道：“尊师[1]是在看那小女孩吗？出了什么事？”马韶道：“那女孩子骨骼清奇，面相贵不可言。”声音颤抖不止。他吞了口唾沫，勉强压低声音道：“她日后必当母仪天下。”

寇准注意到刘娥后，也大吃了一惊，不过并不是因为他听到了马韶的话，而是刘娥手中把玩的正是他本人的钱袋，不过那钱袋已然空瘪，再无他物。

[1] 宋代尚方外之交，尊高僧为“大士”，道士为“尊师”。

第三章

老鼠弹筝

两名刑吏抬了一个模样像筝的铜质刑具放在凳上，抢过来抓住张咏双手，将其手腕锁入铜筝的铐环中。姚恕笑道：『这刑罚叫「老鼠弹筝」，创自唐代酷吏来俊臣之手，专门用来拷掠犯人双手，厉害无比。所谓十指连心，你是执剑的人，该知道其中厉害。怎样，你招还是不招？』

汴京之前，还有长安。

隋朝立国后，隋文帝杨坚依旧选择长安为京师，但却放弃了汉长安故城，在龙首塬重新修建了皇城和宫城。新建成的长安设计周详，制度严谨，布局井然，规模宏伟，是当时世界上规划最完整、城建最齐备、建筑最壮观的城市。全城以朱雀大街为中轴线，采用东西对称布局，南北向大街十一条，东西向大街十四条。城区实行坊、市分离的制度，划分一百零九个坊和东、西两市，坊为居住区，市为交易区，如棋盘一般整齐地排列，坊里全部排列入棋局，正如唐代诗人白居易在诗句中所描述的那样："百千家似围棋局，十二街如种菜畦。"

然而这座举世无双的城市却是中国里坊制封闭式城市的典型，唐代长安亦是执行里坊管理最严格的朝代——所有坊、市的四周以围墙封闭，每面仅开一扇门，居民只能通过坊门出入；坊角设有武侯铺，由卫士守卫；坊门早晚都要定时开闭，以击鼓为准；并实行夜禁。凡是在"闭门鼓"后、"开门鼓"前在坊外大街上无故行走的，称为"犯夜"，被巡逻的金吾卫士发现后，要按律拘禁鞭挞。唐初的时候，有一个姓崔的男子醉酒犯夜，被巡夜的金吾卫士捆起来打了一顿，扔在街头醒酒。第二天一早，长安县令刘行敏在上朝的路上遇到了崔生，才给他松了绑，还因此写了一首诗："崔生犯夜行，武侯正严更。幞头拳下落，高髻掌中擎。杖迹胸前出，绳纹腕后生。"正因为如此，繁华热闹的长安一到晚上，就变成了一座死气沉沉的寂静之城。

历史的风云变幻莫测，唐末动乱连年，长安成为纷争和杀戮的主要战场，被肢解得支离破碎，雄伟建筑荡然无存，只剩下了一堆堆的残垣断壁。西风残照，繁华梦断。以至大宋开国皇帝赵匡胤在选择京师的时候，回望长安，也不得不深深叹息——这座曾经包罗万象的城市，在历经了千万杀戮后，再也没有成为都城的可能。

宋代选择开封为京都后，起初也沿袭唐代长安大城套小城的格局，实行坊制和夜禁：全城共分八厢一百二十坊；士民只能通过四面坊门出入坊里，夜鼓一响，便由坊正关闭坊门，不得再出入；夜禁后，坊区外的大街上有禁军担任的巡铺兵卒来回巡视，犯夜禁者要逮捕送交官府治罪；直到次日晨鼓响起，夜禁方才解除，坊门重新开启。

堡垒式的里坊制度方便官府管理，对维持京师治安起到了很大的作用，但局面很快就发生了变化。后周时，周世宗柴荣曾大规模地扩建开封，为了拓宽街道，拆掉了部分临街的坊墙，允许居民临街修盖凉棚、建起楼阁，坊制已经开始露出解体的苗头。而赵匡胤登基为帝后，一改之前历代王朝重农抑商的政策，大力宣扬“多积金、市田宅以遗子孙，歌儿舞女以享天年”，以此博民富，缔造一个富足天下的王朝。皇帝对商业的重视引发了经商热潮，庙堂之外，朝野之间，自公卿到百姓，人人想方设法赚钱生财。就连晋王赵光义也组织有自己的商队，专门贩卖货物，以所获巨利修建了一座恢宏的道观。经济的极大繁荣势必促发坊制的破坏，临街的人家悄悄拆掉坊墙，改建为商铺出租，甚至不惜侵占街道。如此一来，居民们临街开店、面街而居，没有了坊墙限制，完全可以不通过坊门出入坊区，坊制被彻底破坏，坊、市分离的格局被打破，市场沿街而行，贸易场所扩大到全城的各个角落，京师的夜禁制度亦不能严格执行。从这个意义上来说，宋代开封是中国历史上第一座敞开型的城市，市民们拥有相对的自由空间以及真正丰富的夜生活。

开封的寒食夜晚当真是个不夜天，张咏、寇准、潘阆几人乘马出来樊楼时，提灯游街的男女依旧络绎不绝，只得拢马慢行，后半夜才回到汴阳坊。坊巷巡铺当值的兵士正百无聊赖，见三人面生，特意拦住盘问，听说是开封首富李稍的客人才放行。

三人实在太过疲累，本来还想谈一下今晚的樊楼奇遇，但也是有心无力，各自回房倒头就睡。

次日上午，寇准与潘阆携了海东青一道去拜见符彦卿。张咏睡到中午才起，自有李稍派来的女使来服侍洗漱。他胡乱吃了些点心垫底，便携剑出来，预备步行去寻昨晚结识的向敏中，然后一道去逛书铺。

出门不远，正遇到王嗣宗陪着一名四五十岁的男子在一处大宅前与一名三十岁出头的文士交谈。张咏远远叫道：“王兄！”

王嗣宗便迎过来问道：“张兄就是借住在前面那处宅邸吗？”张咏道：

“不错。那两位是……”王嗣宗道：“哦，那老者是我族叔王仓，那文士是南唐郑王李从善，也就是南唐国主李煜的亲弟弟。”

张咏吃了一惊，道：“李从善怎么会在这里？”王嗣宗道：“他出使大宋被官家扣押，一直软禁在汴阳坊中。”张咏道：“啊，我明白了，你族叔是汴阳坊的坊正，负责监视看管这南唐的落难大王。”王嗣宗道：“差不多是这个意思。”

忽听得王仓叫道：“嗣宗！”语气甚是焦急。王嗣宗应了一声，匆匆道：“我正好有点事想请张兄帮忙，回头再来寻你。”张咏道：“好，王兄先去忙，等我晚上回来再聊。”

刚走到汴阳坊东面的表柱木[1]，便见姚恕骑马领着数名黑衣吏卒赶来，远远挥手叫道：“张壮士，等一等！”

张咏顿住脚步，等姚恕近前，问道：“姚推官有事吗？”姚恕笑道：“今日怕是要得罪了，本官也是奉命行事。”回头命道，“将张咏拿下了！”

张咏大是愕然，立即横剑挡在身前。姚恕见他意欲反抗，一挥手，几名捕盗弓手围上前来，扣箭上弩，对准张咏。张咏见状不敢再动，只冷笑道：“好大的阵势！”

姚恕道：“你想要拒捕吗？那可是罪加一等。”张咏道：“推官亲自带人来拿我，莫非又怀疑是我昨晚在樊楼杀了王全斌？”姚恕道：“拿你确实跟你昨晚身在樊楼有关。你可知道昨日死的朝廷命官不止王全斌一人？”

张咏道：“那还有谁？”姚恕道：“还有王彦升王相公，他被人杀死在离博浪沙不足十里的小牛市集里。你现下该知道为何拿你了吧？”张咏道：“仅仅因为我昨日在那小牛市集跟王彦升相公比过剑吗？那可是他自己找上我的。”

姚恕道：“你还要强辩吗？昨日有两位朝廷大将先后遇害，虽然地点不同，你却是唯一一个在两个地方都出现过的人。”

[1] 表柱木：官府所立的木质标记，禁止市民超越界线，侵占街道。然而侵街行为总是不断发生，大多是权贵建成邸舍，出租房屋赚钱。前宰相赵普被免职，侵街建邸就是罪名之一。

张咏沉吟道："果真如此的话，你们怀疑我也在情理之中。好，我跟你们走。"不再抗拒，任凭黑衣吏卒上前夺下宝剑，拿锁链锁了双手和脖子。

张咏被一路押解来到相国寺前街的一处大官署，却不是姚恕任职的开封府，而是浚仪县廨。

汴京城虽分为开封和浚仪两县，但这只是地域上的划分，城区的管辖权均直辖于开封府。开封、浚仪虽然号称是级别最高的赤县，实际上已经丧失了绝大部分的行政权力，因而北宋的赤县是绝对清冷的官署，地位不及唐代京师长安、万年两县十分之一。

浚仪县历史悠久，始置于秦代，即战国时魏国都城大梁。秦将王贲攻打魏国时采用了决河灌城的办法，大梁城由此成为废墟，魏国灭亡。秦始皇统一中国后，因大梁城毁坏太甚，一时难以恢复，遂在原址设置了浚仪县，为后代所沿袭。

历史上有不少名人担任过浚仪县令，如陆云[1]等。三国大才子曹植也曾被封为浚仪王，在这里写下了《慰情赋》及《社颂》。唐代贞观名臣马周未发迹时，曾游汴地，在浚仪县担任书吏，因小事被县令崔贤育辱骂，遂弃官前去长安，后成为一代名相。

县廨建筑亦是唐代遗物，古朴中自有一股沧桑。唯有门楼是新修，颇不相称。门楼前立着一座戒石铭，上刻四行大字："尔俸尔禄，民膏民脂。下民易虐，上天难欺。"

张咏一见便叫道："呀，这是秦国公孟昶昔日为后蜀国主的颁令，如何被刻在了这里？"姚恕斥道："胡说八道，戒石铭是朝廷用来告诫地方官员要爱民如子，怎么会摘选亡国之君的令文？"

张咏见他粗鄙无知，也不多与他争论，只问道："推官如何带我来浚仪县治而不是开封府？"姚恕道："开封府事务繁剧，晋王有令，凡是

[1] 陆云：西晋文学家，三国时东吴大将陆逊之孙，陆机之弟。他年少时即有文采，因其文学成就而与其兄陆机并称为"二陆"。

昨日跟博浪沙盗贼和二位王相公遇害有关的罪犯均押解来浚仪县审讯囚禁。”张咏笑道：“你们是不愿意张扬吧，担心开封府办事的人太多，来来往往泄露了风声。”

姚恕冷笑道：“不是因为来开封府办事的人多，而是开封府府狱中的囚犯太多，多到你难以想象，都腾不出一间单独的囚室来关押你这样的重犯。”

宋初中央审判机关为大理寺[1]，负责办理天下所奏的疑案。下分左部断刑和右部治狱，左断刑负责审断全国各地州县报请复审的刑事案件及地方官犯罪案件；右治狱负责京师百官犯罪案件。职责重大，案件极多。太祖皇帝认为其是慎刑机构，特意不设监狱，所有犯人均寄押在开封府府狱中。而开封府本身就负责下辖十六县的各类民事纠纷、刑事诉讼，事务繁剧，府狱同时兼有中央监狱和地方监狱两重职能，是以常常人满为患。

姚恕又道：“你能猜到朝廷不愿意公然张扬两位王相公遇害之事，也该想到事态是多么严重了。”命人押着张咏来到大堂中，强迫他跪下。

先叫出一名证人来。那人进来跪在张咏旁边，侧头问道：“张郎可还记得小的？”张咏道：“昨天才见过，如何就记不得了？你是王彦升王相公的随从。”

那随从便哭骂道：“好个狠心的张郎！我家主人好意找你比剑，你伤了他也就罢了，如何还要下毒害他？”张咏道：“好意找我比剑？明明是你家主人想得到我的宝剑，死缠着要跟我比试。我赢了他一招立即就走了，水酒都没有喝一碗，哪里有机会下毒害他？”

那随从道：“明明是你，就是你伤了我家主人。你离开市集后不久，我家主人也紧随上路，走不多远就从马上掉下来死了。”张咏更是愕然，仔细回想，也难解其因。

姚恕道：“张咏，本官问你，你可有用剑伤了王彦升王相公？”张咏

[1] 直到宋神宗时改革官制，才恢复设置大理寺狱，主要用来关押犯徒刑（刑罚的一种，给罪犯戴上刑具，强迫其服一定时间的劳役）以上之罪的在京官吏。宋代名将岳飞就死于大理寺狱。

道："我承认，我的确伤了王相公。不过我们事先早有过约定，刀剑无眼，万一伤到对方可不能记仇。王彦升相公虽然剑术高明，毕竟年纪已大，身手和反应都迟缓了许多。我只是用剑划伤了他的后背和臂膀，不过是一点轻伤，根本不足以致命。"

姚恕道："这么说，你承认是用你的宝剑伤到了王相公的后背和臂膀？"张咏道："是。"姚恕道："很好，书吏，将他的供词如实记录下来。"

张咏道："莫非王彦升相公有什么隐疾？我那两剑引得他疾病突发？"姚恕道："不是隐疾，而是你的宝剑上涂有毒药，你出手划伤王相公时，毒随血液侵入体内，等你离开后，他才毒发身亡。"

张咏哈哈一笑道："如此，你们可冤枉不到我。张某虽然不才，却自负剑术无敌于江湖，从来不会用毒，更不会往自己心爱的宝剑上抹毒。"

姚恕一拍惊堂木，喝道："传仵作！"便有一名白发苍苍的老仵作应声上堂。

张咏见他容形全毁，左右面颊上各刺着两个黑色大字，念起来是"奉敕不杀"，不由一愣，心道："本朝恢复肉刑，流徙犯人均要在脸上刺字，称为'打金印'，意在示辱，令人望而识其为罪犯。可只见过犯人额头上刺着州名牢城，就算是特赦免死的强盗，也不过在面颊刺上'免斩'和双旗字样，这'奉敕不杀'倒是头一次看见。"他生平孜孜好学，遇难即问，忙问道："老公脸上这四个字从何而来？哦，我并非有意无礼，只是头一回见到这样的刺字，不免有些好奇。"

老仵作甚是从容，道："郎君看起来也是读书人，难道没有听过契丹皇帝攻入开封后羞辱中原汉人的事吗？"

原来昔日辽太宗耶律德光攻灭后晋后，在所有俘获的后晋人脸上刺上了"奉敕不杀"四个大字，表示格外开恩才赦免中原汉人的性命。张咏这才恍然大悟，道："原来是契丹人的手笔。"

老仵作点点头，上前跪下，禀告姓名、身份及验尸结果：他姓宋名科，已经当了四十多年仵作，是开封府资格最老的仵作行人。王彦升尸首被连夜运回开封后，他被召来验尸。王彦升全身发黑，系中乌头[1]剧毒而死。而他在小牛市集碰过的酒菜茶水已经人用银针检验，并无毒药，所以毒并非从口入。验得全身有新伤两处，一处在后背，一处在右臂，伤处血色发黑，毒应该是从剑伤而入。

张咏听完，连连摇头道："我没有用毒，你们可以查验我的宝剑，剑上绝对没有涂毒。"宋科道："适才小的已经验过推官派人送来的宝剑，剑身干净得很，没有毒药痕迹。"

张咏道："那是自然。"宋科道："非但没有毒药，连一丁点儿血迹也没有。只有酒气，闻起来似乎是樊楼的和旨。"

姚恕道："这就对了！凶手杀了人，自然要将凶器擦洗干净，销毁证据，剑上的毒药和血迹早一并擦去了。"张咏辩道："跟王彦升相公比试后，我确实擦拭过宝剑的血迹，那只是爱剑人本能的反应，可不是为了销毁证据。"

姚恕哪里肯听，冷笑道："你当真是深谋远虑，生怕留下蛛丝马迹，甚至去樊楼饮酒时还不忘用酒再擦一遍剑身。"蓦然想到什么，惊道，"呀，昨夜没有验毒，王全斌相公该不会也是被你剑上的乌毒害死，再伪装成自杀的样子？"

张咏道："王全斌是自己上吊而死，孟玄珏将军亲眼所见，推官可别想推到我身上。王彦升相公中毒也与我无干。"

姚恕重重一拍惊堂木，道："张咏，你杀王彦升相公已经是铁证如山，人证物证俱在，还不快些招认？免得皮肉受苦。"张咏道："我没有往剑上抹毒，没有杀人，如何招认？况且我与王彦升相公素不相识，为何要杀他？"

姚恕道："这正是本官要问你的，你的杀人动机到底是什么？"张咏道："没有任何动机。当时我骑马路过小牛市集，王彦升相公在小牛酒楼上看到我的剑，起心据为己有，派随从将我强行拦下，非要以我的宝剑

[1] 乌头：古代标准军用毒药，用以涂抹兵器、配制火药。《三国演义》中关公刮骨疗毒疗的就是乌头的毒。

为赌注与我比剑。我本不欲理睬他，但听说他就是大名鼎鼎的王剑儿后，忍不住起了比试之心，想看看我的剑法是不是在他之上。后来侥幸胜了一招，我见王彦升相公面色不善，担心他纠缠不休，以势压人，就立即上马走了。我跟他不过是萍水相逢，他不派人拦我，我根本都不会跟他照面认识，如何能有杀他的动机？”

姚恕道：“你不肯说实话，那么本官替你说。你是敌国的奸细，朝廷正当用兵之际，所以契丹派你来刺杀我大宋朝廷大将。你知道王彦升相公爱收藏宝剑，故意带一柄好剑引他注意，再与他比武，用剑上的乌头令他中毒，再抢在毒发前离开，以为这样旁人就不会怀疑到你。”

张咏闻言不禁哑然失笑，道：“什么敌国奸细？我可是地地道道、土生土长的汉人，怎么会为契丹做奸细？”姚恕道：“汉人怎么了？韩延徽[1]跑到契丹当了宰相，他儿子韩匡嗣如今是南京留守，专门负责对大宋的边防，他们难道不是汉人吗？你不提南唐，不提北汉，只强调自己是汉人，分明是心虚，你正是契丹派来的奸细！”张咏再无言可辩，只好道：“我没有下毒，我没有杀人。”

姚恕便叫道：“刘刑吏可在？”堂下应声站住一名中年男子，道：“刘昌在此。”

姚恕道：“这人犯就交给你拷问。”刘昌道：“遵命。请官人自去隔壁饮茶歇息，刑讯的事交给小的来做便是。”姚恕当真起身，退入后堂。

刘昌在张咏四周绕行走几圈，仔细打量他一番，才弯腰问道：“张郎今年贵庚？”张咏只觉得这个有着一双小圆眼睛的男子有说不出的诡异可恶，答道：“二十八岁。怎么了？”刘昌道：“不怎么，你没听说过随年打吗？来人，取阴阳杖来，杖犯人二十八杖杀威。”

便有刑吏上前拖翻张咏，褫下衣衫，一直褪到腰部以下，令他面朝下伏在地上。两边分站一人，一人手持荆杖，另一人拿一条酷似男子阳

[1] 韩延徽：五代时人，唐末在占据河北的卢龙节度使刘守光手下任参军，受命出使契丹，试图与当时的契丹国主耶律阿保机结盟，结果被留在契丹，成为契丹第一能臣，帮助阿保机称帝，创立契丹文字、确立各项制度、正君臣、定名分、仿效唐朝长安修建皇都（即后来的辽上京）等，为契丹的发展壮大做出了巨大贡献。

具的刑具，分别朝他光背上击下。张咏起初只咬牙强忍剧痛，但数杖过后，疼痛大为减轻，还产生了一种难以言说的奇妙感觉。

一旁刘昌瞧在眼中，道："张郎所受刑罚名为阴阳杖，阴杖用妇女秽物浸泡而成，阳杖则是模仿男子阳具，这阴阳二杖在张郎背上交欢，所以又称合欢杖。"张咏只听得毛骨悚然，恶心得几欲呕吐，连声叫道："停手！停手！"

刘昌挥手止住刑吏，命人扶他跪好，问道："张郎愿意招供了吗？"张咏道："不招。我知道你的来历了，你是后汉权知开封府[1]刘铢之子。你父亲用法深刻，残酷好杀，创制了许多奇怪刑具，堪比唐代酷吏来俊臣。这些阴阳杖、合欢杖之类的鬼名堂一定是他的杰作，果真是有其父必有其子。"

刘昌也不动怒，温言笑道："看不出张郎原来是个博学之人，这倒是让人想不到。你可是第一个道出我来历的犯人，那么一定要特别对待了。来人，取那件最厉害的刑具来。"

立即有人在张咏面前摆了一个矮脚凳，两名刑吏抬了一个模样像筝的铜质刑具放在凳上，抢过来抓住张咏双手。张咏惊道："你们这是要做什么？你用的这些刑具闻所未闻，都是法外之刑。"

他不肯轻易就范，正待挣扎站起，刑吏们一拥而上，死死按住他肩头，不令他反抗。有人捋起他衣袖，将手腕锁入铜筝的铸环中，再将手指一根一根套入弦中。

刘昌笑道："这刑罚叫'老鼠弹筝'，创自唐代酷吏来俊臣之手，专门用来拷掠犯人双手，厉害无比，张郎难道没有听过吗？所谓十指连心，你是执剑的人，该知道其中厉害。怎样，你招还是不招？"张咏道："我没有做过下毒杀人的事，你们要我如何招认？"

刘昌便点点头，刑吏用力铰紧铜筝两端的机关。张咏大叫一声，只觉得双手剧痛，全身如遭雷击，颤动不止，呼吸急促，心跳骤然加快，

[1] 五代以来，开封尹地位极尊，不常设置。开封尹空缺时，开封府长官一般称知府，常以待制以上的官员充知府，称为权知府事。

当即汗下如雨，只撑了片刻便晕了过去。

刘昌令人松开刑具，将他双手从钢弦中取出来，拿凉水泼醒他，笑道："这滋味不好受吧？"

张咏只觉得死而复生，百骨尽脱，双手更如僵死一般，动弹不了分毫，道："不好受。"刘昌道："那么你招还是不招？"张咏摇摇头，缓缓道："尔俸尔禄，民膏民脂。下民易虐，上天难欺。"他所吟的正是刻在浚仪门楼戒石上的铭文。

姚恕正好重新进来，闻言止住刘昌继续用刑，走到张咏面前，道："本官怜你是读书人，又是个有名的剑客，再多给你一晚时间考虑清楚，明日一早再提你过堂，若还是不肯招认实情，那么我可要将你再交给刘刑吏，多尝几遍这'老鼠弹筝'的滋味了。"张咏道："我没有杀人，推官非逼我承认，不是要屈打成招吗？"

姚恕道："依本官的经验来看，似你这般强悍的凶手，应该是不会轻易屈服的，寻常刑罚对你也没什么用处。不过刘刑吏最擅长刑讯，天下无人能出其右，再厉害的强盗，到了他手中，捱不过三天就得老实招供。你何必多受苦楚？"张咏道："就是因为有了刘刑吏这样的'能人'，天下才多了许多冤狱。"

姚恕道："刘刑吏，你再好言劝劝他。"刘昌道："是。"上前对张咏道："这'老鼠弹筝'非同一般，号称荼酷中最酷者，没有人能忍受它超过五次。适才张郎不过才尝到三成力道，明日再动刑，就要用足十成力道。张郎可要想清楚了，你能忍受一次，能日日忍受这非人的刑罚吗？"

张咏道："就算你们刑讯拷问我至死，我也不能承认我没有做过的事。"刘昌笑道："那咱们就明日再见了。"竟似以拷问犯人为乐趣。

姚恕见张咏强硬，也不再多说，命人拖下县狱囚禁。

狱卒搜去张咏身上所有物品，剥光衣衫，换了囚衣，拿杻铐锁了他手脚，拖来狱中，再用颈钳束住脖子，锁在石壁的铁环上。

张咏瞬间由人间坠入地狱，像狗一样被拘禁在大狱中，只觉得一切都来得太快，快得令人莫名其妙。忽见牢房中不独他一人，另有一名年纪相仿的男子，也如他一般被颈钳锁在另一端的铁环上，正半倚在墙上，好奇地盯着他看。

张咏问道："你是谁？为何被关来这里？"那男子道："你又是谁？为何被关来这里？"张咏道："我叫张咏，他们说我杀了王彦升和王全斌。"

那男子道："哦？你当真杀了他们两个？"张咏道："当然没有。你还没有回答我，你叫什么名字？"那男子道："我没有名字。"

张咏道："无名氏？那你为何被关来这里？"那男子道："我昨日在博浪沙抢劫财物时被捕……"忽然认出张咏来，"啊，我见过你，你就是昨日挥剑出声向商队示警的灰衣男子。"张咏道："不错，正是我。奇怪了，他们为何要将我跟你这样的强盗关在一起？"

那男子正是在博浪沙受伤后被捕的麻衣强盗之一，名叫高琼，他见张咏语气大有鄙夷之意，不由得心头来气，怒道："都怪你坏了我们的大事。"

蓦然爬起身来，抓住张咏双脚镣铐间的铁链，大力往自己那方拖去，只拖出几步，石壁上的铁环铁链蓦然收紧，张咏顿时被颈钳勒得喘不过气来。他双手被木杻束住，又刚受过酷刑，竟是无力反抗，只徒然挣扎着，空有一身武艺。

幸好高琼身上有伤，也受过"老鼠弹筝"酷刑不久，双手麻木僵硬，不能伸展自如，只不过仗着蛮劲发力，怒气一泄，力道便尽。张咏窥准时机，趁机并脚，急蹬他胸口，正巧踢在他肋骨之处。高琼惨叫一声，当即松手倒地。

张咏顺势骑过去，将双手的木杻按压在他胸口，喝问道："你到底是什么人？是谁派你来刺杀北汉使者的？"

高琼奇怪地看了他一眼，似是很惊讶他竟会知道北汉使者一事，随即闭上眼睛，不肯多说一字。

张咏道："你……"忽见高琼左肩头露出几点青色，忙拨开他囚衣，却见那里刺着一个奇怪的图案，不禁道："咦，这不是渔阳高氏[1]的标志吗？你姓高，是也不是？"

高琼见张咏认出了自己家族的刺青，大是心急。张咏却放开了他，

[1] 渔阳：始置于秦，故城在今北京密云县西南。渔阳高氏为渤海高氏的分支，唐代贞观名相高士廉即出自渤海高氏。

道："原来你是契丹人派来的刺客！"

高琼冷笑一声，正要爬起来再打，张咏却已经及时退到另一边的墙角。高琼被颈钳和铁链束缚住，移动范围有限，只要张咏一直待在那里，他便无法接近。

两人虎视眈眈，互相瞪着对方不放。正僵持间，忽见狱卒领着寇准、潘阆和向敏中来到牢房的栅栏前。

张咏大奇，问道："你们怎么进来了？"寇准道："我和潘大哥回汴阳坊时正好遇到向兄来找张大哥，听坊正说开封府赶来捕了人，我们都猜想或许跟昨晚之事有关，打听之下，才知道是你被带走了。"

向敏中取出一吊钱递给狱卒，道："麻烦狱卒大哥行个方便，开门让我进去说上几句话。"

因寇准三人是开封府押衙程德玄和浚仪县令崔何亲自带引进来，狱卒不敢接钱，只道："郎君不必客气。"取钥匙开了牢门，放几人进来。

潘阆先上前往张咏身上检视一番，道："没事，没受伤，没受刑。"张咏没好气地道："你怎么知道我没受刑？你听过什么叫'老鼠弹筝'吗？"

潘阆道："没听过。'老鼠弹筝'，那是什么？"张咏道："就是一种让你生不如死的酷刑，还不会在人身上留下伤痕创口，厉害极了！你瞧我的手，就弹了那么一小下，到现在连指头都动不了了。"

向敏中道："适才听狱卒说，张兄是因为杀了王彦升相公，才被捕进来。张兄，我多问一句，你当真杀了人吗？"张咏道："当然没有。大丈夫敢做敢当，我要真杀了王彦升，不用他们对我动刑，早就自己承认了，还'老鼠弹筝'呢，奶奶的。"向敏中道："好，我信得过你。"

张咏奇道："我和向兄不过昨晚才在樊楼见过一次，你当真相信我吗？"向敏中道："当然。不仅我，他们两个也一样相信张兄。"寇准道："我们若是信不过张大哥，就不会不避嫌疑来大狱了。张大哥快些将事情经过说出来，我们看看有什么能帮上忙。"

张咏叹道："多谢三位高义，不过才一日之交，就能如此信任张某。只是而今人证、物证俱在，处处对我不利，怕是难了。"当即说了事情经过。

潘阆忖道："王彦升这个人跟王全斌一样，也不是什么好人，杀死了后周忠臣韩通，向宰相王溥索贿，被贬去边关当大将后，更加凶狠残暴，经常下令围捕无辜的党项人，生撕下他们的耳朵当下酒菜，天下想要他死的仇家不计其数。会不会是有人在比剑前偷偷往张兄剑上涂抹了乌头，有意借你的剑来杀他？"

张咏道："这不可能。我那柄宝剑是师父所赠，向来剑不离身，我自信天下没人能在我眼皮底下往剑上捣鬼。"

向敏中道："张兄与王彦升比剑伤了他，剑上当沾有血迹。适才仵作检视宝剑一干二净，那么血迹当是已被张兄擦去，那些血迹擦在了什么地方？"

寇准登时恍然大悟，道："向大哥真是聪明！只要找到血迹，证实上面没有毒药，也就能证明王彦升身上的乌毒不是张大哥宝剑所带。"

张咏道："等我想想，我当时顺手抓起一旁看热闹的酒保手中的一块抹布，来回擦干净血迹，又将那抹布塞回他手里。"寇准道："不如我现在赶去张大哥说的小牛市集，也许还能从酒楼中找到那块抹布。"

一旁高琼冷笑道："既是酒保手中的抹布，一定早被洗干净了。难道他还要留着血迹过夜、第二天擦到酒桌上吗？况且就算找到又能怎样？能证明有没有乌毒固然容易得紧，你们又如何证明那上面的血迹就是王彦升本人的？"

寇准问道："他是谁？"张咏道："昨日在博浪沙被捕的麻衣强盗，其实是契丹人派来的刺客。"

潘阆道："张兄如何能知道他的身份？"张咏道："他肩头有渔阳高氏家族的标志。"

潘阆道："哦？这么说他也是汉人了，也算是名门望族，居然为契丹人效力。"正待走近高琼看个清楚明白，张咏忙道："别靠近他，这人厉害得紧，适才险些杀了我。"潘阆便止步不前，道："那好，先别理他！"

向敏中道："这个姓高的刺客说得很有道理，就算寻到那块抹布，难以证明上面的血迹就是王彦升本人的，还是不能洗清张兄嫌疑。"

张咏道："向兄的话倒是提醒了我，我在跟王彦升比剑前，还跟另外一对夫妻交过手，就在同一个市集里。”

原来他进小牛市集时，见到一对夫妻纵奴行凶，追打道边的一个小孩子，忍不住上前制止，由此动起手来，还伤了其中的妇人。后来才知道那孩子是个小贼，盗取了丈夫家传的宝物，原是一场误会，幸好那对夫妻还算明理，没有多计较。张咏跟王彦升比武时，还见到那对夫妻在一旁看热闹。

向敏中道：“这是比抹布血迹更好的人证了。张兄可问得那夫妻的名字？”张咏道：“丈夫复姓欧阳，名赞，跟向兄一样，操开封口音。妻子名叫妙观，口音有些奇怪，似是北方人氏。他们带的从人车马不少，应该不难寻到。”

向敏中道：“张兄在小牛市集遇到这对夫妻，一定也是经博浪沙南来开封，如此，不是过陈桥门便是封丘门，我这就去托人打听。”当即与寇准、潘阆告辞张咏出来，见那承符彦卿之命照顾寇准的开封府押衙程德玄还等在狱前，浚仪县令崔何也陪在一旁，忙道：“就算我们能顺利找到欧阳赞夫妇作证，也只能证明张咏跟他们交手时宝剑上没有染毒，万一官府强指是他在比剑前往剑上抹了乌毒，还是难以辩驳。除非找出真凶，才能彻底为他脱罪。”

寇准道：“可是案发现场不在开封，所有人证、物证均指向张大哥，我们对整个案情一无所知，如何能找到凶手？向大哥可有什么好主意？”

向敏中道：“我想去看看王彦升的尸首。不过我是平民一个，这件事甚难，还得你寇老西请程押衙说个情。”寇准听他也学潘阆一般叫自己寇老西，忍不住笑起来，随即肃色道：“只要能帮到张大哥，有何不可？”

潘阆忙道：“这样，你们两个去验王彦升的尸首，我负责去找欧阳赞夫妇。”向敏中道：“京师这么大，潘兄又不是本地人，找人怕是极难。不如等我验过尸首，再一道去寻访。”潘阆笑道：“外地人确实不如本地人方便，不过我自有主张，找人的事就包在我身上。你们放心，我这么大个活人，还怕丢了不成？”寇准便道：“那好，咱们分头行事，晚上回汴阳坊碰头。”潘阆也不与程德玄、崔何见礼招呼，昂首自去了。

程德玄问道：“看过张咏了吗？”寇准道：“看过了，多谢程押衙、崔明府[1]。”趁机说了张咏无辜，想去看看王彦升的尸首。

程德玄道：“寇郎昨日才与张咏相识，当真相信他的话，要出全力帮他？”寇准道：“我与张大哥意气相投，一见如旧，我信得过他的为人。”

程德玄尚沉吟不语。向敏中道：“如果张咏真是凶手，而今他已经被捕，再也难有作为，伏诛不过是早晚之事。可若当真如他所言，他根本没有下毒谋害王彦升相公，那么真凶现今还逍遥法外，万一还会继续对朝廷重臣下手，我大宋岂不危矣？”

程德玄悚然而惊，问道：“你也认为这事是敌国刺客所为？”向敏中道：“时机太过凑巧，不由人不这么想。”

昨晚王全斌死在樊楼，孟昶次子孟玄珏成为最大嫌疑人，是向敏中力挽狂澜，指出了其中的破绽，其人沉稳老练，心细如发，足以令所有人刮目相看。程德玄当即点头道：“你说得有理。”转向崔何道，“下官奉符相公之命照看寇郎，他既然提出想看看尸首，还请崔明府行个方便。”

崔何忙道：“这是于国家朝廷有利的事，理所当然。正好王相公的尸首还没有发还家属。”当即欲亲自带领去看尸首。

向敏中向寇准使了个眼色，寇准忙道：“不敢劳烦押衙、明府。”程德玄道：“那好，你们自己去验吧。我这就回开封府了，寇郎有事到那里来找我。”寇准道：“是。”

崔何笑道：“下官正好有公事去开封府，这就跟押衙一道回去。”

其时正逢寒食七日长假，大小官署均停止办公，开封府也不例外，哪里有什么公事可办？他不过是寻找机会多与晋王身边的红人亲近罢了。当即叫过一名当值的差役，命其带寇准去敛尸房。

向敏中道：“再烦请明府各叫一名书吏、仵作从旁监视，记录下我们验尸的过程，以示公正。”崔何道：“向公子考虑得极周到。”挥手命差役照办，自己笑脸陪了程德玄出去。

开封的官署除了御史台外均是坐北朝南。敛尸房在县衙东北侧的角

[1] 明府：对县令的尊称。

落中，是个偏僻所在。寇准几人到来时，敛尸房门大开着，门前站着两名带刀的黑衣男子。

书吏忙上前问道：“你们怎么进来这里？这里可是县廨重地。”一名男子道：“我家主人是王彦升相公的故人，听到消息，特意赶来相见最后一面。”

书吏见那男子手抚刀柄，极是彪悍，心道：“王彦升相公被杀还是秘密，尚未传开，这主人这么快就得到消息，还能悄无声息地进来县廨敛尸房，一定不是普通人。”不敢再多问，只道：“小的奉崔县令之命，带仵作和这两位郎君来验尸首。”

那男子道：“既是公事，这就请进吧。”语气甚是傲慢，倒似得到了他的准许，才可进敛尸房一般。

向敏中却生怕有人趁机破坏证据，急忙抢进房来——却见房内密密排放着数张长桌，每张桌上停着一具尸首，均用白布盖住。最里面的地上堆摆着几具脚夫打扮的尸首。一名四五十岁的长袍布衣男子正站在靠近门边的尸首旁，面色凝重哀戚。

仵作宋科指着那男子近旁的尸首道：“这就是王彦升相公的尸首了。”

那布衣男子问道：“不是已经查过尸首、验明彦升是被毒剑所杀吗？”

向敏中见那男子眼大眉立，举手投足间自有一股威严，心道：“崔县令肯让我们来验尸，不过是要拍程押衙的马屁。程押衙肯出面说情，不过是看符彦卿相公的面子。都只是场面上的事，并不是真心要为张咏洗脱冤情。这人如此气魄，一定不是普通人，若是能得到他的支持，查案或许会容易得多。”忙道：“王彦升相公未必是毒剑所杀，此案怕是另有隐情。”

那男子道：“哦？你叫什么名字？”向敏中便报了自己和寇准姓名。那男子道：“我听过你们两个的名字，昨晚王全斌在樊楼自杀，你们两个都在那里，是也不是？”向敏中道：“是。”

王全斌和王彦升之死均是朝廷机密，被刻意掩盖，严禁传开，他见对方瞬间便得知了昨晚樊楼之事，甚至连在场人的姓名都一清二楚，愈发肯定对方不是常人，只觉得心中怦怦直跳，试探问道：“敢问相公如何称呼？”那男子道：“我姓赵。”

向敏中“啊”了一声，膝盖一弯，便要下跪。那男子及时扶住他，挥手道：“你们都退出去，向敏中和寇准留下。”

书吏、仵作均是见过世面之人，心中也大略猜到那男子身份显赫，慌忙应道：“是。”与那男子的随从一道退出，掩好房门。

向敏中忙拉着寇准跪下，道：“小民向敏中、寇准见过陛下。”寇准也道：“我等不识龙颜，多有冒犯，还请陛下恕罪。”

原来那秘密来探视王彦升尸首的男子正是当今大宋皇帝赵匡胤。他生平最爱微服私访，经常化装成普通百姓来往于民间，也不时到亲信大臣家饮酒吃肉，熟知他性情的大臣下朝回家后都不敢脱下朝服，生怕皇帝突然光临。开国宰相赵普去年失势被逐，便是因为赵匡胤突然微行其府，发现庑廊下存有千只大瓶，好奇问是何物，赵普称是吴越王钱俶赠送的海味。赵匡胤道：“海味必佳。”即命开启一瓶，哪里有什么海味，全部是瓜子般大小的金粒。赵普慌忙顿首道：“臣还没有看过，实不知情。”赵匡胤不悦离去，赵普遂失恩宠。不久有人攻击赵普派亲信贩卖秦陇大木、经营邸店牟利，又为儿子娶枢密使李崇矩之女，联姻大臣，其心不轨，赵普遂被贬出京师。民间笑称赵普是“半部论语治天下，千瓶海味失相位”。

赵匡胤扶起二人，笑道：“果然都是聪明过人的孩子。朕还是头一次这么快就被人识破身份呢。”

寇准见皇帝随和可亲，大着胆子道：“或许早有人认出了陛下，不过知道陛下喜欢微服私访，与民同乐，有意不说破而已。”赵匡胤哈哈大笑，道：“你更实诚，好，朕很喜欢。”当即详细问了王彦升一案的经过情形。

向敏中便将所知道的案情一五一十禀告，又道：“敏中敢以性命担保，张咏决计不是凶手。”赵匡胤道：“你跟张咏昨晚才相识，却能肝胆相照，难得！这才是大丈夫所为！”

转过头去，默默凝视着王彦升的尸首，一时间回忆起无数往事来。他年轻时投军效力，最初在后汉军中担任低级武官，曾与九名谈得来的好友结义为兄弟，即所谓的“义社十兄弟”，这义社十兄弟后来成为他发动兵变、代周建宋的核心力量。他称帝后，由于地位的巨大变化，心理也相应发生了变化，开始猜忌武将，他的九兄弟也被相继解除了兵权。如今这些兄弟大多外放京师为官，有几人竟已身故，再也见不到了。那些把酒言欢，那些誓同生死，都已经随风逝去，往昔的峥嵘岁月如关山般遥远而黯淡。

隔了好半晌，赵匡胤才道：“这件案子发生在开封府境内，按例由晋王掌管的开封府负责，朕不会出面干涉。不过朕命你们两个暗中调查，不必受任何人的干预。”顿了顿，又自怀中掏出一只精巧的玉斧来，道：“这是信物。”

那玉斧斧身长不过三寸，宽不过一寸，是一整块深绿色的玉料琢成，双面装饰有兽面纹，色泽晶莹，玲珑剔透，触手生温，古意盎然。斧柄大约五六寸长，以黄金铸就。

向敏中慌忙接过来，问道：“这就是陛下那柄随身的手柱斧吗？听说陛下曾经用它打掉过一名御史的牙齿。”赵匡胤笑道：“你觉得这么个小巧的玉斧能打掉人的牙齿吗？”向敏中道：“这很难说，要看用斧人怎么用了。”

赵匡胤道：“你性子严谨，这点很好。这件案子就交给你们，不过事情只能暗中进行，不到万不得已，不可以取出信物。今日在浚仪县遇到朕之事，也切记不可向外人提起。”向敏中道：“遵旨。”

寇准道：“陛下，还有一件事，而今张咏被押在县狱中，因不肯招供没有做过的罪状而受到严刑拷打。陛下既然相信他无辜，何不放他出来？我们查案也好多个帮手。”赵匡胤道：“就算张咏无辜，也该关着他，这样真凶自以为已经找到替死鬼，更容易露出马脚。”

寇准道：“那么也请陛下关照一声，下旨命开封府不要再继续用严刑逼供。”赵匡胤道：“而今人证、物证均指向张咏，他不肯招认，刑讯拷问是律法所允。朕若是出面干预，不准对张咏用刑，他这等要犯逍遥于狱中，旁人难道不会起疑心吗？朕虽然特准你们暗中调查，但一日找不到新的证据，张咏还是杀人嫌犯，按律要接受拷打，直到他肯认罪画押为止。替张咏求情的话不准再提。”寇准无奈，只得道：“遵旨。”

赵匡胤道：“那好，你们自己办事吧，朕也要回去了。”叹了口气，决然走了出去，再也没有回过头来。

向敏中等赵匡胤出去，忙收好玉斧，叫进书吏、仵作，揭开王彦升身上白布，开始验尸。却见尸首张嘴睁眼，面目狰狞，嘴唇呈现出紫黑色，眼角、嘴角各有一线已经发干的血丝。

向敏中又检视过身体和四肢，问道：“为何王相公只有嘴唇和四肢指甲发黑，脸面、身体却是颜色如初，没有丝毫中毒症状？”

仵作宋科道：“郎君原来也是个行家。”向敏中道：“不敢。不过家父以前做过几任县令，常常跟我讲一些案子的事情。我也只是知道一点皮毛，正要向老公请教。”

宋科见他谦虚有礼，很是欢喜，便道：“大凡中毒的死者，面色都会呈现青黑色，但如果正好是吃得极饱后中毒，就只有嘴唇、指甲发青，脸面和身体与平常无二，看不出异样来。”向敏中道：“张咏遇到王彦升时，他正在酒楼剔牙，一副酒足饭饱的样子。”

宋科道：“正是。王相公是遇到张咏后才中的毒，身上又只有剑伤，所以张咏才被认定为杀人凶手。”又将尸首侧翻过来，好让向敏中看清背上的伤口，道：“郎君请看，这处剑伤创口发黑，正是入毒之处。”

向敏中见尸首一切情形均与仵作的检验结果对上，确实无可疑之处，道：“承教了。”

寇准道：“没有发现一点疑点吗？”向敏中叹了口气，道：“没有，反倒让张咏的嫌疑更重了。”正要转身出去，忽然想起什么，问道：“旁边那些尸首是什么人？”宋科答道：“都是昨日在博浪沙被杀的人，三个是强盗，三个是商队的护卫。”

向敏中问道：“认出这些强盗是什么人了吗？”宋科道：“没有。”

寇准道：“我昨日正在博浪沙，亲眼见到他们双方动手。”一想到这些人昨日还是活生生的人，今日就变成了尸首，只能毫无生气地躺在这里，等待案子了结后再行下葬，不由很是感慨。

出来敛尸房，向敏中亦无良策，不得已跟寇准一道再来狱中探视，将实话告诉张咏，只不提意外遇到皇帝一事。

寇准狐疑道："莫非当真有人在比剑前趁张大哥不备往宝剑上涂抹了毒药？"张咏道："可自我跟欧阳赞夫妇动手，到经过酒楼被王彦升派人拦下比剑，中间没有停留一步，旁人哪里有机会？若真有人往宝剑上做了手脚，当在我进小牛市集之前。如此说来，那妇人妙观为我剑锋所伤，岂不是也已经中毒死去？"一想到很可能误害无辜，不由心急起来。

向敏中忙道："张兄不必忧虑。如果妙观已中毒而死，开封府早该惊动了。既无动静，当是无事。如今之计，只能先找到欧阳赞夫妇再说。只是开封府着急结案，张兄少不得要多受拷掠了。"

张咏笑道："不必为我担心。不就是'老鼠弹筝'吗？我还撑得住。"向敏中道："那好，张兄自己多保重。我们先设法去寻欧阳赞夫妇，明日再来探你。"

张咏起身走出几步，送向敏中、寇准二人离去，忽见同牢的高琼正扶着墙壁起身，不由得大起警惕之心，喝道："你又想要杀我吗？你身上有伤，不是我对手，可别自讨苦吃。"

高琼也不理睬，自行摸到便桶边解手。张咏见他并无恶意，也就罢了。

到了晚上，忽然有数名吏卒持监牌入狱，将张咏一人押来大堂。坐堂的却不是白日拷打过他的开封府推官姚恕，而是在博浪沙见过一面的判官程羽。

程羽和颜悦色地道："张公子，你牵涉的王彦升的案子归姚推官管，本官命人提你出来是要问博浪沙的案子。"张咏道："昨日我不是已经向程判官交代清楚了吗？我当时正好在商队后面，看见有强盗偷袭商队，想冲过去救人，反而被李家娘子一箭射下马来。"

程羽道："不是这件事。本官听说你认出了同牢的那名强盗姓高，是也不是？"张咏道："原来是为这个。"心中揣度大约是寇准告诉了程羽，便道："我不知道那人姓不姓高，只是他肩头有渔阳高氏家族的文身，我游历燕赵故地时曾见过一个女子肩头有同样的标记，她告诉我那是高氏的独特标记。”

程羽道："如此应当是真的了。那强盗自被捕以来一直不肯开口说话，也不肯吐露姓名，你可愿意帮本官作证人指认他其实姓高？”张咏道："这个不难。”

程羽便发一张监牌去提高琼到堂中跪下，命人撕开囚衣，露出肩头的文身来，问道："你可是姓高？”高琼只是默默不语。

程羽道："张咏，你可认得他肩头的文身？”张咏道："认得，是渔阳高氏家族的标记。”程羽道："渔阳本是我中原故地，眼下为何人所占？”张咏道："契丹人。”

程羽道："姓高的，你还有何话可说？”高琼也不理睬，只扭转头，轻蔑地看了张咏一眼，道："原来你是个只会告密的小人。”张咏怒道："我不过是凑巧认出了你的文身。况且对付你这种敌国的刺客，有什么告密不告密的！”

程羽见高琼强硬，便下令动重刑拷问。刑吏又照旧搬出那具“老鼠弹筝”来，高琼之前已经被上过此刑，识得厉害，大力挣扎，意欲避开，却被数名刑吏按住跪在地上，动弹不得，强行将双手上入刑具中。

程羽问道："你叫什么名字？是不是契丹刺客？”高琼不答。程羽便自那斗大的签筒中拔出一根一尺长竹签扔下，叫道："用刑。”

刑吏大力扳动机关，高琼发出一声凄厉的尖叫，身子剧烈摇晃，两三个人才能按住他，随即头一歪，晕了过去。刑吏松开机关，拿凉水泼醒他，喝道："快些回答判官问话！”见他不答，又搬动机关，高琼惨叫一声，剧烈地抖动了几下，又晕了过去。

一旁张咏见适才还好端端的一个人瞬间便汗湿沾衣、气息奄奄，完全变了副模样，不免于心不忍起来，他自己也受过这种酷刑，知道滋味残酷难言。可对方是契丹刺客，顽固无比，不动大刑，如何能问出同党下落？

正踌躇间，高琼又被凉水浇醒。刑吏大声喝问，见他不答，又去扳动机关。高琼再也无法忍受，忙道："住手！我说……我说……”

程羽道："你叫什么名字？"高琼道："高琼，小的叫高琼。求官人松开小人双手。"

程羽见他已经求饶服软，便命人将他双手从"老鼠弹筝"中取出来，让他坐在地上，又问道："是辽国派你来的吗？"高琼道："是。"

程羽道："你那些逃走的同伙藏在哪儿？"高琼道："小人是第一次来中原，分不清地理方位。求官人不要逼问得太紧，小人刚受过大刑，喘不过气来。求官人赏碗水喝。"

程羽便命人去取来一碗水。高琼双手刚上过"老鼠弹筝"，别说伸手接水，就连指头也不能动一下。刑吏只得蹲下来喂他喝了，正起身之时，却被高琼张口咬住了衣袖，大吃一惊，将手臂一扬，喝道："做什么？"

高琼却借他这一扬之力努力站了起来，转身朝一旁的柱子撞去。只是公堂上吏卒遍布，他才奔出几步便被人从旁扑倒，重重摔在地上，登时晕了过去。

那及时制止高琼撞柱自杀的人正是张咏。程羽命左右扶起二人，又欲命刑吏用水泼醒高琼继续拷打。

张咏道："判官且慢！这人虽是咱们大宋的敌人，可也是条好汉，他宁可自杀也不愿意说出同伴下落，判官再用酷刑折磨他，他就会胡乱编一些话出来。何不先关住他，找出他的弱点，再问他同党下落不迟。"

程羽沉吟片刻，道："也好。本官还是将你二人关在一起，你看看能有什么法子从他口中问出些话来，那可是大大的将功赎罪。"

张咏不悦地道："这是什么话！我可没有承认我有罪。我不过是想为朝廷尽些绵薄之力罢了，也不需要你们来论功。判官去告诉那姓姚的推官，让他明日照旧让那刘刑吏用这'老鼠弹筝'来向我逼供好了。"

程羽奇怪地盯着他看了半晌，才道："好，很好。"挥手命人带张咏、高琼下去监禁。

高琼一被拖回到狱中便清醒了过来，见张咏正坐在一旁，目光炯炯地盯着自己，忍不住怒气又生，道："你这个小人，暗中向官府告发我不说，还不让我撞柱自杀。你……"意欲起身对张咏不利，却发觉双手麻木，毫无知觉，动也动不了。

张咏叹了口气，道："虽说你是我们大宋的敌人，可我也真觉得我挺对不住你。你适才在大堂受的那个刑罚，我白天也曾受过，那滋味……说实话，我当时也恨不得立即去死，好过受这种折磨。"

高琼恨恨道："那你还拦住我做什么？"张咏道："唉，谁叫你要往我这边的柱子扑来？我是习武之人，扑出去救人只是本能的反应。这样吧，我将功补过，你坐过来些，躺在地上，我可以用我脚镣上的铁链勒死你，如何？"

高琼"呸"了一声，道："你给我滚远点。"张咏笑道："瞧，你又不想死了，是也不是？你心中肯定还有什么放不下的人。"

正说着，忽见狱卒来开了牢门，叫道："张郎，有贵客来探你。"张咏笑道："狱卒大哥叫得这么亲切，又能深更半夜进来大狱，贵客一定是个了不得的人物。"

话音刚落，便即呆住。那贵客正是昨日在博浪沙射了他一箭的又美艳又冷傲的李雪梅。她身后还跟着两名小厮，各自提着一个大大的食盒。

张咏结结巴巴地问道："娘子……是来探我的吗？"李雪梅道："嗯。我奉家父之命，为张郎送些酒肉来，当是为昨日之事道歉。"命小厮将食盒中的酒肉取出来，一一摆在地上。

张咏一闻那酒居然是樊楼的名酒和旨，登时精神大振，抓起一只酒瓶，却因双手被手铐锁住，难以揭开封泥，见小厮已退出牢房，只好道："劳烦娘子帮个忙。"

李雪梅微微一愣，见别无他人，只好从靴筒取出一柄小金刀，将酒封一一撬开。

张咏见她神色冰冷，料她只不过是父命难违，她本人并不情愿到这里，然而他当此境遇，李稍能不避嫌疑，遣爱女来狱中送酒，依旧是一份大大的人情，忙道："多谢娘子，也请转致令尊，张某十分感激。"李雪梅道："嗯。那么我们算是扯平了。"张咏道："当然，我本来就没有记恨娘子。"

李雪梅咬咬嘴唇，低声问道："张郎当真不记得我了吗？"张咏吃了一惊，问道："娘子说什么？难道在昨日之前，娘子曾经见过张某？"

李雪梅道："张郎不记得十年前曾在白马津从盗贼手中救过一老一少吗？"张咏道："十年前？好像是有这么一回事。那时我才十八岁，刚离开家乡外出游历，到白马津遇到一伙贼人。"

李雪梅道："我就是张郎救下的那个小女孩。"张咏笑道："女大十八变。娘子，我可是对你一点印象也没有了。"李雪梅道："可是我还记得张郎的样子……实在抱歉，我昨日早该认出你来的，若不是你戴着席帽……"

张咏道："娘子既然认出了我，为何昨日不说出来？"李雪梅蓦然恼怒起来，道："你都不记得我，我干嘛要说出来？"

张咏心道："就算我能记住，可十年前你只是一个八九岁的小女孩，而今你出落得如此明艳美貌，跟当年判若两人，我如何能对上？"心中多少有些明白李雪梅是感激当年救命之恩，对自己念念不忘，仅十年漫漫岁月，便足以承情，不愿意再多惹她生气，可又不知道该如何补偿安慰，只好默不作声。

高琼忽道："喂，给我一瓶酒。"张咏道："这我可做不了主，你得问李家娘子愿不愿意给你。"

李雪梅道："酒既然送了出去，就是属于张郎的，何必多问我？"张咏道："那好，我就借花献佛，烦请娘子给这位高琼公子送一瓶酒过去。"

李雪梅道："我又不是焌糟，为何要为他送酒？更何况他还是昨日打劫我们商队的强盗。"张咏道："原来娘子还记得他。"起身取了一瓶酒、一碟肉给高琼递了过去。

李雪梅见高琼只眼睁睁望着酒瓶，一副垂涎欲滴的样子，却迟迟不伸手，不禁奇怪，问道："你怎么又不喝了？怎么，嫌我们樊楼的酒不好喝吗？"高琼只冷冷看了她一眼，也不答话。

李雪梅念念不忘，牵挂张咏多年，正恼恨他居然称对自己毫无印象，不由得将一腔怒气转到高琼身上，喝道："你敢不回答我的话？"张咏忙道："娘子别生气，他双手刚受过刑，暂时动不了。"

李雪梅道："很好。"抓起一瓶酒，走到高琼面前蹲下来，问道："你想喝酒吗？”高琼只默默地看着她，一言不发。

李雪梅蓦然扬手，重重扇了他三记耳光，道：“你和你的同伙杀了我们商队三个人，这三下是提醒你不要忘了。”恨恨将酒瓶摔在他身上，拂袖而去。

张咏正在一旁大快朵颐，见状忙问道：“她伤到你了吗？”高琼道：“没有。”勉强想去够那酒瓶，却是动也不能动，只能任其歪在手铐边，酒一点点流到衣襟上。

张咏便道：“这样，我挪过去，你挪过来，我喂你吃酒。”高琼本想拒绝，可实在抵不住美酒诱惑，点头道：“好。”

他二人均被颈钳束缚，当即各自挪到牢房中间位置，并排靠墙坐着。张咏举起酒瓶，往高琼嘴边递去。他贪婪地吞下几口，才道：“到底是樊楼的酒。”

张咏心念一动，问道：“你喝过樊楼的酒？”高琼道：“当然，这瓶是老酒，一般人是喝不到的，这位李家娘子对你可是好得很呢。”蓦地意识到失言，忙住了口。

张咏正要趁机再套话，忽有几名狱卒开门闯进来，将高琼拖到一旁跪下。两人分执住他肩头，一人自背后取出一件物事，笑道：“你该认得这是什么吧？”

却是一根一尺来长的木棍，顶端是个牛皮缝制的鞋底模样的东西，长六寸，宽二寸，似是里面装了什么东西。

高琼问道：“这是什么？”那狱卒道：“你这不是明知故问吗？这是你们辽国那位人称‘睡王’的皇帝[1]亲自制定的拷问犯人口供的法定刑具——沙袋。”

高琼道：“你从哪里得来的这个？”狱卒道：“你们契丹能往中原派刺客，我们大宋就不会往辽国派探子吗？这可是件好东西，比我们中原的荆杖好用多了，牛皮袋子里装的是干沙子，足有三斤重，用这件东西

---

[1] 指辽穆宗耶律璟。其人个性散漫，爱好打猎饮酒，不问国事，每日酣饮通宵达旦，白天则大睡不起，因此契丹国人称他为“睡王”。因醉酒后爱滥杀无辜，于宋开宝二年（969年）被身边近侍合力谋杀。辽景宗耶律贤继位，即为小说故事发生时在位的辽国皇帝。

打人，不会在身上留下伤痕，就算犯人被打死，也见不到一丝血迹。瞧，还是你们契丹人会整人。来，咱们也用这沙袋好好伺候高大爷。”

高琼不及回应，已被人拿一团烂布堵住了嘴。那狱卒握紧沙袋，挥臂一扬，朝他胸腹击打下来。

一旁张咏叫道：“喂，你们这是要做什么？”他见狱卒丝毫不理睬自己，杖下如雨，担心高琼就此毙命，有心制止，起身刚走出两步，即被铁链扯住。

那行刑狱卒终于回过头来，冷笑道：“少管闲事，不然也让你尝尝滋味。”张咏道：“他是契丹刺客，是重犯，你们打死了他，上头如何再从他口中问出同党下落？”

那狱卒道：“放心，我们不会打死他，不过要让他多吃点苦头。”张咏道：“你们这不是滥用私刑吗？快些住手！不然我可要告诉你们上司了。”

那狱卒骂道：“死囚犯，敢威胁爷爷！”回身举起沙袋就打。张咏探手抓住袋头，轻轻一带，那狱卒收势不住，脚下将酒菜踢翻，额头撞上墙壁，登时起了一个大包。那狱卒大怒，呼喊同伴道：“快来先料理这死囚犯。”

另一名狱卒白日在狱厅当过值，忙劝阻道：“这人打不得，白日探他的人是县令亲自领来的。适才你也见到了，李员外的千金还亲自来送酒菜给他呢。”

那狱卒闻言，虽然气愤，倒也不敢再造次，只好将怒气都撒在高琼身上，又拿沙袋重重打了几下，这才挖出他口中破布，恨恨道：“走。”重新锁了门出去。

张咏见高琼横卧地上，一动不动，又无法走过去查看，只好叫道：“喂，高琼，你还活着吗？”又叫了好几遍，才听见高琼应道：“嗯。”

张咏道：“你快起来，我有话问你。”高琼动也不动，只弱声道：“我不要再跟你说话。你就是拿‘老鼠弹筝’威逼折磨我，也休想我再跟你多说一个字。”当真闭口不发一言，即便张咏几次用美酒诱惑也不肯再动一动。

次日上午，张咏又被提来大堂。依然是开封府推官姚恕坐堂，向敏中、寇准、潘阆也站在堂下，不过却不见了那令人生畏的刑吏刘昌。旁边还有一对三十来岁模样的男女，正是他在小牛市集时与其交过手的那对夫妻。

张咏又惊又喜，道："你们这么快就找到了证人？"寇准道："是的，这全是潘大哥的功劳。"

张咏不及问如何这么快就找到了欧阳赞夫妇，先上前道："这次有劳贤伉俪了。"欧阳赞道："举手之劳，何足挂齿。不过敢问张公子到底惹上了什么麻烦？我夫妇到现在还是一头雾水。"

张咏奇道："欧阳员外还不知道为什么到这里吗？"欧阳赞道："不知道。这位寇小公子只说事关重大，但最好事先不要告诉我们是什么事，不然我们证词的可信性会大为降低。"张咏一愣，随即笑道："这倒像是一本正经的寇老西会做的事。"

姚恕一拍惊堂木，喝道："案子尚未审结，证人不得与犯人随意交谈。堂下证人，报上姓名、籍贯来。"

欧阳赞道："禀告官人，小的名欧阳赞，开封人氏。这是小人的浑家[1]，小名妙观。不敢有瞒官人，妙观是契丹人。"

众人闻言均大为惊异。姚恕忙问道："你是开封人氏，如何娶了契丹女子为妻？"欧阳赞道："小人十几年前便外出经商，一直在外漂泊，一日在河东遇到强盗，被追赶落下山崖，幸得妙观路过相救。小人感激她救命之恩，与她就此结为夫妇。"

姚恕道："那么你妻子是何来历？"欧阳赞道："小人浑家只是契丹普通百姓，生平只好下棋，四方游历，只为寻找切磋的对手。"

姚恕道："这么说妙观娘子的棋艺相当高超了？"妙观不待丈夫回答，先点点头，道："当然。我十五岁便已无敌于契丹。听说汉人中有不少围棋高手，所以才南来中原，有幸得遇我夫君。"

姚恕见她大模大样，毫不谦虚，很为来气，冷笑道："娘子能无敌于契丹，未必能在中原称雄，开封更是名家好手如云，本官上司开封府尹

[1] 宋代世俗，丈夫称妻子为"浑家"或"老婆""老伴"。

就是围棋高手，自创‘独飞天鹅’‘海底取珠’‘对面千里’三式。”

潘阆忽插口道：“当真叫‘‘独飞天鹅’‘海底取珠’‘对面千里’三式？”姚恕道：“不错。莫非你有什么高见？”

潘阆道：“高见没有，不过这三式听起来十分耳熟，不，应该叫眼熟才对。独飞天鹅，海底取珠，对面千里，寇准，你有没有联想到什么？”寇准道：“海东青。”潘阆哈哈大笑道：“正是。”

旁人也不明白他二人在说什么。妙观肃色道：“既然你上司开封府尹是个围棋高手，麻烦你转告他，我要找他比试棋艺。”

姚恕失笑道：“娘子不知道开封尹就是晋王吗？那可是当今圣上的亲弟弟。哪里是你想比试就能比试的？”妙观道：“棋艺不是财物，不需要珍藏，若不能拿出来与人比试，又怎能知道孰高孰低？晋王也是一样。”

欧阳赞见姚恕脸上渐现怒色，忙道：“小人浑家是番邦女子，虽会说汉话，却根本不识汉字，完全不懂中原礼仪，言语多有冒犯冲撞之处，还望官人见谅。”

姚恕道：“也罢。欧阳赞，你将遇见张咏的经过说出来。”欧阳赞道：“是。小人夫妇这次回乡，在小牛市集被一名小孩偷去了家传宝物，小人发现后立即命奴仆前去追赶。奴仆追及后打了那孩子，小人当时有气，也没有制止，只站在一旁观看。正好张咏公子路过，以为是小人这边的不是，就动起手来，还用剑伤了小人浑家。”

张咏道：“抱歉，我事先既不知情，性子又急……”姚恕喝道：“张咏，本官没有问你，你不得随意开口。再打断本官问案，就要掌嘴二十下。欧阳赞，你继续说。”

欧阳赞便续道：“后来弄清楚事情究竟，小人浑家说张咏公子原是好意，又道了歉，小人也就算了。张公子继续骑马往前，小人也给浑家包扎了伤口，进来市集。走不多远就听见前面道路上拥了许多人，将路堵得水泄不通，挤过去一看，才发现是张咏公子又在跟人打架。他这次的对手是个长袍老公，两个人刀光剑影，杀来杀去，后来张公子伤了那老公，算是赢了一招，立即就排开人群，上马走了。”

向敏中道：“从张咏跟欧阳员外动手，到员外再次看到他跟人动手，中间隔了多长时间？”欧阳赞道：“嗯，我们是在市集北口遇见张咏公子，他跟人动手是在市集中心的小牛酒楼前面。虽然我们骑得慢，可那市集就一条大道，不过一里长，我想顶多也就是一刻[1]工夫。”

姚恕冷笑道：“你们几个费尽心思找来证人，不就是想以妙观娘子受剑伤后无事来证明张咏剑上无毒吗？这一刻工夫虽短，可也足够他往剑上涂上乌毒了。”

欧阳赞闻言吃了一惊，道：“张公子宝剑上有毒？这……这到底是怎么回事？”不由自主地转头去看妻子的伤处，显是对妙观极是关心。

张咏道：“欧阳员外大可放心，我剑锋上没有毒药，我是遭人陷害的。”姚恕道：“陷害？我看你是早有预谋才是，先是有意与欧阳赞夫妇动手，伤了妙观娘子，她便成了你宝剑无毒的证人，其实你与欧阳夫妇分手后，便随即往剑锋上涂上了乌毒。这位向公子，你来说，一刻工夫可够张咏往剑上涂毒吗？”

向敏中早料到会有如此结果，也无话可辩，只好答道：“时间上确实是够的。”又转头问道：“比剑结束后，欧阳员外可曾留意到有什么不同寻常的事？”

欧阳赞道：“当时没有，如果说有，那也是后来的事。那比剑输了的老公似是个大人物，从人多，辎重也多，他紧随着张公子上路，太平车占满了街道，后面的人根本无法通过。我本来还想派奴仆去催他走得快些，但后来听到路人悄悄议论说他就是大名鼎鼎的王彦升王相公，也就没敢再去惹他。”顿了顿，又问道：“张咏公子曾伤了王彦升相公，你们说他剑上有毒，那么，王相公他中毒了吗？”

姚恕道：“他当日就已经毒发身亡。”欧阳赞道：“啊，竟然是这样。”

寇准道：“欧阳员外认得王彦升相公吗？”欧阳赞道：“不认得。不过我来往于边关时曾听说王相公杀了不少人，甚至生吃人肉，那些党项人一听到他的名字就吓得发抖。我不过是个商人，哪敢去惹他？所以只能

[1] 古代以铜漏计时，即靠特制铜壶中的水一滴一滴往下漏来计算时间长短。铜壶装满水后，水从底部小孔滴出，一天一夜刚好滴尽。壶中有一支标有一百个刻度的箭，一个刻度所代表的时间称为一刻，等于今 14 分 24 秒。

慢吞吞地跟在王相公后头，出市集上了驿道才设法超过他，至于他后来发生了什么事全然不知。”

向敏中道：“那么欧阳员外之前称不同寻常的事到底是什么？”欧阳赞道：“我们超过王彦升相公没多远，就遇到一辆疾驰的马车，马车后面远远还跟着一队骑士，挥舞兵器，大声叫喊，似乎是在追逐那马车。”寇准道：“呀，那马车应该就是在博浪沙被脚夫劫走的那辆。”

欧阳赞道：“我也发觉事情不同寻常，便下令奴仆取出弓箭阻拦。那车夫却不顾威胁，赶着车子直冲我们奔来，仿佛要跟我们同归于尽，我忙命奴仆让到一边。正慌乱间，车上有几个脚夫打扮的人跃了下来，夺了我们两匹马，继续朝前奔逃。我见这些人都是亡命之徒，也不敢让奴仆去追。那马车没有了驾驭，继续飞驰不止，妙观见它一路直冲，生怕伤人，便拍马赶上，从马背上站起，一步跳上车座，及时拢住了车头的马。”

众人听他讲得绘声绘色，无不感到惊心动魄，却想不到竟是妙观拉住了那辆飞驰的马车。潘阆道：“想不到妙观娘子女流之辈，竟能在关键时刻挺身而出。”

欧阳赞道：“妙观是契丹人，自小学了些骑射的功夫。我说的奇怪的事不是这些，而是那几个抢走我们马匹的人经过后面王彦升相公的车队时，忽然大呼小叫，又停了下来，似是发现了什么惊喜的事情。”

向敏中道：“欧阳员外是说那几个脚夫特意停在了王彦升相公的车队旁？”欧阳赞道：“是的，我们远远看起来是这样。不过听那些追赶马车的骑士说前面博浪沙出了大事，我们也没有再多留意，继续朝前赶路了。”

潘阆道：“那些骑士没有再去追捕脚夫吗？”欧阳赞道：“没有。他们只在意马车，既然追到了手，便跟我们一道赶着车子往博浪沙去了。走不多远，又遇见了一队禁军，听说领头的就是殿前司指挥使皇甫将军，开始还以为是为王彦升相公而来，结果不是，他们是赶来接应那些追赶马车的骑士的，态度极是客气，我才知道那些骑士不是普通人。”

潘阆问道：“欧阳员外可知道马车中坐的是什么人？”欧阳赞摇了摇

头，道："这我可不知道，马车里的人没有出来过，也没有任何声响动静。只有一名手执银枪的少年往里面查看过，说是车里的人没事。"

潘阆道："欧阳员外不觉得事情很奇怪吗？"欧阳赞道："奇怪在哪里？"

姚恕再也无法容忍，重重一拍桌子，怒道："你们这是做什么，居然跑来公堂谈奇说怪来了？来人，让证人在供状上签字画押，再将他们连同这三个扰乱公堂的人通通赶出去。"

向敏中道："慢着！推官难道不要马上派人去传王彦升相公的心腹随从，来补充欧阳员外的证词吗？尤其欧阳员外提到的脚夫特意停在了王彦升车队旁的这一段，应该是个关键，可之前并没有听王相公的随从提过。"

姚恕大怒，道："是本官审案，还是你审案？这里哪里轮得到你来指手画脚！来人，快些将他们赶出去，押张咏到堂前跪下，把'老鼠弹筝'刑具抬上来，本官要好好拷问他。"

向敏中道："且慢！"走上前去，背朝众人，向堂首打了个手势。姚恕面色登时大变，从座位上站起来，惊问道："你……你是……"

向敏中便走到案桌旁，附耳低声说了几句。姚恕连声应道："是！是！"立即命书吏填了一张传票，从腰间解下印章盖上，交给吏卒，作为拘传王彦升随从的书凭。又满面堆笑道，"要不要命人给向公子搬把交椅？"向敏中只淡淡摇了摇头，径自走回同伴身边。

旁人均不知道姚恕为何突然前倨后恭，只有寇准猜到是向敏中将皇帝御赐的信物玉斧取出来给姚恕看过。

事情正是再巧不过，那王彦升的心腹随从王三恰好赶来县廨询问何时能领回主人尸首安葬，吏卒便立即将他带来大堂。

王三听姚恕问到骑马脚夫，迟疑了一下，道，"确有此事。那些脚夫慌里慌张地奔过来，忽然在车队旁停了一下。"

向敏中忙问道："那些脚夫停下的时候，王彦升相公是否已经毒发身亡？"王三道："这个小人倒没有留意，他们只停了一下就打马跑了。"

向敏中道："这应该不可能。若是当时王彦升相公仍然在世，你们见到几名脚夫迎面驰马过来，怎么会留意不到？若是王彦升相公已经身故，你悲恸之下，当守护在主人身边，又怎么会留意到那些脚夫只停了一下就走了？"王三道："也许有留意到，不过小人忘记了。"

姚恕一拍惊堂木，喝道："好个刁奴，居然敢在公堂上说谎！来人，将'老鼠弹筝'搬上来，用刑！"

刑吏才刚刚将王三双手套上刑具，他便大叫了起来，道："小人愿招，愿说实话。"姚恕道："快说！若有一字虚言，大刑伺候，绝不轻饶！"

王三哭丧着脸道："那些脚夫过来的时候，我家主人确实还活着。当时主人依稀看到前面有事发生，觉得这几名脚夫有些奇怪，特意勒马顿住，喝问他们来历。一名脚夫忽然大叫了一声：'王彦升！原来真的王彦升在这里！'然后那几个人一齐欢呼，我家主人就此从马上掉下来，小人忙下马查看，发现他已经死了。"

向敏中道："这些你为什么早不说？"王三道："我家主人最好面子，若是让人知道他被几个脚夫吓下马来，他一世英名岂不是毁于一旦？小人心想这件事还是不提的好。反正后来仵作验尸不是说我家主人是中毒死的嘛。"

潘阆道："那几个脚夫有没有碰到过你家主人身体？"王三道："没有，决计没有。当时小人就在主人身边，那些脚夫距离我家主人有数步之遥。"

寇准曾见过脚夫们在博浪沙乱洒石灰迷惑李稍商队，忙问道："那他们有没有放出什么有毒的粉末或是烟雾之类？"王三摇头道："没有。"

姚恕又要叫人用刑。向敏中忙道："不必了，王三所言应该是真话。若果真是脚夫向王相公放了什么有毒的暗器，尸首应该留有伤口。若是粉末、毒烟之类，王三当时就跟随在主人身后，应该也不能幸免。"姚恕道："有理，向公子果然聪明过人，见解高明。"

王三道："多谢向郎为小人开脱。"向敏中道："我没有为你开脱，我只是根据你的供词推论当时真实情形而已。"王三道："是，是，郎君说得极是。"

寇准道："向大哥的话倒是提醒了我！眼下张大哥被定为凶手，是因为王彦升并非酒食中毒，而身上又只有两处剑伤，因而被断定为外伤中毒。若是那些脚夫真的放了有毒暗器，暗器细微，又凑巧打入了原先的剑伤中，这第三处才是致命伤，却因为与原伤重合，不是很难检验出来吗？"向敏中道："确实有这种可能性。"

姚恕闻言，忙命人去叫负责验尸的仵作宋科来。

张咏却道："寇准说的这种情况根本不可能发生。暗器愈是细微，愈需要极强的手劲。那些脚夫中若能有此等高手，又何须用生石灰这等下三烂的手段去对付李稍员外的商队？退一万步说，就算真有一名脚夫是暗器高手，当时他与王彦升相公背道而行，必然是侧身相对，暗器直射入胸腹还有可能，又如何能射入他的臂膀和后背处？"

他是习剑之人，当然知道放暗器的难易程度，不过他自己出言否定有可能洗脱嫌疑的情况，倒教人刮目相看。

向敏中道："张兄所言极是。不过既然寇准已经提到，还是再多问一遍仵作才好。"

等了老大一会儿，仵作宋科来到堂上，听了寇准所谓的暗器之说，慢条斯理地答道："小人晓得案情重大，所以验尸时很是小心，已经用磁石吸过王相公伤处，并没有什么细微的暗器。若是有毒暗器打在身体其他部位，当有明显的紫黑斑点，小的验尸时并未发现。"

寇准却还不死心，道："万一老公有所疏漏呢？不如我们这就再去敛尸房重验一遍，这么多双眼睛，总能多发现些什么。"向敏中却对这老仵作的老道和经验很是赞赏，道："不必了，我信得过宋老公。"

宋科又慢吞吞地道："不过小人倒是从几位郎君的话中得到启发，想到另一种可能性。"

向敏中道："老公请讲。"宋科道："小人验的是王相公的尸首，却没有验过衣物。如果……小人是说如果……有人事先在王相公的衣服上染了乌毒……"

他没有继续说下去，但众人均已明白他话中之意，眼前顿时一亮——如果王彦升身上穿着一件被乌毒浸泡过的衣服，平时并无大碍，也不会因此而中毒，当张咏宝剑伤到他臂膀和后背的时候，毒药便会从创口进入体内，导致他受伤后不久即毒发身亡。如果张咏不是往剑上抹毒的凶手，那么这确实是唯一合理的解释。可凶手事先又如何知道王彦升会受伤？他费尽心思将衣服染上乌毒，还要让王彦升穿在身上，可比直接将毒药下在茶水饮食中难多了。

但无论如何，老件作所提及的衣服有毒是一条极重要的线索，众人便要立即赶去敛尸房重新检验王彦升衣物。欧阳赞忙禀道：“既然已经证实了小人的供词，小人留下也没有什么用处，请推官允准小人夫妇先行退下。”

姚恕道：“按照律法，涉及命案的嫌疑人和证人都要下狱收押，你们可不能走。”正要命人将欧阳赞夫妇关起来，向敏中忙道：“欧阳员外跟这件案子毫无干系，他夫妇昨日才刚刚回到开封，还有许多事务要办，不如放他们去吧。不过请留下住址，方便随时传讯。”

姚恕道：“向公子说怎样便怎样。”当下命欧阳赞在书吏记录的供状上按上手印，叮嘱不可泄露案情，不然从严法办。欧阳赞一一应了，带着妻子忙不迭地退了出去。

诸人便一起来到敛尸房中。向敏中道：“王三，王相公现在身上的这身衣服可是他当日所穿。”王三道：“是，我家主人当日穿的就是这些。”

宋科便请差役搬来一盆清水，放在王彦升尸首旁，将他身上外袍、内衣均浸入木盆中。等了一刻工夫，再用银针验毒，银针光亮如新，丝毫没有变色迹象。旁人立即都傻了眼。自宋科提出衣服事先染毒后，向敏中等人均觉得这种可能性极高，心中殷殷期待银针变黑验出有毒，哪知道竟还是竹篮打水一场空。

宋科又重新验了一遍，结果依然如此。一时无话，只得重新回来堂中。

姚恕讨好地问道：“向公子认为这件案子该如何查下去？”向敏中道：“嗯，请推官在县廨里找一间静室，容我们几个好好商议一下。”姚恕道：“也包括张咏吗？”向敏中道：“当然，不然也不必劳烦推官了。”

姚恕忙亲自领着几人来到西面专供浚仪县令休息的房间，安排了茶水，这才退出去。

潘阆道："咱们忙活了大半天，还是不能证明张咏无辜。"向敏中道："张兄，实在抱歉，我没能帮上忙。"张咏道："你们为我做得已经太多了，大恩不敢言谢，请三位受我一拜。"

向敏中忙扶住他，道："眼下的局面对张兄很不利，我们每往深查一步，就愈发证明了只有张兄才有机会杀人。实话说，这样棘手的案子，我也不知道该如何是好。"

张咏笑道："向兄不必忧虑，也不必再多追查。既然天意如此，一定要让我当凶手，那我只好无可奈何地接受了。"又问是如何这么快就找到了欧阳赞夫妇。

潘阆道："既然张兄在小牛市集遇见过欧阳赞夫妇，我推算他们脚程应该跟你差不了太多。那日博浪沙出了大事，道路阻隔，我们走后，欧阳赞夫妇必然与李稍遇到，所以我就赶去樊楼，向李稍打听，得知他是和欧阳赞一行一起回的开封，由此问到了地址。"

张咏道："潘老弟向李员外提到事情起因是我卷入王彦升中毒身故一案吗？"潘阆道："当然提了。李员外也不大相信张兄会做出往剑锋上涂毒的事情，还说要派人到狱中探望，送些酒食来。"张咏这才知道李雪梅来到狱中的原委。

闲话一回，向敏中、寇准几人始终想不透王彦升中毒的关键，只有叹息一回，开门出来，将张咏交给候在门外的姚恕。

姚恕忙将向敏中拉到一旁，低声问道："向公子可是武德司[1]的人？"向敏中道："不是。"

姚恕见他深沉寡言，不敢再多问，只讨好地道："公子有任何需要，

[1] 武德司：皇宫秘密监察机构，执行宫城出入禁令，掌管宫门铜符、铁牌，处理宫廷机密案件及后妃犯罪，且负责派遣大批密探侦伺民间动静，长官通常由宦官充任，类似后世明朝的锦衣卫、东厂。太平兴国中改名皇城司。本小说人物王嗣宗后任大理寺丞，通判睦州、河州时，正逢宋太宗赵光义派遣大批武德司耳目到民间访察，骚扰地方，王嗣宗派人将耳目尽数逮捕，械送京师，并上疏道："陛下不委任天正贤俊，猥信此辈以为耳目，臣窃不取。"由此忤怒太宗，被捕送监狱，遇大赦才官复原职。

随时吩咐下官即是。公子放心，张咏既是公子的朋友，下官自会命人好生对待，不会再拷打他。”

向敏中道：“如此甚好。”又问道：“为何要将张咏跟那博浪沙被捕的高姓强盗关在一起？”姚恕道：“这是程羽程判官的意思。那强盗口风极严，用过几次重刑均不肯开口说话，程判官认为将他们关在一起后他二人会互相交谈，或许能透露些什么。”

向敏中道：“这么说，有人在狱中监视张咏和高姓强盗了？”姚恕道：“是的，他二人被关押的那间牢房是浚仪县狱独有的，有人在墙后监视，昼夜不停，他们的一言一行均被记录了下来，上报给程判官知晓。”向敏中叹道：“这一招倒是极高明。”当下辞别出来。

潘阆忽然问道：“会不会张咏真的就是毒死王彦升的凶手？”寇准道：“不会，张大哥既然说没有下毒杀人，那么一定没有做过。”

潘阆道：“如果我处在张咏的境地，我也说我没有下毒杀人，你信不信？”寇准歪着头仔细想了想，才道：“不信。”

潘阆大笑道：“好个寇老西，张咏跟你认识才不过两天，我跟你却已经认识了十年。你相信他，却不相信我？”寇准道：“潘大哥别生气，你有时候让人琢磨不透，很是神秘，张大哥却是坦坦荡荡，胸无城府。”

潘阆笑道：“我可不会生气，你说得极对。”见向敏中一直沉默不语，问道：“向兄可是又想到什么能帮助张咏脱罪的线索？”

向敏中摇摇头，道：“以目前的证据看来，只有张咏才有机会下手。他既然没有杀人，那么真凶一定是个极了不得的人物。不过家父曾经说过，这世上没有完美无缺的凶案，再厉害再精明的凶手，也会留下蛛丝马迹，一定有什么线索是我们没有留意到的。”

潘阆道：“可是向兄也说了，现在每往下查一步，都是进一步证明张咏杀人。除了那几名无迹可寻的脚夫外，我们手头再无别的线索。”

向敏中沉吟片刻，道：“我想去趟小牛市集。”潘阆立即道：“我跟向兄一道去。”向敏中道：“也好。”寇准道：“我留下来，怕万一有什么事情，也好有个照应。”

正说着，忽见一名黄衣宦官带着两名小黄门驰马过来。那宦官四十来岁模样，面黑须净，一副忠厚模样，扬声问道："哪位是向敏中向公子？"向敏中料来对方是皇帝派来的使者，忙上前道："我就是，大官[1]有何吩咐？"

宦官道："我是内侍行首王继恩，请向公子一人过来说话。"翻身下马，引着向敏中走到一边，自怀中掏出一个小小的纸卷，道："我奉官家之命，以此手书换回玉斧信物。"

向敏中道："是。"接过那纸卷展开，只见上面写着一行小字："特敕向敏中、寇准查案，诸司不许干涉。"笔迹潦草，底下署有花押[2]——却是个缺了一块的方框，方框里左面是个"扌"，右面是个"又"，看起来甚是奇怪。

向敏中问道："请大官恕敏中无礼，多嘴问一句，这当真是官家御笔吗？我曾听人说，官家的花押是'亡'字内里加一个'5'字形，这花押从未听过。"王继恩笑道："向公子心思缜密，又见多识广，难怪能得到官家赏识，特准你暗中办案。放心，这确实是官家御笔，这花押也是官家最近才启用，没有几个人见过。"

向敏中道："原来如此。那么，敏中谨奉圣旨。"自怀中取出玉斧交给王继恩。只觉得手中的纸张细薄光润，滑腻如丝，不似凡品，大是好奇，问道："这是什么纸？"王继恩道："这是南唐进贡的澄心堂纸[3]，刚从金陵快马送来，官家顺手取来写了这道御书给向公子。"

向敏中道："难怪敏中从来没有见过，原来是南唐贡纸。"心中却道："南唐李国主好诗词歌舞，成天不理国事，只将心思花在这些浮华巧事上，怕是亡国在即了。"又心道："官家为何突然改了新花押？这新花押

[1] 大官：对宦官的尊称。宋代皇宫办事机构分为内侍省与入内内侍省，是最亲近皇帝的宦者机构。

[2] 人们根据自身喜好，在文书上使用特定符号作为证实本人的凭据。两宋皇帝均有自己独特的花押。

[3] 澄心堂：南唐中枢重地。澄心堂纸：一种贵重的歙州墨纸。歙（shè）州，宋徽宗宣和三年（1121 年）改名为徽州，治歙县，今安徽歙县。自唐代开始为生产文房四宝的重要基地，歙砚、徽墨、汪笔均被推为天下之冠。澄心堂纸也被南唐后主李煜视为珍宝，赞其为"纸中之王"，设局令承御监制造，供宫中长期使用。

煞是奇怪，‘扌’是手，‘又’也是手[1]，双手在框中，框却缺了一角，到底有何寓意？”

却听见王继恩道：“官家很是关注这件案子，还望向公子请多费些心，我自会随时派人向公子询问。”向敏中道：“是。”

王继恩便收好玉斧，上马离去。向敏中不提皇帝派人以御笔换走玉斧之事，寇准、潘阆二人也不多问，当下各自分头行事，向敏中、潘阆立即乘马赶去小牛市集。

寇准与向、潘二人分手，正要上马，忽有一中年汉子匆匆过来叫道：“寇郎请留步！”寇准问道：“你是谁？怎么会认得我？”那汉子道：“小人不认得寇郎，是有人托小人来问寇郎一句话，你想不想救张咏？”寇准道：“那还用说，当然想了。”

汉子道：“小人有能救张咏的重要消息，不过寇郎得答应小人今日所说的话决计不能泄露出去，此后也不能追查小人姓名。”寇准心道：“他事先跟我约定，显然是怕受牵连。既然如此，他所称的消息应该相当可靠了。”忙道：“好，我答应你。”

汉子道：“有人能证明张咏没有下毒杀人，不过对方有个条件。”

寇准见他不过是大街上普通闲汉打扮，闻言不免半信半疑，心道：“我们这么多人费半天劲也不能证明张大哥无辜，你突然从街上跑过来说有证据，谁会相信？”当即问道：“对方是什么人？”汉子神秘地道：“对方不愿意说。不过他手里确实有证据，只有答应他的条件，他才会交出证据，保证令张咏当堂释放。”

寇准心道：“什么样的证据能令张大哥当堂释放？莫非这个对方就是真正下毒的凶手？”忙问道：“什么条件？”汉子道：“再简单不过，一命换一命。眼下的证据处处对张咏不利，他杀了官家爱将，必受极刑处死。若对方能救他，你须得杀另外一个人来换张咏。”寇准道：“恕我不能接受，别说我，就是张大哥自己也是决计不会允准我们用这样的法子

[1] 又：本意为“手”，甲骨文字形，像右手形，同左右的“右”。

来救他。”

汉子道：“如果那个人该死呢？”寇准道：“如果他该死，自有国法来制裁他，我们不能滥用私刑，随意杀人。倒是你，明明知道关键线索，事关朝廷命官重案，知情不报可是重罪。”汉子笑道：“小人能有什么罪？不过是居中传个话讨点赏钱罢了。”

寇准道：“喂，你不能走，你叫什么名字？”汉子笑道：“寇郎忘记事先答应过小人什么了吗？自古皆有死，民无信不立，寇郎可不能做个无信无义的人。”

寇准无奈，只得眼睁睁地看着那汉子离去。闷了许久，才怏怏回来汴阳坊，正见到唐晓英在自己借住的宅邸前徘徊，忙上前问道：“英娘如何来了这里？”唐晓英微一迟疑，即道：“我是来找寇郎比酒的。”

寇准道：“什么？”唐晓英道：“寇郎忘记了吗？当日在樊楼，潘郎愿意用宝珠与我打赌，无论输赢，我都能得到那颗珠子。我自承酒量不及寇郎，愿意为你做女使一年。请立即将那颗宝珠给我，我有急用。”

寇准这才明白事情究竟，道：“赌酒一事是潘大哥的戏言，况且珠子也是他的，他刚刚离开了开封，人不在这里。”唐晓英急得直跺脚，道：“呀，怎么这么不凑巧？都怪我没有远虑，当晚要是答应潘郎就好了。”略想一想，又问道：“寇郎有钱吗，可否先借一些给我？”

寇准道：“娘子急着等钱用吗？”唐晓英道：“是的是的，丽华姊姊的女儿小娥生了重病，她借了相国寺长生库的债，而今利滚利已是一笔了不得的数目。又已经过了归还期限，长生库的长老威胁说若是明日还不上，丽华姊姊就得以身抵债，要卖她去鬼樊楼做娼妓。”

寇准道：“鬼樊楼，也是一座酒楼吗？跟樊楼有什么关系？”唐晓英道：“鬼樊楼跟樊楼一点关系也没有，它本来叫无忧洞，是汴河边上的秘密青馆，据称其规模堪比汴京第一酒楼樊楼，可又见不得光，所以称鬼樊楼。听说那里专门窝藏亡命之徒以及坑蒙拐骗来的妇女，是歹徒的天堂、女人的地狱，女人被送去那里后都要剥光衣衫，终日赤身裸体，戴着奇怪的刑具，供那些犯下重罪逃亡的男人虐待凌辱，生不如死。”

寇准道："既然鬼樊楼见不得光，相国寺长生库又与它暗中有交易来往，娘子何不报官？"唐晓英道："相国寺是皇家院，决计不能惹，那长老大概也只是说说。况且鬼樊楼只是传说，并没有人真正见过，也不知道它在哪里，官府又能奈何？"左右望了一眼，压低声音道："这些也是一个熟识的酒客离开汴京前悄悄告诉我的，一日他妻子去逛瓦市[1]，莫名其妙就失了踪。隔了几日，有人来送信给他，他妻子被拐去了鬼樊楼，要领人出来，须得二百贯现钱。那丈夫本是富商，很有些家底，又卖了家里值钱的家当，东拼西凑了这么一大笔钱，交给送信人。当晚他听见有人敲门，出去一看，妻子正站在门口，一丝不挂，身上到处是绳索绑过的青紫淤痕，神情恍惚，连人也认不出来。丈夫带她进屋，给她穿上衣服，反复叫她的名字，她才回过神来，痛哭不止，告知她这几日不分白天黑夜地被许多男子奸污。丈夫虽然愤怒，却因受了威胁，不敢声张，再也不敢待在京师，打点行装回老家去了。"

寇准很是生气，道："这丈夫也太没有担当，妻子如此被人凌虐，他还不肯报官。若是人人如此，坏人不是愈发得逞得意了吗？"

唐晓英见他迂腐，跟他多说也只是白费唇舌，忙催问道："寇郎到底有没有钱借我？"寇准道："实在抱歉，寇准自幼丧父，家中只有老母，并不宽裕，这次来京师也是好不容易筹集了一笔路费，寒食当晚又在樊楼失了钱袋，损失了全部金银。"

当时铜钱、银及银器等同于货物，过境出关均要缴税，一两银税钱多达四十文，唯独金不收税。[2] 自大名府南来京师关卡不少，寇准临行前特意托人将路费兑成了瓜子金，既是免税之物，价值又高，携带方便，想不到到汴京当日便全部丢失，不免有些沮丧。

唐晓英闻言惊道："啊，原来寇郎当晚也丢了钱袋！"

寇准当晚出西楼预备付账时才觉察到钱袋莫名丢失，又发现那说书女庞丽华的女儿刘娥正玩弄他的钱袋，忙过去询问，刘娥却说是在楼梯

[1] 瓦市：又叫瓦子、瓦舍、瓦肆，简称瓦，是城中固定的娱乐中心，游人、看客来往其中，川流不息。

[2] 直到天圣二年（1024年），宋仁宗在位，才由在京商税院提出每两金收税二百文。

上捡的，捡到时便已经是空的。寇准本待报官，正见庞丽华额头裹着伤来寻女儿，一时不忍她母女牵连其中。恰好阿图已经抢先替李稍为他们几个结了酒钱，潘阆又说要给樊楼一点面子，他才作罢。此刻听唐晓英的口气，竟似当晚丢失财物的不止他一人，忙问道：“当晚还有别人丢了财物吗？”

唐晓英道：“嗯，那李继迁李官人赏了丽华姊姊一串金珠，本来正好可以用来抵债，结果也被人窃去。”

寇准道：“金珠价值不菲，又是救命的钱，你们如何不报官？”唐晓英道：“丽华姊姊不是樊楼的人，她若是报官，不但再也进不了樊楼说书，而且会不断因为案子被开封府传讯，耗尽精力，说不定还会被拘禁，哪里还能照顾病重的女儿？”

寇准道：“嗯，也是，难怪有人说百姓沾惹上官司就是一身腥气，无论原告，还是被告，甚至证人，都要被折腾得脱层皮。”仔细想了想，又道：“这样，既然英娘是为了救人，我行囊中还有潘大哥寄存的十两银子，抵合十贯钱，英娘先拿去用，就当是我向潘大哥借的。”唐晓英道：“那好，寇郎先借给我，我再去找人凑些。”

寇准便进屋写好借据，取了银两，唐晓英往那借据上捺下手印，接过银两匆忙去了。

刚走上大街，便听见背后有人叫道：“英娘留步！”回头一看，却是李稍的心腹小厮阿图，曾几次在樊楼搭话，唐晓英嫌他油腔滑调，未多理睬，此刻见到，不敢再怠慢，忙问道：“图哥儿是叫我吗？”

阿图问道：“英娘还需要多少钱？”唐晓英道：“四十贯。”心中登时燃起一线希望，恳求道：“图哥儿可否借些钱给我？”

阿图笑道：“四十贯可不是小数目，我又不是赤老[1]，哪里有这么多闲钱？”又问道：“英娘是为了那说书女借钱吗？”

唐晓英道：“是，丽华姊姊急需要这笔钱。图哥儿能不能跟李员外求

[1] 赤老：汴京百姓对禁军的鄙称，因北宋时士兵都穿红色的军装。宋初禁军俸禄异常丰厚，上军将校月俸一百贯，诸班直（最亲近皇帝的护送禁兵称为诸班直）每月三十贯，普通禁军也有七百文到三十贯不等。当时开封物价，只要没有意外开销，一个月一百文已经能过得十分宽裕。

个情……”阿图决然打断了她，道：“英娘来樊楼时间也不短了，又不是不知道规矩，不能提前支俸，不准向柜台借钱。”唐晓英沮丧至极，应道：“图哥儿说的是，那我走了。”

阿图道：“别着急走啊，我话还没有说完呢，若是英娘肯答应我一件事的话，我倒可以破例，以我自己的名义向李员外求情借钱。”

他见唐晓英颜色不但不似往日那般冷淡，而且有明显的讨好奉承自己之意，便涎着脸嬉笑着，大胆向她胸前摸过去……

第四章

清明上河

一名狱卒自后面抓住犯人头发，迫他仰面朝上。两名文笔匠正手持尖凿往他脸颊上刺字，血流满面，剕目怵心。额头已然凿好『免斩』两个大字的创口，肉中揉搓了永不褪色的墨汁，伤口经火烧炙，虽不再流血，却在灯烛的映照下闪现出诡异的黑色，煞是扎眼。

古语有云："黄河百害，唯富一套[1]。"实际上，这句话并不十分准确。汴河的前身为通济渠，自隋代修通后，引黄河之水，成为南北交通的大动脉。到宋朝立国，汴河已经与蔡河、五丈河、金水河连接沟通，分走了黄河三分之一的水量，大宋一多半的财赋、百货都通过这条人工河流运输。可以说，汴京富丽天下，成为"天下之枢"的水陆都会，完全是依托在汴河之上。

洞穿全城的河渠不仅给汴京带来了四通八达的交通，还增添了绵绵不绝的灵动之气，条达辐辏，河流纵横，陂泽相连，一望无垠。然而水乡特色却并不能弥补它作为京师的重大缺憾——无三川之险，为四战之地，北方又有契丹这样难以消灭的强敌，无奈之下，只得举天下之精兵宿于京师，以兵来当山河之险。屯驻东京一带的挂籍禁军多达百万，堪称举世无双的最大兵营。

由于有交通之利，城南的繁茂商业区均集中在汴河沿线，其中又以州桥到相国寺桥一带最为繁华——香药铺、果子铺、金银铺、彩帛铺、珠子铺、温州漆器铺等互相交错，酒楼、饭店、鱼市、肉市林立丰溢。

相国寺桥的北面就是大相国寺。这里原是战国四公子之一信陵君的故宅，寺庙始建于北齐，本名建国寺，唐初重建后，唐睿宗为纪念他以相王继位，特赐名为相国寺，并亲题"大相国寺"的匾额。塔庙高大庄严，庭院富丽宽敞，花木鲜整似苑，僧舍密如蛛网，被唐人李邕称为"人间天上，物外异乡"，其雄伟壮观名冠天下。

由于唐代就已经是名扬四海的大刹，寺庙里大家云集，古迹众多——唐代"画圣"吴道子画有《文殊维摩像》的壁画；其同门"塑圣"杨惠之则留下了栩栩如生的净土院大殿神佛塑像。虽然岁月已深，然而金碧光彩，物象精神，精妙如新。

宋代立国后不久，太祖皇帝赵匡胤来到大相国寺礼佛，问及皇帝是否应该跪拜佛祖时，住持答道："现在佛不拜过去佛。"赵匡胤会心一笑，

[1] 一套：指河套平原，位于今中国内蒙古自治区和宁夏回族自治区境内，面积约为25000平方公里，为冲积平原，地势平坦，土壤肥沃，有黄河灌溉之利。

即成定制。大相国寺也成为钦定的皇家寺院，负责管理全国寺院、委派各寺住持。凡有帝王巡幸、生辰忌日、水旱灾异、祭祀大典，皇帝均要来到大相国寺举行祈祷仪式。甚至包括君主生辰庆祝、御赐外国使节等，也多在大相国寺举行。

皇帝时常驾临大相国寺，常人更是趋之若骛，未第举子要来这里上香祷告，新科进士则来这里刻石留念，以至大相国寺不得不在东南隅的罗汉院辟了一座桂籍堂，专门供进士们延续唐代雁塔题名的风流雅事。

这一日正是清明节，正逢大相国寺的赶集日。赶集日定于每月初一、十五与逢八，一月五次，逢重大节假日也会开放。每逢此时，大相国寺便充当临时瓦市，完全对百姓开放，准许买卖双方在其中交易。百货物品，珍禽奇兽，无所不有。仅中庭两廊便聚集有一万人，是天下最大的商业市场、最有名的神庙集市——辏集人烟，骈阗市井，丰稔时年，太平光景。这正是大相国寺奇特的地方，出世与世俗巧妙地融合，却是相得益彰，丝毫不让人觉得别扭。

刚刚下完小雨，一切都淡淡的、湿湿的，空气尤其清爽。汴河上船只往来，首尾相接，或纤夫牵拉，或船夫摇橹。相国寺桥旁的码头更是停泊了许多满载货物的大船，脚夫们来回卸货，将这一带堵得水泄不通。

唐晓英拿着筹来的五十两纹银，好不容易穿过熙熙攘攘的人流，匆匆赶来相国寺东门大街上的长生库，交给主持长生库的僧人澄晖。

这澄晖是汴京有名的比丘，却不是因为修为高深有名，而是他身为方外之人，却娶了艳妓为妻，还自诩“快活风流，光前绝后”，以“没头发浪子，有房室如来”自况。本来宋法规定僧道娶妻者以通奸罪加一等惩处，然而禅宗世俗化，不仅僧道娶妻甚多，百姓也愿意嫁女贪图钱财。甚至还有风流少年踵门拜谒澄晖，表示愿意置酒参会梵嫂，成为京师笑闻。

澄晖一见银子便双眼发亮，喝彩道：“英娘好本事，居然筹到了这么大数目一笔钱。可是在樊楼搭上了什么有钱的主儿？”唐晓英也不睬他，只道：“长老，快些将丽华姊姊的借据还给我。”澄晖翻出借据，递过来笑道：“若是英娘缺钱时，只管来这里借，贫僧不算利钱。”

唐晓英“呸”了一声，收好借据出来，迎面撞见一群人来游相国寺，正是她昨晚在樊楼招待过的那群酒客，为首的名叫欧阳赞，是个回汴京省亲的富商。她虽然只是进出换酒，终究见过的客人多了，总觉得这些人有些古怪，明明是欧阳赞坐在上首，各人面色却最尊敬那坐在下首的姓韩的公子，如此刻意掩饰身份，就表明韩公子很有些来头。

唐晓英心里想着，眼睛不由自主地朝那韩公子望去。那韩公子立即留意到她，认出她来，微笑着点头示意，她只好点头回应。

匆忙回来樊楼，阿图正在等她，将早已准备好的食盒交给她，道：“这就去吧。”唐晓英道：“是。”提了食盒，先来到楼后巷子的一间小房子里。庞丽华正守在女儿刘娥床前，愁容满面，泪眼涟涟。

唐晓英将借据取出来交给她笑道：“好了，借据拿回来啦。”庞丽华又惊又喜，问道：“英娘从哪里借到了这么多钱？”唐晓英道：“总之是遇到了好人，姊姊不用担心啦，这钱不用还的。”

庞丽华道：“当真？他到底是什么人？我要好好谢谢他。”唐晓英笑道：“人家做善事不留名，不希望你知道。好啦，这里有十两银子，是我向人借的，姊姊先替我收好。我房里床头柜子上还有几吊钱，你先拿去给小娥弄点吃的，我得去当班了。”俯身往刘娥额头轻吻了一下，这才出来小屋。径直来到浚仪县狱，自报是张咏的远房表妹，来送饭食。

宋代律令，监狱罪犯伙食均须由亲属供给，无人送饭才由官府代理，且要向犯人收取相应钱财。唐晓英来探看张咏，也无人起疑，当下登记了姓名，进来牢房，第一眼见到高琼时，便愣在了那里。

狱卒见她神色有异，忙问道：“娘子可是认得这个人？”唐晓英迟疑问道：“他……他不就是在博浪沙劫杀李员外商队的强盗吗？”狱卒道：“就是他。原来娘子早已经知道了。”

张咏乍然见到唐晓英，也不免吃了一惊，旋即闻见樊楼酒香，以为又是李稍派她来送饭食来，忙道：“多谢娘子。”

唐晓英默默走进牢房，将酒菜往地上摆好。张咏见今日的酒瓶不是往日未开封的陶器，而是一只精致的铜壶，酒兴大增，笑道：“这个更好了。一定是李家娘子知道我戴了手铐，自己开不得泥封。”当即抓起酒壶，直接对准壶嘴饮了起来。

唐晓英忙上前夺下，埋怨道："张郎怎么可以这样饮酒？"将酒斟在漆杯中，奉给张咏。

张咏一饮而尽，又将漆杯递还给她，道："劳烦英娘给那位高兄送一杯酒过去。"唐晓英转头看了一眼高琼，只是不动。

张咏道："英娘是恨他杀了你们李员外的手下吗？他也只是奉命行事，怪不得他。而今这里人人恨他，狱卒不肯供给他饮食，英娘给他一杯酒，就等于是救他一命。"

唐晓英思索了片刻，便往漆杯中斟了一杯酒，走过去蹲下来递给高琼。高琼低声道："多谢英娘。"接过酒杯，正要一饮而尽，却又被唐晓英一巴掌打掉。那酒杯是产自蜀中的木制漆器，并未摔破，只有酒泼洒在地上，嗞嗞作响。

张咏登时呆住，急忙运气丹田，却觉察不到有中毒迹象。高琼却是丝毫不露惊诧之色，只叹道："你最终还是知道了。"

唐晓英跺了跺脚，奔过去抱起铜壶，疾步奔出牢房。刚出县廨，便见阿图正站在那里，料来是在等她，只得硬着头皮过去。

阿图道："事情办妥了？那姓高的可有喝下毒酒？"唐晓英道："他本来是要喝的，可真到了最后关头，我又忍不住……他……他是……"阿图脸色大变，冷冷道："我本来敬佩英娘仗义，可你不守信用在先，别怪我心狠。"

唐晓英道："我甘愿受罚，只求图哥儿不要伤害丽华母女……"话音未落，阿图一挥手，一旁马车中跃出一名男子来，自背后捉住她手臂，将她半抱半拖上车中。车夫扬鞭策马，迅速飞驰而去。

几名狱卒紧追出县廨来。有人道："这不是图哥儿吗？你可有见到一名二十岁出头的女子逃出来？"阿图道："官人是说樊楼的焌糟唐晓英吗？她适才跑出来，飞快地跳上一辆马车，往那边走了。"

狱卒们见马车已经无影无踪，只得作罢。一老狱卒走过去捡起掉落在地上的铜酒壶，嘟囔道："好在证物还在，不然咱们哪说得清楚？"

阿图道："出了什么事？"老狱卒道："她试图用毒酒害死狱中重犯。"

忽然意识到什么，狐疑问道："图哥儿在这里做什么？"阿图道："我家员外命小的来问何时能领回那三名商队护卫的尸首。呀，小的想起来了，其中的一名护卫就是唐晓英的情郎。"

一名年轻狱卒恍然大悟，道："这就难怪唐晓英拿毒酒给那姓高的小子喝了，原来是要为情郎报仇。"阿图叹道："如此说来，晓英倒是个有情有义的女子。"

年轻狱卒道："可不是吗？不瞒图哥儿说，我们还巴不得她得手呢，那契丹刺客得罪了我们典狱，典狱正让我们想方设法整死他。唉，偏偏正要喝下酒时又被唐晓英打泼了，女人就是心软。"

老狱卒斥道："幸好她心软了，不然开封府的重犯死在浚仪县狱中，咱们能脱得了干系吗？你赶紧走吧，县令和县尉都不在，还不快去开封府禀告，画出图形告示缉拿唐晓英。"

那年轻狱卒便飞奔赶去开封府报信，老狱卒与余人携着酒壶回来狱中，赶来检视唐晓英带进来的其余酒菜是否有毒。

张咏道："我都已经吃过一轮了，没毒。"又问道："酒壶的手柄上是不是有个机关？往上推倒出的是好酒，往下就该是毒酒。"老狱卒摸索着折腾了一番，惊叫道："呀，还真是有个机关。"

张咏道："这大概就是传说的双龙转心壶。高琼，原来英娘是为杀你而来。幸好她不想滥杀无辜，事先准备了一个双层壶，而且没有先将机关扳在毒酒上，不然你没死，我可就先陪死了。"高琼只微闭着双眼，不予理睬。

狱卒们忙着把玩那神奇双龙转心壶，议论唐晓英冒险为情郎一事，有感叹的，有佩服的，也有不屑的。

过了辰时，有吏卒持监牌来提张咏过堂。张咏料到是向敏中等人又找到新线索，到堂前一看，却只有寇准一人，不禁一愣，问道："向兄他们人呢？"

寇准道："他们昨日去了小牛市集寻找线索，到现在还没有回来。适才姚推官派人来找我，说是仵作宋老公又在尸首上发现了新的疑点。"

姚恕因为忌惮向敏中怀揣皇帝心爱玉斧的缘故，对张咏也客气了起来，道："宋科，你将事情经过向张公子一一道来。"仵作宋科道："是。王相公家属派人来索回尸首，小人便想在尸首发还家属前最后再验一次，结果发现了异样之处。"

张咏道："是还有第三处伤口吗？"宋科摇摇头，道："但靠嘴说不清楚，请官人和各位郎君移步敛尸房。"

众人便再往敛尸房而来，房里尸臭味极重，差役不得不先在房内燃了些苍术以遮盖住气味。只有宋科不似一干人争相用手捂住口鼻，昂然进来，将王彦升的尸首翻转过来，道："异样就在这两处剑伤上。"旁人瞧着那两处剑伤均是入肉半分，创口处发黑，有明显的中毒迹象。

张咏道："这有何异样，我可看不出来。"宋科道："凡人中毒，先入四肢，所以中毒死者手、脚的颜色往往要比面色、身体深很多。"寇准道："不错，我听向大哥提过，中毒死者一般是面色、身体发青，嘴唇发紫，手指、脚趾呈现出黯青色。"

宋科道："郎君说得极是。王相公因为是吃饱后中毒，所以只有嘴唇、四肢呈现出中毒异色。他是后背和手臂中剑受伤，如果当时张咏宝剑上有毒的话，那么乌毒应当同时从这两处创口随血液进入他的身体。他手臂本身已经染毒，毒药又随气血首先流向四肢，所以他手臂剑伤的创口毒性更重，创口颜色也应该比背上伤口深许多。可是各位官人请对照这两处翻卷皮肉的颜色，手臂创口的黑毒反而比背伤要浅。"

众人仔细一看，两处创口的黑色果然有深浅之别，可还是不明白宋科言下之意。只有寇准恍然大悟，道："我明白宋老公的意思了！他是说，王彦升相公虽然有两处创口，但只有背上创口染了乌毒，那里是唯一的入毒处，手臂创口呈现出的毒性是自背上传过来的。"

宋科道："确实如寇郎所言。只有如此推测，才能合理解释王相公两处伤口显示的毒性颜色的异常。"

张咏道："我是一招伤了他后背和臂膀，几乎同时发生，怎么可能一剑有毒一剑无毒？如此不就能证明我剑上没毒了吗？"寇准道："不错，一定是王彦升相公受伤后，有人暗中将毒药抹在了他后背的创口上。"

众人便一齐望着姚恕，等他示下。姚恕不得不放开捂住口鼻的手，咳嗽了声，道："嗯，既是如此，张咏无罪开释。宋老公验尸有功，赏钱一贯。"

张咏料不到这官气十足的推官这次竟如此爽快，大喜过望，连声道："多谢，多谢。"

立即有差役取来钥匙，开了他手足枷锁。张咏轻轻抚摸被禁锢几日的手腕，当真有说不清的快乐。

出来敛尸房时，迎面遇到了向敏中、潘阆。潘阆远远叫道："大喜！张咏，你洗清嫌疑了！"近前才发现张咏手足枷锁已去，不禁一愣，问道："你已经脱罪了吗？"张咏道："是啊，多亏了宋老公。你说话怎么颠三倒四的？"

向敏中忙道："这不怪潘阆，我们本不知道宋老公找到证据助你脱罪，我们在小牛市集也找到了证据证明你不是凶手。"

张咏大喜，问道："是什么证据？"向敏中道："真正的凶手。"回身招了招手，便有一老一少牵着一名双手反剪的汉子过来。

向敏中道："这位蒋老公是小牛市集的里长，年轻的是他的儿子小蒋，这被缚的汉子就是杀死王彦升相公的真凶。姚推官，请你升堂问案吧。"姚恕忙道："是，是。"

一干人重新来到大堂中，将那汉子推到堂中跪下，细细审问。那汉子倒是爽快，不等用刑，便主动招承了杀人动机和经过。众人听闻他来历，无不暗暗心惊。

原来那汉子姓聂名保，是后周禁军将领聂平之子。赵匡胤发动陈桥兵变时，聂平正负责守卫封丘门。赵匡胤前锋王彦升回师汴京时，先到陈桥门，为守将郭建所拒。王彦升遂改到封丘门，许以高官厚禄，诱得聂平打开城门，于是赵军兵不血刃占领京师。然而当赵匡胤称帝后，反而下令提拔郭建、处死聂平。聂保当时不过是个十来岁的孩子，逃脱后沦为流浪儿，一直在江湖上漂泊。不过他从未放弃为父复仇之心，可别说刺杀当今皇帝绝无可能，就连外贬边关的王彦升也是手握重兵，他根本无法接近。如此多年过去，聂保本以为再也无望报仇的时候，又意外得知王彦升新近被召回京师，他便一路尾随。正好王彦升跟张咏在小牛市集比剑受伤倒地，他从人群中挤出来，假意扶了王彦升一下，趁机将早已准备好的乌头抹在他背上剑伤处。他大仇得报，又有人做了替罪羊，十分惬意，一直滞留在小牛酒楼饮酒。哪知道昨日向敏中和潘阆来到小牛市集，挨个询问当日见过王彦升的人，想从目击者的口中寻到线索。酒楼的酒保回忆起王彦升摔地后有人上前扶了他一把，那人并不是王彦升的亲随、护卫。向敏中觉得是条极重要的线索，便请酒保努力记忆那人相貌。聂保正在一旁，不免心虚，干脆站起来承认了自己就是凶手。酒保也记起来当日曾在看比剑的人群中见过他。向敏中于是请来蒋里长来作证，将聂保缚了，押来京师。

一场大案遂告水落石出。因被害人是朝廷命官，姚恕便断然定了死罪，命聂保在供状上画押按了手模，取来二十五斤的盘枷钉了手颈，押入狱中囚禁。只将磔刑处死的文书上报，等候批复。

张咏换上自己的衣裳，领回宝剑等私人物品，欢天喜地地出来浚仪县廨，做东邀请诸人去樊楼饮酒庆贺。

寇准心中仍有一个大谜团，心道："眼下既有物证证明张大哥无辜，又捉住了真凶，可谓是完美的收场。可昨日在县廨前自称传递消息能救张大哥的汉子又是谁？他的言行举止，绝非只是一个中间报信人那么简单。"转头见向敏中也是心事重重，忙问道："向大哥捉住真凶，为何仍是眉头紧锁？"

向敏中道："嗯，我只是觉得我们之前费尽心机，始终无法证明张咏无罪。可当我和潘阆到了小牛市集时，忽然间柳暗花明，凶手自己蹦了出来，解决得实在太过容易，难免觉得有些奇怪。"寇准道："原来是为这个，这应该算是水到渠成吧。即使向大哥昨日不去小牛市集，仵作宋老公今日也发现了尸首的异样，推测出凶手是通过王彦升相公背后伤口下毒，如果不是他身边的人，就是当时在小牛市集围观的人，疑点一样会重新回到那里。"

向敏中道："这话是不错，我疑心的不是这个。那聂保锐意复仇，已非一日，他恰到好处地把握机会，将乌毒涂上王彦升相公伤口后，焉能不一路跟随，亲眼看见仇人死去？王彦升是朝廷命官，中毒而死必然引来官府追查，作为常人，杀人后要么立即远走高飞，避走他乡，要么会跟来开封，暗中打听官府查案的动向。可聂保居然一直滞留在小牛市集，不是很不合常理吗？好像正在等待我们去那里捉他一般。”

寇准道："既是如此，向大哥为何不当堂提出这些疑问？”向敏中摇摇头，道："这仅仅是我个人主观上的疑问。聂保既有杀人动机，又从他身上搜到乌毒，他供出的下毒手段也完全与尸首物证相符，可谓铁证如山。或许他本人正是有意留在小牛市集，好让官府捉住他。”

寇准问道："这是为何缘故？”向敏中道："聂保只以复仇为念，心中还有一个大仇人未除，既然永无机会杀死他，那么见他一面也是好的。”寇准道："是官家吗？啊，我明白了，聂保是故意让你捉住，他知道王彦升是开国功臣，案情上报后必然引起官家注意，也许会亲自来过问。”蓦然又想起昨日那个声称要“一命换一命”的奇怪汉子来。

他二人牵着马慢吞吞地落在后头，张咏忍不住回头催道："喂，你们两个快些，不想喝樊楼的酒吗？”

四人遂一道来到樊楼，随意到中楼散席坐下。寇准想起唐晓英昨日登门借钱之事，便说了出来。

潘阆道："这个女子很有趣，我当时只是开玩笑的酒话，想不出她是个热心人，要珠子也不是为了她自己。既如此，我便将宝珠送给她吧。”正要叫人去找唐晓英来。张咏忙道："不必了，她人肯定不在这里。”当即说了今日早晨唐晓英送酒菜来狱中、预备用毒酒毒死那契丹刺客高琼之事。

众人闻言无不惊诧。潘阆更是叹道："唐晓英是为了被契丹刺客杀死的情郎复仇吗？当真可敬可佩。”忙招手叫来正挂着果子兜售的小厮，问道："你可认得唐晓英？”那小厮正是樊楼的熟脸呆子，道："当然认得，她是樊楼的焌糟。适才开封府还来了不少官差寻她，英娘犯什么事了吗？”

既有官差寻她，那么唐晓英当还没有被捕，张咏忙问她的住址。呆子道："英娘和说书的丽娘一道住在楼后小窄巷里。"

张咏便要立即起身去寻。向敏中忙道："张兄为何如此关心这个烧糟？"张咏道："我跟那高琼一直关在一起，觉得唐晓英之事不是那么简单。我猜她本来是要来毒杀高琼的，可她不知道刺客竟然是她认识的人，所以第一眼就愣住了，到最后关头更是不忍心下手。"

潘阆道："张兄说唐晓英认得那契丹刺客？"张咏点点头，道："那高琼一闻酒气就能知道是樊楼的老酒，可见他经常来樊楼饮酒，说不定正是因此结识了唐晓英。"

寇准道："可高琼是一路跟踪北汉使者来中原的契丹刺客啊。"潘阆沉声道："你还不明白吗？高琼可不一定是契丹刺客。"

寇准闻言呆住，只愣愣盯着潘阆，忽见他举手朝廊外指了指，转头望去，樊楼的主人李稍正领着一大群人穿过杏子树林，既有当日在博浪沙见过的使银枪的少年，也有在班荆馆有一面之缘的皇长子赵德昭、邢国公宋偓，均是便服打扮，侍从如云，往西楼而去。

张咏道："我得去找到唐晓英，问个清楚明白。"向敏中道："我们一起去。"

四人便一道往小窄巷而来，到巷口向人打听到唐晓英住处，来到巷中一处低矮的房子前。正要拍门，忽然不知道从哪里窜出一名巡铺卒，低声道："里面没有旁人，只有官差。几位公子还是快些走开，免得惹祸上身。"

张咏知道对方是追捕唐晓英的伏兵，忙问道："住在这里的说书女庞丽华和她女儿到哪里去了？"巡铺卒道："不知道。快些走开！"

张咏料想庞丽华母女多半已被开封府捕去拷问唐晓英下落，一时无法可想，只得悻悻离开。

重新回来樊楼时，楼前已经贴出了缉捕唐晓英的图形告示。张咏叹道："英娘一个弱女子，也不知道能躲去哪里。"向敏中道："听说汴京城中有个神秘的鬼樊楼，专门窝藏罪犯，只要你出得起钱，就算犯了弥天大罪，它也能保你平安无事。”

这是寇准第二次听到“鬼樊楼”的名字，忙道：“之前唐晓英也曾跟我提过鬼樊楼，说是相国寺的长老威胁说书女庞丽华，她若不能按时还上长生库的债的话，就要以身抵债，被卖去鬼樊楼做娼妓。”

张咏道：“英娘正四处筹钱为丽娘还债，肯定是去不起鬼樊楼。不如等我吃饱，再去狱中问问高琼，或许能套出些消息。”

当下叫了满桌酒菜，吃得肚皮滚圆，正叫过焌糟结账时，那焌糟道：“雪梅娘子已经为郎君结过了。”张咏一愣，问道：“是李雪梅吗？我怎么没有见到她？”焌糟笑道：“郎君眼中只有美酒，当然看不到雪梅娘子。娘子有话，请张郎明晚再来樊楼一趟。”

张咏奇道：“她找我有事吗？为何不现在出来相见，说个明白？”潘阆一扯他衣袖，低声道：“你是傻子吗？那位李家千金多半看上你啦。”张咏一愣，道：“什么？”见焌糟正微笑看着自己，只得应道：“是，雪梅娘子既有吩咐，张某当如约而来。”

出来天色已然发黑，向敏中心中惦记着老父亲，便先拱手告辞。张咏请潘阆和寇准先回去，自己一个人往浚仪县廨而来。正遇见李稍的心腹小厮阿图指挥人运着三方棺木，问道：“图哥儿是去县廨接回商队死者的尸首吗？”阿图道：“正是。小的还没有恭喜张郎洗清冤情呢，郎君这是要去哪里？”张咏道：“跟你去同一个地方，我可得先走了。”

匆匆越过阿图，来到浚仪县廨，所幸县狱还没有落锁封门。却听见里面有人高声怒骂道：“快些杀了老子！不然终有一日，老子要叫你们好看！”似是那聂保的声音。

掌管监狱的典狱宋行正好出来，见到张咏，奇道：“你又来做什么？还没有蹲够大狱吗？”张咏道：“我有要紧事要问高琼。我知道那些狱卒虐待高琼是受宋典狱指使，不过我也没有对旁人说过此事，因为典狱事出有因，恨的也不是高琼本人，而是契丹。”

宋行道：“噢，你是怎么知道的？”张咏道：“你姓宋，又一心要整死那契丹刺客，不难猜到仵作宋老公是你父亲。”宋行道：“不错，你也看到家父脸上的刺字了，我恨死这些契丹人了。”

张咏道：“可如果高琼不是契丹派来的刺客呢？”宋行道：“什么？他不是契丹派来的，又能是谁派来的？”张咏道：“这正是我现在要进去问清楚的，麻烦典狱行个方便。”

宋行微一沉吟，道：“那好，快些走！”命张咏交出随身宝剑给门边狱卒，匆忙领着他进来大狱。

却见那被定了死罪的聂保跪在狱厅正中央，双手反缚在木桩上。一名狱卒自后面抓住他头发，迫他仰面朝上。两名文笔匠正手持尖凿，分别往他脸颊上刺字，血流满面，刿目怵心。额头已然凿好“免斩”两个大字的创口，肉中揉搓了永不褪色的墨汁，伤口经火烧炙，虽不再流血，却在灯烛的映照下闪现出诡异的黑色，煞是扎眼。

张咏道：“聂保不是已经定了死罪吗？为何还要用刺字来折辱他？”宋行道：“官家适才派人颁下圣旨，赦免聂保死罪，不过要杖脊二十，黥面后入军籍，充军为禁军兵卒，专门负责守卫城门。”

张咏大奇，心道：“官家如此判处，到底是特别的恩赦，还是更重的惩罚？”愈发觉得天威难测。

聂保努力扭动着身子，显是视脸上刺字为奇耻大辱，却始终避不开文笔匠不断戳下来的无情针刺。

进来牢房时，又是另外一幅令人胆战心惊的画面——高琼躺在地上，喘着粗气，胸口上压着一个大土囊，正大力挣扎，却被四名狱卒分别抓住了手脚，丝毫不能反抗。

宋行喝道：“放了他。”

狱卒不知道上司如何又改变了主意，慌忙上前搬开土囊。高琼猛呼吸了几口气，剧烈地咳嗽起来。张咏忙上前扶起他，让他靠墙坐下，使了个眼色，宋行会意，便领着狱卒退了出去。

过了好大一会儿，高琼才调匀气息，低声道：“多谢。”张咏道：“你不必谢我，是我认出了你肩头的刺青，指证你为契丹刺客，才害得你多吃了这么多苦，适才还险些送命，这都是我的错。”

高琼不解地道："此话怎讲？"张咏道："宋典狱恨的是契丹国人，你并不是契丹派来的刺客，全怪我错认。"高琼哼了一声，推开他双手，道："你走吧，我跟你再无话可说。"

张咏道："我知道你不会吐露半点跟你身份有关的口风。不过我今晚来找你，不是为了查验你的真实身份，而是为了唐晓英。"

高琼道："她怎么了？"张咏道："你果然认得她。"高琼道："不认得。"张咏道："那么你如何知道她的名字？今日早晨她来狱中杀你时，我可只叫了她英娘。"

高琼难以否认，只得低声问道："她有没有被捕？"张咏道："暂时还没有。"高琼恳求道："求你不要牵连她进来。"张咏道："她不是要杀你吗？为何你反过来还要维护她？"

高琼道："我……"一时难以说清。他跟张咏一起被关几日，深知对方侠义热肠，吃软不吃硬，爬起来跪下道："张兄，我求你，求你救救唐晓英，她眼下命在旦夕。"

张咏大感意外，道："起来。你和唐晓英到底是什么关系？快些起来。"高琼道："你不答应我就不起来。"

张咏上前拉他，居然拉也拉不动，只得应道："好，我答应你。不过你总得告诉我到底是怎么回事。"

高琼这才重新坐好，道："我只能告诉你我能说的事。我确实认识唐晓英，狱卒说她来害我是为了在博浪沙被杀的情郎复仇，决计不是这样，她一直跟说书女庞丽华住在一起，并没有什么情郎。一定是有人逼迫她来毒死刺客灭口，只不过那些人料不到她竟会认识我。"

张咏道："那么你当时对唐晓英说的'你最终还是知道了'是什么意思？"高琼道："我原以为英娘是为了别的事，是她自己要来杀我，后来她跑掉，又听到狱卒议论她为情郎报仇之类的话，我才逐渐回过神来。"

张咏道："到底什么人要杀你灭口？你必须得告诉我，这样我才能救英娘。"高琼道："我不是很清楚，不过我猜应该是我的同伴。"张咏道："你同伴？"

高琼点点头，虽努力装出若无其事，还是些微显示出一丝黯然情绪来。他经受了种种酷刑和非人折磨，到了实在不能忍受的地步，不惜在公堂上撞柱自杀，就是生怕自己失口吐露出同伴的下落。而那些逃脱在外的同伴却并不放心他，千方百计地要除掉他灭口，这不能不说是一种讽刺，换作谁，心里也不好受。

张咏不便再多说什么，道："眼下英娘被官府通缉，她家里也有官差埋伏，她自然已经躲了起来。你可知道到哪里能找到她？"高琼道："不，她没有躲起来。既然是有人要她杀我，无论事成与不成，那些人都会杀她灭口，她一定是被……"

话音未落，忽听得外面有人高叫道："失火了！失火了！县廨东北的厢房失火了！"

张咏道："东北的厢房，那不就是敛尸房所在之处吗？"转头见高琼正饶有深意地望着自己，蓦然意识到什么，急忙冲出牢房，叫道："宋典狱，你快些带人去救火，有人要烧掉尸体，毁灭证据。"却是不见宋行人影。

正值长假，县廨中只有极少数值班的差役，人数最多之处就数大狱了。狱卒群龙无首，狱中又押有重犯，不敢轻易出去，只慌作一团。张咏喊了两声，无人理睬，只得自己冲出来。

却见开封首富李稍的心腹小厮阿图正站在县廨门前，一边高呼救火，一边指挥运送棺木的脚夫进去扑火。

在唐代，路人望火不救是犯罪行为，要处以严刑。宋代却完全不一样，救火由专业军士担任，责任不在百姓。开封的城市建设也相当完善，坊巷每三百步就有军巡铺屋一所，里面驻铺兵五人，负责巡警。主要街道街角处砌有高高的望火楼，楼上日夜有人守望。望火楼下的官屋中屯驻着百余名禁军，备有大小桶、洒子、麻搭、斧锯、梯子、火叉、大索、铁猫儿之类的救火设施。一旦有火起，负责内城巡检的侍卫司马军骑快马奔走相告失火位置，救火军士便会闻风而至。

张咏才刚刚来到敛尸房前，救火的禁军便已经赶到。张咏忙道："请将军下令先救里面的尸首出来。"

那都军头哪里理会，粗鲁地将他推到一旁，指挥军士就近汲水救火。所幸浚仪县廨中就有两口井，火势不大，很快就扑灭了。敛尸房烧塌了半边，已经损毁不能再用。果如张咏所料，三具强盗的尸首是起火点，已然烧成焦炭。倒是阿图指挥及时，早已经将自己方的三具尸首抢了出来。

张咏见阿图一副惊魂未定的样子，心念一动，上前问道："这三人中哪位是唐晓英的情郎？"阿图道："什么？"

张咏道："图哥儿不是说唐晓英是为死去的情郎复仇才去狱中毒杀高琼的吗？"阿图道："噢，这个就是。"

张咏见那人四十来岁，留着山羊胡子，骨瘦如柴，也不动声色，只道："嗯，我知道了。"

他又重新回来狱中。狱卒们还在狱门前探头探脑地翘望，生怕城门失火殃及池鱼。东京虽然有专门灭火的禁军，可毕竟都是靠手工用木桶汲水，像东京这样人烟稠密的城市，稍微不慎，一堆小火就会引起大面积的蔓延，造成一场大灾难。直到听张咏说火已经被禁军扑灭，众人才放下心来。

张咏径直来到最里间的大牢，却不由得吃了一惊，高琼人已经不见了，限制他走动的颈钳不知道被什么人打开，空荡荡地挂在墙壁的铁环上晃来晃去。最令人吃惊的是，墙壁中间不知如何破了一个圆形大洞，洞口边缘光滑齐整，似是利刃划开，大小刚好能容一人俯身爬过。

愣了一下，张咏才反应过来高琼已经越狱逃走了，急忙冲进牢房，从墙上的破洞中钻了过去。却是另外一间屋子，摆放有桌椅、床榻、文墨等物，看起来倒似一间简陋书房。只是房屋中央的地上塌陷了一大块，露出一个大洞来，典狱宋行正歪倒在洞边。

张咏忙上前扶起他，叫道："宋典狱！宋典狱！"

宋行缓缓睁开眼睛，四下一望，"啊"了一声，忙站起来，走到门边，拉开房门大叫道："来人！快来人！"

张咏道："这是什么地方？这地上的大洞又是怎么回事？"

数名狱卒闻声进来。宋行命道："刚才有人挖地道救走了刺客高琼，快派人出去向巡铺卒示警，请马军都巡检立即封锁街道，搜捕逃犯。你们两个，从这地道追出去，看看出口在什么地方。”

那两名狱卒见地洞中黑漆漆一片，也不知道有多深多浅，不由得面面相觑，都不敢动。

张咏自告奋勇地道：“我来打头阵。”宋行道：“你哪里能走？你一来到这里，县廨失火，重犯逃狱，你可脱不了干系！”张咏大叫冤枉，道：“这纯粹是巧合，我跟今晚的事一点干系也没有。”

宋行冷笑道：“没有干系？我在这边亲耳听见你跟那刺客高琼称兄道弟，他还向你下跪，求你去救唐晓英，你也答应了他。”

张咏这才会意这间屋子是专门用来监视隔壁牢房的。那牢房三面一尺见方的条石砌就，一面是拇指粗的铁栅栏，就连地面也铺了厚厚的青砖，可谓坚固无比，唯有中间一块墙面是薄木板做成的假墙，以方便监视者偷听犯人谈话。他之前是被刻意与高琼关在一起，一切言谈对话均被人听去。他今日被判无罪释放，牢房中只剩了高琼一人，负责监视的人相应就撤了，适才宋行却暗中走来这里偷听。不想早有人预谋在今夜劫狱，挖好的地道正通往这间屋子。敛尸房起火后，所有人的注意力立即被吸引，营救者趁机打穿地面，打晕宋行，再洞穿那块木板墙壁，用利刃斩断锁高琼的铁链，将他从地道救走。眼下三名刺客尸首已毁，面貌无法辨认，生擒的刺客也被救走，再无任何足以追踪背后主使人的实证，不得不由人佩服策划并主持了今晚一切的人。

张咏辩解道：“适才典狱被人打晕，我若是跟高琼一伙儿，就不会唤醒典狱，早自己悄悄从地洞中逃走了。”

浚仪县狱出了重犯被劫走的大事，宋行势必丢官免职，处罚重些还要刺配牢城，正想找张咏做替罪羊，将所有事推到他头上，或许能免除刺配流放的命运。又听他揭穿自己被劫狱者打晕一事，心中更怒，连声道：“快些拿重铐来锁住他，别让他跑了。立即押他去开封府，听候发落。”

当下不由分说锁了张咏手脚，推入囚车站定，用枷束住脖颈，连同另一重犯聂保一道押往开封府。

开封府在浚仪街西北，与大相国寺隔御街相对，距离浚仪县廨并不远。这里原是唐代汴州州治所在地，是汴京城中第一大官署，号称“南衙”，掌管府内十六县、二十四镇之赋税、狱讼、巡警等，因地处京畿要地，权力极重。除官员之外，仅吏员就有六百人，机构庞大，每日要处理的公事如黄河之水，源源不断，以至官印磨损得极快，每年都需更换一次。时人评论唐代官印印文精细如丝发，宋代官印印文则粗如暴筋，尤以开封府最粗，如此粗壮的官印，都需要一年一换，可见事务繁剧的地步。

开封府的最高长官为开封尹，号称“判南衙”，当今开封尹正是晋王赵光义。而开封尹还不只是京师最高行政长官这么简单，五代旧制，储君即位前一般都先担任开封尹之职，晋王又是本朝唯一的亲王，地位更是非同一般。每每出入府衙时，羽仪散从，粲然如画，所以京师人常常叹道：“好一条软绣天街。”

张咏被押上这条软绣天街时，街道已经戒严，街口均有巡铺卒把守，不可随意出入。一队队马军军士来回巡驰呼喊，拦下行人盘问，显然是在搜捕逃走的高琼。

开封府除了本身的府狱外，还有两座下属监狱——左军巡司狱和右军巡司狱，不过并不在开封府内。张咏和聂保被押进来时，府狱已落锁封门，须得次日清晨由典狱凭印揭取封条后才能打开。按理犯人该临时监押在登记囚犯名册及刑讯的督捕房中，不过当值吏卒瞧不起浚仪县的狱卒，有意刁难，非要等次日办理。狱卒又不能就此回头，只能将囚车推到府衙一旁等候。

张咏身材比那囚笼高出不少，只能弓背站在其中，脖子又被木枷束紧，动弹不得，忙叫道：“喂，既是要等到明日清晨才能入狱，何不先放我二人出来。”狱卒斥道：“吵什么？这里是开封府，惊扰了晋王，小心人头落地。”

那聂保刚被黥面，额头有“免斩”两个大字，脸颊上各刺一面黑旗，面容全毁，正满肚子愤懑怨恨，偏偏又身材矮小，不得不踮起脚尖站着，犹自半吊在囚车中，难受至极。狱卒的话点燃了满腔怒火，大声嚷道：“晋王有什么了不起？他再大，大得过皇帝吗？老子是你们皇帝钦定的守城军士，快些放老子出来。”

张咏闻言，暗暗称奇，心道：“他为何称你们皇帝？倒似他不是中国人一般。是了，他是后周将领之子，不肯承认本朝皇帝。”

正有一大群人提灯拥进府门。为首一人三十余岁，戴一副软角幞头，面色黝黑，身材肥胖壮硕，大约是听见了聂保的话，忽而顿住脚步，转过头来，目光一扫，即露出一丝愠色来。

便立即有侍从抢上前来，喝问道：“适才是谁胡言乱语，惊扰了晋王？”狱卒早吓得跪在地上，指着聂保道：“他……是他。”

侍从喝令狱卒开了颈枷和囚车，将聂保拖出来按倒在地上，有人举杖上来，不由分说便朝他脊背上打下去。聂保才刚刚在浚仪县狱中挨过二十脊杖，杖棍下来，正打在伤口上，忍不住大声惨呼。侍从却毫不手软，打到二十来下时，聂保早已停止叫喊，伏在地上一动不动。

那三十余岁的男子这才叫道：“停手！”问道：“这是什么人？”狱卒颤声道：“回禀大王，这人犯名叫聂保，是害死王彦升相公的凶手，官家给他打了金印，充入军籍。适才县廨失火，县狱被劫，典狱因他是钦点重犯，怕再出意外，特派小的们押送他来开封府，交给府狱关押。”

那男子正是晋王赵光义，闻言冷笑道：“有人从京县县狱劫走重犯，这还是头一次听说。你现在回去，依次告诉你们县令、县丞、县尉、典狱等，十日之内，那逃走的刺客生要见人，死要见尸，不然浚仪县大小官吏通通刺配沙门岛。”

沙门岛是大宋流放要犯的牢城，在登州[1]府城西北六十里海中，关押的要么是军事重犯，要么是死罪赦免犯，条件极其艰苦。因岛上囚犯众多，寨主[2]还要定期杀囚减员，凡登岛者都是九死一生。

狱卒浑身发抖，伏在地上头也不敢抬，连声应道：“是，小的遵大王命。”赵光义不再理睬，挥手道：“走。”

张咏心道：“刺客逃走，宋典狱和当值狱卒固然有责任，可罪不至刺

[1] 登州：今山东蓬莱。
[2] 沙门岛牢城营称“沙门寨”，负责管理牢城的称“寨主”，相当于现在的监狱长。

配沙门岛，又如何能牵连到浚仪县大小官吏身上？这晋王处事不依律法，只凭一己喜怒。”正不以为意时，一眼瞥见赵光义身后一名从官怀中抱着个小女孩，竟是那说书女庞丽华的女儿刘娥，大感愕然，不及思索更多，忙叫道：“小娥！”

那小女孩刘娥转过头来，见张咏有些面熟，便朝他招了招手。抱着刘娥的正是开封府押衙程德玄，登时认出张咏来，不由得很是吃惊，但晋王在前，他也不敢擅自开口问明究竟。

赵光义道：“程押衙认得这人犯？”程德玄道：“是，这人就是下官跟大王提过的张咏。他本该今日被无罪释放，不知又如何被押来这里。”

一名侍从抢过去踢了一名狱卒一脚，问道：“这人犯是怎么回事？”那狱卒道：“适才押在县狱中的刺客高琼被人劫走时，这人正在当场，宋典狱说他难脱干系，所以才下令拿了他。”

赵光义淡淡“嗯”了一声，抬脚朝前走去。程德玄忙道：“带张咏进来，晋王有话要问。”将刘娥交给一名侍从，吩咐抱回晋王府交给王妃照料。又一指聂保道：“这犯人口出狂言，得罪了晋王，杖脊四十，锁入囚笼。明日一早他还有命的话，再送去军厢入籍。”狱卒道：“遵命。”

张咏被放出囚车，跟在赵光义身后，曲曲折折走了一段路，来到府治东面一处称为“习射堂”的地方，却是晋王专事休息之处。

赵光义径自坐到上首，命人去掉手铐锁链，笑道：“本王这两天听过你不少事情，我不相信你会参与劫狱。你说说看，到底是怎么回事？”

张咏适才亲眼见到晋王处事果断狠辣，料来他绝不是一个有胸襟的人，也不容易应付，却不知道他为何忽然换了一副和善的面孔来对待自己，一时也想不通其中究竟，忙道：“多谢大王信任。”当即讲了事情经过，自今日一早唐晓英来送酒菜，到有人挖地道通到县狱救走高琼，甚至连高琼恳求自己营救唐晓英，都原原本本地说了。

赵光义听完问道：“这么说，你觉得高琼不是契丹派来刺杀北汉使者的刺客？”

张咏心道：“果然是北汉使者。”虽说潘阆早就从各种蛛丝马迹中猜出开封首富李稍的商队这次护送的是北汉使者，但此刻方能完全确认，忙道：“我只是感觉高琼不像是契丹派来的，他认得樊楼的烧糟，应该在开封待过一段时间，但他肩头的文身并不假。这个人口风很严，人又倔强，我反复套问，也没有得到更多讯息。”

赵光义道：“程押衙怎么看高琼被劫这件事？”程德玄小心翼翼地道：“此事甚奇。”

张咏却是个急性子，人也任性放达惯了，根本不忌惮面前的人是大宋一人之下、万人之上的晋王，接口道：“何止甚奇，简直是奇怪极了。今日早上高琼才要被同伙假唐晓英之手灭口，晚上便被人神奇救走，不是相当蹊跷吗？”

赵光义道：“你是说救走高琼的人不是他的同伙？”张咏道：“当然不是，这是显而易见的事。虽然暂时不知道那条地道外口通到哪里，可那地道绝非一日能挖成。若不是英娘凑巧认得高琼，高琼今天早上就已经被毒酒毒死，又哪里还能活到晚上等着人救呢？”忽见程德玄向自己连使眼色，这才意识到失礼，忙道：“抱歉，小民性情鲁莽，请大王恕罪。”

赵光义道：“无妨。本王有个提议，若是你和你那些披肝沥胆的朋友能助开封府查清到底是什么人劫狱救走高琼，本王就赦免唐晓英下毒杀人之罪，成全你对高琼的诺言，不知道你以为如何？”

张咏心道：“这有何不可，本就是件大大的好事，兴许还能连带救浚仪县的大小官吏。”当即不假思索地应道：“好，多谢大王信任。不过还请大王下令撤去大街上通缉唐晓英的告示，也不要发出图形告示缉拿高琼。”

赵光义道：“这是为何？”张咏道：“高琼很在意唐晓英的安危，无论救他的是什么人，他只要能脱身，一定会去找唐晓英。我得先找到唐晓英，如今满街贴着她的图形告示，她只会藏得更严，寻起来可就难了。”

赵光义道：“也好。程押衙，你即刻派人去办。”程德玄道：“遵令。”

赵光义道：“你也去办事吧。不过此事要暗中进行，不得张扬，除了你那几个朋友外，不得再让外人知道你奉了本王谕令查案。我再给你一张凭证，若是发现了劫狱者踪迹，可凭它就近调动兵马。”命人取过笔墨，往纸上画了个花押，却是个“石”字少去右边一竖，交给张咏。

张咏心中还记挂一事，问道：“不知道大王预备如何处置庞丽华母女？”赵光义一愣，问道：“庞丽华是谁？”

张咏更是惊奇，道：“就是适才那小女孩刘娥的母亲啊，她是个说书女，跟唐晓英要好，一起租屋居住。”赵光义道：“啊，原来是她。你放心，本王会善待她们母女。适才你不是已经见到了吗？本王带小娥去宫中看了御医才回来。”

张咏不知道这高高在上的晋王如何突然关心濒临绝境的说书母女，不免疑忌更深，还待再问，赵光义却已经站起来，大袖一挥，转入后堂去了。

张咏只得悻悻退出。到府衙院中，却见那聂保浑身是血，正被狱卒重新枷回囚笼，也不知道他能不能挺到明日。

一路被禁军反复盘查，走走停停，花了一个多时辰才回到汴阳坊。寇准和潘阆正等他回来，问道：“如何去了这么长时间？”张咏叹道：“能回来就不错了。若不是遇到那小女孩刘娥，我就要在囚笼里待到明天早上。”当即说了事情经过。

寇准愤然道：“居然有人在京师挖地道劫囚，好大的胆子。”潘阆笑道：“张兄这番奇遇经历，足以供说书女说一大篇故事了。”张咏道：“说书女……我真弄不明白晋王打算如何处置庞丽华母女，他亲自带刘娥去宫里看病，却不知道庞丽华是谁。”

潘阆道：“张兄不知道吗？晋王是有名的好色。他手下有个叫安习的，专门负责在民间采买秀美的少女，还来大名府闹腾过一阵子。那刘娥虽然年纪还小，却长得玲珑剔透，是个十足的美人胚子，长大一定美得不得了。晋王早看出这一点，所以才预先将她收入府中，花费心血培养。”

张咏道：“果真如此的话，对她母女倒也是件好事，总比受唐晓英牵连、身陷牢狱要好。我明早该去见见庞丽华，也许她能知道唐晓英躲在哪里。”

潘阆道：“张兄，不是我有意泼冷水，唐晓英多半已经死了。那些同伙假她之手毒害高琼，无论成与不成，官府都会立即追查到唐晓英头上，那些人一定会抢先杀死她灭口。”张咏道：“啊，高琼也是这个意思。他本来要告诉是谁带走了英娘，偏偏那时候来了一场大火。等我再回去狱中，他又被人救走了。”

寇准忽然插口道：“钱，一定是为了钱。”张咏道：“什么钱？”寇准道：“英娘当日来找我借钱急用，我将潘大哥放在我行囊中的十两纹银都给了她，但我瞧她面上焦急神情，一定还差不少。那些要杀高琼灭口的人一定是利用了这一点，要挟英娘将毒酒带入狱中。却是百密一疏，料不到高琼竟是英娘的熟客。”

张咏忙道：“对对，我听你提起过，那些钱是用来还给相国寺长生库的，我明日一早就去找到那家长生库，也许能从钱上追查到线索。”

寇准道：“抱歉了，我和潘大哥明日要去赴符相公的寿宴，不能陪张大哥一起去。”张咏道：“不敢耽误二位喝寿酒，我明日会约向兄同去。有什么事情晚上回来再说。”又想起一事来，问道：“有件事我一直想问你，上次在浚仪大堂，那推官姚恕说晋王自创‘独飞天鹅’‘海底取珠’‘对面千里’三式，你和小潘却提到海东青，到底是什么意思？”

寇准笑道：“张大哥原来还好奇这个。”当即详加解释。

原来辽国虽与大宋不通往来，但却一直支持民间贸易，通过输出羊、马、骆驼、北珠等物，来换取宋朝的香料、茶叶、药品、缯布、漆器、瓷器、秔稻和各种图书等。其中，北珠最为宋人看重，价格极其昂贵，交换的价值也就最大。契丹人为了换取更多的中原物品，自然需要更多的北珠。但获取北珠并不容易。北珠藏于珠蚌中，成熟期大约在八个月。而北方的冬天来得早，九月时海边往往已经结上厚冰，取珠人即使能破冰入海，也无法抵挡水中的严寒，因此，北珠基本上就成了可望而不可即之物。不过，世间万物生生相克，当地有一种天鹅，专门以珠蚌为食，吞食蚌后，将珍珠藏在嗉[1]内。而海东青则是天鹅的天敌，因而，只要能

[1] 嗉（sù）：鸟类喉咙下装食物的地方。

得到海东青，就能捕杀到天鹅，剖取北珠。当日推官姚恕称晋王赵光义棋艺高超、自创“独飞天鹅”“海底取珠”“对面千里”三式，正形象描述了养鹰人取得北珠的情形——天鹅自天上飞入海中，潜入海底吞食了珠蚌，却不知道水面上还有凶险的天敌海东青在等着自己。

张咏心念一动，道：“莫非晋王这三式正是描述取得北珠的情形？不过他应该没有见过海东青。”

寇准道：“不，听符相公说，汴京还有一只海东青，大宋立国之初，女真派人千方百计地避开契丹，进献了一只海东青给当今皇帝，朝贺他登基，圣上一直视为至宝。不过不及潘大哥给我当寿礼的那只白爪海东青珍贵，符相公爱不释手呢。”

张咏不以为然地道：“不过是只鹰而已。”

次日一早，张咏先来太学东面的利仁坊寻到向敏中，告知昨晚之事。向敏中道：“昨夜坊内也有坊正带着巡铺卒到来，敲门盘问有无见到可疑人，只听说走了要犯，却想不到是高琼。”当即辞了老父，与张咏一道往相国寺而来。

一上御街，便不断遇到驰马巡视的禁军，也听到不少路人在议论昨夜官兵大肆搜捕逃犯之事。只是那些人不知道逃犯姓名来历及逃走的过程，附会了不少无中生有的故事。

向敏中道：“自大宋立国，还没有听说有人能从京狱中逃脱，难怪人们会视为传奇了。”

张咏道：“这件事越想越蹊跷。虽然只是县狱，却是密不透风，我和高琼被关在那牢房几日，均未觉察到身旁就有人监视偷听，营救者如何能知道那间监视的屋子是牢房的唯一破绽？”向敏中道：“而且他们需要知道那间屋子确切的位置，只有进出过县狱的人才能知道。”

张咏道：“向兄是说狱卒中有内应？”向敏中点点头，道：“如果没有内应，外人是不会知道牢房背后有这么一间专门用来监视的屋子的。不过县狱的狱卒有几十人，又多是狐假虎威的滑头之辈，查起来怕是极难。”

张咏忽见到那刑讯过自己的刑吏刘昌正横穿街道，大约要赶去开封府衙，灵机一动，道："我有办法。"赶过去叫住刘昌，问道，"刘官人可还记得我？"刘昌道："当然记得。张郎若是还记恨当日刑讯之事，未免就有些太小气了，刘某也是公职在身，不得不如此。况且当日拷问过张郎后，刘某已被程判官训斥降职，张郎也算报了仇。"

张咏道："啊，你被程羽降职了吗？"刘昌不悦地道："难道张郎还不满意吗？"

张咏道："满意，满意。我叫住官人，是有点小事要找官人帮忙。"他知道刘昌这种人官场气极重，欺软怕硬惯了，当即取出赵光义的花押来。

刘昌果然立即色变，恭恭敬敬地拱手道："下吏认得这是晋王花押。有什么事，张郎但请吩咐小的。"

他因擅长因人用刑，总能得到各种想要的犯人口供，一直很得上司欢心，但近日忽然开始走霉运，先是因用"老鼠弹筝"刑讯张咏被判官程羽严厉训斥，那还不是推官姚恕下令用重刑后他才敢那么做，况且程羽自己在审讯刺客时不也再三动用"老鼠弹筝"吗？他知道判官和推官一向不和，认定自己不过是他们党争的牺牲品，只能自认倒霉。好在不过是降职，还有东山再起的机会。哪知道昨日又出一件更衰运的事——程羽为得到要犯唐晓英的下落，严刑审问与她同住的说书女庞丽华。宋律规定杖打犯人必须先脱下衣衫，令其裸体受刑，以同时达到肉体折磨和精神侮辱双重之效果。程羽负责全面主持开封府政务，不似推官姚恕那般专门负责刑狱，极少亲自审案，更是从未刑讯过女犯，认为妇女在开封府公堂上袒胸露乳很是不雅，特意将庞丽华交给刘昌带去后面的签捕房审问。刘昌为了讨好程羽，尽快得到口供，不惜亲自动手，取过牛鞭抽打庞丽华。那牛鞭是一具完整的千斤大公牛的生殖器，经过特殊药物浸泡，又软又韧，据说打在人身上时不仅痛楚难当，而且会产生特殊的感觉，最适合刑囚女犯。看到那庞丽华雪白的背部腾起一道道血痕，再听到她的哭喊哀号声，心中感到无比兴奋。正快意之时，晋王心腹押衙程德玄赶来刑房喝止了他，还脱下自己的衣衫披在庞丽华身上，令人扶走了她。最可怖的是，这女犯瞬间由地下到天上，与她女儿被程德玄亲自送进了晋王府。刘昌知道晋王好色，府中蓄有无数美艳女子，可那庞丽华姿色平平，不知道如何会被晋王瞧上。这倒还是次要的，重要的是，那妇人若真得到晋王宠爱，一定不会忘记牛鞭鞭笞之仇，枕边风一吹，别说前程，他怕是性命都难保住。哪知道忽然遇到张咏，身怀晋王亲笔花押，声称找他办事，他立即意识到这也许是个挽救局面的好机会。

张咏根本不知道他这些花花心思，忙上前低声交代一番。刘昌道："张郎放心，这件事包在下吏身上。"当即喜滋滋地往浚仪县廨而去。

向敏中走过来道："我认得他，他是开封府有名的毒手刑吏刘昌，既会用刑，又善用心思。张兄是让他去恐吓威胁浚仪县狱的那些狱卒吗？"张咏笑道："正是，恶人自有恶人磨嘛。不过，我已经叮嘱他不必真的用刑。"

向敏中道："张兄既已经肯定营救者不是高琼同党，那么还会有谁甘愿冒这么大风险，不惜挖地道到京狱救他？既知道县狱的地形、牢房的位置，又能在短短时间内掘通一条地道，正式动手前还抢去敛尸房放了一把火调虎离山，这可不是普通人能做到，需要不少人力、物力和财力。尤其挖通地道不惊动旁人这件事，我个人以为，这在东京是几乎不可能做到的事。"

张咏道："向兄有话不妨直说。"向敏中小心地往四周看了一眼，压低声音道："劫狱救走高琼的人，也许正是开封府的人。"

张咏虽猜到他下面的话必然令人意外，却未料想如此惊人，呆了半晌，才问道："向兄认为是开封府故意派人救走高琼，好跟踪他寻到幕后主使？"

向敏中点头道："那高琼十分顽强，刑讯难以奏效。那主管此案的判官程羽很清楚这一点，所以才有意将张兄跟他关在一起，目的就是想利用你向高琼套话。既然一直有人暗中监视牢房，张兄从高琼言行判断他不是契丹人所派，那么程羽也必然也已经猜到。如此，弄清高琼幕后主使就更加重要了，有意纵高琼逃走，恰恰是令他不打自招的最好计策，这可比严刑拷打高明百倍。"

张咏道："果真如向兄所言，开封府的人一手策划了劫狱事件，晋王为何还要授我花押，命我暗中调查此案？”

向敏中道：“晋王的作为更加能证明我的推测，他应该是真的不知道此事究竟，但他也感到事情蹊跷，怕是有开封府的人牵涉其中，所以找外人来调查更合适。凑巧张兄在那个时候出现在晋王眼前，又熟知事情经过，可谓是最合适的人选。”

张咏道：“晋王是开封尹，难道开封府还有什么事瞒着他？尤其是刺客越狱这样的大事。”

向敏中道：“开封府机构庞大，人员也十分复杂。姚恕原先是晋王的家奴，能任推官只因为他是晋王的人。他之前还有一位推官，名叫宋琪，是赵普同乡。赵普被免去宰相位后，宋琪立即被外放，晋王也是赵普免职后才得以封王。可见晋王与赵普争权的传说并非捕风捉影。至于判官程羽，他原先是符彦卿相公的幕僚，因文章才干进了开封府，逐渐升任高位。他跟前任宰相赵普是旧识，关系很好。赵普去职后，风传姚恕将取代他判官的位子，全面主持南衙事务，但不知如何，程羽一直留任判官，且很得晋王信任，为他向官家奏请了‘借绯’的殊遇。家父称这是权术。但无论如何，程羽一直跟皇长子赵德昭走得很近，既然张兄早在班荆馆见过皇长子，那么这次北汉使者媾和一事应该是由皇长子主持，所以……”

向敏中没有继续说下去，但张咏已完全明白了他的意思：程羽是皇长子赵德昭一方的人，他们联手安排刺客高琼逃狱，想追查到幕后主使，至于为什么事先不告诉晋王，一定是皇长子赵德昭有特别的原因不让程羽这么做。至于赵德昭和赵光义的关系，那就更不用多说，虽是叔侄至亲，却面临储位之争。自周公制礼作乐、创立嫡长制以来，历代王朝均将选立嫡长子为皇位继承人奉为“万世上法”。即使皇后没有生下嫡子，也要在庶子中推长而立。只有皇帝无子时，才有可能兄终弟及。当今皇帝赵匡胤膝下二子，又有二弟，赵德昭是嫡长子的身份，不但没有被立为太子，连王号也没有一个，仅挂太傅名号，遥领兴元尹[1]、山南西道节

[1] 兴元府：本梁州（今陕西汉中一带），唐兴元初改为兴元府，后为山南西道治所。宋仍称兴元府，亦曰山南西道，治南郑（今陕西南郑县）。

度使虚位。而赵光义自大宋立国便任开封尹，掌管京畿要地，去年支持赵德昭的宰相赵普被贬斥出京后，赵光义更是被封为晋王，位在诸宰相之上，这被视为赵匡胤有意将皇位“兄终弟及”的强烈信号。只是晋王终究还是晋王，不是太子，皇长子虽没有封王，却带一个“皇”字，其中的微妙形势非千言所能道尽。这是个极其敏感的话题，确实不适合再公然谈论下去。中心便又重新回到高琼的真实身份上来。

张咏道：“如果高琼当真不是辽国一方刺客，会是什么人派来的？”向敏中道：“高琼和他的同伙假装强盗劫杀商队，其实是要刺杀北汉使者，如果得手，北汉使者被杀，谁能从中获利？”

张咏道：“若是高琼刺杀得手，北汉使者在开封府地面被杀，大宋颜面失尽不说，北汉还会迁怒大宋，和谈就此作罢，获利最大的当然是契丹。”

向敏中道：“在目前局势下，辽国契丹仅仅是第二获利者，第一获利者是南唐。当今皇帝胸怀四海，誓必统一天下，朝廷用兵在即，若是大宋与北汉媾和成功，南唐必是下个目标。”

张咏道：“不，我倒认为若是大宋与北汉媾和成功，辽国才是下个目标。不夺回燕云十六州，中国如何坐得稳江山？”

向敏中道：“话虽如此，可数年前北汉和辽国内部同时发生内乱[1]，官家趁机御驾亲征，结果被阻在太原城下长达三个月，损兵折将，最后无功而返。北汉内讧时尚且有如此军力，更何况举国精骑的契丹？南唐因国主孱弱无能，军力比契丹弱许多，且江南富庶，取得南唐三千里江山，大宋财赋至少能增加三四成，官家的封桩库就又多了十余库，即可实现赎回燕云十六州的目标。”

向敏中所称的“封桩库”是大宋皇帝在内府库专设的小金库，是赵

[1] 北汉内乱指北汉第三任国主刘继恩在位时，部将侯霸荣攻入皇宫，杀死刘继恩，打算用刘继恩的首级投降宋朝。北汉宰相郭无为得知消息后，派武功高强的死士翻墙入宫杀死了侯霸荣，立刘继元为帝。郭无为原是武当山道士，宋太祖赵匡胤暗中写信，以高官厚禄招降，郭无为心动，主张投降宋朝，但被刘继元拒绝。开宝二年（969 年），赵匡胤亲率宋军围攻北汉都城太原，郭无为欲率军出城投降，事泄被杀。辽国内乱指辽穆宗耶律璟为近侍谋杀。

匡胤收复燕云十六州的备用计划——不是靠武力，而是靠金钱、靠生意。他预备积满五百万缗钱，去向契丹赎回燕云十六州的失地。如果契丹不允准，那么他就出价购买契丹人首级，每颗人头二十四绢。他认为重赏之下，必有勇夫，辽国精兵不过十万人，如此一来，只需要二百万绢就能买到所有敌人的首级。

张咏也听过“封桩库”的来历，素来认为是个大笑话，闻言不免失笑道：“我可不认为仅靠钱财就能解决燕云十六州。”

不过他也承认向敏中分析得有道理，高琼若不是契丹一方的刺客，那么极有可能是南唐派来的。南唐选中高琼做刺客，大概也是因为他肩头有渔阳高氏的文身，一旦事情败露，身死或是被擒，都可以将刺杀之事转嫁到契丹头上，不必因此而得罪大宋。

张咏又道：“听向兄所言，大宋该先取南唐才是。”向敏中摇头道：“大宋出兵北汉，南唐不敢妄动；宋军南下，北汉、契丹必定趁火打劫，令我军陷入腹背受敌的境地。因而，若是不能与北汉媾和，我朝必先取北汉。”

张咏蓦然又想到一件事，道：“哎呀，我借住的宅子对面就住着南唐郑王李从善呢，他可是南唐国主的亲弟弟。”

向敏中道：“那么咱们回头该好好向坊正打听一下这位郑王最近都在忙些什么。”

来到大相国寺长生库中，却是一派繁忙景象。一名中年商人用金银向长生库兑换了全部铜钱，往外搬运铜钱的脚夫穿梭不绝，张咏、向敏中二人根本无法进门。

张咏不由得很是奇怪，道：“银贵铜贱，铜钱单个价值又极低，既不利运输，还要缴纳更多税钱，既是商人，当以便利为主，为何反倒要用金银来兑换铜钱？”向敏中道：“在汴京这样的地方，商业繁荣，货币充足，铜钱当然是不值什么的，一文只是一文钱而已。但在别的地方，譬如蜀中，又譬如南唐治下的江南，铜钱可是大大的值钱。”

宋代立国后仍然延续使用唐代铜钱“开元通宝”，仅铸造了极少量的

"宋元通宝"以示改朝换代。而唐末以来，中原长久地陷入了战乱，货币流通减少，现钱不足，以致铜钱升值，出现了数十文犹能当百文使用的状况，称为"省陌"，比如百姓缴纳赋税一百文，只需交八十文即可充作百文，甚至有的地方四十八文即可为百。蜀中原为后蜀孟昶所据，富庶一方，也是铜钱、铁钱并用。然而宋灭后蜀后，下令增铸铁钱，将所有铜钱全部运往开封，实际上是变相地掠夺蜀中民间财富。如此一来，铜钱价值更高，一文铜钱可换取十四文铁钱。南唐李煜治下的情况也大致类似。本来南唐地处江南，物产富饶，货币流通一向只限铜钱。大宋先后灭后蜀、南汉后，南唐国主李煜恐惧难安，不断贡献财物来取媚大宋、换取和平，由此导致南唐财力大竭。为了挽救危机，南唐大臣韩熙载提出铸铁钱来缓解朝廷财政困难，隐蔽地聚敛民间财富，为李煜所采纳。本来新铸铁钱与铜钱币值相当，然则新出便遭盗铸，飞速贬值，十文铁钱才值一文铜钱。

张咏听说，当即会意过来，这商人不惜以金银换取现钱，一定是要将铜钱运往蜀中或是其他流通铁钱的地方牟利，忙上前扯住商人道："你这般做，只会导致币值混乱，引发粮食等用品涨价。"

商人一挣竟未能挣脱，又惊又怒，喝道："你是谁？快些放手！"一旁便有随从抢过来拉开张咏。

商人道："你好大的胆子，敢当街打人，快送他去开封府。"张咏冷笑道："正好我也要到开封府告你贩卖铜钱，谋取私利。"

商人道："你说谁贩卖铜钱呢？"张咏道："你不是往蜀中贩卖铜钱，兑换这么多现钱做什么？哼，若是换我治理蜀中，首先就要将你们这些扰乱民间的奸商全部处死。"[1]

那商人闻言，既恨又怒，却因张咏说的是事实，心中有所顾忌，不敢发作，担心事情闹大不好收场。

正僵持间，长生库僧人澄晖听到争吵，忙赶出来劝道："安员外，你

[1] 张咏后来任成都府知府，政绩突出，留下许多佳话，被认为是宋兴以来功绩最大的三位名臣之一（另外两人是赵普、寇准）。张咏曾支持蜀中发行交子（世界上最早的纸币），被誉为"纸币之父"。

的铜钱都已经点清了，何必再跟这闲汉争执？办正事要紧。”安员外听说，便道：“今日算你走运。”狠狠瞪了张咏一眼，拂袖扬长而去。

张咏还待理论，不肯让安员外走，却被澄晖扯住衣袖，嚷道：“你这汉子好生大胆，敢到大相国寺来闹事。”向敏中忙道：“不是闹事，不过一点小口角罢了，我们是有事来向长老请教。”

澄晖松开手，问道：“什么事？”向敏中忙道：“昨日可有一个名叫唐晓英的女子来代还庞丽华的欠债？”澄晖道：“有的。你问这个做什么？”

向敏中道：“唐晓英拿来还债的钱是现钱还是银两，抑或是其他值钱之物？”澄晖不由起了警惕之心，道：“你问这个做什么？”

张咏道：“长老不知道英娘犯了事、正被官府追捕吗？快些说出来，不然我去开封府上告，说你知道英娘下落，你可想尝尝那些刑罚的厉害？”

澄晖吃了一惊，忙道：“是银两，英娘拿来的是银两，总共五十两纹银。贫僧还问她是不是搭上了有钱的主儿，居然拿出了这么大数目一笔钱。”张咏道：“英娘怎么回答？”澄晖道：“她什么也没说，只催着要走了借据。”

向敏中道：“我们能看看那纹银吗？”澄晖道：“不过是最常见的官银。”还是领着二人进来，命小沙弥取出昨日进柜的五十两纹银，道：“幸好还没有入库，不然难以分清了。”

那包纹银一共有两锭，每锭二十两，另有十两的碎银子。锭银确实是最普通最常见的官银，并无可疑。

向敏中也看不出有什么离奇，想了想，问道：“长老见惯了钱，可有觉得这包银子有什么特别之处？”澄晖道：“特别之处？没有。要说特别，那也就是这十两碎银子称得极准，分毫不差，既不用另补铜钱，也不用贫僧找赎。”

张咏道：“此话怎讲？”澄晖道：“长生库每日经手的钱不少，这里的秤可是全京师出名的准，以往有人用银两还债，银子不是多了就是少了，多是自家的秤称的，不准不说，也没有重量刚刚好的碎银块。”

张咏“啊”了一声，与向敏中异口同声地道：“樊楼！”

如澄晖所言，常人凑够正好十两的碎银极难，只有像长生库这种存有大量现钱的地方，才有足够多的碎银块供反复挑选称取，凑足整十两。在汴京，类似长生库的地方当然不少，可考虑唐晓英的焌糟身份，樊楼理当是最可疑之处。

张咏又问道："长老可听说过鬼樊楼？"澄晖道："当然听说，开封有耳朵的人谁没听过呢，只不过没人亲眼见过。"

张咏道："长老既然没有见过，又预备如何将庞丽华卖去鬼樊楼？"澄晖笑道："那不过是威胁欠债妇女常用的话罢了。这不贫僧一说，钱就还上了。"

向、张二人见他明明是出家修行人，却与市井的奸猾商贾并无二样，不由得摇摇头，匆匆辞别出来。

张咏道："我听狱卒提过，他们紧跟唐晓英追出大狱，发现了阿图正站在门口，称看见唐晓英上了一辆马车走了。"向敏中道："阿图正好那个时候站在浚仪县廨门前，应该不是巧合。"忙赶来樊楼寻找阿图。

门前小厮道："图哥儿刚去了楼后的灵堂，郎君可去那里找他。"向敏中问道："什么灵堂？"小厮道："就是为那三位在博浪沙被强盗杀死的护卫设的祭奠之所，其中就有图哥儿的兄长呢。"

张咏与向敏中交换一下眼色，急忙往楼后而来。

果见樊楼后的一间廊房临时改成灵堂，张满白幡。阿图一身斩衰[1]，正站在堂前与李雪梅说话。见到向、张二人，忙迎过来招呼。

张咏也不拐弯抹角，径直问道："原来图哥儿的兄长不幸在博浪沙遇难，怎么没有听你提过？"阿图道："我和阿兄都是为李员外办事，他也算死得其所，阿图不敢因私废公。"

张咏道："你可有借过五十两银子给唐晓英还债？"阿图道："不瞒二位郎君，英娘确实向小的借过钱，这么大一笔数目，小的又不是赤老，怎么能拿得出来？"

[1] 斩衰："五服"中最重的丧服，用最粗的生麻布做成，断处外露不缉边，表示毫不修饰以尽哀痛。

张咏道："你确实拿不出来，可你的李员外能拿出来。"阿图道："二位郎君是说我为英娘向李员外借钱？不，我们樊楼有规定，不得预支月俸，不得借钱，任谁也不能例外。"

向敏中问道："你们樊楼掌管钱库的是谁？"阿图道："李群李老公，他在中楼。"张咏道："走，你跟我们一道去找李老公。"阿图道："等一下，小的这身丧服打扮怎么能进樊楼？不是惊吓了客人吗？"

李雪梅过来问道："出了什么事？"张咏忙道："我们找阿图问点事情，不敢惊扰娘子。"

李雪梅看了阿图一眼，道："二位郎君请随我来，雪梅有事相告。"

向敏中还在犹豫，见张咏已抬脚紧随在李雪梅身后，只得也跟了上去。

三人一前一后来到樊楼东面的一处庭院，却是间不大的茶馆。一座三楹小阁临水而筑，周遭置湖石、芭蕉、修竹等，别致而幽静。茶博士引三人坐下，奉上一副金质茶具，问道："雪梅娘子和二位郎君是要喝散茶、片茶，还是末茶？"

宋代饮茶成风，茶之为民用，等于米盐。然而宋人制茶大不同于唐人——唐人制茶，即摘即炒；宋人却是摘下芽茶后蒸熟焙干，称为散茶；茶叶蒸熟后榨去茶汁，再研磨成粉末，放入茶模内压制成饼状，称为片茶，不仅被宋人视为茶之上品，也是北方契丹、党项等最喜爱的茶种。

张咏道："只听过散茶、片茶，却不知道末茶是何物？"茶博士笑道："郎君是外地来的吗？末茶是汴京新近才流行起来的新鲜玩意儿，其实也不稀奇，就是用磨子将散茶磨成粉末后饮用。不过因为磨子特别，是设在汴河上的水磨，茶客们觉得有意思。"张咏道："原来如此，那么便来点这有意思的末茶尝尝吧。"李雪梅道："有劳孙员外。"

那茶博士道："三位稍候。"在茶座旁燃了一只茶焙，上置鼎釜煮水。水沸后，从茶笼中取出末茶放入釜中，边煮边用茶匙刮去水面膏泊。等茶煎好，将茶水倒入案上金瓶中，再将三只金杯茶盏斟得半满。娴熟地完成这一切，便悄然退了出去。

张咏先端起来尝了一口，觉得跟一般的散茶并无区别，便放下金杯，问道："娘子叫我们来这里，所为何事？"李雪梅道："二位郎君怀疑是阿图指使唐晓英用毒酒害那契丹刺客吗？"

张咏道："不错，阿图嫌疑很大，既有动机，又知道唐晓英急等钱用。不过官府一直隐瞒刺客一事，对外只说是强盗，娘子是如何知道高琼是契丹刺客的？"李雪梅道："不是张郎同伴潘阆来樊楼告诉家父的吗？我原先是不知道的，家父并没有告诉我，直到出了唐晓英这件事。"

张咏心道："潘阆自然是来狱中探视时从我这里知道的，他去找李员外只是为了寻到欧阳赞夫妇当证人，为何要特意告诉李员外高琼是契丹刺客？是了，李员外有三名手下被刺客杀死，他有权知道真相的。"忙道："这么说，阿图一定是从尊父李员外那里知道了高琼被关在浚仪县狱，又利用唐晓英急等钱用，逼她送毒酒入狱去杀高琼，好为兄报仇。"

李雪梅道："这我可不知道，樊楼有那么多焌糟，我也不认得唐晓英。我想告诉二位的是，阿图前晚来向家父借钱，一张口就是五十两银子，家父以为他葬兄等钱用，就写了张字条给他，命他去李老公那里领取。"

张咏道："果然是阿图。"李雪梅忙道："如果……我是说如果……主使唐晓英下毒的真是阿图，可否请二位稍微延缓一些时日，等他阿兄下葬后再送他去官府不迟。"

张咏道："这个……"向敏中抢着道："当然可以。况且我们也没有实证能证明主使下毒的就是阿图。"

李雪梅便起身裣衽行了一礼，道："多谢。二位郎君请慢用，雪梅还有些俗务，先告退了。"又凝视张咏不语。张咏不解其意，问道："娘子还有事吗？"李雪梅面色一红，也不答话，转身步出茶阁。

张咏沉吟道："可这件事还是有说不通之处，唐晓英是个有见识的女子，她如何蠢到公然替阿图送毒酒入狱杀人？就算她等钱用，她该知道酒中下毒一事很快就会败露，不但她自己要被官府通缉，就连庞丽华母女也要受牵连。如此，她千方百计筹钱还债还有什么意义？"向敏中道："也许唐晓英并没有打算逃走，若她投案或是被捕，就不会牵连庞丽华母女。"

张咏道："那么一定是阿图在搞鬼，他怕唐晓英被捕后供出他来，要么藏起了她，要么杀了她灭口。不行，我得去找他问个清楚。"向敏中叹道："怕是已经迟了。"

二人匆匆赶来樊楼，果然四下找不到阿图人影，就连李雪梅也不见了。

张咏跌足道："人在眼前，还让他给跑了，如今可是竹篮打水一场空。"向敏中道："倒也不是全无收获，阿图畏罪逃走，至少让我们知道不是高琼的同党要杀他灭口。"

张咏道："那么救走高琼的就有可能是他同党。"向敏中道："但还是开封府判官程羽这一方的人可能性更大。"

张咏道："向兄为何坚持是程羽派人救走了高琼？"向敏中道："我们几乎可以肯定高琼不是契丹一方的人，他在大堂上忍受不住'老鼠弹筝'酷刑，招出姓名、来历，不过是有意为之。我甚至认为他是充当死士的角色，是有意落入官府之手，只有如此，才能利用他肩头的高氏文身嫁祸契丹。既然他同党早已深谋远虑，高琼不过是颗牺牲掉的棋子，再劫狱救人既冒险，又多此一举。"

张咏仔细回想，深觉有理，道："高琼自己都以为唐晓英是受他同党逼迫来杀他的，看来他心中很清楚他是必须被放弃的。"向敏中道："嗯，我正是这个意思，同党杀高琼灭口倒有可能，劫狱救他毫无必要。"

张咏道："如此推断起来，程羽在这件事上难脱干系，他这会儿一定会去参加符相公的寿宴，不如我们直接去找他问个明白。"向敏中道："不可，没有实证贸然行事，只会惹祸上身。你现在赶去当面质问程羽，那么今晚失踪的就不只是阿图，还有你我了。"

张咏不由得跺脚道："那到底该怎么办？"向敏中道："高琼既然还有用处，迟早都会出现。眼下境地最危险的是唐晓英，你不如去开封府，用晋王花押调派人手缉拿追捕阿图，搜查他住处，也许能有蛛丝马迹。"张咏道："也只能如此。"

他心中焦急，也来不及去开封府，只到最近的巡铺屋，出示晋王花押给巡铺卒，交代一番，命他速去开封府找值守官吏，自己跟向敏中到樊楼打听阿图住处。门前小厮道："图哥儿兄弟一向住在李员外土市子的宅邸里，方便做事，不过他在曹门那里也有一处小宅子，有时会带相好的女子去那里过夜，曹门往北过三棵大槐树就是，门边有头断了尾巴的小石狮子。"

张咏与向敏中急赶过来，却见小厮所指的那处房子大门洞开，知道事情不妙，抢进院子，空无一人。进房一看，床前脚踏上有一双女人的绣鞋，一旁散落着几件撕烂的衣衫，正是清明当日唐晓英所穿的衣裙，床上一片凌乱，床头、床尾的扶柱上还缠有绳索。

张咏道："原来阿图并没有杀唐晓英灭口，而是将她带来这里绑在床上。"心知阿图必然是贪图美色才会如此，唐晓英怕是早已遭到奸污。一摸被褥，还是温的，忙道："他们还没有走远。"向敏中道："要带走一个被绑着的大活人，必定需要车子，才能掩人耳目。"

二人忙出来向附近的巡铺卒打听可有见过马车经过。巡铺卒两眼一翻，颇不耐烦地道："这可是曹门，每日来往的车马行人成千上万，郎君问的是哪辆马车？"

张咏亲眼看见这一带车水马龙、人来人往，心知巡铺卒所言不虚，不由得懊悔异常，道："若是我们适才不跟李家娘子去那家茶馆，直接扯着阿图去找管钱的李老公对质，就有了证据捉他去开封府，英娘也不难解救出来。这都怪我，都怪我，是我害了英娘性命。"

向敏中劝道："这实在怪不得张兄。我们谁也料不到阿图竟会如此大胆，居然会将唐晓英藏在自己家里。如此，只能说明他垂涎英娘美色已久，兴许舍不得就此杀害英娘，而是要带着她逃亡。"

张咏道："可阿图先我们一步，一定已经逃出京师，再找起来就难了。"向敏中道："他如果带着英娘，一定是乘坐马车，马车走不快，一路出京更是关卡重重，危险性太高。我若是阿图，一定会就此在京师找个地方躲起来，等风头过去再说。"

张咏道："就算如此，京师这么大，找个人怕是有如大海捞针。"

正忧虑唐晓英的命运，忽见开封府老仵作宋科赶过来叫道："张郎原来在这里，叫小老儿找得好苦！"

张咏道："宋老公是特意来寻我的吗？"宋科道："正是。张郎要救救我孩儿。”

张咏道："宋典狱因为高琼逃狱一事受罚了？晋王不是给出了十日期限吗？”宋科道："不是晋王，是开封府的刑吏刘昌奉张郎之命去审问浚仪狱卒，有人供出了我孩儿几次欲杀高琼一事。刘昌便说他与高琼被劫有关，命人将他锁了起来，摆出许多刑具，预备拷问。”

张咏道："原来如此。老公不必忧虑，我再三叮嘱过刘昌绝不可任意用刑，他不过是吓唬那些狱卒，好追查出谁是高琼逃狱的内应。”

宋科摇头道："刘昌可是有名的毒手刑吏，他平生就是以刑囚犯人为乐趣，张郎还是赶去浚仪县署看一下才好。”张咏道："我眼下要急着去开封府，敦促他们派人搜捕阿图，找到阿图才能找到唐晓英，找到唐晓英就能诱出高琼，那才是真正能解救令郎和浚仪县上下官吏的法子。”

宋科一时也不明白这其中的逻辑关系，不过他大略听过唐晓英用毒酒害高琼一事，忙道："要追捕阿图，靠开封府发图文告示缉拿是没有用的，得去找排岸司帮手。”

排岸司是宋代管理水陆运输的机构。汴京人口超过百万，仅禁军就有数十万，要养活数目如此庞大的人口，需要从外地源源不断运来大量的粮食、布匹、茶叶、盐、药材、木材等基本生活用品，如此运输就格外重要，尤其依赖水运。

开封有四条大河穿城而过：南有蔡河，又称惠民河，自陈蔡[1]由西南戴楼门入京城，缭绕自东南陈州门出，仅开封城内河道上就有十一座桥；中有汴河，自西京洛口分水入京城，东去入淮河，凡东南粮草方物，不论公私，均从此河运入，是大宋最重要的生命线。河上共有十三座桥，最著名者称虹桥，几乎成为汴河的象征；东北有五丈河，又称广济河，自新曹门北入京，专门运送京东粮斛，如八百里梁山泊出产的谷米、鱼鲜、莲子都是通过这条河运入京师；西北有金水河，自京城西南分京、索河水筑堤，从汴河上用木槽架过，从西北水门入京城，夹墙遮拥，直

[1] 陈蔡：今河南东部淮阳、上蔡。

接引入皇宫大内灌溉后苑池浦。除了这四条河外，更有不计其数的小沟渠，所以京师百分之八十以上的物资运输要靠河流，因而排岸司最重要的职责就是维护河道交通。

为保障河道运输畅通，朝廷在河岸共设置了京东、京西、京南、京北四个排岸司，合称四排岸司。其中东、西司均设置在汴河边，东司掌经汴河运至京师之纲船粮运，分定诸仓交卸，领装卸役卒五指挥两千五百人。西司领汴河上镲，有装卸役卒五百人。南司领蔡河所到纲运，以京朝官一人勾当，领役卒两指挥一千人。北司领五丈河纲运，有役卒十五指挥七千五百人。

向敏中闻言道：“宋老公认为阿图躲去了船上？”宋科点点头，道：“水上要比陆地安全得多，换作我是阿图，一定会选择汴河作为藏身之处。”

向敏中道：“宋老公说得有理。不过汴河又分东西，东面是纲船粮运之地，来往的船夫、脚夫等闲杂人极多，最易躲藏。”宋科道：“目下东、西排岸司都归左侍禁[1]田重掌管。他人应该在城东的东司。”

张咏道：“官署眼下不正是放假吗？”宋科道：“别的官署能放假，排岸司却是一天也歇不得的。”

张咏道：“那好，我们现在就赶去东司，请田侍禁派兵协助搜捕阿图。”又见宋科神色焦急，便道：“宋老公若是担心令郎，不妨去浚仪县廨告诉刘昌，说是我的话，让他放了宋典狱，好好查狱卒中谁是内应。还有，我昨晚入县狱时，宝剑被扣了下来，还请令郎归还。”打发走宋科，便立即往东排岸司官署而来。

东排岸司位于东水门外七里虹桥边上。虹桥[2]是一座木质桥梁，桥面宽敞，巨木虚架，中间没有桥墩、桥柱，弧形的桥身直接连接两岸。桥髹以丹雘红漆，远远望去，宛如飞虹。桥边设有护栏，保障行人安全。

[1] 侍禁：职官名，有文武之分，职在侍值禁中，故称。有左、右之分，左侍禁比右侍禁高出一级（宋代以左为尊）。

[2] 虹桥即《清明上河图》全画的中心，是人物最密集、画面最热烈的一段。图中虹桥实际建筑时间为宋仁宗明道年间（1032—1033 年），要晚于本小说发生的时间。

桥头、桥尾各立有四根风信竿，专门为船夫指示风向。整座桥虽用了铁码，但没有榫铆，可谓构思精妙，设计灵巧。其设计者居然只是一个不知名姓的牢城废卒。可见民间卧虎藏龙，身怀绝技却不著姓名者大有人在。

虹桥一带设有官粮仓，著名的元丰仓、顺成仓都位于这一带。河岸屋宇鳞次栉比，有茶坊、酒肆、脚店、肉铺、庙宇等，形形色色，样样俱全。虽已是开封城外，繁华却丝毫不亚于城内。唐代诗人王建有诗云："水门向晚茶商闹，桥市通宵酒客行。"记的就是水门到虹桥一段。

来到东排岸司官廨前，张咏向门前兵卒报了姓名，称有要事求见左侍禁田重。那兵卒姓金，道："侍禁正在审理一起货物失踪案，怕是没空。"

排岸司是中央机构，隶属于三司[1]，不但有自己的军队，不受统领禁军的三衙节制，还有独立的司法权和监狱。权力既重，油水也多，长官都是皇帝亲自任命。

张咏道："我们也是为公事而来，怕是有开封府缉拿的要犯逃入了你们排岸司的辖区。"金兵卒道："侍禁近来脾气大得很，不怎么爱理人。二位当真有公事，不如先去三司，请到三司文书派下来。"

张咏见金兵卒左右搪塞，只得取出晋王花押来。金兵卒却依旧不那么热情，只道："小的先把话说头里了，可是好意。二位一定要见侍禁，那么请稍候吧。"进厅禀报，片刻后出来请二人进去。

来到院子，正遇到几名脚夫五花大绑地被牵了出来。金兵卒问一名押送兵卒道："可有问出失踪货物下落？"那兵卒道："没有。"又压低声音道："你可得小心了，侍禁心情很不好。"金兵卒道："承蒙相告。"

[1] 三司：北宋前期总管全国财政的最高机构，号"计省"，通管盐铁、度支、户部三部：盐铁，"掌天下山泽之资，关市、河渠、军器之事"；度支，"掌天下财赋之数，每岁均其有无，制其出入"；户部，"掌天下户口、税赋之籍，榷酒、工作、衣储之事"。最高长官为三司使，称"计相"，地位仅次于宰相（北宋以同平章事为宰相，参知政事为副相，又设枢密使主军事、三司使主财政以分宰相之权）。四排岸司于神宗元丰（1078—1085年）改制后改隶司农寺（掌粮食积储、仓廪管理及京朝官之禄米供应等事务。宋神宗时成为推行王安石新法的重要机构，常平新法（即青苗法）、农田水利法、免役法、保甲法等都由它制定或执行）。

引着向、张二人进来司厅，却见一名四十余岁的武官正坐在案后翻阅卷宗文书，眉头紧皱，满面不快之色。金兵卒道：“这就是田侍禁了。”

田重抬起头来，冷冷一扫张咏、向敏中，道：“手下人说你们手持晋王花押，非要见我？”张咏道：“是。有一件事……”

田重不耐烦地打断了他，道：“我可把话挑明了，本司只识天子，不知晋王。若是公事，叫你们开封府程判官来说话，或者去三司找计相王相公[1]派下文书。我这里不认什么晋王花押。来人，快些送二位官人出去。”拥上来几名兵卒，不由分说地将二人赶出厅来。

金兵卒笑道：“小的不是早提醒过官人了吗？”

张咏吃了闭门羹，却丝毫不以为意，反而极欣赏田重为人，道：“这位田侍禁倒是一号人物，而今人人抢着巴结晋王，他却称‘只识天子，不知晋王’。”金兵卒道：“田侍禁正是这个脾性。官人手中那张晋王花押能走遍天下，却唯独在我们东司行不通，有官家花押还差不多。”向敏中道：“我有官家花押。”

金兵卒闻言一愣，随即笑道：“小的不过开个玩笑，官人倒认真起来了。”张咏也吃了一惊，问道：“向兄怎么会有官家花押？”向敏中道：“此事说来话长。”自怀中取出那张澄心堂纸来，奉给兵卒道，“烦请兵大哥再通报一声。”

金兵卒也不认得皇帝的新花押，只是见那纸沉甸光滑如绸缎，非同一般，料来是宫中之物，忙双手接了，赶进去禀告。旋即有数名兵卒赶出来，拿出绳索便朝二人身上乱绑。

金兵卒道：“抱歉，侍禁有令，要绑了二位官人进去。”张咏道：“这是为何？”金兵卒道：“小的不知。田侍禁一见到那花押，便下令扣押二位。”

张咏莫名其妙，心道：“田重虽掌管排岸司，却是侍禁身份，经常出入禁中，是天子身边亲信的人，当认得官家花押。如何见了花押还下令拿我们？莫非向兄手中的那张官家花押有假？”转头见向敏中神色自若，

[1] 计相王相公：当时的三司使王仁赡。

已坦然反手就缚，自己也不便再行抗拒，只得任凭兵卒捉住双臂，反拧过去。

排岸司兵卒将张咏、向敏中二人牢牢缚住，带进司厅中。田重满脸怒气，一拍桌子，喝道："你二人到底是什么人？"张、向便各报了姓名。

田重道："你们既不是官府的人，如何一个身上有官家花押，另一个身上有晋王花押？"张咏道："这个说来话长。田侍禁要扣留我们查验身份无妨，不过请速速派人协助开封府往船上搜捕重犯。"

田重闻言更怒，道："排岸司从来不受开封府节制，你以为你有晋王花押，就能来这里发号施令吗？来人，把他拉出来绑到树上，让他吹吹汴河的风，好好清醒清醒。"张咏大怒，质问道："侍禁是朝廷命官，怎么不讲道理地胡乱绑人？亏我适才还敬你办事公义。"却被兵卒强拽了出去。

田重道："还有你，姓向的，你身上有官家花押，为何不先拿出来，而是让你同伴先取出晋王花押？你当这里是什么地方？"向敏中道："啊，原来侍禁是为这个发怒，这确实是敏中的不是。"

当即说了官家御赐花押是因为王彦升一案，晋王赐给张咏花押则是为高琼逃狱一案，并无干系。他二人来排岸司事关高琼逃狱，理当以张咏为主，况且旁人也不知道他身怀官家花押一事。

田重听完哼了一声，道："哼，原来如此。"歪着头想了一会儿，道："来人，把这姓向的也拉到院子里绑到树上。"向敏中抗声叫道："敏中已经解释清楚，侍禁为何还要纠缠这件事不放？"

田重也不回答，出来院中，从张咏身上搜出那张晋王花押，连同官家花押一起收入怀中，命道："谁也不准放开这两个人！等本司从宫中回来再做处置。"大袖一拂，扬长而去。

张咏道："这侍禁为何无端端地要对付我们两个？"向敏中道："我本来也不明白，但适才田侍禁说他要去大内，我想我有些会意过来了。"随即歉然道："张兄，今天的事全怪我，我一时欠考虑，不该拿出官家花押的。"

张咏愕然道："为何不该？向兄又不是为了私事。"向敏中道："晋王给张兄花押，本来就是命你暗中调查高琼逃狱一案，他不让开封府直接查处，却找你一介布衣，本身就很奇怪。你我自是知道缘由，可这件事若是让官家知道……”

他没有再说，张咏也没有再问。这田重表面粗鲁，却实在是个精细人。

二人奔波劳碌一上午，滴水未沾，又渴又饿又累，叫唤也无人理睬。一直到下午申时，有名五六十岁的便服老者施然进来，见院中树上绑着两名年轻男子，服饰打扮却不是常见的船夫、脚夫一类的囚犯，不禁好奇问道：“那两个是什么人？”兵卒也不明所以，随意答道：“回相公话，好像是开封府的人，不知道怎么惹恼了田侍禁，被绑在了这里，说要等他回来处置。”

那老者正是三司使王仁赡，忙道：“既是开封府的人，如何能轻易绑得？快些放了。”兵卒却不敢动，道：“小的可不敢动手，不然侍禁回来要以违抗军令处置小的。”

王仁赡是武将出身，曾与大将王全斌一道征讨后蜀，因放纵诸将滥杀降兵、收受贿赂，王全斌被贬去外地，他则被降为右卫大将军，但依旧受到皇帝亲信，以判三司使兼大内部署主持邦国财用。他见那兵卒畏惧田重，却敢违抗他的命令，大怒道：“我王仁赡官任三司使，是你们田侍禁上司的上司，你怕他，就不怕我？来人，快些将这二人放了。”喝令随从解开绳索，上前问道：“二位官人是晋王的人吗？”

张咏道：“其实也不算是。”他担心节外生枝，不愿意再多在排岸司纠缠，忙谢过王仁赡，扯住向敏中出来。

事情办得既不顺，又被田重拿走两张花押去禀告皇帝，还不知要惹出什么后果来。张咏一时颇为沮丧，道：“眼下事情被我们弄得复杂，要寻到阿图更是难上加难。”向敏中迟疑道：“张兄何不再去向李雪梅打探一下，或许她会知情。”

张咏道：“她怎么会知道阿图逃去哪里？”见向敏中意味深长地看着自己，这才恍然大悟，道：“向兄是说适才在樊楼后的灵堂前李雪梅是故意拖住我们，好让阿图逃走？”向敏中道：“也许李雪梅并不是故意的，不过从时间上来说，确实是她拖住了我们。”又道：“不过这件事实在有些奇怪。高琼被捕，无论是否供出同伙，最后都难逃极刑处死。阿图何必多此一举，要下毒杀他？若说他想亲自为兄长复仇，又何须再假手唐晓英？”

张咏道：“也许阿图听到什么风声，知道高琼不会死，所以他才要抢先下手。”向敏中道：“张兄是说阿图也许事先知道有人要劫走高琼？他不过是个李府下人，如何能知道如此机密大事？”

张咏道：“酒楼可是世间消息传得最快的地方，他也许是无意中知道的也说不准。”向敏中道：“嗯，那么当下之计，找到阿图至关重要，不单是为了唐晓英。”

张咏道：“那好，我们这就去樊楼问李家娘子。”蓦然想起李雪梅约了自己今晚相会，这才醒悟，道：“难怪她离开时那样看着我，她是在提醒我别忘了今晚樊楼之约，我竟然丝毫没有会意。”

向敏中道：“既然如此，张兄还是独自赴约比较好。我留在排岸司等田侍禁回来，今日之事终归要有个交代。顺利的话，晚上我去你那边，汴阳坊见吧。”张咏道：“也好。”便自己往樊楼而来。

第五章

风云再起

张咏见她不止一次，但从未像今日这样正面仔细地打量她，只觉得她素面朝天，闲花淡雅，有一股天然的风韵，心不由跳得快了许多，忙站起来道：『娘子来了！』李雪梅淡淡『嗯』了一声，道：『张郎请坐。』

到樊楼时已是日暮时分。楼门前贴出了开封府缉拿阿图的图形告示，底部还特别用红笔加粗写了开封首富李稍悬出一千贯钱的赏格，协助开封府追捕阿图。

张咏心道："一千贯钱可不是小数目，希望能有人贪图重赏，举报阿图下落。这李稍做事当真是滴水不漏，他手下人无端卷入这场风波，他只拿出钱来送给开封府做赏格，便能轻易撇清了一切关系。"

忽有旁边一名闲汉正朝自己招手，忙走过去问道："你叫我什么事？"那闲汉道："你是张郎吗？小的是开封府的吏卒，奉命在这里蹲守，以防阿图回来。后边灵堂和他家里甚至李员外宅外都派了人，只要阿图露面，肯定能逮住他。"

张咏大喜，道："你们做得很好。"那闲汉道："晋王特别交代过，张郎吩咐的事要优先来办，小的们不敢不尽心。张郎请先去忙正事，有事再叫小的，免得旁人起疑。"

张咏便往门楼下来向小厮打听李雪梅下落。小厮道："你是张郎吗？雪梅娘子交代过，若是张郎到了，立即请去西楼。"招手叫过一名焌糟，命她带着张咏去西楼一号阁子。

经过西楼散座时，正见一名三十来岁的锦衣男子在与小厮罗锅儿交涉，道："既然一号阁子还没有酒客，我如何进不得？樊楼不历来是先到先得吗？"竟似非要进一号阁子不可。

罗锅儿道："是没有酒客，不过一号阁子已事先被我们李员外的千金预定了。"焌糟忙道："这位张郎就是雪梅娘子请的客人，要去一号阁子。"

张咏便道："既然这位官人在意一号阁子，那么我和雪梅娘子进三号阁子也是一样的。"罗锅儿道："也好，那么便请樊官人去一号阁子吧。"

那樊官人朝张咏点点头，表示谢意。当下二人一先一后上楼来，各自进了阁子。

焌糟丁丁奉上来一瓶酒和几碟小巧精致的点心，道："张郎请稍候，已经派人去请雪梅娘子了。"张咏道："甚好。"他早饿得发昏，一口气饮下小半瓶酒，将点心吃得精光，还是觉得饥不果腹，到楼廊叫过丁丁问道："可有饼吗？"

丁丁道："张郎想吃什么饼？"张咏道："饼就是饼，还有许多种吗？"丁丁道："当然啦，我们这里有烧饼、蒸饼、汤饼三大种。火烧统称烧饼，又有门油、菊花、宽焦、侧厚、髓饼、满麻六种不同口味；蒸饼是笼蒸出来的饼，分油白肉、猪胰、和菜三种口味。汤饼名字是饼，其实就是面片汤。"

张咏道："那么就来碗汤饼吧。"丁丁道："汤饼又分软羊面、桐皮面、插肉面、桐皮熟脍面、猪羊庵生面、丝鸡面、三鲜面、笋泼肉面八种。还有一种药棋面，是我们樊楼独家所有，细仅一分，其薄如纸。"

张咏听了直咋舌，道："吃个饼也有这么多选择，还不让人挑得眼花缭乱。随便来一碗就行。"丁丁便道："那么丁丁推荐郎君吃笋泼肉面吧，笋是新挖的，肉是羊肉。东京人总说，无肉使人瘦，无竹使人俗，若要不瘦又不俗，还是天天笋焖肉。"

宋朝起于北方，皇帝爱吃羊肉，上行下效，因而东京人最重羊肉。

张咏闻言哈哈大笑，道："不管新笋旧笋，羊肉猪肉，能吃就好。麻烦娘子快去煮好端上来。"丁丁见他大有饥不择食之意，抿嘴一笑，拧身出去通知厨下做面。

等了一盏茶工夫，一名小厮端上来一大碗面，丁丁奉上来辣脚子姜、辣萝卜、咸菜、梅子姜、莴苣、笋、辣瓜儿等小吃，摆了满满一桌子。张咏也不客气，筷子一举，开始大快朵颐。那些小吃看起来不起眼，吃起来却极有味道。他一口气吃下半碗面，肚中始有饱感。

却听见门外有人道："雪梅娘子来了。"随即有人抢过来打起帘子，李雪梅一身雪白衣衫，娉婷步了进来。

张咏见她不止一次，但从未像今日这样正面仔细地打量她，只觉得她素面朝天，闲花淡雅，有一股天然的风韵，心不由跳得快了许多，忙站起来道："娘子来了！"李雪梅淡淡"嗯"了一声，道："张郎请坐。"

张咏定了定神，道："正好我有些事想问娘子，希望娘子不要嫌我唐突冒昧。"李雪梅道："张郎是要问我阿图下落吗？抱歉，我实在不知。我也料不到他会逃走，抱歉。"

她连用两个“抱歉”，张咏不便再追问下去，只好道：“这也怪不得娘子。如果娘子将来知道阿图下落，还烦请告诉我。”李雪梅道：“这是当然。”

张咏道：“阿图是自小就跟着令尊做事吗？”李雪梅道：“嗯，阿图是樊楼厨娘宋二嫂的养子，不过宋二嫂待他极好，比自己的亲生儿子阿升还要好。”

张咏道：“这么说，阿图的兄长阿升跟他并不是真正的亲兄弟？”李雪梅道：“嗯。也许不是血缘至亲，兄弟二人性格完全不同，阿升木讷老实，阿图聪明伶俐。宋二嫂是个寡妇，去世时兄弟两个都才七八岁，家父怜他们孤苦伶仃，就收入府中，做了随身小厮。”

张咏道：“我看阿图面上似乎并不为阿升之死难过，他如何又要强迫唐晓英用毒酒去杀高琼报仇？”李雪梅道：“事情未必就是表面看起来的那样……”

忽听得隔壁一号阁子有桌案翻倒、碗碟摔地之声。李雪梅不禁皱眉道：“又是什么人喝醉了酒闹事？”正待叫人过去查看，张咏却听出金刃之声，忙抢出阁子，往隔壁一脚踢开一号阁门，正见一蒙脸汉子举刀要杀那樊官人，忙大喝一声：“住手！”

那汉子见有人闯进来，甩手将刀朝张咏掷过来，趁张咏闪避之机，取出一件工具，一端钩子钩住窗棂，自己抓住另一端绳索，自窗口跃了出去。

张咏抢来窗口，却见那汉子已落到地上，隐入树荫的黑暗中，瞬息不见了人影。一旁樊官人腹部尽是鲜血，倒在地上哼哼唧唧地爬不起来，张咏忙上前扶住，紧紧按压住他伤处。樊官人陡然吃痛，大叫一声。张咏道：“抱歉，我必须得这么做，不然你会流血而死。”

李雪梅紧随进来，问道：“他怎么了？”张咏道：“他腹部中了一刀，不过没有伤到要害，娘子快些派人取金创药和烧酒来。”

樊楼有自己的商队，护卫们为防备强盗，身上都备有上好的金创药，各楼柜台也有一些，以备不时之需。药和酒瞬息送了上来。张咏让李雪梅扶住樊官人，自己扯开他衣衫，将烧酒尽数浇在伤处，洗净伤口，才将金创药倒上。樊官人痛得冷汗直冒，却也咬牙强忍。

等到血勉强止住，张咏撕烂自己的外袍，裹好伤口，这才道："好了。不过最好还是去医铺请个大夫再多检查一下。樊官人，你可认得适才要杀你的人是谁？"樊官人点点头。

张咏道："认得就好，日后再报官不迟。官人需要静养歇息，你家住哪里？我送你回去。"樊官人有气没力地道："池州[1]。"张咏道："什么？池州？你……你是南唐人？"樊官人这才会意过来，道："啊，我住在左一厢信陵坊。不敢劳烦公子，我自己……"想努力站起来，浑身却使不出半分劲。

李雪梅道："官人不必费事，樊楼有现成的车马，我这就派小厮护送官人回去信陵坊。"正命小厮下楼去找担架抬人，忽见数名黑衣人排开围在门前的小厮、焌糟，进来一名四五十岁的男子，向敏中紧随其后。

樊官人一见那男子，便挣扎着坐起来，道："樊知古拜见陛下。"张咏、李雪梅听说那男子便是当今大宋皇帝，慌忙跪拜下去。赵匡胤道："朕微服至此，不必多礼。樊知古，是谁要杀你？"樊知古道："那人用布蒙住了面孔，臣没有看清。"

张咏道："樊官人适才不是还说认得要杀你的人吗？"樊知古道："那只是我个人猜测，在官家面前，岂能妄言？"

赵匡胤道："那好，你先回去安心养伤，朕自会派人保护你。"命手下侍从将樊知古扶了出去，又命李雪梅退下，只留向敏中和张咏二人，道："你们知道樊若水是什么人吗？"张咏道："他适才失言，说他是南唐池州人。"

赵匡胤道："不错，樊知古本名樊若水，是南唐落第举子，最近来投奔我大宋，献上了大江形势图。朕赐其名樊知古，及进士出身、赞善大夫，留住京师，将来有大用。朕要你们两个调查这件案子。"张咏道："京师官署众多，能人辈出，查案也是他们分内之事，官家为何一定要找我们两个平民百姓？"

[1]池州：今安徽贵池。当时属南唐。

向敏中听张咏言语甚是无礼，更隐有拒绝皇帝的意思，那可是抗旨的大罪，急忙朝他连使眼色。张咏却视而不见。

赵匡胤道："你说得不错，这本该是官署分内之事。然则这些人了解朕的心思，一定会千方百计地迎合朕意，不惜隐瞒真相、制造冤狱。"张咏道："官家此话怎讲？"赵匡胤道："日后你自会明白。朕也不会让你白忙，你有什么条件，尽管提出来。"张咏道："张咏不敢向官家提条件，不过……"见向敏中不断摇头，神色焦急，只得应道："小民遵旨答应便是。"

赵匡胤道："好，那么朕先将条件寄下，日后你想到再跟朕提。樊知古一案关系重大，朕要尽快知道真相。还有，他的遇刺跟博浪沙行刺、王彦升被杀有无干系？为什么这几天发生了这么多大事，京师却一点动静也没有？这些你们都必须一一查清楚，给朕一个交代。"向敏中道："遵旨。"

赵匡胤道："朕再赐你二人铜符各一枚，可凭此符随时进宫禀告案情。"张咏道："听说宫中收藏有不少佚书，我可以凭这铜符进宫读书吗？"

赵匡胤大是愕然，道："你既如此好学，如何不走科举之路？若是不屑参加科考，朕可以赐你进士出身。"张咏笑道："多谢官家美意。不过人各有志，喜欢读书未必就要走科举入仕途。说到底，做官也有做官的好处，至少有俸禄可以买书。"

赵匡胤惊奇万分，半晌才问道："向敏中，你才学出众，年纪也不小，为何不参加科考？"向敏中道："回陛下话，家父认为小子才疏学浅，尚需苦读历练，让小子年过三十后再参加科考不迟。"

赵匡胤道："好，好。有父至此，其子将来必成大器。朕再交代你一件事，你一定要说服张咏跟你一道报名参加科考，不然以抗旨论处。"向敏中道："遵旨。"

张咏大叫道："官家这不是强人所难吗？"赵匡胤道："你是大宋子民，又有才干，朕难道要放你不用，任天下人笑朕不识千里马吗？你若不肯听从，朕就要处置向敏中，说到做到。"

张咏道："官家……"赵匡胤大手一挥，道："你们退下吧，朕想自己一个人好好喝顿酒。"张咏无奈，只得与向敏中退出阁子。

一路下来西楼，李雪梅人已经不在，张咏便请柜台代转谢意，这才离开樊楼。

向敏中道："适才一直未来得及说，官家已命排岸司配合开封府搜捕阿图，但教张兄放心。"张咏道："官家是跟田重一起到排岸司的吗？他对今日之事如何置评？"向敏中道："官家什么也没有说，只命田侍禁还回了两张花押。"当即取出晋王花押，交还给张咏。

张咏道："眼下寻不到阿图，英娘的事只能暂且放一放。咱们要去找那位南唐来的郑王李从善谈一谈吗？"向敏中道："当然，他不仅是樊知古一案的最大嫌犯，怕是博浪沙刺客一案也难脱干系。"

张咏笑道："也许咱们能在李从善那里逮到高琼。"向敏中道："这决计不可能。高琼应该想到官府早晚会怀疑到南唐身上，定会派人暗中监视李从善，他岂敢轻易露面？"

当下先往利仁坊向家而来。向敏中进屋禀告老父，说是奉旨查案，晚上可能就在汴阳坊住下。向父倒也是个开明爽快的人，密密嘱咐一番，令儿子尽心办事。

向敏中掩好家门，走出数步，见左右无人，才低声道："家父适才告知了一件重要的事，他有个棋友游老公，是个老兵卒，从后晋开始就一直守卫封丘门，迄今已经几十年。"张咏心念一动，道："那么那游老公当认得聂保的父亲聂平了。"向敏中道："不只认识聂平，连聂保也认得。聂平任后周封丘门守将时，常带着聂保到城头玩耍。而今聂保被官家特赦免死，黥面后充去当封丘门守门兵卒。游老公还特意去拜见旧主之子，哪知道聂保根本就不认得他。"

张咏道："你是说聂保不是聂平之子？"向敏中道："聂平确实有个儿子叫聂保，游老公只是觉得变化太大，非但性情，相貌、口音也完全变了。聂平是在陈桥兵变后被杀，当时聂保已经十八九岁，讲一口地道的开封官话。"

张咏道：“啊，这聂保分明是河北口音。”向敏中道：“所以家父一提，我便立即起了疑心。试想一个十八九岁的成年男子，几乎已经完全定性，就算在外漂泊十余年，怎么可能完全改去乡音？”

张咏道：“聂保是杀死王彦升的凶手，果真如官家所怀疑的那样，博浪沙、王彦升、樊若水这几件案子有联系的话，那么说不定他会知道些什么。我这就安排人手去监视他。”

转道来到开封府，向当值官吏出示晋王花押，命他派人化装成百姓或是兵卒，昼夜监视守城兵卒聂保。当值官吏道：“聂保，下官知道，他额头脸面都刺了字，好认。”忙去安排人手。

回来汴阳坊时，正见坊正王仓和侄子王嗣宗在软禁李从善的宅邸前嘀咕。张咏道：“你们摸黑在这里做什么？”

二人吓了一跳。王嗣宗看清是张咏，才松了口气，道：“张兄可还记得我前几日提过有点事想请张兄帮忙？”张咏道：“不错，我这几日麻烦缠身，几度入狱，竟忘记问王兄是什么事了。”

王嗣宗吞吞吐吐地道：“其实也不是我的事，是我族叔的事。叔叔，还是你来说。”王仓道：“不瞒二位郎君，小老儿奉有密令，严密看管监视这里……”朝李从善的宅邸指了指，又道：“可是前几日里面有两个人失了踪……”

张咏急忙问道：“失踪的是李从善从南唐带来的人吗？”王仓道：“是。唉，郑王倒是悄悄告诉了小老儿，又说他们过几日就会回来。有人离开，坊正却不知道，当然是小老儿失职。我一时糊涂，答应了郑王，还暗中托了巡铺卒去找寻，结果人影都不见。”

张咏道：“那么王兄找我是为了什么事？”王嗣宗道：“当日两批盗贼在博浪沙劫杀开封首富李稍的商队，我也在场。听我族叔提到郑王心腹随从失踪一事后，我立即想到第一批强盗中会不会有那两名随从。不过只是我个人猜想，不敢随意声张。我跟张兄虽只是萍水相逢，却也看得出你为人高义，古道热肠，所以才想找你商议，哪知道你又蒙冤被捕入狱，耽误了这些时日。”

张咏跌足道："呀，王兄要是早告诉我这件事就好了，不然可以让王坊正去辨认强盗尸首中有无李从善的随从。那被捕的刺客高琼身上有高氏刺青，又假装受刑不过，主动供认是辽国指派，一直将我们的视线引在契丹人身上，为他同党销毁物证赢得了时间。当夜浚仪县敛尸房失火，三强盗尸首均已烧成焦炭，再也难以辨清面目，可就失去了指认李从善的铁证。"

王嗣宗道："抱歉，这都怪我不好。如今可要怎么办？"

张咏道："向兄认为这件事要怎么处理才好？"向敏中道："如今只有重新捕到高琼才有铁证，贸然去找李从善对质反倒打草惊蛇。王坊正，你不妨暂且调开巡铺兵卒，多派人换上便衣守在这里。李从善有任何动静，立即来告诉我们。"

王仓道："是，是。那么这件事……"向敏中道："当然还是不要声张的好。坊正放心，查清这件案子，你就是大功一件，足以将功赎罪。"

这正是王仓最想听到的话，他再也不敢瞧不起眼前这两个年轻人，连声道："是，小老儿这就去办。嗣宗，你也来。"

张咏忙扯着向敏中进来借住的宅邸坐下，屏退女使，掩好门窗，道："向兄还认为是开封府判官程羽暗中纵高琼逃走吗？既然他派人偷听了我和高琼对话，当猜到高琼不是契丹指使，转身就会怀疑到南唐头上。他派人救出高琼，就是想追查幕后主使，一定会派出大批人马来监视李从善。可我适才仔细观察，李从善宅邸附近都是王坊正的人，而王坊正还在一心打小算盘，试图掩饰失责，浑然不知道高琼之事，可见未必是程羽。"

向敏中道："我明白张兄的意思。眼下重新思量这件事，确实有许多难解之处。尤其是劫狱与敛尸房失火同时发生，未免太过巧合。"张咏道："不是失火，是有人故意放火，那三具强盗尸首是直接的起火点，尸体被毁，证据消失，一定是高琼同党所为。正如向兄所言，失火与劫狱同时发生，决计不是巧合，所以我认为还是高琼的同党救走了他。"

向敏中道："他们冒这么大风险，救走高琼有什么用呢？"张咏道："高琼已经供出是受契丹指派，南唐怕他再经受不住拷打讲出真话，所以劫走他以绝后患。朝廷已经得到高琼的一部分关键口供，也会以契丹指派刺客结案，那么南唐就高枕无忧了。”

向敏中道：“张兄推测得有理。只是我难以相信那孱弱昏庸的南唐国主李煜能有胆量策划出这一切。”张咏道：“听说南唐有三大奇人——宋齐丘、韩熙载、林仁肇，均是足智多谋、敢作敢为之辈，宋齐丘、韩熙载已死，林仁肇却正执掌南唐军事，也许是他策划的也说不准。”

正议着，忽听女使在门外告道：“符相公府里派人来，说寇郎、潘郎二位今晚不回来了，要留在符相公府中过夜。”张咏应道：“知道了。”又道：“难道这寿酒要吃一夜吗？”忽想起向敏中一定还没有吃晚饭，忙命女使弄些酒菜来，笑道：“不能让寇老西自己快活，我与向兄今晚也要把酒言欢，一醉方休。”

向敏中家教严厉，少有如此放纵的时候，闻言微笑道：“甚好。”

二人便在庭院槐树下置了酒桌，边吃边聊，先是谈相关的案情，很快延及风土人情、逸闻趣事。张咏读书既多，又游历四方，高谈阔论起来，有许多都是向敏中从未听过的。一直到半夜，仍是兴致勃勃，酣畅淋漓。

忽听得有车马驰近，旋即有人拍门叫道：“张咏张公子是住这里吗？”

张咏道：“这么晚还有人找上门，准不是什么好事。”他已遣女使先睡，便自己提灯来开了门。门前站着一名十六七岁的少年，一身白衣，风神俊朗，问道：“阁下就是张咏公子吗？”

张咏道：“不错。你是谁？”少年道：“我姓刘。车里有一位娘子，报的是张公子的姓名住址，我特意送她回来。”

张咏便赶来揭开车帘，不由得吃了一惊——唐晓英正缩在车内，披头散发，身上只裹了件男子外袍，露着半截小腿和光脚。少年忙道：“张公子不要误会，这位娘子是我今晚跟舅舅游河时无意中救下的。”

张咏“啊”了一声，道：“多谢。”叫了几声“英娘”，见唐晓英目光呆滞，毫无回应，便脱下外衣，搭在她身上，将她抱出车来。

向敏中紧随出来，见状忙请那少年进去。那少年道：“我尚有公务在身，不便进门，我只将经过情形告知公子。”

原来那少年新来京师，由小舅领着乘船去游汴河，到顺成仓桥一带时，忽听到有女子呼救声。闻声望去，见桥西码头边一名大汉肩头扛着一只麻袋，正预备上一只大船，那麻袋蠕动不止，呼救声就是从那里传出。小舅当即大喝一声，那大汉受惊，将麻袋扔入河中，自己转身就逃。小舅命船夫跳下水救人，自己和外甥上来大船。却见一名赤条条的男子冲上船板，跃入水中逃走。二人追之不及，忙下来舱中，却见灯下躺着一名裸身蒙眼女子，双手反缚，口中也堵了布团。少年忙脱下外衣，披在女子身上，解开绳索，扶她坐好，问她姓名来历，女子似是受了很大打击，只失神地望着他。小舅却认出了那女子，道："我见过她，她是樊楼的焌糟。"那女子听到"樊楼"二字，似是受到刺激，恢复了一些神志，喃喃说出了张咏的名字和住址。小舅本待报官，可见到被救上来的麻袋中的女子是旧识后，又改变了主意，遂由他送那女子回家，少年则送裸身女子来汴阳坊。

向敏中忙问道："那跳入河中逃走的男子是不是二十岁出头，相貌很是英俊？"少年道："天黑没有看清楚相貌，不过那男子当过了三十岁。"向敏中听说不是阿图，不免失望。

少年道："人已经送到，我这就告辞了。"向敏中道："敢问小官人高姓大名？来日也好登门感谢。"少年道："举手之劳，何足挂齿？贱名不足以辱视听，还是不说的好。告辞！"

向敏中听他自称有公务在身，料来是有官职在身的权贵子弟，却不知道他为何坚持不肯留下姓名，又不便强问，只得任凭他去了。

张咏早将唐晓英抱回房间，安放在床上，拉过被子盖好，轻轻叫她的名字，见她依旧是满脸茫然之色，只得将帷幔放下，道："英娘先好好歇息。放心，你在这里很安全，再也没有人能伤害你。"

出来外屋，正遇到向敏中进来，转述了那姓刘的少年所言，道："听起来似乎是英娘落入了专门绑架拐骗妇女的人贩子之手。那人贩子一边奸污英娘，一边等待同伙送来另一名女子。不想那女子正好清醒过来，吐出了口中布团，叫出声来，不但救了自己，也救了英娘。"张咏很是愤慨，道："汴京表面繁华热闹，底下却有这么多见不得人的勾当，可惜让那两人逃了。"

忽听得门外又有人叫门，张咏料到必有大事，便叫醒一名女使照看唐晓英，自己和向敏中一道来开大门。

门前站的却是开封府毒手刑吏刘昌。张咏道："刘刑吏深夜赶来，莫非已经查出谁是劫狱者的内应？"刘昌道："还没有。今日有好些狱卒不当值，明日才能一一问到。下吏来是要告诉张郎，小女刘念被鬼樊楼的人绑走了。"

张咏大吃一惊，道："这是什么时候的事？"刘昌道："下吏日暮回到家中，便发现小女不见人影，只有人在桌上留下一行炭字，说小女被绑去鬼樊楼了。我当时也没在意，以为是有人恶意开玩笑，刘念近来常常出去私会情郎，早出晚归原也不稀奇。直到适才右屯卫上将军折御卿将小女送了回来，说是在顺成仓桥发现了她……"

张咏道："啊，原来适才那刘姓少年小舅救的就是令爱。"向敏中道："刘姓少年称折御卿小舅，莫非他是北汉名将刘继业之子？"

刘继业本姓杨，是北汉第一勇士，号称"杨无敌"，因其战功赫赫，北汉皇帝特赐姓刘。他的夫人就是云中大族折德扆之女，也就是折御卿的亲姊姊。其膝下有七子，其中以第六子刘延朗[1]最为杰出，精通兵法，擅使长枪。

张咏这才恍然大悟，道："难怪那刘姓少年不肯进来，他一定就是北汉使者。寇准说过当日在博浪沙有个少年使一杆银枪，出神入化，所向无敌，一定就是他了。可惜我人在当场，却已经晕了过去，竟无缘得见闻名天下的杨家枪。"

刘昌也不明白二人所言，只匆匆道："下吏特意赶来，是要告知小女之事甚是蹊跷，她被装在麻袋中的时候，曾迷迷糊糊地听到有人提到高琼的名字。"

[1] 刘继业后改名杨业，即为演义小说中杨令公原型，其妻折氏即佘太君原型，刘延朗即杨六郎杨延昭原型。

张咏道：“你怀疑绑架令爱的人跟劫走高琼的是同一伙人？”刘昌道：“下吏不敢妄自猜测，不过下吏认为这是有人在警告下吏不要再多管闲事。所幸小女安然回来，不过寻到内应狱卒一事，下吏却是做不了了。这是下吏尚未审过的狱卒的名单，请张郎自行审问。”将字条塞到张咏手中，作了个揖，匆匆离去。

张咏、向敏中愕然不止，却也无可奈何，只能等唐晓英恢复神志再说。

次日一早，负责监视聂保的吏卒赶来禀告，说昨晚亲眼看到聂保去了都亭驿，待了很久才出来。

张咏道：“都亭驿，那不是专门接待外国使者的地方吗？”向敏中道：“不错，北汉使者一定就住在那里。”张咏道：“这可真是奇怪。向兄，你我还是得去一趟都亭驿。”二人遂往都亭驿而来。

都亭驿旧名上源驿，历史悠久，发生过许多重大历史事件，其中最为人津津乐道的便是唐朝末年朱温宴请李克用的鸿门宴——当时朱温任唐宣武节度使，镇守开封，黄巢农民起义军退出长安后，实力犹存，挥军逼近开封。朱温以前是黄巢手下将领，对以前的老上司有畏惧之心，自知无力阻挡黄巢的进攻，便向沙陀族首领李克用求援。李克用欣然应邀，亲自率五万大军自河中南渡，连败黄巢军。黄巢退走山东后，自杀身亡。李克用回师时路过开封，朱温为答谢李克用出兵相助，特地在上源驿设宴款待，为其庆功接风，尽地主之谊。李克用志得意满，欣然赴约，但是他没有想到，这是一场充满杀机的夜宴。当晚，朱温大摆宴席，礼貌甚恭。李克用连同监军陈景及亲随数百人出席了宴会。李克用年轻气盛，加上自认为对朱温有恩，因此在酒席上极为骄横放纵。他自以为是大唐的功臣，内心深处本来就看不起流寇出身的朱温，酒醉之后，言语之间就慢慢流露了出来，对朱温多傲慢侮辱之词，有恶语伤人之处。朱温从来就不是个有胸襟之人，心里愤愤不平。他投降唐朝廷之后，极受重用，李克用的突然崛起，一度威胁到他的地位，已经让他妒火中烧，被李克用轻辱后，心中登时动了杀机。不过，李克用武艺超群，威名远扬，当时无论是农民起义军，还是唐朝将领，都畏之如虎。加上他的亲随们一身黑衣，号称“鸦军”，令人望而生畏。所以，朱温虽然怀恨在心，却没敢当场发作，反而加意劝酒，将李克用灌得大醉。宴会结束后，李克用等人因饮酒大醉，酒将衣襟都打湿了，当晚便留宿在上源驿。朱温离开驿馆后，决心铲除李克用。李克用千里赶来相救，经历多场厮杀后打败了黄巢，解了汴州之围，不过因酒后几句话，就惹来杀身之祸，由此可见朱温为人之刻薄寡恩。他连夜派人用连起来的马车和栅栏挡住出口，再派重兵包围了上源驿，乱箭齐发，欲置李克用于死地。而李克用早已烂醉如泥，躺在床上呼呼大睡，对外面的变故一无所知。幸好他的亲随薛志勤、史敬思等人骁勇异常，竭力抵挡，由此展开激烈的搏杀。薛志勤箭法极为高明，箭无虚发，一人便射死汴兵数十人。围攻的汴军军士心惊胆战，虽然大声鼓噪，却不敢轻易上前，于是从四面纵火，以火炬向驿舍投掷，打算烧死李克用等人。亲随郭景铢扑灭蜡烛，将李克用藏到床下，然后用凉水浇李克用的脸，告诉他事情经过。李克用这才摇摇晃晃地站起来，以他的身体状况，自然无法参加格斗。此时，浓烟烈火四起，情形万分危急，突然之间，大雨震电，天地晦冥，大火被一场暴雨浇灭。薛志勤扶住李克用，借闪电的光亮翻墙突围而出，急奔尉氏门，杀掉守门汴兵，在雷雨的掩护下，从城头缒下逃生。但李克用监军陈景和三百多亲随都被汴兵杀死。从此，双方结下了死仇，水火不容。宴会的主人朱温和客人李克用日后分别成为了后梁与后唐的开国皇帝，直到后唐灭掉后梁，方报了上源驿之仇。

五代时，都亭驿已经是开封首屈一指的驿馆，能同时接待百人以上的使团食宿。时值寒食长假，驿卒散漫，门前竟无人把守，张咏和向敏中轻易混了进来，正遇见昨晚那送唐晓英回来的刘姓少年，忙上前招呼。那刘姓少年虽然满脸愕然，还是自报姓名，果然是北汉名将刘继业第六子刘延朗。

张咏道：“刘使者救回英娘，张某十分感激。不过我今日寻来，不单是为了这事，敢问尊使可认得聂保？”刘延朗道：“不认得。”张咏道：“他昨晚可是来过都亭驿。”刘延朗道：“嗯，昨晚驿馆有许多人，李稍李员外带来他的贵客欧阳员外夫妇找我手下人比试棋艺，兴许是他们带来的人也说不准。不过我却是不在，你们也知道的，我跟我小舅去游了汴河，半夜才回来，他们早就散了。”

张咏见他神色坦然，一脸正气，不似作伪，便拱手道：“叨扰。”走出几步，又忍不住回头道：“听说尊使擅使银枪，张某改日定要领教。”刘延朗道：“我也早听过张公子武艺高强，剑术精湛。不过你的剑和我的枪不是一个路数，难以对仗。”

张咏道：“此话怎讲？”刘延朗道：“张公子的剑适于单个对敌，对手愈强，愈显剑术不凡；我杨家枪却只适合在战场上杀敌，非得来回驰击方能显出威力。”

张咏哈哈大笑道：“小官人年纪轻轻，却是见识高明，倒让张某受教了。”告辞出来，依旧对刘延朗赞不绝口。

向敏中道：“刘延朗如此年轻，却被选做与大宋和谈的使者，必是有过人之处。他与右屯卫上将军折御卿是至亲应该也是原因之一。”

张咏道：“刘延朗绝不是说假话的人，那么聂保来都亭驿一定不是找北汉一方的人了。”蓦然意识到什么，失声道：“欧阳赞，一定是欧阳赞。”

向敏中道：“我也刚巧想到是他。这人年纪跟聂保差不多，又是一口开封口音，你跟王彦升比剑时他也在当场。”

张咏道：“这么说，欧阳赞才是真正的聂保，那个假的聂保不过是他找来的替死鬼。这可奇怪了，虽然当时老仵作已经从伤口毒性深浅证明了我不是凶手，可还是没有线索追查到真凶。你和潘阆去小牛市集询问目击者，酒保也仅仅是记得有人上前扶了王彦升一下，既不能肯定是那人趁机下毒，也不能知道那人是谁，是假聂保自己站了出来，承认了下毒。”

向敏中道：“你说得不错，如果假聂保不主动站出来，我们根本抓不到他。”张咏道：“那么欧阳赞为什么要主动送一个替死鬼给我们？”

向敏中道：“只有一个可能，这个人这次来开封一定有重大图谋，他怕我们对这件案子穷追不舍，最终会追查到他身上，影响到他的计划，所以主动交出一个凶手，让王彦升一案迅速了结，结果现在反而成了他的破绽。张兄，你先回去看看英娘清醒了没有。我去找趟家父的棋友游老公，看能不能请他跟我一道去暗中辨认一下欧阳赞的形貌，事情办妥后，我再去汴阳坊找你。”二人遂就此分手。

张咏独自回来汴阳坊的宅子，正巧女使奔出房来，手足无措地告道：“英娘适才醒了，问奴婢这是什么地方，奴婢说了张郎的名字，她便嘤嘤哭了起来，怎么也劝不好。”张咏道：“你去烫些酒端来。”

来到房中，果见唐晓英倚靠在床头，捧着脸哭个不停。张咏知道她失踪虽只有两日，却是备受折磨，身体上、精神上均遭受了巨大创伤，一时也不知道该如何安慰，只道：“英娘放心，我一定会为你报仇。”

唐晓英道：“我知道……我知道……”哭了好一阵，直到女使烫好酒送进来，喂她喝下两杯，这才敛住哭声，道：“张郎是要问我事情经过吗？”张咏道：“你如果不想说，也没有关系。现在全城都在搜捕阿图，水路、陆路出口均贴有他的图形告示，你们樊楼的李员外也悬出了重赏，他藏不了多久。”

唐晓英道：“不，我想说，只说给你一个人听。”让女使退出，哽咽着说了事情经过。

原来当日阿图利用唐晓英急需一大笔钱为庞丽华还债之事，威逼她用毒酒毒杀狱中的强盗，好为他兄长阿升报仇。唐晓英惊奇地问道：“那强盗已是瓮中之鳖，早晚要被朝廷极刑处死，何须图哥儿动手？”阿图却正色道：“那人其实不是强盗，是契丹派来的刺客。眼下朝廷要打南唐，不敢轻易得罪契丹，那刺客一定会被放还的。”唐晓英道：“人人都说朝廷要打北汉，以报官家当时三个月攻太原不下之仇，怎么成了南唐了？”阿图道：“妇道人家懂个什么！打北汉不过是朝廷的幌子，一来可以威慑北汉媾和，二来能迷惑南唐。”

张咏听到这里，心道：“阿图不过是个厨娘的养子、富翁的小厮，却能有这番见识，当真不简单。”

唐晓英续道：“阿图又告诉我那毒药要过好几个时辰才会发作，而且不会有中毒症状，这样旁人无论如何不会怀疑到我身上。我实在需要那笔钱，又想到阿升在的时候一直对我不错，刺客确实该死，竟然咬牙答应了他。后面的事张郎已经知道了，我没有想到阿图要我杀的刺客竟是我认识的酒客……”

张咏道：“英娘如何识得高琼？”唐晓英道：“啊，他原来也姓高？我并不知道他姓名，从一年前开始，他常常来到樊楼饮酒，话很少，只静静坐在一旁听丽华姊姊说书，每次给的赏钱也格外多。日子长了，丽华姊姊就喜欢上了他，每次进樊楼都要先看他有没有来。他似乎也很中意丽华姊姊，还买过点心来看过小娥。”

张咏道：“不过他始终不肯说出姓名，你们不觉得奇怪吗？”唐晓英道：“樊楼什么样的人没有？他是个不错的人，不说姓名一定是有苦衷。不过我现下倒觉得他很可疑了。张郎，我不瞒你，我是个孤女，来汴京只是为了寻找仇人报仇。我本是亳州蒙城小户人家之女，父亲是当地的秀才，也算有些名望。一日父母带我上山进香，在途中遇到几名蒙面强盗，杀死我父母，我也被砍了一刀晕死过去，后来其中一名名叫高唐的强盗被当地官府捕获，判了磔刑处死，我本想去刑场亲眼观看行刑，可惜伤重难以下床。结果行刑当日暴雨倾盆，高唐竟然挣开刑具趁雨逃脱。后来我听官府的人说，高唐来了汴京，开封府发现其行踪，派人追捕时被他逃入了禁军军营，再也没有出来。”

张咏道：“你认为高唐当了禁军[1]，所以才来到京师寻他？”唐晓英道：“蒙城县廨的人是这么说的，说上头有令，撤销了追捕高唐的通缉告示。我心想，父母大仇，不共戴天，岂能不报？等伤好后，就去官署索要了一张高唐画像，来到汴京。听说樊楼是全京师最繁华的地方，最容易打听消息，所以我进去当酒妓，酒妓干不了又改当焌糟，只为寻到高唐，可惜几年下来，都是一无所获。适才张郎说了高琼姓名，我想他一直不肯报出姓名，也许是知道我跟姓高的有仇，不过他跟画像中的高唐并不像。”

[1] 宋代募军不问来历，重犯也可以免死参军。

张咏心道："高琼如此桀骜强硬之人，当日为求我救你，不惜向我下跪。你在他心目中一定极重要了。"便安慰道："高琼应该不是禁军，本朝为防禁军风气娇化，严禁军士大酒大肉。军营更是执行严格的夜禁，一旦入夜，就要封闭营门点卯。像高琼这样时常到樊楼饮酒，是禁军军士不可想象的。"

唐晓英叹了口气，道："先不提高唐的事。当日我认出高琼后，矛盾之极，我既然收了阿图的钱，答应要替他办事，当然要做到，可那人又是丽华姊姊喜欢的男人，到最后一刻，我还是下不了手。出来浚仪县廨后，我看到阿图正站在那里等我，自知失信理亏，被人强行带上马车后，也不敢出声呼救，直到车中人取出绳索将我双手绑起来才意识到不妙，可惜已经迟了……"

她的思绪又缥缈起来，陷入了痛苦的回忆中——在那辆马车中，她被人缚住手脚，蒙住双眼，堵住嘴巴，像货物般装进麻袋中。她只能蜷缩在袋子里面发抖，恐惧地等待即将到来的命运。走了好几条街道，车子忽然停下来，有人将她连人带麻袋拎入一间屋子放下，然后关门离去。她努力想挣脱绳索，却是徒劳无功。不知道过了多久，终于有人举灯进来，将她放出麻袋，取下蒙住眼睛的黑布，却是阿图，笑道："我可是想骑你这匹烈马已经很久了，如今你这个火爆娘子还不是落在我手里？"将她抱到床上，解开脚上绳索，扯烂衣衫，奸污了她。发现她尚是处子之身后，兴奋不已，更加肆意轻薄。她双手被缚，无力抗拒，喊也喊不出来，只能泪流满面，任其折腾。阿图玩弄得心满意足后，取过绳索，将她头发和双脚缠住，缚在床柱上，摆布得她动弹不得，这才拉过被子盖好她身子，恋恋不舍地离去。又不知道过了多久，阿图忽然急匆匆回来，将她从床上解下来，预备重新塞入麻袋中。她光着身子，又羞又辱，使劲挣扎，不肯就范，却被阿图打晕了过去。再醒来时只觉得身子晃晃悠悠，又听到水声，似是在船上。正以为自己要被阿图沉入汴河灭口，却听到他跟人低声交谈，才知道自己要被卖去鬼樊楼为娼妓，当即吓得魂飞魄散，使劲挣扎。有人解开麻袋，上来两名大汉，执住她手臂令她站好。一名看似头领模样的人走过来像挑选商品一般往她身上摸过一遍，

很是满意，点了点头。阿图便连声道谢道："谢谢头领。"忙不迭地往上面船板去了。那头领道："这货色不错，你们先好好享受一番，再去办事。"便有人用黑布蒙住她双眼，将她放倒在地，几人轮流上阵奸淫。她只觉得脑袋燥热得发烧，下体刺痛不止，昏过去又醒过来，浑然不知道身处何处。等到再回过神来，已有人松了绑缚，将衣服披在她身上，大声问她姓名住址。她也不知道如何回答，后来听到有人提到要送她回樊楼，她才略微清醒过来，随口说出了张咏的姓名和住址。

她确实不想再多提这段屈辱往事，便只大致说了被阿图带去船上卖入鬼樊楼。张咏道："这么说，汴京确实有座鬼樊楼存在了。你在船上见过那负责接应的头领，可记得他的样子？"唐晓英道："到死我也不会忘记他的脸。"

正巧寇准和潘阆回来，闻讯忙赶过来。寇准听说经过，忙道："潘大哥不但医术高明，而且擅长丹青，英娘只需详细描述那头领特征，他便能画出他的样貌来。"张咏大是惊奇，道："原来小潘还有这本事。"潘阆道："嗯。"

众人便在房内桌案上摆好笔墨，唐晓英一边描述，潘阆一边画出大致样子，再拿给她看后修正不符之处。如此反复几次，唐晓英终于点点头，道："就是他。潘郎丹青妙笔，当真跟他本人一模一样。"

寇准一看即道："呀，我见过这个人。"原来唐晓英所描述的那个负责鬼樊楼接应的头领，正是寇准在浚仪县廨前见过的称有消息能救张咏的汉子。

张咏道："你在哪里见过他？"寇准道："唉，我不能说。我当日答应过这个人，不能泄露他对我所说的话，日后也不能追查他的姓名。"

潘阆道："对坏人还要讲什么道义？这可是关系两名妇女被劫的案子。"寇准却坚持不肯说。张咏道："寇老西既答应了对方，无论好人坏人都要守信。走，咱们出去说话，让英娘好好歇息。"

唐晓英问道："我往狱中送毒酒，多半要惹下麻烦，会连累几位郎君吗？"她不知道囚禁高琼的牢房一直有人监视，自己早被官府通缉，还以为事情没有败露。张咏也不点破，只道："没事的，有事自有我承担，英娘不必忧心，好生养息便是。”

出来厅堂坐下，张咏大致说了昨日之事，道：“照眼下的情形看来，阿图是用英娘作交换，躲进了传说中的鬼樊楼。要追到他，只能从那接应头领下手。”

潘阆道：“寇准跟他当面交谈过，知道的事情最多，可偏偏不能说出来。”张咏道：“那么寇老西好好想想，能不能从现有的线索推测出那头领身份，如此便不算违背诺言。”

寇准心道：“那人既是头领，当然不是他自己声称的中间人，一定是他本人有线索能救张咏。张大哥最后脱罪，是因为老仵作宋科指出了王彦升尸首中毒的症状，紧接着向、潘二位大哥又从小牛市集捉回了真正的凶手聂保，这两件无论哪件都能为张大哥洗清嫌疑。那么那头领到底知道的是哪件？”苦苦思索不已。

正好向敏中赶来，告知一件再巧不过的事情：原来向父向瑀精通棋艺，在汴京很有名气。向敏中找来封丘门老兵卒游老公时，正遇到欧阳赞陪同妻子妙观来找向瑀比试棋艺。游老公一眼就认出欧阳赞的身形、相貌都酷似当日的聂保，证实了众人先前的推断——那被黥面的聂保是个假的替死鬼。

寇准心道：“聂保一方错综复杂，就算欧阳赞是杀死王彦升的真凶，可他新来开封，那头领不会知道他底细，那么就只剩了老仵作宋科这边的物证了。宋科是唯一知道王彦升尸首毒状有异的人，按照律法，这等关键证据要立即上报，可他偏偏先将这证据告诉了那头领，那头领便赶来要挟我。”蓦然眼前一亮，道：“那头领一定认得老仵作宋科，而且是他身边极亲信的人。”

张咏道：“你是说那头领从宋科那里知道了王彦升尸首的异状，所以赶来要挟你？”寇准笑道：“这是你自己猜到的，可不是我说出来的。”

张咏道：“这可说不通，那头领若不能阻止宋老公上报证据，要挟你有何用？况且是宋老公向开封府举出新的物证是在向兄带着凶手回来之前，也就是说，即使没有那个假聂保承认杀人，我也一样能够脱罪。宋老公于我可是有大恩。”

潘阆道：“我倒觉得若不是我和向兄带回了一个自称凶手的假聂保，宋科未必会轻易上报证据。”

张咏道：“啊，小潘竟然怀疑宋老公！”向敏中道：“我同意潘阆的看法，宋科确实可疑。”

张咏可以不重视潘阆的话，却不能不信向敏中，忙问道：“向兄何出此言？”向敏中道：“这画像上的男子是专门接应重犯藏进鬼樊楼的头领，决计不是什么冒失之人，怎么可能在无法控制宋科上报证据的情况下就跑来找寇准谈条件呢？我猜他一定是事先知道我和潘阆找到了凶手，所以才通知宋科抢先将证据上报，这样显得宋科于张兄有恩，将来再求回报。”

寇准也道：“从时间上推算也说得过去，宋科刚刚举证，向大哥和潘大哥就带着凶手回来浚仪县廨了。”

向敏中道：“还有刘昌之女刘念一案，若不是她机智呼救，就跟英娘一道被带去了鬼樊楼。刘念被绑显然是针对刘昌本人，他昨日凑巧去浚仪县狱盘问狱卒，还拘禁了宋科的儿子宋行宋典狱，意图严刑拷打。结果当晚刘念就被人绑走，这决计不是巧合。”

张咏却是难以相信，连声道：“不可能，不可能，这只是你们三个的推测而已。”向敏中道：“宋科于张兄有恩，张兄不愿意怀疑他，也是人之常情。那么这画上头领的线索就由我来追查，张兄不必再理会。”

张咏赌气道：“那正好，我这就去逮欧阳赞。”向敏中道：“眼下还不是时候，我们还不知道他有什么图谋。不如请张兄辛苦一趟进宫，先将详细经过报给官家知道，听官家断处。”张咏思索一番，道：“也好。”

潘阆奇道：“你们又见过官家了？”向敏中道：“嗯，昨晚樊楼又出了一件案子，官家特赐铜符，命我二人查清楚。”拿起那张头领的画像看了一下，道：“潘兄，我还想请你帮个忙。”

当即密语一番，与潘阆出来寻到坊正王仓，三人一道来求见被软禁在汴阳坊中的南唐使者李从善。

李从善虽是南唐国主李煜亲弟，贵为郑王，如今不过是个仰人鼻息的被扣人质，跟阶下囚无异。闻听坊正到来，立即迎下阶来，问道："王老公可有寻到我从人的下落？"王仓道："还没有。这二位官人正是为此事而来。大王放心，他们是小侄的朋友，并不是官府的人，只想帮上忙。"李从善道："甚好。"

向敏中便请李从善细细描述两名失踪随从的相貌，由潘阆绘出画像来。再到开封府问明宋科住址，寻到他家，问道："当日博浪沙被杀强盗的尸首送到浚仪县后，老公当验过他们的尸首了？"宋科道："当然。"

向敏中便将两名随从画像取出来，问道："内中可有这两人？"宋科仔细看过一番，道："有。向郎从哪里得来的画像？"向敏中道："这是潘兄画的。"宋科道："不错，这两人就是其中的两名强盗。"

向敏中忙道谢告辞。潘阆道："向兄如何不将那头领画像拿给宋科看？莫非向兄不愿意打草惊蛇？"向敏中道："正是。这鬼樊楼危害不小，我们要找到其楼位置，非得要着落在宋科身上。放心，我已经请开封府派人监视他。走，我们去开封府找程判官，告诉他博浪沙的刺客是南唐所派，请他立即派人拘捕李从善及其随从拷问其余同党下落，这样昨晚樊知古一案的凶手也能找到了。"

潘阆道："向兄认定刺客是南唐所派？"向敏中道："难道不是吗？两名死者是李从善的随从，这可是铁证。他虽然派人烧毁了尸首，可有宋科作证，还有当日运尸首回来开封的吏卒和禁军军士作旁证，他难以否认，万难逃罪。"

潘阆冷笑道："亏得向兄是个精细人，你可上大当了！"向敏中道："什么大当？"潘阆道："当日博浪沙血战，我和寇准还有王嗣宗都站在高处，看得一清二楚，刺客有二十余名，怎么可能偏偏死的就是这两人？这两人既是李从善的心腹随从，当是首领才对，怎么可能同时死在格杀中？"

向敏中"啊"了一声，忙回头来找宋科，道："老公请再好好想想，那三名强盗是怎么死的？"宋科莫名其妙道："能是怎么死的？都是被刀或是利刃杀死的。”

向敏中道：“噢，我的意思是造成他们致命的伤口是什么样的？”宋科道：“有两人是背后中刀，一人是胸前中刀。就是郎君画像这两人，都是背后中刀。”

潘阆道：“刀口可是一道大口子？”宋科摇头道：“不是大口子，很窄的一条刀缝，应该是直手插入，一刀致命。”

背后中刀，当是在近身搏斗时后背露出破绽，或是不敌对手转身奔逃时，为敌人趁隙而入。但无论哪种情况，举刀砍劈后背都是最有效的致命招式。这二人伤口不符合任一种情况，身上又无防御伤口，应该是被人从容从背后捅死，他们当时必然已被人制伏或是绑住，完全丧失了反抗能力。若是进一步深入调查，相信能从当日在场的人口中得知尸首一定是在芦苇丛中发现的。既如此，就能肯定是有人要利用二人是李从善随从的身份将刺杀事件嫁祸南唐了。

之前被活捉的刺客高琼招供是受契丹指使，已由种种蛛丝马迹被张咏识破。若不是张咏认出了他肩头高氏刺青，他大概会直接招认受南唐指使，之所以供认幕后使者是契丹，不过是顺势而为，更容易取信审问官员，因为他早知道浚仪县敛尸房中有两具尸首是南唐郑王李从善的随从，事情早晚还是要落到南唐头上。可惜偏偏敛尸房失火，烧掉了尸首，失去了引向南唐的关键证据。高琼若没有被人救走，下面就该改口招供是南唐所派。

照此推测，刺客既不是契丹指使，又不是辽国所派，当然更不可能是北汉自己人，剩下的就只有一种可能——大宋，高琼是宋人，是大宋朝廷派出的刺客。这可是一个相当可惊可怖的结论，令明白究竟的向敏中和潘阆都不敢张口说出来。

离开宋科家老远，潘阆才道：“原来朝廷真正要用兵的是南唐。”向敏中道：“嗯。”

二人都知道嫁祸南唐不为别的，只是要为大宋找一个出兵的借口。近年来南唐俯首称臣不断用财物谄媚讨好大宋，极尽谦卑之能事，要出师讨伐这样一个服服帖帖的臣子，还真有些抹不开情面。只是，这一招未免有些太不光明正大了。万一被北汉发现真相，媾和就此泡汤，说不定两国还要兵戎相见。

向敏中心中却还是有些疑惑，暗道："到底是谁在浚仪县放火？他烧毁三具尸首，自然是为了保护南唐，他也一定是南唐一方的人。原以为放火和劫狱是同一伙人所为，现在看来只是巧合。又是谁救走了高琼？若是朝廷派人救他，可他一直将我们视线引在契丹上，还没有牵连出南唐来，他还没有起到应有的作用，救他岂不是太仓促草率了？即使在意高琼，以朝廷的能力，将来有大把的机会能从容救他出来，譬如转押途中、行刑场上，甚至偷梁换柱也并非不可能，何须费人费力挖地道呢？一定还有另一方势力，而且在高琼身上有重大图谋，才会冒这么大风险。呀，该不会是南唐已然觉察到博浪沙行刺是大宋嫁祸南唐的阴谋，所以决意弄清缘由，一边派人放火毁灭证据，一边挖地道救走了高琼，然后对他严刑拷打，逼问出事实真相？"重新思索一遍，感到这才是所有疑点的合理解释。忙道："潘兄，我们须得立即进宫，将所有事情禀告官家。"

潘阆道："你是去禀告官家，还是去质问官家，想死吗？"向敏中道："我知道我们该绝口不提这件案子。可如果是南唐劫走了高琼，他们一定会将真相告知北汉使者的，如此一来，南、北均对大宋不利，后果难以预料。"

潘阆道："不行，这件事事关重大，须得与寇准、张咏商议后再做决定。你该知道，这不是你一个人掉脑袋的事，万一官家决意杀你灭口，我、寇准、张咏也活不过明天。"

向敏中回忆自己两度与皇帝相遇，先后赐给信物和铜符，显是对自己十分信任，不由得摇头道："官家是忠厚长者，我不信他会这么做。"潘阆道："哈，忠厚长者能得天下吗？后周君臣还不信他会在陈桥驿黄袍加身呢，天下人还不信他会害死誓言不加害的柴宗训呢。"

向敏中知道潘阆是指后周最后一任皇帝柴宗训的暴毙。柴宗训被迫禅位给赵匡胤后，取消尊号，改称郑王，先居住在天清寺，后被迁往房州[1]软禁，房州知州则是赵匡胤心腹辛文悦，十余年如一日，从不调任。去年柴宗训蓦然去世，年仅二十岁，辛文悦称其是病死，然而明眼人都知道他是在为皇帝除去一块“心病”。因为就在同月，为大将潘美收养的柴宗训之弟柴熙谨也莫名“病死”。这样，后周世宗柴荣后人除了早不知所终的第五子柴熙让外，就只剩了第七子柴熙诲。当初赵匡胤登基时已授意手下杀死柴熙谨、柴熙诲兄弟，是后周开国上将军卢琰拼死谏阻，道：“尧舜授受不废丹朱、商均，今陛下受周禅，怎得不存活其后人？”赵匡胤环顾诸将，大多赞成斩草除根，只有大将潘美以手捏殿柱，垂头不语。赵匡胤便特意问他道：“你也认为不能杀这两个孩子吗？”潘美道：“臣岂敢认为不能？只不过感到于理不合。”赵匡胤这才收回成命，由潘美收养了柴熙谨、卢琰收养了柴熙诲。但不久后卢琰即留下一封书信给新皇帝，表示自己是后周重臣，义不臣宋，带着柴熙诲消失在茫茫人海中。

京师历来是朝野是非、流言闲话最多之地，尤其是像柴宗训这类废帝的命运更是引人瞩目，说法极多。一种说法是有人持假玉玺、假公文到房州，意图营救柴宗训，结果被知州辛文悦识破，大宋官家为翦除后患，不得不痛下杀手。据说柴宗训临死前高叫道：“我死之日，当是柴氏复仇之时。”此话经武当道士之口传出，想来并非空穴来风。

向敏中在汴京长大，早有耳闻，虽惊奇潘阆不大尊敬官家的口气，却也只是冷然不语，半晌才道：“潘兄说得不错，这件事太过重大，不该由我一个人来决定，咱们这就回去汴阳坊，与寇准、张咏一道商议。”

潘阆道：“还有一件事，我越想越是可疑，那就是昨晚樊知古在樊楼遇刺一案，这件事似乎是有人故意为之。”

向敏中道：“此话怎讲？”潘阆道：“樊知古是南唐叛民……不好意思，我不该用叛民的字眼，他北上大宋也算是弃暗投明了。不过他一旦被杀，南唐肯定是首要嫌疑犯。博浪沙的案子动静已经足够大，连官家都惊动了，又有那么多人为的假证据，如南唐郑王随从的尸首等，追查

[1] 房州：今湖北房县，地处武当山。

到南唐身上是早晚的事。当此节骨眼儿，南唐正该避之不及，全力摆脱嫌疑，怎么可能还派人去行刺樊知古？这不是有意引火烧身吗？”

向敏中幡然醒悟，道：“潘兄说得极有道理。高琼越狱、刺客尸首被焚毁后，没有了能将南唐和博浪杀行刺一案联系起来的实证，所以又有人刻意行刺樊知古，将大伙儿的视线往南唐一方引去。”潘阆道：“不错，一定是朝廷……不，我还是改口说高琼的同党好了，行刺樊知古的一定就是高琼的同党。”

向敏中道：“可官家为何又命我和张咏暗中调查樊知古一案呢？官家甚至认为樊知古遇刺跟王彦升一案有关联。若果真是朝廷所为，令开封府公然出面调查岂不是更好？”潘阆道：“这才正是官家的高明之处。若是由官署公然调查，南唐深知自己嫌疑最大，惶恐难安，又无力辩解，这件事将成为大宋讨伐南唐的借口，少不得要做些军事上的准备，那么宋军南下时就多了一分阻力。可是不派人调查，又不能安抚樊知古。凑巧你向兄连破王全斌自杀案、王彦升中毒案，已是声名鹊起，官家让你出来调查，装装样子，对樊知古也是一个交代。”

向敏中亦觉有理，心道：“莫非官家信不过我，料想我不可能查到真相？也是，若不是潘阆当日凑巧在博浪沙目睹行刺经过，人又机智，我又怎会想到向仵作宋科查验死亡刺客伤口、从而追查到朝廷头上？寇准刚直，张咏忠义，更不会往朝廷头上怀疑。这件事全亏潘阆提醒。”

潘阆忽捧着肚子叫道：“忙碌了大半天，实在是太饿了。咱们先去吃点东西如何？”向敏中道：“好。这一带饭馆、酒肆甚多，潘兄想吃点什么？”

原来汴京会聚天下俊杰，饮食风格也多样化。开封的菜系大致分为北食、南食、川饭三类，北食多酸，南食多盐，川饭多辣，而东京城市人食淡，四周村落则好食甘，正是不同地域不同口味的体现。

潘阆听说，忙笑道：“川饭，川饭好，顶好是最地道的川饭馆子。”

二人遂寻来相国寺桥边码头的一家名叫“锦江春”的川饭馆。名字虽然光鲜亮堂，饭堂也足够大，却充满一股污秽阴暗之气，很多麻袋随意堆在角落里，随着人来人往的匆匆脚步，斑驳陆离的墙面上不时浮起一阵尘土来。

向敏中忙解释道："别看这家馆子污浊不堪，却是蜀人开的，川饭最地道，价格也便宜，大凡来京师的蜀人，吃不惯中州饭食，都要来这里。"

潘阆往饭馆里一看，果见馆子里食客坐得满满当当，大多是操着蜀音的行商、脚夫等，有密密交谈的，有高声叫嚷的，酒气中夹杂着一股汗味，好不热闹。

向敏中又道："相国寺桥太过低平，无法让舟船通过，这里的码头是汴河西进东京的最后一站，因而纤夫、脚夫之类的格外多，不过潘兄既指名要吃最地道的川饭，少不得要将就点。"潘阆笑道："好极了，要的就是种市井味道。"

二人往靠近门边的一张空桌坐下，叫了好几遍，才有伙计上来招呼，向敏中遂请潘阆点了几样菜。伙计道："今日人多不说，店里最好的两名厨子又被召进大内皇宫了，客官怕是要多等一会儿。"

潘阆大奇，道："锦江春竟有这样的名气，连皇宫都要征用你们的厨子？"伙计道："也不全是啦，不过是小店川饭做得地道，宫里的花蕊夫人爱吃家乡饭菜，所以常常会派人来小店买酒菜回宫。不过只有花蕊夫人要在宫中置办宴席的时候，才会临时召厨子进宫做菜。"

伙计口中的花蕊夫人，即后蜀国主孟昶宠妃费氏——冰肌玉骨，艳绝尘寰，又精通诗词，才貌兼备，是天下有名的美人。大宋灭后蜀后，孟昶与花蕊夫人都被俘虏，押送到汴京朝见太祖皇帝。献俘当日，京师官民倾城而出，人山人海，挤满御街两旁，所有人的目光都在花蕊夫人身上。虽然她只穿着代表囚犯身份的贴身白衣，不施脂粉，但绝世的容貌仍然深深震撼了众人，尤其那份亡国的哀戚，那份被千百万民众围观的屈辱，更为她平添了一种令人心动的楚楚风致。她的眼睛那么明净澄澈，如一潭湖水，照亮了整个开封。她又是那么迷离脆弱，似一朵小花，不得不以纤弱的身躯来承担风风雨雨。无数人称赞她的千娇百媚，无数人关心她未来的命运，更有无数人望美人而兴叹。宣德门献俘后，大宋官家赵匡胤当场赦免孟昶死罪，封其为秦国公，其妃费氏为秦国夫人。然而七天后，孟昶暴死，花蕊夫人被接入大内，由亡国之妃摇身变为官家的新宠，由此引来无数热议。第二任皇后王氏死后，赵匡胤甚至一度要立花蕊夫人为皇后，还是宰相赵普以“亡国之物不祥”为由加以劝阻才罢休，另选邢国公宋偓之长女宋氏进宫，立为皇后。

潘阆听说，不由得很是感慨，道：“后蜀灭亡九年，花蕊夫人进宫也有九年，她仍然念念不忘家乡风味，想来是个十分恋旧的女子了。”

等了好大一会儿，饭菜才陆陆续续端上来，辣得二人嘘声连连，满头大汗。吃完饭出来饭馆时，竟发现衣衫已全部湿透了。

向、潘二人回来汴阳坊，张咏已经回来，甚是沮丧，告知二人道：“官家亲口告知，欧阳赞决计动不得，谕令我们几个不得再追查王彦升一案。”

向敏中大奇，问道：“这是为何缘故？”寇准道：“莫非官家自己内心有愧，觉得对不起聂平，之前他不也赦免了假聂保的死罪吗？”潘阆道：“你觉得那是赦免吗？将一个好端端的男子刺成人不人、鬼不鬼的样子，罚去守城门，让千百人指点围观，宁可被处斩弃市，也好过受这份活罪。”

张咏道：“我也问起缘由，但官家说事关军国大事，非我等所能参与。”潘阆冷笑道：“终于扯上军国大事了。向兄，你快将咱们今日发现的大事告诉他们二位。”

向敏中便说了两名死亡刺客正是南唐郑王李从善的随从，以及后来种种惊人的发现，道：“如今这件事只有我们四个知道。我因担心劫走高琼的人有重大图谋，本待马上进宫将所有一切禀告官家，但潘兄觉得不妥，所以我想跟几位商议过后再决定。”

张咏和寇准面面相觑，不愿意相信博浪沙行刺事件背后的主谋竟是大宋，然而证据就在眼前，却又不得不信。

潘阆道：“我本就不赞成向兄揭明博浪沙，眼下官家又不准我们追查欧阳赞，更是不能再去禀告官家了。”向敏中道：“好，我同意潘兄之意，暂时不揭破此事。不过潘兄是认为欧阳赞也跟博浪沙一案有关吗？”

潘阆道：“欧阳赞带着一大群人紧随在李稍车队的后面，你们认为是巧合吗？”张咏道：“官家已经向我说明，李稍员外是受朝廷之命带商队掩护北汉使者，因为北汉畏惧契丹，在与大宋达成协议前，不想让媾和消息外泄。”

潘阆道：“官家这般安排决计没错，既高明又安全，当然咱们说这话要暂且忽略行刺一事。李稍并无可疑，这人是个精明至极的商人，不会多问任何分外之事，所以朝廷才会挑中他。再说欧阳赞的来历，眼下我们已经能肯定欧阳赞就是真正的聂保，是他暗中下毒杀了王彦升，但这对他应该只是意外事件，他原先并不知道会在小牛市集遇到仇人王彦升。”

张咏道：“这不可能。欧阳赞如果不是早有预谋，又临时上哪里去找乌头毒药？”潘阆道：“这就愈发证明欧阳赞有大图谋，行囊中早备有乌头毒药，为阻止我们追查，甚至不惜交出冒充自己身份的假凶手。”

张咏道：“我已经向官家再三强调欧阳赞有大图谋，但他只是不听。当时我差点儿就以为欧阳赞是朝廷的人，可一想也不对，他若是朝廷的人，又怎么会杀王彦升呢？”

潘阆道：“欧阳赞的身份不难推测，他应该是真正的北汉使者。试想他若不是先跟张咏缠斗，后来又因王彦升而受阻，他应该能与李稍前后脚到达博浪沙。”张咏道：“如果欧阳赞是真正的北汉使者，倒能解释官家为何不让我们再追查王彦升一案。可既然北汉想低调行事，大宋也因此出动李稍员外的商队作为掩护，他如何又要单独带一大队人马跟在后面呢？这不是欲盖弥彰吗？”

向敏中道：“这确实是个疑点。不如我们再去樊楼，向李稍员外打听商队一路南下的情形。就算他不知道欧阳赞的身份，也该留意到车后有这么大一队人马。”潘阆道：“李稍太老道，不如由张咏直接去问他女儿李雪梅更好。”

寇准忽道：“我不赞成压住这件事。既然已经有证据证明刺客是大宋所派，我们应该当面向官家问个清楚。”潘阆道：“我跟向兄都不赞成这么做。张咏，你呢？”

张咏迟疑道：“我其实是赞成寇准的，不过这样就是二对二的局面。这件事太过重大，只要有一个人反对，我们便不能揭穿。所以，我还是站到你们这边的好。”寇准遂无话可说。

张咏独自来樊楼找到李雪梅，问起欧阳赞一行的情形。

李雪梅道：“张郎指的是那对爱下棋的夫妇吗？我们在澶州[1]遇到过他们，同行过一段，我们商队车多货多，所以他们很快领先我们，但一路关卡下来，我们又超过了他们许多。”

张咏心道：“啊，欧阳赞人马虽多，却是轻装简行，脚力当远远超过李稍一行，只是他们要接受沿途关卡检查，而李稍车队则有大宋地方官暗中接送，一路通行无阻，所以慢慢累积下来，他们反而落在后面许多。如此看来，这欧阳赞根本不是什么北汉使者。既然如此，官家为何又要全力庇护他呢？”他心中有事，不及与李雪梅多谈，便道谢告辞。

李雪梅问道：“张郎可有唐晓英的消息？”张咏住的是李稍的宅子，服侍的女使也是对方所派，料来难以瞒过，只得讪讪答道：“英娘为人所救，眼下正藏在我住处。”李雪梅也不惊异张咏为何窝藏开封府通缉的要犯，只点点头，道：“我改日再去看她。”

张咏大喜道：“多谢娘子。”李雪梅奇道：“多谢我做什么？”张咏笑道：“谢谢娘子不会去开封府告发我窝藏重犯。”

李雪梅叹道：“唐晓英也是为阿图所逼，阿图又是家父的小厮，论起来樊楼也有干系，有什么谢不谢的。”

出来樊楼时，正遇到欧阳赞的几名奴仆进来饮酒，那几人之前曾在小牛市集与张咏冲突交过手，相互认得。张咏见对方故意扭转头不理睬自己，心头有气，也不打招呼。忽无意中瞥见一人腰间各围着一根鲜红

[1] 澶州：今河南濮阳附近。后来宋真宗即在此处与辽军谈和，签订了著名的屈辱性条约“澶渊之盟”。

色腰带，衬着缠枝牡丹纹的金饰扣带，腰带上还挂着一根蹀躞带[1]，上面挂着指小刀、火石、针筒等物件。愣得一愣，忙赶回汴阳坊，告知同伴道："欧阳赞那一伙人是辽国契丹人。"

寇准道："张大哥如此判断，是因为欧阳夫人是契丹人吗？"张咏道："不是因为这个。我刚才遇到欧阳赞的几名随从，内有一人围着徐吕皮腰带，是用回纥野马皮揉以卤砂制作而成，因野马难得，所以是契丹最上等的腰带。那人穿的靴子也是红虎皮靴子，当然不是红色老虎的皮，而是回纥的一种獐皮。在契丹，只有达官贵人才穿得起。而且他佩戴着蹀躞，这也是契丹男子的习惯。"

潘阆道："我也曾经到过辽国，徐吕皮、红虎皮确实都是稀奇之物，大宋与契丹不通往来，所以中原更是罕见。如果这些人当真是契丹人，那么欧阳赞也早已投靠辽国，难道官家庇护他是因为这一点吗？"

寇准道："这怎么可能？官家即位之初，已放言称契丹是我朝大敌。大宋跟辽国虽无交战，不过是因为中间隔了北汉的缘故，北汉一灭，两国必然开战。"

张咏是个急性子，道："我们何必在这儿猜来猜去，不如直接去问官家，看他是不是知道欧阳赞是契丹人？又为什么要庇护他？"

正说着，内侍行首王继恩赶来，告知四人道："官家命我来告知几位，须得全力追查樊知古遇刺一案，不得再将心思用到别的案子上。"

潘阆忍不住道："别的案子是指王彦升被契丹人杀死一案吗？"王继恩吃了一惊，道："你们都知道了？难怪官家说你们几个不容小觑。"

张咏道："官家既已知道欧阳赞是杀死王彦升相公的真凶，又是辽国派来开封的奸细，为何还要庇护他？"王继恩沉吟片刻，道："既然你们已经查到这个地步，我也不妨直言，欧阳赞不是辽国派来开封的奸细，而是来与大宋议和的使者。"

张咏道："啊，北汉瞒着辽国与大宋媾和，辽国也同时派使者来议和，

---

[1] 蹀躞（dié xiè）：北方契丹男子流行佩戴在革带上的一种小带子，上面用来挂常用物件。蹀躞带上装饰的质料和数目的多少，代表主人身份的高低。

天下哪有这么巧的事？”王继恩道：“不仅你们意外，当欧阳赞主动表露身份时，官家以及知情的官员都吃了一惊。但无论如何，这是件好事。所以官家命你们不可以再追查欧阳赞，而是要查清樊知古遇刺的案子。”

潘阆冷冷道：“官家是想尽快听到樊知古遇刺跟南唐有关吗？”王继恩愕然反问道：“难道不是南唐所为吗？”

寇准正要如实回答，向敏中重重咳嗽一声，道：“我们已经查到是高琼的同伙下的手。如今高琼是解开案子的关键，只要追捕到他，一切都能水落石出。”王继恩道：“高琼一伙先后在我大宋境内刺杀北汉使者及南唐降臣，可谓穷凶极恶，官家准你们调动三衙禁军全力缉捕。”

向敏中道：“遵旨。请大官转告官家，我等定当尽力追查高琼下落。”王继恩这才满意地点点头。

送走王继恩，寇准皱眉道：“如今咱们要去哪里找高琼？开封府、排岸司均已出尽全力搜索，却无任何踪迹。”向敏中道：“朝廷跟北汉、契丹同时媾和，更急需借口，好对南唐用兵。官家在意的不是高琼，而是那些劫走高琼的人，万一到用兵的关键时刻，南唐突然推出高琼来，将真相公之于众，那么之前朝廷的所有努力都付诸流水了。”

张咏道：“不仅如此，北汉知道刺客其实是宋人，也会迁怒大宋，和谈破裂不说，还要兵戎相见。所以我们不能让对方得逞，必须得抢在南唐前头救出高琼。”

潘阆道：“如果真的是南唐劫走高琼，为何对面的李从善到现在迟迟不见任何动静？反倒是咱们这边多了好些个鬼鬼祟祟的闲汉。”寇准道：“潘大哥是说有人在暗中监视我们？”潘阆道：“你不相信吗？”

张咏自告奋勇地道：“我去翻上墙头看看。”片刻后又匆匆回来，道：“果真如此。也不知道是些什么人。”向敏中道：“不用去管这些人。张兄说得对，我们必须尽快找到高琼。他如今已经不仅是牵涉进行刺一案，而且事关几国邦交。”

潘阆道：“门外那些人大概也是想跟着我们找到高琼，好杀他灭口。真到了那个时候，我们是要救他，好弄清一切真相，还是任凭他被杀死？”

众人一时无语，心中反复自问，到底该如何抉择。高琼不但不是一个坏人，而且是大宋的勇士，他仅仅是奉命行事，还在被捕后以惊人的意志抵挡住拷打，以完成自己的使命。而今他虽被人救走，面临的必然是更可怕的酷刑，那些人为了从他口中得到真相，定会穷尽一切手段。而真相会令大宋陷入危机，这一点，高琼清楚，张咏、向敏中几人都清楚。

那么，高琼人到底去了哪里？他还能活多久？

第六章

惊天秘密

秦国统一中国后，和氏璧最终落入秦始皇嬴政之手。秦始皇命人将这块玉璧琢成玉玺，宰相李斯亲书八字鸟虫状篆书印文：『受命于天，既寿永昌。』自雕成之日起，这块玉玺便作为『皇权神授、正统合法』之信物，被隆重供奉在咸阳皇宫的符节台上，号称传国之宝、国之重器，成为中国至高无上皇权的象征。

却说清明节当晚高琼被人神奇救出浚仪县狱，一出地道口，便有人抢上来往他头上套了一个厚厚的黑布套，令他无法看清周围情形。那些蒙面劫狱者摸进牢房时，只取出早已准备好的钥匙打开锁住他脖子的颈钳，并未去掉手铐脚镣，显是惧他身怀武艺会趁机反抗逃走，他已猜到这些人来意不善，只是任凭摆布，一言不发。

有人上前扯下他衣服，似在查看他肩头刺青，随即拍了拍手，又有人执住他手臂，微微掀起头套，举起一杯东西往他嘴中递来。他闻见酒气，知道酒中一定下了迷药，坚持不肯饮下，只道："你们既从狱中救了我，总算是我的救命恩人，我决计不会出声呼叫，既连累你们，也害了我自己。"有人冷笑道："这里可轮不到你发话。"

又上来两人动手，抬高下巴，捏紧鼻子，迫他张大嘴唇，灌下了那杯药酒。他只觉得胸口一热，头开始晕眩发昏，依稀感到有人打开了手铐，被禁锢多日的双手终于得到了自由。他含含糊糊地道："你们……你们是……"话音未落，便不省人事。

只觉得全身晃晃悠悠，酥软无力，如在云端。再醒来时，却是红烛高照，异香扑鼻，陷身在锦绣软褥中，身了早被擦洗得干干净净，换上了新衣裳。一名身穿纱衣的绝色女子正坐在床头，用木梳梳理他的头发，一丝一缕，极其细心。

高琼一愣，坐起来问道："这是什么地方？"女子抿嘴笑道："高郎自己难道不知道吗？"高琼道："啊，该不会是……"他是盗贼出身，常年被官府追捕，对人有本能的警觉，忽然瞟到床边帷幔闪动，蓦然意识到什么，及时住了口，推开那女子的手，冷笑道："你们不必用美人计来套我的话。还是出来吧。"

帷幔后果然还站着一人，闻声笑道："高郎好警觉的性子，既然如此，也没有法子了。"似不愿意高琼看到自己的脸，举袖遮住面容，疾步走出了房去。片刻后闯进来几名高大的蒙面男子，将高琼从床上拖下来，反手缚住，又用黑布套套住脑袋，带出房间。

高琼药力未过，全身酸软，无力抵抗，被人拖着走了长长一段路，按在一张椅子中坐下。四周灯光闪动，影影绰绰有不少人影，但却无人出声，似在等待什么重要人物到来。

等了小半个时辰，一阵脚步声纷沓而至，有几个人走进房来。高琼隐约觉得一人来到面前站定，当即问道："你们是谁？这里是什么地方？"面前那人森然道："我花费这么大力气将你救出大牢，你怎么没有丝毫感激之意？"听声音年纪已然很大，似有五六十岁，虽然老迈，却有一股凛人的威严。

高琼道："多谢。敢问阁下高姓大名？"

那老者也不答话，只哼了一声，当即有人上来扯开高琼衣衫，露出肩膀。那老者凑上来仔细看过，道："不错，确实是渔阳高氏家族的标志，而且是自小刺上的，假不了。"

高琼道："你既然救了我，如何又要将我囚禁在这里？"那老者道："我的目的不是要救你，而是要查明真相。你不是契丹人的刺客。"高琼道："阁下不是已经看过我肩头的刺青了吗？"那老者道："不错，你是出自渔阳高氏，但我知道你不是契丹的刺客。说，是谁派你和你的同党到博浪沙行刺？"

高琼故作惊讶道："莫非这里就是开封府大堂？我是被从浚仪县转押到开封府了吗？"那老者道："这里可比开封府厉害多了。你不肯交代出幕后主使，也由得你，我也不会像开封府那般派人拷打折磨你，那不过是最低劣的手段，对付你这样的人是没有用的。但你一日不说实话，就休想离开此处，我自有办法来对付你。来人，把他关起来。"

立即有人上前提起高琼，解开绑绳，换上手铐脚镣，挟来一间囚室，取下头套，将他推了进去。他只觉得脚下一滑，险些摔倒，好不容易稳住身子，打量四周。

那是间不见天日的地牢，只有墙壁上一盏油灯跃跃闪动，牢中极为潮湿，木栅栏连成的墙面上不断渗出水来。地面也是一根一根的圆木连接而成，湿漉漉的。墙角蹲着一名二十余岁的男子，衣衫褴褛，手足均戴了粗笨的镣铐，正炯炯盯着新进来的高琼。

高琼忍不住先开口问道："你是谁？"那人问道："你又是谁？"高琼想了想，道："我叫高琼，是契丹派来刺杀北汉使者的刺客。"那人道："我叫林绛，是南唐派去与契丹联盟的使者。"

二人互相瞪视许久，忽而异口同声地道：“你骗人！”

高琼先道：“你怎么知道我骗你？”林绛道：“我奉国主之命出使契丹，用一件惊天大秘密换取契丹的军事联盟，可契丹皇帝认为南唐气数已尽，不愿意贸然出兵相助。但他们又想得到大秘密，所以扣住我拷打，带我来中原也是想找到大秘密。关我在这里的人就是契丹放在中原的奸细，你若是契丹的刺客，怎么会也被关来这里？”

高琼全然不信，道：“你不必再谎言骗我。我知道你跟张咏一样，是他们有意派来套我话的，这一套我已经受够了，休想再让我上当。”林绛道：“我骗你做什么？”撩起自己衣衫，露出累累伤痕来，道：“我已经被契丹刑囚数月，这些伤总不是假的。”

高琼蓦然认出那男子来，“啊，我见过你！你就是那马车中的男子。你……你……”

原来那林绛就是博浪沙厮杀时从马车跌出来的受伤男子，当日他乘坐的马车被脚夫劫走，北汉人驰马追赶，最后脚夫主动弃车，方才追回。高琼受伤被擒后一直被押在商队旁，对北汉人死命要追回马车的举动一清二楚，原以为那受伤男子是北汉人的首领，哪知道他竟自称是南唐的使者，还被契丹人关在这里。

高琼原以为李稍护送的商队中只有北汉使者，哪里知道还混有契丹一方的人，虽一时难以置信，然而仔细回忆后，不由慢慢意识到林绛的话很可能是真的，只有这样，才能解释一切事情——

南唐意图避开大宋与契丹结成军事盟友，一点都不稀奇，这也是南唐立国以来的策略。早在五代时期，南唐便已经与契丹联盟往来。南唐雄踞江南，地处江淮之间，辽则远属塞北，两国中隔中原地区，王朝更迭频繁，但南唐与辽一直互通友好，隐隐有远交近攻的策略。契丹曾数度派遣使者至南唐，献上马、牛、羊等方物。南唐保大元年，中主李璟即位，曾遣公乘镕由海上至契丹，以续旧好，两国使节不断。后晋时，高祖石敬瑭称臣于契丹，割让燕云十六州，并向契丹皇帝行父子之礼，自称儿皇帝，倾心依附。南唐宰相宋齐丘为从中离间，有意派刺客刺杀了出使南唐的契丹使者，令刺客被捕后自诬为后晋所派。契丹果然大为恼怒，不久后就发兵灭了后晋。这一极其高明的栽赃事件一直到宋齐丘死后才被人揭发出来。后周时，世宗柴荣对契丹与南唐相交深以为忌，有意从中破坏。一次辽国派遣使者到南唐，南唐特意为使者在清风驿举行盛大的夜宴。契丹使者酒酣之时，离席去上厕所，被后周刺客刺杀，割走首级。南唐官员久等不见使者回来，赶到厕所，才发现他已经死去多时。辽国怪罪南唐，从此断绝了往来。然而自大宋灭掉后蜀、南汉后，南唐皇帝李煜就陷入了异常的恐惧中，主动向大宋称臣——李煜不得称“皇帝”，而是称“国主”，居住的宫殿也废除了鸱吻；李煜所下谕旨，不再称“圣旨”，而是改称为“教”；中央的行政机构亦改变了称呼，如中书、门下省改为左、右内史府，尚书省改为司会府等。如此贬损制度，自然是刻意修藩臣之礼，表示不敢与大宋皇帝平起平坐之意。并且不断贡献方物献媚大宋，左支右绌，为此南唐府库力殚财竭，可是依旧不能缓解危机，因而李煜又想到了派使者与契丹结盟、利用契丹从北方牵制大宋的法子，以挽救岌岌可危的处境，这也确实是南唐唯一的出路。

林绛所称契丹对南唐的态度也符合事情。南唐一面向大宋称臣，竭力谄媚讨好，一面暗中派人与契丹重修于好，这自然让以勇力自负的契丹很是看不起。之前两批出使南唐的使者遇刺后被割去首级，其中一次还是南唐自己所为，也不是契丹所能轻易释怀。南唐占据江南，正是中原最富庶之地，大宋势在必得，契丹早已看出这点，也不愿意为这样而贸然得罪大宋——大宋立国后，契丹虽未与大宋来往，可也从未公然挑战，这种平衡是相当微妙的，一旦被打破，双方都要付出代价。当时的辽国东至于海，西至金山，暨于流沙，北至臚朐河，南至白沟，已经是一个幅员万里的大帝国[1]，征服诸部，雄视艮方，天骄踔厉，前史罕见，对于立国仅十四年的大宋来说，实在是一个不容小觑的对手，不然大宋皇帝也不会弄一个封桩库预备用金钱来赎回燕云十六州。

契丹既无意再与南唐结交，当放回使者，不过扣押使者也不罕见，

[1] 当时辽国疆域东至今鄂霍次克海，西至阿尔泰山以西沙漠地区，北至外兴安岭以北、叶塞尼河和勒拿河上游，南及今内蒙古和山西、河北北部以及朝鲜半岛北部，面积相当于北宋的两倍有余。

罕见的是扣押后还要严刑拷打，这实在是大大有违邦交原则的事。如此可见林绛所称的大秘密有多大了，大到契丹不远万里，派人押送他来大宋京师。

诚如林绛所言，契丹南来开封的目的是要得到大秘密，而北汉表面与大宋媾和并无真心，既是契丹人带林绛南下的掩护，又能窥测大宋的军政情况。对大宋而言，南、北均未平定，统一天下路途漫漫，能不战而屈人之兵当然是上上策。北汉现任皇帝跟大宋皇后本是亲戚，若是北汉主动提出媾和甚至归降，必定令大宋惊喜异常，这次指派开封首富李稍亲自率商队前去边境接应便可见重视程度，而这些正是契丹想要的——因为将林绛这样一个囚徒押来开封并不容易，沿途关卡重重，若是由北汉使者带着林绛混在商队中，不仅沿途不必接受关卡检查，还有大宋地方官一路暗中接送。如此看来，那群奇怪的脚夫不要别的货物，只要马车，为的也是马车中的林绛了。

林绛见高琼认出自己也很是惊讶，道："原来你当真是那些蒙面强盗中的一个。"随即笑道："可惜我知道你在说谎，你不是契丹人派来的。"

高琼道："你能肯定是契丹人关你在这里吗？我可不大信，如果这些人是契丹人，他们为什么要冒险从县狱中救我？若只是想洗清嫌疑，他们大可通过北汉使者出面揭破，威逼朝廷调查。"林绛道："你称朝廷了，你是宋人，对不对？"高琼哼了一声，并不回答。

林绛叹道："实话告诉你，我被从辽国上京押到北汉都城太原[1]，再由北汉边境进入中原，一路带来开封，半途逃跑过一次，又受伤被捉回，我身边昼夜不停地有契丹人和北汉人看守，你说我会弄错吗？"

他乘坐的马车被北汉人从脚夫手中追回后，车边一直有宋禁军军士，他并未呼救，这是因为南唐派使者意图与契丹结盟的事绝不能让大宋知道，而契丹、北汉也有顾忌，所以双方都不声张，就此安然无事。

高琼又仔细凝思一遍，对林绛所言再无怀疑，忙问道："那么你所知道的大秘密是什么？"林绛笑道："现下我倒怀疑你是他们派来套我的话

[1] 上京：今内蒙古巴林左旗南。太原：今山西太原。

的了。不过告诉你也无妨，反正契丹人早就知道了，那个大秘密就是传国玉玺。我知道传国玉玺的下落。”

高琼虽然早有心理准备，还是忍不住大吃了一惊，半晌才讪讪问道：“你说的是秦始皇用和氏璧琢成的那块玉玺吗？”林绛道：“当然，天下除了这块玉玺，还有哪个能当得起‘传国’二字？”

传国玉玺最初只是一块玉石，战国时期楚国人卞和在荆山[1]下发现了它，抱去献给楚厉王。玉工鉴别后却说这不过是一块普通石头，于是楚厉王以欺君之罪砍下了卞和的左脚。楚武王即位后，卞和又抱着玉石来献，却仍然被玉工鉴定为石头，楚武王又砍其右脚。楚武王死后，楚文王即位。卞和抱着玉石在楚山下痛哭了三天三夜，哭干了眼泪后又继续哭血。楚文王得知后派人去询问原因。卞和道：“我哭并不是因为被砍去了双脚，而是宝玉被当成了石头，忠贞之人被当成了欺君之徒，无罪而受刑辱。”楚文王便命人剖开这块玉石，果真见到一块稀世璞玉，遂命名为和氏之璧。卞和献玉有功，楚文王感其忠义，特赐封其为零阳侯，然卞和辞而不就，不过卞和献玉的故事从此传为千古佳话。

和氏璧最终的形状是一块平圆形中心有孔的玉器，从正面看为白色，侧面看则为碧绿色，色混青绿而玄，光彩射人。更为奇特的是，这块玉璧触手生温，不染尘埃，能在夜中发光，所以又称“夜光之璧”，成为举世公认的稀世珍宝。

自卞和献璧，从楚文王到楚宣王的大约三百多年间，和氏璧一直是归存楚国王室，世接代传，为楚国镇国之宝。楚威王时，和氏璧被赐给伐魏有功的相国昭阳。某日昭阳大宴宾客，酒酣之时，取出和氏璧供众人观看赏玩，结果和氏璧在宴席上离奇丢失。昭阳派人四处搜寻，弄得鸡飞狗跳，却是一无所获。当时鬼谷子的高徒张仪学业期满，正投奔在昭阳门下为门客。其人家境贫寒，郁郁不得志，当日又在宴席上，因而被怀疑是偷走和氏璧的首要嫌犯。昭阳命人严刑拷打张仪，张仪被打得遍体鳞伤，奄奄一息，却始终不承认偷了玉璧。后来他设法带着妻子逃

[1] 荆山：今湖北南漳巡检山区。

离楚国，来到秦国，受到秦惠文王的赏识，当上了秦国相国，连横霸秦，成为战国风云人物。

和氏璧失踪数十年后，突然在赵国都城邯郸出现，为赵国宦者令缪贤在集市上购到。不知道卖璧者是本身就不知情，还是怕惹祸上身，竟丝毫未提玉璧来历，价格也相当公道，只是普通玉璧的价钱。缪贤买回家时还不知道这就是大名鼎鼎的和氏璧，后经玉工鉴定为价值连城的和氏璧后，登时喜之若狂，爱不释手。赵惠文王得到消息后，派人向缪贤索要和氏璧，缪贤不舍得就此献出天下至宝，推托自己没有玉璧。赵惠文王趁缪贤外出打猎时，派军队冲进其家中，搜走了和氏璧。缪贤怕赵王降罪，打算逃去燕国，其门客蔺相如劝阻了他。缪贤肉袒负荆，向赵王告罪，赵王果然原谅了他。

不久后，秦国听说和氏璧在赵王手中，派人送信到赵国，提出要以十五座城池交换和氏璧。赵惠文王明知道秦国居心叵测，却畏惧秦国强大，不敢不依。正为使者人选发愁时，缪贤推荐了自己的门客蔺相如。蔺相如从此登上了政治舞台，带着和氏璧向西进入秦国国都咸阳。秦昭襄王坐在章台宫接见赵国使者，蔺相如捧着和氏璧进献。秦昭襄王非常高兴，把和氏璧传给妃嫔及左右侍从人员看。蔺相如看出秦王没有把城池交给赵国的意思，就假称璧上有瑕疵，拿回和氏璧，随即高高举过头顶，当面揭穿秦国骗璧的阴谋，并表示如果秦王强夺，他将与和氏璧同归于尽。秦昭襄王生怕蔺相如撞碎和氏璧，忙婉言道歉。蔺相如便要求秦王斋戒五天，在朝堂上安设九宾之礼，他才能献上和氏璧。秦王无奈答应，将赵国使者一行安置在广成传舍里。蔺相如料定秦王虽然答应斋戒，但必定违背信约，不会拿城换璧，就让他的随从穿着粗布衣服，怀揣和氏璧，从小道逃回赵国。五日后，蔺相如到朝堂告知和氏璧已送回赵国。秦昭襄王虽然生气，却也无可奈何，只好放蔺相如回国。此即历史上著名的完璧归赵的故事。

秦国统一中国后，和氏璧最终落入秦始皇嬴政之手。秦始皇命人将这块玉璧琢成玉玺，宰相李斯亲书八字鸟虫状篆书印文：“受命于天，既寿永昌。”雕刻则由咸阳著名玉工孙寿完成。玉玺玺体方圆四寸，钮呈五螭五虎盘踞形状——螭是传说中一种没有角的黄色龙，是神圣之物；虎则是威猛的象征。这两样最能体现皇帝的独尊地位和权威。这块玉玺自雕成之日起，便作为“皇权神授、正统合法”之信物，被隆重供奉在咸阳皇宫的符节台上，号称传国之宝、国之重器，成为中国至高无上皇权的象征。

秦代灭亡后，秦二世胡亥的侄子子婴将传国玉玺奉给了最先进入咸阳的刘邦，尽管刘邦当时在各支义军中实力最弱，但他最后仍然得到了天下，建立了强大的汉朝。因而朝野民间开始流传一种说法——得传国玉玺者得天下，得之表示受命于天，失之则是气数已尽。

西汉末年，王莽篡位，派人进宫索要传国玉玺。皇太后王政君又气又恨，举起玉玺朝讨印者扔去，由此崩掉了玉玺一角，后来用黄金镶补。此后，传国玉玺一直是天下霸者共逐之鹿，历代帝王皆以得此玺为符应，奉若奇珍。凡登大位而无此玺者，则会被讥为“白板皇帝”，被认为底气不足，而遭世人轻蔑。

唐代立国时，传国玉玺被隋炀帝皇后萧氏带入突厥，唐高祖、唐太宗父子只得重新自制玉玺，新的传国玺为白玉所雕，上刻“皇帝景命，有德者昌”八个篆字。因唐高祖李渊祖父名李虎，虎成为唐代国忌，需要避讳，所以钮首只有五螭盘踞。不过“皇帝景命，有德者昌”玺文带有典型的贞观流风，比妄自尊大的“受命于天，既寿永昌”高明了许多。后来唐军大破突厥，迎萧皇后回中原，秦始皇传国玉玺也重新落入唐太宗手中。

唐朝末年，天下大乱，群雄四起。唐天佑四年，朱温废唐哀帝，夺传国玉玺，建立后梁。十六年后，李存勖灭后梁，建后唐，传国玉玺转归后唐。又十三年后，石敬瑭引契丹军攻入洛阳，后唐末帝李从珂怀抱传国玉玺登玄武楼自焚，传国玉玺就此失踪。当时的契丹皇帝耶律德光也知道传国玉玺对中国的意义，一度派人大肆搜寻，却终无所获，这才相信后唐宰相冯道称玉玺已经烧化的说法，就此作罢。

高琼听林绛称知道传国玉玺的下落，不禁骇然，半晌才道：“传国玉玺不是早就被焚毁烧化了吗？”林绛道：“你这么大个男人，难道也相信一块传了上千年的玉玺被大火烧成灰烬的说法？那只是传说焚毁，并没有真正焚毁。”

高琼道：“可是自后唐以来，不独契丹人竭力索取过传国玉玺，就连后晋、后汉、后周都派出大量人力在宫中、民间反复搜索，均无消息。你们南唐一向与中原为敌，被阻隔在中原之外，如何能知道传国玉玺的下落？我不信，一定是你们国主为了打动契丹结盟，故意编造出来的谎言。”

林绛道：“你不信，自然有人信，不然契丹何必命北汉假意与大宋媾和，万里迢迢押送我来中原？倒是你才真真可笑，对着这些契丹人自称是契丹派去刺杀北汉使者的刺客。”

高琼道：“那不过是契丹人天真，才相信了你的谎言。你是南唐人，根本不可能知道传国玉玺的下落。”林绛正色道：“那么我便实话告诉你，我本来也是中原人。”

高琼道：“你是中原人？”林绛点点头，道：“你可知道后周末年‘点检做天子’的谶语？”高琼道：“当然知道，当今大宋皇帝便是当日的点检，正因为有此谶语，他才在陈桥驿被众将士黄袍加身。”

林绛道：“这句话一开始就不是谶语，只是一场有计划的争权夺利的阴谋。当时后周世宗柴荣在世，最亲信侍卫亲军都指挥使李重进与殿前都点检张永德二人，李重进是后周太祖郭威的外甥，张永德则是郭威女婿，二人名望地位相当，不分高下。李重进属下部将为了打击张永德，有意刻下‘点检做天子’的木牌扔在军中，果然引来柴荣猜忌，免去了张永德殿前都点检的职务。事后李重进知道后重罚了部将，主动向柴荣坦白，由此被外放为淮南节度使。赵匡胤这才得以趁机崛起，等到柴荣病死，利用地利之便先发制人，发动了陈桥兵变，建宋代周，当上了皇帝。李重进自然不服，举兵反宋。赵匡胤率大军亲征，攻破扬州，杀死了李重进全家。”他直接称呼当今大宋皇帝的名字，犯了国讳，可谓大胆之极。

高琼料来林绛不会没来由地说这么长一段故事，心念一动，问道：“你是李重进之子？”林绛道：“不错，你竟能事先猜到。”

高琼道："扬州临近南唐，李重进起兵时，曾派人向南唐结盟求援，不过为南唐所拒。你既刻意提这么一段故事，当是与你身份有关，足以证明你知道传国玉玺的下落。"

林绛叹了口气，道："我本姓李，名延福。家母郭氏是后周太祖一母同胞的亲姊姊，曾受太祖命专门追寻传国玉玺。太祖有言在先，只要能找到传国玉玺，就立家父为储君。事情本已有眉目，但太祖突然病重，不但立内侄柴荣为嗣，还特意将家父召至病榻前，命他向柴荣下跪，定君臣之礼。家父家母愤愤难平，就此隐瞒了传国玉玺一事。"

高琼道："得传国玉玺者得天下，你父亲既早瞩目帝位，为何不趁早取出传国玉玺？"林绛道："不是人人都像你想的那样——为了得到帝位可以放弃一切。家父既然在太祖面前答应要对柴荣尽臣子之礼，便一定会做到。后来举兵反宋，实是因为赵匡胤谋反篡位在先，不过当时开封已经为宋军控制，取到传国玉玺并不容易。"

高琼道："这么说，传国玉玺是在开封城中了？"林绛道："当然。不然契丹人为何冒险押我来这里？"

高琼见他连月来备受酷刑折磨，遍体鳞伤，形容极其憔悴，不禁大起惺惺相惜之心，正色道："林兄，你我虽非同路，可高某十分敬佩你是条好汉。望你一定要挺住，不要将传国玉玺交给契丹人。"

林绛笑道："这么说，你是承认自己不是契丹人了？"高琼道："我承认也好，不承认也好，他们都已经知道。"

林绛道："嗯，你放心，任他们怎么拷打我，我都不会说出传国玉玺的下落。"他身上本有重伤，又一口气说了这么多话，早累得疲惫不堪，当即靠在墙上，闭上了眼睛。

地牢里面没有窗户，牢门上虽有一扇小窗，却也不见丝毫日光。也不知道过了多久，牢门忽然打开，闯进来两名蒙面黑衣人，往林绛头上套了一个黑布套，将他架了出去。过了大半个时辰，他才被重新送了回来，双眼翻白，全身湿透，被扔在地上后动也不能动，只大口喘着粗气，口鼻中不断有清水流出。

高琼忙过去扶他坐好，问道：“他们又用刑拷打你了？”隔了好半晌，林绛才勉强挤出一丝笑容，道：“不必惊讶，这是我每日都要经历的刑讯，习惯了就好了。我每被带出去一次，就表示又是新的一天了。”

高琼见他气息微弱，便扶他躺好，将头枕在自己膝盖上。心道：“林绛不肯说出传国玉玺下落，自是因为关系重大。然而他被囚多日，想来已经经历了无数酷刑，他也可以说得上是条硬汉，这些契丹人明知折磨他并无用处，还是不得不为之。可他们明明是想知道我幕后的主使，试想挖地道劫狱风险何等之大，可见他们势在必得，可为何反而对我手下留情，并不用刑拷问？”一时难以想通究竟。

林绛积蓄了一些气力，勉强坐起来，道：“多谢。高兄，你我今日同狱，也算有缘。我自知无法活着离开这里，有一件事要拜托你，如果你将来能够活着出去，烦请你带个口信给我的家人。”

高琼心道：“这些契丹人挖地道将我救出，费尽心机，必有大图。而今我知道了北汉使者和传国玉玺的秘密，他们又岂能容我活着离开？”见林绛目光中流露出热切的恳盼，实在难以拒绝，便点头道：“好。”林绛道：“我养父在南唐为大将，他膝下无子，承蒙他待我如亲子，请你……”

高琼失声道：“莫非你养父是林虎子林仁肇？”林绛道：“不错，他是南唐第一名将，难怪你立即就能猜到。”

高琼冷冷道：“我不仅能猜到，还认得你养父。”林绛道：“什么？你认得我养父？莫非你竟是南唐人？”高琼别转头不答，胸口剧烈起伏，显是激动不已。

林绛心下焦急，又追问道：“莫非你是南唐派来的刺客，意图挑拨北汉和大宋的关系，令他们无法媾和？”

高琼一听“刺客”二字，再也无法忍耐，挺身扑上前去，双手扼住林绛咽喉，道：“想不到老天爷竟然将杀祖仇人之子送到我面前。你不要怪我，这是天意。”林绛使劲挣扎，却被高琼占了先机，总挣不开，结结巴巴地道：“你……你不能……杀我……不然……大秘密……传国玉玺……”

高琼道：“我才不稀罕什么传国玉玺！我杀了你，非但可以为我祖父报仇，那些契丹人再也不可能从你口中知道传国玉玺的下落，岂不是一件大大的好事？”手上加劲，林绛扭动了两下身子，便晕厥过去。

牢门蓦然打开，几名黑衣人抢进来，抓住高琼手臂，强行将他从林绛身上拖开，旋即有人往他头上套了一个黑布套，带出牢房。往上走了一段台阶，来到一间屋子，有人将他按在交椅中坐下，用绳索连人带镣缚住。

有人厉声道："眼下你已经知道我们的身份，你该知道你原先那一套谎话骗不了人。快说，你到底是什么人？是谁派你到博浪沙行刺的？”高琼反问道："那么你是契丹人，还是北汉人？”

话音刚落，便有一盆凉水兜头浇下，事先毫无征兆。高琼陡然受凉，“啊”地惊叫一声。头套瞬间湿透，紧贴到他脸面上，他只觉得呼吸困难，胸口如压大石，不由自主地想挣脱绳索，举手揭开头套，却始终难以挣开。

盘问者笑道："这滋味不好受吧？现在你该知道在这里你只有答话的分儿，没有发话的权利。说，你是什么人？”高琼实在憋得难受，只得叫道："我说，我说。”

便有人上来揭起头套，却并不完全取下，只露出嘴巴和鼻孔。高琼贪婪地吸了几口大气，听对方喝问不止，这才垂头丧气地道："我是南唐濠州[1]人。”

盘问者道："你的意思是南唐国主李煜派你来刺杀北汉使者的？”高琼道："是。”

盘问者哈哈大笑起来，道："你当我们是傻子吗？林绛在牢里告诉你传国玉玺一事时，你对他称‘你们南唐’‘你们国主’，你当然不会是南唐人。我告诉你，你们两个说的每一句话、每一个字都被我们听到了。”

高琼这才知道地牢里另有机关，有人在暗中监听内中的一举一动，将他和林绛关在一起，也是有意为之。不由得深为惊悔，他自己倒不畏死，可他身份一旦被查出，势必将危及他的主人。

[1] 濠州：辖境相当今安徽省蚌埠、定远、凤阳、明光等地，治钟离（今安徽凤阳县东北），当时属南唐。

盘问者道：“你一定是宋人。说，是谁派你行刺的？是不是当今大宋皇帝？”

不管对方再如何问话，高琼只缄口不语，心中却是沮丧万分——之前的一切安排和努力都成了徒劳，他所受的痛苦以及即将面临的死亡都变得没有任何意义。

盘问者见高琼再也不肯开口，倒也不用刑拷问，只任凭他湿漉漉地绑坐在那里。

过了两三个时辰，有人匆匆进来，走到高琼面前，道：“我已尽知你来历，你还是自己实话实说的好。”听声音正是上次问话的那名老者。

高琼道：“实话实说也可以，你先放开我，我要解手。”老者道：“你又想要花招吗？”高琼道：“你们将我绑在这里几个时辰，我能有什么花招？”

老者便命人松开绳索，取来一只便桶放在椅子边上，道：“你就在这里方便，不准揭开头套。”高琼也不客气，扯开衣裤往那便桶撒了尿，刚一转身，又被按回椅子中坐下。

老者道：“眼下你可以说了。”高琼道：“你不是都已经知道了吗？”

老者缓缓道：“嗯，我听说你肩头有高氏刺青后，就已经猜到你是倍太子[1]爱妃高夫人那一系的人。”高琼讥讽道：“你连人都没有见过，就能瞎猜家承来历，莫非你是神人？”

老者道：“自然不是。我听说你在公堂上经受不住拷打，招供出是受契丹指派行刺。宋人也许会相信，但我却知道你是在胡说八道。既然你不是我们这边的人，我理所当然地就想到了你是南唐派来的。渔阳高氏久居燕地，到南唐做官的实在很少。你既认得林仁肇，称他是你杀祖仇人，那么就只有一种可能了——你祖父名叫高霸，父亲名叫高乾，是也不是？”

高琼道：“嗯，这个……”蓦然从交椅中站起来，埋头朝一旁撞去。

[1] 指耶律倍。父为辽太祖耶律阿保机，弟耶律德光为辽太宗，子耶律阮为辽世宗，当今辽国皇帝辽景宗耶律贤为其孙。

他适才解手时已窥测到左边有根柱子，只要用尽全力奔出四五步，就能撞柱自杀。只是他手足戴有镣铐，又连日经受折磨，身手凝滞，刚触及柱子时便被人从旁抱住，重新拖到交椅中坐下。有人取来绳索，将他牢牢缚在椅子上，再也动弹不了分毫。

老者对他这一意图撞柱自杀的举止相当吃惊，叹息半晌才道："你宁死也不肯开口承认身份，可见你背后的人来头极大。嗯，是不是当今大宋皇帝派你来刺杀北汉使者？我猜他未必就是想嫁祸契丹，你主人未必知道你肩头刺青之事，你们真正想嫁祸的是南唐，对也不对？你们宋人还不知道我大辽皇帝已经拒绝了南唐使者，担心南唐与大辽结盟，所以有意派你冒充南唐刺客去行刺北汉使者，想以此嫁祸来挑拨离间，彻底绝断大辽与南唐结盟的后路。这一招，就跟当初你祖父高霸出使南唐时被南唐宰相派人刺杀、再嫁祸后晋是一个道理。"

原来高琼祖父高霸曾在辽国南京担任重职，受命出使南唐时，被南唐宰相宋齐丘指使林仁肇派刺客刺杀，割走首级，嫁祸给后晋。当时的辽国皇帝耶律德光信以为真，不久后就发兵攻灭了后晋。高霸出使时还带着儿子高乾，高霸被杀后，南唐以隆重礼仪下葬，又厚待高乾，为他在濠州安排了田舍宅邸，将江南美貌女子嫁他为妻，高琼便是出生在濠州。

高琼听那老者非但道出自己来历，甚至连行刺目的也一一指出，心惊不止。然而到此境地，他连求死都不能，只有死不开口唯一一个法子了。

老者道："我已尽知你的祖父姓名，追查出你幕后主使毫不困难。你还想报杀祖之仇吗？你若肯听我一言，我不但助你复仇，除掉林仁肇，而且放你走，保证不再追究你幕后主使者。"一旁立即有人道："这姓高的小子知道的秘密太多，绝对不能放走。"

老者挥手止住，又问道："我开的条件怎么样？不然你只能像狗一样一直被囚禁这里，不见天日，直到我们想杀掉你为止。你是条硬汉，自然是不怕死的，那么我将你交给大宋皇帝怎样？我倒真想看看他如何处置你。"

高琼沉默半晌，问道："你想要我做什么？"老者道："传国玉玺。"

高琼道："你要我从林绛口中套出传国玉玺的所在？"老者道："正是。"

高琼道："他是我仇人之子，我适才差点儿杀了他，他怎么可能再将传国玉玺的秘密告诉我？"老者道："年轻人，世事是很微妙的，亲朋好友未必能倾心相许，杀祖仇人未必不能诚意结交。对林绛，我已经用尽了手段，仍然问不出传国玉玺的下落，也许你是最适合的人选。"

高琼只觉得他话中饶有深意，一时不答。

老者便道："我给你十日时间。十日之内你不能办到，我就亲自押着你到大宋皇帝面前。你说他会怎么做？他一定会否认是他主使你行刺。你不但会被皇帝亲自下旨公开处以极刑，你在中原的亲朋好友都要受到牵连，男子或被处死，或是刺配牢城，妇女则收入官中为妓，被达官贵人玩弄至死。这些是你想要看到的吗？"

这番话重重打在高琼的软肋上，他倒抽一口凉气，只得道："十日太短，请多给一些时日，容我考虑清楚。"那老者不应，只叫道："来人，送他回囚室。将他二人分开，可别让他为一己之私杀了林绛。"

当即有人将高琼拖回地牢，用铁铐分别锁了他和林绛一只脚，另一端分钉在对角的墙壁上，二人走到地牢中部时便会各自被铁链扯住，最多只能勉强面对面，要想再打架是万万不能了。

高琼本有心再杀林绛，彻底断去契丹人寻到传国玉玺的念想，可当此情形，再无杀他的机会，只是默不作声。

如此过了大半日，林绛忽然问道："你觉得我们两个还有机会活着走出这里吗？"高琼道："半分机会也没有。况且不能为亲人复仇，活着跟死了又有什么分别？"

林绛道："你还想杀我报仇？"高琼道："当然。"林绛道："我知道你是高霸的后人，你须知道杀你祖父并非私人恩怨，而是政治行为，目的是要挑拨后周与契丹相斗，我养父不过是奉宋宰相之命行事。你祖父被杀只因为他是使者，换做其他人，也是一样的后果。"

高琼道："那又如何？"林绛道："你自己不也自称是契丹派来刺杀北

汉使者的刺客吗？果真如你所言，你这也是典型的政治行为，跟个人恩怨没有半点关系。”高琼愣了半晌才道：“你说得不错。”

林绛道：“我可以助你复仇。”高琼道：“你？”林绛道：“如果你能助我逃出这里，我办完一件重要的事后就让你杀了我，绝不反抗。”高琼大为意外，道：“你当真愿意这么做？”林绛道：“君子一言，快马一鞭。”

高琼道：“可这里防守森严，根本不知道外面地形如何，你我手足又均被镣铐锁住，走不出五步，如何能逃得出去？”

林绛道：“他们最在意的是传国玉玺，而传国玉玺的秘密只有我知道，如果你找机会胁持我，威胁不放你出去就要杀了我，也许会有一线生机。因为我若是死了，传国玉玺的秘密就此中断，再无人知道。”

高琼仔细想了想，这确实是在目前状况下最可行的法子，便问道：“你要办的重要事是什么？”林绛道：“这我可不能告诉你。你若是不放心，可一直跟在我身边，直到你杀我为止。”高琼料到这番话已落入监听者耳中，便应道：“好。”

果然隔了不久，有蒙面人进来打开脚链、套住头，将高琼押了出去。那老者正在等他，忙问道：“林绛主动跟你商议逃跑一事了吗？”高琼冷冷道：“你不是一直派人暗中偷听我们谈话吗，何必再多问我？”老者道：“不错。我们来安排一个计划，你先如林绛所言，假意胁持他，我再派一些人假装是你的同伙救你出去，顺便将林绛也救走，你再跟着他取到传国玉玺。”

高琼道：“你关住林绛已非一日，该知道他不是蠢人，要骗过他是极难的。天底下哪会有这么凑巧的事，我刚胁持了他，就有同伙来救我？”老者道：“你说得不错，同伙救人确实比较牵强。”

高琼道：“况且我已仔细考虑过，不能答应为你骗过林绛取得传国玉玺。”老者道：“那么你知道我要怎样对付你了。”高琼昂然道：“随便你怎么对我，我也不能帮助敌国取得天子信物，乱我中原。”

老者道：“我早知道你是不会轻易屈服的，这才是我们高家男儿的本色。”高琼吃了一惊，道：“原来你也姓高。”

老者道：“不错，我姓高名强，也是出自渔阳高氏，肩头有着跟你一模一样的刺青。高琼，你祖父本是契丹大官，我虽不知道你后来如何从南唐投了大宋，但料想是因为知道了你祖父遇刺真相的缘故。你在中原出生，终究还是燕人，是我们大辽的子民，是契丹人，怎么可以提敌国之类的话？”

高琼道：“燕云十六州本是中原所有，你我都是汉人，是中原人，何时成了契丹人了？”高强道：“你祖姑姑是倍太子爱妃，论起来你跟当今辽国皇帝也是表兄之亲，如何不是契丹人？只要你肯回去辽国，晋爵封王，荣华富贵，享之不尽，岂不比你在中原任人差遣要强千百倍？”

高琼道：“道不同不相为谋，虽说你我同族，但恕我难以从命。”高强道：“那好，我愿意看在同族的分上退让一步，我不强求你助我拿到传国玉玺，只要你从旁协助救林绛出去，令他毫不起疑。甚至我还可以答应你，我可以说服我国皇帝与大宋通好，但条件是大宋也不可再侵犯北汉和大辽，如此大宋南下攻取南唐再无北顾之忧。如何？”

高琼道：“当真？”那高强便先用黑布蒙住脸，命人取下高琼头套，道：“你可看清楚了。”扯开衣衫，露出肩头的高氏家族标志，随即拔出一柄匕首，直插入肩头文身之下，道：“我以渔阳高氏家族的性命起誓，今日我答应高琼之事势必做到，不然教渔阳高氏千余口人死于刀剑之下。”

高琼心道：“我性命尽在他掌握之中，他却肯答应这么多事，又立下如此重誓，当然还是为了得到传国玉玺，不过他只要我协助救林绛出去，这实在不是什么苛刻的条件。”当即应道：“好，我答应你。”

高强道：“事关重大，你须得立个重誓。”高琼便跪下道：“皇天在上，我高琼答应协助高老公救林绛出去，绝不令他起疑。若有违背，教我五马分尸，不得好死。”

高强道：“相比于我立下的重誓，你的誓言是不是太轻了？你一心求死，以保护你的主人，五马分尸有什么稀奇？你须得以你至亲之人的性命发誓。”高琼道：“那好，我若违背今日誓言，教我和我喜欢的女子都……”

高强道：“名字！”高琼明知道说出喜欢的女子的名字很可能会成为

对方制约自己的筹码，迟疑了下，还是说了出来：“……唐晓英都五马分尸，不得好死。”

高强“啊”了一声，道：“你喜欢的人是唐晓英？”高琼道：“你认得她？”老者道：“她不是到狱中下毒害你的人吗？我见过开封府通缉捉拿她的图形告示。这就说得通了，难怪她到最后一刻打翻了毒酒。”

高琼道：“什么？”高强道：“很好，你能用你钟爱的女子起誓，足见诚意，咱们一言为定。不过为了演得逼真些，取信于林绛，你少不得要受些罪了。”

一挥手，上来几名黑衣人，将高琼拖到一只大木桶边跪下，扯住他头发，将他强按入水中，等到他几近窒息时才拉他出来。如此反复几次，黑衣人松开手，高琼瘫坐在地上，连一丝挣扎动弹的力气都没有，只大口地喘气。

那高强便拍拍手，道：“可以了。”命人带他回地牢囚禁。

林绛见到高琼气息奄奄的惨状，问道：“他们终于开始拷打你了？很难受吧？”高琼往地上吐出几口水，道：“嗯，真恨不得自己死了才好。他们都是这样每日用水灌你吗？亏得你能挺这么多次。”

两人对视片刻，忽然一齐笑了起来。

过了几个时辰，忽然有数名蒙面人举火涌进来，拿钥匙开了脚链及手足的镣铐，取出绳索反缚了二人双手双脚。

高琼心道：“这是要做什么？为何不用镣铐而用绳索。对了，他们是要将我们转移出这里，用镣铐的话，怕我们挣扎弄出声响，惹人起疑。”

果然有人上来拿黑布蒙住他双眼、用布团堵了口，塞入一条麻袋中，系紧袋口，将二人如同货物般抬了出去。

走了一刻工夫，即听见有水声，高琼感到自己被扔到了一艘船上，来回晃荡不止。行不多远，便能听到人语喧哗，有纤夫的吆喝声、商贩的叫卖声，好不热闹，应该是正经过繁华的商业街。船行了大半个时辰，有人抬起麻袋上岸，曲曲折折、上上下下走了很长一段路，终于进来一间屋子。高琼被放出麻袋，只觉得双手双脚一松，有人解开了绑绳，但旋即又被镣铐锁住。他自己举手取下黑布、布团，却见林绛也在一旁，二人又如同原先那般被锁住。

牢房中点有一盏油灯，极其微弱。高琼往四周摸索，却也是跟上次那间地牢一样，均是圆木钉成的墙壁和地板，不禁好奇问道："我们是回到原来的地方了吗？"林绛道："应该只是一间一模一样的牢房而已。你没有感觉到这些镣铐都是新的吗？原先铐住我手脚的镣铐可是沾了不少我的血肉。看来京师发生了什么大事，官府在搜寻什么重要人物，原先囚禁我们的地方已经不安全，契丹人必须得冒险转移我们。"

高琼心道："莫非是开封府在搜捕我？不对，适才我二人是经水路被带来这里，原先那间地牢潮湿得很，应该也在河边，属于排岸司的治下，开封府管不到这里。"

也不知道过了多久，有人开门进来提了林绛出去。片刻后，牢门铁窗上即传来喝问声、皮鞭声及凄厉的惨叫声。好大一会儿，林绛才被带回来，上半身都是血，慵卧在地上，动也不能动。

高琼道："他们对你用肉刑了？"林绛道："嗯，我想他们有些着急了。"高琼忖道："那么我很快就要离开这里了。"

林绛惊道："你说什么？"高琼道："你知道传国玉玺的下落，对他们还有利用的价值，但我却未必再值得他们冒险转移，所以我的死期就快要到了。"

话音未落，又闯进来两名黑衣人，只拿钥匙开了高琼一人的脚链、镣铐，取出绳索，背过他双手，正要如法炮制缚住手脚，林绛忽然扑过来，抱住其中一人双腿往斜里一拖。他把握的方向刚刚好，正将那人拖倒撞在另一同伴的腰间，两人同时滚倒在地。高琼手足束缚已去，趁机拔出一人腰间佩刀，奔过去扶起林绛。

瞬间又闯进来几名黑衣人，见状忙拔出兵刃，一齐围了上来。高琼将刀架在林绛颈间，喝道："都别动！不然我就杀了他！"

一名黑衣人道："你敢！"高琼冷笑道："有什么不敢的？我知道你们要立即杀了我，将我沉入汴河中，反正也是死，何不找个陪死的？况且这人还是我的仇人。"

领头黑衣人问道："你想怎样？"高琼道："你，放下兵器，先拿钥匙过来打开他的镣铐。快点，不然我一刀割断他喉咙。"

领头黑衣人问道："这我可做不了主，我得去禀报主人。"高琼道："那好，等你主人来的时候，他就变成一具尸首，你们再也无法知道传国玉玺的下落。"手上加劲，登时在林绛颈中割出一道血痕来。

领头黑衣人忙道："等等！好，我照做便是。"抛下钢刀，拿钥匙过来，老老实实开了林绛手足的锁链。

高琼道："你用这几条铁链把你手下和你自己都锁在一起，钥匙扔出门外去。"

领头黑衣人无可奈何，只得照办，却冷笑道："你逃不掉的。眼下开封府和排岸司都在搜捕你。就算你能侥幸逃出这里，你也逃不出你们自己人的手心。"高琼也不理睬，押着林绛出来，反手将牢门锁上。

往外走了一截，却是一间大厅，空无一人，只摆放着一些刑具。林绛道："适才我就是被带来这里拷问。"

高琼道："奇怪，这里似是一间船屋，他们在这里拷打你，难道不怕被人听见吗？"找到墙角的木梯，往上爬出去，果然身在一艘搁置岸边的废弃大船上。暮色浓重，但依稀可辨西北边不远处有高高的围墙。

高琼道："呀，我认得这里，那边就是排岸司监狱，我们是在汴河北岸。"也不及多说，道："快走。"

离开废船，沿河岸往西走了几里，见到正有一艘小船要逆流而上进城去，忙上前央告船夫想搭便船。船夫见天色已黑，倒也爽快答应。二人遂上船坐在船尾。

林绛问道："你不立即离开开封，而是要赶着进城，愈发证明你是宋人了。你是要去找你主人吗？"高琼摇摇头，道："我被开封府通缉，露不得面，不过我有重要事情要去找一个人。"

林绛道："那好，等进城咱们就分手，各去办各的事。等我办完事再来找你领死，你告诉我你要去哪里。"高琼道："不行，我不能让你离开我的视线。你得跟我一道去找我要找的人，然后我跟着你去办你的事，再杀了你。"

林绛道：“你信不过我？我既答应了你，一定会履行诺言。”高琼道：“不是信不过你，你身怀传国玉玺的重大秘密，多少人目光在你身上，我不能冒险再让契丹人得到你。”

林绛蓦然醒悟，道：“啊，那些契丹人是故意让你我逃出来的，是不是？”高琼不答。

林绛冷笑道：“我原以为你是条硬汉，想不到你堂堂宋人，竟然也肯当契丹人的走狗。”高琼道：“随你怎么说，总之从现在开始，直到你死，你都必须跟我在一起。”伸出手去，抓住了林绛手腕，防他跳河逃走。

林绛道：“你要找的人，就是你的主人吧？你难道不怕被我知道你幕后主使是谁？”高琼道：“不是。不怕。”

林绛道：“那么一定是情人了？”高琼道：“不是情人，是仇人，就像我和你的关系。”简单地答了一句，再也不开口说一个字，只炯炯盯着林绛，生怕他有任何异动。

林绛道：“哼，你以为我不知道吗？契丹人穷尽心机想从我这里得到传国玉玺的下落，不会放弃任何机会。我早知道他们会派人监视我们的一举一动。我也知道他们跟你达成了某种交易，利用你来向我套取传国玉玺的下落，我不过是将计就计，要利用你逃出来罢了。”

二人本来只是低声交谈，以防被船夫听到，林绛说到气愤处，声音渐渐高亢了起来。那船夫隐隐听到“契丹”的字眼，感觉到有些不对劲儿，便将船往岸边靠。林绛瞥见前面有一队排岸司兵士正巡视过来，忙高声叫道：“快来这里！这里有开封府通缉的要犯！”

船夫听说，忙扔了长篙，赶将过来。林绛道：“就是他，快些抓住他，有重赏！”其实不劳他说，船夫也知道开封府逃犯都有悬赏，不然也不会冒险赶过来，忙上前扯住高琼小腿。林绛趁机挣开掌握，侧身投入河中。黑暗中犹能听到他声音道：“你放心，我办完事自会来找你领死。”

高琼见兵士已赶了过来，正大声喝令舟船靠岸，只得出大力踢开船夫，如林绛一般，翻身投入河中。

船夫失去大好机会，懊恼不已，将船划到岸边，告知兵士情形。兵士听说两名男子一块上船，争吵后才有同伴举告逃犯，不免不大相信，只以为是闲汉生隙闹事。问船夫逃犯姓名，船夫也说不上来。兵士举火往水面照看一阵，见杳无人迹，也就作罢了，放船夫自行离去。

汴河是人工开凿的河流，引黄河之水，既是中原的漕运干线，一切只为交通运输，河水既不能浅，又不能太深，正好六尺，以通重载为准，还须随时疏浚。为保护河岸，两岸堤坝均是条石垒成，方便行人、纤夫，外围则植有树木。

高琼跳水后一直躲在船下，跟随其慢慢靠到岸边。那些兵士和船夫说话时，其实就站在他头顶不远处，可谓惊险之极。

等到小船和兵士走远，高琼正要爬上岸，忽见到一艘运货大船正缓缓驶来，不由得大喜过望。等船头过后，便游去河中追上船尾，抓住缆绳爬上了甲板，藏在一堆货物中。那船上本有不少船夫及押运的护卫，天幕黑漆漆一片，无半点星光，高琼趁夜色上船，竟无人觉察。

尤其幸运的是，这艘船是在为晋王运送货物，经过外城东水门时，城门军士一听船上报出晋王名号，便即破例开门放行，亦无人上船查验。

开封之名，始于春秋，意为“开拓封疆”。这座城市自战国时代就是天下重镇，到宋代成为中原王朝的首都，有着自己独特的建筑风格。整座城市有宫、里、外三道城墙，形成外城套里城、里城套宫城的格局。

宫城即皇宫大内，原为唐宣武军节度使治所，后梁朱温时改为建昌宫，后晋、后汉、后周三代沿袭，建制比较狭小。宋代立国后，太祖皇帝赵匡胤下令扩建宫城。新宫城完全依照洛阳宫殿的图格，城周五里，虽不及洛阳宫城九里三百步的规模，却比原先的建昌宫大出许多，各殿与诸门整齐对应，端直如引绳，很是壮丽。

里城又名旧城，宋朝初年也称为阙城，即唐代李勉重修的汴州城，周围二十里一百五十五步。

外城又称新城或罗城，宋初也称国城，原为后周世宗柴荣所建。建城之时，柴荣令亲信大将赵匡胤跑马一周，直到马力尽时为止，取其路程四十八里二百三十三步为城的周长。由于开封地处黄河中下游，土质松软，不利筑城。柴荣取虎牢关[1]之土修筑城墙，坚密如铁。城周五十里一百六十五步，城高四丈，广五丈九尺，外距城壕空十五步，内空十步。且抛开传统的四方状，城墙呈梅花形，利于防守。

进来外城，高琼便选一个僻静处顺缆绳重新溜入水中，往南上岸，赶去城东厢的汴阳坊。他料想林绛身上伤重，行程多半落在自己后面。传国玉玺事关重大，足以撼动中原政局，那些契丹人极为看重，肯定早有安排，暗中安排了大量人手监视。林绛本人既已经猜到契丹人是有意利用高琼纵他逃走，也该想到此点。他身在异国他乡，无处栖身，既要躲过契丹人追捕，又要避免被大宋发现，最好的选择就是去向被软禁在汴阳坊中的南唐郑王李从善求助。高琼记得张咏提过跟几位同伴一道借住在汴阳坊，正好可以将两件事一起办理。

上岸没多远，便遇到两名醉醺醺的酒客，勾肩搭背在一起，踉踉跄跄地走过来，嘴里胡说着些疯话。高琼趁机上前，夺过二人手中的酒瓶和外袍。一人吃了一惊，道："有强盗！"另一人嘟囔道："哪里有强盗？你喝醉了吧？"也不理睬，继续朝前走去。

高琼将抢来的外袍罩在湿衣衫外，喝了几口酒，将剩下的酒倒在身上，也装作是夜归的酒客，往汴阳坊而来。未近李从善宅邸，即见这一带街上有不少探头探脑的人，心道："莫非这些是契丹的探子？他们也想到林绛会来找李从善，所以派了人来监视。不过这些人做事未免太过张狂，以林绛之精明警惕，一定会提早发现，又怎会再上当？"

正要设法打听去张咏住处时，忽然对面一所宅子大门打开，走出来一群人，为首的却是内侍行首王继恩，送他出门的人正是张咏和他的同伴。高琼既喜且惊，喜的是张咏人就住在李从善对面，当真是再好不过，惊的是官家身边的大红人王继恩来这里做什么。一时也不及多想，当即闪身躲在暗处，等王继恩和两个小黄门骑马走远，这才赶来拍门。

开门的正是张咏本人，他一时没有认出高琼来，问道："阁下找哪

[1] 虎牢关：今河南荥阳西。此土墙非常牢固，直到三百多年后蒙古攻金，用巨炮轰击，"唯凹而已"。

位？”高琼道：“是我。”

张咏“啊”了一声，急忙拉他进来，将大门闩好，问道：“你怎么来了这里？”高琼道：“我曾经拜托张兄救唐晓英，不知……”张咏道：“她人在这里。”高琼大喜过望，忙作了一揖，道：“多谢张兄。她人在哪里？我要立即见她。”

张咏道：“不行。你也该知道你如今是什么身份，话不说清楚，休想再提条件。”扯着高琼来到堂屋，叫道，“你们看看这是谁？”

向敏中、潘阆、寇准几人到浚仪县狱探望张咏时均见过高琼，立即认了出来，个个惊讶得张大了嘴巴。

张咏道：“他是主动送上门的。现在好了，有话就直接问他吧。”向敏中道：“你是被什么人救出县狱的？”高琼心道：“救我的是契丹人，当然可以告诉他们，可这些人救我另有所图，却是不能说。”便道：“我不能说。”

张咏道：“我们已经查清你是宋人，是朝廷的人，劫走你的应该是南唐的人，还有什么不能说的？”

高琼大是吃惊，他被契丹人识破身份，只因为对方手里有一个真正的南唐人林绛，却不知道张咏他们如何得知他是宋人，也不便追问情由，只道：“我还是不能说。但你们要相信我，我没有做你们所认定的坏事。我眼下有急事要去办，走之前想见见唐晓英。”

潘阆大奇，道：“你冒险来这里，就是为了见她一面吗？”高琼局促地道：“我并不知道英娘人在这里，原先为她拜托过张兄，只想来问问有没有她的下落。”

张咏心想确实答应过高琼，他甚至为此向自己下跪，眼下唐晓英侥幸获救，没有理由再多拦阻，便道：“那好，我带你去见英娘。不过在我们决定如何处置你之前，你必须留在这里，若想要趁机逃走，休怪我剑下无情。”高琼道：“好。”

张咏便领着高琼往后院厢房而来，路上告诉他救唐晓英的是折御卿和他的侄子刘延朗，也就是高琼本要去刺杀的北汉使者。高琼大感意外，半晌才道：“原来是他。”

唐晓英正在灯下绣花，听见张咏叫声，忙赶来开门，乍然见到高琼，也是遽然色变，道："郎君如何来了这里？"高琼道："我是特意来找英娘。"

唐晓英忙迎二人进来坐下，道："郎君是来质问我为何要下毒害你吗？抱歉，我当日受人所逼，并不知道刺客就是郎君。我为丽华姊姊受人所迫，却料不到要害的人是丽华姊姊喜欢的男人，我下不了手，我……"

高琼道："不是为这个。英娘已然得知我姓名，丝毫没有起过疑心吗？我姓高，本名高唐。"唐晓英"啊"了一声，颤声道："你……原来是你……"

张咏早听过唐晓英父母为强盗所杀，其中一人正是叫高唐，道："原来你就是那个在刑场上传奇逃走的死囚强盗，这可真是想不到。英娘，他当真是你的杀父杀母仇人吗？"

唐晓英死死瞪着高琼，双手发抖，显是激动之极，道："他跟画像中的高唐丝毫不像。"张咏道："嗯，这不奇怪，应该是高唐加入官府后撤销了通缉文书，你去蒙城县廨索要高唐画像，他们料到你想要复仇，担心惹下祸事，所以随意乱画了一张。"

唐晓英道："当真如此吗？那么你该知道我是谁。"高琼道："不错，我当日蒙面劫道杀人时见过你，记得你的相貌，尤其忘不了你那双眼睛。有一次到樊楼饮酒，隔着老远，我就立即认出了你。"原来他每每来樊楼听庞丽华说书，假意关心说书母女，其实是为了接近唐晓英。

唐晓英道："我日夜思虑为父母报仇，不惜到京师抛头露面当酒妓，可叹仇人就在我眼前，我却丝毫不知，还整日笑脸相对。"当即扬起手来，狠狠扇了高琼两个耳光。

高琼也不抵挡，只低声道："我也一直很不好受，早想告诉你真相，可又没有勇气。我知道你想为你父母复仇，也知道你一直在找我。眼下我要去办一件事，如果我还能活着回来，我会亲手把刀交到你手里，任凭你处置，死而无憾。"不敢再看唐晓英，转身欲跨出房门。

唐晓英道："我要杀了你！"顺势抽出张咏长剑，直朝高琼背心刺去。张咏捉住她手腕一抬，道："高琼是身系多起重案的要犯，还不能死。"

唐晓英一挣未能挣脱，索性抛下长剑投入他怀中痛哭起来，胸口剧烈起伏，像反复涨落的潮汐。张咏推开她也不是，抱住她也不是，正手足无措时，潘阆在门外道："张兄，雪梅娘子来看英娘了。"

话音刚落，李雪梅已施然进来，一眼望见高琼，不由得愣住，道："你……你不是浚仪县狱中那个……"张咏忙道："娘子来得正好，英娘就交给你了。"将唐晓英推给李雪梅，自己牵了高琼出来。

重新回来堂屋中。寇准道："张大哥，我们三个已经商议定了，要扣住高琼，明日一早押去开封府交给程判官审问。"张咏沉吟道："这个……"

高琼道："你们既已经知道我是宋人，当真捅破最后一层窗户纸，对大宋可是没有丝毫好处。"寇准道："黑即是黑，白即是白，你是契丹人也好，南唐人也好，宋人也好，博浪沙行刺的案子是你犯下的，你该站出来说出真相，给大伙儿一个交代。"

高琼道："看不出你年纪最小，性子却最执拗。那么我问你一句，你是宋人，你为朝廷、为国家、为百姓又做过些什么？你只要真相，而这真相却能立即陷大宋于不利。"

寇准道："如果不是你们玩弄阴谋诡计在先，又怎能因为一个真相而陷大宋于不利？我不敢说为朝廷做过什么，不过朝廷如果只知道用欺诈手段来达到目的，又怎能要求治下的黎民百姓诚实呢？上有尧舜之君，下有尧舜之民，上有堂堂正正的朝廷，才会有堂堂正正的臣民。"

高琼一时难以辩驳，便道："我实话告诉你们，这次来东京的北汉使者中混有契丹一方的人，和谈不过是个幌子，他们还有重大阴谋。我现在赶去要办的事，就是要揭破这个阴谋。"

潘阆道："你如何知道契丹有重大阴谋？你被人暗中劫走，该日夜面临酷刑拷问，最终被迫交代出行刺的幕后主使，又如何能轻易逃脱出来去揭破什么阴谋？"

高琼知道今晚若不讲明真相，万难脱身，只得道："那好，我告诉你们，是契丹人自狱中劫走了我。”张咏道：“你可知道契丹已经派使者与大宋媾和？”

高琼吃了一惊，心道：“看来那高姓老公高强答应我的事已经做到了，只是想不到竟这般快。嗯，不可能那么快就从辽国派来使者，也许是他更在意传国玉玺，遂尽快履行诺言，主动向朝廷表示自己是辽国议和使者。”一想到传国玉玺，心中更加焦急，只得将自己被劫后的经过细细说了，只不提林绛口中的大秘密就是传国玉玺。

潘阆惊呼道：“呀，原来如此，难怪当日在博浪沙那群脚夫要劫马车，北汉人则拼死要追回马车，原来车里面有个南唐的囚犯。”张咏道：“如此，一切就说得通了，北汉是受契丹之命假意与大宋媾和，以此来掩护押林绛寻找大秘密的计划，终究是小队前锋人马。欧阳赞那伙契丹人才是主力军，始终徜徉在车队前后，也是策应，以防万一。”

向敏中道：“不错，这以北汉使者来掩护囚徒的计划本来天衣无缝，但人算不如天算，欧阳赞在小牛市集遇见仇人王彦升，忍不住出手杀了他，由此留下线索。我们追查这件案子时，他为了更逼真、更容易取信，命手下人冒充自己本来的身份聂平之子聂保，结果反而弄巧成拙，成为致命漏洞。他眼见难以掩饰，不得不主动向朝廷表露自己辽国使者的身份，既能履行对高琼的诺言，又能逃避大宋刑罚，拖延时日，好继续执行原来的计划，找到南唐人所称的大秘密。我猜这是他们离开辽国时就已经计划好的，一旦事情败露，就趁机提出媾和，既不激怒大宋，又能全身而退。”

这内中牵涉极多事情，许多经过情形高琼也是第一次听说，闻言忙道：“这下你们该信我了。”

向敏中道：“契丹人出使北汉假称议和押送南唐人林绛，掘地道劫走高兄，再利用高兄向林绛套取秘密，如此大费周章，可见他所称的大秘密非同小可。高兄是要去向朝廷密报而后派出人手追捕林绛吗？”高琼道：“事关重大，恕我不能奉告。”

潘阆道：“有什么不能奉告的？你可知道张咏受晋王之命，专门调查你越狱潜逃一事？”高琼却是不信，道：“你们又不是官府的人，晋王手下能人如云，怎么会无端找上你们？”

潘阆便让张咏取出晋王花押给高琼看。高琼仔细看过花押，又还给张咏，道：“抱歉，并非高琼不信任几位，而是我认为卷入其中对各位并无好处。感谢几位照顾英娘，我这就告辞了。”寇准还待阻止，向敏中却向他使了个眼色。

几人送高琼出来。张咏正色道：“希望高兄不要忘记对英娘的承诺。”高琼道：“这是当然，不劳多言。”又向张咏借了一些钱，这才拱手作别。

潘阆道：“高琼无端借钱做什么用？”向敏中道：“应该是住店用。眼下内外城门尽皆关闭，他只能在外城找家客栈住一夜，明日一早才能进里城。”

潘阆道：“他既是朝廷的人，出门直接向巡街的禁军表明身份就是，何必这般费事？”张咏道：“听小潘一说，我倒想起了一点来，高琼本名高唐，是英娘的杀父仇人，因加入禁军才逃避了死刑。可他既是禁军，又如何能时常到樊楼饮酒？”

向敏中道：“不错，这是一处很大的疑问。当今官家武将出身，天下又尚未平定，对军纪要求极严，高琼若真是禁军，是决计不可能到樊楼饮酒的，不然会受重罚。”

四人也想不明白究竟，各自凝思一回，心头仍是有诸多不解之处。

正如向敏中所预料，高琼预备先找家客栈投宿，次日一早再赶进里城。然而正当他到坊门下时，忽然看见开封府押衙程德玄正带着两名小厮骑马过来，忙上前招呼道：“程押衙！”

程德玄“啊”了一声，左右望了一眼，慌忙跳下马来，道：“你不是被人劫走了吗？怎么会在这里？”高琼道：“说来话长，我正好有机密要事要见晋王，请程押衙带我进城。”

一听“机密要事”，程德玄便不再多问，命小厮让了一匹马给高琼，又取下自己的软角幞头给他戴上。

原来高琼正是晋王赵光义下属。他当年因劫道杀人被官府捕获，判了磔刑处死，行刑时天降暴雨，刑场昏黑一片，他竟然趁乱逃脱。后来一路逃避追捕，来到汴京，又被官府的人盯上，他无可奈何之下，只好闯入禁军军营，声称要戴罪投军。根据律法，他是被通缉的死犯，加入禁军确实能够免除死罪，然而却需在额头刺字。当时禁军的军士绝大多数都要刺字，这是宋代军队的一大特色，通常是将军队番号刺在额头上，一是当作标识，二是军士逃走便于追捕。然而囚犯入伍则要特殊对待，尤其高琼是该斩的死囚，要在额头刺上“免斩”两个大字，再在左右脸颊各刺一面旗帜，表明他是免死的强盗。高琼不过是走投无路才决意从军，却料不到还有受到刺字的待遇，不愿意终身留下耻辱的印记，便又要逃出军营。他一人力敌数十人，横冲直撞，最终力竭受伤被擒，正好被大宋开国功臣王审琦[1]无聊在军营闲逛时看见。因高琼杀死好几名禁军，被判在军营门前当众钉死，王审琦爱其骁勇锋锐，秘密将他从殿前司狱[2]中救出，引荐给晋王赵光义，做了其心腹侍卫。然而只养在别宅，并不随侍晋王出行，因而开封府官吏如判官程羽等并不认识。

来到里城的新门，程德玄出示晋王铜牌，径直入城，来到晋王府。问明晋王在别院中，便径直往后苑而来。到得月门前，侍卫指明晋王正在屋里，却不愿意进去通报。程德玄听到屋里隐隐传来女人嘤嘤哭声，当即会意，道：“晋王有事，不如明日再来。”

高琼却甚是固执，道：“我这件事非同小可，一刻也等不得。你们既不愿意禀报，我自己进去好了。”昂然进来院中。沿甬道曲行，穿过数株梧桐树，却见别院房中红烛映窗，一人正挺剑刺出，不由得大惊失色，几个箭步跨上去，一脚踢开大门，闯入房中。

却见晋王妃符氏跪在房中，双手捧着胸口，眼睛瞪得老大，似乎浑然不相信眼前发生的一切——她的胸口正插着一柄利剑，剑尖穿胸而过。

晋王赵光义听见动静，霍然将剑拔出，转过身来，见是高琼，这才擎剑肘后，森然问道：“你半夜闯进本王房间做什么？”

高琼早惊得目瞪口呆，眼睁睁地看着符氏伸出手来，往空中虚抓了

[1] 王审琦：赵匡胤义社十兄弟之一，赵匡胤称帝后杯酒释兵权，夺其兵权，赐予大量财物，将长女昭庆公主下嫁其子王承衍。

[2] 殿前司狱：军事监狱，专门关押处置犯罪的禁军将士。

两下，这才往前扑倒。地面上铺着厚厚的锦裀地毯，竟连半点声响也没有发出。

赵光义喝道："高琼！"高琼这才回过神来，慌忙跪下道："属下刚刚逃脱，有机密大事赶来禀告大王，不待侍卫禀告便冒昧擅闯，死罪。"

赵光义将剑横放在桌上，慢悠悠地坐下来，问道："什么机密大事？是大哥派人劫走了你吗？"大哥即是指皇长子赵德昭，时挂太傅名号，领兴元尹、山南西道节度使位，大哥是宫里习惯性的亲昵称呼。

高琼道："回大王话，此事跟赵太傅无关。"当即将事情经过详述一番，只不提适才去过汴阳坊一事。

赵光义道："你做得很好。起来说话！"自己也激动难安，站起身来，往窗下来回走了几步，转头叫道："丽娘，你先带小娥出去。"

高琼这才留意到房间角落中还缩着一对母女，正拥在一起瑟瑟发抖，而他居然认得她们，正是庞丽华母女。

庞丽华亲眼见到赵光义一剑杀死王妃，早吓得呆了，哪里听得见赵光义的话。

高琼深知晋王秉性，生怕她母女就此惹祸上身，忙过去叫道："娘子，晋王命你退下。"庞丽华道："啊，你……"忽见高琼连使眼色，便乖巧地住了口，抱起女儿忙不迭地退了出去。

赵光义皱眉凝思良久，问道："传国玉玺可有旁人知道？"高琼道："没有。"

赵光义道："那好，本王命你专门追查传国玉玺，飞骑营人马任你差遣调动。"一边说着，一边自怀中掏出一枚虎符交给高琼，又道："只是有一点，一切只能秘密进行，稍有泄露，本王也保不了你。"

高琼道："大王放心，属下知道轻重。倘若事情败露，一切后果自有高琼一人承担。"赵光义道："很好，你去吧。"又叫道："等一等。你此番也受了不少苦，足见忠心，你可有什么要求？凡晋王府中的女子、财物，任你索取。"

高琼道："大王是属下的救命恩人，属下性命都是大王的，但求尽心尽力为大王办事，哪敢提什么要求？"赵光义道："嗯，本王知道你忠心，所以才委以重任。”

高琼道：“属下办事不力，博浪沙未能得手不说，还被人瞧出破绽。大王不予追究，属下已十分感激。”赵光义道：“这次博浪沙事虽不成，但也不算完全失败。若不是张咏那几个人多事，事情绝不至于如此复杂。哼，看来要顺利嫁祸到南唐身上，为我大宋找到出兵的借口，非得除掉他们不可。”

高琼慌忙重新跪下，道：“高琼大胆，有个不情之请，恳请大王放过张咏他们几个。”赵光义道：“你居然为他们求情？”

高琼道：“是。张咏他们几个已经知道了真相，却没有张扬。”他知道赵光义城府既深，眼线又多，万事难以瞒过，不得不说了适才进城后去过汴阳坊一事，道：“张咏几人的所作所为，并非要与大王为敌，而是在调查王彦升一案时无意卷了进来。他们虽然只是平民百姓，却是聪明过人，能从蛛丝马迹推测到真相，可谓十分难得。大王不也赏识张咏，所以才赐他花押，命他调查属下被劫一案吗？”

赵光义道：“本王当时赐张咏花押是另有用意。不过你说得不错，这几个人终究都是俊杰之才，若能收为己用，总比杀了要好。你起来吧。你适才说你到汴阳坊的时候，见过内侍行首王继恩？”高琼道：“是的，属下亲眼见到他从张咏住处出来。”

赵光义道：“一定是皇兄派他去的。我本来也派了程德玄去找他们查问案情，想不到凑巧带了你回来。你认为张咏他们已经将真相告诉王继恩了吗？”高琼道：“未必。张咏他们之前以为我是被南唐人劫走，见到后我方才知道事情经过，应该还没有来得及向他人说明。况且听他们口气，他们以为我是朝廷的人，是受朝廷指派。”

赵光义道：“很好，看来本王得亲自去拜会拜会这几位聪明的才子。”高琼吃了一惊，道：“大王是要现在去吗？”赵光义道：“嗯。你也去办事吧。”当先跨出房门，竟始终没有回头再看地上的符氏一眼。

高琼心道：“我虽不知道发生了什么事，可王妃是符相公爱女，出身娇贵，两位姊姊都是后周皇后，母仪天下，而今却被丈夫亲手杀死，横尸在此，不知道晋王要如何向符相公交代？”

他虽然对符氏心生同情，也不敢多留，几步跨出院来。却见赵光义已带着侍卫走远，只有程德玄苦着脸站在门口，料到他是受命留下来善后，略微点点头，便往后门而来。

刚走出数步，花丛后忽然闪出一人挡在面前，吓了高琼一跳，见是庞丽华，忙问道："娘子如何会在这里？"话一出口，便觉得多余，晋王好色，人尽皆知，庞丽华未受唐晓英牵连，反而进了晋王府，亲眼目睹王妃被杀都未被晋王下令灭口，只能有一个缘由，她早成为了晋王宠信的侍妾。

一念及此，高琼慌忙退开几步，躬身行礼道："娘子有何吩咐？"庞丽华上前扯住他衣袖，急切地道："丽娘想不到郎君竟然是晋王的人，不过这再好不过。求你救救我女儿，救救小娥。"

高琼愕然道："什么？"庞丽华道："郎君不是很喜欢小娥吗？求你救救她。"高琼不解地道："娘子是为小娥的病发愁吗？而今娘子深得晋王宠爱，晋王府中名医如云，还有什么治不好的？"

庞丽华道："不是……不是这个……晋王要娶小娥做王妃。求你……我求你救救我们母女……"

原来当日唐晓英因毒害高琼被开封府通缉，与她同住的庞丽华也受到牵连被捕，先是由判官程羽亲自讯问唐晓英下落，随即有个姓刘的刑吏来拷打逼问，她根本不知情，又哪里说得出唐晓英藏去哪里，当即便被用了刑，背上挨了十来鞭。伤痛还在其次，她被当着许多男人的面剥下衣衫，袒露上体受刑，羞辱难言，若不是挂念同样被捕来狱中的女儿，早就一头撞死。幸好有位程押衙奉晋王之命来寻她们母女，她才死里逃生。她早感到晋王对待她母女异乎寻常的好肯定是别有目的，但今日方才知道晋王是相中了她女儿刘娥，不由得惊骇异常，小娥才六岁，怎能嫁给已经年近四旬的晋王？待到亲眼看到晋王因口角杀死晋王妃，更是魂飞魄散，恨不得马上插翅离开这个地方。所幸自己最信任的男子忽然出现在眼前，当真是让她抓住了一根救命稻草。

高琼却不能相信，道："你是说晋王要娶小娥才杀死晋王妃吗？怎么可能？"

庞丽华知道难以取信，双膝一软，便跪了下来。高琼大惊失色，道："娘子切不可如此。若被人看见告诉晋王，你我都活不过明日。"

庞丽华便依言站起来，抓住高琼手臂，道："郎君刚才亲眼所见，也该知道他……他是个多么可怕的人。求你救我们出晋王府，就算救不了我，只救小娥一个也行。"

高琼一时不明所以，又不便多留，只道："这事回头再说。"匆匆甩开她，走出几步，又回头道："英娘她人现在在汴阳坊张咏住处，丽娘有空不妨去看看她。"庞丽华道："郎君……"

忽有一个小男孩提着纱灯奔过来，问道："丽娘在这里做什么？小娥呢？"正是赵光义第三子赵德昌[1]。高琼举袖遮住面孔，慌忙去了。

他向晋王府卫士出示虎符，从后门出了晋王府，预备先回州西瓦子的住处。刚拐上巷口，忽听得空中有飞鸟振翅之声，不由得抬起头来，却只见到天空中黑漆漆一片。前面不知道何时已经多了一个人影，正朝自己招手。

高琼一边暗中戒备，一边走过去，问道："阁下是谁？有何贵干？"那人笑道："你不认得我的相貌，难道还听不出我的声音吗？"声音苍老，正是几次审问过他的同族人高强。

高琼见他只有独身一人，当即喝道："你好大胆，可知道这是什么地方？"高强道："你旁边就是晋王府，中原仅次于皇宫的权势之地。眼下你还能抵赖吗？你是晋王的人。"

高琼道："晋王位极人臣，我怎么可能认识？我倒想问问，你是怎么找到我的？"高强道："没有办法找到你，如何敢轻易放你和林绛出去？你难道不想知道林绛下落吗？"

高琼道："当然想知道。他人在哪里？已经被你们抓住了吗？"高强道："没有。他溜去了一个我们进不去的地方。"

高琼道："是皇宫吗？"高强道："不是，一个你根本猜不到的地方。你只要老老实实跟我走一趟，我就告诉你他人在哪里，绝不食言。你放

[1] 后来几次改名，先后为赵元休、赵元侃、赵恒，即北宋第三任皇帝宋真宗。

心，你我同族，我绝不会害你性命，只是要带你去见一个人而已。”

高琼想了想，道：“好。走吧。”他明知道凶险异常，可是事关林绛下落，又不能不去，当即从怀中掏出虎符，用力甩过墙头，落入晋王府中，这才紧追几步，跟上高强。

二人一前一后来到里城城西的一处民居，高强道：“请进吧。”

高琼心道：“不入虎穴，焉得虎子。”推开扇门，一步跨入，只觉得眼前一晃，一张渔网当头罩下，将他网住。门后抢出两人来，执起渔网四角，往他身上缠紧，拉到交椅中坐下，再用绳索缚住。

高琼冷笑道：“我可是应邀前来，这就是你们的待客之道吗？”高强道：“不过是一点预防措施罢了。”

高琼道：“要见我的人呢？”高强道：“等天亮才能见到。不必心急，天很快就要亮了。我现在履行诺言，告诉你林绛人在哪里——他在邢国公宋偓府上。”高琼道：“这倒确实是让人想不到。”

高强道：“你不信吗？实话告诉你，你和林绛被囚禁的时候，我派人在你们每日的饮食中下了一种叫银铃粉的药，这种药于人无害，却有一股特殊的气味，有一种金哥子鸟凑巧可以嗅出来。你们无论走到哪里，只要我放出金哥子，就能找到你们。我早猜到你会回来里城，所以预先埋伏在这里。”

高琼这才明白究竟，却无论如何难以相信林绛去投了宋偓，那可是几朝皇亲、当今国丈。高强似是看穿他心事，笑道：“你想不到林绛去找宋偓，我也想不到呢。不过林绛不是李重进的儿子吗？当年宋偓随你们大宋皇帝亲征扬州，正是奉旨斩杀李重进全家的监斩官呢。”

高琼心念一动，暗道：“不错，我确实听晋王提过此事。也许当时宋偓念旧，私自为李重进存了一点血脉，放过了他儿子。不过我是遇见程押衙才得以进里城，邢国公府邸也在里城中，林绛又是如何混进来的？”

高强笑道：“预想不到的事实在太多。你既是晋王的人，可比我们预想的还要好了。”

高琼他已大致猜到这些人接下来要做什么，可后悔也于事无补，只好道：“之前你已经答应不追查我背后的主谋，你这样做岂不是违背诺言？”高强道：“我并没有着意追查你背后主使，对你下药不过是要追踪林绛，我以为你们两个会一直在一起，谁能想到你竟会被他甩掉呢？这可算不得违背诺言。况且我只是要带你去见大宋皇帝，并不是要揭穿你背后主谋就是晋王，这是两码事。”

高琼道：“你押我去见大宋皇帝，一旦我被迫说出一切事情经过，自然也包括你们南下的真正目的，这对你又有什么好处？”

高强笑道：“你会全盘说出来吗？我倒是很怀疑这一点。而今我已告知你林绛下落，若是你们皇帝不杀你，你便可以回去讲给你的主人晋王听了。抑或你可以亲口讲给大宋皇帝听，问问他的岳父大人为何要收留南唐的奸细。嗯，宋偓虽是当今北汉皇帝的姑父，不过你们皇帝应该不会怀疑他通敌叛国。问题在宋偓之女身上，她十七岁入宫为后，迄今六年，一无所出，听说她害怕将来皇帝殡天后无依无靠，要收皇二子赵德芳做养子，意欲扶持他做太子呢。如果赵德芳有传国玉玺在手，你的晋王还有做皇帝的希望吗？我若是林绛，就会将传国玉玺交给宋偓，挑拨晋王、赵德芳叔侄相斗，这岂不是解救南唐危机最好的法子？我还听说你们那位前后蜀国主孟昶的宠妃花蕊夫人也不安分，跟皇长子赵德昭走得很近，这次赵德昭主持大宋与北汉和谈，就是她出的主意，不过是要让赵德昭出些风头，好有立为储君的希望。”

高琼道：“一派胡言，你是辽国人，如何能知道这些大内秘事？休想挑拨离间。”高强笑道：“那咱们走着瞧吧。”

中国古代大案探奇录

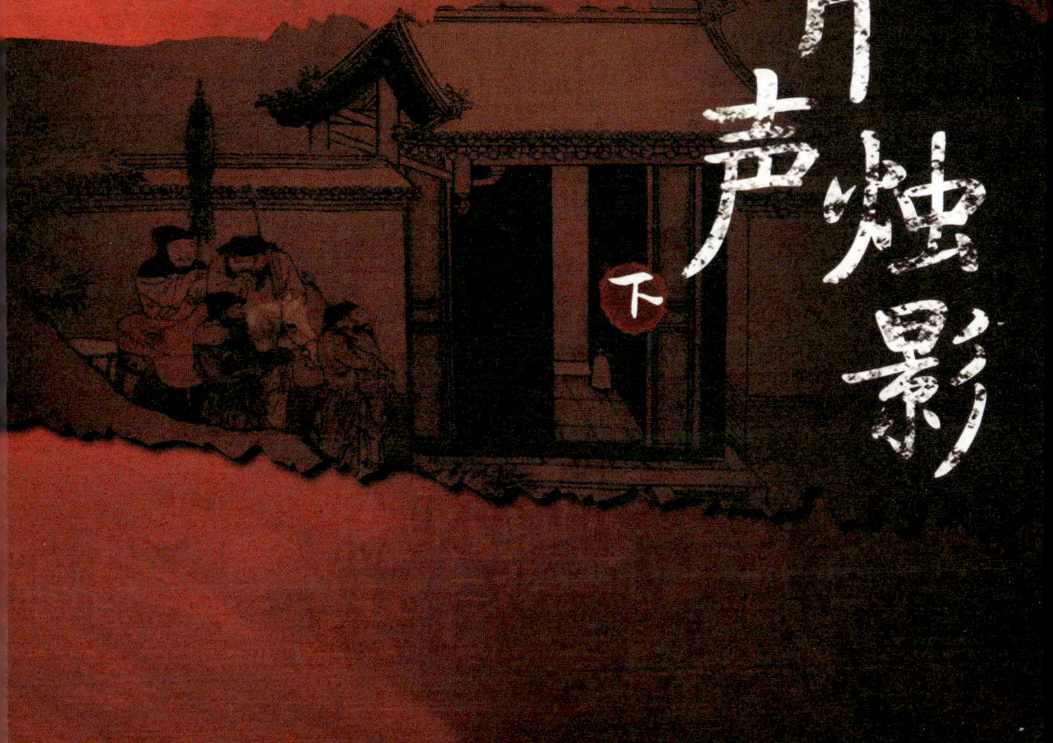

斧声烛影

吴蔚◎著

下

中国民主法制出版社

图书在版编目（CIP）数据

斧声烛影 / 吴蔚著 .—2 版 .— 北京：中国民主法制出版社，2018.4

（中国古代大案探奇录）

ISBN 978-7-5162-1759-7

Ⅰ . ①斧… Ⅱ . ①吴… Ⅲ . ①长篇小说－中国－当代 Ⅳ . ① I247.5

中国版本图书馆 CIP 数据核字（2018）第 056061 号

图书出品人 刘海涛

出版统筹 乔先彪
责任编辑 董　理
责任印制 姜　婷
发行总监 杨光捷
责任校对 姚丽娅
装帧设计 孟纪原　聂　强

书　　名 斧声烛影（下）
作　　者 吴　蔚 / 著

出版·发行 中国民主法制出版社
地　　址 北京市丰台区右安门外玉林里 7 号（100069）
电　　话 010－63055259（总编室）　63057714（营销中心）
传　　真 010－63055259
http://www.npcpub.com
E-mail: mzfz@npcpub.com
经　　销 新华书店
开　　本 32 开　880 毫米 ×1230 毫米
印　　张 7.75
字　　数 224 千字
版　　本 2018 年 5 月第 2 版　2018 年 5 月第 1 次印刷
印　　刷 北京汇瑞嘉合文化发展有限公司
书　　号 ISBN 978-7-5162-1759-7
定　　价 49.00 元（全二册）

目　录（下）

CONTENTS

第七章

登闻天听

庞丽华这才明白为什么一个素不相识的人会恨她入骨，原来是因为她最拿手的秦蒻兰投怀送抱、色诱陶谷的说书故事——她每讲唱一次，赢得满堂酒客热烈掌声的时候，都是往那爱着秦蒻兰的男人的心口上狠狠划上一刀。

晋王赵光义连夜亲自赶来汴阳坊，向张咏等人询问案情。几人不敢隐瞒，将所知事情如实相告，遇到赵光义不解之处，便一一详细解答。一直到次日清晨，才将整个经过说清楚。

赵光义道："嗯，想不到契丹人、北汉人居心如此险恶，若不是你们从王彦升的案子上追查到蛛丝马迹，怕是到现在朝廷还不知道汴京城中来了契丹的人马。"

张咏问道："那么高琼身份一事……"赵光义道："什么？"张咏道："高琼他……"

向敏中忙咳嗽了声，向张咏使个眼色。他这才勉强住口，心道："高琼是朝廷派出的人，就算程判官、姚推官这些人不认识他，不惜动用酷刑逼供，难道晋王也会不知道这件事吗？"

寇准见赵光义脸有倦色，不免有些惴惴不安，禀道："大王忙碌了一夜，也该倦了，不如早些回府歇息。"赵光义道："不碍事。寇准，本王岳父很赞赏你，几次三番向本王引荐，你可愿意在本王手下做事？"寇准忙道："蒙大王抬爱，寇准十分感激，只是我年纪还小，家母一直希望我能跟亡父一样，走科举正途。"

赵光义道："果然是个有志气的孩子。你父亲是科举状元，有其父必有其子，好，本王等着看你金殿题名。"又问道："那么你这三位朋友呢？"向敏中忙道："不敢有瞒大王，家父要求敏中年过三十后再参加科考，目下还有好几年时间。"顿了顿，又道："张咏要跟我一道参加科考，我们已有约定。"

赵光义捋须笑道："好，好，你、张咏、寇准三人参加同一年的科考，那么就有同年之谊[1]了。"他贵为晋王，有心招揽，却为对方婉拒，心中终究有些不快，也不再问潘阆，起身道："你们也陪本王累了一夜，

[1] 同年：指同一年中的进士，古人极看重同年之谊。向敏中、张咏、寇准均于宋太宗太平兴国五年（980年）进士及第，这一届的知贡举（主考官）为前任开封府判官程羽，同时及第的还包括王旦、李沆、苏易简、宋湜等人，后来均成为一代名臣。所提七名进士除张咏以地方政绩扬名外，其余六人均相继位列宰辅大臣，因而这一年的进士榜被称为"龙虎榜"，是宋朝科举史上最为光彩的一年，引来后世广泛瞩目和研究。

该歇息了。”

张咏忙将晋王花押交还，与同伴一道送晋王出来，正见李雪梅端着铜盆出来往院中水井打水，这才记起忙碌一晚，竟忘记李雪梅尚在唐晓英房中，忙上前道：“有劳娘子。”

赵光义道：“这位是……”张咏道：“她是樊楼李员外的千金，昨晚来照看唐晓英。娘子，这位是晋王。”李雪梅避之不及，只得上前参见。

赵光义道：“娘子放心，本王这就回开封府，下令撤销缉拿唐晓英的公文告示。”李雪梅道：“多谢大王。英娘还在房中等水洗脸，雪梅告退。”

赵光义爱她清淡素雅，很是不舍，正要找个借口留下，忽听得门外马蹄嘚嘚，内侍行首王继恩带着两名小黄门飞马驰到，见赵光义也在，慌忙进来行礼，道：“原来大王在这里。官家有旨，急召大王和张咏等四人进宫。”

赵光义道：“一大清早就劳烦大官出宫，皇兄可是有什么急事？”王继恩道：“应该跟之前的案子有关。辽国使者和北汉使者已经进宫了。”又催促张咏几人道：“你们快些去换身衣裳，准备进宫。”等四人进门，才上前几步，低声道：“大王，辽国使者还绑了一个人到殿外，说是关键证人，不过那人被用黑布蒙住脸，看不到面孔。”

赵光义道：“嗯，多谢大官告知。”招手叫过一名侍卫，命道：“你先回晋王府告诉王妃，说我被皇兄紧急召进宫了，一时回不去，请她自己去陪岳父大人玩鹰。”侍卫躬身领命而去。

赵光义又道：“大官上次不是看中了繁台[1]边上的一座宅子吗？本王已经派人买下来，改日大官有空，可去晋王府取房契。”

繁台是一座长约几里自然形成的宽阔高台，是春秋晋国盲人乐师师旷学艺弹琴的地方，又称古吹台。后因附近居住姓繁的人家，故称为繁台。开封地处平原，四周一马平川，故而得一高处殊为不易。汉代梁孝

[1] 繁（pó）台：遗址在今河南开封城东南，禹王台公园的西侧。至今犹存的繁塔建成略晚于本小说发生的时间。

王在这里兴建殿宇亭楼，种植名贵花木，修建成一座豪华的园林，称为梁园，又称兔园。唐代诗人李白曾写下洞彻千古的《梁园吟》，其中有诗道：

昔人豪贵信陵君，今人耕种信陵坟。
荒城虚照碧山月，古木尽入苍梧云。
梁王宫阙今安在？枚马先归不相待。
舞影歌声散绿池，空馀汴水东流海。

可见唐代时梁园已经衰败颓废，令诗人充满了今昔变迁的沧桑感。后梁时，朱温将繁台改为讲武台，专门在此演兵练武。后汉立国时，将契丹留下守卫开封的幽州兵卒尽数逮捕后斩首于繁台之下。后周在此修建了天清寺，因落成之日恰巧是后周世宗柴荣的生辰天清节，所以取名天清寺，作为柴荣的功德院。经过后周重修后，繁台一带殿宇峥嵘，林木笼鬱，环境幽雅，兼之晴云碧树，桃李争春，风景宜人，成为著名的汴京八景之一。能在此购置宅邸当然也绝非凡人。

王继恩相中那处精美宅院已非一日，只不过宅子的主人很有些来历，无法强买，出价又高得离谱，远非他这个内侍行首的俸禄所能负担，只能令他望而兴叹。忽听得晋王已经买下宅子，且要送给他，不禁又惊又喜，道："大王如此厚爱，继恩受之有愧。"赵光义道："大官不必客气，有什么需要直接告诉本王即是，千万不要见外。"

张咏等人已经换过衣衫出来，王继恩便不再多谈，默默领了众人进来大内皇宫。

宋代皇宫坐北朝南，正南门称宣德门，五门并列，每扇门均是金钉朱漆，墙壁的砖石之间均镌有龙凤飞云之状。门上有宣德楼，雕梁画栋，峻桷层榱，楼顶则覆以琉璃瓦，曲尺朵楼，朱栏彩槛，也是京师的标志性建筑。门楼两旁分布有廊阁，朝廷中枢机构如枢密院、中书省、宰相议事都堂、颁布诏令历书的明堂、翰林司、学士院、武德司等均在其中。

进来宣德门即是大庆殿，是宫城内最高最大的建筑，坐落在全城的中轴线上，面阔九间，两侧有东西挟殿各五间，东西廊各六十间，殿庭广阔，可容纳数万人。大庆殿的西北是文德殿，即所谓正衙殿，是皇帝主要政务活动场所。东北是紫宸殿，是节日举行大型活动的场所，也是六参和朔参[1]的专用宫殿。往西则是垂拱殿，是皇帝常日视朝之所，召见节度使及外国使者均在这里进行。垂拱殿后有一道东西向的高墙，称为横街，北边即为皇帝后妃的居住生活区，是真正的大内，又称内朝。

王继恩领着众人进来垂拱殿。殿内已经有不少人——北汉一方的刘延朗；辽国一方的欧阳赞夫妇及从人；大宋也有一些文武官员在场，如邢国公宋偓、宰相沈义伦、薛居正、翰林学士卢多逊、知制诰王祐、主管外交事务的鸿胪寺判寺事冯吉、开封府判官程羽、殿前司指挥使皇甫继明、主持排岸司的侍禁田重、右屯卫上将军折御卿、皇弟赵廷美[2]、皇长子赵德昭、皇二子赵德芳以及侍从王旦等。

赵匡胤见赵光义等人到来，便命王继恩一一为众人引见，这才道："辽国和北汉使者称找到了博浪沙一案的重要证人，不过一定要等诸位都到场。欧阳先生，这就请你带上证人吧。"

欧阳赞点点头，拍了拍手，早等在殿角门的随从便扯着一名五花大绑的男子来殿中跪下，揭下他头上的布套。众人一看之下，开封府判官程羽最先惊呼了出来，道："这不是自浚仪县狱逃走的刺客高琼吗？"

张咏等人更是面面相觑，昨晚明明才见过高琼，不知道他如何又落入了契丹人手中，看来这辽国使者是要来一场金殿大对质，好教大宋皇帝无可推托、无话可说。

欧阳赞应声道："不错，正是那逃走的刺客高琼。晋王，你可认得此人？"赵光义道："人没有见过，不过高琼的名字本王早听过无数遍了。

[1] 宋代在京服职的文官按官阶分为京官和升朝官二等，京官是指不常参的低级文官，升朝官是可以朝见皇帝、参加宴坐的中高级官员。每日赴垂拱殿朝见皇帝的升朝官称常参官或日参官。朝廷各司的朝官，每五天一次（每月六次）赴紫宸殿朝见，称为六参官。每逢朔（初一）、望（十五）赴紫宸殿朝见，则称为"朔参官"。

[2] 赵廷美：本名赵匡美，避赵匡胤讳改名赵光美，后又避赵光义讳改名为廷美。本小说一律采用赵廷美的名字。

当日他被人挖地道从狱中救走，全京城紧急戒严后大肆搜捕，始终没有发现他的下落。敢问尊使是如何捕到他的？”

欧阳赞道：“嗯，这个说来只是侥幸。高琼在博浪沙行刺被擒，刘尊使的手下曾见过他的相貌，昨夜凑巧在晋王府的后巷发现了他，特意将他擒住，带来见陛下。”转头问道：“刘尊使，是也不是？”刘延朗微一迟疑，最终还是点了点头。

赵匡胤喝道：“高琼，你在晋王府外做什么？莫不是想要对晋王不利？”高琼只是垂首不答。

赵匡胤为人宽厚，却是个急脾气，最容不得人当众忤逆他，当即虎起了脸。一旁内侍行首王继恩见皇帝明显露出了不快之色，便朝一旁的执杖武士使个眼色。一名武士抢上前来，举起金瓜便朝高琼后背锤击下去。高琼当即扑倒在地，吐出一大口鲜血来。

张咏见武士继续击打不停，且下手狠辣，不由得暗暗心惊，暗道：“眼下情形根本没有到用刑的地步，官家如此，莫非是要杀高琼灭口，令辽国使者死无对证？”一想到高琼明明是为朝廷做事，却在关键时刻被朝廷抛弃，不由得很是不平，跨上前一步，叫道：“停手！”

赵匡胤不悦地道：“朕正在处理国事，张咏速速退下。”张咏道：“陛下，高琼是……”一旁潘阆抢上前来，道：“张咏山野村夫，不懂礼仪，请陛下恕罪。”意图将张咏拖回原列。

张咏大怒，道：“如今的事全都乱套了。就算官家今日要杀张咏，我也是不吐不快。”忽听得高琼挣扎叫道：“不要……不要说……”

欧阳赞道：“张公子可是知道什么内情？”张咏怒道：“我当然知道内情。欧阳赞，你明明是中原人，为一己之私叛国投敌不说，还假装与我大宋议和，怀抱不可告人的目的……”

赵匡胤喝道：“休得对使者无礼！来人，将张咏拉出去。”张咏道：“陛下，请您听小民一言，这些契丹人和北汉人一开始就没有安什么好心……”侍卫哪里容他继续当殿指责使者，一拥而上，将他强拖出去。

赵匡胤道：“张咏是个粗人，没有见过世面，还望尊使不要见怪。尊使，这就请将你今日要求朕召集这些臣民到场的目的说出来吧。”

欧阳赞道："是，那么就请恕下臣无礼了。邢国公宋相公，昨夜你府上可是到过什么贵客？"宋偓道："没有。"欧阳赞道："晋王，你总该知道下臣所言的贵客是谁吧？"

赵光义道："本王昨夜一直在汴阳坊中，如何会知道邢国公府上有无贵客？"欧阳赞道："嘿嘿……"

忽有一名内侍急急冲进垂拱殿，跪下禀告道："官家，晋王府派人来叫晋王回府。"赵匡胤皱眉道："有什么急事吗？"

内侍惴惴不安地看了一眼赵光义，鼓足勇气道："晋王妃今早病殁了。"

赵光义"啊"了一声，晃了几下身子，往后便倒。潘阆眼疾手快，急忙抢上来扶住，叫道："大王！大王！"

赵匡胤飞快地奔下御座，抱住赵光义，命道："来人，快宣御医，先送晋王回府，朕随后就到。"当即抢上来几名侍卫，手忙脚乱地将赵光义抬了出去。

赵匡胤这才重新回去坐下，道："晋王妃是符相公爱女，两位姊姊都是前朝皇后，身份尊贵，忽然出了这样的事，晋王一时受不了打击，才会如此。"

欧阳赞不得不附和道："晋王反应也是人之常情，足见晋王与王妃伉俪情深。只是高琼这件案子……"

赵匡胤哪里有心思再听下去，挥手道："这件案子以后再说。二弟，高琼暂时由你负责看管，你将他和张咏一道押去武德司，好好审问清楚。"

赵廷美时任京兆尹，兼领武德司，忙应声道："遵旨。"指挥侍卫扶起高琼，挟出殿去。

一场大危机蓦然风消云散，可谓极富有戏剧性。在场不明内情的官员虽不知道契丹人带来高琼要做什么，但料来绝不是什么好事，见辽国使者脸有悻悻之色，不由暗自庆幸。更有人心道："晋王妃地位虽尊，却是容貌平常，并不得晋王宠爱，今日倒是死得恰逢其时。也不知道晋王是真的急怒攻心，还是假意晕了过去，不过总算把这些契丹人给打发了，令他们无话可说。”见皇帝已拂袖离殿，便各自出宫散去。

向敏中见皇帝下令扣押张咏，知道是对他的话起了疑心，若真如此，岂不是证明朝廷对高琼一事并不知情吗？再联想到那欧阳赞那些若隐若现的暗示话语，登时恍然大悟——高琼是晋王的手下，但却不知道如何被契丹人发现，想利用这件事来挑拨渔利。至于欧阳赞所称的贵客，多半就是那跟高琼一道逃出的南唐人林绛，他本是后周名将李重进之子，走投无路下投奔父亲故交也是人之常情。而今这件事牵连太大，再也不能轻易揭破真相，不然大宋自乱，易为外敌所趁，后果难以想象。只是尚不知道契丹人苦苦追寻的大秘密是什么，不知道这些人还有什么图谋，可谓胆战心寒。

他将自己的想法简单对寇准和潘阆说了。潘阆道：“我早看出一切都不对头，偏偏张咏性子急。”

寇准道：“张大哥为人有情有义，他不过是看不过高琼尽忠反而要多受苦楚。换作你是高琼，他也同样会那么做的。”潘阆道：“换作我是高琼，心里当真苦死了。”

寇准道：“向大哥，你看我们该怎么办？如何才能救张大哥出来？”向敏中摇头道：“张咏被押去了武德司，我们见他一面都是万万不能，无论如何是救不了他。只能等晋王来救他了。”

三人出来皇城，却见开封府判官程羽正在前面朝寇准招手，皇长子赵德昭也站在一旁。潘阆忙嘱咐道：“程判官找你一定是要问案情，你可千万再不能透露半字。”寇准虽不情愿，却也无奈，只道：“潘大哥放心，我知道轻重。”跟着程羽去了。

潘阆道：“老向，你素来眼光敏锐，可有看出这大宋将来的储君到底是谁？”向敏中沉默半晌，问道：“一定要回答吗？”潘阆道：“当然不是一定。只是我很想听听你的看法。”

向敏中踌躇道：“当然是晋王。他是本朝唯一的藩王，又执掌开封府多年，亲信极多，实力雄厚。”潘阆道：“那么你为什么要犹豫半天才回答？你也知道传弟不传子于情理不合，是不是？”

向敏中正要回答，忽见一名汉子急奔过来，便及时住了口。潘阆见他紧盯那汉子不放，问道："你认得他？"向敏中道："很是面熟，好像在哪里见过。"潘阆道："奇怪，你一说，我也觉得他面熟了。"

那汉子径直奔到宣德门东的登闻鼓院，奔上台阶，取下棒槌，朝那大鼓"咚咚"敲击下去。

原来宣德门左右两侧有两个特殊的官署：一是登闻检院，隶属于谏议大夫；一是登闻鼓院，隶属于司谏、正言；由宦官掌管，门外均悬有大鼓，均允许百姓击打。凡有议论朝政得失，涉及军情机密，公私利害，呈献奇方异术，或者请求恩赏、陈诉冤情等，无法通过常规渠道向皇帝呈进的，可以先上登闻鼓院敲鼓呈进，如果登闻鼓院不受理，再上登闻检院投陈。

这两个官署规模很小，地位也不高，却给民间有冤难诉者提供了一条有效的渠道。北宋立国之初，东京市井间有一位名叫牟晖的市民走失了一头猪，因猪是自己走失，并非失窃，开封府不予受理。投诉无门，气急败坏的牟晖跑到登闻鼓院敲响了大鼓。丢猪一事立即被紧急上报到御案前。赵匡胤不怒反喜，特意给宰相赵普下手诏道："今日有人声登闻来问朕，觅亡猪，朕又何尝见他的猪耶！然与卿共喜者，知天下无冤民。"诏令赐给牟晖一千钱，以补偿他的损失。

登闻鼓一响，向敏中便记了起来，道："那大汉是王全斌的家仆，我们在樊楼见过他。"心中隐约有不祥之感，忙追上前去，道："你还记得我吗？你家主人自杀当晚，我也在西楼。"

汉子名叫王五，道："啊，小人记得你，你是向郎，就是你证明我家相公是自杀。"向敏中道："不错，正是我。"

王五恨恨道："可惜你弄错了，我家相公不是自杀，是中毒死的。小人来敲登闻鼓，就是要告御状，告你，告你们当晚在西楼的所有人包庇凶手。"

向敏中大吃一惊，道："什么？王相公有中毒症状吗？"王五道："你们以为做得天衣无缝吗？"

原来王全斌尸首被家人领回去后收殓装棺，因明日是做七[1]的最后一日，王妻苗氏按照家乡习俗要在丈夫口中放入一枚银元宝，哪知道竟发现元宝入口后立即变暗发黑，仔细检查丈夫全身，都呈现出异样的青色。苗夫人是宋初名将苗训[2]之女，颇有见识，认定丈夫是中毒而死，只是娘家、夫家人丁凋零，无所依靠，开封府又以丈夫上吊自杀结案，便命家仆王五来击登闻鼓告状。

鼓院当值的宦官听到鼓声，慌忙赶出来，请王五进去登记案情、住址，好上奏皇帝。凑巧赵匡胤便服出宫赶去晋王府，听见鼓声便先下马过来查看。宦官见皇帝亲临，忙跪下迎驾。王五听说眼前的布衣老者就是官家，连连磕头，哭着大叫冤枉。

赵匡胤一时难以明白究竟，举手叫过向敏中，道："你不是还有朕的花押吗？朕命你调查此案。"向敏中道："遵旨。不过可否请官家将张咏放出来，他当日也在西楼，又是个有力的帮手。"

赵匡胤道："张咏若是知情者，你们两个也知道，是不是？"向敏中道："是。官家法眼如炬，凡事难以瞒过。"

赵匡胤沉吟道："朕现在要赶去晋王府，高琼的事回头再说。等朕得闲，会派人叫你们进宫，你们得一五一十地交代清楚。"向敏中道："遵旨。"

赵匡胤回头命道："派个人去武德司放张咏出来。再告诉皇弟不可对高琼用刑，就说是朕特别交代的话。"哼了一声，拂袖上马而去。

向敏中心道："官家已经大概猜到究竟了。"见王五还跪在地上不敢抬头，上前扶起他道："官家已经走远。等我同伴出来，我们这就去你家验尸，如何？"

王五根本不相信他，却因为他是官家亲自指派，有钦差的身份，不

[1] 古代有"做七"的祭奠习俗，人们认为，人死后七天才知道自己已经死了，所以要"做七"，亲属每七天设斋会奠祭一次，前后七次，共七七四十九天。灵柩一般要停七天才下葬，据说是希望死者能复活还阳。

[2] 苗训：后周时任殿前散指挥使，善天文占卜之术，即在军中散布天象该当赵匡胤做天子、导致陈桥兵变的关键人物。入宋后不久即病死，传闻是被赵匡胤秘密处死。

敢拒绝，怕担上抗旨的罪名，只得勉强应道："是。"

武德司就在宣德门内，只等了一盏茶工夫，便见一名小黄门领着张咏出来。向敏中见他不停地抚摸手腕，忙迎上去道："赵相公对张兄用刑了吗？"张咏道："也算不得什么刑罚，他下令将我和高琼四马攒蹄地吊在屋梁下，声称不招供就绝不放我们下来。官家如何又改变主意放我出来？"向敏中道："只因为王全斌的案子又起了变故。"

张咏一听完经过就道："这件案子查起来可就难了，王全斌应该是饮食中毒，可时过境迁，我们上哪里去寻当日王全斌用过的酒具食器？即使能寻到，也早已经用清水洗干净了。"

向敏中道："确实不容易。不过还是得先去验尸。我想叫上宋科，他虽然可能与鬼樊楼有所牵连，但确实是东京最有经验的老仵作，熟知毒药毒性，不知道张兄以为如何？"张咏道："甚好。"

潘阆便自告奋勇道："今日还是寒食假期，宋科一定还在家里，我到过他家，我去叫他来。"向敏中道："有劳。我们先去王相公家。"几人就此作别。

向敏中和张咏跟着王五径直南来。王全斌的宅子是赐第，就在外城御街西首。御街两边多是重要官署，能在京师拥有一座正对御街的宅邸，可是不简单，只有为国家立下大功的大臣才能有此荣耀。王全斌虽因滥杀蜀中降将遭贬斥，赐第却还在，说明皇帝不忘旧情，他还有东山再起的机会，只是想不到这次奉诏回京，竟然是一条不归之路。

来到王宅，王五进去禀报。苗夫人并不出来相见，只说有孝在身，又是女流之辈，不便见外客，凡事自有王五照应，请钦差务必查出真凶。向敏中、张咏遂进来灵堂，到灵柩边一望，果见王全斌脸色发青，嘴唇发乌，有中毒症状。

等了大半个时辰，潘阆与宋科乘着雇来的车马到来。宋科面色严肃，也不多问，让王五准备了一盆皂角水，打开随身携带的包袱，取出一根银针，将针用皂角水洗过后，再伸入王全斌口中，银针顿时变了颜色。

宋科道："银针探口，变青黑色。"又将银针用皂角水反复擦洗，道："银针青黑色不褪，王相公系中毒而死。"

潘阆道："可当日王全斌颈中有两道勒痕，交汇在耳后，已是确认无疑的上吊自杀，又怎么会莫名中毒？"张咏道："莫非是中毒在先？"

宋科又仔细检查全身，一面验尸一面按照惯例喝报道："王相公面色微青；上下唇吻青色；上下牙根青色；口开，舌在内，青色；十指甲青色，十趾尖甲青色；肚腹心口无青色……"稍觉奇怪，微一凝思，便明白究竟，告知道："适才小人说王相公系中毒而死的说法并不准确。王相公所中之毒并不厉害，凡人中毒，先入四肢，毒气攻心始能毙命，他还没有毒气攻心时便已经上吊自杀，所以心口一块并无青色。"

向敏中道："这么说，即使当晚王全斌不在樊楼上吊自杀，他也一样会中毒而死？"宋科点点头，道："不过这种毒药既不是常见的毒药，毒性又不深，小的一时难以认出。"向敏中便道了谢，宋科收拾工具自去了。

王五哭道："什么上吊自杀，难道不是有人下毒后令我家相公无法反抗，再将他颈中套上绳索，造成自杀假象吗？这样的话，仵作验出来也是自杀。"向敏中道："你说的这种情况固然可能，可是当日千牛卫上将军孟玄珏亲眼看到你家相公上吊自杀。"

王五道："孟将军的话怎能相信？向郎与孟氏兄弟交好，当知道他们原来在蜀中的美貌侍妾均被我家相公所夺，分给了部下将士。他们恨我家相公入骨呢。"

张咏闻言大是惊奇，问道："当真有此事？"向敏中难以否认，默默点了点头。

潘阆道："如此说来，孟氏兄弟当是最大嫌疑人了。"王五道："不错，潘郎总算说了句公道话。"

向敏中道："王五，我知道你一心要为主人报仇，因为我跟孟氏兄弟的关系，你也不信任我。可我奉旨查案，不敢徇私，我可以向你保证，若真是孟氏兄弟下的毒手，我一定会亲手逮捕他们。"王五这才道："向郎只要不庇护孟氏兄弟就好。"

向敏中道："那么你现在仔细听我说——当晚我和孟氏兄弟是临时起意去樊楼饮酒，我们进的是四号阁子，王全斌相公比我们晚到，所以才进了六号阁子。若不是后来王相公在阁子大声说话，我们根本不知道他就在隔壁。试问这种情况下，孟氏兄弟又临时到哪里去寻到毒药毒害王相公？况且整个过程中，只有小孟孟玄珏出去了一趟，以他的刚烈性格，动刀杀人还有可能，往饮食中下毒这样的事是万万做不来的。"

王五道："我家相公回京后夜夜拥着那美貌行首蔡奴到樊楼饮酒不归，孟氏兄弟一定早听说过，所以暗中备好毒药。为了要报仇，动刀子也好，下毒也好，有什么做不来的？"向敏中道："那好，就算孟玄珏出去四号阁子时是要去对隔壁王相公下毒，既然选择下毒，一定是怕被旁人发现，可王相公当时人一直在六号阁子里面，看见孟玄珏进来会无所反应、任他下毒吗？"

王五道："或许我家相公当时已经喝醉了，伏在桌上，无所觉察。"向敏中道："不，你家相公根本没有喝醉。当晚他因为八号阁子说书一事大闹了一场，哪知道皇二子赵德芳相公人也在场。他在皇子面前舞刀弄枪，势同谋反，犯下大罪，后来赵相公派右屯卫上将军折御卿严厉斥责他，命他向说书女庞丽华道歉。你家相公经此一事，哪里还有心情饮酒？"

王五惊道："向郎是说当晚跟折将军同在三号阁子的是皇二子？"向敏中道："不错，你不甘心的其实是你家主人怎么会莫名其妙地自杀，现在该明白原因了。多年苦苦期待重新回到朝廷，却在樊楼化作了泡影，你叫他如何不灰心？"

王五道："可是这些话向郎当晚为何不说明白？"向敏中道："皇二子不肯露面，是不愿意旁人知道当晚他在樊楼，开封府的人心照不宣，所以才匆匆结案。若当真揭破一切，对王家可没有丝毫好处，你主人全家都要受到连累，或刺配，或流放，还能住在这豪华赐第中吗？"王五这才大起惊惧之心。

向敏中道："这些话我只是跟你讲明白，回头你转达给你家夫人听，不过切记不可外泄。"王五道："是。"

向敏中道："我再举证给你听。既然王全斌相公心事重重，并没有喝醉，孟玄珏绝不可能悄无声息地溜进去下毒。潘阆，你当时亲眼见过孟玄珏站在王相公的六号阁子前，可有见到他进去过？”潘阆摇了摇头，道：“没有，孟将军只是揭起门帘，站在那里。”

向敏中道：“如此可见孟玄珏的话并不假，他到达六号阁子时，变故已经发生，王相公正在上吊自杀。不过既然王相公是中毒在先，那么一定有个下毒的凶手。”

潘阆道：“下毒的凶手会不会就是那后来有意移动王全斌尸首的人？”张咏道：“你是指折御卿吗？他移动尸首是想故意造成他杀假象，嫁祸跟他有仇的党项人李继迁。可要说他下毒害王全斌，绝无可能。”向敏中也道：“出面代表皇二子斥责王全斌相公的正是折御卿，他能逼得王相公自杀，又怎会下毒害他？咱们先忽略移动尸首一事，将下毒的凶手先找出来。”

张咏道：“可如今既不知道王全斌中的是什么毒，又无可取证，如何查起？”向敏中道：“既是中毒在先，与王相公同在一间阁子的蔡奴自然嫌疑最大。”

潘阆道：“是了，为何王全斌中了毒，蔡奴却没事？而且她后来四处往各个阁子敬酒，似是有意造成不在场的假象，很是可疑。”

张咏因为当日与蔡奴颇谈得来，极喜爱她的善解人意，少不得要为她说几句话，道：“可蔡奴为何要害自己的恩客？”王五插口道：“说不定她是蜀女，有亲人为我家相公所杀。”

张咏道：“你也知道你家相公杀人如麻！他在蜀中杀死几万无辜军民，看起来只要是蜀人，都跟他有杀亲之仇了。”王五无话可答，只能低下头去。

张咏道：“就算蔡奴是蜀女，可你适才也说了，王全斌夜夜拥着她到樊楼饮酒，王全斌中毒，她立即就会成为最大嫌疑人，她会那么笨吗？”潘阆道：“可是当晚的情况不一样，孟氏兄弟也来了樊楼饮酒，蔡奴也许正想把握这个机会，将下毒的事转嫁到孟氏兄弟头上。”

向敏中道：“听起来也有几分道理。张兄，不如你和潘阆去鸡儿巷找蔡奴，盘问她身世来历。我再去趟樊楼。”张咏应了，与潘阆一道来找蔡奴。

鸡儿巷位于里城马行街鹩儿市中，又分东鸡儿巷和西鸡儿巷，是妓馆集中地，人烟浩闹。东西巷口有座单将军庙，是隋末枭雄人物单雄信的墓地。

张、潘二人一路打听，寻来西鸡儿巷一处小院，杨柳依依，槐荫满地，颇有闹中取静、回绝尘嚣之意。有女使应门，娇声告道："娘子身体不适，不见恩客。"潘阆道："你须去告诉娘子，我们两个是当晚樊楼的故人。"

女使大概明白"当晚樊楼"的意思，也不再通报，立即引二人进来，绕过曲槛，穿过院落，来到一处厅子，叫道："娘子，有故人到访。"

珠帘掀处，一身贴身小衣的蔡奴出现了，笑道："原来是张郎和潘郎。"随即侧身站在一边，拢起珠帘，待客进屋。又命女使奉上茶水，才问道："二位郎君如此肃穆，有什么事要奴家效劳吗？"

张咏径直问道："娘子是哪里人氏？"蔡奴道："奴家是土生土长的汴京人氏。张郎如何问起这个？"张咏道："嗯，眼下王全斌的案子又起了变故，他上吊自杀前便中了毒。"

蔡奴道："啊，你们怀疑是奴家下毒？王相公是恩客，是奴家的衣食父母，奴家如何要害他？"嘤嘤哭泣了起来。张咏忙安慰道："娘子不必惊慌，我们正在调查这件案子。不独娘子，当晚到过西楼的人都要问话。"

蔡奴哭道："王相公中毒，奴家却活得好好的，所有人都会怀疑是奴家下的毒。可奴家真的没有……没有……"

潘阆道："你当真是奉王全斌之命往各阁子敬酒赔罪吗？"蔡奴道："是。奴家怎敢擅作主张？"

张咏道："娘子先别哭，你从离开六号阁子，到发现王全斌的尸首，这一段时间再也没有回去过，对吗？"蔡奴道："没有。张郎、开封府的姚推官，还有三号阁子的官人都能为奴家作证的。"

张咏道："也许凶手是在蔡奴离开六号阁子后下的毒。"潘阆道："可王全斌并没有醉，他会不加觉察吗？”

张咏道：“也许这个人不是像孟玄珏那样一露面就会引起王全斌警觉的人。”潘阆恍然大悟，道：“比如焌糟，比如酒厮，比如开封府的人，我是说比如。”张咏道：“比如一号阁子和二号阁子从未露过面的人。我们需要一份完整的名单。”

当即辞别蔡奴，往樊楼而来。正遇到向敏中出来，手中举着一张纸，道：“你们是来找当晚西楼酒客名单的吗？我已经细细讯问过西楼柜台，整理出了一份。”

张咏、潘阆忙凑过来一看，却见那名单上写着：

西楼西二号阁子：樊知古。

西楼东一号阁子：符彦卿、王祐、冯吉。

西楼西四号阁子：孟玄喆、孟玄珏、向敏中。

西楼东三号阁子：皇二子赵德芳、折御卿、王旦。

西楼西六号阁子：王全斌、蔡奴。

西楼西八号阁子：李继迁、张浦、庞丽华。

西楼西十号阁子：开封府推官姚恕、开封府押衙程德玄、马韶。

西楼西十二号阁子：寇准、张咏、潘阆。

西楼当值：小厮罗锅儿、酒厮丁大、焌糟丁丁、唐晓英、纪娘、金娘。

西楼散座：诸官人随从、家仆等。

进出过西楼的其他人：卖果子的小厮呆子、庞丽华之女刘娥。

张咏大喜道：“要的正是这样一份名单，可谓再详尽不过。”又说了蔡奴是开封本地人氏，并无杀人动机。

向敏中道：“蔡奴号称汴京第一名妓，能得恩客欢心，关键是她善于曲意逢迎，容貌还在其次，我也不大相信她这样性格的女子会下毒害王全斌相公。”张咏喜道：“如此，便可以排除蔡奴的嫌疑了。”向敏中道：

“嗯。从这份名单看来，四号阁子的孟氏兄弟有杀人动机，嫌疑最大，偏偏我本人恰好可以证明他们无辜，所以四号阁子和张兄所在的十二号阁子一样可以排除。”

潘阆道：“符相公当时居然就在一号阁子里，竟然一直没有听他提过。那弹得一手好琵琶的人，当就是冯吉了。”向敏中道：“冯吉是京师有名的琵琶圣手，以皮为弦，号称‘绕殿雷’。若不是他沉迷于音乐，怕早就跟他父亲一般位至宰相了，何至于才是个鸿胪寺判寺事。”

原来冯吉是传奇宰相冯道之子。冯道在后唐、后晋担任宰相，契丹灭后晋后又到契丹担任太傅，后汉时任太师，后周时又任宰相，是中国历史上最著名的不倒宰相，死后还被后周世宗柴荣追封为瀛王。但此人因事君太多，也被认为操行有问题而饱受争议。冯吉早在后周时因父荫步入官场，只是他本人雅好琵琶，孜孜不倦，臻妙之处连教坊供奉名手亦不能及，宰相认为其人轻佻，不予重用。冯吉性之所好，亦不能改。

张咏道：“如此，一号阁子和三号阁子都可以排除。剩下的人中，以八号阁子党项人李继迁和他的心腹随从张浦嫌疑最大，他们事先因为说书一事与王全斌冲突，王全斌还差点杀了张浦，兴许是他们难解旧恨，趁机下毒。”向敏中道：“但是有一点，下毒不同于动刀动枪，若是事先筹划好的，需要准备好毒药。李继迁与王全斌冲突只是意外事件，他应该不可能随身带着毒药。”

张咏道：“眼下最要紧的，还是弄明白王全斌到底中的是什么毒。”忽见到王五正在一旁探头探脑，忙过去问道：“你是在跟踪监视我们吗？”王五忙道：“不敢。是夫人差遣小的跟着几位郎君，万一有什么事，也好跑个腿传个话。”

潘阆冷笑道：“你家夫人还是信不过我们，不过这也是人之常情。”王五道：“潘郎能体谅就好。”

向敏中道：“王相公既被召回京师，该尽享与家人团聚之乐，又如何夜夜拥妓饮酒、似有不解之愁呢？”王五道：“这话实在不该小的说的。不过为了找出凶手，小的也顾不得许多了。官家这次召我家相公回京，本是要任命他为新军统帅，可晋王说我家相公并不合适，又推荐了新的人选——太傅曹彬，官家又犹豫不决。我家相公因此而不快。”

潘阆道：“呀，那么十号阁子里的三位开封府的人岂不是也有杀人动机？”

王五不过是回答向敏中的话，却想不到潘阆立即有如此推论，开封府的人敢下毒害他家相公，那不就是奉晋王之命吗？当即骇异得张大了嘴巴。

潘阆却毫不顾忌，继续侃侃而谈道：“以姚恕的开封府推官身份，他走进六号阁子假意说事，王全斌绝不会提防。”向敏中道：“有理。走，咱们一起去趟鸡儿巷。”

张咏道：“又是去找蔡奴吗？我们该直接去开封府找姚推官和程押衙问清楚才是。”向敏中道：“眼下晋王妃刚刚病逝，他们人人都在晋王府听命，哪里有空理会我们？我找蔡奴自有道理，她是最好的证人。”

几人又匆忙赶来鸡儿巷，蔡奴刚梳妆打扮完毕，容光焕发，极尽娇艳，与适才所见判若两人。张咏心道：“难怪女子要忙着涂脂抹粉，看来确实能增色不少。”

蔡奴见张咏去而复返，不由得又紧张起来。向敏中忙道：“我们只是有几个要紧的问题要问娘子，事关重大，还请娘子好好回忆。”蔡奴道：“这是自然。”

向敏中道：“当晚娘子离开六号阁子，先去了哪里？”蔡奴道：“先去了你们几位郎君所在的十二号阁子啊。王相公跟张郎动过手，所以奴家想要先给张郎赔罪，不过这是奴家自己决定的。”

向敏中道：“接下来呢？”蔡奴道：“接下来奴家……”潘阆道：“我大概明白向兄的用意了。蔡家娘子最先进来我们阁子，可时间极短，我紧随她出去在楼廊说了一阵子话，她才往隔壁十号阁子而去。”

向敏中道：“对，这就是关键。娘子进十号阁子时，共有几个人？”蔡奴想了想，道：“三个人——姚推官，程押衙，还有一位姓马的道士。”

向敏中道：“他们三人一直没有离开过阁子吗？”蔡奴道：“没有。奴家最先出来，当时又遇到了张郎，还有三号阁子的三位官人，奴家便随三位官人去了三号阁子。”

张咏这才明白向敏中用意，他是要梳理出一条时间线来，看十号阁子里开封府的人有无时间下毒，忙道：“我当时是打算去警告王全斌，令他不得再向说书女庞丽华寻仇，正好看见赵相公、折御卿几位从王全斌的六号阁子出来。我跟王全斌说完话出来时，又见到折御卿，还问我王全斌人可在里面。我还记得张浦的口供，折御卿到他们八号阁子门前叫了庞丽华出去，带她去了六号阁子，由王全斌起身向她赔礼道歉。这应该是紧随其后的事。”

潘阆道：“不错，我也记得这一节，张浦的口供跟庞丽华的完全能对上，是可信的。只是庞丽华回来后惶恐难安，李继迁这才决意替她出头，去找王全斌，可发现他已经在六号阁子上吊自杀了。”

向敏中道：“由此可以推出十号阁子的人是根本没有时间和机会下毒的，他们三人的嫌疑完全可以排除。看来下毒的时间只有可能是在张兄去找王全斌之前，可三号阁子的三位没有杀死王全斌的动机，赵相公又是皇子身份，即使看不惯王全斌所为，只须据实告诉官家，就能彻底置他于死地，比下毒要强千百倍，因而完全可以排除嫌疑。”张咏道：“那么下毒时间须再往前推，赵相公三人进六号阁子前。”

潘阆问道：“娘子在六号阁子饮最后一杯酒是什么时候？”蔡奴道：“嗯，应该是在王相公去隔壁闹事前。闹过后，王相公回来坐下，奴家请他饮酒，却被他打翻，又命奴家出去赔罪。”

张咏道：“这不对啊。王全斌跟我在楼廊动手时，赵相公就在边上，他却无动于衷，可见他并不认得皇二子。应该是后来赵相公自己来六号阁子表露了身份，那已经是我正来找王全斌时候的事了，娘子正从十号阁子出来，要去三号阁子呢。王全斌后来向说书女庞丽华道歉，肯定是受皇二子所逼，可他知道皇二子身份之前为何要主动派娘子四处赔罪？这完全不符合他的风格。”蔡奴道：“是吗？奴家可不明白究竟，只不过奉命行事。”

向敏中道：“如今王全斌已死，他当时心境很难揣摩。不过可以肯定的是，他中毒当在蔡家娘子离开六号阁子后。”沉吟片刻，请蔡奴取来纸笔，除掉已经排除嫌疑的人，重新列了一张名单：

西楼西二号阁子：樊知古。

西楼西八号阁子：李继迁、张浦。

西楼当值：小厮罗锅儿、酒厮丁大、焌糟丁丁、唐晓英、纪娘、金娘。

西楼散座：诸官人随从、家仆等。

进出过西楼的其他人：卖果子的小厮呆子、庞丽华及其女儿刘娥。

潘阆道："看起来还是党项人李继迁嫌疑最大，不过向兄称下毒是有计划事件，需要时间谋划，确实有道理。当晚之前，李继迁跟王全斌毫无干系，说不定根本就不认识他，又如何处心积虑地准备毒药害他？"向敏中点点头，提笔将"西楼西八号阁子"一条划去。

张咏道："樊知古是南唐叛臣，之前一直在江南，不可能跟王全斌有瓜葛，可以排除嫌疑。"向敏中便又将"西楼西二号阁子"一条划去。

张咏道："英娘跟丁丁换班，庞丽华母女也是临时奉召到的西楼，也都可以排除。"向敏中便划去四人名字。

潘阆道："那些随从只有王全斌跟张咏打架时才赶上楼来，后来很快就下去了，根本就没有进过阁子。最可能下毒的人都排除了嫌疑，剩下的都是樊楼的人，都是最底层的小厮、焌糟，就更不能杀害朝廷命官了。"

几人重新复查一遍，还是同样的结果：最有动机杀人的都能够排除嫌疑，剩下的则根本没有杀死官员的胆量和理由。向敏中忖道："不对，不该是这样的结果，一定是有什么线索是我们忽略了的。"

蔡奴婉言劝道："几位郎君还是先用些茶点，再慢慢推算凶手不迟。"命女使在庭院花架下摆好桌凳，请几人出去坐下品茶。

张咏见那小女使圆圆胖胖的脸蛋在阳光下泛出淡青色，忙问道："小娘子生病了吗？"女使莫名其妙，答道："没有啊，奴家好得很呢。"

张咏道："那么小娘子为何脸色发青？"小女使道："啊，这是因为奴家脸上涂了水粉。”

张咏道：“可是你家娘子脸上为何不见青色？”小女使笑道：“这如何比得？娘子用的都是上好的西域香粉，奴家只能买得起最普通的铅粉。”

向敏中蓦然醒悟过来，道：“我知道王全斌中的是什么毒了，铅毒。”

原来古代水粉都是黑铅炼成，铅性至毒，商家炼粉出售时往往制得不干净，铅性偏重，因而使用水粉涂面的妇人总是脸带青色。不过水粉终究只是装饰面容使用，毒性缓慢，远不及砒霜等毒那般剧烈。

众人听向敏中说完究竟，慌忙重新取出原先那份最完整的名单来。潘阆叹道：“原来真凶就在我们自己眼皮底下。”张咏知道他指的是唐晓英，忙道：“不可能，英娘不可能下毒杀人。”潘阆道：“不是她难道会是庞丽华吗？”

他说的是显而易见的事实——当晚在西楼的女子中，只有唐晓英和庞丽华跟王全斌有过冲突，王全斌更是打伤了庞丽华，可庞丽华性情柔弱，身边又带着小女儿，不大可能下毒害死朝廷大官。而唐晓英性情豪爽，有胆有识，大有男子之风，又与庞丽华姊妹情深，之前为她还债不惜要害高琼便是明证。

张咏却不相信，道：“英娘是个敢作敢当的好女子，若果真是她所为，当晚众人被困在西楼时，她早就站出来承认了。”潘阆道：“也许她开始是打算站出来的，可王全斌不又上吊了吗？自杀掩盖了他杀，他杀又掩盖自杀，她看到最终以自杀结案，不会牵连旁人，干脆顺水推舟，就此隐瞒下来。老向，你同不同意？”

向敏中道：“嗯，眼下唐晓英确实嫌疑最大。张兄，你先跟小潘回去汴阳坊，慢慢套问唐晓英，看有无破绽。我和王五去她住处，应该能搜到水粉。”

张咏早已忍耐不住，霍然起身，奔出门去，一路疾奔回汴阳坊。潘阆狂追不已，累得满头大汗，却还是跟不上。

却见宅前停着一辆精致的马车，车边还站着几名青衣奴仆。张咏也不及讯问，直冲入院。女使忙上前告道：“有客，正在英娘房中。”

张咏也顾不得许多，大力推开房门，正见到庞丽华伏在唐晓英肩头哭泣，唐晓英也是泪光涟涟的样子。二女见张咏贸然闯入，均吃了一惊。唐晓英道："张郎累成这样，可是有什么急事？"

张咏端起桌上的茶水一饮而尽，喘了几口大气，才道："丽娘人在这里最好。英娘，我有句话要问你，你一定要老实回答我。"唐晓英道："这是自然。"

张咏道："当晚在樊楼，是你往王全斌酒中下毒吗？"唐晓英莫名其妙，道："什么下毒？王全斌相公不是自己上吊自杀的吗？"张咏道："不，王全斌上吊之前就中了毒，他如果不上吊自杀，也要中毒而死。英娘，是你做的吗？"唐晓英道："不是。"

张咏道："可你看上去并不惊讶。"唐晓英道："不就是王相公被人下了毒吗？"看了庞丽华一眼，道："比这更令人惊奇的事我都听过。"张咏道："我相信你。不过眼下的证据对你很不利，你是最大的嫌疑犯。"

庞丽华问道："当日那么多人在西楼，为何英娘是最大的嫌疑犯？"张咏道："下在酒中的毒药是妇人用的水粉。"庞丽华道："可是英娘从来不涂粉。"唐晓英忽道："是我做的。"

张咏道："什么？当真是你？你为什么要这么做？"唐晓英道："王全斌无缘无故闯进来打了我，丽华姊姊为了救我更是被他撞到墙上晕了过去，我气愤不过，就悄悄往他酒中下了水粉。"

张咏跌足道："哎呀你……你快走。趁向敏中他们还没有回来，快走。"抢上前扯住唐晓英手臂便往外拉。潘阆正好赶来堵在门口，气喘吁吁地道："你……你……想……徇私放她……"

唐晓英闻言便道："张郎不过是要捉住我。"潘阆道："你……肯主动……认罪便好。不然……等老向拿回来……证据，再难抵赖。"带着唐晓英来到堂屋，防她逃走。

等了一个多时辰，向敏中和王五带着一包水粉回来，道："这是从唐晓英住处搜出来的水粉，铅性极重。"庞丽华道："可这包水粉是我的，英娘从来不用。"

向敏中道："我顺道去樊楼问过，樊楼经营饮食，明令禁止焌糟涂抹水粉，因而当日到过西楼的焌糟都不用水粉，蔡奴用的又是香粉，那么就只有……"张咏恍然大悟道："是丽娘。英娘，你是替丽娘顶罪，是也不是？"庞丽华这才明白究竟，一时愣住。

唐晓英道："不，不是顶罪，确实是我做的。丽华姊姊晕倒时，我趁机偷了她的水粉，下在王全斌的酒中。"

向敏中道："英娘是什么时候下的毒？"唐晓英道："嗯，我想想，是在张郎跟王全斌相公大打出手的时候。"

潘阆道："不对，打过架后，我们还没有进阁子，就看见你从八号李继迁的阁子出来。当时丽娘还没有清醒，你绝不会离开她。况且打架时楼廊人挤得满满当当，你不可能越过两位正舞刀弄剑的男子进去六号阁子下毒。然后你下楼去替我们阁子催酒菜，根本没有往那边走。"

唐晓英忙道："不，是我记错了，我催完酒菜后，又重新上来一趟，进了六号阁子，假装问王相公有无需要，趁他不备，将水粉下在了酒杯中。"

张咏也记了起来，道："也不对，你再上楼的时候是为我们送来酒菜的时候。要证明这点并不难，你每次上下楼，都要从酒肆丁大和小厮罗锅儿面前走过，我敢肯定他们记得你下楼后再上来一定是端着酒菜的。你端着酒菜进来前，在门外叫了声'丽华姊姊'，当时你一定是看见丽娘正从六号阁子出来。我以为有什么事，正要出来查看，你却端着酒菜进来了，那是因为丽娘又进了八号阁子。后来你一直待在我们阁子里聊天，直到党项人李继迁发现王全斌吊在窗梁下。你根本没有机会下毒。"转过头去，逼视着庞丽华道："是丽娘下的毒，对吗？"

庞丽华早已呆若木鸡，半晌才讪讪道："不，不是我。"唐晓英急道："我都承认了是我下的毒，你们为什么还一定要怪在丽华姊姊头上？"

张咏也不理睬，继续道："英娘是丽娘最亲信的人，是也不是？她一心要认下罪名，是因为她猜到是你做的。"庞丽华颤声问道："英娘，你当真认为是我下毒？"

唐晓英心道："我也不愿意相信，可上过西楼的人中，只有你一人随身带着水粉。”她知道向敏中这群人个个聪明过人，要想瞒过他们千难万难，一时沉吟不答，苦思对策。

潘阆劝道：“丽娘真的忍心看着英娘为了救你替你顶罪吗？而今你已经有了晋王这座大靠山，就算承认下毒，也不见得会拿你怎样。”庞丽华道：“不是我，真的不是我。英娘，你不必为我顶罪，我真的没有下过毒。”

唐晓英道：“当真？”庞丽华道：“你我的情分比亲姊妹还要亲，若真是我下毒，我怎会眼睁睁地看着你身陷牢狱之灾？”

唐晓英大喜，道：“你们都听到了，既然丽华姊姊说不是她下的毒，那么就一定不是了。你们一开始怀疑我，是因为我胆子大，然后发觉我没有机会下毒，便又怀疑起丽华姊姊来。当晚西楼那么多人，偏偏只怀疑我们两个，不过因为水粉是女人之物。可万一这正是凶手转移视线的伎俩呢？况且水粉是最容易得到之物，开封到处是胭脂水粉铺子，樊楼边上就有三家。”

她这话甚是有力。向敏中道：“英娘说得有道理。我们一发现毒药是水粉，就推测凶手是妇人，这实在太过草率。其实大多数人都知道水粉中含有铅毒，越便宜的水粉，毒性越重。”张咏道：“不错，凶手之所以选择水粉，应该是因为它很容易买到，且丝毫不会令人起疑，跟他是男子还是妇人并无关系。”

庞丽华迟疑道：“这个……有一件事……我本来随身带着一盒水粉，当日来西楼说书，还特意在楼下重新扑过面，后来那盒水粉不见了。”

向敏中道：“啊，这是条关键线索，丽娘是什么时候发现水粉不见的？”庞丽华道：“嗯，是我说完书牵着女儿离开西楼的时候，我本想取出李官人赏赐的金珠给小娥看，哪知道金珠不见了，装着水粉和一些铜钱的布袋也不见了。不过我想也许是我撞到墙上晕倒时落到地上，回去找了好多遍也没有找到。”

潘阆道：“当晚寇老西不也丢了一袋瓜子金吗？这会不会是同一人所为？”张咏道：“肯定是同一个偷儿。不过丽娘发现丢失物品的时间太迟，她到西楼先后接触过不少人，没有具体时间，很难找到这个小偷。”

向敏中道："最麻烦的是，小偷的出现令案情更加复杂——这个小偷也许就是下毒的凶手，更可能不是，他拿走了钱，将不值什么钱的水粉随手扔掉，正好被凶手捡到。"

潘阆叹道："这样一来，嫌疑犯可就相当多了。"向敏中道："如今我们不清楚凶手下毒动机，只能跟排除英娘的嫌疑一样，用有无时间下毒来一个个排查。"

唐晓英大感好奇，问道："如何排查？"张咏道："向兄将当晚在西楼的人列了名单出来，如今已经能肯定下毒时间是在打完架蔡奴离开六号阁子后、三号阁子的赵相公三人进六号阁子前。这样蔡奴和王全斌本人最先去掉，英娘你也没有作案时间，还有十号阁子的姚推官三人，再就是四号阁子的向兄和孟氏兄弟。我们阁子，打完架后寇准没有离开过，我和潘阆各自出去一趟，却不在这个时间内，也可以排除。"向敏中便依言将这些名字一个个划去。

唐晓英道："丁丁跟我换班后人不在西楼。小厮罗锅儿把守楼梯，没有上过楼。酒厮丁大须得时时守着储酒间，来来往往的人都能看到他，也不可能是他，还有跟丁大在一起的小娥。"向敏中道："甚好。"又划去四人名字。

正好寇准回来，问明新案情新进展，忙道："一号阁子的符相公三人和三号阁子的赵相公均是身居高位，不会用捡来的水粉杀人。"向敏中道："本来只该严格用时间来排查，不过这两个阁子的官人身份特殊，确实可以去掉。"又划去相关名字，重新理了一份名单出来：

西楼西二号阁子：樊知古。

西楼西八号阁子：李继迁、张浦、庞丽华。

西楼当值：焌糟纪娘、金娘。

西楼散座：诸官人随从、家仆等。

进出过西楼的其他人：卖果子的小厮呆子。

张咏道："既然如此，二号阁子的南唐人樊知古也可以划掉了。"寇准嚷道："樊知古的嫌疑可是大了。"

众人闻言无不愕然，纷纷问道："王全斌相公名声不好，天下蜀人都想杀他，不过樊知古是南唐人，又为何要下毒害他？"

寇准道："我先不回答这个问题。你们有没有想过凶手为何一定要用水粉？"张咏笑道："这个我们早已经推测过了，开始是觉得因为水粉易得，但既然丽娘遗失了一盒水粉，那就更顺理成章，变成了凶手临时起意杀人，跟用水粉还是用砒霜并无关系。"

寇准道："不对，凶手选用水粉，只因它是女人之物。而樊楼的焌糟不准用水粉，因而只要是用水粉杀人，就会立即怀疑到丽娘和蔡奴身上。"

潘阆道："寇老西是说凶手目的不在杀人，而在嫁祸？可丽娘是被临时召到西楼说书，凶手不大可能预知她在。莫非是樊知古追求蔡奴未果，怀恨在心，有意用水粉下毒，意图嫁祸给她？"张咏道："可蔡奴是汴京第一名妓，身价不菲，又怎会用这种普通的铅粉？这嫁祸的伎俩，未免太差了些。"

王五一直站在一旁，终于忍不住插口道："凶手也许想杀的正是蔡奴本人呢，不过凑巧她去了别的阁子敬酒，我家相公才成了替死鬼。"

寇准道："不，你们说得都不对，樊知古不是要嫁祸蔡奴，也不是要杀她，他要嫁祸的是丽娘你。"庞丽华更是莫名其妙，道："丽娘从未听过樊知古这个名字，更不认识他，他为何要害我？"

寇准道："适才程判官问我樊知古的案子，特意给我讲了他的来历。他原名樊若水，曾经参加南唐名臣韩熙载主持的进士考试，该榜取中九人，韩熙载门生舒雅高中状元，樊若水也一举及第，很受瞩目。当年南唐国主大周后周娥皇尚在世，准备将亲妹妹周嘉敏——也就是现在的小周后许给樊若水。但当时正值南唐朝中党争，有政敌攻击韩熙载取士不公，理由是九名新进士中有五人跟韩熙载熟识，其中包括舒雅和樊若水。这件事闹大后，舒雅和樊若水都被取消进士资格，樊若水自然也无缘再娶国后之妹。"

唐晓英道："可这些事跟丽华姊姊有什么关系？"寇准道："樊若水

之所以得到韩熙载垂青，是因为他跟韩熙载姬妾秦蒻兰同乡，听说二人本是青梅竹马的恋人，秦蒻兰被韩熙载逼死后，樊若水才决意叛唐投宋，为爱人复仇。”

庞丽华这才明白为什么一个素不相识的人会恨她入骨，不惜下毒害死旁人来嫁祸她，原来是因为她最拿手的秦蒻兰投怀送抱、色诱陶谷的说书故事——她每讲唱一次，赢得满堂酒客热烈掌声的时候，都是往那爱着秦蒻兰的男人的心口上狠狠划上一刀。

寇准道：“樊知古之所以选择六号阁子，并非因为里面坐的人是王全斌，而是因为当时六号阁子里只有一个人，他最容易下手。”唐晓英愕然道：“寇郎是说不管六号阁子里面坐的是谁，樊知古都要下毒害他，只为嫁祸给丽华姊姊？”寇准道：“不错，正是这个道理。”

张咏道：“可樊知古从始至终未出过二号阁子一步，他如何能知道丽娘来了西楼说书？”寇准道：“不出阁子未必就不知道外面的事。符相公当日在一号阁子，也是未出房门一步，可一样对外面发生的事一清二楚，程判官好多事都是从他那里知道的。况且你只是未看到樊知古出来，他未必真的就没有出来过。”潘阆道：“这话倒是不假，樊知古的阁子是西面最里间，到六号阁子、八号阁子根本不须经过我们十二号阁子。”

向敏中沉吟道：“可我始终觉得下毒是需要时间谋划的，樊知古有理由恨丽娘，足不出户知道外面的事也不难，可要说他正好出来阁子时就能捡到水粉，这未免太过巧合，难以令人信服。以他的身份来看，也断然不会是那个小偷。”

张咏道：“不过这终究是条线索，眼下天色不早，咱们稍作歇息，再去趟樊楼如何？樊知古晚上一定会去那里饮酒，我们不如去找他问个清楚。”向敏中道：“也好。”

庞丽华见那份嫌疑人名单上尚有李继迁的名字，忙道：“我可以为八号阁子的李官人和张先生作证，王全斌相公进来闹事前，他们一直在安安静静听我说书，呆子也一直在那里，可以作证。”

潘阆道：“下毒时间可是在王全斌闹事后，丽娘可记得之后的情形？”庞丽华道：“之后我就晕了，再醒来时就听见了琵琶声。”唐晓英道：“丽华姊姊晕倒后我也一直在场，跟李官人一起为她包扎伤口。”

张咏道：“当时张浦人出来了，跟王全斌动了手。后来琵琶声响过，大家各自回了阁子。之后六号阁子的人一直都在吗？”庞丽华道：“都在的，李官人和张先生都没有出去过，直到后来折将军叫我去了隔壁王全斌相公那里，再后来李官人为我去找王相公，发现他已经……后面的事各位郎君就都知道了。”

向敏中道：“你只说李官人和张先生都没有出去过，那么那个小厮呆子呢？”庞丽华道：“呆子？噢，好像我醒来时就不见他了，应该是去其他阁子了。英娘，呆子是什么时候走的？”唐晓英道：“这我也没有留意，应该就是你晕过去的时候吧。”

正好等候在门口的晋王府奴仆进来催促，庞丽华这才恋恋不舍地去了。

张咏问道：“丽娘是特意来探望你的吗？”唐晓英道：“嗯。我正有一件重要事情要告诉你们大伙儿，高琼是晋王的人，丽华姊姊在晋王府亲眼见到他向晋王下跪。”见众人并不惊奇，问道：“原来你们早就知道了？”张咏道：“也没有早就，也是刚刚才知道的。”

唐晓英道：“那么他……他答应我要任我报仇也不是真的了？”张咏道：“高琼不会失信于英娘的，只是他又落入契丹人之手，转交给官家，如今被押在武德司中，生死难卜。英娘要跟我们一道去樊楼吗？”唐晓英沉默半晌，才道：“我还是不去了。”张咏道：“也好，那英娘好生歇息，我叫女使给你做些吃的。”

等到天黑，张咏、寇准、潘阆、向敏中四人便往樊楼而来，王五自回王宅去向苗夫人禀告。

东京的夜景当真是天下奇观，华灯似海，夜明如昼，各色灯光点缀着夜色。最吸引人视线的是大内正门宣德楼上的琉璃灯。这些琉璃灯价值连城，精巧无比，将玛瑙和紫石英捣成粉屑，煮成糊状，再加上香料，反复捏合而成。一对琉璃灯可抵民间一个州三个月的田赋收入，所以后人才说：“万金为一灯，万灯为一山。用尽工匠力，不破君王颜。”意思是工匠极尽奇巧，费资千万，造出了火树银花、千光万焰的绚丽美景，却不能赢得君王的开颜一笑。琉璃灯一经点燃，宛如明月，晶莹剔透，衬托得宣德楼如同仙界。

民间虽无琉璃灯这般辉煌炫目的灯具，却也千门通亮，灯影逐人，兼之红男绿女，嬉笑游冶，别有一番风情。樊楼一带甚至有不少夜市，都是些临时的摊贩，专门买卖衣服、图画、花环、领抹之类，天黑点灯，至晓即散，称为“鬼市子”。

樊楼门前的迎客小厮早识得张咏、向敏中等，忙引几人来到西楼。寇准问罗锅儿道：“樊知古樊官人可有到来？”罗锅儿笑道：“早来了，正在二号阁子中。不过他今日可不是一人，还有两位贵客。”

焌糟丁丁引几人上来，进了八号阁子。向敏中道：“听说这里有个叫呆子的小厮，娘子可有听说过？”丁丁道：“呆子不是我们樊楼的人，不过客人都爱使唤他跑腿。”

向敏中道：“可否麻烦娘子为我叫一声？”丁丁道：“当然可以。不过官人怕是要等一会儿，不知道他又在哪里转悠呢。”向敏中道：“无妨，能找到人就行。”

等丁丁出去，寇准才低声问道：“向大哥怀疑呆子吗？”向敏中道：“不是怀疑他，而是无法排除他的嫌疑，名单上的人剩下的已不多，他既然在上面，当然要查上一查。”

张咏道：“寇老西不是认为樊知古就是杀人凶手吗？我这就去叫他出来。”下来到二号阁子，叩了叩门，听见有人应声，即打帘推门进去。却见上首坐着当今皇帝的二弟赵廷美，旁侧坐着一名四十岁出头的魁梧男子，樊知古坐在下首。

赵廷美认出张咏，满脸不快，喝道：“你来这里做什么？”樊知古忙道：“相公，这位张公子是下官的救命恩人。张公子，我为你介绍，这是赵太保，当今圣上的皇二弟。这位是曹太傅。”

张咏心念一动：“曹太傅莫不就是晋王推荐的统帅人选太傅曹彬？”忙叉手行了个礼，道：“我认得赵太保。”又道：“樊官人，请你出来一下，我有几句话要问你。”赵廷美道：“我们正在商议军国大事，岂能容你惊扰？快些退下！”

张咏心道：“晋王妃刚刚病殁，你不去晋王府照看兄长，却与人来樊楼饮酒，能有什么军国大事？”毫不相让，道：“小民要说的话也跟军国大事有关。”

赵廷美大怒。曹彬忙解围道：“张公子既救过樊大夫性命，不妨出去听一下，好歹只有一刻工夫。”

樊知古道：“是。”遂跟随张咏来到楼廊，问道：“张公子可是找到了当晚行刺我的凶手？”张咏心道：“行刺你的是晋王的人，如何能告诉你？幸好他只是要将众人视线引向南唐，并不是要真杀你。”当即道：“我今日来找官人并非为了这件事，而是因为王全斌一案。”

樊知古道：“王全斌？噢，是当日吊死在六号阁子的王相公吗？他怎么了？”张咏见他神色毫无异样，当即道：“王全斌是被人毒死的，樊官人当晚也在西楼，可觉察到有什么异常？”

樊知古摇头道：“没有。张公子于我有恩，我不妨直言相告，我虽不认得王全斌，却久闻他手段狠辣，是我向官家请求召他回京，最好任他为平南统帅。”

原来樊知古虽是南唐人，却恨南唐入骨，恨不得杀尽南唐人泄愤。王全斌当年平定后蜀时大挥屠刀，几次屠城，正合他的心意。张咏会过意来，不由得对眼前这人大起厌恶之心。

樊知古又道：“不过王全斌既是意外自杀，也就无可奈何了。如今曹太傅是新任统帅，即将赴荆南造战舰。我明日也要离京，上任舒州团练推官。张公子，我日日来樊楼饮酒，只因亲人尚陷身南唐池州，而朝廷又迟迟不肯对南唐用兵。如今朝廷大军待发，我盼望的这一天终于到来了。”他眼中闪动兴奋的光芒，在这复仇的火焰下，不知道又有多少人要丧身。

张咏一时无语，半晌才道：“没事了。”悻悻回来八号阁子，说了原来向官家举荐王全斌的正是樊知古。向敏中道：“如此，樊知古下毒的嫌疑当可完全排除了。”

正说着，焌糟丁丁领着小厮呆子到来。呆子赔笑道：“几位官人叫小的有事吗？”向敏中道：“没事，就挑几样果子。”

潘阆起身道：“你们先挑着，我出去方便一下。”向敏中道：“喂，你的珠子掉地上了。”潘阆这才发现收在怀中的北珠不知道何时滚落了出来，笑道：“我当真糊涂，亏得向兄提醒。”捡起珠子收好，这才出去。

向敏中随意取了几件果品，给了一吊钱。呆子笑道：“多谢官人。小的就在樊楼里面转悠，有什么需要再叫小的。”向敏中道：“嗯，去吧。”

寇准不明所以，问道：“向大哥派人巴巴地寻了呆子来，却一句话也不问，是何道理？”向敏中微微一笑，道：“不急，一会儿他会自己回来的。”

过了片刻，潘阆竟拧着呆子手臂进来，道：“果然不出向兄所料，呆子正是那个偷儿。”呆子这才反应过来，道：“你们是有意拿出珠子让小的看见，好设下圈套。”潘阆掩上门，笑道：“你不贪心，又怎么掉进圈套？”

寇准道：“啊，原来是你偷了我的钱袋，取了里面的瓜子金，又将钱袋扔掉，所幸被小娥捡到。快些将我的财物还回来。”呆子道：“还你，一定还你，只求几位官人不要告官。”

向敏中道：“本朝皇帝亲下敕文规定，犯强盗、盗窃赃满五贯即处死，不满五贯者杖背二十后配役三年。仅你刚才想偷的这颗珠子就价值万贯，还不算寇准的瓜子金、丽娘的金珠，杀你几千次都绰绰有余，岂能是你说不告官就不告官？”

呆子见这几人当场捉住自己，却并不立即送官，料到另有所图，道：“你们难道不想知道王全斌相公真正的死因吗？他是被毒死的。”

王全斌上吊前已然中毒尚是机密，众人听呆子抢先道了出来，不由大吃一惊。张咏问道：“莫非你知道下毒者是谁？”呆子道：“当然知道。”又转向向敏中道：“小的见过官人和官家一道进来西楼，想来官人身份非同一般，要小的说实话可以，不过有个条件。”

向敏中道：“原来你认得官家。”呆子道：“官家经常微服来樊楼饮酒，有什么认不得的？”又道：“晋王每次来樊楼，虽是便服，却是前呼后拥，排场大得很。官家只是布衣幞头，带两三名侍卫，时常就坐在普通散座中。”

向敏中道：“你有什么条件？”呆子道：“小的自知难逃刑罚，只是有一点，将来不能以盗窃定小的罪。不然就算你们将小的送去开封府严刑拷打，我也绝不会说出真相。”

向敏中沉吟片刻，道：“就算不论你盗窃罪，可你知情不报，视同下毒凶手的从犯，罪名更重，被害人又是朝廷命官，更是要从严处罚。”呆子道：“这些罪名小的都认，就是要求你们不能以盗窃定罪。”

寇准心念一动，道：“你是怕被钉牌，对吗？”呆子道：“正是。小的家里尚有祖母、父母，不想让他们被街坊邻居看不起，从此再也抬不起头来。”

原来宋律对盗罪处罚极其严厉，动辄弃市、腰斩、凌迟，罪犯本人被处严刑不说，其家门口还要立上一个大木牌，上面书写犯人的姓名、罪状，即所谓的“钉牌”制度。即使犯人家属搬家，也要跟随迁移住处钉牌，终身不得摘除，是对犯人及家属极大的羞辱。呆子宁可认下更重的罪名，也不愿意以盗窃定罪，显然是不愿意令亲人蒙羞了。

向敏中与几人商议一下，道：“早知如此，又何必当初。不过你终究是一片孝心，好，我答应你的条件，你将下毒者的姓名告诉我。”呆子便道：“下毒的人正是小的自己。”

众人骇然而惊，均不能相信。向敏中道：“你不过是个小厮，为何要下毒害朝廷命官？”呆子道：“小的也不愿意，可是被逼无奈，情形就跟官人们今日逼我说出下毒凶手的姓名一样。”

原来他盗窃成性，总往樊楼酒客下手，樊楼每日来往酒客数千人，他嘴甜手快，竟从来无人怀疑到他。但某一日终究还是失手，被一名酒客当场捉到，那酒客居然也不报官，还给了他更多的钱，条件只是让他做一件事。

向敏中蓦然醒悟，道：“当场捉住你的人是李继迁，对不对？”呆子道：“正是他。官人如何能猜到？”向敏中道：“你是个四处卖果子讨赏钱的小厮，案发当晚却一直滞留在八号阁子中听丽娘说书，这不是很奇怪吗？”

呆子道："不错，那个党项人李官人武艺了得，小的手刚碰到他腰间便被他捉住，一只手如铁箍一般，捏得人生疼。他带我来西楼的阁子，说只要我替他做件事，他不但不报官，还以五十金酬谢。当时我不知道是什么事，听说他肯不张扬，便满口答应下来。本来小的也料想到不是什么好事，有心逃走，可转念想到即使做贼也当以信义为先，我既答应了他，就该全力办到。过了几日，就是寒食节的那天晚上，李官人的随从找到我，带我来到八号阁子，就是这间，不过当晚里面只有李官人和他的幕从张先生。他们给我一包药，说是奇毒无比的砒霜，让我等一会儿有机会时下到隔壁六号阁子的酒瓶中。我听说要我害人，心里很害怕，可他们说没事，不会有人看见。"

寇准道："当晚虽然西楼客人未满，终究还有不少酒客，又有焌糟不断走来走去，他们如何能肯定一定不会有人看见你？"呆子道："小的当时也不明所以，后来张先生详细说明，原来他们是要让小的打开半边窗户爬出去，沿着上下的檐子，走去六号阁子，从窗户进去。"

张咏忙走到窗边，窗户都是直棂的窗格，截面为三角形，外尖里平，又被称为破子棂，上面糊着纱纸。他推开窗，往外探头望去，果见窗户上下各有一道檐子，一人多高，正好可以双手抓住上檐，脚下踩着下檐，轻松走到隔壁。

呆子道："小的看了后，虽然觉得不难做到，可那六号阁子的酒客难道会毫不觉察吗？张先生却叫我放心，说他早有安排。"

原来李继迁谋划毒杀王全斌已有多日，他为此也做了大量准备工作，呆子盗窃被捉不过是事逢其巧。寒食当天，王全斌如往常一般，携着蔡奴来到西楼，进了六号阁子。紧随其后的李继迁理所当然地占到了隔壁的八号阁子。至于后蜀国主孟昶之子孟玄喆、孟玄珏和朋友向敏中在另一边的四号阁子，不过是凑巧而已。向呆子交代好一切后，李继迁又派人叫来庞丽华，有意让她说王全斌屠戮蜀人的故事，目的就是要让隔壁的王全斌听见后被激怒。王全斌果然爆发，先进去打了唐晓英，撞晕了庞丽华，又在楼廊跟张浦、张咏纠缠。殊不知这正是李继迁调虎离山之计，众人忙乱之时，呆子按照计划从檐子爬入六号阁子。当时王全斌人在楼廊，蔡奴倚门而立，紧密注视着楼廊的一切，根本没有留意到背后窗口有人。呆子跳进来时不小心发出了声响，她都没有被惊动。他随即往酒瓶中下毒，不过并没有用张浦给的砒霜，而是将刚刚从庞丽华身上扒来的水粉倒了进去，也没有其他目的，仅仅是因为砒霜受到官府管制，可以拿到鬼市子上卖个好价钱，水粉却是大路货色，几个铜钱也值不到，反正只要能杀人，管他最后是死于水粉还是砒霜呢。他四肢灵活，手脚极快，下完毒还记得用袖子拂去了掉落在案桌上的粉末，弄妥一切，匆忙爬上窗口，原路返回八号阁子，见李继迁正挡住唐晓英朝他挥手，他便趁乱溜了出来。那毒药到底是炼制过的铅粉，药性较慢，王全斌回到阁子喝下毒酒后浑然不觉。偏偏当晚皇子赵德芳亲眼见到王全斌无礼，又被撞倒在地，实在气不过，来六号阁子当面指责。他在皇二子面前挥剑狂舞，又被厉声呵斥，知道前途已毁，十年来苦苦期待的东山再起终成泡影，沮丧之下干脆上吊自杀。正好孟玄珏过来窥测，可他看见王全斌上吊自杀时并没有阻止，反而若无其事地回到四号阁子中继续饮酒。其实当时即使王全斌不上吊，也会死于酒中的铅毒。这些变故，已不是李继迁这位始作俑者所能预料了。

王全斌一案终于真相大白，尚不清楚的只有杀人动机。李继迁跟王全斌没有一丁点儿瓜葛，更不要说什么冤仇，党项人为何要在京师腹心之地冒这么大的风险下毒杀他？若不是凑巧王全斌的自杀掩盖了毒杀，当晚所有在西楼的人都难脱干系，早晚要追查到李继迁头上。他冒着挑起大宋和党项战争的奇险杀人，一定有非杀不可的理由，到底是什么呢？那移动尸首有意用他杀来掩盖上吊自杀的人又是什么居心？

第八章

美人如花

花蕊夫人虽说只是女流之辈，可她敢当着大宋皇帝的面作《述国亡诗》：『君王城上竖降旗，妾在深宫那得知？十四万人齐解甲，宁无一个是男儿！』非但洗清了自己背负的『红颜祸水』的名头，还极力讥讽了后蜀君臣奴颜卑膝、解甲投降、不事抵抗的事实，就这等勇气和胆识，可是比孟氏兄弟强上百倍。

众人将呆子带出樊楼，交给附近的巡铺卒押去开封府。回来汴阳坊时，见到宅子前拴了数匹骏马，两名高大魁梧的佩刀武士站在一旁。向敏中道："呀，莫不是官家到了。"进院一看，果见赵匡胤正虎着脸在堂屋中走来走去。

唐晓英忙迎出来，低声道："你们怎么这时候才回来？官家来了大半个时辰了。"张咏道："如何不命女使去樊楼叫我们回来？"唐晓英道："官家不准。"又道："官家似乎很不高兴，几位郎君小心些。"

赵匡胤在屋里听见，叫道："是你们几个回来了吗？还不快些进来。"向敏中、张咏几人忙进屋参拜。

赵匡胤道："你们好大的胆子，朕信任你们，特赐信物命你们查案，你们查得真相，竟然不上报！这可是欺君大罪，你们几个当真不要命了吗？"

寇准见皇帝一张黑脸气得发紫，料到他已经尽知真相，当此生死关头，少不得要辩白几句，道："官家最初赐寇准和向大哥信物，是命我们调查王彦升相公一案，那件案子早已经水落石出，真凶就是欧阳赞，也就是前后周门将聂平之子聂保，不过因为他如今有辽国使者的身份，官家命我们不可再追究此案。我们几个并无失职之处，更没有欺君瞒上。"

赵匡胤道："你小小年纪，倒会巧言狡辩。那么樊知古遇刺一案呢？你们早查出是高琼同党所为，为何不立即上报？"张咏道："这件事确实是我们的不是，不过我们那时都以为高琼的同党就是官家，所以不敢贸然禀告。"赵匡胤大怒，道："你太过放肆！来人，将张咏拿下了。"

两名黑衣侍从抢上前来执住张咏手臂，将他按在地上跪下。张咏却是不服，叫道："为何要拿我？我说错了吗？当时所有的证据都指向朝廷，主谋不是官家还能有谁？就算现在知道高琼是晋王下属，主谋是晋王，可晋王不是官家的亲弟弟吗？"

向敏中见赵匡胤脸上紫气越来越重，忙上前扇了张咏一耳光，喝道："还不住口！"转身恭恭敬敬地行了一礼，禀道："官家命敏中重新调查王全斌相公一案，在张咏、寇准、潘阆几人的协助下，幸不辱命，我们已经查得真凶，王相公上吊前已经中毒，即使他不上吊，也会毒发身亡。"

赵匡胤道："噢？到底是怎么回事？"向敏中便将案情详细描述了一番，最后才道："虽然侥幸找到了下毒者和指使人，只是尚不清楚李继迁有何动机。"

赵匡胤已逐渐平和下来，坐下来饮了一大口茶，悠然道："这一点，朕倒是可以告诉你。要杀王全斌的不是李继迁，而是张浦。张浦原是后蜀官员，蜀亡后逃入党项，成为李继迁的心腹谋士。不过他在成都的家属尽为王全斌所杀，所以恨其入骨。这些都是张浦亲口告诉朕的。"

向敏中大奇，问道："张浦亲口告诉官家这些，是什么时候？"赵匡胤道："就是昨日，在花蕊夫人专门为李继迁一行置办的饯行宫宴上。"向敏中道："原来花蕊夫人跟张浦是故人。那么官家预备如何处置张浦？"赵匡胤道："李继迁昨日已带着张浦一行离开东京。你们明日到开封府，录下呆子口供，做一份详细的卷宗呈上，朕自会派人快马追上李继迁，将卷宗交给他。"

寇准忙道："张浦为报私仇杀害朝廷重臣，官家不预备从严法办吗？"

赵匡胤坚决地摇了摇头。他是君临天下的帝王，自然要从帝王的立场来考虑问题——张浦为报私仇，在大宋京师杀害重臣，行径固然可恶，但他肯定是得到了党项人的全面支持，由此可见他在党项很有些地位。王全斌既已死去，中毒也好，上吊也好，终究成了一具冷冰冰的尸首，再也没有什么用处，党项却能从西北牵制北汉、契丹，堪称大宋的右臂。皇帝催促李继迁迅速赶回夏州，正是要他往北汉边境集结军队，造成紧张的气氛，这样即使和议不成，北汉也无暇南顾，无法趁宋军南下南唐时趁火打劫。当此关键时刻，又怎么能因为一个活不过来的人而斩断自己的右臂呢？只要将王全斌一案的卷宗交给李继迁和张浦，他们就会明白，皇帝已经知道真相，不过是不想追究而已。党项会对大宋感恩戴德，从此死心塌地，再无二心。

不过这些深谋远虑的计划却不能公然讲给眼前这些人听。赵匡胤想了想，命侍从放开张咏，道："这些事情就这么算了吧。晋王已经告诉朕一切，为此再三请罪，他新遭丧妃之痛，朕怎能忍心治罪？朕既不能治晋王的罪，也不能单治你们的欺君之罪了，不然只会落人口实。"

潘阆道："是晋王自己告诉官家的吗？"赵匡胤道："嗯，晋王也是为了朝廷着想，你们切不可再张扬。"

原来赵匡胤一直有心攻打南唐，只是找不到出兵的借口。赵光义深知兄长心意，竟想出了派手下刺杀北汉使者以嫁祸给南唐的法子，只是预料不到中间枝节横生，张咏等人卷了进来，从蛛丝马迹中逐渐追查出真相。赵光义了解皇兄性格，知道他不喜欢玩弄圈套诡计这一套，所以一直瞒着兄长进行，直到今天早上看到契丹人押着高琼到大殿，知道再也难以瞒住，是以趁兄长到晋王府治丧之机，坦白了一切。赵匡胤这才知道事情的始作俑者是自己的亲弟弟，又是惊讶又是生气，只不过怜惜晋王妃刚刚病殁，晋王伤痛哀戚不止，才没有当场发作。

向敏中便自怀中取出花押，上前交还给皇帝。赵匡胤却是不接，只道："事情还没有完。当日在博浪沙，除去高琼这批刺客外，不是还有一群莫名其妙的脚夫吗？那些人是谁？到底要做什么？你们必须查清楚。另外，南唐派去契丹结盟的使者林绛到底逃去了哪里？你们也得找他回来，记住，得活着带他回来。"

张咏道："官家是要利用林绛来做文章，向南唐兴兵吗？不过听高琼说此人倔强异常，契丹人用了许多苦刑都未能令他低头，怕是找到他也没有什么用处，他决计不肯承认自己是南唐使者。"赵匡胤道："未必，林绛养父不是林仁肇吗？朕昨日刚刚得到密报，林仁肇已经在数日前被南唐国主赐了毒酒，一命呜呼了。"

众人闻言均极是吃惊，南都留守林仁肇是南唐唯一的一员虎将，被大宋视为劲敌，如何又出现了大将未死敌手的悲剧？

只有赵匡胤得意洋洋，林仁肇之死正是他精心策划多时的杰作——他早派人到南唐暗中画下了林仁肇的画像，又有意将画像挂在皇宫中的墙壁上，然后召见正被软禁在汴京的南唐郑王李从善，问他认不认得画像中的人是谁。李从善一时没有认出来，赵匡胤便笑道："这是你们江南有名的大将林仁肇，他即将前来归降，先送来画像作为信物。"李从善回到汴阳坊后，马上写了一封密信，派亲信送回南唐，告知兄长李煜说林仁肇要谋反，妄图割据江西自立为王。恰巧那时林仁肇与部下将领不和，部下将领举报林仁肇派养子林绛秘密出使契丹，怕是图谋不轨。李煜不问青红皂白，立即派人赐毒酒给林仁肇，逼迫他自杀。

几人听赵匡胤得意说出经过，均感不以为然。张咏更是心道：“官家自命为忠厚长者，为除去政敌，照样这样不择手段，跟晋王又有什么区别？还是潘阆说得对，官家若真是忠厚，就不会发生陈桥兵变、杯酒释兵权这些事了。官家是个猜忌心极重的人，不过是表面作出宽厚的样子，在他手下做臣子可有得累了。”

赵匡胤虽然自己开心，然见向敏中等人默默无语，既不附和吹捧，更不似平日大臣那般谀词如潮，未免觉得无趣，便起身道：“或脚夫，或林绛，这两件事弄清楚后，你们再来见朕。”带着侍从自去了。

唐晓英忙进来为众人换上新茶水，抚住胸口道：“刚才好险。”向敏中道：“抱歉，张兄，我那一耳光……”张咏道：“向兄那一耳光是为了救我，不必道歉。”

潘阆道：“刚才真的好险，要不是老向聪明，上前打了老张一下，说不定官家就让人把老张拖去院子里杀了。”张咏道：“可我并没有说错啊。”潘阆道：“你没做错，也没说错，这伴君如伴虎，我们几个辛辛苦苦查案，这么错综复杂的案情都弄清楚了，好歹也是有功之臣，官家却是说翻脸就翻脸。”

唐晓英也道：“是啊，张大哥，你脾气直，最容易得罪人，这脚夫的案子还是不要再查了。”张咏道：“那可不行，脚夫和林绛的案子我非得管到底不可。喂，你们别笑，我可不是为了官家。”寇准道：“知道，你是为了向大哥，为了我们的情谊，你知道我们不会放弃，所以你也不会放弃。”潘阆笑道：“难道不可以说老张是为了朝廷、为了大宋吗？”

众人说笑了一回。张咏道：“说真的，这件案子光凭咱们几个人还不够。”向敏中道：“张兄是说需要一个见过林绛的人吗？”

张咏道：“不错，我们需要高琼来……”忽见唐晓英脸色大变，便及时改口道：“要追查到林绛应该不难，只要将相关联的人都监视起来，比如辽国使者、北汉使者，还有俺们对面的南唐郑王、邢国公宋偓等，这些事估计晋王早已经做了。咱们还是先说那群脚夫。”

寇准道：“我和潘大哥当日都在博浪沙，亲眼所见，那群人脚力极快，应该是真的脚夫。”向敏中道：“那么一大群脚夫应该不会无缘无故冒出来，又凭空消失。小潘，你有没有想起什么来？”潘阆笑道：“当然了，川饭嘛。当日在那锦江春时，我便想起博浪亭的一名脚夫露了蜀音，也许那群脚夫都是蜀中来的。不如明日咱们再一道去下锦江春的馆子。”

正说着，忽听见拍门声，有人朗声问道：“张咏张兄人在里面吗？”张咏道：“啊，是高琼的声音。”唐晓英便道：“我先回房了。”叫了女使进来伺候，自己往堂后去了。众人均已知晓高琼是她杀父仇人，深仇难解，也不便多说什么。

张咏开门请高琼进来，见他换了新衣裳、新靴子，腰间挂着一把佩刀，很是威武神气，与之前被囚禁时判若两人，忙问道：“高兄是何时被放出武德司的？”高琼道：“今日下午。我被官家派人押到晋王府，晋王要当面斩我，官家说我不过是奉命行事，免了我死罪。”

潘阆道：“那么你今晚来汴阳坊，是来向英娘领死的吗？”高琼摇了摇头，道：“我奉晋王之命，来恳求几位与我一道追查林绛下落。几位才智过人，晋王深为赞赏，认为要寻到林绛非请各位出马不可，还请各位答应，莫令高琼无法交差。”

张咏道：“这个当然没问题，不过我们已经答应了……”潘阆忙道：“请高郎先等一等，我们几个再商议一下。”将张咏等人拉到一旁，低声道：“之前我们以为高琼是朝廷的人，隐瞒案情不报，已经大大得罪了官家，再得罪晋王，就只有死路一条。”张咏道：“如何会得罪晋王？他不就是想让我们追查林绛下落吗？这正是官家要我们做的事。”

潘阆急道：“哎呀，你怎么不明白？”张咏道：“不明白什么？”向敏中道：“嗯，小潘的意思大概是，为官家追查林绛和为晋王追查林绛，这里面是有分别的。”潘阆道：“不错，还是老向明白。张咏适才惹得官家大发雷霆，差点儿掉了脑袋，就是没有弄清楚这一点。”

张咏道：“不就一个林绛吗？我还是不明白你们嘀嘀咕咕的是什么意思。”寇准道：“我也不明白，官家和晋王不是亲兄弟吗？又有什么分别？”潘阆道：“你们都不必明白，想要活命，这件事全听老向的主意。”

向敏中便回来请高琼坐下，道：“晋王有命，小民自当遵从。适才官家也来过这里，命我们追查脚夫和林绛一事。当日既然那群脚夫死命要劫走林绛的车子，这两件事说不定有所关联，不如这样，我和张咏、寇准三人重点追查脚夫，高郎和小潘则负责追查林绛，若有发现，立即互相告知，如何？”高琼道：“再好不过。”

潘阆问道：“高郎预备如何追查林绛？可有什么主意？”高琼便如实说了昨夜被契丹人捕获的事，道：“契丹人能用金哥子追踪到我的位置，应该也在林绛身上下了银铃粉，如果他们没有说谎的话，林绛人是进了邢国公府上。”向敏中道：“晋王既已经知道，如何不直接派人去邢国公府搜查呢？”

高琼道：“白日契丹人押我到皇宫大殿，似乎是要公然指出林绛人在邢国公府上。”张咏道：“不错，我们也是因为那辽国使者欧阳赞的话才猜到你是晋王属下。”

高琼道：“官家赦免我后，我将契丹人的原话禀告了晋王。晋王认为他们在撒谎，是有意挑拨离间，若是贸然开罪邢国公，就是得罪了皇后，后果难以想象。所以晋王只派了人暗中监视邢国公府，也包括契丹使者这些人，却没有任何异常。”张咏心道：“晋王新丧王妃，还有心思来做这些，可谓非常人了。”

高琼又道：“听晋王说，当日在符相公寿宴上，寇郎与邢国公宋相公最爱的女儿宋娥很是谈得来。”寇准脸一红，道：“不过是符相公见我们年纪相仿，让宋小娘子多陪陪我这个外乡人罢了。”

高琼道：“嗯，晋王想请寇郎从这一点入手，查清楚邢国公到底有无跟南唐勾结。而且这件事暂时不能禀告官家，什么原因我不说你们也知道。通敌叛国，这可是诛灭九族的大罪。”

张咏忍不住道：“姑且不论邢国公有无通敌叛国，真要诛灭九族的话，官家是邢国公的大女婿，不也是九族之内吗？”高琼道：“这话张兄在屋里对高琼说可以，可不能再对外人说。”

张咏摸着脖子叹道：“京师当真是凶险之地，一说真话脑袋就长得不安稳。”众人见他说得有趣，均笑了起来。

高琼见寇准沉默不语，催问道：“寇郎以为如何？”寇准本不愿意利用宋娥，正待推辞，忽听得谈话内容已经由追查林绛变成了邢国公与南唐勾结，不由得耸然而惊，只得应道：“是，但凭高郎做主。”

当晚高琼也不辞去，提出要留宿在这里。潘阆悄悄道：“这是晋王派来监视咱们的狱卒啊。”张咏素来不反感高琼，道：“他也不过是奉命行事。”担心唐晓英对高琼不利，将他带去自己房中就寝。

潘阆却对那银铃粉极感兴趣，又追进来往高琼身上嗅了半天。高琼道：“契丹人说过，这银铃粉常人是闻不出来味道的，只有那种鸟才能嗅出来。”

潘阆笑道：“我虽闻不出来，也有办法让那金哥子闻不出来。”高琼大感兴趣，问道：“什么办法？”潘阆道：“契丹人利用食物下药，药粉效力在你身上顶多只能持续两三天，这两三天内你若不想被他们知道行踪，就大吃姜、蒜这类辛辣之物，或者像女子那般涂脂抹粉，用别的味道来盖住这种气味。”

高琼道：“这听起来可不是什么好办法。既然药效有限，再过一日就该完全消除，况且我也不怕他们知道我行踪。”心中却道：“难怪那些契丹人要将林绛下落告诉我，又想要当殿揭破他人在邢国公府邸，一是他们闯不进去，二来药力时日一过，他们就无法再追踪林绛下落，苦苦谋夺数月的传国玉玺从此成为泡影。可惜人算终究不及天算，凑巧晋王妃在头天晚上被杀，又被晋王从容利用，化解了一场大危机。”回想到晋王手段高明，极善于因时导势，借力而为，既佩服又畏惧，惊出了一身大汗来。

次日正好是寒食长假结束的第一天。寒食假有七日，休务有五日。假是指在京的官员免予朝参，休务则是指各级官署停止办公。实际上，京师大小官员结束休假正式回官署上班已有两日。

不过凑巧今日是禁军发俸日，满大街是运粮的穿着红色军服的军士，来回穿梭，络绎不绝，场面蔚为壮观。大宋吸取唐代藩镇教训，为避免各地节度使作乱，将全国精兵调来京畿，仅汴京就养有几十万禁军。朝廷又怕这些人沾染上京师的奢靡之气，战斗力减弱，所以每月月初发俸时要求驻营东城的禁军到西城粮仓领米，驻营西城的禁军到东城粮仓领米，月俸一石半[1]粮食，重量实在不轻，却不准用车马，不准用工具，得完全靠自己背负回去，不论将校，不论官职，每月发米俸时都要来回折腾一次，开封人笑称他们是“赤老背米”。

好不容易穿过满大街的赤老队伍，向敏中和张咏先赶来开封府，预备找判官程羽完成昨日官家交代的王全斌案卷宗一事。

程羽正为一对沈氏兄弟争分家产的案子发愁。原来沈父去世得早，家里一切财产由长兄沈彦掌管。弟弟沈章长大成人后，兄弟二人分了家，隔巷而居。可沈章总觉得哥哥分得不公平，亏待了自己，多次到开封府告状，开封府官吏一直不准。偏偏那沈章是个倔强性子，非要告到哥哥吃官司不可，今日一早干脆拦在了程羽的马前。程羽不得不接了状子，可这种家务事如何调查、如何判处，还真是费脑筋。他只能命官吏叫来沈彦，预备调和，可弟弟沈章偏偏不干，在公堂上大吵大闹，弄得程羽头疼不已。

张咏听说，笑道：“这有何难？我一句话就能替判官打发走这兄弟二人，包教他们再无二话。”

来到公堂，沈氏兄弟犹站在那里，怒目相向。张咏便上前先问哥哥道：“你弟弟几次来开封府投告，说你们父亲逝世之后，一直由你掌管家财。他年纪幼小，不知父亲传下来的家财到底有多少，说你分得不公平，亏待了他。到底是分得公平呢，还是不公平？”沈彦道：“分得很公平，我们两家的财产完全一样多。”

张咏又问沈章。沈章愤愤道：“当然不公平，哥哥家里财产多，我家里少。”沈彦忙道：“一样的，完全没有多寡之分。”

张咏道：“你们兄弟争执不休，哥哥不肯承认不公，弟弟始终不服，不断告状，难道是想让开封府派人去你们两家一一查点财产，弄清楚到

[1] 宋代一石约合 66 公斤，一石半合 99 公斤。

底谁多谁少？眼下我倒有个主意，包管能令你们两家都满意。”

沈氏兄弟齐声问道：“什么主意？”张咏笑道：“哥哥一家人，全部到弟弟家里去住；弟弟的一家人，全部到哥哥家里去住。你们回去后立即对换，由开封府派官吏监督。哥哥既说两家财产完全相等，那么对换并不吃亏。弟弟说本来分得不公平，你分到了哥哥的财产，这样总该公平了吧？”沈氏兄弟闻言面面相觑，再也无话可说。

堂上堂下无不称妙，程羽连声道：“对，就该如此判处。你们兄弟快些回家去对换，本官自会派人前去监督。从此后，哥哥的财产全部是弟弟的，弟弟的财产全部是哥哥的，双方家人谁也不许到对方家去。”沈氏兄弟不得已，只能拜谢下堂。[1]

程羽笑道：“张公子如此智慧，当真令人刮目相看。不知可否愿意来开封府屈就？若早能得到你这样的人才，一大堆疑案早该迎刃而解，案头的卷宗也不会堆得这般高了。”张咏连连道：“不敢当，不敢当。”向敏中也道：“张兄才智过人不假，不过他性情豪爽，直言无忌，实在不适合当京官。”

程羽知道其意不在仕途，难以勉强，问道：“二位一大早来开封府，可是有什么急事？”向敏中便大致讲了王全斌的案子。

程羽道：“既然呆子已经收押在开封府狱中，官家又亲自关注此案，我自会立即派得力官吏录取口供，准备好卷宗。等一切妥当，再送去汴阳坊请几位签字画押。”又问道：“寇准人呢？怎么没有跟你们一起来？”张咏道：“他有点私事去邢国公府上了。”

程羽道：“噢？”微一凝思，道：“二位请随我来，程某有几句话。”领着张咏、向敏中进来自己休息的内堂，道：“二位公子并非官府中人，却能查清如此错综复杂的迷案，好生令人钦佩。程某这是真心话。昨日当着皇长子赵相公的面，寇准已经将所有事情经过都说出来了，包括你们曾怀疑是我派人劫走高琼之事。你们别怪寇准，是我逼他这么做的。”

[1] 张咏入仕后长期担任地方官，极擅长审案，判沈氏兄弟易宅一案为真实事迹，仅是其生平断过的无数奇案中的一桩小案而已。时人极佩服其才智，曾有人专门将他审案的判词（判决书的旧称）刊行。

向敏中道："我们本该早向判官禀告实情，只是毕竟不是朝廷中人，顾忌良多，还望判官体谅。"程羽摇头道："我怎会怪你们？你们几个从极小的细节一点一滴地发现了真相，这份才智非常人能及，真该庆幸大宋有你们这样的子民。"

向敏中道："事情到这个地步，与北汉、契丹的和谈还能成吗？"程羽道："和谈由皇长子主持，他自然是要极力促成，本朝立国以来，还从未与两国通好，这可是开天辟地的大事。况且眼下朝廷对南唐用兵已露端倪，无论北汉、契丹来大宋有什么动机，只要能暂时稳住对方，圣上是不会再计较的。"

张咏道："这么说，北汉人借出使之名押送南唐囚徒来我大宋，契丹人堂而皇之在京城内挖地道劫人，都不会再有人追究了？"程羽道："如果追究这个，契丹人就要反过来问你高琼到底是谁，他为何要招供是契丹刺客，你怎么回答？"张咏道："我明白了，对方各有把柄被握住，干脆装作什么事都没有发生过。"

程羽道："确实是这个道理。不过你们有没有想过，自古以来，一旦开战，遭罪最大的都是双方的老百姓，若真能将错就错，大宋跟北汉、契丹就此达成和议，又何尝不是一件大好事呢？"

张咏本以为程羽叫自己和向敏中进来是有什么特别的目的，听到这里才肃然起敬，道："不错，正是这个道理，多谢判官赐教。"

程羽道："所以我希望你们几位能全力以赴，促成这次和谈。"张咏愕然道："我们不过是平民百姓，如何能影响朝廷的外交时局？"程羽道："不，不是让你们去游说官家，而是请你们多加留意这次和谈，若是有人从中破坏，希望你们能尽力阻止。"

张咏惊道："有人要破坏和谈吗？莫非是南唐？"程羽摇了摇头，道："也不是北汉和契丹，这两国也想顺水推舟，同中原恢复官方贸易来往。"张咏更是惊讶，道："难道是我大宋自己人要破坏和谈？这人是谁？"程羽不答，只目光炯炯地凝视着他。

张咏还要再问，向敏中忽插口道："我们已经懂得程判官的意思了。"程羽道："嗯，这就去吧。多谢二位。"

张咏被向敏中扯出开封府，尚觉莫名其妙，道：“为什么你们有话都不直说，总爱打哑谜？”向敏中道：“那是因为不能直说出来。”张咏道：“好吧，那要破坏和谈的人是谁？”向敏中道：“晋王。”

张咏大吃一惊，道：“晋王怎么会想破坏和谈？他虽然派高琼到博浪沙行刺，可目的是为了嫁祸南唐，眼下一切都风平浪静下来，继续破坏和谈对他有什么好处？”向敏中道：“这是政治上的权术，就目下而言，晋王最在意的不是跟契丹、北汉的和谈，也不是对南唐的战争，而是……而是……”他踌躇着，终究还是没有说出下面的话来。

张咏却恍然明白了过来，道：“是皇位！他破坏和谈，不是为别的，只因为提议和谈、主持和谈的都是皇长子。”向敏中轻轻叹息一声，道：“正如程判官所言，和谈若成，当是本朝开天辟地的大事，皇长子立下奇功，这自然是晋王不愿意看到的。”

张咏道：“果真如此的话，晋王未免气量太小了，不能以天下事为己任，不顾百姓和大局利益。”向敏中道：“这不是你我所能操心得了的事。走吧，咱们还是去追寻那群脚夫的好。”

二人来到锦江春川饭馆，时辰尚早，远不到正午，馆子才刚刚开门。向敏中随意点了几样菜，不一会儿工夫就做好端了上来。

向敏中举箸一尝，即感到与前日所吃口味大有分别，忙叫过伙计讯问究竟。伙计笑道：“上次客官一定是赶上大厨子被召进宫中了，临时由伙房的徒弟掌厨，徒弟手艺哪里及得上师父，二位今日有口福了。”

向敏中心念一动：“大厨子入宫，是因为花蕊夫人要置办宴席吗？”伙计笑道：“原来客官也听说了。不过花蕊夫人也是奉官家之命笼络那些党项人，朝廷大战在即，需要更多的战马，党项大马可是名甲天下。听说一顿饭吃下来，党项人当场答应再给朝廷进贡五百匹马。五百匹马，可是值五百驮[1]茶叶。”

[1] 宋一驮等于一百斤。宋代实行茶叶专卖，由官府垄断经营，当时一驮茶值25—30贯钱，可易一匹马。

向敏中心道："张浦既是后蜀旧臣，一定认得花蕊夫人，官家命她出面置办宫宴，又不用御厨，特意安排川饭，可谓用心良苦，难怪不愿意追究张浦的下毒杀人之罪了。"蓦然又想到一事，问道："张兄，你觉得张浦在宫宴上主动告诉官家他恨王全斌入骨，是不是很奇怪？"

张咏道："嗯，确实奇怪。王全斌虽死，毕竟还是官家预备重用的大宋名将，张浦身为外番使臣的随从，毫无忌惮，公然在宫宴上表达对他的憎恶，实在不合礼仪。"

向敏中道："不，我不是指这个。你仔细回想张浦下毒暗害王全斌一事，从他利用盗窃把柄胁迫呆子开始，到后来占住王全斌隔壁阁子，再利用说书女庞丽华激怒对方，有意引起骚乱，制造下毒良机，这一切需要极精心的谋划，可见此人心机极深，用心极恶，每一步都是有目的地刻意为之。饯行宫宴是前日的事，我们昨日才发现张浦指使呆子下毒的事，他又何必要置礼仪于不顾，在官家面前刻意表露对王全斌的仇恨呢？"

张咏道："向兄是说张浦是有意如此？可万一有人发现王全斌死前中毒，因为他对官家说过的这番话，他将会成为头号嫌疑犯，又何须揽祸上身呢？"

向敏中道："这正是最大疑点所在。走，我们去找孟氏兄弟，问问张浦到底是何来历。他们兄弟二人多半也参加了前日的宫宴，以往每逢这种招待外番使臣的场合，官家都少不得要叫上他们。"又道："这家川饭馆还是他们兄弟介绍给我知道的。"

张咏道："他们兄弟自己不来吗？"向敏中摇摇头，道："从不来。"轻喟一声，低声道："来这里的人大多是蜀人，之前都是后蜀的子民。大孟以前是后蜀太子，若不是后蜀为我大宋所灭，日后他就是这些蜀人的国君。而今国破家亡，虽在朝中为官，总还是异国他乡，那种终日战战兢兢、如履薄冰的感觉，并不好受。"

张咏也无话可说，能说什么呢？孟氏兄弟若是能在城破之时力战而死、以身殉国倒也罢了，偏偏投降匍匐在敌人脚下，延续着苟且的命运——父亲孟昶莫名暴死，继母花蕊夫人为仇人所纳，兄弟二人也以俘虏身份被迫接受虚职高官，成为大宋装饰朝廷的门面，每每有招待外臣的宴会，都会被刻意叫来颂扬大宋兵威，其中屈辱滋味难以言表。可这又能怪谁呢？终究还是这对兄弟自己的选择，为了要虚伪地浮华地活下去，必然要付出相应的代价。

来到利仁坊孟氏宅邸，小孟孟玄珏上朝未归，大孟孟玄喆因肠胃不适卧病在床。向敏中与他兄弟二人相熟，径直告知来意。

孟玄喆半倚在榻上，沉声道："前日我兄弟确实被叫去大内参与了为党项人举办的饯行宫宴。张浦是家父旧臣没有错，蜀亡后逃去了党项。"

张咏道："他家属可是为王全斌所杀？"孟玄喆道："具体情形我可不知道。王全斌在蜀中杀了数万人，成都家家户户都有亲属被杀，张浦家眷死于兵乱也不稀奇。你们打听这些做什么？事情可是跟花蕊夫人有关？"

他兄弟二人跟花蕊夫人并无血缘关系，也谈不上任何感情，然而当他们都作为亡国之人苟活在新朝，不免有了一种互相依赖的感觉。

向敏中忙道："不过是随意问问。太尉身体不适，还是安心养病的好。敏中改日再来探访。"孟玄喆道："其实也不是什么大病，不过是许久不吃家乡的菜蔬，肚子竟适应不了了。"深为叹息。

向敏中也不便多说，只能告辞出来。

出来孟宅。张咏问道："张浦来历背景并无可疑，向兄还是怀疑他吗？"向敏中点点头，道："我始终觉得张浦是有意在官家面前说这番话的，就像是……未雨绸缪之举。若是没有人发现王全斌中毒之事，自然一切无碍。但若是事败，那么张浦的那番话就能解释他杀人的动机。"

张咏道："这张浦为什么要引火烧身，令自己在事发后成为首要嫌疑犯呢？"向敏中道："只有一个可能。张浦是在为事败后做准备，他要掩护什么人。就跟欧阳赞推出假聂保一样，一旦下毒东窗事发，张浦就要充当假聂保的角色。"

张咏恍然大悟，击掌赞道："有道理极了！可问题是张浦能掩护什么人？李继迁吗？”向敏中道：“不，李继迁确实跟王全斌毫无关联，他没有任何要杀王全斌的理由，西楼冲突不过是他有意滋事使然。但当日除了王全斌外，还有一个人被杀，张兄不正是因为这个人被捕入狱，吃足了苦头吗？”

张咏道：“王彦升？”向敏中道：“不错，正是王彦升。张兄再好好想想，假设我们事先不知道任何情况，一旦听说王彦升被杀，能想到最大的嫌疑人是谁？换作王全斌被杀，最大的嫌疑人又是谁？”

张咏哈哈大笑道：“我知道向兄的意思了——王彦升被杀，大家都会想到是党项人做的；王全斌被杀，凶手想都不用多想，肯定是蜀人干的。李继迁并不恨王全斌，但他却恨王彦升。而杀王彦升的人并不恨他，真正恨的是王全斌。向兄是说蜀人杀死了党项人最恨的王彦升，而党项人则杀死了蜀人最恨的王全斌。”

向敏中道：“正是此意。李继迁和杀死王彦升的凶手是交换杀人，这样他们均没有杀死对方的动机，官府调查起来无论如何不会起疑。那群脚夫……就是我们正在追寻的蜀音脚夫要劫的不是李稍李员外的车队，也不是林绛，他们是误将李稍的车队当成了王彦升的车队，将车子中的林绛当成了王彦升。”

张咏道：“车队看起来确实差不多，外人也分不出来。那些化装成护卫的北汉人又拼死保护马车，自然就令脚夫误以为首脑人物王彦升在马车中。”向敏中道：“这就能解释后来的种种情形——脚夫们发现马车中不是目标人物后弃车逃走，意外发现真正的王彦升就在眼前后惊喜大叫。”

原来当日高琼带人埋伏在博浪沙行刺失败后蓦然出现的那群诡异脚夫正是要来杀王彦升的人，他们事先得到通知，王彦升的大车队将会在今日经过博浪沙，不料王彦升因意外脚程滞后，他们误将李稍护送的北汉使者的车队当作了目标。先在车队前方道路上撒下骡马爱吃的麦麸和豌豆，还拌上了有香味的菜油，令那些拉着太平车的骡马不听使唤便自行前涌，然后有意作怪吸引商队视线，趁乱劫走了那辆众人拼死保护的马车。至于真正的王彦升死于欧阳赞所下的乌毒，则完全是意料之外的事。当日所发生的事情太多，千头万绪，百结千缠，众人目光又一直集中在被捕的刺客高琼身上，无人理会脚夫的线索，也从未想过他们真正的目的和用意。直至今日，才因为张浦所露出的破绽，从大局着眼来考量所有的案件，原来所有的一切都有着丝丝缕缕的联系，必然中混杂着偶然，计划中夹杂着意外，可谓招招致命，步步惊心。

张咏道："那么张浦要保护的一定就是这些脚夫的主人了？"向敏中点了点头。

毫无疑问，这主人一定是蜀人，且是能与李继迁接触结识的蜀人，那么最大的可能就是在大宋任职的前后蜀权贵了。嫌疑最大的当然莫过于孟玄喆、孟玄珏兄弟，可偏偏王全斌被张浦下毒谋害的当晚，孟氏兄弟人也在西楼中饮酒。这当然只是巧合，这种巧合却可以完全排除掉孟氏兄弟杀王彦升的嫌疑——若果真是他二人指使脚夫杀人，他们一定也知道李继迁要杀王全斌之事，又怎会凑巧选在案发当晚来到命案现场饮酒呢？

余下来的嫌疑犯就该轮到花蕊夫人了，虽说只是女流之辈，可她敢当着大宋皇帝的面作《述国亡诗》：

君王城上竖降旗，妾在深宫那得知？
十四万人齐解甲，宁无一个是男儿！

非但洗清了自己背负的"红颜祸水"的名头，还极力讥讽了后蜀君臣奴颜卑膝、解甲投降、不事抵抗的事实，就这等勇气和胆识，可是比孟氏兄弟强上百倍。而今她是官家宠妃身份，凑巧与张浦有旧，得以参与宴请党项人的宫宴，她就此想出交换杀人、互惠互利的复仇计划，又是什么难事？

张咏缓缓道："冰肌玉骨，自清凉无汗，水殿风来暗香满。绣帘开，一点明月窥人，人未寝，攲枕钗横鬓乱。起来携素手，庭户无声，时见疏星渡河汉。试问夜如何？夜已三更。金波淡，玉绳低转。但屈指，西风几时来？又不道，流年暗中偷换。"所吟诵的正是后蜀国主孟昶为花蕊夫人所填《洞仙歌》[1]。

向敏中道："既然已经寻到幕后主人，也不必再费心费力去找那群来无踪、去无影的脚夫了。"

张咏道："只是这件事纯属你我推测，毫无实证，那花蕊夫人又极得官家宠爱，当初不是差一点儿还要立她为皇后吗？我们既不能去追赶李继迁，又不能进后宫盘问花蕊夫人，如何能坐实这件事？"

向敏中道："确实是个难题。而且咱们还得保密，不能告诉高琼知道。"见张咏露出惑色，便解释道："宋皇后和花蕊夫人虽入宫多年，却均没有生下儿女，而今官家年过五旬，希望愈发渺茫，传闻她们各自押了一宝——花蕊夫人与皇长子德昭走得很近，自宰相赵普被贬去外地后，皇长子在朝官中失去强援，也确实需要从后宫中得到支持；而比皇长子还要年轻的宋皇后则收了皇二子做嗣子，虽然没有公开过继，在大内却不是什么秘密。本来花蕊夫人勾结党项人李继迁交换杀人性质恶劣，可她身份非同小可。又正如程判官所言，眼下皇长子主持和谈，正是关键时期，若是忽然抖出花蕊夫人杀人之事，无论真假，都势必会影响皇长子，也会影响到和谈。"

张咏道："嗯，我明白了，此事暂时张扬不得。而且我们只找到了王全斌被下毒的真正动机，却没有花蕊夫人卷入此事的真凭实据。"

二人思索一阵，也不知道该如何处置，遂回来汴阳坊。刚到坊门，忽有一名黑衣汉子奔过来，取出腰牌亮了一下，道："小的是开封府的听差，二位官人前几日派小的去监视开封府仵作宋科，可还记得？"

向敏中这才想起之前因为怀疑宋科与鬼樊楼有牵连，所以派了人日夜监视，忙问道："你可有什么发现？"那听差道："宋老公并无可疑，除了去开封府办事就是待在家里，倒是他儿子宋行宋典狱不停地进进出出，而且极少去浚仪县当值，适才又有人来叫宋典狱出去，小的见那人似极

[1] 此词实际上是北宋文豪苏轼根据一名幼年在后蜀宫中当宫女的老妪口述的故事和她记得的"冰肌玉骨，自清凉无汗"两句所填。

了画像中的汉子，所以赶紧来禀告二位。”

他所提画像正是潘阆根据唐晓英描述所绘出的负责鬼樊楼接应的头领。当初众人怀疑宋科，是因为那头领主动来找寇准，称有消息能助张咏洗清王彦升一案嫌疑，而当时只有宋科手中握有关键物证。这只是逻辑上的推理，眼下既然头领公然来找宋行，就愈发证明宋科父子与传闻中臭名昭著的鬼樊楼有联系了。

张咏忙问道："宋行和那汉子人去了哪里？"听差道："他二人去了樊楼旁边的一家小茶馆，小的这就领二位官人过去。"

向敏中见坊门下正停着一辆等待载客的马车，忙招手叫过车夫。三人上了车，一路由听差指引。来到樊楼东面的一处庭院停下，正是之前李雪梅领张、向二人来过的那家小茶馆。

刚待下车，正见三人出来，果然有宋行和画像中的那头领，另外一人张咏和向敏中居然也见过，竟是在大相国寺外与张咏争吵过的安员外。当日二人因追查唐晓英一案来到大相国寺长生库，正遇到安员外用金银兑换长生库全部铜钱，预备将铜钱运往蜀中或是其他流通铁钱的地方谋取私利。

张咏见三人一出茶馆大门便即分道扬镳，那安员外自有从人牵马过来，忙道："听差大哥，麻烦你继续跟着宋行。向兄，你乘车跟着安员外，看看他要去哪里。我去捉那头领。有英娘指认他，他这拐卖妇女的罪名可是逃不了了。"

向敏中道："甚好。不过张兄不妨别着急动手，或许跟着那头领能找到鬼樊楼，连阿图也能抓到。"张咏道："是了，多谢向兄提醒。"等那些人走远，这才跃下马车，徒步去追那头领。

那头领一直往东，来到新曹门附近的牛行街码头，上了一条大船。大船航行的水面是条人工开挖笔直的南北向河渠，专门引汴河之水入五丈河，位于外城西城墙根下。大船一路往南缓行，到新宋门附近的上清宫码头时，便停了下来。船上下来六名灰衣大汉，沿东大街往大相国寺方向去了。

张咏自岸边跟过来，等了大半个时辰，依旧不见大船开动，不由得有些着急，暗道："这船一定是在等什么人，不知道要等到什么时候，万一到天黑才开船，我可就难以追上它了，我须得早混去船上才行。"

正巧有一队排岸司兵士沿岸巡查过来，张咏身上尚有皇帝御赐的进出皇宫大内的铜符信物，忙取出来上前向领头将校展示，道："你们是东司田侍禁手下吗？我认得他，他也知道我在查一件案子，正要请各位帮忙。"

领头将校不敢怠慢，遂按张咏的吩咐，命一名兵士脱下外衣给他穿上。张咏穿戴整齐，混在兵士当中，倒也像模像样。

将校领队来到大船前，喝道："船主在吗？船上装的是什么？我们要上船检查。"也不待人应声，先闯了上来。船夫慌忙上前来拦，哪里拦得住。

那头领飞快地自船舱中钻出来，上前挡在舱门口，傲然道："你好大胆子！知道这是谁的船吗？这可是晋王的商船。"

晋王自组商队贩货赚钱，在京师早已不是什么秘密。将校一听晋王的名号，先自气馁，忙回头去望张咏，想听他的主意，张咏却不见了踪影，一时不明所以，只好赔笑道："小的不知道这是晋王的商船，多有冒犯，多有冒犯。"

头领立即转怒为笑道："不知者不罪。不过晋王不喜欢这么多人到他船上，惹人注目，将军还是带着部下快些下去吧。"将校道："是，是。"也不敢说破张咏多半已经溜入船中一事，悻悻带了人走了。

那头领虽然得意，却还是有所防备，命船夫先将船板撤了，务必守住船板，不让闲人上来。一切安排妥当，这才放心下到船舱来。底舱陈设简陋，只有桌椅，桌案上摆有不少酒肉。东面船板边铺着一些旧床褥，排坐着二十余名如花似玉的女子，小的只有十二三岁，大的也不过十八九岁年纪，反缚住手脚，口中堵着麻布，虽然叫不出声，却是个个泪流满面，露出惊恐之色来。

头领笑道："你们别怕，汴京可比蜀中强多了，只要听老鸨的话，好好学习弹唱，学会伺候男人，包管你们吃香的喝辣的。"上前挑了一名最丰润、最白皙的少女，扯来桌案边坐下，一边饮酒吃肉，一边往那少女身上乱摸。少女意图闪避，却只能徒劳地扭动身子。

头领不免有些着恼，道："我只是摸你，又不是要奸你，你乱扭什么？你放心，我不会动你，不然破了瓜，你可就不值钱了。"

那少女听说大概要被卖去妓馆做娼妓，更是出力挣扎，"呜呜"怪叫不止。头领大怒，扬手打了她一巴掌，道："这就是你的命！谁叫你是蜀女呢？你最好乖乖认命吧，不然可有得苦头吃。"

原来蜀女素以温柔美貌、才貌双全闻名，达官贵人均喜欢买蜀女做侍妾[1]，花高价亦在所不惜，由此反倒成了头领这伙人赚钱的门道，专门派人到蜀中绑架年轻美貌的蜀女，运来京师贩卖。这可是一本万利的生意，比贩卖任何其他货物都要赚钱得多。

头领将那少女送回原处坐下，道："你们别给脸不要脸，现在我只是要将你们卖去有钱人家做侍妾，再敢乱喊乱动，我可就要带你们去鬼樊楼，那才是女人真正生不如死的地方。"

好不容易捱到天黑，船舱中点起了数盏油灯，一片通亮。终于听见岸边有马车声，船夫下来告道："看货的老鸨、牙郎[2]来了。"头领道："领他们进来。"

过了片刻，两名灰衣大汉引着数人下来，有男有女，都是四十来岁年纪，各自默不作声，眼光却落在那群少女身上。

头领道："这趟船其实有些小风波，不过还是老价钱，二百足贯一人，折合白银二百两，一文不短，先看好的先得。"

那些男女便一拥而上，各执一盏油灯，上前拉起那些少女比照挑选，若是相中便扯到一旁，瞬间便将二十余名女子瓜分干净。付完钱后，便有大汉将买下的少女一一装进麻袋捆好，扛到岸上，塞入买主自带的马车中，手法极其娴熟。不过一刻工夫，舱中少女均被卖掉运走，不剩

[1] 赵光义第三子赵恒（后来的宋真宗）十四岁时便立志要娶到一名蜀女做侍妾，经常带着近侍微服到民间寻访，由此才遇见蜀中簸鼓说书女刘娥（后来的宋真宗皇后），可见蜀女在当时名气之大。

[2] 牙郎：商业交易的中间人。

一人。

那头领将收到的银两收入一条布袋中，催问道："那女人什么时候才能送来？"一名大汉道："头领是问那姓刘的女人吗？眼下还没有消息。她老爹是个老公门，上次又被吓过一次，今晚老单多半要费些工夫。"

头领道："不，不是她，今晚还有一个女人要带去鬼樊楼。"听见岸上有马车声，道："嗯，多半到了，我自己亲自去瞧。"取了装着银两的布袋，上来甲板，果见岸边停着一辆马车，车边站着一名戴着席帽的男子，忙迎上前去。

席帽男子道："你就是头领吗？"头领道："是。"席帽男子道："安员外交代的人在车里。"

头领忙挥手命手下从车上运下一条麻袋，又恭恭敬敬地将布袋递上去，道："这是这船蜀女的钱，麻烦官人转交给安员外。"席帽男子"嗯"了一声，接过钱袋，飞快地跃上马车，低喝一声，道："走。"车夫便飞快地赶着马车走了。

头领心道："这人真是不懂规矩，不知道该拿出一些银子来赏赐大伙儿吗？"也不敢计较，忙重新回来底舱，迫不及待地命人解开麻袋，笑道："大伙儿今儿都累了，先看看安员外亲自交代的女子是什么货色。一会儿等老单将那刘念娘们绑来了，咱们再一边开船，一边好好享用享用。"

众人一边哄笑应着，一边解开麻袋系绳往下一抖，登时从中滚出一名盛装丽服的女子来。

头领惊喜道："呀，今晚上头没有打赏，倒送来一些补偿，这女人头上的首饰、身上的衣服倒也值钱，快些剥下来。"又笑道："打扮得这样，一定是个大美人。"命人扶起那女子，取下蒙住双眼的黑布，却不过是中上之姿，比想象中的绝色美人差了一大截，不由得有些失望。

那女子陡然见到光亮，又是惊讶，又是恐惧，一双眼睛瞪得老大，不知道如何来了这样的地方。

头领道："嗯，虽然相貌差些，不过能穿得起这些衣裳，一定是名门贵妇。快些剥光了她，大伙儿一齐来尝尝这细皮嫩肉的贵妇的滋味。"

众大汉便一齐动手，将桌案上的酒肉撤掉，将那女子横放上去，解开绑索，去脱她衣服。张咏一直躲在舷梯下，见状忍不住大喝道："住手！"

他已经强行忍耐许久，甚至当那些少女被老鸨和牙郎一一买走时都是隐忍不发，只为能跟随头领找到鬼樊楼的位置，而他到此再也不忍心看下去，只因为他认得那即将以裸体示人的女子——她不是旁人，正是昨日还来过汴阳坊的庞丽华。

众人万万没有预料到船舱中还躲着旁人，呆得一呆，发一声喊，便各自去抽袖中的短刀。张咏拔出随身宝剑，先发制人，上前分刺一人肩头、一人手臂，又将一盏油灯挑到舷梯后的一大捆麻袋上，火焰登时腾起。

那头领知道大船停靠在要道附近，略有动静，瞬间便有大批禁军和排岸司兵士赶到，忙叫道："撤！快些撤！"抢先爬上舷梯。

张咏正待追击，却见庞丽华已重重摔落在地上，爬不起身来，只挣扎着叫道："张郎，张郎，救救我！"

张咏心道："船舱中尽是易燃之物，一旦失火，片刻就会烧成灰烬，须得立即救她出去。"只得舍了头领那伙人，收剑入鞘，抱了庞丽华，冲过舷梯时，热浪扑面，火焰炙人。刚上来甲板，那木梯便烧断掉了下去。等张咏赶上岸边放下庞丽华，首领那些人早不见踪影。

张咏道："那边已经有禁军赶过来，丽娘将事情经过告诉他们，他们自会派人护送你回晋王府。"正待去追寻首领，庞丽华拉住他手臂，哀告道："我不能再回去晋王府，张郎，求你救救我，救救小娥。"

张咏道："那好，你跟军士说清楚，让他们直接送你去汴阳坊，你暂时跟英娘待在一起。"他知道还有一名刘姓女子被头领一伙绑架，多半就是开封府毒手刑吏刘昌之女刘念，心下着急，顾不上多理会庞丽华，忙迎上赶过来的禁军将校，出示铜符，告知适才船上有人绑架拐卖妇女，请他速派出人马封锁街道，盘查马车及各种能藏人的可疑车辆。

京畿重地，天子脚下，竟有人公然买卖女子，实在骇人听闻。那将校姓蒋，官任院虞候，闻言不敢怠慢，一面派人救火，一面派出骑兵驰骋高呼传令。各巡铺兵卒大声应和，传令声此起彼伏，瞬息已到数里之外。

张咏心道："头领到船上时，派出了六名手下，适才却只回来四人，剩下的两人一定是去绑架刘念了。刘昌家在外城东厢，难怪他们要将船停靠在这里。绑人者多半等天黑动手，算脚程早该到附近了。"

他料到禁军已封锁各大路要道，马车寸步难行，便往刘昌家方向仔细留意搜寻小巷。凑巧当晚有月光明亮，走不多远，当真见到第二甜水巷中停着一辆车子，车夫座上空无一人，只有马在用前蹄无聊地拨弄着石子。

张咏喝道："马车里的人快些出来！"见无人相应，便拔出剑来，一步一步地走过去。忽从马车上先后跃下两名男子，也不上前争斗，拔脚直朝后巷逃走。

张咏急忙去追，路过马车时，见到车板上有两个麻袋在不停蠕动，料来袋中正是被绑架来的女子，却不知如何多出一人来，只好停止追赶，上前解开袋子，放出两人来——一人是名极年轻貌美的女子，大约就是刘念；另一人却是名年轻男子，正是那见过几面的王衙内王旦。他不但与皇二子赵德芳交好，也是当今宋皇后的笺奏官[1]。

张咏极是愕然，问道："王衙内如何也被人绑来此处？"王旦惊魂未定，一时说不出话来，只是不停抚摸手腕上被绳索捆缚过的痛处。倒是刘念道："奴家刘念，与王郎今晚游汴河时莫名被人绑来这里，多谢官人搭救。"

张咏道："你就是刘昌之女吗？有人恨极你父亲，非要绑你卖去鬼樊楼不可。你暂时不要再回家去。"刘念大概深知其父得罪人极多，居然也不惊奇，只道："原来如此。"

王旦忽问道："你不是张咏吗？如何当了排岸司的军士？"张咏道："噢，我这是临时借来的衣裳。二位受惊不小，不如先回去歇息，明日记

[1] 笺奏官：宋朝制度，后宫嫔妃可设置笺奏官，专门撰写对皇帝赏赐表示感谢的谢表以及重大节日献给皇帝的诗文等类。

得去开封府报案。”也不及多说，领着二人出来巷口，招手叫过几名禁军，请他们护送王旦、刘念回去。禁军听说王旦原来是知制诰王祐之子，有心巴结讨赏，忙赶出马车护送这对情人去了。

忽有军士来叫张咏道：“正到处找官人呢，那边出事了！”

张咏忙跟着军士返回原先大船停靠的地方，那船依然大火熊熊，人力无论如何是难以扑灭了，只能待其自身燃尽。蒋虞候还在那里，见张咏回来，忙上前告道：“适才那位娘子死活不肯走，只赖在这里哭泣不止，我见她影响大伙儿救火，命人拉开她，谁知道她突然挣脱，又跳回了船上。”

张咏大惊，问道：“你是说庞丽华又重新跳进了火船？”蒋虞候道：“嗯，我再想派人去救她时，船板却已经塌了。这可是她自己发疯，许多人亲眼看见的。”

张咏既心痛，又大惑不解，心道：“丽娘被装在麻袋中带来船上时，衣衫完整，我又及时出手相救，她并未受辱，为何要一心求死？上岸后她还求我救救她，救救小娥，又是什么意思？哎呀，莫非小娥也被人绑走了？”顿时大为焦急。可入夜后城门已经关闭，他无法进里城去晋王府查问，只得将自己的姓名、住址告知了蒋虞候，请他继续留意搜捕头领诸人，有消息即来告知。

回来汴阳坊中，向敏中、寇准、潘阆三人正在堂中徘徊等候，忽见张咏一身排岸司兵士打扮进来，无不惊诧。

张咏问道：“英娘人呢？”潘阆道：“她在房里为我们几个缝制衣服。怎么了？”张咏低声道：“庞丽华死了。”大致说了今日跟踪头领的情形。又道：“抱歉，向兄，我终究还是性急，未能忍到找到鬼樊楼的位置后再动手。”

向敏中道：“张兄救人于危难之间，保住了丽娘贞节，何须跟我道歉？”张咏黯然道：“我虽救了丽娘，可惜她还是投火死了。这件事我虽觉蹊跷，可总也想不明白，所以才回来找你们几个商议。”

潘阆道：“丽娘自入晋王府后，锦衣玉食，出入均有随从车马，如何会轻易被人绑架？”寇准道：“会不会是有人刻意针对晋王下的手？”张咏摇头道：“倒像是晋王主持这些事。今晚的那艘贩卖妇女的船就是晋王名下的，至少那头领当众这么说。”

众人无不面面相觑，堂内一时陷入了沉寂。按照张咏的描述，头领公然声称货船是晋王所属，有恃无恐，那么晋王不是跟拐卖蜀中女子、绑架妇女到鬼樊楼这些事都有干系吗？这听起来未免很有些匪夷所思。

还是向敏中先打破沉默道：“张兄不妨先听听我们这两边的事再说。”

原来他与张咏分手后，一路跟踪安员外来到里城右第二厢寿昌坊的一处大宅，等了许久也不见人出来，担心夜禁后出不了里城，遂记下地址，返回了汴阳坊。

而寇准、潘阆一早来到邢国公宋偓府上，宋偓上朝未归，宋偓之女宋娥亲迎二人进来。寇准按高琼所教，试探问某晚可有陌生客人上门，宋娥浑然不知。凑巧宋偓回来，撞见寇准、潘阆，似猜透来意，命爱女带着二人将宋宅上下游了个遍。寇准见实无可疑之处，惭愧之极，便拱手告辞。出来将经过情形告知了高琼，高琼一言不发即上马离开，大约是赶去向晋王禀告。

张咏道：“如此，倒是我这边最惊险了，可惜还是查不到鬼樊楼下落。”向敏中道：“如今禁军正大肆搜捕拐卖妇人的头领等人，这件事既已张扬出来，再也难以按捺住。麻烦的是里面还牵扯到晋王，我们得尽快想个应对的法子。”

寇准道：“这有什么可多想的？明日直接上开封府将实情告诉晋王和程判官便是了。别说我不相信晋王会派人拐卖妇人牟利，就是晋王的仇家也不会相信如此荒诞之说，多半是有人假冒晋王的名头行事。”

潘阆道：“我本来同意寇老西的看法，不过这里面还牵扯出庞丽华，晋王可就难脱干系了。你们想想，就算是头领一伙胆大包天，从晋王手下人手中绑走了丽娘，可丽娘并未受辱，为何要在获救后投火自杀呢？只因为她很清楚要送她去鬼樊楼的人来头极大，张咏只能救她一时，救不了她一世，她早晚要备受凌辱，所以干脆自行了断。老向，你说呢？”

向敏中道：“小潘的话有道理，可还是有许多不合情理之处。丽娘最在意的人是她的女儿小娥，她怎么可能舍弃小娥不顾，断然投火自杀呢？”张咏道：“不错，丽娘一直在求我救救小娥，可惜我当时心急如焚，一心想捉到头领，竟来不及问她小娥身上到底发生了什么。若是我肯停下来听她说明白，也许丽娘就不会死了。”

潘阆道：“会不会是丽娘知道了晋王的什么秘密，所以才要被送去鬼樊楼，好让她从此销声匿迹？”张咏道：“不，不可能。你我均跟晋王打过交道，当知道他为人，果真如此的话，他一定会断然杀丽娘灭口，何须费事送她去什么鬼樊楼。我敢说，这件事一定跟晋王无关。”

正为晋王争论不休，忽见高琼打门进来，满头大汗，全身上下血迹斑斑，众人无不吃惊。张咏道：“你受伤了？”高琼摇头道：“不是我的血。张兄，门外墙根下有一名受伤的男子，烦请你出面将他送交给巡铺卒，就说是你救了他。”张咏道：“那是什么人？我可不想居功。”

向敏中心念一动，问道：“那受伤男子是不是辽国使者欧阳赞？”高琼道：“不是，不过也差不多。”

张咏急忙抢出门来，果见墙根下躺着一人，正是有过几面之缘的欧阳赞的韩姓随从——上次张咏在樊楼前遇到他围着徐吕皮腰带、脚穿红虎皮靴子，才由此推测出欧阳赞一伙是契丹人。他多少有些会意过来，忙扶起那男子，问道：“韩官人，是谁伤了你？”韩官人却神志不清，只勉强看了他一眼又昏迷了过去。

张咏欲抱韩官人进来治伤。向敏中急忙拦住道：“高琼说得对，还是立即将他交给巡铺卒，命他们护送他回驿馆为好。”

张咏便抱了人往坊巷巡铺而来，巡铺卒听说有辽国使者随从在坊中遇刺，吓得不轻，大声呼哨，召来巡街的禁军，禁军便牵马过来，一道扶了韩官人往里城驿馆而去。

张咏回来堂屋，问道：“你如何会凑巧救得韩官人？到底是怎么回事？”潘阆道：“总不会那么凑巧赶上吧？是不是你事先知道有人要来行刺这姓韩的？”

高琼道：“你怎么不问韩官人来汴阳坊做什么？”潘阆道：“这个不用问，多半是来找对面南唐郑王的。”高琼道：“那么我凑巧回来这里，正好遇到有人到汴阳坊行刺韩官人，又有什么稀奇。”

张咏道：“不对，你们若真在外面动手，如何我们这些人什么动静都没有听到？”向敏中道：“果真是巧合，你就不会让张咏出面救韩官人了。”

高琼知道这些人个个聪明伶俐，说得越多，反而露馅越多，干脆道：“你们别再问我，我什么也不会说。”张咏道：“那好，我有件事要告诉你，庞丽华死了。”

高琼先是极为震撼，呆得一呆，即颓然跌坐椅中，抱住脑袋，埋在大腿上。当晚庞丽华在晋王府后苑拉住他苦苦哀求的场面再次浮上脑海，当时他已经隐约猜到这对母女因亲眼目睹晋王刺死晋王妃多半要被灭口，只是没有想到这一天来得这么快。他知道丽娘信赖他，爱恋他，虽然他自己一直是在敷衍她，他只是要利用她来接近唐晓英，但此刻忽然听到天人永隔的消息，强烈的负疚感还是不由自主地涌上心头。

张咏道：“眼下小娥生死未卜，我们还不敢将消息告诉英娘，你……”高琼惊然抬头道：“不，小娥人还好好的，我离开晋王府时还看到晋王将她带在身边。”

诸人闻言大感困惑。张咏道：“到底发生了什么事？丽娘总求我救救小娥，她自己又被人绑架卖去鬼樊楼？”

高琼更是吃惊，道：“什么？丽娘被人卖去鬼樊楼？”听张咏说完事情经过，全然糊涂了，心道：“我本以为是晋王要杀丽娘灭口，看来并非如此。可又是什么人能从晋王府带走丽娘，再绑去那个什么鬼樊楼呢？”他心中疑惑甚多，忙向张咏讨要了一身衣裳，换下血衣。

张咏道：“你是要回晋王府吗？”高琼道：“是。”张咏道：“我跟你一起去。”高琼微一迟疑，道：“好，不过你须得听我号令，不可乱来。”张咏道：“号令什么？不过是见晋王而已，又不是去打仗。”

高琼也不多说，与张咏径直出来上马，到城门处出示晋王府腰牌，顺利进来里城。却见晋王府灯火映天，诵经声、法器声铿铿锵锵，响成一片，这是晋王请了高僧在为新殁的晋王妃超度。

高琼带着张咏从后门进来，道：“晋王新遭丧妃之痛，张兄不如在此等候。”张咏却甚是固执，道：“如何不让我见晋王？莫非你知道晋王跟今晚的这些事有关？”

高琼上前一步，低声道：“有一件事，我必须得先嘱咐你……”蓦然挺出兵刃，抵在张咏胸口，呼叫侍卫道：“快来人，将这人绑了。”

张咏大是愕然，问道：“你这是要做什么？”高琼不答，只命道：“先将这人监禁起来，听候晋王发落。”又道：“来王府吊唁的官员不少，可别让他胡说八道。”卫士上前缚了张咏，依命撕下一片衣襟，塞入他口中，不许他出声。

高琼来到北园别院，果见院门外有大批侍卫，问明晋王人在里面，便请侍卫进去通传。

赵光义一身孝服，正与心腹押衙程德玄议事，忽听得高琼深夜赶来求见，以为是传国玉玺之事有了下落，忙呼唤他进来，又命房中亲信侍卫尽数退下，这才问道：“可是大秘密那件事有了新消息？”

高琼道：“不是那件事。是另外一件事牵涉了大王。属下担心于大王声名有损，星夜赶来禀告。”当即说了张咏无意中追查到头领一伙用晋王名下的货船买卖妇女以及庞丽华不知道如何被带去那艘船上、获救后又投火自杀之事。

赵光义眯起双眼，怒意大盛。程德玄慌忙跪下道：“属下驭下不严，未曾料到安习竟如此胆大妄为，竟敢用大王名号拐卖妇女。”

赵光义哼了一声，问道：“这件事眼下闹得有多大？”高琼道：“回大王话，货船失火后，张咏已将大致经过告知附近的禁军，目下外城上清宫一带正在搜捕头领一伙及被拐卖的妇女。尤其今晚被头领绑架的一男一女中，女子是开封府刑吏刘昌之女，男子是知制诰王祐之子，这件事怕是明日便会传得沸沸扬扬。那头领公然对着排岸司兵士报出了大王名号，大王须得立即澄清才是。”

程德玄道：“属下这就带人去处置安习。”赵光义道：“等一等。”回想到安习生财有道，这些年着实为自己挣了不少钱，杀了实在可惜，心中一时有些舍不得。况且当着高琼的面下令处死安习，不仅有欲盖弥彰

之嫌，而且在危急关头舍车保帅只会令下属心寒，眼下正是用人之时，实非良策。沉吟片刻，便道："安习虽然胡作非为，不过这些年一向忠心，也算有些功劳。"

程德玄道："大王既然信任安习，不如由属下带人将他逮捕，以大王的名义送交到开封府审讯。"赵光义斥道："糊涂！这不是愈发告诉世人安习是本王的人吗？你亲自去告诉安习，让他赶快躲起来，若是被人搜到，本王也护不住他。"程德玄道："遵命。"

等程德玄退出，高琼才道："属下赶来晋王府时，张咏坚持前来，属下怕他冒犯大王，进府后下令扣押了他。"赵光义道："怎么，张咏认为是本王指使安习贩卖妇女？"高琼迟疑了下，小心翼翼地道："不是因为这个，是庞丽华这件事，张咏有所疑心，一定会当面质问大王。"

赵光义道："本王不妨告诉你实话，自庞丽华进府后，本王一直待她极好。她却不识抬举，昨晚从汴阳坊回来后，竟然想偷偷带着小娥逃走。本王不能再留她在王府，免得她教坏了小娥，可她毕竟是小娥的母亲，又不能就此杀了她，所以交代人将她送去一个既能保她性命又让旁人再也找不到的地方。"

高琼心道："不知道晋王为何如此看重刘娥这个小女孩，不惜大费干戈。难道当真如丽娘所言，晋王要娶她做晋王妃？可刘娥出身寒微，年纪又还这么小。况且晋王妃的人选素来由官家亲自决定，晋王自己并不能做主，官家已经下旨，预备聘故淄州刺史李处耘[1]的次女为新晋王妃。"

无论如何也想不明白，不过晋王心意一向高深难测，他也不敢过多揣测，只问道："大王是交代安习去办这件事？"赵光义道："不错，但至于鬼樊楼什么的本王可是毫不知情。你认为该如何向张咏当面解释这件事？"

[1] 淄州：今山东淄博南。李处耘：原为云中党项大族折氏部将，后周时被荐入赵匡胤帐下，是发动陈桥兵变、支持赵匡胤当皇帝的关键人物，因"临机决事，谋无不中"，深得赵匡胤赏识。其人性情残暴，平定朗州（今湖南常德）兵乱时，李处耘下令挑选俘虏中身材肥胖者，宰杀后在城下分食，又将其余瘦弱俘虏刺面后放归，宣扬他的吃人事迹。朗州人心惊胆战，不战自溃。后与另一大将慕容延钊争权，失宠被贬为淄州刺史。死在任上后，赵匡胤非常怀念。

高琼道："张咏不过是个平民百姓，大王何等身份，何须向他解释？"赵光义道："你下令绑他，不就是想要救他吗？"高琼一时踌躇，不敢接话。

赵光义道："那好，本王下令，你这就去杀了张咏，提他人头来见我。"高琼垂首道："属下不敢奉命，请大王恕罪。"

赵光义道："本王就知道你不肯动手。你预备如何救张咏？"高琼道："属下有个法子——属下以前就认得庞丽华，她对属下也有些好感，这些张咏他们都知道，不如说是庞丽华求属下带她回蜀中老家，属下拒绝了她，所以她羞愤难当，独自出走晋王府，至于后来如何被人绑架，则不是我等所能知道。"

赵光义道："嗯，原来你跟庞丽华是旧识，这倒确实是个好主意，那么你自己去向张咏等人解释清楚吧。本王还要去灵堂为过世的王妃守灵。"高琼道："遵命。多谢大王开恩。"出院护送赵光义到灵堂，才赶来地牢，命人放出张咏，道："抱歉了。"

张咏倒也不生气，道："你是怕我直言触怒晋王，惹来杀身之祸，这我不怪你。但今晚的事情若真跟晋王有关，除非杀了我，不然我绝不甘休。"高琼道："安习是晋王属下没错，可晋王绝不知情。"当下将晋王原话照猫画虎地告知，又将编造的自己拒绝了庞丽华的故事说了出来。

张咏不免愕然，道："你是说丽娘是因为你拒绝她才自杀？"高琼道："这我可不知道，不过……"

花丛后忽然闪出一名小女孩，正是刘娥，上前抱住高琼大腿，叫道："叔叔，你怎么老不来看妈妈？妈妈天天念你的名字，天天流泪呢。"张咏问道："你妈妈人呢？"刘娥道："妈妈说要带我回蜀中，后来她就自己走了，今天一天都不见了。"

几名侍女追过来，一人上前抱住刘娥，告道："小娘子可别再乱跑了。"刘娥甚是乖巧，一边招手，一边叫道："叔叔改天来带我玩啊。"高琼道："是。"

张咏心中再无疑虑，叹道："丽娘投火这件事，还是由你亲自告诉英娘吧。"高琼沉默许久，才道："好。正好也到了我该向英娘履行诺言的时候了。”

二人出了晋王府，先来到开封府，高琼以晋王名义命当值官吏调发吏卒去追捕安习、宋行父子。再回到汴阳坊时，已经过了四更，向敏中等人均未歇息，唐晓英正为诸人更换茶水，见到高琼进来，转身便走。高琼微一迟疑，即追了过去。

张咏将事情经过告知诸人。潘阆连声道："呀，你怎么能让高琼自己去跟英娘说？”张咏道："他们之间有难解深仇，高琼早晚得过这一关。”

忽听得有拔刀出鞘之声，忙赶来后院查看究竟。但见人影映窗，唐晓英正挺刀向高琼刺去。刀径直入身体，高琼身子却只晃了两下，始终屹立不倒。

潘阆跺脚道："这就是你想看到的，让英娘杀了高琼报父母之仇？”张咏不答，心道："你看不出来吗？高琼喜欢英娘，英娘却恨其入骨，与其让他受这种痛苦折磨，还不如让他死在喜欢的女人手里。”

潘阆正待抢进房中看高琼还有没有救，忽见唐晓英跪倒在高琼面前，连连磕头。高琼也并没有死，俯身扶起了她。

众人无不看得目瞪口呆。潘阆问道："这两个人到底在搞什么鬼？怎么事情倒过来了，英娘反而要向高琼磕头？”向敏中道："咱们还是走吧，他们的事，留给他们自己解决。”

回堂来等了一会儿，高琼捂着肩头默默出来，将桌案上的茶水一饮而尽，便往房间走去。张咏叫道："喂，你不打算跟我们交代清楚吗？”高琼摇摇头，道："我只需要向英娘交代，不需要向你们几个交代。”言语中大有见外冷漠之意。

张咏向潘阆讨要了一些金创药，追进房丢给高琼，道："虽说你伤势不重，最好还是敷好伤口再上床，可别弄污了我的床。”他虽极想知道高琼和唐晓英之间到底发生了什么，但料想逼问也不会有任何结果，只能就此闷闷睡下。

次日众人还未起床时，门前便有开封府的吏卒大声叫门。张咏先披衣赶出来，才发觉日头已上三竿，他们因昨夜睡得太晚，竟是睡过头了，忙问道："差大哥有事吗？"吏卒道："昨晚禁军从马车中搜出一些妇女，程判官派小的来叫张郎去开封府认人。"张咏问道："可有捕到安习等人？"吏卒道："只在宋家捉到了老仵作宋科。"

张咏不免有些失望，先到房间依次叫醒众人，道："大伙儿一块去吧。"

来到开封府大门时，忽见许多禁军朝前面不远处的都亭驿赶去，那里面正住着辽国和北汉使者。张咏立即意识到发生了大事，心中一沉，再也顾不得开封府近在眼前，拔脚朝驿馆赶去。余人不明所以，也一齐跟在后面。

来到都亭驿门前，却被禁军举刀挡住。高琼忙出示腰牌，问道："出了什么事？"军士道："驿馆的使者全部中了毒，正在等大夫来抢救。"张咏进来饭厅一看，果见地上横七竖八地倒着不少人，各个口吐白沫，欧阳赞、刘延郎均在其中，忙回头叫道："潘阆！潘阆！"

潘阆道："倒一盆热水来。"一旁驿卒早吓得傻了，动都不敢动，还是张咏自己奔去厨下，自灶台上的瓮缸中淘出一大桶热水提来。潘阆将身上的解毒药丸尽数倒入木桶中，道："快给这些中毒的人一人喝上一碗，能暂时延缓毒性。"寇准几人便一齐动手，端着碗挨次去喂那些中毒的人。

潘阆又开了个方子，叫进来一名禁军军士，命他速去最近的药铺将所有的药全部买来。那军士略识几个字，见方子上的药极是奇怪，要么发热，要么催吐，要么利泄，全部是猛药，不由迟疑道："这些药能行吗？还是等宫里派御医来的好。"

潘阆两眼一翻，怒道："等御医来，他们就是一堆死人了。使者就死在你眼皮下，你也得跟着殉葬。"军士心道："说得有理，如果这群人吃了你的药最终还是死了，正好可以趁机推到你身上。"慌忙骑了马，奔去买药。

御街是东京最繁华的街道，都亭驿斜对面的大相国寺就有好几家药铺，一刻后军士就带了一大包回来。潘阆早命人在厨下生火烧水，当下将药材全部倒入锅中，灶下不断添火，水一开就派人盛入碗中喂中毒者服下。那些人被逼着喝了两碗热汤药后，忽觉得胸口发热，喉咙奇痒无比，再也忍不住，各自低头，朝地上吐了起来。饭厅一时腥臭弥漫，难闻无比。

潘阆捂住鼻子道："好了，他们的毒性减轻了，暂时死不了，这下可以等御医来了。"

张咏见中毒者中并没有昨晚那受伤的韩官人，忙问过驿卒，赶来房中，果见他人躺在床上，虽昏迷未醒，却是呼吸均匀，伤势已大有好转。当即掩门退了出来。

寇准道："看来是有人往食物中投了毒，到饭厅吃早饭的人全中了毒，只有韩官人人未清醒，逃过一劫。"

张咏转头问道："向兄怀疑是他吗？"向敏中点点头。寇准问道："你们说的是谁？"

张、向二人均不回答，赶来驿厅问驿长道："昨晚和今天早上可有什么可疑人来过？"驿长哭丧着脸，道："官家曾经派人嘱咐过下吏，所以下吏这几日格外注意驿馆安全，命当值驿卒要记下每个进来驿馆的人。这里有名册。"

向敏中一眼留意到昨日一栏的末端有宋行的名字，忙问道："宋行来这里做什么？"驿长道："不过是闲来逛逛。浚仪县离驿馆不远，宋典狱无事时常常进来转转的。"

张咏道："一定是宋行下的毒了。"不免十分懊悔，道："我真是糊涂，先是得过程判官提示，随即亲眼见到安习命头领来找宋行议事，到晚上又知道了安习是晋王的人，早就该想到……"忽见向敏中朝自己连使眼色，这才意识到高琼尚在一旁，忙住了嘴。

寇准却已然会意过来，惊得张大了嘴巴，半晌才讪讪问道："难道是晋王指使宋行下毒？"他公然将话挑明说了出来，众人尽皆呆住，张咏也不例外。

忽听得背后有人问道："你说是晋王指使宋行下毒吗？"惊然回头，却见殿前司指挥使皇甫继明和侍禁田重正双双领兵站在驿厅门口。

驿长蓦然大叫了一声，连声道："下吏耳朵不好使了，什么都没有听见，什么都没有听见！"双手捂住耳朵，匆匆奔出门去。

第九章

爱恨一线

林绛冷冷道：『大逆不道不是我，正是你们赵氏兄弟。什么点检做天子，不过是家父当日为有意陷害殿前都点检张永德故意散布的流言。若果真是承天应命，你大哥为何要在登基后杀了称天象该当赵氏做天子的苗训？又为何要尽捕天下精通天文术数之人，或关或杀？分明是怕他们再去对旁人称该当某某做天子。』

都亭驿中毒的使者及随从大多数被及时抢救了过来，但还是有两人因体弱毒深而死去。这件集体中毒的案子极大地震撼了皇帝，赵匡胤亲下谕令，必须彻底追查清楚，案子仍然按惯例发交开封府，但却多派了两位堂官。程羽被点名负责问案，因未能捕获宋行，只得立即带其父宋科上公堂讯问。

程羽道："老宋，你也是开封府的老公门，该知道事情的严重性。"宋科道："小人能不知道吗？今日坐堂的堂官除了程判官，还多了两位将军。"他指的是坐在一旁听案的殿前司指挥使皇甫继明和侍禁田重。

程羽道："二位将军是奉旨跟开封府一道办案。宋科，快说你儿子宋行人去了哪里？"宋科道："小儿昨日被人叫出门，再也未回来过，小人实在不知道他去了哪里。捕小人的官差说他昨夜勾结鬼樊楼的人拐卖妇女，小人从未听过。"

程羽道："你倒是推得一干二净。本官知道你父子一向仇恨契丹人，你可知道宋行下毒毒害辽国、北汉使者一事？"

宋科一直以为程羽问的是跟关于拐卖妇女的案子，至此方才知道驿馆使者中毒一事，先是吃了一惊，随即问道："那些人都死了吗？"他这般回答，未免令旁人疑忌更深。程羽重重一拍桌子，道："果然你也知情。可有旁人指使你这么做？"

宋科摇摇头，道："既然程判官早知道我父子深恨契丹人，又何来旁人指使？"程羽道："那么你儿子眼下藏在何处？"宋科道："小的实在不知。"

一旁田重道："宋氏父子不过是小小的官吏，如何敢对使者投毒，幕后定有主使，须得立即动刑拷问清楚才是。"

开封府大堂坐着两名皇帝心腹大将监督问案，这是前所未有之事，程羽早备受压力，听田重明言，只得命人取出刑具，将宋科双腿夹上，喝道："田侍禁的话你也听见了，快些交代是谁指使你们父子这么做的！"见宋科不答，便要抽出竹签下令用刑。

张咏跟同伴站在一旁，见状忙挺身而出，道："且慢。宋科年事已高，用大刑多半捱不过去。"田重道："这老汉狡诈透顶，不用大刑如何肯招供？”

张咏道：“即使宋科事先知情，可是被人叫走的是宋行，下毒的也是他，他才是破案的关键人物。眼下最要紧的是捕到宋行，在这里拷问宋科又有何用？”田重道：“不拷问如何能知道宋行下落？”

张咏道：“宋行生在开封，长在开封，与契丹人并无恩怨。他之所以恨契丹人全是因为其父宋科当年深受契丹人侮辱，脸上刺下了这样的大字，终身不能摆脱羞辱，由此可见宋行是个大大的孝子。何不给他一个机会？派人在城中四处张贴告示，告知若他肯来开封府自首，就赦免他父亲的罪行。”

田重冷笑道：“这如何使得？宋科也是谋划者、知情者，仅此一条，他就是死罪。”寇准忽然插口道：“侍禁，你的话实际上是自相矛盾的。若宋科是谋划者，那么就没有什么人指使他。实际上，我看宋科也未必是知情者，不然他不会一开始就那般惊讶了。”

田重道：“他明明问那些人都死了没有。”寇准道：“这只能说明宋科心中盼望那些人死去，但未必他就事先知道。他若真是田侍禁说的那般狡诈透顶，就该立即否认说不知道而已。可他没有掩饰自己的恨意，恰恰说明他不知道发生了下毒事件。”

田重无话可驳，气恼不止，只拿眼睛去看身旁的皇甫继明。皇甫继明咳嗽了声，道：“既然如此，就按张咏说的办吧，派人去张贴告示，只要宋行投案自首，就释放他父亲宋科，不再追究。”

田重大是意外，道：“皇甫将军……”皇甫继明正色道：“侍禁，官家要的是尽快知道真相，好向辽国交代。你我虽受官家差遣，却是武将，不懂问案，案子的事还是交给开封府去做，我二人各自去办擅长的事，去追捕宋行、安习、头领那伙人，我负责陆上，你负责水上，如何？”一边说着，一边站了起来。

田重无可奈何，只得狠狠瞪了张咏几人一眼，大声道：“此案众所瞩目，还望程判官不要徇私。”程羽道：“是。案情若有进展，下官当派人飞报二位将军。”送走二人，便命书吏发出通告，张贴全城大街小巷，准许宋行自首。

这一招当真有效，到傍晚时，宋行一瘸一拐地步行来到开封府投案。[1]程羽一直不敢离府，还将向敏中、张咏、寇准、潘阆四人也留在府堂，闻言不由得赞叹张咏料事如神，忙喝令升堂问案。那宋行被带进来跪下，先问道："家父人呢？"

程羽便命人自狱中提来宋科，宋行本以为老父一定饱受酷刑，相见之下才发现毫发未伤，不由得又惊又喜，料来定是张咏等人从中使力，转过头去，向几人点头示意。

程羽命人开了宋科手足枷锁，道："宋科，你儿子既已来投案，本官也履行诺言，你这就回家去吧。"

宋科知道这一去就不一定再有相见之日，一时老泪纵横，上前抚摸爱子的脸庞，问道："当真是你下的毒吗？"宋行道："不是。"宋科道："嗯，为父也知道下毒不是你的做派。"转头向张咏几人作了一揖，道："还请各位查明真相，还我孩儿一个清白。"也不待众人回答，即昂然下堂离去，再也没有回过头来。

程羽重重拍了一下惊堂木，喝问道："宋行，你可知罪？"宋行道："不知。"程羽见他桀骜，便命道："来人，先打他二十杖杀威。"

刑吏上前剥下宋行衣衫，将他按倒在地，正要举杖行刑，向敏中忽然叫道："等一下！"指了指宋行后背和腰部，"潘阆，你看到他身上的伤了吗？"潘阆弯腰仔细查看一番，道："虽然抹了金创药，不过还是能看出是新伤。"

向敏中道："你昨日是什么时候去的都亭驿？"宋行道："日落时分。"向敏中道："那么你受伤当在那之后了。"回身禀道："判官，宋行不是下毒的人。"

[1]此案化自张咏真事。张咏主蜀时，有个农民因私宰耕牛畏罪入伙乱军，张咏令人告知，许他自首即行释放。差役逮捕其母拘禁，催他自首，农民不肯出来。十天之后，官差释放其母，改拘其妻，农民一晚即出。张咏很是恼火，判道："禁母十夜，留妻一宿，倚门之望何疎？结发之情何厚？旧为贼党，因之逃亡。许其首身，犹尚顾望。斩！"此案一断，被胁从加入乱军的农民纷纷出来自首，均获释回乡复业。

程羽道："你如何能知道？"向敏中道："驿馆晚饭时间在天黑之后，若是宋行下毒，那么使者那些人该是昨晚中毒才对。而宋行昨晚身上受了这么重的伤，走路都有困难，根本不可能再摸黑到驿馆投毒。"

程羽道："宋行，你可有投毒？"宋行哑然失笑道："当然没有。这位向公子聪明绝顶，将经过情形都已经推断得一清二楚了。"

向敏中道："不过你本人虽然没有下毒，却是难脱干系。你昨日为什么要去驿馆？"宋行道："我跟驿长很熟，时常去驿馆玩的。"向敏中道："那是以前的事。眼下驿馆里住有契丹人，你恨契丹人入骨，特意去那里，一定是有所图谋。"

程羽道："你是不是去驿馆踩点，好让你的同伙有机会下毒？下毒的人到底是谁？快说！"宋行道："我根本不知道下毒之事。"

寇准道："这名册上你的名字是最后一个，也就是说，在你之后再无外人进去过驿馆，你的同伙是不是驿卒？你昨日去都亭驿，一定是去送毒药的，是也不是？"宋行道："不是。"

程羽道："昨日到今日当值的驿卒已被全部拘来开封府，你是要本官一个个带来与你对质吗？"宋行道："对质就对质，我又没有投毒，怕什么？程判官，你也算是个好官，真该好好收起刑讯逼供那一套手段，学学向公子、张公子几位，用脑袋破案。你在这里死命审我，下毒的真凶反而在外面偷笑呢。"

程羽大怒，又要叫人用刑。张咏忙道："等一下！程判官不要发怒，我看他不像在说假话。宋行，我猜你昨日去都亭驿，一定是没安好心，但你只想为父报仇，情有可原。况且想做坏事与真做了坏事还是有很大区别的，你想杀契丹人，但你没有动手，你依然是不能被定罪。我相信你跟投毒无干，不过你能解释你背上的刀伤是怎么回事吗？"宋行道："就是昨夜喝醉了酒跟人打架，偏偏那人武功厉害，被他砍了两刀。"

张咏道："很好。"转头道，"程判官，今晚可否将宋行借我一用？"程羽愕然道："你说什么？"张咏道："这个人我今晚要带走，明日一早再将他和真相一同送回来。"

程羽呆了半晌，居然点头道："好。"命人给宋行手足上了重铐，却不将钥匙交给张咏，只道，“你千万要小心了，本官可是冒了大风险。”张咏笑道：“我知道，这个人既逃不得，也死不得，判官放心好了，我今晚不睡觉，亲自守着他。”携着宋行出来。向敏中几人均不解其意，只得跟在后面。

宋行身上有伤，又戴了刑具，甚是吃力，只能一步一挪，行走得极为迟缓。张咏特意拉着他到开封府门楼下停住，道：“我得实话告诉你，昨日到你家去找你的头领已经暴露了，虽然他侥幸逃脱，但昨夜禁军捕到了两名牙郎，救出了数名蜀女。刘刑吏恨头领两次绑架他女儿，亲自动手用刑，那两名牙郎抵受不住，已经供出了其余老鸨及买家的名字，官府早晚要将这些人一网打尽。”

宋行道：“那又如何？”张咏道：“你好歹也算是官府的人，吃着朝廷的俸禄，如何勾结鬼樊楼，做这等害人的勾当？我知道你是条硬汉，决计不会屈服在酷刑之下。不过你若肯告诉我你为何要勾结鬼樊楼，我就雇辆马车载着你，不让你这般镣铐铛铛地抛头露面。万一被你父亲看见，他心中岂不难过？”

他这一攻心之术极是有效，宋行沉吟片刻，道：“那个，反正我是必死之人，告诉你无妨。我其实不知道头领到底在做什么，我只是将狱中的一些不引人注意的青壮年犯人弄成假死的模样，再运出去转卖给他。”

张咏道：“头领贩卖女子还能理解，他要这些个男子做什么？”宋行道：“女子不过是供那些花钱藏进鬼樊楼的重犯取乐发泄用，但听说那地方不小，还需要许多男子做苦力来劳作。可是你们……你们是如何查到我身上的？我是说在驿馆投毒这件事前。”

张咏便说了头领曾假装中间人以宋科发现的物证要挟寇准，后来又在船上被唐晓英记住了相貌。

宋行十分惊奇，道：“这当真是巧上加巧了。我确实跟家父说过不如将能证实你无辜的物证先压下来，头领当时正好在场，这人太贪心，想来是他听到后想从中渔利，所以去找寇准。不过也只有你们几个才能想到这其中的联系。”

张咏道："你可心服？"宋行道："服，心服口服。"嘿嘿笑了几声，道："若不是你们几个，怕是这些案子没一个能真正水落石出的。"

张咏便信守诺言，雇了一辆马车，扶宋行上去，一路回来汴阳坊宅中。

高琼正在灯下独自饮酒，见张咏押着宋行回来，惊愕万分，迎上来问道："你带他来这里做什么？"之前高琼被关在浚仪县狱时，宋行几次三番指令手下狱卒加害，心中犹有芥蒂。

宋行也十分好奇，问道："你是要将我交给高琼报仇吗？"张咏道："当然不是。高兄，麻烦借你的刀一用。"

高琼也不知道他要做什么，依言拔出佩刀递过去。张咏命宋行站到灯下，揭开他衣衫，露出后背的伤口来，将佩刀分别往腰部和背上的伤口比了两下，笑道："你们还没有看出来吗？"

潘阆道："啊，伤了宋行的人就是高琼！"高琼忙道："胡说，京师佩这种刀的人多得很，如何一定就是我？"

张咏便将宋行牵到院中，令他背靠槐树坐下，再用绳索将他连人带铐绑在树上，又撕下一片衣襟，塞入他两个耳朵中，安排妥当，这才重新回来堂中，道："京师佩这种刀的都是高级武官，确实不少，可人数也不多。这些人中，又有谁昨晚凑巧跟人动了手，又弄得一身血呢？高兄，你出手救那契丹韩官人本是好意，所以我也不想让宋行听到，可你如果再不对我们说实话，怕是纸就包不住火了。如今这件事闹得满城风雨，惊动天廷，你可不能为了对晋王尽忠再隐瞒下去了。"

高琼摇头道："我听不懂你在说什么。"张咏道："那好，我来说。昨日安习命头领找来宋行，其实不是要他去都亭驿投毒，而是让他带人去截杀那姓韩的。之所以选中宋行，是因为他本来就痛恨契丹人，一旦事败，他有杀人动机，完全可以独立承担罪名。偏偏你知道了此事，不愿意和谈局面就此破坏，所以暗中阻挠，伤了宋行，救了那姓韩的。这些契丹人带的刀跟你都不一样，无论如何砍不出宋行身上那样的伤口来。"

寇准道："果真如此的话，高郎是做了一件大大的好事，为何不肯承认？"潘阆冷笑道："寇老西还不明白，高琼为何要让张咏出面将姓韩的交给禁军？就是不想让人知道他插手了这件事。你早先猜到是晋王指使宋行下毒，如何现在猜不到是晋王指使宋行行刺？被晋王知道，高琼还活得了吗？”

寇准道：“可晋王为何单单要杀那姓韩的？”向敏中道：“那姓韩的一定是契丹人中官职最高的，是真正的首领，欧阳赞不过是个幌子。”张咏道：“不错，当时我看到他围着徐吕皮腰带时就应该猜到的。晋王一直派人监视契丹人和北汉人，应该早就看出来了，对不对？”

高琼道：“这只是你们的推测，断案要讲实证。仅凭宋行身上的刀伤，你们无论如何牵扯不到我身上，更是跟晋王没有半点干系。”起身抬脚就要出门。张咏挺身挡在门槛前，道：“今晚可不能再让你去晋王府通风报信了。”高琼冷笑道：“你拦不住我。”

潘阆道：“喂，他既然不肯承认，不如我们反过来让宋行指认他。若是让晋王知道高琼就是阻止宋行劫杀韩官人的蒙面人，他还活得过明日吗？”

高琼闻言顿住脚步，道：“这样做对你们有什么好处？你们不知内情，自作聪明，胡乱猜疑，若是挑起内讧，岂不让外敌有机可乘？投毒的凶手尚未找到，你们死命跟我纠缠做什么？”

向敏中肃色道：“高郎这话什么意思？”高琼道：“当日契丹人将我救出浚仪县狱，地道只通到县廨后的一处民居，京师当晚全城戒严搜捕，禁军瞬间便追到地道出口，却是一无所获。你们有没有想过，他们是如何带着我在禁军眼皮底下逃过了追捕？”

向敏中道：“高郎自己是当事人，都不知道原因，我们又如何能猜到其中究竟？”高琼道：“我当时被他们强灌了迷药，人晕了过去。我说这些，是要告诉你们单凭韩官人、欧阳赞那些契丹人是做不到这些的，他们一定有很多奸细在开封潜伏了许多年，敌人远比你们想象的要强大。眼下虽说在和谈，可你我都清楚这和谈的契机是怎么来的，契丹人根本没安好心。你们倒好，为了这起契丹人中毒事件穷追猛打，怀疑自己人，这不是内讧是什么？”

潘阆道：“你这些话，是刻意在为晋王辩解吗？”高琼道：“不是辩解，而是这些政治上的事原本就复杂，眼下被你们一瞎搅和，简直要天下大乱了。”

向敏中道：“那么高兄觉得我们应该怎么做？”高琼道：“当然是丢开韩官人这件事，那姓韩的获救后自己都不提半个字，可见内心有大鬼，你们纠缠下去也是白费力气。眼下最要紧的就是要全力追查那投毒者。”

张咏道：“高兄对这件事一点也不知情吗？”高琼冷笑道：“我知道你在暗示什么！你们觉得晋王会这般愚蠢吗？且不说他新丧王妃，之前他派我到博浪沙行刺北汉使者之事已经泄露，虽然被官家压了下来，但他还会选这个时候再派人去驿馆投毒吗？”

张咏道：“难道高兄是在暗示驿馆投毒其实是外敌的诡计，有意挑拨我们怀疑晋王？”高琼道：“你们这般聪明，自己说呢？”

寇准插口道：“高郎说得对，我们不该将怀疑的目光一直集中在晋王身上。目下朝廷与契丹、北汉议和进展顺利，攻打南唐之意已露，正派人在荆湖造船，说不定是南唐所为，想以破坏和谈来缓解危机。”高琼道：“我早暗示过你们，那姓韩的契丹人来到汴阳坊是别有用心，他若是老老实实地待在驿馆，又怎会让人有机可乘？”

正说着，忽听见王嗣宗在门外高声叫道：“张兄几位在里面吗？有贵客到。”张咏忙赶去开门，王嗣宗领着折御卿、王旦、刘念几人进来，忽见院中槐树下绑着一名男子，大是奇怪。

张咏道：“他就是浚仪县的宋典狱宋行。”刘念道：“啊，听说是你一再要绑架拐卖我。”抢上去举手要打。折御卿忙道：“何劳娘子动手？”走近宋行，抬脚狠狠踢在他胸腹，宋行当即痛得大叫了一声。

张咏忙上前拦住，道：“将军息怒，这里可不能滥用私刑。几位来这里有事吗？”王旦道：“嗯，我和念儿的性命是张郎所救，今晚冒昧造访……”

王嗣宗因向知制诰王祐“行卷”刚刚认识了其子王旦，正有心巴结，忙道：“王衙内是特意来向张兄道谢的，正好嗣宗适才撞见他和折将军在坊门打听张兄住处，我便领了前来。”张咏道：“举手之劳，何足挂齿？几位请里面坐。”引着几人进来，又将向敏中诸人一一介绍。

王旦道："其实除了这位高郎之外，你们几位上次都在樊楼见过。"潘阆道："不对，应该比那更早，当日王衙内在博浪沙博浪亭中，还有一名女子。"王旦面色一红，道："那个……"刘念却甚是爽快，道："当日在博浪亭中的女子就是我。不瞒各位郎君，王郎是名门公子，我却是小吏的女儿，王相公不准我们来往，所以只好偷偷相会。"

众人见她毫不遮掩，大有男子之风，她情郎王旦倒是忸怩作态，局促不安，正好反了过来，无不暗暗称奇。

折御卿道："折某今晚一是陪同王旦，二来也是代我外甥刘延郎来向几位表示感谢，多谢你们及时解毒，救了他和手下的性命。"张咏道："这全仗潘阆医术高明。"潘阆道："不过是适逢其巧而已。可惜我身上带的解毒丸太少，中毒的人又太多，不得不用了一大桶水化掉药丸，药力太浅，才不幸有两人死去。"

王旦又再三道谢，便起身告辞。刘念迟疑道："头领尚未捉住，我不能回家，也不想再去折将军府上借住，想留在这里，可以吗？"唐晓英正在一旁侍奉茶水，忙道："当然可以。娘子，全亏你当日机灵叫喊呼救，才救了我性命，我还一直没能向你道谢。"

刘念这才知道唐晓英就是上一次遭绑架后被刘延郎、折御卿意外救出的女子，又惊又喜，道："如此，你我当真是同是天涯沦落人，相逢何必曾相识了。"王旦见此，也只能同意女伴留下。

送走折御卿、王旦二人，唐晓英便自行领着刘念到自己房中歇息。

潘阆道："外面的宋行要怎么办？"张咏道："先将他在那里绑一夜，明日一早再送去开封府不迟。我本以为投毒跟晋王有关，高兄多少会知情，所以才带宋行回来，想用他背上的刀伤来逼你就范。不过适才高兄一番话确实有道理，晋王既已派宋行刺杀韩官人，又何必再多下毒之举？我答应明日一早要将真相交给程判官，眼下投毒一案毫无线索，这可要如何是好？"

向敏中道："不如我们明日一早先去驿馆，北汉人、契丹人数目不少，我们挨个讯问，也许能发现有用的线索。小潘，明日还要请你一道前去，查验那些人到底是中的什么毒。"潘阆道："这是自然。"

忽听得门外有人叫道："高琼人在里面吗？"高琼忙赶去应门，片刻后匆匆回来，携了佩刀，道："晋王派人急召我回晋王府。你们放心，投毒这件事我一定会向晋王当面确认，给你们一个交代。"张咏道："如此，便多谢了。"

高琼赶回晋王府，侍卫径直带他来到地牢中。里面侍卫环布，点了许多灯笼，亮如白昼。高琼见晋王正坐在灯下，双目微闭，不知在沉思什么，忙上前行礼，道："大王如何来了这等污秽之地？"

赵光义道："你来了就好，本王带你去见一个人。"亲自提了盏灯笼，来到最里间的囚室。里面有一名男子站立在房中的两根石柱之间，手足被镣铐成大字形锁住，头垂在胸前，散乱的头发遮住他的脸，完全看不清面孔。

赵光义命侍卫尽数退出，示意高琼将牢门掩上，这才道："你看看他是谁。"高琼道："是。"接过灯笼，举到那男子面前，他正好抬起头来，笑道："高琼，咱们又见面了。"

高琼吃了一惊，那人竟是他一直苦苦追索不得的林绛，一时大惑不解——林绛逃入邢国公宋偓府中已是确实，他又如何落入了晋王之手？若说是宋偓主动将他交给了晋王，可既然契丹人知道林绛人在邢国公府，一定会派人密切监视，宋偓又如何能将他带出府外？今日宋偓倒是带着妻儿家眷来晋王府拜祭了过世的晋王妃，或许是那时候将林绛押进了晋王府？宋偓当日私纵故人之子林绛逃走，被官家知道后是杀头重罪，林绛如今又是南唐使者身份，宋家更有通敌卖国嫌疑，以宋偓立场来看，杀死林绛、碎尸匿迹才是最好的选择。他既然将林绛交出，当是已经知道了传国玉玺一事，可为何不交给他的女婿当今大宋皇帝，或是他女儿当今宋皇后，抑或是他的嗣孙皇二子赵德芳，而是偏偏要交给晋王呢？莫非他知道只有晋王从高琼口中知道了传国玉玺？可林绛一直以为高琼是朝廷的人，并不知道他其实是晋王的下属啊。

这里面关节太多，高琼一时难以明白，也不敢多问，只退到一旁，静静等赵光义示下。

赵光义道："林绛，你一定要见高琼，本王已经派人叫他来了，你有什么话要对他说吗？"林绛道："不，我是有话要对大王说，叫高琼来，是想让他从旁作证。"

赵光义道："高琼是本王最心爱的下属，难得你也信任他，现下你可以说出传国玉玺在哪里了吗？"林绛道："我愿意将传国玉玺的下落告知大王，也心甘情愿让大王杀了我，或是将我交出去，让我被当众处死。不过我有个条件，我还有大仇未报，希望大王在我死后能为我复仇，杀了我的仇人。"

赵光义道："这应该不难，你仇人是谁？"林绛道："南唐国主李煜，他昏聩无能，偏信奸人，中了你们皇帝的反间计，新近杀了我养父林仁肇。"赵光义道："南唐灭亡指日可待，国主李煜也活不长久，好，本王答应你，若是李煜不以身殉国，无论是投降还是被俘虏，我都会替你杀了他。快说传国玉玺在哪里？"

林绛摇摇头，缓缓道："除了李煜外，在这世上我还有一个更大的大仇人，就是大王的皇兄、当今大宋皇帝赵匡胤，他不但杀死我全家，还设计害死了我养父。"赵光义勃然色变，大怒道："你敢戏弄本王！掌他嘴！"

高琼微一迟疑，便上前往林绛脸上重重扇去，左右开弓，打了十来下，直打得他面腮肿得老高，满嘴吐血。

赵光义见高琼停手，喝道："本王没叫你停手，你如何敢停？"高琼道："是。"正待上前继续扇林绛耳光，他忽而吐出一口鲜血，哈哈大笑了起来。

赵光义道："你笑什么？"林绛道："大王，我说的可是传国玉玺，'受命于天，既寿永昌'的传国之宝，自秦代以来，就是天下豪杰梦寐以求的东西。秦始皇嬴政、汉高祖刘邦、汉武帝刘彻、魏武帝曹操、隋文帝杨坚、唐太宗李世民，这些盖世英雄的手全部在上面抚摸过。大王雄才大略，龙行虎步，将来必登大宝之位，若有传国玉玺在手，那可就再也不是什么白板皇帝，声名不但远远超过你的皇兄，还能与秦皇、汉武、隋帝、唐宗并列青史。"

林绛说的确是事实，无论谁听见“传国玉玺”四个字，都会怦然心动、悠悠神往，何况它近在眼前、唾手可得，是绝大的诱惑。可是他开的条件又太大，这分明就是一对矛盾。

林绛笑道：“大王当日也曾参与陈桥兵变，该知道大宋江山是怎么得来的，巧取豪夺，欺负孤儿寡妇，这等不光彩之事连令兄这样厚脸皮之人都不好意思多提。”赵光义怒道：“我皇兄继承皇位，是承天应命。你好大胆子，敢说这种大逆不道的话。”

林绛冷冷道：“大逆不道不是我，正是你们赵氏兄弟。什么点检做天子，不过是家父当日为有意陷害殿前都点检张永德故意散布的流言，想不到扳倒了张永德，倒让你大哥钻了空子。若果真是承天应命，你大哥为何要在登基后杀了称天象该当赵氏做天子的苗训？又为何要尽捕天下精通天文术数之人，或关或杀？分明是怕他们再去对旁人称该当某某做天子。大宋立国不正，举世均知，但如果大王能拿出传国玉玺来，不但可以顺利登坐大宝，而且天下人均知道大宋原来是真正的受命于天，再无话可说。我开的这个条件，不但是为大王，也是为大宋的万代基业着想，一点也不过分。”

赵光义狠狠瞪着林绛，眼睛几乎要冒出火来，过了许久，才一字一句地道：“本王不能答应你后面这个条件。”林绛道：“那么我也不能将传国玉玺的下落告诉大王。大王尽可以跟契丹人一样，命人对我施以酷刑，看有没有法子能令我开口。”

赵光义道：“好，那么本王就如你所愿。高琼，这个人交给你，我要你用严刑撬开他的嘴，问出传国玉玺的下落。”高琼躬身道：“遵命。”

林绛道：“大王难道不想亲眼目睹传国玉玺的模样吗？虽说玉玺在王莽篡权时被摔破了一角，可经高手匠人用黄金镶补后，照样能在黑暗中发光，那可是受命于天的祥瑞之光。”

赵光义蓦然想起皇兄赵匡胤的新花押来，那缺了一角的方框，不正是传说中传国玉玺的模样吗？他一时顿住脚步，心中矛盾不止，半晌才回过身来，招手叫过高琼，道：“你有把握能从他口中问出传国玉玺的下落吗？”高琼道：“一点把握也没有。这个人本来就是条硬汉，而今又存必死之心，无论如何拷打，他都不会开口的。”

林绛笑道：“不枉我们曾是狱友，到底还是了解我多些。”

高琼也不理睬，道：“大王，林绛居心叵测，其心可诛，不如由属下立即杀了他，虽然问不出传国玉玺下落，可其他人也照样得不到。大王是本朝唯一的王，将来必登大位，何需那传国玉玺？”见赵光义不答，便拔出刀来，架在林绛颈中，只需一个动作、一个眼神，便要割断他的喉咙。

林绛道：“就算你杀了我，未必就没有其他人知道传国玉玺下落。后周废帝柴宗训被大宋皇帝派人下毒害死，就是与传国玉玺的传闻有关。大王难道不知道吗？”

赵光义沉吟片刻，示意高琼收起佩刀，道：“本王不能答应你的条件，不过你可以另外开个条件，天底下本王办不到的事也不多，你尽管开口。”林绛道：“大王既有诚意，我也不能不识抬举，请大王命高琼退下，我有话要对大王一个人说。”

赵光义便摆手命高琼退出囚室，道：“现下只有我们两个人，你有话不妨直说。”林绛道：“我的条件不能改，但是我能等。”

赵光义愕然问道：“什么意思？”林绛道：“大王不肯答应我的条件，自是顾念兄弟手足之情。可若是将来有一日，你们兄弟情分不在，你的皇兄要夺去你的王位，立他的亲生儿子为太子，大王又待如何？”

赵光义愣得一愣，才道：“果真如此，本王自当尽心竭力辅佐新太子。”林绛笑道：“大王这可不是心里话，这里又没有旁人，何须见外？我的意思是，大王现在不肯答应我的条件，但未必将来不会，我愿意等。在那之前，我担保不会有人发现传国玉玺的秘密。”

赵光义哼了一声，不置可否，拂袖出来囚室。高琼还在外面候命，忙迎上来问道：“大王要如何处置林绛？”赵光义道：“还能怎么处置？当然是要严刑讯问。不过你不必再管这件事了，派你拷问犯人也实在有些难为你。”

高琼道：“是，多谢大王体谅。既然大王已经寻到林绛，属下也没有必要再去汴阳坊监视张咏几人，请大王准许属下回来晋王府随伺大王。”

赵光义道："暂时还不行。张咏几人聪明绝顶，你忽然不再回去，岂不是令他们起疑？实话说，今日邢国公宋偓将林绛装扮成女眷带来晋王府，本王自己也没有想到。"

高琼道："邢国公可知道林绛手上握有传国玉玺的秘密？"赵光义道："邢国公什么也没有说，不过林绛称自己已经告诉了他。"高琼愈发糊涂，道："属下不明白。"赵光义道："你不明白邢国公为什么要将林绛主动交到本王手上吗？哼，本王已经知道人在他府上，他当然也可以不交出来，抑或交给别人，不过宋偓到底还是几朝国戚，见识非同一般，他这是学管仲、鲍叔牙左右逢源之计呢。"

管仲、鲍叔牙是春秋时期齐国人，与召忽是至交好友，三人均是满腹经纶，有匡世济民之才，发誓要合力辅佐齐国。当时齐国国君齐襄公荒淫暴虐，国无宁日，民生日贫，两位王子公子纠和公子小白为了避免迫害，一个跑去鲁国，一个跑到了莒国。管仲遂决意由鲍叔牙去追随公子小白，自己和召忽赶去辅佐公子纠，这样将来无论哪位王子当上国君，三人均是进退有路、立于不败之地。果然后来公子小白和公子纠争权，小白当上国君，成为春秋五霸之首的齐桓公，出兵逼死公子纠，还要杀死管仲。鲍叔牙大力举荐管仲之才，并表示愿意让贤，齐桓公遂任命管仲为相国，在其辅佐下一匡天下，九会诸侯，成为了中原的霸主。

高琼虽然读书不多，但管仲、鲍叔牙的故事还是听得烂熟，之前庞丽华就常常说起这段故事，这才恍然大悟——宋偓此举可谓高明之极，若是宋皇后占到上风，将来其嗣子赵德芳即位，他是皇后生父，无论如何都不会失宠。若是晋王得势，那么宋偓预先埋下的伏笔可就是关键一招，即使保不住女儿的太后名分，却能保住宋家永久的富贵荣华。

赵光义心中也是颇为得意，宋偓此举只能证明他预料到宋皇后一方势单力孤，难以成事，将来最有可能即位的还是他晋王，不得不抢先来讨好。不过这些话不能公然告诉下属，便摆摆手道："这里没你的事了，你去吧。"

高琼道："是。另外还有件事属下未及禀告，今日都亭驿遭人投毒，浚仪县典狱宋行因昨日去过驿馆，被怀疑成投毒者，开封府捕了他父亲，发出告示准他投案，傍晚时，他当真来了府衙自首。”

赵光义闻言大是生气，道：“瞧瞧安习是怎么办事的，一点小事都办不好，找来当刺客的人竟出面自首了，他居然还忙着去拐卖什么妇女。若宋行被认定下毒，屎盆子岂不又要扣在了本王头上？”

高琼忙道：“大王放心，张咏、向敏中几人已经证明投毒与宋行无干。不过安习为人贪婪，做了不少伤天害理的事，坏了大王名头。而今官家亲下谕旨，命禁军和开封府全力追捕，务必捉拿他归案，大王何不将他交出去？”

赵光义大是生气，道：“安习死不足惜，可他是本王手下，若是有人追捕就得将他交出去，本王的面子往哪里搁？日后还有谁肯替我做事？你也是本王下属，为何反而说出这种话？”高琼道：“是，属下多嘴。”

赵光义道：“你是不是因为本王之前没有派人营救你出狱，心中一直有怨？”高琼慌忙跪下道：“属下行刺前便已经将生死置之度外，能有命活到今天全仗大王恩德，如何敢有半句怨言？只是安习闹得满城风雨，民怨极大，属下担心大王声名受他连累，才多了一句嘴。”

赵光义怒气稍平，道：“嗯，不是就好。你起来，去飞骑营选几个妥当的人，化装成狱卒，去府狱中做掉宋行，免得再生事端。”高琼生怕赵光义起疑，不敢提宋行人正在汴阳坊中，只应道：“是，这件事属下自会办得妥当。”

回来汴阳坊时，早已过了三更，宅邸中虽有灯光，却是静悄悄的，大约众人已各自回房睡下。高琼见大门没有关严，便伸手去推，果然没有闩紧，是刻意为他留了门。却见院中槐树下正蹲着一人，听见他进来，慌忙转过头来。二人尽皆呆住。

张咏并没有睡下，正在堂中翻书，听见推门声，问道：“是高兄回来了吗？”高琼应道：“嗯。”张咏道：“你进来，我一直在等你，有话问你。”高琼道：“好。”

张咏性急，一边说着，一边放下手中书本，快步走到门槛边，道：“高兄，我记得你提过……”忽见高琼正手拿一柄切肉尖刀站在槐树下，不由得一愣，问道："你在做什么？"

高琼明明听到张咏在招呼自己进去，料不到人却已经出来，一时措手不及，道："我……这个……"

张咏忙抢到院中，却见被绑在树上的宋行头歪在树上已死去，胸前中了两刀，血染红了上半身，眼睛瞪得老大，惊恐之色凛凛如生，似乎完全不能相信所发生之事。

张咏大叫了一声，道："你居然杀死了宋行灭口！这可真是想不到。别动，你别再想逃。"上前夺下高琼手中的尖刀和腰间的佩刀，将门闩好。

向敏中已披衣出来，见状很是吃惊，问道："怎么回事？"张咏道："高琼杀了宋行。"

向敏中俯身探了一下尸首鼻息，问道："这是什么时候的事？"张咏道："就在刚才。我听见他推门进来，赶出来时他正举着尖刀站在这里。"还要去找绳索来绑住高琼。向敏中忙道："张兄既然听见高琼刚刚进来，人就不是他杀的，宋行身子已冷，死了好大一会儿。况且，这杀人的尖刀是厨房里的，高琼要杀人，随身就有佩刀，怎么会先绕去厨房取刀呢？时间也来不及。"

张咏赶到厨房一看，果见少了一把切肉的刀，这才出来问道："到底怎么回事？尖刀怎么会在高兄手里？"

高琼见向敏中一眼就看出破绽，自知难以瞒过，可为了保护那个人，还是不得不自承罪名，道："是我杀了宋行。你们也知道晋王找人派他行刺姓韩的契丹人，我从中阻挠伤了他，我虽然蒙了脸，还是担心他会认出我来，所以……"

向敏中道："那么你从哪里得来的尖刀？"高琼道："我先翻墙进来，到厨房取了尖刀刺死宋行，然后去开门，假意是刚刚进来的样子。"张咏道："你为何要如此大费周章？"高琼道："嗯，因为今晚刘念娘子也住在这里，她又与宋行有仇，我想如果用宅子中的刀的话，也许可以嫁祸到她身上。"

张咏道："这可不是你高琼的风格。"高琼道："怎么不是？可别忘了我曾冒充别国刺客去博浪沙行刺。”

向敏中道：“宋行虽然手足被绑，不能动弹，却是能叫能喊，瞧他死时的表情，分明是一个他根本料想不到的人突然出手杀了他。你在浚仪县招供是契丹刺客后，宋行几次要加害你，他知道你恨他，见你走近他身边，难道会不加提防吗？起码要出声问上一句你想做什么。”

张咏道：“这确实是个大大的疑点，今晚大伙儿散了后，我人一直在堂中，没有听见宋行说话。”高琼道：“宋行要害的是契丹人，并不是我高琼，我二人并无任何私人恩怨，我们大伙儿都很清楚这一点。况且他知道我临时住在这里，走来走去很正常，当然不会提防了。”

向敏中道：“就算你说的是真话，可是以你的精干，杀人后该先处理凶器，比如将刀擦净后放回原处，再作出刚进来的样子，为何你等不及这一步呢？”高琼道：“我只是杀了人后有些着慌，匆忙之间没有想起这些。”

向敏中道：“张兄相信他的话吗？”张咏道：“前面的话听起来倒也合情合理，只有最后一句不信。”

潘阆等人已闻声出来，听说宋行在眼皮底下被杀，不由得跌足叹道：“这下糟了，要犯死在这里，咱们个个难逃干系。”高琼道：“各位放心，我自会跟你们去开封府认罪，一切后果由我高琼一人承担。”

向敏中摇头道：“人不是你杀的，你一定是看见了真凶，想要庇护她，才有意将罪名揽在自己身上。是唐晓英对不对？”高琼道：“不，就是我杀人。”张咏倒是吃了一惊，道：“怎么会是英娘？我还以为是……”他没有说完，但旁人均知道他心目中的凶手是刘念。

向敏中道：“我也想不到，不过高琼如此拼命庇护，那个人一定是英娘。”

按照律法，命案要由官府人员到场验尸后才可移动。向敏中见女使闻声赶出，便命她去告知巡铺卒，去请开封府派人来。那女使本睡眼惺忪，懵然不知发生了何事，忽闻院中有人被杀，登时瞪大双眼，脸色煞白，看也不敢多看死人一眼，哆哆嗦嗦走过槐树，一脚跨出门槛，飞一般地去了。

张咏却不愿意相信是唐晓英所为，道："宋行贩卖狱中罪犯，这次无论如何难逃死罪，英娘又没有直接跟他结怨，何必要多此一举杀他？"

寇准道："英娘确实没有理由要杀宋行，还是刘家娘子嫌疑更大些。她会不会是故意留下，为的就是要杀宋行？"向敏中道："刘念是老公门之女，很清楚宋行人头落地是早晚之事，根本无须自己动手。况且她正与王旦热恋，情郎出身显赫，她还正因为出身卑微而遭王父微词，如何又会莫名卷入杀人案令情郎难堪呢？"

张咏道："有道理。高琼，你还是坦白交代，到底谁是凶手，别让大家费神乱猜了。"高琼道："我说了就是我杀人，你们又不信。"

他越是这般说，张咏越是疑心，道："难道真的是英娘？"潘阆道："英娘和刘念现在还在房中没有出来，会不会有事？"

张咏忙赶来后院叫道："英娘，刘家娘子，你们醒了吗？"只听见唐晓英"嗯"了一声，问道："张郎有事吗？"刘念也道："不是才半夜吗？"张咏道："没事，没事就好。"

回来堂中坐下，高琼仍然坚称是他所为。等了一会儿，女使领着几名巡铺卒进来。士卒看过尸首，不敢擅动，只守住大门，不放人出去，再派人去开封府报官。

潘阆道："外面出了事，英娘依旧躲在房中不肯出来，分明是心中有鬼，她不善于掩饰，怕我们大伙儿从她身上看出破绽。"张咏很是恼怒，道："到底是怎么回事？你给大家说清楚。"高琼道："我已经说得很明白，是我杀了宋行。"向敏中道："你不肯说实话，既帮不了英娘，也害了你自己。"高琼摇摇头，道："这是我自找的。"

一直等到天亮，才见到开封府判官程羽率大批差役到来。他大概未曾睡好，眼睛中满是红丝，一进来狠狠瞪了张咏一眼，便命人验尸，记录下现场情形。

那老仵作姓钱，将尸首自树上解下来，解开衣衫，略略一看便道："凶手是女子。"张咏忙问道："仵作如何知道？"钱仵作道："死者胸腹上一共扎了两刀，入刀并不深，从伤口和凶器上的痕迹均能看出来。这尖刀虽只是普通的厨房用具，却因日日使用，磨砺得锋锐异常，以男子手劲，当可扎入肺腑。”

潘阆道：“高琼是习武之人，更不可能只捅得这么浅了。你还有何话可说？”高琼道：“我自认武艺不弱，出刀能准确拿捏分寸轻重，只要杀得死人，何必分深浅？”

程羽这才知道高琼已经自认杀人，问道：“这到底怎么回事？”潘阆便将一切经过如实讲了出来，连众人怀疑唐晓英才是真凶也一并说了。

程羽见唐晓英与刘念携手出来，问道：“当真是英娘杀人吗？”唐晓英摇摇头，道：“我跟宋典狱无冤无仇，为何要杀他？”

程羽道：“嗯，向敏中他们几个怀疑你是杀人凶手，也没有任何实证，仅仅是因为他们知道高琼喜欢你，明明不是他杀人，他却要死认杀人罪名，所以他们认定他是在袒护你。英娘，你也是个豪爽的女子，当真愿意看到旁人为你担罪吗？”唐晓英冷漠地看了高琼一眼，道：“他不是旁人，是我的仇人。”

程羽道：“那好，虽然没有人证证明是唐晓英杀人，但尸首物证却能证明是女子所为。来人，将唐晓英和刘念都锁了。”高琼忙道：“分明是我杀死宋行，程判官切不可冤枉好人。”程羽道：“你仗着你是晋王身边的人，认定本官不敢动你吗？袒护凶手，知情不报，一样是重罪。来人，将高琼也锁了。”

差役一拥而上，取出锁链，分别往三人头上套去。刘念惊呼一声，道：“你们这是要做什么？”唐晓英忙道：“等一下！”

程羽挥手止住差役，道：“英娘若肯老实认罪，本官可以考虑赦免高琼。”高琼不悦地道：“程判官，你这是在当众诱供。”程羽也不理他，道：“如何？”唐晓英见势不可转，只得咬牙承认道：“是我做的，是我杀了宋行，跟刘念和高琼无关。请判官放了他们二人。”

程羽道：“好。”命差役只锁唐晓英一人，道：“这件案子已经审结，将尸首发还家属，犯人押回府狱。”高琼还要再辩，唐晓英朝他摇摇头，他便沉默了下来。

原来高琼昨晚进来院中时，正见到唐晓英握着尖刀捅入宋行腹中，他吃了一惊，唐晓英闻声转头也吃了一惊。正好张咏在堂中听见推门声问话，高琼便不再迟疑，上前夺下尖刀，低声嘱咐唐晓英赶快回房装睡。只是他自己还来不及处理凶器，便被赶出来的张咏撞见，无可奈何之下，只得自己认下杀人罪名。不想向敏中精细过人，接连指出多处破绽，以致众人无论如何不肯相信他杀人，反而因他的态度怀疑到唐晓英身上，这实在是始料不及的事。

钱仵作一直蹲在尸首旁边，反复拿着凶器尖刀往伤口上比来比去，听程羽下令结案，忙起身道："请判官等一等，这尸首还有些疑问。"

程羽道："什么疑问？"钱仵作道："尸首上的两刀不是同时刺的。"程羽不满地道："同一把刀刺出两刀，当然有先有后，怎么会同时刺呢？你是老公门，怎么说这样的胡话？"

钱仵作道："小人不是这个意思。判官请看，这上面的一刀应该是致命伤，刃处皮肉翻卷，创口有凹凸不平的痕迹，也流了许多血。但下面这一刀肉色干白，没有血萌，血迹大多是上刀伤创口顺流下来的，并非从下刀伤创口中流出。"

程羽道："这是什么意思？"向敏中道："我明白了，钱仵作的意思是，上面一刀是致命伤，杀死了死者，捅下面一刀时宋行早已经死去多时，人一死，躯体不会再对外力伤害有任何反应，即使刀刺入体，皮肉不会收缩，伤口也不会有血渗出。"

程羽道："若是唐晓英第一刀就已经捅死了宋行，担心他不死，又接着捅了第二刀呢？"钱仵作道："如果是那样，下面那处创口也应该有大量血流出，因为人死后不会那么快就凝固住血液。"

向敏中道："高琼既是为了庇护英娘，那么英娘下手一定就是在高琼进门的时候，是也不是？"高琼见事情忽起转机，忙道："是。我推门进来的时候，正见到英娘捅出一刀。"程羽斥道："你之前做过伪证，不治罪已经是格外开恩，你的证词不予采信。"

向敏中道："那好，不必有高琼的证词也能完整还原昨晚的情形。高琼进门后，张咏赶出来迎接，发现他手中拿着尖刀站在槐树下，这应该是他刚刚接过尖刀，遣走英娘，还没有来得及想好如何应对。"张咏道：

“不错。当时高琼看见我完全愣住了，他是没有想到我会一边叫他快些进去，一边又自己赶了出来。”

向敏中道：“我出来后立即探过宋行鼻息，发现尸体已完全冰冷，死了已经有好一阵子了，所以才立即怀疑高琼不是真凶。如此推断起来，英娘也不是真凶，她来杀的只是个已经死了的宋行。”

程羽道：“英娘来到槐树下时，难道没有发现宋行已经死了吗？这实在不合情理。”唐晓英道：“他歪着头靠在树上，我心里很乱，没有看得分明，就直接捅了他一刀。他的头突然转过来，瞪大眼睛看着我，好可怕……”

程羽道：“英娘是承认你来杀宋行的时候，他还活着吗？”高琼忍不住道：“不对，我亲眼看见英娘出手时双手握刀，若宋行当时还活着，如何不惊叫出声？”向敏中道：“这应该只是英娘出刀时带动了尸首，宋行头转了过来。”

钱仵作道：“还有一处很大的疑点。判官请看，死者身上两处伤口的形状均与凶器刀口符合。再看这柄凶器，只在刀尖处两寸的地方有一处浅痕，这应该是第二刀时留下的痕迹，来不及拂拭就已经事发。”向敏中立即看出了关窍，道：“只有第二刀，但第一刀的痕迹去了哪里？”钱仵作道：“不错，这位郎君好眼力。”

程羽道：“若是凑巧第一刀和第二刀的痕迹重叠了呢？”钱仵作道：“若第一刀也是只到两寸之下，那么就不该致命。”

张咏见程羽还是一头雾水，便道：“还是我来明说吧，钱仵作的意思是，这件案子应该有两个凶手，但凶器是同一把尖刀。第一名凶手先从厨下取了尖刀，悄悄来到院中，出其不意地杀了宋行……”钱仵作道：“这凶手是女子，力气甚弱，所以入胸不深，她又将刀往里面推了一下，这才杀死了死者。”

张咏道：“凶手杀死宋行后，擦洗干净血迹，将刀送回原处。第二名凶手，就是英娘，不知道宋行已死，又悄悄来到厨下取了尖刀，赶来杀人，正好被高琼撞见。后面的事大伙儿就知道了。”

程羽虽觉合情合理，却依然难以置信，向敏中又从厨下杂物堆中找出来一块带血的抹布，他这才无话可说，便道：“既然真凶不是唐晓英，那么一定是刘念了。”

刘念很是生气，道：“如何一口咬定凶手是我？”程羽道：“凶手明明是女子，这里除了你和唐晓英，还有别的女子吗？你既有动机，又有胆识，还莫名其妙要留宿在这里，不是你是谁？”下令以杀人罪逮捕刘念，以亵渎尸首罪逮捕唐晓英，一道押回开封府定罪。

高琼大是心急，正欲回开封府找晋王出面营救。向敏中拉住他问道：“是不是你答应了英娘要为庞丽华报仇？”高琼道：“什么？”向敏中道：“当日英娘没有杀你，反而向你下跪叩首，可见你们之间有了某种新协议。也许正是因为如此，英娘才要杀了宋行，好保护你。她杀人的动机，正跟你起初对我们声称的一模一样。”

高琼惊讶之极，道：“你说英娘为我杀人？”向敏中道：“除此之外，我实在想不出有别的理由。”

高琼原先自承杀人，只是本能要保护唐晓英，从未往深里想过她的动机，至此得向敏中提醒，才算会意过来——唐晓英确实求了他一件大事，她大概听到众人对话，知道宋行行刺韩姓契丹人时被高琼所阻，若是被宋行认出来，再被晋王知晓是高琼从中作梗，他便有性命之忧，她为了要保护他，才冒险杀人。至于宋行已先被刘念杀死，则是她所不能预料——他也知道唐晓英最终的目的还是要让他有命活着完成那件事，可想她居然肯为自己杀人，还是忍不住心潮澎湃，激荡不止。

向敏中见高琼痴痴发了一阵呆，便牵马出门，料到他是要去找人营救唐晓英，不由得摇了摇头。

张咏道：“咱们还是赶去都亭驿吧，没见到程判官脸都快绿了呢。”刚出大门，正遇见李雪梅快马驰来，忙迎上去问道：“娘子有事吗？”李雪梅道：“我适才见到英娘被开封府的人带走，出了什么事？”张咏叹了口气，道：“这事说来话长，回头有空再跟娘子细说。”

李雪梅忙道：“我找张郎有点事。”向敏中便道：“我们几个先去驿馆，张兄稍后赶来不迟。”张咏道：“是。”引着李雪梅进来坐下，道：“娘子脸色很差，近来很辛劳吗？”

李雪梅却只是垂首沉默，过了许久，忽而嘤嘤哭了起来，张咏一时手足无措，也不知道该如何是好，只能闷闷陪坐在一旁。

李雪梅哭了一会儿，才低声道：“晋王要娶我做侍妾，我……我该怎么办？”张咏先是吃了一惊，随即正色道：“娘子既不愿意，直接拒绝晋王便是。”

李雪梅道：“谁能拒绝晋王？谁又敢拒绝晋王？阿爹已经满口答应了。”自古以来，婚姻大事都是父母之命媒妁之言，既是李稍已经答应，那便是铁板钉钉的事了。张咏一时无语。

李雪梅忽道：“张郎，你带我走好不好？”张咏道：“什么？”李雪梅道：“你带我走，你不是最喜欢浪迹天涯吗？你带我一起去。我们一起去望海楼。”

望海楼号称“万卷藏书楼”，即是耶律倍封东丹王时所建，位于辽国境内大望海山的绝顶高峰。其山掩抱六重，种种奇胜，峻拔摩空，苍翠万仞，是天下爱书人最向往的景观。

张咏一时呆住，半晌才道：“不，我……我不能……”他行走江湖，诛杀过不少欺压百姓的凶徒，为人处世，也向来干脆，均是一意立决，蓦然有个美貌女郎站在他面前，恳请他带她离开京城，他实在不知该如何应对这儿女情长的局面，有些语无伦次起来。忽见她泪光盈盈，娇若梨花，又不忍心拒绝，一时心乱如麻。

李雪梅见他不答，露出失望之极的表情，举袖抹了一把眼泪，转身就走。张咏在背后叫了她一声，她也不肯再回头。只听得门外马蹄嘚嘚，人竟是上马去了。张咏呆得一呆，追出门去，李雪梅一人一骑已经走远。刚一转身，女使已牵了他的马出来，道：“张郎的马。”

张咏匆忙翻身上马，到御街时已不见李雪梅踪迹，不知她是回了樊楼，还是一怒之下独自出城，只能叹息一声，径直往都亭驿而来。

潘阆正站在门前与驿卒交谈，见张咏策马到来，忙上前告知道：“已经找到毒药源头了，毒药就下在羊髓饭团中，是乌毒。”张咏莫名其妙，问道："羊髓饭团，那是什么？"潘阆道："契丹人心目中最了不得的珍馐美食，也是他们昨日的早饭。"

原来契丹虽然疆域辽阔、军力强盛，却犹自保持浓厚的游牧民族习性，饮食非常简单。所谓羊髓饭团，不过是以糯米饭和白羊髓为团，在辽国却是顶级美食，甚至连皇帝也只有每年正月初一才能享用一次。负责驿馆招待的朝官打听了不少契丹习俗，刻意令驿馆的厨子每日做羊髓饭团为早饭，令契丹人欢天喜地。

张咏听说究竟，问道："那么有可能是厨子和下人所为吗？"潘阆道："这些人都在驿馆当差多年，开封府已经查过，没有什么可疑之处。"

张咏道："向兄和寇准人呢？"潘阆道："他们在驿厅里，参加契丹人为两名中毒死者举行的仪式。喂，我劝你别进去。"张咏道："为什么？"潘阆道："非常恶心。"

张咏更是好奇，拔脚便往驿厅赶去，刚走数步，鼻中闻见一股怪味，愈往前走，味道愈浓。进来厅中一看，更是目瞪口呆——契丹其实不是在进行什么祭奠的仪式，而是在用他们民族特有的方式保存尸首：先用刀剖开死者腹部，将肠子、心、胃等器官一一摘取出来，填上香料、盐巴、白矾、药材等各种防止腐烂的物品，用针线缝好肚腹后，便将尸首倒吊起来，用尖针割破各处皮肤出水，让膏血沥尽，最后遍涂白矾，令尸首彻底成为一具干尸。

这一套过程并不复杂，在辽国却只有达官贵人死后才能享受，所以又称"贵人礼"。昔日大辽皇帝耶律德光兵进中原，在开封建国号"大辽"，终因中原人民的反抗被迫退兵，于北归途中病死。其心腹亲兵来不及举办"贵人礼"，只能剖开皇帝的腹部，撒上数斗盐，匆匆运回辽国。那是中原人第一次见到辽国干尸，特意称耶律德光为"帝羓[1]"。

然而中国人以"孝"为最核心的伦理道德，身体发肤，受之父母，绝不可轻易毁伤，因而历朝历代均将毁坏、亵渎他人尸首作为极严重的罪行来处罚。譬如刘念杀死宋行是死罪，要处斩首之刑；唐晓英捅死人

[1] 羓（bā）：经过加工的大块干肉，后泛指干制食品。

一刀，属于残害死尸，按“斗杀罪”减一等处置，该流放三千里。即使从轻处罚，以轻微损伤尸首论，也要判徒刑三年。在这样的文化背景下，亲眼看到契丹人如此对待同伴甚至本国皇帝的尸首，可谓相当惊世骇俗了。

张咏博学多识，又四处游历，见闻广博，也从未见过这等情形，只看得目瞪口呆，一直到向敏中过来牵住他的衣袖，才回过神来。

向敏中拉着张咏出来驿厅，问道：“张兄已经知道毒药是乌毒了吗？”张咏道：“嗯。”向敏中道：“张兄没有联想到什么吗？”张咏道：“什么？乌毒一直是中原的军用毒药，用来涂抹兵器。不过也不难得，只要在山里挖到乌头的根，可以很容易地熬炼出毒汁。我见过山中一些猎人就自己提炼乌毒，用来涂抹羽箭射杀猛兽。”

向敏中道：“不，我不是指这个。当日王彦升被欧阳赞毒杀，用的不正是乌毒吗？”张咏一惊，道：“这个我倒是完全没有想到。向兄是在暗示是契丹人自己捣鬼吗？”

向敏中道：“这里面确实有关联。我向驿长详细打听过，辽国、北汉两方使者入住都亭驿时一共是四十六人，有两人昨日中毒身亡，另有四人失踪，都是那韩官人的心腹随从，当晚跟着韩官人出去，半夜却只有韩官人一人被禁军送回来。驿长特意问起过，契丹一方声称那四人有要事回辽国去了。”张咏道：“那四人应该是被宋行一伙儿杀掉了。韩官人自己内心也有鬼，所以不敢声张。”

向敏中道：“嗯，不过我刚才仔细数了一下，驿厅中包括韩官人在内，一共有四十个人，当然要除去还在观看贵人礼仪式的寇准。”张咏道：“数目对得上啊。”

向敏中道：“不，不对，还是少了一个。你忘记假聂保了吗？”张咏道：“啊，算上他，数目确实就对不上了，少了一个。”

起初假聂保被刺字后发配守卫城门，后来欧阳赞等人自曝出辽国使者的身份，他是辽国人，自然也被赦免，重新回到欧阳赞身边，这样居住在都亭驿的就应该是四十七人。

张咏忙问道：“莫非少的正是假聂保？”向敏中道：“不错。我仔细找

过，没有看到他。”张咏道：“他脸上刺了那样的大字，如同万绿丛中一点红，不必仔细找，一眼就被留意到。走，去找昨日当值的驿卒去。”

驿卒被拘禁在开封府，张咏匆忙拉了寇准出来，诸人一齐赶来府衙盘问，果然获知昨日一大早假聂保就出了门。

张咏叹道：“我们一直在找从外面进来都亭驿投毒的人，却忘记了寻找出去的人，这案子从一开始就错了方向。谁也想不到竟会是那假聂保。”

向敏中道：“这人想来也是个契丹勇士，替欧阳赞冒充聂保顶罪之时，定已存必死之心，不料官家赦免他的死罪，将其黥面，变成人模鬼样后，发去军中守城，这于他而言是更大的侮辱，不免恨官家、恨大宋入骨。”

张咏道：“不错。不过他人在开封，不要说报仇，就连举动也受到监视。偏偏他的主人迫于形势，又跟我大宋开始和谈，更令他愤愤不平，干脆一不做二不休，打算毒死所有同伴，不但和谈成为泡影，从此大宋、辽国势必兵戎相见。”

潘阆道：“他们契丹最初来中原是别有所图，并非为了和谈，不过是种种形势所迫才导致今日的局面。大概在这假聂保的眼中，他也是在为国除叛了。”

程羽听得心惊胆寒，问道：“你们能肯定是假聂保所为吗？”向敏中道：“这句话，程判官还是直接去问辽国使者更适合。”

程羽忙发出告示缉捕假聂保，又领着众人来到都亭驿，客气地询问辽使欧阳赞有无财物失窃。一旁张咏见程羽还委婉地提什么财物，忍不住插口道：“不是财物，是乌毒，就是尊使用来毒杀王彦升的乌毒。”

欧阳赞居然也不惊异，看了韩官人一眼，见他点点头，便有气没力地道：“抱歉得紧，本使确实丢失了一包乌毒。”程羽道：“本官怀疑是尊使下属假聂保盗窃毒药后又往食物中投毒，已发出告示缉拿追捕，特来知会尊使。”欧阳赞道：“甚好，多谢。”

韩官人招手叫过张咏，道：“多谢张郎当晚救命之恩。”张咏道：“官人当晚就躺在我们住处外，我不过是送了官人一程而已，可不敢居功。”

韩官人道：“如此也要多谢。”

张咏道：“敢问官人尊姓大名？”韩官人道：“鄙姓韩，名德让[1]。”张咏道：“那么辽国故宰相韩延徽是……”韩德让道：“是在下祖父。”

张咏道：“失敬，原来是名门之后。”他知道韩延徽这一系是辽国权势最重的汉臣，顿了顿，又意味深长地道：“这应该是韩官人第一次回到中原故土吧？”韩德让道：“是。”沉默了片刻，道：“郎君的话外之音我懂，请放心，我当尽力促成这次和谈。”张咏道：“如此，便多谢了。”

当天傍晚便传来假聂保的消息，他不知如何登上自己曾守卫过的封丘门城墙，北望故国，高声怒骂辽使欧阳赞、韩德让等人叛国通敌，引来无数军民围观，随即又痛骂大宋皇帝赵匡胤。军士见情形不妙，这才将其射杀。等他摔下城头时，早成了一堆肉饼。

假聂保投毒事件很快被平息下来，甚至大多数东京人都不知道有都亭驿辽使中毒这么一回事，但这一事件却极大地促进了和谈的步伐。半个月后，辽国再派招讨使耶律斜轸到来，宣布正式与大宋通好，宋辽两国和议遂成。大宋皇帝赵匡胤派出西上閤门使郝崇辛、太常丞吕端出使辽国，跟随耶律斜轸、韩德让等人一道北行，此为大宋与辽国通好之始。

使者离京当日，大内皇宫宣德门上空忽然飘来一团白云，近二十只洁白的仙鹤盘旋上空，其中两只立于殿顶鸱尾上，其余翱翔飞舞，悠然从容，经时不散。满城轰动，士民无不稽首瞻望，视为祥瑞来仪，叹异良久。

不仅普通百姓叹为观止，就连皇帝也相当惊异，龙颜大悦下，宣布大赦京狱囚犯，唯逃亡者及死刑重犯不在赦免之列。

然而，皇帝的大好心情很快被一件事给破坏了。

大赦次日，赵匡胤带着后妃、诸弟和皇子们到大相国寺礼佛，由殿

[1] 韩德让自小与贵族之女萧绰（即萧燕燕，《杨家将》中杀伐决断的萧太后原型）订婚，辽景宗耶律贤即位后横刀夺爱，召萧绰入宫，立为皇后。萧绰性格果断刚毅，素有机谋，从此开始执掌辽国大权。韩德让虽然未能娶其为妻，却极受宠信，官至宰相，甚至还被赐名为耶律隆运，位于皇族之列。

前司统属的御马直[1]负责扈从侍卫。回到皇宫后，赵匡胤特意下命给御马直每人增赏五千钱。事情便是由此而起。

宋代在御前当值、最亲近皇帝的护卫禁兵以班、直为编制单位，总称诸班直，均是千挑万选的勇士，个个身材高大，武艺绝伦，就连娶妻也必须得到皇帝的允准。皇帝要亲自召见班直相中的女子，保证班直将士子孙也是魁杰人物，世为禁卫不绝。班直又分许多种，诸班有门班、殿前左班、殿前右班、内殿直班、金枪班、银枪班、弓箭班等，诸直有御龙直、御龙骨朵子直、御龙弓箭直、御龙弩直等。另外还有平蜀后新设的川班内殿直，共一百人，是从俘虏的蜀军中挑选出来的武艺最为精湛的将士，地位与御马直相等。

御马直素来瞧不起川班直，认为他们能活命只不过因为皇帝宠爱花蕊夫人，不过终究是亡国之人，根本没有资格在御前当差。这次相国寺之行得到额外的赏赐后，便有御马直的侍卫到川班直去闹事，无非是酒后的一些胡言乱语。川班直为此大打出手，犹嫌不够，愤怒下赶去宣德门敲响了登闻鼓，声称川班直地位素来与御马直相等，也要求皇帝赏赐。蜀中素来不安稳，常有人聚众闹事，御史们抓住这件事大做文章，称川班直是受人指使、有意闹事，纷纷上书弹劾。赵匡胤狂怒下下令废除川班直，将一百人尽数逮捕，其中一半被斩首示众，余下的人在面上黥上大字后发配许州[2]为奴，终身不得开释。

这件事不但令五十个人掉了脑袋，也严重影响了赵匡胤和长子赵德昭的关系。赵德昭受花蕊夫人委托，曾出面为川班直求情，最终未果不说，愈发令皇帝怀疑花蕊夫人与外臣勾结。赵德昭苦苦申辩，赵匡胤竟抓起玉斧朝儿子打去。幸好玉斧虽硬，却并不锋锐，只将他额头磕了一个大包。许多宫人亲眼看见赵德昭手捂大包从殿中跑了出来，情形极是狼狈。

[1] 北宋名将狄青出身贫寒，十六岁时因兄长与人斗殴，他顶替兄长罪名被逮入京，黥面后配入军籍，最初加入御马直，由此开始了军旅生涯。

[2] 许州：今河南许昌。

不过川班直之事终究与平民老百姓无干，倒是皇帝的大赦之令令许多人欢喜不已。开封今年干旱少雨，不但出现了哄抢井水[1]的行为，还有一些百姓偷偷自己打井，开封府为此逮了不少人。遇逢大赦，这些本来就没有什么大错的人便都可以回家了。

唐晓英因宋行一案被逮捕，她存心杀人，即使宋行当时已死，也犯下残害死尸的重罪，按律要判该流放三千里，量地方远近，该直配到令人闻名丧胆的沙门岛。所幸是推官姚恕断案，高琼请押衙程德玄出面说情，姚恕便从轻处罚，判流一千里，该配隶沧州牢城。又特意没有立即黥面后押解上路，只将她囚禁在相对宽松的左军巡司狱中，等待大赦的机会。原本要等到大宋攻打下南唐后皇帝大赦天下，哪知道宣德门意外出现仙鹤祥瑞，令唐晓英的牢狱生涯提早结束，可以说是一场惊喜了。

高琼来狱中接唐晓英时，意外遇到了王旦。王旦所爱的女子刘念已经承认杀死宋行罪名，她杀害重犯，断了追踪鬼樊楼的重要线索，理所当然地被判了死刑。姚恕怜她是女子，父亲刘昌又曾在开封府任职，特意开恩改斩首为绞刑，保她全尸，正囚禁在开封府狱中，只等秋后行刑，此次亦不在大赦之列。

王旦一见到唐晓英出来，便上前哀求道："英娘，求你救救念儿。"

唐晓英自当日与刘念同被逮捕来开封府狱，便被分开关押。负责判案的推官姚恕因为要在量刑时袒护唐晓英，刻意没有将二人同案审问，是以她就再也未见过刘念。此刻见王旦一脸悲苦，忙问道："念娘怎么了？"王旦道："她被判了死罪。英娘，眼下只有你能救她。"

唐晓英道："其实我很感谢念娘，她不杀宋行，我也要杀他，这罪名本该是我来承担。"王旦道："不，念儿没有杀人，她哭着告诉我，她没有杀人。"

高琼道："既然刘念没有杀死宋行，为何又要在公堂上招供、承认罪名？"王旦抹了一把眼泪，道："你们知道那些人是怎么对待她一个女孩

[1] 宋代为了保障宫廷和官府用水，严格控制水井开凿。现有的水井也是官井，属于公共设施，四周用短墙围起来，打水需要缴税。

子的吗？”

原来刘念被审时死活不肯承认杀人，姚恕便下令动刑拷问。那些刑吏原是刘昌下属，却很不喜欢他刻薄之为人，忽见他被免职，女儿卷入命案，被长官下令刑讯，立即决意报复，要将刘氏父子发明的种种阴毒刑具都派上用场。刘念起初还嘴硬，大骂不止，待到被刑吏粗暴剥下衣衫，当众裸露出上体来，这才着了慌，不等刑具上身，便流泪招认了罪名。

高琼道：“王衙内，我不想瞒你，我们都认为是刘念杀人。当晚闭门凶案，宋行被悄无声息地杀死在武艺高强的张咏的眼皮底下，不露任何声响，可见那人不是外人。又有仵作证实是女子所为，当日在宅邸中的女子，不过是唐晓英和刘念，还有一名小女使。三人中只有英娘和刘念有杀人动机，英娘凑巧又被我撞见，证实她杀人时宋行已死，那么剩下的就只有刘念一人了。”

王旦道：“可你们也说过，凶手是宋行完全意料不到的人。他知道念儿恨他入骨，如何会见到她走近时不出声叫喊？”高琼道：“向敏中他们也讨论过这个问题，认为大概因为刘念终究是纤纤弱质女流，宋行想不到她会杀人。二来也有可能宋行当时已经睡着，他耳朵中被张咏事先堵了碎布，对外界声音并不敏感。”

王旦道：“我知道你们信不过我，信不过念儿。可你们难道也信不过唐晓英吗？她可以作证，当晚念儿根本没有机会杀人。”

唐晓英一呆，道：“什么？”王旦道：“你当晚跟念儿同床而卧，她告诉过我，当晚她根本没有出过房间，倒是她听见你出去又进来。”

唐晓英道：“可是……当晚我脑子很乱，完全不记得别的事情。”王旦一呆，道：“什么？你跟念儿同在一间房里，她有没有出去过，你怎么会不记得？”

他不知道高琼是唐晓英苦苦追寻多年的大仇人，而她却要为了掩护仇人去杀人，也难怪她会心思激荡，对旁人之事毫不在意了。

高琼忙道：“英娘有她的苦衷。”王旦道：“我不信。你若是想不起来，我就一直跟着你，直到你想起来为止。”唐晓英道：“可是……”高琼忙道："不如这样，王衙内先跟我们回去汴阳坊，也许回到案发现场，英娘会想起来些什么。况且张咏、向敏中都在那里，以他们的精细，或许能发现什么新线索。"王旦道："这还差不多。"

三人遂一道来到汴阳坊，张咏等人正预备了酒宴等着为唐晓英接风，忽见到王旦，虽觉意外，但怜他是为心爱的女子四下奔走，便也邀请他到席中坐下。

王旦又将刘念无辜的话絮絮叨叨说了一遍。向敏中耐心听完，道："若果真英娘能记得她本人出去前刘念没有出过门，那么确实可以证明她没有杀人。"唐晓英道："可我确实不记得。我一直没有睡着，只是躺在床上发呆，满脑子全是……全是那些事，根本没有留意。"

王旦道："英娘的话实在难以置信，念儿睡在里间，她下床必须先越过你，还要坐在床沿穿好鞋袜，你如何会感觉不到？莫非你在庇护什么人，所以才一心想让念儿承担杀人的罪名？"

向敏中道："王衙内不要动怒。英娘当时一心想要去杀人，心中反复盘算，精神也是高度紧张，留意不到别的事很正常。不过这确实是一条相当有用的线索，英娘一直没有睡着，她不记得当时的情形没关系，但她睡在外面，若是刘念跨过她出去，她一定会记得。"王旦大喜，道："向丈果然非常人，一句话就能发现破绽。"

向敏中忖道："如果这样的话，那么小女使就是唯一可能的凶手了。这实在不合情理，宋行当晚是被临时带来这里，她又没有任何杀人的动机。"

王旦道："女使人呢？"张咏道："她去了樊楼买酒。"又自告奋勇地道："我这就去寻她回来。"

他虽是去樊楼找女使，却也存了一点私心，想去看看李雪梅回来过没有。自上次她来汴阳坊寻过他后，便失了踪，其父李稍也派人四下寻过，终无任何消息。他料想她是不愿意嫁给晋王为妾，已私下逃出京城，但她未必就会走远，因为她总要顾虑晋王恼怒下会转而对付她父亲。他时常回想当日情形，即使再一次面对，他还是不知道该如何回答。但他还是希望能够再见到她，也许见到她时，他心中便有了答案。

然而张咏骑马过去，一路都没有遇到女使，到樊楼也没有人见过她。慌忙赶回汴阳坊中，告知众人。王旦咬牙切齿道："她一定是畏罪潜逃了。"

按照目前的情况，即使不能肯定女使杀人，也要作为重大嫌疑人被逮捕讯问，她若不肯招供，刑罚上身是免不了的。兴许她知道唐晓英今日回来后会有什么事发生，是以抢先一步逃走。

王旦忙赶来开封府报案，姚恕知道他是知制诰王祐之子，不敢轻易得罪，只得勉强签发了通缉女使箫箫的公文告示，张贴全城。

但过了数日，竟始终没有箫箫的消息。虽说案情又有了转折，然而谁也不知道女使是真的逃走了，还是出了什么意外。况且向敏中只是反推刘念在唐晓英出门前没有下过床，终究没有切实的人证，刘念依旧是重要嫌犯，暂时被押在狱中，好在终于能够去掉身上死囚刑具，人轻松多了，只等捕到女使才能重新开审。

过了大半月，寇准预备先返回大名探望老母，众人正预备为他设宴饯行，内侍行首王继恩忽然到来，笑道："官家听说寇郎即将离京，今晚在大内后苑设宴，一是为寇郎饯行，二来也是感谢诸位连破大案，各位务请光临。"

寇准不免又惊又喜，问道："官家就召了我们几个吗？"王继恩道："还有晋王和几位皇子，大概圣人[1]和花蕊夫人也是要参加的，不过是一场便宴，都是官家最亲信的人，不必紧张。你们先做些准备，到晚些时候我会派人来接你们进宫。"张咏道："有劳。"

众人还没有到皇宫赴过宴，不免很有些兴奋。正好唐晓英为各人做了一身新衣裳，取出来给大家一一换上。均是白布襕衫[2]，圆领大袖，下施横襕为赏，腰间有辟积，正是士人最流行的服饰，裁减无不合体。

[1] 圣人：宋代对皇后的称呼。

[2] 襕衫：古代一种上下衣相连的服装。宋代穿戴襕衫、幞头见贵人，有尊敬之意。

日落前，王继恩果然派了两名小黄门来接张咏几人进宫，在宫门前正遇到晋王赵光义，身后跟着数名全副武装的侍卫，高琼也在其中。赵光义一脸肃色，道：“本王有件很重要的事要告诉皇兄，还请诸位据实禀报。”

张咏问道：“大王是说什么事？”赵光义道：“一会儿你们就知道了。”也不明说，策马先行。

潘阆道：“不妙啊，该不会是什么鸿门宴吧？”张咏白了他一眼，道：“什么鸿门宴，谁是刘邦，谁又是项羽？”潘阆道：“嗯，这个，还真不好说。”

当今皇帝生活节俭，曾颁布禁侈令。后宫的嫔妃与宫女的数量不是很多，加起来不超过三百，且不见绫罗绸缎，宫女只准用皂软巾裹头。宦官的数量也在二百人以下，比起唐代宦官最多时近五千人的规模，可谓相当寒酸了。

偌大的皇宫很有些冷冷清清，众人跟着小黄门穿过重重宫门，进来后苑的一处凉殿。赵廷美、赵德昭、赵德芳均已到场，见到赵光义到来，忙过来参见。

赵光义道：“皇兄人呢？”赵廷美道：“皇兄适才来看过，又赶去了圣人那里。”

等了一会儿，只听见有宦官尖着嗓子叫道：“官家、圣人驾到。”

却见赵匡胤携着一名二十岁出头的年轻妇人出来。那妇人头戴漆纱花冠，装饰以花钗，正是皇后宋氏。众人慌忙上前拜见，赵匡胤呵呵笑道：“免礼。”执住宋皇后的手道：“皇后，朕来为你介绍。”一一引见张咏等人。宋皇后甚是矜持，只略略点点头。

赵匡胤招呼众人坐下，左右一望，不见花蕊夫人，忙问道：“夫人[1]呢？”王继恩道：“臣这就派人去催。”

[1] 宋代后宫在皇后下设四名正一品夫人，名号分别为贵妃、淑妃、德妃、贤妃，合称“四夫人”。

赵光义忽道："不必，臣弟有要事要禀告皇兄，正是与花蕊夫人有关。"赵匡胤笑道："二弟，眼下有客人在场，你一定要现在说吗？"赵光义道："一定要现在说，客人们正是最好的证人。"赵匡胤沉吟片刻，点点头道："那好，你说吧。"赵光义道："皇兄不是命向敏中等人调查博浪沙那群神秘的脚夫吗？他们已经查明真相，脚夫正是花蕊夫人所派。"

所有人都大吃一惊，甚至包括向敏中在内。他与张咏确实早猜到真相，但因不明内情，未敢张扬，只在私下告诉过寇准、潘阆二人，就连高琼都没有听过，却不知道赵光义如何知道了内情。

赵匡胤沉下脸，道："继续说。"赵光义便详细讲述了花蕊夫人暗中勾结党项人李继迁、与其交换杀人的经过，又道："本朝两名开国重臣都死在她手里，这女人居心叵测，不宜再留在宫中，以防她对皇兄不利。"

赵匡胤道："向敏中，事情经过可真是这样？"向敏中道："是，一切正如晋王所言。"

赵光义道："臣弟还听说，川班直击鼓闹事一事，也与花蕊夫人……"忽闻见一股奇特的香气，伴随着环佩叮咚，不由得住了口，转过头去——却见一名盛装丽人正扶着宫女的手翩翩走进殿中。梳着罕见的朝天髻[1]，肌清骨秀，发绀眸长，荑手纤纤，宫腰搦搦，独步于一时。

张咏心道："这一定就是花蕊夫人了。果真是回头一笑百媚生，六宫粉黛无颜色。"

赵光义忽举手叫道："弓箭！"高琼一直侍奉在一旁，闻声忙解下弓箭递上。

赵光义毫不迟疑，弯弓搭箭，拉弓如满月，一箭射出，正中花蕊夫人胸口，当即将她射倒在地，头撞在砖地上，发出"咚"的一声脆响。一旁宫女高声尖叫了好一会儿，才转身奔逃出殿。

凉殿中遽起惊变，众人勃然色变，一齐站起身来，退到一旁。只有赵匡胤巍然不动，气氛肃穆。外面大批禁军闻声抢进殿中，见只有晋王

[1] 后蜀孟昶后宫嫔妃流行的高髻，称"朝天髻"。后来被附会为迎宋之谶，意即后蜀灭亡后，宫人均被押送汴京朝见大宋天子。

手上拿着弓箭，花蕊夫人中箭倒地，不知情由，也愣在当场。

赵光义丢下弓箭，跪下请罪道：“臣弟擅自射杀皇兄爱妃，死罪，请皇兄治罪。”赵匡胤也不理会，只黑着脸一杯一杯地饮酒。赵廷美慌忙上前跪下，道：“王兄是怕花蕊夫人伤害皇兄，忠君之心，天日可表，恳请皇兄明鉴。”

赵匡胤“嗯”了一声，又饮了两杯酒，才挥手道：“你们都去吧。”又叫住高琼，刻意问了他姓名，命人赐他控鹤营军衣以及财物。高琼不知道皇帝为何单单赏赐自己，也不知道是福是祸，只得上前谢恩。

众人均没有料想今晚宴会会如此草草收场，只得各自空着肚子离开。

赵光义径直回来晋王府，在堂中坐下，若有所思。他虽然巧妙地把握时机，射死了花蕊夫人，除掉了皇长子赵德昭的强援，内心却也并不如何欢喜。那女人讨人厌得很，最近不断在皇帝耳边吹风，游说立赵德昭为太子，甚至还将宣德门祥瑞说成是赵德昭主持和谈有功的征兆，极大地威胁到他的利益。她虽是自取灭亡，可毕竟他想得到那个娇媚的女人已经很久了，却最终还是未能占有她的身体，未免心中有憾。

闷闷不乐地凝思了半天，赵光义挥手命高琼退下，道：“你先下去歇息。我今晚要去北园别院。”

高琼躬身道：“遵命。”他是晋王心腹，寸步不离，但近来晋王到北园时，均不令他侍奉，很是反常。他总担心也许是晋王看穿了他的心思——他一直在找机会带那孤女刘娥逃离晋王府，这正是他答应唐晓英的事情。

当日高琼去找唐晓英，奉上腰刀，表示愿意履行诺言，要以自己性命为她父母抵命。唐晓英拔出刀来，却只刺在他肩头，说从此以后仇怨一笔勾销，但又跪下求他救出庞丽华孤女刘娥。之前庞丽华来到汴阳坊探视时，已经向唐晓英哭诉了晋王的可怕，虽然没有敢具体提及晋王所为，但却一再说就是舍了性命，也要将小娥带回蜀中。后来庞丽华投火自杀，唐晓英猜到多半与晋王有关，既无法逃脱，活下去只会徒然牵累旁人，除了死，当真没有别的选择。遂决意完成她的心愿，救出小娥，送她回蜀中。可她一介普通民女，连走进晋王府也是不得其门而入，又哪有能力救人？只有放下父母深仇，跪下来恳求高琼相助。高琼有愧于她，明知是天大的难事，还是满口答应了下来。唐晓英道：“我已经告知你晋王为什么一定要将小娥留在身边，你真的甘愿冒险？”高琼道：“你要我做的事，我无论如何不能拒绝。况且晋王怎么会真的娶小娥？不过是一句道士的胡话，他转身就会忘记。不过有一点，不能是你带小娥走。晋王极是精明，你跟丽娘又情同姐妹，若是离开京师，说不定他就会猜到，不但你我性命不保，还要牵连到张咏他们。这件事，一切要听我安排。”唐晓英沉吟许久，答应了下来，道：“谢谢你。”高琼道：“我的命都是你的，你何必谢我。只是有一点，这件事只有你我知道，不能再告诉第三人。”他既答应了唐晓英，便做了许多安排，只是晋王府警戒森严，要将一个小女孩神不知鬼不觉地带出去实在比登天还难。而且他几次观察刘娥时，都被晋王留意到，不令他去北园，难免怀疑晋王已经有所警觉。

赵光义见高琼愣着不动，问道：“你还有事吗？”高琼道：“属下心里确实有个疑问，我从未听向敏中等人提过花蕊夫人就是脚夫的幕后主使，大王又是如何知道的？”赵光义道：“自然会有人主动来向本王告密，不过这个告密的人也没安什么好心，日后你就会知道。”高琼道：“是。”

赵光义斥退高琼，径直来到北园，招手叫过一名新近收下的心腹侍卫，道：“你带人去地牢中将那黥了面的女人提出来，悄悄送去别院中，别让人看见。”

那侍卫十分机灵，闻言忙道：“大王怕是要等上一等，那女人被关在地牢多日，身上臭得很，还得先洗剥干净才好。”赵光义道：“嗯，赶快去办吧。”想了一想，改道先来到北园的静苑，却听见刘娥正在房中跟着自己的第三子赵德昌朗诵《诗经》，童声稚气，颇觉有趣。

一时又想起许多儿时往事来——他的兄长，也就是当今大宋皇帝，比他大了整整十二岁，而他的弟弟赵廷美则比他小了八岁有余，这种年纪上的巨大差距注定了兄弟间隔阂的存在，他们兄弟三人似乎从来没有过那种亲密无间、无话不谈的相处。自他懂事起，兄长总是威严的兄长，仿若父亲一般令他敬畏。他童年记忆所能到达的最后印象是兄弟二人在田野小路间追逐玩耍的情景，大哥走得那般快，他总也追不上。后来兄长外出游历，追求功业，多年不归，亲情免不了慢慢淡掉了。对他而言，“大哥”只剩下一个名称，他一度想不起大哥的样子，感觉好像自己从来没有大哥一样。再后来，兄长派人接了全家到开封，他才知道大哥已功成名就，成为权高位重的禁军将领。最后，兄长终于成了皇帝，更是他的君主，他见面须得下跪，说话也得更加小心翼翼；而幼弟总是怯弱的幼弟，仿若后辈，他也得时不时地拿出二哥的样子来。他感到大哥当了皇帝后变了很多，当然他自己也变了很多，冷漠和疏离的意味已经逐渐占据了他们三兄弟中的大半空间，这大概也是至高权势带来的必然结果。他现在很多时候都不明白皇兄的真正心意，以前经常能看到的那种护犊友爱的目光早不见了，因为皇兄已经将眼睛投射到自己儿子的身上。花蕊夫人虽死，真正的危机还没有消除，而且危机也不是皇长子赵德昭，岂不见今晚他射死花蕊夫人后，宋皇后脸上露出了那既意外又惊喜的表情吗？她是在庆幸晋王为她除掉了对手啊。

他站在门前，耳中响着“皎皎白驹，在彼空谷”的童音诵读声，胸中却是心潮澎湃，站了好大一会儿，才转身来到别院中。

侍卫正将一锦被裹着的女子扛进房中放置在床上，见赵光义进来，慌忙知趣地退了出去。赵光义走近床边，揭开锦被，露出一具白玉般的女子胴体来，一望之下，便忍不住叹道：“你还真是个美人，姿色一点也不比那花蕊夫人差，只是可惜了你这张脸。”

那女子额头黥着“免斩”两个大字，脸颊上各刺了一朵五瓣梅花，也不是寻常死犯刺面用的黑墨，而是红墨。两朵红梅在灯光的照耀下栩栩如生，鲜艳欲滴，极尽诱惑。

那女子见赵光义大手摸向自己的脸庞，本能地想要避开，却因为双手双脚被镣铐锁住，只能徒然扭动着身子。赵光义见她落到如此境地尚要抗拒挣扎，与往日见过温柔顺从的女子全然不同，愈发兴趣大增，飞快地脱下衣服，扑了上去……

正酣畅淋漓之时，忽听见门外有人轻声叫道：“大王，那林绛受不过酷刑，愿意招供了。”赵光义大喜，忙爬起来去捡衣服。又听见门外侍卫道：“不过他只肯对高琼一人说。”赵光义想了一想，道：“那好，你去叫高琼到地牢问清楚，再来这里向本王禀告。”门外侍卫道：“遵命。”

赵光义亢奋之极，重新回到床上，笑道：“每次跟你交欢，总有好消息传来。娘子倒真是本王的福星，我还真舍不得杀你了。”又重新跨到那黥面女人的身上，尽情欢愉。

高琼刚躺下不久便被人叫醒，听说是晋王命他去地牢审问犯人，料来又是林绛要见自己，只得穿好衣服出来。

来到囚室，却见一人被吊在那里，血肉模糊，皮开肉绽，身上再无一块好肉，发出难闻的焦糊气味，正是林绛。高琼自己也曾被人刑讯过，却不曾见过如此体无完肤的惨烈情形，一时间心中颇感难过。

一旁负责拷打的侍卫喝道：“你要见的人来了，快说，不然我可就要再揭下一块你的肉。”

高琼这才看到林绛身上不少地方贴着麻布，似是被什么东西紧贴在肉上。那侍卫见他不答，伸手拽住麻布条，使劲一扯，登时连皮带肉撕下一块来。林绛早已经声嘶力竭，只闷哼了一声，便晕了过去。那侍卫拿凉水泼醒他，连声喝道：“快说，告诉你，没人能熬得过披麻拷[1]的酷刑。”

原来这披麻拷是脱光囚犯衣服后，将麻布条蘸上热鱼胶，裹在其赤裸皮肉上。鱼鳔之性最黏，粘住皮肉后难以分开，等到凉干后，行刑者拽扯麻布条，就能连带撕下犯人的皮肉，极其残酷，即便是铁石心肠的硬汉子，也万难熬得住这种锥心毒刑。

高琼见那侍卫又要再去扯麻布条，忙道：“你先住手，他既叫了我

[1] 宋代狱治极其黑暗，不仅恢复了汉文帝时已经废除的黥面肉刑，而且无限滥用酷刑，如极其野蛮的凌迟之刑成为法定刑罚便是始于宋代，后为元、明、清沿袭。至于杖杀、断腕、腰斩、夷族、钉剐、磔（zhé，即将人体肢解分裂。小说中高琼经历背景、包括其祖为辽国使者出使南唐被杀等均为真实史实，他本人曾因强盗罪判磔刑处死，行刑时侥幸逃脱后才入军籍）、坐钉立钉、悬背、烙筋等诸般酷刑更是屡屡见于史籍。南宋名将岳飞就是因为熬不过披麻拷酷刑，屈招了秦桧加给他的谋反罪名，被绞死在风波亭。

来，一定是有话要说。”侍卫道：“是。”

高琼道：“你指名要我来，到底有什么话说？”林绛很是虚弱，喘了几口大气，才道：“我……我是想求你杀了我。”高琼摇摇头，道：“你知道我不能这么做。不过你如果肯说出传国玉玺下落，我一定向大王请求，亲手杀你，给你一个痛快。”

林绛勉力笑道：“你倒成了晋王养的一条听话的狗……”一旁侍卫见他出言不逊，又抢上来扯下一条麻布，血肉横飞，登时将他扯得晕了过去。

高琼料到林绛不会就此屈服，不过一时难忍皮肉之苦，想找借口拖延时间，不忍再看下去，转身出来囚室，正撞见一名侍卫笑嘻嘻地从隔壁囚室出来。高琼见他赤着上身，手中还提着衣裤，狐疑问道：“你在做什么？”

侍卫知道他是晋王心腹，忙道：“官人不知道吗？里面关着个女子，是大王犒劳兄弟们的。官人要不要进去玩玩？”高琼摇摇头，正待走开，囚室里面却有女子呜呜乱叫。侍卫笑道：“她正叫春呢，官人不如进去看看再说。”

高琼依稀觉得声音有些耳熟，心念一动，进去一看——却见地上躺着一名戴枷少女，手、颈均被禁锢在铁叶枷内，身上衣服早被扯得稀烂，衣不蔽体，正在饮泣流泪。最诡异离奇的是，他当真认得那少女，不是旁人，正是汴阳坊失踪已久的女使箫箫。

高琼这一惊非同小可，忙上前扶起箫箫，问道：“你如何会在这里？”箫箫连连摇头，只呜呜出声。

侍卫跟进来道：“她的舌头被人截去了，说不了话。”

高琼掰开箫箫的嘴，果见她舌头已齐根被截去。一时间，百思不得其解，又是困惑，又是愤懑，无论如何想不通箫箫如何会被关在晋王府的地牢里，更不明白晋王为何要如此残害一个小女使。莫非是因为她杀了宋行的缘故？可当晚晋王本来也命他派人去暗杀宋行的啊，箫箫抢先动手，等于是帮了晋王一个大忙啊。

侍卫又笑道：“本来还有一个年纪大些的女子，刚被晋王派人带走了。

那皮肤，嫩得能掐出水来，可惜脸上刺了字，不然也是个绝色美人。”

高琼忙问道：“另一女子是谁？”侍卫道：“不知道是谁，也被人截去了舌头，说不出话来。”

高琼心中隐约觉得大大的不妙，不及多想，有侍卫奔下地牢叫道：“高官人，大王召你速去别院。”高琼遂站起身来，道：“好，我正要向大王问个明白。”

出来囚室时，正见一名侍卫推攘着一名年轻女子进来。那女子虽被黥了面，容颜尽毁，骄傲冷漠的眼神却极其熟识，分明就是开封首富李稍的爱女李雪梅。而那押送李雪梅的侍卫，就是被开封府通缉多时的阿图——正是他，毁了唐晓英的清白之身。

第十章

斧声烛影

开封士民倾城而出，拥在御街两旁，既想看看传说中江南国主丰额重瞳的模样，也要看看他那位王后周嘉敏到底有多美貌。许多人甚至暗自揣测，李煜很快也要遭到后蜀国主孟昶一样的暴毙命运，然后周嘉敏便会顺理成章地被收入大内宫中，代替两年前不幸病死的花蕊夫人，成为官家的新宠。

公元974年，开宝七年秋天，大宋皇帝赵匡胤派左拾遗兼知制诰李穆出使江南，召南唐国主李煜入朝。李煜知道大宋需要一个出兵南唐的借口，畏惧之下，准备同意，然而为大臣陈乔和张洎所阻。

李穆劝说道："请国主慎重考虑入朝一事，以免将来后悔。大宋兵精甲锐，物力雄富，恐怕江南不是对手。"

李煜之弟李从善之前出使宋朝，一直被扣在汴京，李煜生怕自投罗网，始终不肯答应。赵匡胤遂以此为借口，命宋军南征。主帅曹彬自荆南领战舰东下，大将潘美按照南唐人樊知古所献地图在采石架浮桥渡江，浮桥三日而成，和樊知古之前所测量的距离不差尺寸。宋军渡江，如履平地。

李煜整日在深宫与僧徒道士谈经论道，不问政事。金陵守将皇甫继勋买通宫人，隐瞒战事，李煜丝毫不知亡国在即。直到有一天，他偶然外出巡城，见到宋军满野，金陵岌岌可危，这才知道为左右所蒙蔽，狂怒之下杀了皇甫继勋。无计之下，又只好派徐铉为使者到汴京向赵匡胤求和。

徐铉是南唐大才子，能言善辩，道："李煜无罪，陛下师出无名。"赵匡胤道："朕令李煜入朝，为何违令？"徐铉答道："李煜事陛下，如子事父，没有过错，为何被伐？"赵匡胤道："既为父子，为何分成两家？"

徐铉道："李煜不是敢违抗圣旨，而是因病不能入朝。请罢兵以拯救一邦之命。"赵匡胤道："朕已晓谕将帅，不得妄杀一人。"徐铉还要拿出文人的那一套嘴皮子功夫，赵匡胤大怒，拔剑道："休要多言！江南没有什么大罪，但天下一家，卧榻之侧，岂容他人鼾睡！"徐铉惊出一身冷汗，知道宋帝意在江南，再无回旋余地，急忙退出。

开宝八年十一月，宋军攻破南唐国都金陵，国主李煜奉表出降。曹彬派人将他与亲属、重臣解往汴京献俘。南唐遂宣告灭亡。

离别金陵之日，李煜挥毫写下一首沉痛的《破阵子》：

四十年来家国，三千里地山河。

凤阁龙楼连霄汉，玉楼琼枝作烟萝。

几曾识干戈？

一旦归为臣虏，沈腰潘鬓消磨。

最是仓皇辞庙日，教坊犹奏别离歌。

垂泪对宫娥。

从此，他远离江南，再也没能回到生他养他的故乡。

开宝九年元宵节刚过，李煜一行到达京师。开封士民倾城而出，拥在御街两旁，既想看看传说中江南国主丰额重瞳[1]的模样，也要看看他那位王后周嘉敏到底有多美貌。人们不由自主地将她与十多年前同样在这条御街上走过的另一名女俘花蕊夫人相比——她虽不及昔日花蕊夫人娇柔妩媚，却是更加清澈可人。许多人甚至暗自揣测，李煜很快也要遭到后蜀国主孟昶一样的暴毙命运，然后周嘉敏便会顺理成章地被收入大内宫中，代替两年前不幸离世的花蕊夫人，成为官家的新宠。

一身白衣的李煜一言不发，默默来到宣德楼拜见大宋皇帝。赵匡胤诏释江南君臣之罪，当场封李煜为违命侯，惩他不肯奉诏入宋，同时挂名担任光禄大夫、检校太傅、右千牛卫上将军，赐宅第一座，但有禁军把守，李煜不能随意出入，不能与外人交往，不过是个体面些的囚徒。

开封人蜂拥出去观看南唐俘虏入城时，向敏中正约张咏一起去大相国寺集市淘书。一年多前，张咏与寇准、向敏中、潘阆几人一起连破奇案，结下深厚友谊。那之后，寇准返回大名府，潘阆滞留在京师，张咏则继续云游。此次重来京师，便是住在兴国坊潘阆家中。这处宅院地处里城中心位置，距开封府、晋王府极近。

[1] 史载李煜丰额骈齿，一目重瞳子，即所谓的“双瞳孔”。相术认为重瞳是异相、吉相，上古的舜、西楚霸王项羽都是重瞳。

二人出门之时，正遇见符彦卿带着两名小童踱步过来，一手把玩着肩头的海东青，一老一鹰，煞是有趣。

张咏忙道："相公怎么亲自过来了？适才不是已经派人叫潘阆过去府上了吗？"符彦卿奇道："什么？"张咏道："适才府上有人来，说是海东青有些异样，相公想叫潘阆过去瞧瞧。"符彦卿道："啊，老夫知道了。"蓦然转身，抬脚便走，与适才怡然自得的神态判若两人。那海东青陡然受惊，立即振翅腾空而起。

张咏莫名其妙，道："到底怎么回事？"向敏中摇摇头，道："我也猜不到。兴许是有人借符相公之名诳去潘阆治病，他而今是汴京有名的神医，架子又大，常人难以请得动他。"

张咏大奇，道："竟有这等事？"向敏中道："你上次离开京师后不久，潘阆便医治好了内侍行首王继恩的老母亲，那可是连许多御医都束手无策的怪病。此后，他就成了东京的大名人了。"二人一边说笑，一边往大相国寺而来。

今日是正月十八，正逢一月五次的赶集日，偏偏赶上献俘这等十年难得一见的大事，顾客稀少，就连许多卖家也都丢下摊子赶去御街看热闹。

张咏、向敏中顺顺当当进来寺内，直奔正殿弥勒殿后的资圣阁。这里是售卖书籍、图画、玩好的集中地，还有各路罢任官员带来的土产香药之类，是京城士大夫最喜欢光顾的地方。货摊中还零星夹杂着一些打着"神课""看命""决疑"招牌的术士。

忽有一名年轻的麻衣道士招手叫道："二位官人请留步！"

张咏见他卦摊上写着"专卖赌钱不输方，一贯足价"，不由地笑道："尊师是打算卖方子给我们吗？我二人均不赌钱。"道士摇头道："不是，贫道想给二位看命。"

张咏道："我们可不信算命之说。"麻衣道士道："命者，天命也，命可不是算出来的，但贫道却能看出来。二位都是大富大贵之相，尤其你……"一指向敏中，道："官人不仅自己将来位极人臣，后代更是要决定大宋的命运。”[1]

向敏中闻言微微一笑，道：“在下尚未考取功名，只是一介白丁，何来位极人臣一说？尊师，我奉劝你一句话，本朝最忌民间妄议天命之类，你还是只卖赌钱不输的方子好。”不愿意再多费唇舌，拉了张咏走开。

张咏低声道：“向兄没有认出来吗？”向敏中道：“什么？”张咏道：“这道士咱们见过的，就在你我二人初遇樊楼的当晚。”

向敏中这才记起麻衣道士就是王全斌死去当晚在樊楼照过一面的道士马韶，当时他正与开封府推官姚恕、押衙程德玄在一起饮酒，却不知道他如何又来了相国寺摆摊卖方子。正纳罕时，忽又见到一个熟人，竟然是京师第一名妓蔡奴来逛书摊了，忙叫道：“张兄，你看……”

张咏却已经直奔蔡奴面前的书摊而去，将她正拿起来的一本董仲舒[2]的《春秋繁露》劈手夺过来，翻阅了几下，道：“呀，这可是世间最全的本子了。”

他嗜好读书，四处游历，只为借阅私人藏书，但之前所读过的《春秋繁露》均缺失了两页，即便凭皇帝所赐铜符到馆阁借阅的藏本也是如此。眼前这本书不仅完好如初，且不缺那两页，当真令他欣喜若狂、如获至宝了。

蔡奴认出了张咏，道：“原来是张郎。”她一旁的中年文士却甚是不满，道：“这位郎君，这本《春秋繁露》是我先发现的，你想要强取，可是说不过去。”蔡奴忙介绍道：“这位是袁庆袁供奉，在翰林图画院供职。”

张咏这才会意蔡奴是陪袁庆来买书，那本书确实是她先拿到手上，心中纵然万般不舍，还是不得不还了回去。袁庆翻阅了几下，这才展露笑容，道：“确实是完本，比我家原先收藏的那本《春秋繁露》多了两

[1] 向敏中曾孙女向氏为宋神宗赵顼皇后，不听重臣劝阻，坚持立性格轻佻的赵佶（宋徽宗）为帝，对北宋政局产生重大影响，直接导致了北宋的灭亡。

[2] 董仲舒：西汉儒学名臣，汉景帝时任博士，讲授《公羊春秋》。他将儒家的伦理思想概括为“三纲五常”，汉武帝采纳其建议，将儒学定为官方哲学。其教育思想和“大一统”“天人感应”理论，为后世统治者提供了理论基础。其著作汇集于《春秋繁露》一书。

页。卖书的，这本我买了，多少钱？”

那卖书人并不识货，见到张、袁二人争书，料来是珍本，忙举起双手道：“十贯钱，一文不能少。”平常一本书最贵不过几文钱，他开价一万钱，自认已经是了不得的天价，不料袁庆当即应道：“好。”从怀中摸出银子来付账，抱了那本《春秋繁露》，携着蔡奴，喜滋滋地去了。

张咏不免深以为憾，珠玉既失，再看其他书也不过是泥土，恨恨回来马韶卦摊前，道：“若不是你缠住我二人说话，那本《春秋繁露》该被我买到了。”

马韶道：“官人爱书如命，可拥有也要看缘分。”张咏道：“你如何知道我跟它没有缘分？”马韶道：“官人身上可带有十贯钱？”张咏道：“这个……好像还真没有。”马韶道：“这就是了。”

向敏中道：“可若不是出现张兄与袁供奉争书的局面，那卖书人未必会开十贯钱的高价。你又如何说？”马韶呆得一呆，随即笑道：“久闻向郎机敏，当真是闻名不如见面，贫道今日还是不要摆这卦摊了。”当真起身收拾了摊子，预备离开。

张咏道：“你站住！我要买你那赌钱不输方。”马韶道：“官人又不赌钱，如何要买方子？”张咏道：“我就是好奇，这世间哪里有赌钱不输的？”马韶道：“好，一贯钱。”

张咏便掏了碎银子出来，掂量大概一两重。马韶一手接过银子，一手递过来一个锦囊。张咏取出一张纸条，打开一看，只见上面写着：“但只抽头。”意思是说，开个赌场，自己不参赌，只是抽点头，这可就绝对输不了。

张咏先是愕然，随即哈哈大笑道：“不错，这确实是世间唯一赌钱不输的法子。”

既无心思再逛书摊，张咏便拉了向敏中来樊楼饮酒。唐晓英依旧在樊楼当焌糟，见二人到来，忙道：“高琼刚才也来了这里。”引了二人来到中楼散座，跟高琼一桌坐下。

张咏道：“今日是献俘的大日子，晋王跟随官家在宣德门受俘，高兄如何不跟在晋王身边？”高琼摇摇头，道：“我今日不当值。”

张咏见他郁郁寡欢，不好多问，只叫过唐晓英问道：“雪梅娘子可有回来过？”他知道后来晋王不再提起要娶李雪梅为妾之事，也未对其父李稍报复，总以为她会自己回来，但始终不闻其音讯。

唐晓英道：“没有见过雪梅娘子。不过李稍员外好像也不怎么着急，并没有派人四下寻访。”

张咏心道：“那么他一定是知道爱女下落了。看来雪梅早与父亲联络过，可她为何不联络我？她不知道我一直在找她吗？唉，她一定是生我的气了，再也不想见到我，这都怪我自己。”正自怨自艾时，忽有一名小厮过来叫高琼道：“李员外有点小事，想请官人上楼一叙。”

高琼沉默了一会儿，似乎并不情愿，但最终还是点点头，抓起佩刀，跟随小厮上了楼梯。进来二楼一间阁子，早有一名老者等在里面，却不是樊楼主人李稍，而是个陌生人。

小厮道：“这位是我们樊楼管账的李群李老公。”高琼点点头，问道：“老公找高某有何事？”

李群挥手命小厮退出，掩好阁门，笑道：“高郎好健忘，你不认得我的人，难道还听不出我的声音吗？”高琼道：“你是高强？”李群道：“高强是老夫另一个名字。”

原来这李群正是昔日将高琼从浚仪县狱劫走的首领人物，也是高琼的同族。

高琼点点头，道：“老公有何指教？”李群道：“你似乎对我有两个身份并不吃惊。”高琼道：“这有什么好吃惊的？你如果不是长期潜伏在中原，如何能办到挖掘地道劫狱这样的大事？你我虽然同族，但眼下你是辽人，我是宋人，我们是大敌，你可知道，我该把你拿下，押去官府。”

李群道：“那你怎么还不动手？”高琼哼了一声，伸手去拔佩刀，刀出鞘一半，手又停了下来，最终还是还刀回鞘，冷冷道：“有话快说。”

李群道：“那好，我也不拐弯抹角，我们李员外的女儿李雪梅失踪已经很久，有人怀疑她是被晋王捉了，你可知道她下落？”高琼反问道：“晋王确实曾向李员外提亲，李雪梅人在自然是晋王的人，人跑了那也是件丢面子的事，晋王不会张扬。为何你们认为是晋王捉她？倒是你，明明是辽人，潜伏在中原有自己的任务，为何如此关心李员外的女儿，不惜暴露身份，难道李员外父女也是契丹人吗？”

李群道：“不错，李员外本名耶律稍，是我大辽倍太子留在中原的亲生子，他的母亲，就是倍太子爱妃高氏，也就是你的祖姑姑。论起来，李雪梅……应该叫耶律雪梅是你的至亲表妹。”

高琼本想故意装出大吃一惊的样子，但他不善做伪，只勉强皱了一下眉头。

倒是李群惊住了，嚷道：“啊，你早就知道了。”拍了拍手，闯进来几名小厮打扮的人，各执弓弩，将箭头对准高琼。一人伸手取走了他的佩刀，将他按到地上坐下。

李群喝问道：“说，你是怎么知道的？不然一箭射死你。”高琼道：“你不敢杀我。有人亲眼看见我上楼来了。”李群道：“那好，我这就派人将张咏和向敏中也诱到楼上来一并杀掉，还有你一直关怀不已的烺糟唐晓英，你该知道我预备如何对付她。”高琼最怕的就是这件事，忙道：“等一下……”一时感叹万千，不由得深深叹了口气。

高琼虽然不知道樊楼管账的李群就是高强，但确实早就清楚了李稍父女的身份。当日他在囚室见到女使箫箫时已经万分惊异，出来时又遇见了侍卫打扮的阿图押着赤身裸体的李雪梅进来地牢，更是骇异万分。愣得一愣，上前扯住阿图就打，却被众侍卫强行分开，纷纷劝道：“他是大王新收的心腹，极得大王信任，打不得。”

高琼不明所以，急忙赶来北园参见晋王，结结巴巴地问道：“大王，你怎么会收了阿图做侍卫？还有李雪梅……大王你……你怎么能……”

他早知晋王想娶李雪梅为妾，她却断然离家出走，令晋王大失颜面。满以为是晋王发怒，派人追捕她回京，关在地牢中，不但肆意凌辱，还将她黥面，彻底毁其容貌。

赵光义挥手命旁人退出，道：“原来你已经看见他们啦。你对本王很失望吗？”高琼心乱如麻，不知道该怎么回答。

赵光义一字一句地道："那么本王告诉你，李雪梅本姓耶律，她是契丹人，是潜伏在中原的奸细。而且本王还要告诉你，她的祖母是倍太子妃高氏，也就是你的祖姑姑。你现在该明白为何这一段时间本王不让你到北园了吧。"

高琼呆若木鸡，许久才喃喃问道："这些，大王是如何知道的？"赵光义走到门前，大声命道："阿图进来。"

阿图早候在门外，闻声进来，站在高琼身边，道："参见大王。"赵光义道："嗯。阿图，你这就将你为何投靠本王以及李稍父女的来历一一讲给高琼听。"阿图道："遵命。"

原来开封第一首富李稍其实是契丹人，当日前辽国太子耶律倍带着爱妃高美人投奔中原，高氏曾在洛阳生下一对孪生兄弟，后来耶律倍夫妇为后唐末帝李从珂所杀，两个婴孩则被僧人所救。契丹灭后唐后，长兄被带回辽国，就是现在的辽国晋王耶律道隐，弟弟耶律稍则被刻意留在了中原。他有辽国做后援，长到十几岁时，便成为开封巨富李策的义子，不久李策暴死，他便顺利接管了李家全部产业，数年后买下樊楼，更是成为东京首富，又用金钱美女大肆结交权贵，势力深入大宋朝廷。阿图自小在李稍身边长大，因办事伶俐，成为其心腹。博浪沙事件后，被捕获的高琼被指认出自渔阳高氏，他自己也招供是契丹派来的刺客。契丹人均感事情诡异，有心弄清真相，尤其需要奇计从林绛身上获取传国玉玺的下落，便决意救出高琼。当日挖地道到浚仪县狱一事，其实全部是由阿图暗中主持。李雪梅曾到县狱，名为探望张咏，真正目的则是要摸清囚室的准确位置。事发当日，阿图带着棺材来到浚仪县廨接遇难兄长的尸首，先在敛尸房放了几把火，声东击西。他根本不知道尸首中两人是南唐郑王李从善的随从，也不清楚此举既破坏了晋王的嫁祸之计，也无意中救了南唐一把，以致后来晋王又不得不派人假意刺杀叛逃南唐的樊知古，以求再次将调查视线引向南唐。

高琼听阿图说早已经掘通地道，问道："那你为何又要让唐晓英用毒酒来害我？"阿图道："那不是毒酒，只是能令你假死三天的药酒。你跟张咏关在同一间囚室里，我们总怕会出意外，所以又想了先令你假死的法子，等你尸首运出大狱，事情就好办多了。我们本来已经买通狱卒，有了人选，利用唐晓英，不过是我临时想到的，只是万万没有料到她竟然认得你。虽然唐晓英将事情搞砸，但这一招也不错，你们只知道我要毒死你为兄长报仇，丝毫不会怀疑地道之事跟我有关了。正好当日张咏获释出狱，我们便照旧执行计划，顺利将你劫出大狱。”

高琼道：“可你们是如何躲过禁军的搜捕，将我运走的呢？”阿图道：“你忘了我带了三具棺材到县廨吗？棺材那么大，装一个死人外加你一个活人绰绰有余了。可恨张咏他们几个很快根据唐晓英留在长生库银两的线索追查到我，我不得不以卖她为筹码，逃进了鬼樊楼。不过那地方当真是个鬼地方，不是人待的，居然还称什么无忧洞。我因为酒后失手杀人，犯了戒条，他们要处死我，幸好我将之前的假死药悄悄留了一份，见事情不妙，立即饮药后装死。昏迷时，听到有人议论是李稍买通鬼樊楼的人要杀我灭口，这才明白究竟。那些人以为我死了，将我抬去扔进一条臭水沟里。三天后我醒过来，沿着水沟狂奔乱逃，竟被我闯出一条路来，那出口竟是福田院的菜园子。”

福田院是朝廷所设的慈善福利机构，分东、西两院，专门收养鳏寡孤独之人，就设在开封东城外汴河边上。不过总共收养不过二十余人，实在寥寥。

高琼道：“什么？鬼樊楼出口在福田院？”赵光义道：“本王早已经照会过排岸司的田侍禁，他带人去福田院搜索时，没有发现地道，但发现菜园子一处地有新土填过的痕迹，大约那些人已经将地道封了。开封沟渠纵横，一时没能寻到阿图所说的臭水沟。”

高琼道：“要找到鬼樊楼位置应该不难，阿图当初是如何与头领联络上的呢？”阿图摇头道：“不是我找他，是他来找我。据说一旦被开封府通缉，自会有人找上门来。”

高琼虽不相信，但料来再问他也不会说实话。赵光义摆手道：“鬼樊楼一案已经移交给排岸司处理，阿图眼下还是被开封府通缉的要犯，露不得形容，这件事不必再管，也不可声张。”高琼只得应道：“遵命。”

阿图续道：“我逃出鬼樊楼后听说大宋与辽国议和已成，不明究竟，想到我之前为李稍出生入死多次，他竟然要杀我灭口，最终决意投奔晋王，揭露这伙契丹人的真面目。”

阿图当然不能说出他赶来投奔晋王的真正目的，但他所揭出李稍的身份却是足以震撼朝野的大秘密。起初赵光义听他说李稍是耶律倍之子，浑然不能相信，还亲自赶去翰林图画院看那幅耶律倍的自画像《东丹王出行图》[1]——画中的耶律倍骑在马上，手把缰绳，面带忧郁，若有所思，形貌跟李稍确实很有几分相似。联想到李稍诸多作为，这才相信阿图之言。此时，大宋与辽国和谈已成，赵光义不欲在此关头揭穿这一秘密，便秘密将阿图收在府中。

高琼这才想到女使箫箫很可能也是契丹人，忙问道："花蕊夫人勾结党项人交换杀人之事，是李稍告诉大王的吗？"赵光义很是惊异，问道："你如何能猜到？"

高琼当即说了女使箫箫失踪之事。想来李稍派箫箫到汴阳坊，就是要监视张咏等人，可以随时了解到案情的进展。至于宋行也确实是箫箫所杀，她听到张咏等人议论说是宋行率人刺杀辽使韩德让，决意杀他报仇。因为她一直以来沉默寡言，总是低头做事，一副怯生生的样子，竟然瞒过了向敏中、张咏这等精明之人，令刘念被误抓，至今还关在开封府狱中。

赵光义道："不错，关于以前那几件案子的消息，都是李稍自己来告诉本王的。我也知道他在张咏那些人身边派了人，起初以为他这么做不过是想要巴结本王，直到阿图告知他是契丹人，才知道他用心极其险恶。"

一时间，既恼恨又怅惘，心情极为复杂。李稍虽说动机不良，可终究还是告诉了他许多有用的消息，不然他难以以保护皇帝的名义正大光明地除掉花蕊夫人。他当初真的很赏识李稍，有心抬举他，甚至表示要娶他女儿李雪梅，虽然暂时只是侍妾身份，可将来他登上大宝，那么便

[1] 耶律倍为辽人中博学多才者，通阴阳，知音律，工辽、汉文章，善画契丹人物，因其长期居住中原，画风对后世影响很大。《东丹王出行图》为其人物画精品，画中东丹王即为耶律倍本人。此画现收藏于美国波士顿美术馆。

可以封为贵妃。李稍也满口答应下来，若不是那李雪梅自己不愿意，偷偷跑掉，婚事就此耽误下来，后果真是不堪设想。他既从阿图口中知道了李雪梅是契丹公主的身份，当然也不会再公然娶她为侍妾，只不过回忆起她绝世容颜，不免有所遗憾。阿图猜出他心意，忙献计道："李雪梅虽是当今辽国皇帝的堂妹，是货真价实的契丹公主，却潜伏在中原，身份不能张扬。旁人只以为她是个普通民女，不过家里有几个钱罢了，大王想得到她还不容易？她若是走在大街上失踪，人们也不过是认为她跟那些平民女子一样，被绑架卖去了鬼樊楼。"

得到赵光义默许后，阿图便暗中带人去追捕李雪梅。他打听到李雪梅早离家出走后，便料到她顾虑晋王报复她父亲，不会走远，多半还在东京附近徘徊，她又经常随父北上，便往北面一县一镇地慢慢搜索，不但在小牛市集发现了李雪梅，而且还有汴阳坊失踪的女使箫箫。

原来李雪梅为张咏拒绝后愤然离京，一直在京师附近徘徊。李稍知道女儿私下逃走是不愿意嫁给晋王，多半回了辽国，她身怀武艺，又经常随他走南闯北，应该不会出事。等到女使箫箫奔来告知宋行命案即将暴露时，李稍便命她逃回辽国，一路寻访女儿李雪梅下落。箫箫当真在小牛市集遇到李雪梅，二女便预备结伴同行，一道回去辽国。只是李雪梅心中有事，迟迟不肯动身，竟被追来的阿图发现踪迹。二女不知道阿图已投靠晋王，毫无防备，被他暗下迷药后捕获，偷偷运回京师晋王府。

赵光义见阿图办事迅敏有效，神不知鬼不觉，极合己意，比安习等人强上百倍，大喜过望。阿图知道李雪梅性情刚烈，特意用镣铐锁了手脚，才送来赵光义房中。不料赵光义刚将她口中木丸取出，她便破口大骂不止，竟有许多市井骂语，污秽之极。赵光义被骂得火起，拔刀要杀她。阿图慌忙进来拦住，先重新用木丸堵住李雪梅的口，令她无法再骂，这才从容禀告道："这女人如此骄傲，无非是仗着美貌和身份，小的有法子调教她，包教她最后匍匐在大王脚下，苦苦哀求大王饶她。"

赵光义怒气稍平，问道："你有什么法子？"阿图道："她自恃美貌，大王便召文笔匠来，在她脸上刺上大字，如同那些赤老一般，破了她的相。她自恃公主身份，不肯顺从大王，大王可将她赏赐给下等侍卫，让她被千人跨万人骑。看她再如何骄傲。”

赵光义扭头望去，见李雪梅脸上露出了恐惧的表情，心中登时大悦，道：“很好，这件事就交给你去办。”阿图又将李雪梅牵到赵光义面前，强迫她跪下，讨好地道：“大王，这女人一向眼高，寻常男子都不放在眼里，至今还是个处女，这就请大王先破了她的身，小的再慢慢炮制她，包管她生不如死。”

赵光义听说，极是欣慰，当即抱李雪梅上床，强行占有了她。李雪梅手脚被锁，依然拼命挣扎反抗，终令赵光义觉得无趣。大凡世间物事都是得不到手才觉得稀奇，一旦到手，总发现也不过如此。当即将这冰山美人交给阿图，命他尽情惩治。虽然李雪梅令他很不满意，但经此一事，赵光义觉得阿图胆识过人，视其为心腹。阿图便将李雪梅和箫箫带来地牢囚禁。他深知李雪梅见过晋王的面，决计不可能再活着走出这里，所以命人先割了二女舌头，再唤来文笔匠将李雪梅黥面破相，自己玩够后才交给侍卫们任意凌辱，只等玩厌了再杀二人灭口。

这些实情经过赵光义自然不会令高琼知道，只肃色道：“李雪梅和箫箫均是在边关捕获，她二人身上带有写给辽国南院大王的信件，事涉传国玉玺，你当本王是为一己之私才捕她二人到晋王府吗？”

高琼听说，这才无话可说，忙跪下为无礼冒犯请罪。赵光义亲手扶起他，道：“李雪梅生父是耶律倍妃子高氏在中原所生，论起来，她还是你的表妹。你可想救她？”高琼道：“她是敌国公主，我是大宋子民，岂敢为一己之私背叛大王？”

赵光义道：“如此便好。只是你时常去樊楼饮酒，见到李稍那些人切不可露出形迹。”高琼道：“属下再不去樊楼饮酒便是。”赵光义道：“那也不行，你时常去那里，突然不去，不是让他们起疑吗？总之，你可不要忘记今日你说的话，若敢泄露半点风声，便有通敌叛国之嫌，休怪本王翻脸无情。”高琼道：“是，属下绝不敢背叛朝廷。”

当日之言犹在耳边，眼前却有人拿唐晓英的生死来逼问他说出李雪梅下落，高琼不由得十分为难。

李群道："怎么，你不顾念自己性命，却连朋友和所爱女人的性命也不顾吗？"高琼道："你主动告诉我李雪梅父女的真实身份，无非是用血缘亲情来打动我，可你看你们之前不择手段地利用我，以及我眼下的处境，你有想过我是你们的亲人吗？你们如此待我，又怎能指望我顾念亲属之情，背叛大宋？"

只听见有人鼓掌道："不错，己所不欲，勿施于人，我们在中原多年，该明白这个道理。"

却见墙上不知如何开了一扇小门，李稍从隔壁阁子走过来，挥手命道："你们退下！"几名小厮当即收起弓弩，躬身退了出去。

李稍叫道："高琼，你既已知道我的身份，如何还不过来参见？"高琼只得起身道："高琼参见姑父。"李稍道："嗯，你我已是生死对头，各为其主，也不必多言。我今日以姑父的身份，只问你一句话，雪梅她……还活着吗？"

高琼道："我不知道。"他是真的不知道李雪梅是否还活着，自他在地牢见过她一面后，就再也没有见过她，如今已经一年多过去，兴许她早已经被阿图折磨至死。顿了顿，又道："姑父放心，高琼自当全力追查雪梅表妹的下落，若她还活着，一定倾心相救。"李稍道："那好，你去吧。"高琼大感意外，也不及思虑更多，只得蹒跚走下楼来。

张咏、向敏中二人还在原处饮酒。张咏满脸通红，已露醺醉之态，喃喃叫道："雪梅……雪梅……"高琼忙过去夺下酒杯，道："你已经醉了，不能再喝了。"向敏中道："不用管他，他心情不好，我一会儿自会送他回去。"

高琼便掏出酒钱扔在桌上，道："我眼下有点急事，稍后去兴国坊寻二位。"

匆忙回来晋王府，赶来地牢，却被侍卫挺身拦住，道："大王颁下严命，不准官人再进地牢一步，如有抗命，格杀勿论。请官人不要令小的们为难。"高琼一惊，道："大王是何时下的命？"侍卫道："老早了，应该是那两名女子被关进来的时候吧。"

高琼忙问道："那两名断舌女子还被关在里面吗？"侍卫笑道："在

呢，若是没有她们在，就不会有这么多侍卫爱往地牢里来当值了。”

高琼只得转身出来，忽听见阿图在背后叫道：“高兄留步！”高琼顿住脚步，不悦地道：“我可不敢妄称你阿图官人的兄长。”阿图笑道：“你我均是晋王亲信下属，何必见外呢。”

高琼哼了一声，道：“你叫我有事吗？”阿图嘿嘿一笑，道：“你想救李雪梅是不是？”高琼道：“胡说八道，我如果想救她，用得着等到今日吗？”阿图道：“为什么等到今日我可不知道，但我知道你想救她。你放心，我不但不会告诉晋王，而且还要帮你。”高琼道：“我最好离你远远的。”

阿图道：“别着急走。你该知道，大王早料到你有一天会顾念亲情，所以下令不准你进地牢，眼下你根本没有能力救你表妹，只有我才能救她。”高琼道：“狗屁，你救她？明明是你害她成这样。”阿图道：“我做事跟你不一样，我有我的目的，害她、救她都是如此，日后你自会知道。”

高琼冷笑道：“你不怕我告诉大王吗？”阿图道：“不怕，你将来不但会求我助你救李雪梅，而且我手上还握有你一个大把柄，我知道你跟那小女孩刘娥的失踪很有干系。”高琼吃了一惊，道：“小娥是掉进大池中淹死了，这是三公子亲眼所见，你可别胡说。”

原来当晚晋王告知李雪梅真实身份后，高琼悻悻出来别院，在后苑正撞见晋王第三子赵德昌站在池边哭泣，称是跟刘娥玩捉迷藏，她却因为天黑掉进了水里。高琼大惊，正待下水相救，却意外看见刘娥拿着一块石头、躲在一旁窃笑，心念一动，立即招手叫过后门一带的侍卫下水打捞刘娥，他自己则趁乱抱了刘娥溜出门去。他与庞丽华相熟，刘娥亦跟他亲近，也不叫喊，只笑嘻嘻地道：“叔叔，别让德昌找到我们。”高琼曾答应唐晓英要救刘娥出晋王府，将她送回蜀中老家，他谋划多日，始终没有机会，想不到今晚意外得手，当即按照早已安排好的计划将刘娥送去一户人家，请那对中年夫妇明日一早即动身往蜀中。刘娥听说可以见到外公、外婆以及妈妈，更是欣慰异常。安排妥当，高琼便溜回晋王府。赵光义听说刘娥落水，早暴跳如雷，甚至还重重打了亲生儿子赵德昌一耳光。大批侍卫跃进水中救人，但那水池与金水河相通，折腾了一夜，也没有发现刘娥的尸首。次日一早赵匡胤又派人召赵光义进宫，才算作罢。高琼自以为这件事做得神不知鬼不觉，却不知阿图如何看出了破绽。

阿图笑道："那话是对别人说的，我可是知道你跟庞丽华母女关系不浅。"高琼道："无凭无据，少血口喷人。"阿图道："晋王要杀你，只需怀疑你就够了，还要什么凭据！我如果现在就去告诉大王是你拐走了刘娥，你自信他不会怀疑你吗？"

高琼自是深知晋王为人，城府极深，最容不得旁人背叛，若阿图去轻轻提上这么一句，不但他立即性命不保，就连唐晓英以及所有与他有关的人都要牵连进来。只得忍气吞声，问道："你想要怎样？"阿图道："我想要怎样到时自然会告诉你，只要你办到，我就立即帮你救出你表妹，而且保她平安回去辽国，决不食言。"

高琼正待答话，忽有侍卫奔过来叫道："大王回府了，快去前面侍奉。"

高琼心道："今日献俘，大王不该在宫中参加庆宴吗？"忙舍了阿图，赶来府厅。

几名侍女正在为赵光义换上孝服。高琼不由得吃了一惊，上前问道："出了什么事？"赵光义道："符相公病殁了。你先赶去叫上你那位朋友潘阆，让他到符相公府上将那只海东青取来给本王。"

高琼感觉晋王有落井下石、强取豪夺的嫌疑，虽不情愿，却不得不遵命来到兴国坊。恰好向敏中正扶着酒醉的张咏回来，听说符彦卿病殁，忙道："潘阆还没有回来，此事蹊跷得紧。"便与高琼一道来到符府。

皇帝赵匡胤已经先到了，正在抚慰符彦卿次女符氏。这在旁人看来未免很是异样——当初符氏是后周太后，儿子柴宗训是后周皇帝，因符太后最爱的六妹是赵光义的妻子，所以对赵氏格外信任，付以禁军兵权。然而赵匡胤却有负重望，发动陈桥兵变，从孤儿寡母手中夺取了天下。又将符太后、柴宗训母子流放房州，三年前更是指使房州知州辛文悦

"病死"了年仅二十岁的柴宗训。符太后二十多岁丧夫丧江山，三十多岁丧子，尝尽天上坠入人间的悲凉，全拜赵匡胤所赐。却不知当她被杀子仇人握住双手、好言安慰时，心中又是何等感受。

向敏中一眼看见潘阆躲在人群后，忙过去招呼，低声问道："出了什么事？"潘阆面色苍白，只摇摇头，道："咱们走吧。"

高琼追过来道："你还不能走，你和寇准送给符相公的那只海东青呢？晋王想要。"潘阆奇怪地看了他一眼，冷冷道："海东青已经归官家了。晋王那么有本事，自己去找官家索要。"

出来符府，向敏中道："你一早被人叫走后，符相公就来了兴国坊，似是来找你，听说你是被他派人叫走，脸色大变，扭头就走。这到底是怎么回事？"潘阆道："没什么，真正叫我来符府的人是符太后，她有怪病，想让我看看。只是她身份特殊，自儿子死在房州后她被恩赦搬回京师，居住在符府，符相公担心朝廷猜忌，不准她同外人来往，所以她便以符相公的名义召我去看病。"

向敏中道："可是符相公早上还好好的，怎么会突然就……"潘阆道："世事难测，我也料不到会如此。其实符相公人很好，他对我有大恩，只是……只是……"神色凄凉，再也说不下去。

向敏中心念一动，心道："听寇准说那白爪海东青天下仅有两只，一只在辽国皇帝手中，这一只是潘阆亲去辽东，治好了女真头领的病，好不容易才弄到手，却转手给寇准当作生日贺礼送给了符彦卿，可见他花了许多心思。符彦卿曾长期驻守大名，潘阆又是大名府人，莫非他们原本有旧？"忙问道："你跟符相公是旧识吗？"潘阆黯然道："算是吧。"他不愿意多提，向敏中也不便再问。

自晋王妃符氏死后，符彦卿失去了与赵氏皇族的唯一纽带，在朝中的地位已经大不如从前。他的死并没有给东京人带来多少震动，相反人们眼光都集中在大街上多出来的那些绿袍官员[1]身上，甚至希冀能在那些人中见到前南唐国主李煜以及他那美丽的王后周嘉敏。

[1] 宋初因唐制，三品以上服紫，五品以上服朱，七品以上服绿，九品以上服青。南唐初定时，南唐降官均穿绿色官服，不论官品高下。

南唐平定，大宋得十九州、一百零八县、六十五万五千六十五户，不仅疆域大增，且均是富庶之地，举国欢庆。晋王赵光义率领文武群臣奏表，请皇帝赵匡胤加尊号“一统太平”。赵匡胤虽然欣喜，却不同意，道：“燕晋[1]未复，怎敢妄称一统太平？”于是赵光义请求改称“立极居尊”之号，赵匡胤才勉强同意。

南唐的灭亡也给周边邻国造成了极大的威慑，吴越王钱俶畏惧大宋军威，主动来到汴京朝见天子。

吴越由钱镠创立，国都在杭州[2]。钱镠当国君以后，常回故乡探望，但其父钱宽总是逃避不见。钱镠惊问缘故，钱宽道：“你虽当了君主，可四周强敌环伺，与人争利，终究会祸及我钱家，所以我不愿与你见面。”钱镠涕泣受教，之后一直小心谨慎，只求自保。他很少安睡，用小圆木做枕头，熟睡中头一动便落枕觉醒，称为“警枕”。又在寝室中置粉盘，想起事情即写在粉盘上。令侍女通夜等候，外面有人报告，立即唤醒他。钱镠死后，依次传位给钱元瓘、钱弘佐、钱俶。大宋攻打南唐时，命吴越出兵助攻，钱俶不敢不从。李煜特意写信给钱俶，劝说道：“今天没有我，明天岂能还有你？早晚你也是汴梁一布衣罢了。”钱俶畏惧宋朝，不但将李煜之信交给了宋朝，还助宋军攻打南唐的常州。

赵匡胤见钱俶远比李煜懂事，大喜之下，派皇长子兴元尹赵德昭出城迎接，赐第礼贤宅，又命晋王赵光义、京兆尹赵廷美与钱俶结为兄弟，准许他佩剑上殿，诏书不直呼其名，赏赐极厚。钱俶在汴京滞留两月后，赵匡胤又主动遣他回国，道：“南北风土各异，南方逐渐炎热，应该早早回国。”临行前，特赐一密封黄包，交代钱俶到家后再看。钱俶回到杭州打开包袱一看，里面并非金银珠宝，而是宋朝群臣请求扣留钱俶的奏折。钱俶既感激又恐惧，从此对大宋唯命是从，完全屈服在宋朝的统治之下。

自与辽国通好以来，对南唐用兵一直是本朝首要大事，其余一切均

[1]燕：指辽国人控制的燕云十六州。晋：指北汉控制的太原一带。
[2]杭州：今浙江杭州。

要推后。而今江南既定，吴越臣服，局势陡然松弛了下来。赵匡胤也终于有时间来安排皇次子赵德芳出阁，封为检校太保，亲自为他聘定河南府知府焦继勋的女儿为正妻。

皇帝又颁下诏书，他将巡游洛阳，群臣自晋王以下，一律随行。赵匡胤本人出生在洛阳的夹马营，一直很留恋洛阳风物，加上开封作为帝都无险可守，而洛阳却固若金汤，所以他常流露出迁都之意。此时皇帝忽然要西去洛阳，既被视为迁都之议已提上日程，也被认为是立储的强有力的信号——自五代以来，京畿府尹素来是储君的首要人选，皇弟赵光义任开封尹十六年，早被朝野视为未来的皇帝。然而一旦迁都洛阳，那么河南府知府焦继勋就摇身变为京畿最高长官，而这位焦继勋正是赵德芳的新岳父。

一些人事上的安排也愈发证明这种猜测并非空穴来风。以往皇帝赵匡胤离京，均由开封尹赵光义担任东京留守，而此次赵匡胤指名要赵光义同行，任命宰相沈义伦为东京留守兼大内都部署，三司使王仁赡兼知开封府。这样，汴京的所有权力都将被移交到沈义伦手中。

沈义伦字顺宜，开封人。他几乎与赵普同时投入赵匡胤幕府，一直负责掌管财政，是赵匡胤最为倚重的心腹。宋朝建立，在以“佐命功”升迁的赵匡胤霸府幕僚中，他名列第四。开宝二年二月，赵匡胤御驾亲征北汉，以皇弟赵光义为东京留守，沈义伦为大内都部署、判留司三司事，负责皇宫安全和处理朝廷日常财政事务。由此可见赵匡胤对他的信任程度。宰相赵普因与赵光义争权失败后被罢相，时任枢密副使的沈义伦同日升为宰相，成为赵匡胤霸府幕僚中继赵普之后第二个升任宰相的。

皇帝一行浩浩荡荡，三月初九自东京出发，五日后到达洛阳，当场加封河南知府焦继勋为右武卫上将军、彰德节度使，又提出要就此留居洛阳，实际上已是明确表达迁都之意。

不料群臣争相反对，铁骑左右厢都指挥使李怀忠谏道：“汴京得运河漕运之利，有通往江南之便，每年从江淮运来百万斛米供给京师数十万军队。而且东京根基已固，不能动摇。”赵匡胤道：“东京城中所需物资全仗水路由外地运送，万一汴京被围，后果难以想象。”坚决不肯听从。

晋王赵光义也极言迁都不便。赵匡胤坚持道："迁都洛阳，乃权宜之计，长久之计当定都长安。我将都城西迁，为据山河之险，裁汰冗兵，依周、汉故事，统治天下。"显然，皇帝迁都决心已下，群臣的谏阻都不能动摇。关键时候，赵光义上前磕头道："形胜固难凭，在德不在险。"

"在德不在险"一语出自《史记》，是战国时著名军事家吴起的重要观点。当时魏武侯携吴起一起乘船渡河。行至中流，魏武侯指着两岸的险峻山峰感叹道："如此坚固美好的山河，正是魏国得以巩固的根本啊。"吴起立即回答道："国家政权巩固与否，其根本在于施德政而不在于天险屏障。古代三苗王国左有洞庭、右有彭蠡，但因国王不修德义，被夏禹所灭；夏桀都城左有河济，右有泰华，南有伊阙，北有羊肠，可谓固若金汤，但由于他施行暴政，被商汤所取代；殷纣王所居的国都左有孟门，右有太行，北有常山，南有大河[1]，但因为他为政残暴，被周武王所杀。由此观之，地形有利难以成为国家的保障，要巩固政权，靠的是施行仁德，而不是依仗地形、关城，险要在德不在险。如果您不施德政，船上的所有人都会成为您的敌人。"魏武侯听了吴起的这番话，十分感慨。

赵光义这句话掷地有声，背后蕴含着极大的深意。赵匡胤听了默然不答，只挥手命群臣退下。

洛阳那边皇帝忙着拜谒陵墓[2]、合祭天地、讨论迁都，东京的流言蜚语也逐渐多了起来。但即使是皇帝将立皇次子赵德芳为太子的传闻，还是比不上樊楼人去楼空更吸引人眼珠。某一日，樊楼的主人李稍平地消失，同时不见的还有管账的李群等许多关键人物，以及大批现银等。另一半的主人孙赐，也就是晋王侍妾孙敏的父亲，事先完全不知情，又乏经营应变之才，登时导致樊楼陷入瘫痪。大批酒客的不满造成了轰动全城的效应，东京留守沈义伦不得不亲自调查此案。事情很快明了，有人匿名往开封府投书告发李稍是契丹奸细，京师士民这才恍然大悟。

[1] 洞庭：洞庭湖；彭蠡：鄱阳湖；河济：河指黄河，济指济水；伊阙：春秋时关塞，地势险要，在今河南洛阳南；羊肠：即羊肠坂，在山西境内；孟门：即孟门山，在太行山东；太行：即太行山；常山：即恒山，在山西境内；大河：即黄河。

[2] 赵匡胤生父葬在巩县（今河南），名安陵。

樊楼事件甚至惊动了远在洛阳的皇帝，促使赵匡胤提早踏上了返回开封的路程，迁都之议由此搁置下来。

最惊诧之人当属张咏，他听说李稍竟是当今辽国皇帝的亲叔叔后，惊讶得半天合不拢嘴，这才明白为何李雪梅之前提到要去望海楼，原来她就是望海楼主人耶律倍的孙女。而她失踪后不见李稍着急，想来这位契丹公主已经回去了辽国。心知二人从此天涯万里，再无相见之日，不免更加怅惘不已。

他长久地徜徉在汴河边上，以排遣胸中郁积。杏花吹尽，薄暮东风。河水微澜，望眼凄迷。时地依然，斯人已杳。搔首兴叹，壮年离拆。情怀又被这水纹轻易撩拨了起来。

这一日，赶来汴京参加符彦卿葬礼的寇准又因母丧须得赶回大名府，张咏送他离去后，便约了向敏中、潘阆一道来鸡儿巷拜访蔡奴。并非他对这位汴京第一名妓有什么非分之想，他念念不忘的无非是那本在大相国寺失之交臂的《春秋繁露》，总想借来阅读，可他与那翰林院供奉袁庆不过一面之交，且是因争书而起，不好贸然登门，便想到了请蔡奴出面借书的法子。

事情当真是再巧不过，袁庆正在蔡奴住处，坐在花架下，一边饮茶，一边听蔡奴抚琴。舒缓的旋律，动情的音符，徜徉得使人酥软。正逍遥之时，袁庆见到女使领人进来，随意一瞥，立时瞪大了眼睛。

张咏笑道："袁供奉何必如此惊讶？张某不过是……"忽然意识到袁庆望的不是自己，而是身边的潘阆，不觉一愣，问道："小潘认得袁供奉吗？"潘阆摇头道："不认得。"

袁庆站起身来，道："你……你不是几年前为了追求蔡家娘子，在樊楼付下在座所有酒客酒钱的沈偕？"潘阆道："什么？"袁庆道："我记得你！我当日也在樊楼，对你印象极深，后来还根据记忆画了一幅《沈君与蔡奴》。"

蔡奴惊道："这件事，怎么从未听官人说过？"袁庆道："不足提，不足道。沈君，你当日豪气盖天，可是镇住了所有人。"潘阆笑道："我姓潘，不姓沈，官人怕是认错人了。”

袁庆诧异道：“你不是沈君？蔡娘，你来看他是不是当年那位江南富豪沈偕？”蔡奴笑道：“潘郎是跟当年的沈君有几分相像。”袁庆摇头道：“不是像，简直就是同一个人。不信我回家取那幅画来给你们瞧。”蔡奴劝道：“官人何必较真，不过是两个长得像的人而已。”

张咏却道：“就该较真，我倒真想看看那位沈君跟小潘有多像。袁供奉，我陪你一道回去取画如何？”无非是要利用这个机会跟对方大套近乎，能进到袁家的藏书楼瞧上一瞧。袁庆很有几分呆子气，闻言忙道：“好。我家就在附近。”

蔡奴忙道：“何不一起去？奴家可以冒充是张郎的女伴，府上眷属也不会起疑。”潘阆道：“这样最好，我也迫不及待地想看看那幅画呢。”袁庆道：“好。”

五人便一道往袁宅而来。袁庆抱着一包自书铺淘的旧书，走得最慢。张咏见状忙道：“我来帮手。”不由分说，便去拉扯包袱。袁庆也是个爱书如命的人，明知道张咏是好意，但还是不放心自己的书在旁人手中，忙往回缩。那包袱本系得松垮，被两个大男人一夺，顿时散开，落出几本书来，夹杂着一包盐。

一旁有路人瞧见，立即飞奔赶去告知离得最近的巡铺卒。宋代盐跟茶一样，均是官方垄断经营物资，朝廷严禁贩卖私盐，凡捉住或告发贩盐一斤以上者都有重赏。

巡铺卒闻声而来，掂量那个盐大约有一斤来重，登时虎下脸，问道：“这包袱是谁的？”袁庆道：“包袱是我的，不过这盐不是我的。”

告状的路人道：“盐分明是从包袱中掉出来的。”袁庆道：“我是翰林院的袁供奉，怎么会贩卖私盐？”巡铺卒不屑地道：“晋王的手下还贩卖妇女呢，供奉官人贩卖私盐算什么。走吧，有话到开封府再说，官人别令小的为难。”又问了张咏、潘阆几人的名字、住处，这才不由分说地将袁庆连人带盐一并带走。

袁庆道：“我的书……”张咏道：“放心，书我先替供奉收好。”

向敏中摇了摇头，转身问道：“娘子为何要这么做？”蔡奴道：“什么？”向敏中道：“娘子为何要用盐嫁祸袁供奉？”蔡奴道：“奴家不明白向郎的意思。”

向敏中道：“袁供奉是爱书之人，买书后一本一本地对齐码好，再将包袱系上。”一边说着，一边示范，将张咏手中的包袱系上。又道，“你们发现蹊跷了吗？”张咏道：“没有。少卖关子，快说！”

向敏中道：“你们看，我习惯用右手，所以书页一面的结是向前的，书背一面是向后的。而刚才书掉出来的时候，我留意到包袱的书页向后，书背一面向前，正好相反。”

蔡奴道：“奴家还是不明白。”张咏道：“我明白了。袁庆适才一直右手抱书，他也是习惯用右手之人，他系的包袱的结的方向定然跟向兄一样。之所以有所不同，是因为有个习惯用左手的人偷偷打开过。蔡家娘子，你当日在樊楼到我们阁子来敬酒时，我就发现你是左撇子。”

蔡奴强笑道：“何以见得奴家是左撇子就一定是我？说不定是那个卖书的人系的包袱。”张咏道：“你不懂，袁供奉是爱书之人，是绝对不会多让旁人碰一下他的书的。而且，袁供奉的包袱原本放在房中，是你取出来交给他的。”又问道：“老向，你既早发现了破绽，为何适才不对巡铺卒说清楚？”向敏中道：“因为这件事跟潘阆有关。”

蔡奴忙道：“是奴家做的，你们别怪到潘郎头上。”潘阆叹了口气，道：“他是世间第一聪明人，瞒不过他的。蔡娘，你先回去。”目送蔡奴走远，才道：“咱们也走吧，回兴国坊再说。”

进来堂中坐下，潘阆沉默许久，才问道：“老向是怎么怀疑到我的？”向敏中道：“袁供奉是蔡奴的恩客，袁家又是极其有钱，奉承还来不及，她忽然用私盐嫁祸给他，令他被官府捕去，必有缘由。我猜多半跟他要带我们去看的《沈君与蔡奴》一画有关。潘阆，你不愿意我和张咏见到那张画，你就是画中的沈君，对吗？”

张咏大是惊奇，道：“呀，小潘竟然曾有千金买酒的豪阔经历！”蓦然想到什么，道：“可当初我们在樊楼，蔡奴进来敬酒，你如何又装作不认识她？还有蔡奴，为何也装作不认识小潘？”

当晚樊楼饮酒，蔡奴第一次进来十二号阁子时，称呼张咏、寇准、潘阆为“三位官人”。但她离开时，潘阆有话问她，她又叫他“郎君”，可见她知道潘阆不是官吏，她不认识张咏、寇准，却是认识潘阆，而佯作不识，肯定别有玄机。

向敏中道：“小潘，你我相交已久，我早发现你其实是个极精细的人，当日全亏你发现了南唐郑王随从身上的破绽。你能发现一些旁人观察不及的细微之处，樊楼命案当晚却偏偏将见到孟玄珏站在王全斌阁子前的事‘忘记’了，一直等到后来再说，这显然是刻意为之。我一直想不明白这一点。今日袁供奉这事暴露了你和蔡奴原本认识，一些蹊跷之事才能迎刃而解。当晚王全斌上吊后，你就是那个去搬动他尸首的人，对吗？”潘阆道：“不错，的确是我。”

原来潘阆几年前曾冒充江南富豪，到汴京一掷千金，将蔡奴一手捧为第一名妓。西楼命案当晚，他与张咏、寇准一道来到樊楼饮酒，在王全斌闹事时已经看见了站在阁门处的蔡奴，只佯作不识。蔡奴当时凝神观望楼廊中相斗，可也听到了背后有动静，她虽是女子，可历事极多，竟然强忍着没有回头。但回来发现桌案上有衣袖拂拭过的痕迹，地上也有些许粉尘，当即隐约猜到是有人往酒中投了毒。她也不说破，假称肚子疼，先赶来十二号阁子，预备找机会将经过告诉潘阆。潘阆假意追出去后，二人在楼廊密密交谈，潘阆听说有人要对王全斌不利，便让蔡奴假意到各阁子敬酒，以制造不在场的证明。他后来称方便出来时，便是要去六号阁子看王全斌的情形，结果正好看到王全斌正在往屋梁上甩绳打结，预备上吊。又听到隔壁四号阁子有人要出来，慌忙奔到楼梯口，不久见到孟玄珏站在六号阁子前愣住，他还特意叫过酒厮丁大，指明楼廊有人。等到孟玄珏回去自己的阁子，他便重新进来六号阁子，踩上脚凳，抱住王全斌尸首往上抬了一下，再将凳子上的脚印抹去，安然回到十二号阁子，假意告知众人他在厕所中听到有人悄声议论说皇二子赵德芳在三号阁子中，其实楼廊闹事时蔡奴认出了赵德芳，又悄悄告诉了他。

向敏中道：“除了蔡奴已觉察到呆子自窗子进来下毒这一点外，其余都可以推测到。只是我不明白，你为什么要这么做？你搬动尸首，无非是想造成他杀假象，可有嫌疑的李继迁、折御卿跟你都没有恩怨。”潘阆道：“我确实跟他们二人都没有恩怨，我本身的意图也并非要嫁祸给他二人，不过是有意令事情复杂，让官府头疼而已。”

张咏呆得一呆，问道：“你为什么要这么做？”潘阆摇摇头，道：“你们不会明白的。”

向敏中道：“你花重金捧红蔡奴，也是计划中的一步。第一名妓身价不菲，能接触到大批达官贵人，她便成为你在京师重要的眼线。还有那飞鹰海东青，也是你千辛万苦找来，作为接近符彦卿相公的进阶。你刻意安排这些，当然有重大图谋。”潘阆道：“蔡奴确实是我的精心安排，可海东青却是我诚心诚意为符相公寻的寿礼。不怕告诉你们知道，我本姓柴，论辈分，符相公可以称得上是我的祖父。”

向敏中虽早有心理准备，还是吃了一惊。张咏嚷道：“原来你……你就是陈桥兵变当日失踪的柴熙让，后周世宗的第五子。”潘阆也不置是否，只默然不语。

张咏道：“你做那些事，就是为了报仇吗？”潘阆道：“几年前我知道了自己的身世，确实有复仇之心，所以一手安排了蔡奴事件，让她利用美色来打探朝廷动向。我兄长柴宗训被害死房州后，我决意来到京师，为寻好鹰耽误了时日，正好赶上跟寇准一道。然而后来的事你们也知道，除了挪了一下王全斌的尸首，我并没有做什么真正的坏事。甚至在跟契丹人的几番争斗中，我还站在了大宋一方，毕竟赵氏也不算什么昏君。若我贸然害死了他，天下重新大乱，又有多少百姓要受苦。”张咏道：“你能这么想最好。”

潘阆道：“你们已经知道了我的身份，打算如何做？”张咏叹口气道：“还能怎么做？当然是什么也没有听见。”

向敏中道：“我还有一件事想问你，符彦卿相公之死跟你到底有没有关系？”潘阆道：“也可以说有关系。符相公知道我的身份，也曾带我见过符太后。当时符太后刚刚经受丧子之痛，病得很重，有些疯疯癫癫，完全认不出人来了，符相公这样做也只是想安慰她。但不知怎的，她见了我忽然盯着我不放，人也清醒了许多。符相公怕惹出祸事，便命我出去，从此不准我再进符府。当日符府来人召我，我还暗觉奇怪，去了才知道是符太后要见我，她人已经完全好了，居然直接叫出了我的名字。不久后，符相公赶进来，斥责符太后不该这么做，父女二人起了争执，符太后伸手一推，符相公脚下一滑，额头正好撞在香炉上……”

向敏中心道："原来是符太后失手弑父。”只是有些奇怪潘阆为何称亲生母亲为“符太后”，见他眼泪流出，极见悲伤，不便再多说什么，只问道："那你今后有什么打算？”潘阆道："不知道。不过既然你们已经知道我的真实身份，我当然是要先搬离这里，以免将来连累你们。”

忽有人在门外叫道："潘大夫在吗？小的是晋王府的，府上眷属得了急病，请潘郎去看看。”潘阆应了一声，提了药箱出去。向敏中和张咏相对无言，就此散去。

次日一早，开封府司寇参军[1]王嗣宗率人来拍门。这王嗣宗正是前汴阳坊正王仓之侄，去年参加乙亥科科考，为当届状元，只是他这个状元并非会试第一名，而是殿试状元，且得到的很有些不雅。

按照惯例，举子会试合格后，还要参加皇帝亲自在讲武殿[2]主持的殿试。殿试也不是以文章优劣论高下，而是考三题，以先交卷而又无大的差错者为状元。正好王嗣宗和赵昌言同时交卷，二人各不相让，谁当状元便成为了难题。赵匡胤便叫来二人，道："你们都说自己先交卷，都应该当状元，但状元只能有一个。看来你们的文才不相上下，但不知武艺谁优谁劣。这样吧，你们就在此打一架，哪个赢了，哪个就当状元。”

王嗣宗和赵昌言便当着皇帝的面大打出手。王嗣宗与赵昌言同是汾州人，知道对方是个秃子，在搏斗时总朝他脑袋打去，最终将其幞头打

[1] 司寇参军：专治刑狱的地方官员，置于宋初，人选基本都是新及第进士或明经等。

[2] 后改名为崇政殿。用“武”字命名宫殿的做法由来已久，汉代有“正武殿”“玄武殿”，唐玄宗即位初有“讲武殿”，表示崇尚武德、武功之意。而五代时武夫当道，以“武”命名宫殿更是司空见惯的常事。唯独到了宋朝，以武将起家的赵氏大力推行“崇文抑武”，最有代表性的便是将“讲武殿”改为“崇政殿”。

落，露出一颗光溜溜的秃子脑袋。赵昌言当众出丑，羞愤难言，最终败下阵来。王嗣宗由此轻松取得状元之位，但也在京师传为笑柄，尤其他参考前曾向知贡举王祐行卷一事被揭露后，更为士大夫所不耻。[1]

王嗣宗中状元后，本该外放为官，但机缘巧合下得以补授开封府司寇参军，可谓十分幸运了。他倒也知恩图报，走马上任时正逢判官姚恕被贬，遂以证据不足为由，将王祐之子王旦倾心相恋的前刑吏刘昌之女刘念从牢里取保释放了出来。传说姚恕得罪晋王失宠与前任宰相赵普有关，他被罢判官后奉命出京治理黄河，不久因治河不力被杀，尸体抛入黄河，落了个尸骨无存的下场。

张咏来开门时，见王嗣宗身后尽是全副武装的吏卒，还有手持弓弩的捕盗弓手，不由得一愣，问道："参军是来捕人吗？"王嗣宗道："不错。昨晚翰林院供奉袁庆家发生命案和失火案，袁供奉临死前向家人指认是潘阆所为。"张咏道："什么？袁供奉不是因为私盐被逮去开封府了吗？"

王嗣宗道："昨日袁供奉确实被逮来了开封府，后来知府王仁赡相公听说究竟，道：'袁供奉家资富饶，仅家中藏书楼的书画珍品便可抵百万钱，如何会贩卖一包私盐？'下令释放。谁料到袁供奉晚上回家后也不理睬家人，直奔藏书楼，正见到藏书楼火起，一名黑衣人从楼里出来，见到袁供奉，上前便是一刀。等家人赶来，黑衣男子已不知去向，只见到袁供奉倒在血泊中，以及瘫倒一旁起不来身的老仆人。袁供奉临死前不断叫着'潘郎'，今日一早袁家人到开封府报案，当值的官吏记得昨日巡铺卒押袁供奉来开封府领赏时，报上的证人名字中有张兄和潘阆的名字，我才由此寻来。"

张咏道："原来如此。不过潘阆昨日自从晋王府回来后就一直饮酒不

[1] 王嗣宗中状元经历为真实史实。他本人逸闻趣事颇多：如任度支判官时，因妻子病急，夜撬衙门取药，被罢官；召拜御史中丞后，经常在朝内高声诋毁他人，又被遣出京；任枢密副使时，与枢密使寇准不和，屡屡上疏辞职，成为京师笑谈；他曾讥斥宋白等老臣七十不致仕（退休），晚年染病后贪图厚禄，也拒不离职，为人轻视。寇准为宰相后，强命他以左屯卫上将军、检校太尉身份致仕。王嗣宗又上表请求面辞皇帝，得宋真宗赐钱百万。

停，直到喝得烂醉如泥，还是我扶他进房睡下，至今未醒，如何半夜潜出去放火杀人？”

王嗣宗道：“我自是信得过张兄的话，不过还是查验一下为好。”带人闯进房中，果见潘阆浑身酒气，正躺在床上呼呼大睡，上前推了一下也不醒。

王嗣宗道：“这可奇了。既是跟潘阆无关，袁供奉为何死前不断念他的名字？”

张咏忙问道：“袁家的藏书楼怎样了？”王嗣宗道：“书画之类最惧火苗，当然是烧了个精光，可惜！幸运的是，袁氏藏书楼单独建在一处，与房舍住处并不相连，才没有引发更大的灾难。张兄，这案子是我上任以来接手的第一件命案，务请你和向兄多帮忙。昨日巡铺卒报了你、向兄和潘阆的名字列作证人，那么袁供奉因携带私盐被逮时，你三人都在现场，这到底是怎么回事？”

张咏已经大致猜到了究竟，迟疑了一下，道：“我们三人是在名妓蔡奴那里遇到袁供奉，后来一道出来，预备去袁家看书赏画，半路他包袱里掉出了私盐，我们也很吃惊。至于潘阆，不瞒参军，我昨夜一直未睡，只在堂中翻书，我敢以个人名义担保潘阆昨夜没有出去放火杀人。参军何不去鸡儿巷问问那蔡奴？”

王嗣宗道：“蔡奴吗，昨晚王仁赡相公府上有宴会，特别邀请了她侍酒，我也在场，亲眼所见，怕是她现在人还在王相公府上未起身。”

张咏原以为是蔡奴连夜去袁氏藏书楼放火，意在毁掉那幅《沈君与蔡奴》，以保护潘阆，然而她既在王仁赡府上佐宴陪酒，以她的声名地位，当然是寸步难离，又怎能溜出去放火杀人？但这起先纵火后杀人的事件绝非偶然，一定跟潘阆有关，说不定是什么后周遗臣为了保护他而下的手。他跟袁庆只见过两面，并无交情，可一想到那本《春秋繁露》以及满楼未见的珍籍善本，不免十分心痛。

王嗣宗知道张咏爱书，多少猜到他心意，叹道：“我跟张兄一样，为那些书痛心不已。张兄，你虽能证明潘阆没有杀人，但有死者亲口指证他，他就是首要嫌疑人，我还是要带他回去，让当晚在场的老仆辨认。”

张咏道："是，参军尽管秉公办事即是。"

王嗣宗便命人扶了潘阆出来，正遇到一名黑衣带刀武士，傲然道："我是晋王府的侍卫，奉命来请潘大夫到府上治病。"

王嗣宗虽是状元及第，但声名不佳，也不如何讨皇帝欢喜，全亏晋王赵光义一句话才补了开封府的参军之位，一听对方是晋王府的人，忙道："是。不过潘大夫宿酒未醒，下官这就亲自送他随官人去晋王府。"

张咏瞧在眼中，不免暗暗摇头，出门来向家寻了向敏中，告知昨晚袁庆被杀一事。

向敏中沉吟道："你我均是知情者，此事潘阆难脱干系，只是一旦追查，他的身份就会暴露。"张咏道："潘阆确实是我们的朋友，然而袁庆总是无辜，我们不能让他白白死去。"

向敏中道："张兄预备如何做？"张咏道："我想等潘阆回来，好好与他谈一次，让他自己去开封府自首，说出真相来。"向敏中道："果真能如此，再好不过。我与张兄同去等他回来。"

二人遂回来兴国坊等待潘阆，但一直到晚上，仍不见他回来。倒是唐晓英背着个包袱中途来过一次，告知要离开京师，回去亳州蒙城家乡。

张咏知道樊楼不能开张，她无以谋生，忙道："英娘这么急吗？何不等高琼回来再说。听说官家、晋王一行已经离开洛阳，正在回开封的途中，再过两三日就该到了。"唐晓英摇摇头，道："我还是不要再见他的好。"

张咏知道高琼极为爱慕唐晓英，偏偏又是她的杀父杀母仇人，后来二人关系虽有所缓解，但终究她还是难解心结，也许离开反倒是一件好事。只得说了几句保重的话，又尽取囊中银两，交给唐晓英作盘缠，送出门去。

潘阆自宿醉中被王嗣宗扶走后，再也没有回来，张咏倒是反客为主，成了看家护院的主人。他知道潘阆与袁庆之死有关，很可能已经畏罪潜逃，也不敢到开封府报告失踪。

不几日，皇帝率领群臣回到京师，市井之间又热闹了许多。

高琼得知唐晓英已经回去家乡，只留了一套亲手缝制的衣衫给他，不免郁郁满怀。张咏劝道：“你曾犯了大错，无论怎么弥补，它终究还是发生过，你不能指望英娘就此忘记过去。世事伤情，人心芜杂，世间不如意之事十之八九，你二人终究有缘无分，还是看开些吧。”

高琼咬了咬嘴唇，举拳便朝面前的树干砸去。张咏一下子感觉到他此刻无可奈何的心情，不由自主地跟着凄凉起来，开始有些后悔刚才说了那样的话。

好半晌，高琼才道：“你说得对，我也该回去了。”张咏道：“正好我有件事要拜托你。”托他去打听潘阆下落。

高琼道：“我听侍卫向大王禀告，府里有人得了重病，确实请潘阆来过，至于他后来去了哪里，晋王府的人又怎会知道？”

张咏心念一动，暗道：“晋王府的要害人物都跟随晋王去了洛阳，是谁得了重病治愈后还要特意向晋王禀告？莫非是潘阆见了什么不该见的事，被晋王府的侍卫杀了灭口？”忙问道：“那得重病的人是谁？”高琼果然露出警惕之色来，呆了一呆，才道：“不过是府中家眷。”

张咏知道他没有说实话，逼问也无用处，只道：“高兄若知道潘阆下落，一定带他来见我。”

高琼听到阿图向晋王禀告林绛曾濒临垂死，不得已请了名医潘阆来晋王府救治，心道：“怕是他早被灭口，从人间消失了。”不好明说，只得答应下来。

张咏又问道：“你这次跟随晋王到洛阳，可知道迁都之议最终结果如何？”高琼摇头道：“我只负责晋王宿卫，政事一概不知。”顿了顿，又道：“不过官家已经命河南知府焦继勋整治洛阳宫室。”张咏叹道：“如此便可看出官家迁都的决心了。”

皇帝虽然没有明确宣布要迁都洛阳，但他回到开封后种种举止极为反常，先是下旨增加晋王和皇二子赵德芳食邑[1]，又以皇二弟赵廷美和皇

[1] 食邑：指封地。

长子赵德昭并加开府仪同三司。这一举措，被认为是赵匡胤在刻意提高赵廷美、赵德昭，尤其是皇二子赵德芳的地位。

六月，赵匡胤亲至晋王府，命所有侍从退出，只与晋王在室内密谈。门外侍卫的高琼忽听得官家高声呼喊，抢进去一看，晋王已经昏倒在地，全无知觉。御医赶到后，点燃艾草反复炙烤晋王身体，赵光义才苏醒过来，见兄长犹站立床前，只默默流泪。之后官家和晋王绝口不提此事，然而世上没有不透风的墙，当日经过情形还是慢慢传了出去。有人背地里议论说，晋王之所以忽然晕厥，是因为官家向他摊了牌，明确表示要迁都洛阳，且要立皇二子赵德芳为太子。

这次事件后，晋王长期卧病在床，官家则频繁出巡——先后到新龙兴寺、等觉院、东染院；又到控鹤营看骑士射箭；到开宝寺观经；再到西教场观看飞山军士发机石。

八月，赵匡胤亲自过问樊楼事件，诏命三司使王仁赡务必尽快解决。樊楼关门，不但群情汹汹，且极大地影响了朝廷税收，据说赵匡胤因为此事对辽国和北汉大起恨意。正好此时北汉派一万大军渡过黄河，进攻党项银州，党项首领李光睿急忙飞书向大宋求援，赵匡胤遂出师有名，命侍卫马军都指挥使党进为河东道行营马步军都部署，宣徽北院使潘美为都监、虎捷右厢都指挥使杨光美为都虞侯，分别率领五路大军北伐北汉。

九月，党进大败北汉兵，进抵北汉都城太原城下。北汉皇帝刘继元不得不派人向辽国求援，辽景宗耶律贤遂派南府宰相耶律沙、冀王塔尔率兵救援北汉。

宋军即将攻下太原的消息传到京师，赵匡胤心情大好，再次来到晋王府，与病榻上的赵光义密密交谈许久。

转眼到了十月，一夜狂风，天气骤然转冷，开封便提早进入了冬季，身子弱的人不顾臃肿，早早穿上了厚棉袄御寒，用以取暖的石炭则成了市井间最抢手的货品。

这一日，空中飘着淡淡的雪花，张咏正与向敏中二人在兴国坊中拥炉对饮，忽有神秘客人到访，竟是那曾在大相国寺卖赌钱不输方给张咏的麻衣道士马韶。

张咏大是愕然，问道："尊师突然到访，有何见教？"马韶肃色道："今日将有贵客临府，请张郎务必不要出门。"张咏曾见过他与晋王心腹程德玄一道饮酒，当即问道："贵客是晋王吗？"马韶道："天机不可泄露，到时张郎自然会知道。"

张咏愈发困惑，问道："尊师这是预言，还是代人来传话？"马韶道："天机者，上天之机密也，不可泄。张郎记住贫道的话，切记，切记。"拱了拱手，扬手而去。

张咏满腹狐疑，道："搞什么鬼？"向敏中双眉微拢，若有所思，半晌才道："左右无事，不妨等等看。"

然而二人一直等到夜幕降临，也不见再有客来。向敏中惦记老父，又怕里城城门关闭后回不去外城的家，遂先起身告辞。

张咏独自坐在堂中翻书，万籁俱寂时，忽听见拍门声，陡然一惊，赶来一看，竟是潘阆站在门前，身后还跟着个披着大斗篷的人。

张咏道："你……"潘阆也不多说，拉着斗篷人抢进门，嘱咐道："快闩好门进来。"

张咏见他行踪诡秘，往外探身一看——夜色沉沉，街道上积着厚厚的白雪，不见一个人影，暗淡凄寂，更不明所以，忙关好门，重新进来堂中，气急败坏地问道："小潘，你这几个月都去了哪里？我还以为你……"

潘阆将斗篷人推到他面前，道："你看这是谁？"那人全身裹在硕大的斗篷中，帽子遮住了面孔，根本认不出来。张咏问道："阁下是……"

那人便伸手取掉帽子，露出一张女子的脸，眼波流转，流露出几分熟悉的冷傲迷离来。只是她的额头刺了"免斩"两个大字，两株雪地里的红梅娇艳地盛开在她的脸颊上，极是诡异。

张咏"啊"了一声，愣了愣，才道："雪梅，你……你怎生变成了这副模样？"

李雪梅也不回答，嘴角一撇，漾起细细的纹线，露出一抹冷冷清冷的笑容来。那倩笑那么清、那么浅、那么淡，清到不可说，浅到不可想，淡到不可拟。不是什么欣悦，不是什么慰藉，意绪深婉，心灵潜流，只是那么莫测高深地一笑。

她真的衰老了很多，丧尽韶华，不再清丽，露出枯槁憔悴的老态来；又变了许多，灵慧明净的目光变得浑浊，饱含着哀伤怨恨。张咏丝毫不知道两年来她遭受着非人的侮辱和折磨，全靠惊人的意志才能存活下来，他只从她的表面感到了一种陌生的朦胧，一种异样的隐秘。他想说点什么，虚张了几下嘴唇，终究眩晕在她离合的神光之下。

二人久久对视，肃穆中的激荡，平静里的忧伤，尽在不语间。

一旁潘阆不免有些着急，道："雪梅娘子她被人割去了舌头，再也说不了话。"张咏闻言又是惊异，又是悲愤，问道："是谁害她成这样？"潘阆道："说了你也不信，是阿图。"张咏道："什么？"

潘阆道："这件事说来话长，也不是一时半会儿所能讲清楚。张兄，我知道你一直对雪梅娘子念念不忘，所以特意带她来见你一面。今晚她就要离开汴京回去辽国。你有什么话，快些说出来，免得遗憾终身。"

张咏只呆呆地望着李雪梅，只见她又拉上了帽子，罩在头上，大概不愿意他见到那张可惊可怖的脸，一时胸口情感翻滚，只道："我……我……"

忽然又有拍门声，潘阆登时骇然失色，见张咏还在死瞪着李雪梅发愣，一推他道："快去看看是谁，可别说我们在这里。"张咏回过神来，道："你放心，我决不会再让旁人伤害你。"提了长剑，赶来开门。

却是高琼一人站在雪地中，问道："他们人呢？"张咏道："你说的是谁？"高琼也不理睬，径自闯进堂来，叫道："是我，出来吧。"

潘阆扶着李雪梅慢慢从堂后转出来，问道："你不用在晋王府侍奉晋王吗？怎么又来了这里？"高琼自怀中掏出一块金牌递过来，道："这是晋王金牌，能够在中原畅行无阻，是我偷出来的。表妹，你带在身上，这就用它逃回辽国吧。"

李雪梅扬手打掉金牌，又重重扇了高琼一巴掌。这一耳光响亮而清脆，高琼古铜的脸上起了几道红印，但却没有任何反应，只道："我确实该打。我对不起你，也对不起张兄。”张咏一呆，道：“什么？”

潘阆忙捡起金牌，道：“这可是件好东西，我替雪梅娘子收下了。娘子，咱们该走了，船还在码头等着呢。”张咏道：“你……你们……”潘阆道：“张兄，后会有期。”携了李雪梅的手，跨出门去。李雪梅绝尘离开，飘忽如雪花，竟始终没有再回头看一眼。

张咏只觉得浑身燥热，待到她轻灵的身躯从视线中消失时，再也忍耐不住，拔脚欲追，却被高琼一把抱住，厉声道：“你不能去。她是契丹公主，你若是跟她走，就是通敌叛国，你在濮州老家的父母、亲族都要受到牵连。”张咏道：“我……她……”

高琼道：“你曾亲口对我说：‘世事伤情，人心芜杂，世间不如意之事十之八九，你二人终究有缘无分。’眼下该我对你说这句话，你还是看开些吧。”

张咏颓然跌坐在椅中，只觉得浑身疲乏无力，头脑中冒出了杂草，枝枝蔓蔓四处充溢，混沌一片。

外面也是一片混沌的世界。朔风凛冽，大雪飞扬，处处银装素裹，将汴京笼罩得朦胧难辨。

傍晚时分，开封府押衙程德玄押着五花大绑的道士马韶秘密来到晋王府，紧急求见晋王。令所有人退出后，程德玄才告知马韶观测到天象有异，称今晚将有大变。赵光义蓦然从病床上跃起，下令将马韶囚禁在密室，急召阿图进来，三人窃议许久。过了小半个时辰，内侍行首王继恩奉旨来召晋王连夜进宫，赵光义深露骇色。预备动身时，却不带高琼，只叫阿图。

阿图道：“大王身体不适，不宜骑马，属下这就去安排车子。外头天冷，请大官陪同大王稍坐，待属下准备妥当，再请大王和大官出去。”赵光义道：“嗯，你去办事吧。”

王继恩笑道：“久闻大王属下个个精明强干，果然名不虚传。正好，趁他们去准备车马时，老奴有些话要对大王说。”赵光义道：“甚好。”又道：“高琼，你下去，今晚你不必当值。”高琼道：“遵命。”

出来一看，阿图正在外头向他招手，走过去问道：“做什么？”阿图道：“我这就去密室救李雪梅出来。”高琼道：“你知道她关在哪里？”

当日他答应李稍营救表妹李雪梅后，意图进去地牢查看情形，却被侍卫挡住。后来侍卫将情形禀告赵光义，赵光义不但狠狠训斥了他，还立即将李雪梅换了地方关押。

阿图道：“当然知道。正好李雪梅昨晚惹怒了大王，我会假称是大王命令，要将她秘密带出去沉河处死。外面我已有安排，自会有人立即接应她回辽国，但你要立即去替我办一件事。”

高琼道：“什么事？”阿图递过来一柄极薄的匕首，道：“一命换一命，你这就去地牢杀了林绛。”见高琼踌躇不答，道：“你放心，这是大王赐我的匕首，我会自承是我杀人，大王决计不会怀疑你。”

高琼道：“你为什么要这么做？”阿图道：“日后你自会知道。事情紧急，救不救李雪梅只在你一念之间，过了今晚，她再无活命机会。”高琼便不再迟疑，道：“好，一言为定。”

阿图立即飞奔赶来密室，称今晚晋王要处死李雪梅消灾。负责看守密室的侍卫都是晋王特意挑选，均年过三旬，早娶有家室，闻言毫不起疑，笑道：“这女人还真是倔强，昨晚死活不肯饮服春药好好服侍大王，大王发了怒，下令灌下整碗药，再将她枷锁在小铁笼中。昨晚她发春干号了一夜，现在还像狗一样趴在铁笼里呢。大王不来，没人敢放她出来。”

阿图道：“正好，你们不必打开枷锁，只将铁笼用布包好，先抬去我房中，别让人瞧见。等我侍奉大王从宫中回来，再亲自押她去沉河不迟。”

侍卫知道阿图向晋王献了不少折磨玩弄李雪梅的计策，那些令她生不如死的法子都是他想出来的，登时心领神会，笑道：“图官人到最后也要享次艳福才肯罢手。”

阿图笑道：“这女人被带来密室后，一直归大王独自享用，不准侍卫再行染指。如此一个被剥得精光的活生生的玉美人，天天赤裸着身子在眼前晃悠，咱们却只有干看着的分儿，不心猿意马，那还叫男人吗？大王既然玩厌了要处死她，也别白白浪费。不过今晚也不是我享艳福，是给王府新请的潘大夫。咱们自己知道就好，可别张扬。几位大哥辛苦，这就去办事吧，我还得去侍奉晋王进宫呢。”往几名侍卫手中各塞了一小块金子。

侍卫知道他是晋王心腹，本就不敢得罪，又能白得好处，立即用被子裹了铁笼，抬了李雪梅来到阿图房中，连人带笼交给一直跟阿图同住在一起的潘阆。

阿图早已命心腹侍卫去备车马，这才回来堂中请赵光义出门。赵光义登上马车，发现不但车座上铺上了厚厚的褥垫，还生了一盆炭火，车中温暖如春，不由得大悦，心中极赞阿图会办事，又邀请王继恩上车同坐。阿图则率领心腹侍卫骑马跟随在车后，一行人往皇宫迤逦而来。

进来大内皇宫，王继恩领着赵光义一行进来万岁殿。偏殿中已经置好酒席，案桌上的菜肴虽未动过，酒樽中却有半杯残酒，一旁火炉上还烫着两壶的酒，正滚热冒气，只是不见皇帝人影。

赵光义问道："皇兄人呢？"一名内侍道："官家本一直在这里饮酒，等大王到来，不过适才圣人又派人请官家过去了坤宁殿[1]。"赵光义道："知道了。你们先退下，本王自己在这里等皇兄即可。"

王继恩忙道："老奴这就去催官家，免得大王久候。"赵光义对这位内侍行首甚是客气，道："有劳。"王继恩便领着小黄门退出殿外。

偌大的宫殿空空荡荡，虽生了两盆熊熊炭火，依旧寒意极重。冷气飕飕地从地面的青砖渗出来，不屈不挠地钻过厚厚的靴子，朝人身上逼过来。巨烛燃烧释放出的轻烟氤氲起一层纱幔，宛如春天的薄雾，参差被拂。外面寒风凛凛似刀，殿内也是红烛晃动，忽暗忽明。

赵光义忽然站起身来，亲自去关一扇没有掩得严实的窗子。一直静立一旁的阿图忽然从怀中掏出一包药粉，倒进了桌案上的酒壶中。待赵光义回过身来，他已轻巧地退回了原处。

[1] 坤宁殿：宋代皇后的住所。

等了两刻工夫，赵匡胤才回来万岁殿中，道："劳皇弟久候。"赵光义道："不敢。"赵匡胤道："朕有国家大事要同晋王商议，你们都退出去。"侍从闻言便一齐躬身退了出去。赵光义挥了挥手，阿图便也退出殿去。

赵匡胤见殿中无人，这才邀赵光义坐下。皇帝一向坐不惯椅凳，只要不是正规的宴饮场合，还是喜欢席地而坐。地毯上铺设的锦褥很厚很软，一如往常，今晚却给赵光义带来一种极不踏实的异样感觉，他不由自主地开始警惕起来。

赵匡胤道："皇弟，朕意已决，一定要迁都洛阳，预备在明年正月朔日宣布此事，你可有心理准备？"赵光义道："是，臣弟遵旨。"

赵匡胤道："朕今日叫皇弟来，还有一件事要对你坦白。不过这件事实在……实在……"他其实之前已经向晋王暗示此事，不料晋王骤然晕厥，从此卧病。一时感到难以启齿，便取出从不离身的玉斧，有节奏地顿拄在地上，发出清脆的"嚓嚓"声。

赵光义忙道："皇兄不必为难，皇兄若立皇侄德芳为储君，臣弟一定竭力辅佐他。"赵匡胤道："皇弟此话当真？"赵光义道："臣弟之言发自肺腑，赤诚忠心，天日可表。"当即起身下拜。

赵匡胤大喜道："好，好，如此最好。"顿了顿，又道："不过，朕要对你坦白的并非这件事，你可还记得母后临终前的情形？"赵光义道："当然记得。母后忽然说有话要对皇兄说，命我们退出殿去，只留下了皇兄和赵普。"

这是他一直大惑不解的事，因为母亲杜氏一向最爱他和三弟廷美，不知道如何在最后关头将他二人赶出去，以致连最后一面也未见到。

赵匡胤道："不错，当日你退出后，母后问朕何以能得天下，朕说是祖宗和太后的恩德与福荫。母后当即反驳道：'你想错了！你能够得天下，只是由于周世宗把皇位传给了一个幼小的孩子，使得国无长君，人心不归附。假设周世宗立一个年长的皇帝，天下岂能到你手中？所以，你要吸取教训，将来将帝位先传光义，光义再传廷美，廷美传于德昭。四海之大，如能立长君，则社稷无忧了。'"

赵光义还是头一次听说这件事，不由得目瞪口呆，半晌才讪讪问道：

"那么皇兄如何回答？"赵匡胤道："身为人子，当然只能铭记母后教诲。"

赵光义这才明白兄长为何一直不封立皇子，在自己与前宰相赵普的争权中也最终支持了自己，而且封自己为晋王，班列宰相之上，原来全是因为爱自己的母亲的一通遗言。若不是如此，怕是大宋立国之初，皇长子德昭便会被立为太子。

赵匡胤自斟自酌，连饮三杯，可见心中激动。赵光义胸中也是惊涛骇浪，澎湃难平，沉默许久，才道："皇兄不必以母后遗命为念。自古以来，嫡长制才是万世上法。皇兄立皇子为储君，是为我大宋千秋基业。"

赵匡胤本待明确指出之所以想立德芳为储君并不完全是因为嫡长制，而且赵光义为人多疑狭隘，之前派高琼到博浪沙行刺等事件使得他在北汉人、辽国人心目中印象极坏，而他手下安习拐卖民女牟利令他在大宋百姓中也是声名不佳，关于晋王广结党羽、培植势力、用手段铲除异己的说法更是盛行于朝野。忽听得赵光义言语恳切，便不再多提这一段，只拿玉斧不断戳地，道："说得好！说得好！"

兄弟二人心结既解，遂举杯畅饮。待到深夜，赵光义告辞退出，赵匡胤因已有醉意，遂在万岁殿中和衣就寝。

彤云压城，天低云暗。雪似杨花，纷扬飘落。潋潋冬月，夜色未央。这真是个又冷又黑的冬夜，能将人的心冷透，将人的双眼黑瞎。

朦胧中，赵匡胤又醒了过来，却见寒灯如豆，一名年轻侍卫正蹲在床榻前朝他微笑，不由一愣，问道："你不是晋王的随身侍卫吗，如何还在这里？"那侍卫正是阿图，笑道："小的有天大的好消息来禀告官家。"

赵匡胤道："什么消息？"阿图道："官家，你很快就要归天了。"一边笑着，一边伸出手来扼住赵匡胤咽喉，防他出声叫喊。其实就算呼喊也未必有人能听见，外面天寒地冻，寒风呼啸不止，侍从们早冻得分不清东南西北，裹紧外衣，正不知蜷缩在哪个角落跺脚呵气暖手呢。

赵匡胤本人武艺高强，刚要拿住阿图手腕甩开，却发现浑身上下没有丝毫力气，连一根手指头也动不了，不由得惊恐得睁大了眼睛。

阿图低声道："官家不要着急，你还有时间，听我把话说完。我本名柴熙让，你可记得我的名字？”

原来阿图才是陈桥兵变当日失踪的柴熙让，潘阆则是后周世宗的第六子柴熙谨，当初为大将潘美收养。符彦卿料到赵匡胤迟早要斩草除根，暗中用一个同样年岁的孩子向潘美换出了柴熙谨，带去大名府，交给普通人家抚养，后来为赵匡胤逼死的潘美的养子其实是假的。阿图和潘阆早在符太后的牵线下相认，虽则同父异母，终究还是血缘至亲。阿图自投靠晋王后，行事狠辣有效，深得赵光义欢心，甚至当他不得不跟随赵匡胤出巡洛阳时，便命阿图在府中主事。放火烧掉袁氏藏书楼、杀死袁庆，也是阿图派人所为，目的在于保护他弟弟潘阆的身份不必提早暴露。

至于阿图如何知道自己的后周皇族身份，则更是一段奇遇。他因逃避开封府追捕，躲进了鬼樊楼，那里有不少美貌女子可供淫乐，倒也过得逍遥快活。某一日，他忽然遇到一名做苦役的妇人，那妇人看到他后颈正中的黑色胎记，一口叫出了他的小名“阿图”，又称他的本名叫柴熙让。原来那妇人姜氏原是符太后身边的亲信宫女，陈桥兵变当日，她抱着柴熙让趁乱逃出皇宫。可是当日城中乱兵汹汹，姜氏边逃边躲，意外与阿图失散。她四处寻找，也没有结果。混了几年，她上街时忽被强人绑架，蒙住眼睛带来了鬼樊楼，先是供男人奸淫玩乐，玩厌了又逼她做苦役，竟已有十余年。阿图得知自己原来是前朝皇子身份，既咬牙又切齿，决意向夺走他身份的赵匡胤报复。姜氏早留意到鬼樊楼的一道出口，特意指给阿图，他最终装死逃了出来，想方设法混进符府来找符太后，符太后居然一眼就认出了他是自己的亲生儿子，母子抱头痛哭。阿图发誓要让赵匡胤尝到众叛亲离的滋味，便立即投靠晋王赵光义，告知他以前的主人李稍其实是契丹奸细，以此为进阶得到了信任。他残酷地对待李雪梅，自然是因为她契丹公主的身份，而放她逃走，则是要让她有朝一日有机会向大宋报复。至于他利用高琼杀死林绛，原因更加简单——林绛早同意交出传国玉玺，条件是杀死大宋皇帝赵匡胤和南唐国主李煜。阿图知道今晚晋王将害死皇兄夺位，只要再杀死已经沦为阶下囚的南唐国主李煜，便可以从容让林绛说出传国玉玺的下落，而他绝对不能让传国玉玺落入大宋之手。

阿图自然不必对眼前濒死的赵匡胤说这些，他只要讲出自己的真名便足以令官家震动。赵匡胤“嗬嗬”两声，阿图便略微松开一些，好让他说出话来。

赵匡胤道：“你……你难道是想要恢复大周、夺取皇位吗？”阿图道：“哈哈哈，官家，你太小瞧我了，我并不贪慕荣华富贵，对官家屁股下的宝座也根本没有兴趣。我最大的心愿，只是要你尝尝被至亲至信的人背叛的滋味。噢，小的还没有来得及告诉官家，是晋王命小的在酒中下了毒，他自己早就服了解药。”

赵匡胤眼睛圆睁，喉咙咕噜响了几声，却说不出话来。阿图知道药力已经奏效，便松开手，笑道：“这是你该得的报应。自从陈桥兵变那一刻起，这就成了你的宿命。老实说，你弟弟晋王比我想象的要狠毒多了，根本不用我挑拨，他早就决定要杀你。而且就算你死了，这件事也不会就此了结，杀兄夺位的阴影会萦绕他终身，也会笼罩他的子子孙孙，笼罩你们大宋王朝。我的下一步计划，就是要促使晋王除掉你的三弟以及你的两个亲生儿子。”

赵匡胤脸涨得青紫，死死瞪着阿图，他心中怒极恨极，却说不出一个字来。他想要杀死眼前这个笑容满面的年轻人，将其碎尸万段，最终他明白这不过是徒劳无功。到最后一刻，绝望自四周向他逼拢过来，仿若潮水一般，湮没了全身，他终于决定放弃挣扎反抗。一时间，回想起无数往事来——流着鼻涕的小弟弟怯生生地跟在身后，总是跟不上脚步，他不得不转回去牵起他的小手……

原来世间总有比权势更可贵的东西——亲情，也总有比权势更可怕的东西——背叛。那一刻，赵匡胤深切体会到了秦相李斯[1]临死前的感受，两颗大大的泪珠滚出了他的眼眶。

[1] 李斯：秦著名的政治家、文学家、书法家（传国玉玺玺文即为其所书），协助秦国统一天下。后为秦朝丞相，参与制定了法律，统一车轨、文字、度量衡制度。秦始皇死后，与赵高立少子胡亥为二世皇帝，为赵高所忌，诬其谋反，腰斩于市。李斯在世时经常与儿子到东门打猎，被杀之前仍念念不忘，对儿子道：“我再想和你出上蔡东门，牵黄犬，逐狡兔，还能得到吗？”原文为：“吾欲与若复牵黄犬，俱出上蔡东门逐狡兔，岂可得乎？”

恍然间，他又听见了海东青振翅腾空的声音，他曾经不止一次地想象着他的飞翔，他觉得自己就是一只凌风的神鹰，俯视寰宇，俯视人间。

一切都静寂了下来。

万岁殿中的两个人，一个得偿所愿，心满意足地看着仇人在眼前死去；一个追悔莫及，终以遗恨终天。

外面雪下得更大了。白色的精灵穿越无尽的黑暗，从空中轻巧飘洒而下，投入大地母亲的怀抱。皇宫也被白幕紧紧裹住，似乎连时间也被隔在了雪幕之外。皑皑白雪皆苍茫，俯仰之间，已不知身处何所。

雪满梁园，皑皑白矣。百里汴河，缟带素矣。

明月谁为主，江山暗换人。

尾声

北宋皇帝除宋太祖赵匡胤和宋太宗赵光义本人外，其余都是赵光义的子孙；而南宋皇帝除宋高宗赵构外，余者均是赵匡胤的后裔。

次日凌晨，内侍行首王继恩入万岁殿中，发现皇帝已无呼吸，驾崩多时，大惊失色，急忙派人飞报皇后。宋皇后赶来看过后，强忍悲恸，命王继恩速去召出阁后已经搬出宫外居住的皇次子赵德芳入宫。

王继恩冒雪出宫，却不奉皇后命去召赵德芳，而是径直来到晋王府。开封府押衙程德玄正坐在晋王府门外，似正在等人到来一般。

王继恩十分惊讶，问道："程押衙怎么会坐在这里？"程德玄道："前夜二鼓时分，有人在我家大门口唤我出去，说是晋王召见。但我出门一看，发现并没有人。如此反复了三次。我因为担心晋王真的有病，便前来晋王府探视，正在门口休息，就看见大官来了。"

王继恩听了程德玄的话，更加惊异，也不知道是该相信还是该怀疑，于是二人一道叩门而入。

几近天亮，晋王犹未歇息，正坐在灯下看书，忽听到王继恩禀报皇兄暴逝，满脸讶异，却犹豫不肯立即前往皇宫继位，还说他应当与家人商议一下。进来内室，室中等候的并不是晋王妃李氏或是其他得宠的侍妾，而是阿图。

阿图早听见外面的对话，笑道："恭喜大王，事情当真成了。"赵光义道："嗯，全亏你当机立断，不然……"袖中陡然甩出一把匕首，刺入阿图心口。

阿图跌坐在椅子中，先是愕然，随即惨笑道："我替大王杀兄夺位，早就知道你不会放过我。不过，大王不该杀我灭口。"赵光义阴阴笑道："不仅仅是要杀你灭口。本王早听说你去见过符太后好几次，一直对你身份有所怀疑，你的年纪跟那失踪的柴熙让相仿，面貌跟昔日后周世宗也有几分相似，你以为本王想不到吗？"

阿图这才知道赵光义早已对自己身份起疑，一直隐忍不发，反而重用自己，无非是要借自己的手杀死皇兄赵匡胤，因为君主至高无上，平常人根本没有杀死皇帝的胆子。

果听见赵光义道："你做事极对本王胃口，是个难得的人才，本来本王还在犹豫要不要杀你灭口，若不是适才高琼禀告你下手杀死了林绛，本王还真下不了决心。你果真能料到本王的每一步计划，当真是其心可诛。”

原来阿图去密室提李雪梅时，高琼一直暗中尾随，后来亲眼见到潘阆带了李雪梅出府，虽不知道其中究竟，却也明白了阿图没有骗人。忙回来偷了晋王金牌，赶去兴国坊将金牌交给李雪梅。再赶回晋王府地牢。林绛被囚禁两年有余，遍受酷刑，好几次无法挺下去，都谎称要将秘密告诉高琼一人，高琼也由此频繁出入地牢。侍卫见他到来，也不起疑。高琼径直进来囚室，转到林绛身后，取出阿图交给他的匕首，一刀捅入背心。等了一会儿，这才惊叫道：“犯人早死了！你们是怎么当的差？”侍卫闻言大惊失色，林绛手脚均被锁住，防他自杀，却不知道他如何死在了牢里。那契丹女子箫箫便是有一日松了枷锁后，一头在墙上撞死，害得当日所有当值侍卫均挨了军棍。林绛远比箫箫重要，他若死去，怕是侍卫们个个小命难保，当即要派人飞报晋王。高琼道：“晋王被官家召入宫中，我去堂前等候，大王回来，自会禀报。”侍卫苦苦哀求，务请高琼多说好话。高琼道：“犯人好好的是自己死掉吗？你们玩忽职守还敢让我替你们求情？”侍卫呼啦啦全都跪下。高琼这才问道：“今日还有谁来过？”侍卫道：“只有阿图和官人。”高琼便命侍卫去检视尸首，侍卫发现林绛背心的匕首，如获至宝，连声道：“是阿图的匕首。”高琼道：“你们先别张扬，我自会如实禀报大王。”遂来到前府迎候。一直到后半夜，赵光义才姗姗回来，眉头紧锁，心事重重，身边居然也不见阿图。高琼虽然诧异，也不敢多问，忙上前禀告林绛被人杀死，背心上的匕首是阿图的。赵光义居然并不吃惊，只露出恍然大悟的样子，挥手命高琼退下。高琼知道晋王在林绛身上，务必要得到传国玉玺的下落，这人忽然死去，对他是个打击，当暴跳如雷才是，如何会这般不动声色？当真冷静得不可思议。又过了一个多时辰，阿图快马驰回晋王府，赵光义立即只召他一人进密室，得知皇帝确实已死的消息后，又派程德玄到晋王府门前迎候。

阿图听说赵光义怪自己杀了林绛，道：“不是我，是高琼……”随即明白辩解无用，便大笑起来。赵光义道：“你死到临头，还笑什么？”阿图道：“就算是我杀了林绛又如何？我早从林绛口中知道了传国玉玺的下落。”

赵光义这才吃了一惊，道：“林绛怎么会告诉你传国玉玺的下落？”阿图道：“我告诉他我就是柴熙让，他能不告诉我吗？我们两个有一样的目的，就是要搞垮你们……你们大宋……”赵光义道：“可惜你们都没有机会了。”阿图道：“有，我还有两个兄弟，熙谨，熙诲，你见过他们的，他们就在你……晋王……的身边……”头一歪，就此死去。

赵光义不免又恨又悔，暗道：“真不该一刀杀了他，该先好好拷问清楚。”忽听得外面王继恩大声喊道：“大王，时间太久了，恐怕被别人抢先了。”他违抗皇后命令，私自来找晋王，冒了掉脑袋的风险，自然不能让赵德芳抢先入宫继位。

赵光义听到催促，立即出室，带着程德玄及大批侍卫跟着王继恩赶往宫中。

到了万岁殿外，王继恩请赵光义在外稍候，自己先进去通报。程德玄却一挥袖子，不耐烦地道：“怎敢劳晋王等候？”径直领着赵光义闯入殿内。

宋皇后听说王继恩回来，忙扬声问道：“德芳来了吗？”王继恩却回答道：“晋王到了。”

宋皇后乍然看到赵光义，心中一凉，知道大势已去，泪水夺眶而出，只得上前道：“我们母子性命都托付于官家了。”一声“官家”，表示承认了赵光义就是继任的皇帝。赵光义心满意足，忙安慰道：“大家共保富贵，不要过于忧伤。”

公元976年，开宝九年十月二十一日，晋王赵光义即帝位，即为宋太宗。他一登上大宝之位，立即销毁了兄长的“大宋受命之宝”，自制一方“皇帝承天受命之宝”，突出自己继承大统是承天受命。

又任命弟赵廷美为开封尹兼中书令，封齐王；赵德昭为永兴节度使兼侍中，封武功郡王；赵德芳为山南西道节度使、同平章事。

所有晋王府心腹幕僚均得到升迁，如程德玄拜翰林使，马韶任司天监主簿，高琼升御龙直指挥使等。至于那些并非晋王的官员，也一样得到提拔，如与皇长子赵德昭亲近的开封府判官程羽被任为给事中，权知开封府；殿前司指挥使皇甫继明是太祖亲信，被擢升为禁卫军上军捧日军都指挥使，兼领澶州刺史；主持汴河排岸司事务的侍禁田重素来不买晋王的账，当面拒绝过晋王派人送来的酒肉，也被升为禁卫军龙卫指挥使。

赵光义又亲自拟定兄长谥号为“英武圣文神德皇帝”，陵墓名为“永昌”，命德昭、德芳兄弟及太祖的三个女儿依旧称皇子、皇女，不改变称呼。

尽管新皇帝继位后采取了许多措施来抚慰人心，但先皇离奇暴毙毕竟不同寻常，尤其当晚只有太祖皇帝和晋王在殿中饮酒，殿外侍从只看见灯烛映窗，烛影摇红，听到柱斧砍地，斧声凿凿。至于里面到底发生了什么事，无人知道。

而更令人困惑的是，赵光义在其兄晏驾的第二天便急急忙忙将只剩两个月的开宝九年改为太平兴国元年，违背了逾年才改元的惯例。于是流言纷起。

赵光义在“斧声烛影”的重重迷雾中即位，心知有得位不正之名，人心难服，既已失去传国玉玺下落，便只能倚仗建立不世之功来巩固政权。恰好赵匡胤当政时极为节俭，所置封桩库中金帛如山，当赵光义亲眼看到时也不免啧啧慨叹，道：“先帝每焦心劳虑，以经费为念，何其过也！”有这么多钱，不用发愁军费，遂决意兴兵讨伐北汉。

太平兴国四年（979年），太宗皇帝赵光义亲率大军出征北汉，希望攻灭北汉来实现兄长未能完成的功业，以树立威望。路过澶州时，有一县吏于路中献策言事。赵光义听说此人姓宋名捷，极为高兴，道：“宋捷，宋捷，宋朝大捷！”认定必克北汉。

宋师出军时，辽国曾派遣使者出使宋朝，质问兴兵北伐的原因。赵光义答复道：“河东逆命，所当问罪。若北朝不援，和约如旧，不然则战！”表示只要辽国不出兵援助北汉，那么太宗皇帝仍然会维持之前太祖皇帝与辽国签订的合约，不然将兵戎相见。

宋军兵围太原后，辽国派出数万骑兵赶来解围，但中途为宋军截击。北汉皇帝刘继元内外交困，不得已出城投降，北汉遂告灭亡。赵光义早就厌恶太原有龙气的说法，派兵在太原城内纵火焚烧庐舍，彻底焚毁了这座著名的龙城[1]。大火起时，城中尚有许多百姓来不及转移，均为大火所吞没。

河东之战，大宋虽大获全胜，得十州四十县，然北汉国力凋敝，国困民穷，并没有多少实质性的好处，政治上的象征意义远远胜过物质上的利益。

倒也不是全无收获。赵光义极其赏识北汉名将刘继业，太祖皇帝在位时代表北汉出使大宋的使者刘延朗即为其第六子，其妻则是宋臣折御卿的亲姊姊。宋军大军压境后，北汉君臣人心惶惶，唯独刘继业在太原城头防守苦战，甚至北汉皇帝刘继元投降以后，还在坚持战斗，赵光义爱其忠勇，很想招为己用，于是派折御卿去招降姊夫。折御卿晓以利害，刘继业为保全城中百姓，北面再拜，这才释甲开城，迎接宋军。赵光义大喜，立即授刘继业为右领军卫大将军，并加厚赐，复姓杨，名业。之后杨业成为宋朝著名将领，史称杨令公，其本人与后代的事迹被演绎成各种各样的戏曲和故事，其中最有名的便是《杨家将》。赵光义又令杨业第六子杨延朗在军前演练著名的杨家枪，叹为观止，命人画下招式教习宋军。

赵光义自觉奇功盖世，志得意满，不顾之前与辽国的合约，欲乘胜北伐，志在夺取燕云。之前太祖皇帝在世时，一直对辽国采取守势，设立封桩库，预备以重金赎回燕云十六州。后辽国汉人重臣韩德让代表契丹与大宋签署协议，约定互不侵犯，也默许等赵匡胤的封桩库积满五百万贯钱时，便将燕云还给中原。赵光义擅自开战，用的就是封桩库的钱，不仅撕毁了合约，也等于让赵匡胤用金钱和平解决燕云十六州的努力完全付诸流水。

[1] 唐高祖李渊从太原晋阳宫起兵，一手打下了大唐江山，因而太原是唐朝发祥之地，由此得了“龙城”的外号。

事实正如赵匡胤在世时所预料的那样，契丹乃大宋第一劲敌，其铁骑军力远胜北汉。赵光义轻率北征，立即陷入辽国骑兵的包围中。几番恶战下来，宋军大败不说，连赵光义本人的屁股也中了两箭。据说射中赵光义的是一名辽国女将，骑术精湛，脸上文有两朵鲜红的梅花，十分醒目。若不是北汉降将杨业拼死相救，护着赵光义杀出重围，只怕大宋皇帝就要成为辽国女将的俘虏。

此为大宋立国以来第一次采取攻势，与辽国正面交锋，宋军的失利不仅是一场败仗，也成为宋朝积弱的开始。

宋军一败涂地，溃散途中，赵光义一度失踪，去向不明。军中以为皇帝已死于乱军中，因国不可一日无君，一些人准备立跟随大军出征的武功郡王赵德昭为帝。正行事时，赵光义又离奇归来，与事者均惶恐不安。回去开封后不久，赵德昭即在被赵光义厉声呵斥后自杀身亡。

一年多后，赵匡胤最小的儿子赵德芳神秘暴病身亡，年仅二十三岁。至此，赵匡胤之子全部死去，愈发加重了“斧声烛影”的迷雾。

为了澄清流言，赵光义不得不重新起用宿敌赵普为宰相，令其将生母杜太后临终遗言公诸于世，证实太祖皇帝是遵照太后遗命传位给自己，打算以此餍服人心。赵普之前任宰相时，班次在赵光义之上，二人争权多年，后以赵普失利被罢宰相告终。赵普为讨好新皇帝，为重新回到中枢位置，又献上“金匮誓书”之计——他曾奉命将杜太后临终遗命写成誓书，末尾还署上“臣普记”，封存在金匮之中。赵光义大喜过望，命赵普依计行事，赵普迅即向世人公布了誓书一说，称杜太后留有遗命：太祖皇帝将来须将帝位先传光义，光义再传廷美，廷美传于德昭，此即著名的“金匮之盟”。然因事隔太祖之死已有六年之久，时人多怀疑是赵光义勾结赵普所编造出来的谎言。

齐王赵廷美这才知道自己原来也在誓书名单上，喜之不胜，颇以储君自居。他也如当年的晋王一样，广结朝臣，交游俊杰，如宰相卢多逊、都指挥使皇甫继明、名士潘阆经常出入其门下。

很快，赵普得到赵光义授意，上书告发赵廷美、卢多逊谋反。二人立即被逮捕下狱，以谋逆罪被流放，卢多逊流放海岛，赵廷美幽禁于房州，即后周废帝柴宗训暴毙之处，最终忧悸死于贬所。受到牵连的人极多，包括都指挥使皇甫继明等，只有赵廷美心腹谋士潘阆神奇逃走，不知所踪，赵光义派人追捕多年，也未有所获。直到后来宋真宗即位，潘阆才被地方官府意外捕获，解送京师。但不知道什么原因，宋真宗亲自召见交谈后，不仅无罪开释，还任命潘阆为滁州参军。后来潘阆以诗名显达，其生平所为亦扑朔迷离，引来诸多猜测。

至于传国玉玺，一直无人知其下落。到北宋哲宗时，有农夫段义耕田时发现一方玉玺，上交朝廷。经十三位大学士依据前朝记载多方考证，认定乃秦始皇所制传国玉玺。而朝野有识之士多疑其伪，遂成历史之谜。

即使有了传国玉玺，依然没能镇守住大宋江山。公元 1127 年，宋钦宗靖康二年，女真铁骑踏进开封，宋徽宗、宋钦宗父子均当了金人俘虏。宋宫中所有的法驾、卤簿等仪仗法物、宫中用品、书籍、印板、浑天仪、铜人、刻漏、古器、各州府地图，连同宫人、内侍、伎艺工匠、倡优、府库蓄积，包括那方真伪难辨的传国玉玺，全部被金人席卷北上。北宋就此灭亡，这也是历史上第一次由外族统治中国。

最为离奇的是，传闻金军统帅完颜宗望[1]的相貌跟宋太祖赵匡胤一模一样，民间纷纷猜疑完颜宗望是赵匡胤转世，前来报宋太宗赵光义夺国之仇。

同年，宋徽宗第九子康王赵构在应天府[2]即位，重新建立宋王朝，史称“南宋”。因其无子，遂宋太祖七世孙赵眘为养子，立为储君。因而北宋皇帝除宋太祖赵匡胤和宋太宗赵光义本人外，其余都是赵光义的子孙；而南宋皇帝除宋高宗赵构外，余者均是赵匡胤的后裔。

是历史的巧合，还是因果循环的报应？

后人有鼓词唱道——正是那：“日上三竿眠不起，算来名利不如闲。”从古来争名夺利的不干净，教俺这江湖老子白眼看。陈桥兵变道的是

[1] 完颜宗望：金太祖完颜阿骨打次子，又叫斡离不。

[2] 应天府：今河南商丘。

“禅了位”，那柴家的孩子他懂得什么？你看他作张作致装没事，可不知好凑手的黄袍那里拿？“有大志”说出得意话，那个撒气的筒子吃亏他妈！让天下依从老婆口，净落得烛影斧声响嗑叉！说不尽大宋无寸干净土，你看那一个汉寝唐陵不是栖鸦？

《斧声烛影》大事编年

公元 960 年 建隆元年

正月，赵匡胤在陈桥驿发动兵变，逼使周恭帝柴宗训禅位，夺取后周政权，建立宋朝。

公元 961 年 建隆二年

赵匡胤生母杜太后死；南唐中主李璟卒，子李煜即位，史称后主；赵匡胤宴请禁军宿将，在酒宴中罢免众人军职，即有名的“杯酒释兵权”；不久，赵匡胤以同样方法罢免了各藩镇的节度使。至此，禁军与藩镇的兵权都集中到了赵匡胤手里。

公元 962 年 建隆三年

割据湖南的周氏政权和割据江陵的荆南高继冲政权被宋军消灭；赵匡胤秘密刻一碑，立于寝殿之夹室，称为誓碑。誓词内容大略为：一、柴氏（周世宗）子孙有罪不得加刑。二、不得杀士大夫及上书言事人。三、要求子孙遵守。

公元 964 年 乾德二年

赵匡胤命大将王全斌统兵伐蜀。

公元 965 年 乾德三年

宋师平蜀，蜀主孟昶出降；王全斌等将领日夜宴饮，不恤军务，将士恃功骄恣，大肆掳掠，导致蜀兵重新揭竿作乱；王全斌无故屠杀二万七千名投降的蜀兵将士；蜀主孟昶被押送汴京，数日后暴死，其妃花蕊夫人被收入宫中。

公元 967 年 乾德五年

赵匡胤赏罚讨蜀将领。御史台召集百官，审议王全斌罪状，百官认为应诛杀王全斌，以谢蜀民。赵匡胤因其平蜀有功，赦其罪，贬斥出京，为崇义留后。

公元 968 年 乾德六年 开宝元年

北汉皇帝刘钧死，年四十三岁，谥号孝和皇帝，庙号睿宗；养子刘继恩继位；赵匡胤认为有机可乘，发兵攻打北汉；北汉内讧，刘继恩被杀，刘继元嗣立，派使者向辽国求援。

公元 969 年 开宝二年

辽穆宗耶律璟（辽太宗长子）为政荒淫，嗜酒如命，滥杀无辜，被近侍杀死；赵匡胤亲征北汉，围太原不下，宋军死伤惨重，遂班师回京。

公元 970 年 开宝三年

宋将潘美平广州南汉政权，国主刘鋹素服出降；赵匡胤授刘鋹为检校太保右千牛卫大将军，封恩赦侯。

公元 971 年 开宝四年

南唐国主李煜之弟李从善来开封朝贡方物，被赵匡胤留做人质。

公元 972 年 开宝五年

宋平南汉后，南唐主李煜慌恐异常，大更制度，改“唐国主”为“江南国主”，以此修藩臣之礼，谄媚大宋；枢密使李崇矩将女儿嫁给宰相赵普的儿子赵承宗，犯赵匡胤大忌，被罢出京师；赵匡胤禁私藏天文、图谶、太乙、雷公、六壬遁甲等，禁僧道私习天文、地理。

公元 973 年 开宝六年

后周恭帝柴宗训暴毙于房州；赵匡胤亲自复试举人，殿试从此成为常式；赵普被罢宰相位，皇弟赵光义封晋王，是宋朝立国后所封的第一个真正意义的王，班列宰相之上。

公元 974 年 开宝七年

南唐人樊若水降宋，献长江形势图；赵匡胤按照樊若水计策，派人往荆湖造大舰及黄黑龙船数千艘；知制诰李穆出使江南，召李煜入朝，李煜拒绝；赵匡胤命大将曹彬攻南唐，宋军在采石矶以预制浮桥渡江。

公元 975 年 开宝八年

宋军陷江南金陵一座孤城，李煜率臣领旨军门奉表纳降，曹彬令李煜与汤悦等四十余人同赴汴京；吴越王钱俶入朝。

公元 976 年 开宝九年 太平兴国元年

赵匡胤于宣德门受俘；赵匡胤率群臣巡西京洛阳，预备迁都，遭晋王和群臣反对；赵匡胤死于万岁殿中，晋王赵光义即位，改开宝九年为太平兴国元年；命天下搜捕所有知天文术数者押送京师，敢藏匿者斩首示众，告发者赏钱三十万。

公元 977 年 太平兴国二年

起居舍人辛仲甫出使辽国，辽景宗问道："听说贵朝的党进骁勇无比，像党进这样的骁将有多少人？"辛仲甫答道："我朝名将辈出，像党进这样的将才不可胜数。"赵光义命李昉等编纂《太平御览》《太平广记》；赵光义亲到讲武殿取进士、诸科共五百人，此一年所取中进士数目超过其兄在位时取士的总数，此为典型的收买人心以稳定局面之举；选取各地捕获的天文术士中优秀者送司天台，其余黥面后流放海岛；诏令禁印天文卜相等书，私习者斩。

公元 978 年 太平兴国三年

赵光义召吴越王钱俶入朝，软禁在开封，尽收吴越土地；南唐国主李煜因妻子周嘉敏为赵光义霸占，多有怨词，赵光义得知后令与李煜交好的赵廷美赐其牵机药而死。

公元 979 年 太平兴国四年

赵光义御驾亲征北汉，北汉灭亡；宋军焚毁太原城；宋师大败于契丹军，赵光义屁股中两箭，军中曾谋立赵德昭为帝；返回开封后，赵德昭被逼自刎。

公元 980 年，太平兴国五年

向敏中、张咏、寇准、王旦、李沆、苏易简、宋湜等人于本年中进士，后来均成为一代名臣。

公元 981 年，太平兴国六年

赵德芳暴卒，年仅二十三岁；赵光义因许多案件越年而未判，诏立三限之制，规定大事不过四十日，中事不过三十日，小事不过十日，不须追捕而又容易判决的案件不过三日，令天下不得有滞案。诏令长吏集官属同审案犯，不得委之胥吏。

公元 982 年，太平兴国七年

赵廷美因谋反罪名罢免开封尹，举家迁居西京洛阳；辽景宗耶律贤亲自率将士越境南侵，被宋军大败于满城；不久耶律贤去世，其长子梁王耶律隆绪即位，即辽圣宗，其母承天皇太后萧绰（萧燕燕）摄政。

公元 984 年，雍熙元年

魏王赵廷美举家迁至房州，不久吐血而亡。至此，金匮誓书上除赵光义本人外，余人全部死去，再无人能对其皇位构成威胁，他也终于可以顺利传位给自己的儿子。

书中人物补记

1. 知音在何处，凝寂欲销魂——张咏

张咏（946—1015年），字复之，自号乖崖，濮州鄄城人，是宋臣中极为传奇的人物，不仅在世时已名倾朝野，更是在死后为无数士大夫交口称颂。北宋名相王安石评价说："忠定公（张咏谥忠定）殁久矣，而士大夫至今称之，岂不以刚毅正直，有劳于世若公者之少欤！"名相韩琦撰《张咏神道碑》云："张公以魁奇豪杰之才，逢时自奋，智略神出，勋业赫赫，震暴当世，诚一世伟人也。"南宋名诗人刘克庄作诗赞美张咏道："军皆歌范老，民各像乖崖。"范老指范仲淹，乖崖则是张咏的号，可见张咏在朝野影响之大。

张咏不仅政绩突出，而且文武双全，剑术高明。他年轻时漫游全国各地十余年，留下许多佳话。据宋人刘斧《青琐高议》记载：张咏有一次回老家时路过汤阴，县令和他相谈投机，赠送了十贯钱和一些布帛。十贯有一万个铜钱，数目不算小，装起来有一大袋子，张咏将钱和布帛驮在驴背上，和小童一道赶驴回家。有人警告他说："回去的路上夜间要宿店，那里人烟稀少，常有歹人出没，很不安全，还是等到有其他客商后结伴同行，较为稳便。"张咏道："现在已经到了秋天，天气渐渐冷了，父母年纪已大，没有寒衣御冬，我怎么能在这里多停留？"只背了一柄短

剑便即启程。

走了三十余里，天渐渐黑下来了，路边只有间孤零零的小客栈，张咏便去投宿。客栈主人是个老头，有两个儿子，见张咏的驴子上带了大量钱财，很是欢喜，悄声议论道："今晚上有大生意了！"张咏暗中听见，知道店翁不怀好意，于是预先砍了一大捆柳枝放在房子里。店翁问道："那是用来干什么的？"张咏说："明天天没亮就要赶路，路上用来当火把照明。"

刚到半夜，店翁打发他大儿子来叫门："鸡已经打鸣了，秀才可以上路了！"张咏一声不响。大儿子听到无人答应，便来推门。张咏早已有备，先用木床顶住左边的一扇门，又用手挡住右边另一扇门。大儿子反复用力推门，张咏突然松手退开，大儿子毫无防备，跌了进来。张咏回手一剑，将他杀了，随即将门关上。

过不多时，店翁的二儿子又到了，张咏仍依样画葫芦将他杀死，持剑去寻店翁，只见他正在烤火搔痒，甚是舒服，当即一剑将他脑袋割了下来。这才招呼小童赶驴出门，点燃事先准备好的柳枝，一把火烧掉了客栈。走了二十里天才大亮。第二天，后面跟上来的人纷纷说："前面那家客店不慎失火，全家都被烧死了。"

又据宋人王巩所著《闻见近录》记载：张咏客居长安时，夜里听见隔壁有人号哭，不由心生好奇，叩门问原因。原来隔邻的主人是一名奉派异乡任官的官员，因曾私自挪用公款，被手下恶仆抓住把柄，自此一直受恶仆要挟，甚至要强娶他女儿为妻。张咏了解事情真相后，第二天故意来到官员家拜访，假意要商借恶仆陪他探访亲戚。那恶仆本来不愿意，几经催促，才勉强随张咏上路。两人骑马出城后，行经一处山崖边，张咏一一数落恶仆罪状，趁恶仆震惊分神时，抽出袖中木棍，向恶仆挥去，恶仆当场坠崖而死。张咏不动声色，坦然回城，对那官员说："那个仆人不会再来了，你赶紧辞官回到你的家乡吧，以后做人行事要谨慎小心点。"极有游侠色彩。张咏自己曾对朋友说："张咏幸好生在太平盛世，读书自律，若是生在乱世，那真不堪设想了。"

张咏性格刚烈暴躁，是出了名的急性子。他有一次戴着头巾吃馄饨，偏偏那头巾的带子长了点儿，连着几次垂到了馄饨碗里。张咏登时火冒三丈，一把将头巾拽下来塞进碗中，高声嚷道：“就让你吃吧！”自己则扔下勺子站起身走了。

这则有趣的故事仅仅反映了张咏性格的一个侧面。在历史上，张咏还以好读书、喜藏书而闻名。他出身贫寒，家里穷得买不起书，渴望读书的他只好到有书的人家恳求借阅，借到手之后，先手抄下来，然后再详细苦读。他十分勤奋，因家中没有书桌，就背靠着院子里大树的树干读书，一篇文章读不完，决不进屋歇息。张咏有《劝学》诗：“玄门非有闭，苦学当自开。”正是他青年时代刻苦攻读的真实写照。

张咏进士及第后步入仕途，官俸几乎都用来买书，时人称他“不事产业聚典籍”，意思是说，他有钱不买房、不置产业，一心只顾着买书。久而久之，张咏的藏书竟有近万卷之多，除正统的经、史、子、集外，还包括医药、种树甚至卜筮方面的书。尽管后来官居显要，张咏却一有闲暇，就躲进书房读书，“力学求之，于今不倦”，可以说是一个地地道道的书痴。

张咏初入仕途时被分发任崇阳（今湖北崇阳）县令。刚到崇阳城门时，见到一农民自城中买菜回村，张咏勃然大怒，命人捉住老农，责罚他有地不种菜自用，又下令乡村农户都必须自种菜吃，不然要重罚。百余年后，崇阳百姓犹称萝卜为“张知县菜”。

崇阳一带百姓一向以种茶为生。张咏得知后说：“茶得利多，以后官府一定会权衡利害改变政策，不如早点自行更改。”于是下令砍掉茶树，拔茶栽桑，养蚕发展丝绢生产；又兴修水利，灌溉农田，百姓纷纷叫苦。不久，朝廷开始在全国范围内榷茶（即对茶叶实行专卖），鄂州其他各地茶园户或破产失业或贫困不堪，独崇阳县桑树成林，丝绢年产百万匹，百姓以缣纳税，生活安定富足。

张咏任崇阳县令时，发现管钱小吏偷了一文铜钱藏在头巾里带出库房，于是下令杖责作为惩戒。小吏很是不满，嚷道：“我不过是偷了一文钱，你竟因此打我，但你敢杀我吗？”张咏大怒，当即写了四句判词道：“一日一钱，千日一千。绳锯木断，水滴石穿。”随即拔剑，亲自斩杀了小吏，再行公文报省府自劾。当时朝廷驾驭地方官员松弛，司法粗糙，地方长官越法杀人是常有之事，省府也不予追究。然而此事震动崇阳，从此全县公事肃然，再无敢蚀公贪污者。张咏三年任满还朝，崇阳百姓感其政绩功德，建祠敬祀至今。

张咏性格刚直，刚愎自用，治才强干，为官理事尚严猛，多有政绩。他从不像其他官员那样派人做耳目，而是不厌其烦地亲自到民间探访民情。曾有人问他为什么要这样做，张咏答道："别人都有自己的好恶，会扰乱我的视听。我只是分别了解各方面的人，反复询问，而不只听一面之词。向君子询问得到的是君子之见，向小人询问得到的是小人之见。虽然各人都可能有所隐瞒，但真实情况也就可以了解到十之八九了。"问者当即感慨道："张公算得上绝顶聪明的人。"

张咏生平政绩，以治蜀最为突出。宋太宗淳化年间，四川发生王小波、李顺起义，朝廷派王继恩（即《斧声烛影》小说中的内侍行首）任招安使前去镇压，同时任命张咏参赞军务，安抚地方。起义虽然平定，但太监王继恩统军无方，与当年的王全斌一样纵兵扰乱民间，深以为患。王继恩还派兵捉了许多所谓的"乱党"交给张咏治罪，张咏二话不说，将这些人尽数放了。王继恩大怒。张咏道："前日李顺胁民为贼，今日咏与公化贼为民，有何不可哉？"王继恩这才无话可说。

王继恩部下居功骄横，恣意妄为，常常仗势欺人，勒取民间财物。张咏派人捕捉，也不向王继恩交代，命人直接将这些士兵投入井中淹死，对外则声称是畏罪自杀。王继恩心知肚明，可自己理亏，也不敢向张咏责问，双方都假装不知，安然无事。王继恩部下见张咏手段厉害，不得不规矩起来。后来张咏干脆密奏请朝廷召王继恩回朝。

当时蜀中有谣言说："一白头翁午后吃人，无论男女。"张咏坚决不信，派人深入调查，揪出造谣者，立斩示众，谣言顿息。

有一日阅军，张咏带着侍从刚入操场，一伙兵卒蜂拥至马前，群呼："万岁！万岁！"势欲哗变。张咏镇定异常，从容下马，面朝开封方向跪下，也大呼"万岁"，众士卒从呼。张咏再从容上马，缓缓向阅兵台行进，举手即将一场即将发生的哗变消灭于斯须之间。寇准后来也遭遇过类似的“万岁”事件，却因为乏于应对之策，被对手弹劾去职。明人郑暄在其《昨非庵日纂》中评论道：“大抵天下事出于熟计深思，常才可办。惟变起急猝，飘风迅雷，自非英雄盖代之才，应之未有不颠谬者。”张咏的应变之才，堪称盖世。

张咏到四川上任，未携带家眷。属下官吏见他单身一人，处事严峻，都不敢娶侍妾、养婢女。张咏体贴人情，就自己主动买了一名婢女服侍起居。解任回朝时，唤其父母领回嫁人，厚赠婢女妆奁、嫁资。后来娶到婢女的男子大为感激，因为婢女仍是处女。

张咏为这事特意写了一首《盂盂词》：

胡中不识春时节，门外春回花未发。
奴家闻道汉宫春，遥望南天拜新月。
拜新月，攒双眉，别部胡茄声亦悲，低头自叹胡无知。

张咏擅长审案，曾有人将他判决的案例和判词集录编辑刻录成书，名《诫民集》，流传后世。

曾有某农民告状，家中耕牛被人割舌。张咏问农民道：“你曾与谁结怨？”答：“邻人前借粮未予，恐已结怨。”张咏便教老农回家即宰其牛，卖肉于市。老农遵教行事。宋代宰杀耕牛是重罪，随即有人到府署告状，说某农民私宰耕牛。张咏质问告状人说：“你既割人家牛舌，为何又来诬告他私宰耕牛？”告状人惶恐，吐实服罪。

又有一次，一名僧人到府署呈验出家凭牒，被张咏撞见，立即下令以杀人罪名逮捕僧人，交给司理院审理。众官吏均不明白张咏如何判定僧人是杀人凶手。张咏问僧人道：“出家几年了？”答称七年。张咏突然指其额头道：“既然出家七年，为何额头还有头巾系痕？”僧人惶恐服罪，原来他其实是俗民，因与一僧同路，杀僧抢其度牒袈裟，剃发冒为僧人周游撞骗。众官吏无不惊佩张咏明察如神。

张咏任杭州知州时，有个年轻人和姐夫打官司争产业。姐夫说：“岳父逝世时，我小舅子还只三岁，岳父命我管理财产，遗嘱上写明，等小舅子成人后分家产，我得七成，小舅子得三成。遗嘱上写得明明白白，又写明小舅子将来如果不服，可呈官公断。”说着呈上岳父的亲笔遗嘱。张咏看后大为惊叹，叫人取酒浇在地下祭岳父，连赞：“聪明，聪明！”向姐夫道：“你岳父真是明智。他死时儿子只有三岁，托你照料，如果遗嘱不写明分产办法，又或者写明将来你得三成，他得七成，这小孩子只怕早给你害死了，哪里还能长成？”当下判断家产七成归子，三成归婿。当时人人都服张咏明断。

当时江南一带农业歉收，饥荒之际，有很多百姓甘犯禁令、贩卖私盐（宋代对盐实行垄断经营）度日，官兵捕拿了数百人，张咏随便教训了几句，便都释放了。部属们说：“私盐贩子不加重罚，恐怕难以禁止。”张咏道：“钱塘一带十万户人家，挨饿的有八九成。这些人若不贩盐求生，一旦作乱为盗，用死来换取生存，就成大患了。待秋收之后，百姓有了粮食，再以旧法禁贩私盐。”这年秋天以后，杭州再也没有盐贩子了。

著名诗人潘阆曾写诗赞美张咏知杭政绩，有句云：“贪吏诫守廉，饥民苏今生。钱塘太守贤，好共致太平。”

张咏为文疏通平易，不为崭绝之语。其诗名列西昆体中，为《西昆酬唱集》第十一名。有《乖崖集》传世。现录一首《访人不遇》：

旧径莓苔合，儿童独闭门。
踏霜归远店，凉月照空樽。
雁响蒹葭浦，风惊橘柚村。
知音在何处，凝寂欲销魂。

这首诗写访友不遇返回客店，寒霜、远店、凉月、空樽、雁鸣、风惊等景象栩栩如生，反衬出作者凄清和孤寂的心情。

2．九万鹏霄振翼时，与君同折月在枝——向敏中

向敏中（948—1019 年），字常之，开封人。为家中独子，自小父亲管教严厉，养成淳谨端厚的性格。他与张咏、寇准为同科进士，三人终身保持着极好的友谊。宋太宗赵光义曾飞白（一种字体）书向敏中、张咏二人的名字交付中书省，嘱咐道："此名臣也，朕将用之。"

向敏中在西京洛阳当官时，曾遇到一件疑案：一天有名僧人路过某个村庄，因天色已晚，就向一户人家叩门请求投宿，但主人没有答应。僧人投宿无门，只得暂且栖身在这家门外的车棚里。半夜时分，僧人正睡觉之中，忽然被外面动静惊醒，发现一个强盗拉着一名妇女带着衣物包裹翻墙而出。僧人心想："我昨天来借宿，主人不肯收留，现在主人家里人财俱失，明天早上发现了，必然会怪罪于我。不如三十六计，走为上策，尽早离开这个是非之地。"想到这里，僧人决定一走了之。

只是深更半夜，四下乌黑一片，僧人又不熟悉道路，竟失足摔进了一口枯井中。事也凑巧，刚才被强盗劫持的妇女已被杀死，也抛尸在同一口枯井里。僧人一见暗暗叫苦不迭，欲出无门，只好在井中坐等。

第二天天亮，那家主人不见了妇女与财物，沿着脚印追到枯井边，发现了井底下的僧人和女尸，就将僧人扭送到官府。人赃俱在，僧人无法辩解，为免受皮肉之苦，只得含冤承认是他引诱那妇女一起逃跑，由于怕人追来，所以把她杀了扔到了井里，而本人也不慎掉了进去，偷得财物扔在井边，后来不知让什么人拿去了。

供词合情合理，于是就此结案，报到州府批复。州府官吏都认为此案判得对，人证物证俱全，唯独向敏中持有异议，认为所丢财物未能查获，案件存在疑点。他特意重新提审僧人，反复劝说，终于得知真实情况。

为寻找真凶，向敏中秘密派了一个小吏出去查访。一天，小吏来到附近村里的饭馆吃饭，饭馆的老太婆听说他是从城里来的，就问："那个僧人的案子怎么样了？"小吏骗她说："听说昨天已经被处决了！"老太婆说："要是现在再抓到真的凶手会怎么样呢？"小吏肯定地答道："这个

案子已经判决，尽管错了，但如果再抓到真的凶手也不会再问罪了。”老太婆听说后，就凑了过来，悄悄地对小吏说：“这话现在说出来也没有关系了。那个女人实际上是村里的某个年轻人杀的。”说着就指点着小吏看到那户人家。小吏如获至宝，赶紧来到年轻人的家里将其擒获。后经过审问，年轻人招认不讳，又从他家里搜查到了丢失的赃物。无辜蒙冤的僧人被无罪释放。

宋真宗景德年间，辽国举兵犯边，直逼澶州（今河南濮阳南），宋真宗御驾亲征。那时，西夏党项人也欲反叛。宋真宗出征前，赐右仆射向敏中一封密诏，将西北边防托付给他，允许他相机行事。向敏中得到密诏后收藏了起来，毫不张扬，只像往常一样管理政事。当时正逢盛大的驱鬼傩会，传闻有禁军士兵要趁傩会时作乱。向敏中命亲信士兵披上甲胄，事先埋伏在廊下幕布中。第二天，将来宾、幕僚、军官、士兵全部召来，备置酒席，观赏傩会。等到傩人到来后，向敏中忽然举手，埋伏的士兵一拥而上，将傩人全部擒获，果然从他们身上搜出不少短刀匕首。向敏中下令将这些人当场在酒席前斩首，又就地挖坑深埋，然后打扫干净庭院，继续饮酒作乐。外面丝毫不知军乱之事，可见向敏中遇事敏速，极富才略。

向敏中为人清谨，能诗善文，散文如《留别知己序》等志意高远，人称有宰相风度。著有文集十五卷，今已佚。《全宋诗》卷五四录其诗十一首。《全宋文》卷一二九收其文十二篇。现录《寄寇平仲》诗一首：

九万鹏霄振翼时，与君同折月在枝。
细思淳化持衡者，得到于今更有谁。

平仲即为寇准的字，为向敏中写给同年寇准之作。

3. 江南春尽离肠断，苹满汀洲人未归——寇准

景德元年（1004 年），这是中国历史上不能被忘记的一年。这一年，是宋朝“积弱”的开始。

从这一年的正月开始，便有十分不好的兆头，宋朝京师开封连续三次发生了地震，这是非常罕见的现象。随后，冀（今河北冀县）、益（今四川成都）、黎（今四川汉源）、雅（今四川雅安）诸州均发生了地震。

就在这一年，辽军大举攻宋，北方州县频频告急。此时，寇准刚刚当上宰相后不久，历史的风云赋予了他难得的机遇。然而，他个人的命运如同国家的命运一样，在这一年呈现出戏剧般的色彩，已经昭示出日后的悲剧迹象，悲剧的根源，既与当时的朝政局势有关，也与寇准其人的性情有关。这位民间传说中大名鼎鼎的寇老西，一生宦海沉浮，几起几伏，大起大落，有三件大事与其个人命运和国家都有紧密关系：一是澶渊之盟，二是轰动一时的“上天书”事件，三是误用丁谓，直接造成了他罢相、复相、再罢相的跌宕生涯。

寇准（962—1023 年），字平仲，华州下邽人，少年好学，通晓《左传》等经典古籍。七岁随父登华山时，便留下了“只有天在上，更无山与齐。举头红日近，俯首白云低”的诗句，名噪一时。太平兴国五年（980 年），十九岁的寇准考中进士甲科，并取得参加皇帝亲自主持的殿试资格。当时，因宋太宗赵光义多喜录用中年人，有人便劝寇准在殿试的时候多报几岁年龄，以增大录取概率。寇准却严肃地说道：“我正思进取，怎么能欺君瞒上呢！”还是如实申报，结果，寇准凭借满腹经纶，一试得中，受任为大理寺评事（虚衔），实任大名府成安县（今河北成安）知县。与寇准同榜中进士者还有李沆、王旦和张咏，这四人后来均成为北宋名臣。

年轻的寇准被赵光义赞为“临事明敏”，颇受赞赏，自步入仕途开始，官运亨通，仕途顺利，加上人长得英俊豪迈，很容易地赢得了一份爱情，娶到了宋太祖赵匡胤宋皇后（开宝皇后）幼妹为妻。尽管寇准春风得意，但他在朝臣中却一直以刚直足智著名，非常之难得。端拱二年（989 年），

寇准在大殿奏事，极言利害，对朝廷的一些政策多有抨击。赵光义听不进去，生气地站起来要回内宫。寇准却牛脾气发作，上前扯住赵光义的衣角，非要皇帝听他把话讲完才能走，旁边的大臣都为寇准捏了一把冷汗。事后，赵光义想明白了，反而十分赞赏寇准的执拗，高兴地说："我得到寇准，就像唐太宗得到魏徵一样。"寇准确实堪比魏徵，然而赵光义无论是文韬还是武略，都与李世民差得太远。

话虽如此，但赵光义对寇准始终不能像唐太宗李世民对魏徵那样亲密无间，备加信任，其中重要的原因就是因为寇准夫人宋氏是宋太祖赵匡胤宋皇后幼妹。当年大雪之夜，赵匡胤神秘驾崩，宋皇后命宦官王继恩急召赵匡胤幼子赵德芳进宫即位，王继恩却擅作主张，去召了赵光义，于是赵光义即位。然而，宋皇后召赵德芳进宫的一幕，赵光义却始终不能忘记，这也是为什么宋皇后死后，赵光义甘冒天下汹汹之口的议论、下令不准以皇后礼下葬宋氏的原因。赵光义的胸襟气度，也由此可见一斑，这样一个心胸狭隘且急功近利的皇帝，几次北伐契丹失败就不足为奇了。

寇准真正进入中枢的契机，也与契丹有关。有一次寇准上朝，赵光义正与群臣商议与契丹议和一事。寇准当即提出了自己的见解，认为契丹屡屡南侵，意在劫掠，只需要加派精兵防守，绝对不能议和，并将战和的利弊做了对比。这件事后，赵光义将寇准提拔为枢密院直学士，寇准一步登天，步入了中枢机构，此时的他还不到三十岁。在各种重大问题上，赵光义也相当重视寇准的意见，为了表示恩宠，还特意将用通天犀制作的两条珍贵玉带中的一条赐给了寇准。

二十九岁时，寇准任同知枢密院事，已经步入了中枢重臣的行列。他少年得志，难免年轻气盛，意气风发，对看不顺眼的便要大加嘲讽，厌恶之色溢于言表，由此得罪了不少臣僚。知院张逊与寇准不和，一直想找机会扳倒寇准。刚好有一天，寇准和另外一名大臣温仲舒外出办事，半路上遇到一个疯子，疯子拜在寇准的马前，高喊"万岁"。这件事明显是有人要对付寇准，但寇准当时却并未在意。之后，张逊抓住此事不放，唆使心腹王宾弹劾寇准有非分之想。寇准自然不服，在朝堂上与张逊激烈辩论，二人唇枪舌剑，各自雄辩不已。赵光义眼见两名重臣不顾体面，在皇帝面前互揭隐私，各不相让，气得发抖，一怒之下，将寇准贬知青州（今山东益州），张逊也被降职为右领军卫将军。

寇准离开京师后，赵光义耳根清净了许多，却反倒有些不习惯，不免想起寇准的好处来，还经常询问有关寇准在青州的情况。

此时，赵光义的生命已经流逝到晚年，当年高梁河之战中所受的箭伤逐渐恶化成脓疮，给他的身体带来了巨大痛苦，他自知大限将至，不禁为没有立太子而发愁。之前，赵光义长子赵元佐本来是最有希望被立为皇太子的，但他同情被赵光义迫害致死的叔叔赵廷美（赵匡胤之弟），故意装作发疯发狂来发泄对父皇迫害骨肉的不满，因此被废为庶人。之后替代赵元佐位置的是异母弟陈王赵元僖，却又莫名其妙地中毒死去，皇储人选再一次空缺。家家有本难念的经，天子也不例外，赵光义烦恼不堪下，便将寇准召回京师，任为参知政事（相当于副宰相），主动征询太子人选。寇准虽然性情耿直，却深知外臣不能干预内事的祖宗家法，不便直接回答，就说："陛下为天下选择君主，不能与妇人、宦官和近臣去商量。只愿陛下选择能符合天下所仰望的人。"赵光义犹豫了很久，提出想立襄王赵元侃（赵元佐同母弟，母李妃）。寇准委婉地回答说："知子莫如父。"意思是说，父亲最了解自己的儿子，选择一定不会有错，终于促使赵光义下定了决心。于是襄王赵元侃被立为太子，改名赵恒，就是后来的宋真宗。

赵光义册立太子后，大赦天下。京师百姓见到太子赵恒都欢呼道："真是个少年天子。"赵光义得知后却很不高兴，马上召寇准说："四海之心一下子都归化了太子，那将我摆在什么地位呢！"他刚刚册立太子，太子便如此深得人心，即使有父子之情，也起了猜忌隔阂。幸得寇准说："太子众望所归，是陛下的英明决策，是国家百姓的洪福。"赵光义听后才消气，请寇准喝酒，大醉方罢（事见《宋史·卷二百八十一·寇准传》）。如果不是寇准应答巧妙，消除了赵光义莫名其妙的猜忌，后果实在难以想象。

至道三年（997 年）三月，在位二十二年的赵光义因箭伤发作去世，最终未能实现收复燕云十六州的愿望。赵恒即位为宋真宗。即位时，寇准已经外贬为官，贬斥的来由非常可笑。赵光义晚年，寇准担任参知政事，也是中枢重臣。他为人耿直，一些臣僚对其人品性情极为折服，但也有一些同僚对寇准恨之入骨，可以说，寇准的性格在很大程度上决定了他的仕途不可能一帆风顺。寇准走马上任后，恪尽职守，宰相吕端、参知政事李昌令等人都由他引荐升官。有人借此机会，向赵光义揭发寇准交结私党，扰乱法度。赵光义很是生气，第二天上朝时，吕端先到朝堂，赵光义就与寇准结党一事严厉责问吕端，吕端曾被赵光义称为“小事糊涂，大事不糊涂”，在此时开始“犯糊涂”，一言不发，根本不作辩解。不久后，寇准也来到朝堂，当赵光义责问寇准时，寇准却显出刚直的个性，毫不相让，力争不已，并拿出了许多文书做证据。赵光义反而更加恼怒，说：“雀鼠尚知人意，况人乎？”认为寇准“性刚自任”，在朝堂上强辩有失执政大臣体面，于是贬其为地方官，罢知邓州。

寇准虽然没有直接支持赵光义立赵恒为太子，但毕竟是因为他的话，才使太子一事定下来。加上后来赵光义猜忌太子，也是寇准从中斡旋，因此，寇准也是帮助宋真宗赵恒登上皇位的有功之臣。赵恒一即位，就开始重用寇准，先迁为尚书工部侍郎，后历任河阳、同州、凤翔知州，再迁刑部，权知开封府。咸平六年（1003 年），赵恒将盐铁、度支、户部合为一使，寇准迁兵部，为三司使。一年后，名臣毕士安任宰相，同时推荐寇准任相，称赞寇准忠诚可嘉，资历深厚，善断大事，自己也比不上他。赵恒却还是有些担心，说：“听说寇准刚愎自用。”毕士安说：“寇准忘身殉国，坚持正道，打击邪恶，因此不为流俗所喜。此时北部边防有事，辽国人不断南下骚扰生事，正应当起用寇准这样的大臣。”于是，赵恒诏寇准为集贤殿大学士，拜同中书门下平章事（宰相），名列毕士安之后。这是寇准第一次入相，对热衷名利的他来说，自然是无上的荣光。

寇准与同科进士张咏友情深厚。寇准出任宰相时，张咏任益州（今成都市）刺史，他对属僚说：“寇公奇才，只可惜学术不足！”后来寇准被贬出知陕州（今河南三门峡市）时，张咏刚好从益州调回京师，路过陕州，寇准在任所设盛宴款待张咏。临别时，寇准送张咏至益州城郊，问张咏："张公有何见教？"张咏意味深长地说："《汉书·霍光传》不可不读。"寇准当时并不明白张咏所说何意，回到任所后，特意找出《汉书》读《霍光传》，至"不学无术，暗于大理"一句时，才恍然大悟："原来张公是说我不学无术呢！"这是历史上极为著名的一段典故。

寇准虽然入相，但他所面临的局面并不乐观，正如前面所提到的，他正式拜相没几天，就发生了辽军大举侵宋事件。边境烽火雄起，皇帝昏庸，朝中大臣只知谄媚，历史将一副重大的担子压在了寇准的肩头。

自从宋太宗赵光义在高梁河一战中惨败后，宋朝一直处于战略防御的状态。雍熙三年（986 年），赵光义为报一箭之仇，再次派宋军全力进攻辽国。宋军分东、西、中三路进军，东路军贪功冒进，结果大败。辽军在萧燕燕的指挥下，乘势猛攻，宋军全线崩溃。西路军老将杨业率军掩护边民撤退，在陈家谷被辽军包围，在激战中受伤几十处，被俘后绝食三日而死。此战中，宋军被歼二十余万，精锐尽失。之后，宋朝再无能力对辽国发动进攻，不得不全面转入防御。

此时，辽国国主为辽圣宗耶律隆绪，但由母亲萧燕燕摄政。她胆识过人，兼通韬略，在她的治理下，辽国国力日益强盛。实力强了，野心也就大了。萧太后气势汹汹，不断率军南侵，宋朝的北方边境频频告急。对于辽军的步步紧逼，宋军则完全采取守势。

景德元年（1004 年）闰九月，萧燕燕和辽圣宗再度率领大军南下攻宋。辽军声势浩大，号称二十万，经保、定二州，直扑澶州（今河南濮阳）城下。这样，不光河北的大片领土陷入辽军之手，仅隔一河的都城开封也暴露在辽军铁骑的威胁之下。

宋军告急的文书一日之内五至，京师大震，朝廷上下慌乱不已。唯独刚刚走马上任的宰相寇准平静如常，还将告急的文书都扣下来，不让宋真宗赵恒知道。赵恒听到风声后质问寇准，寇准便将一堆急报都拿出来。赵恒一见这么多急报，立即慌了手脚，忙问该怎么办。寇准不紧不慢地说："陛下是想尽快解决此事呢，还是想慢慢来？"赵恒当然是想尽快解决。寇准趁势说："陛下要退辽兵，不过五天时间即可。"宋真宗自然不相信。寇准则趁机提出要赵恒率军亲征。

自古以来，皇帝御驾亲征非同小可，但到宋朝却有所不同。宋朝开国皇帝宋太祖赵匡胤出身行伍，当上皇帝后犹自南征北讨，可以说是以武为生。其后是宋太宗赵光义，宋太宗小兄长十二岁，早在宋朝立国前，就已经是一员猛将，一手策划了陈桥兵变。当上皇帝后，宋太宗雄风不减，亲自率军讨平了北汉，虽然在与辽国的对垒中屡次大败，自己都挨了辽人两箭，但毕竟也是在战场上出生入死的帝王，有别于一般的皇帝。真正有本质变化的是从赵恒开始，一直到北宋灭亡，皇帝们都是长于深宫妇人和宦官之手，从来没有见习过兵仗，对打仗有着本能的畏惧。

而鉴于宋太宗赵光义之前有高梁河惨败的教训，宋真宗赵恒一直都有畏辽如虎的心理，现在突然听到宰相寇准提出要御驾亲征，立即面带难色，站起来就要回内宫。寇准连忙上前拦住，力劝赵恒不要动摇。赵恒性格软弱，勉强同意第二天朝议亲征一事。

第二天，朝堂上爆发了激烈的争吵。不少大臣不但不主张皇帝亲征，甚至还力劝赵恒做迁都之议。参知政事王钦若是江南人，主张迁都金陵。另一枢密院事陈尧叟是四川人，主张迁都成都。

王钦若，字定国，新余人（今新余东门）。自小聪颖过人，读书作文都很出色。他曾经为开封某门客作有一屏联："龙带晚烟归洞府，雁拖和色过衡阳。"一时间广为传诵。宋太宗率军进兵太原的时候，王钦若作《平晋赋论》进献，时年十八岁。宋太宗淳化三年（992 年），王钦若进士及第。据说他在殿试中考了第一，也就是头名状元。但他因为欣喜若狂之下，与同中一甲的袁州窗友许载纵情狂饮，袒腹失礼，宋太宗大怒，下旨再试，王钦若就此丢了状元。据说王钦若也是宋朝第一个江南籍的宰相，因其颈部长有一肉瘤，时人称其为"瘿相"。王钦若文才过人，宋朝四大部书之一《册府元龟》便是此人与杨亿等主持修纂。

陈尧叟，字唐夫，阆州阆中（今四川阆中），宋太宗端拱二年（989 年）状元。陈尧叟中状元时二十九岁，宋太宗召见时，见他体貌英伟，器宇轩昂，举止得体，很是高兴，问左右说："这个年轻人是谁的儿子？"有人回答说："他是楼烦县县令陈省华的儿子。"宋太宗于是召陈省华进京陛见，任陈省华做太子允中。次年四月，宋太宗同时任陈省华、陈尧叟父子为秘书丞，并同赐绯袍以示恩宠。秘书丞虽然官职不高，但父子同日升同样的官，受同样的赏赐，却是旷代殊荣，被传为一时佳话。陈尧叟曾任广南西路转运使。当时岭南风气未开化，人们信巫，有病不服药，而是祷神祛灾。陈尧叟移风易俗，将《集验方》医书刻于石上，立于驿站，使之广泛传播。岭南炎热，当地人不会打井，饮水只靠河水或是下雨时的积水，陈尧叟教岭南人植树凿井，因而深得当地人拥戴。

王钦若和陈尧叟均是有才之人，尤其是陈尧叟，也曾经造福一方，有着极好的名声，但才气与品德、为人与气节往往不是一回事。这两人的职务都是副宰相级别，属于执政重臣，堂堂中枢大臣，竟然公然主张不战而逃，由此可见宋朝朝野上下对辽国的畏惧心理到了何等严重的地步。寇准大怒，当着王钦若、陈尧叟的面说："谁为陛下画此策者，罪可诛也。"声色俱厉地要求将主张迁都的人斩首，逃跑派的气焰才一时被遏制。

此时，寇准再一次提出要赵恒领兵亲征，说："只要皇帝亲征，人心振奋，文武大臣协作团结一致，辽军自可退去。辽军来攻，我们可出奇计骚扰，打乱其进攻计划；也可以坚守不出，使辽军疲惫不堪，再趁机打击。这样就可稳操胜券。如果退至江南或是四川，则人心动摇，辽军乘势深入，大宋江山还能保得住吗？"寇准的意见得到了宰相毕士安和武将高琼等人的支持。赵恒内心实在很不情愿，但此时形势逼人，朝堂上主张亲征的一派占了上风，在迫不得已的情况下，勉强同意亲征，但却迟迟不肯动身。

临出发前，寇准奏请参知政事王钦若出镇河北大名。王钦若此人富有心机，多智谋，擅权变，寇准生怕他留在京师会再想出什么主意阻挠赵恒亲征，因此抢先下手，搬去了一块绊脚石，朝廷中的主迁派失去了核心人物，但却由此与王钦若结下了深仇大恨。

景德元年（1004年）十二月，赵恒以雍王赵元份（宋太宗第四子，宋真宗弟）为东京留守，率军御驾亲征。然而，满朝文武对此战都没有信心，甚至表示支持寇准的宰相毕士安也借口有病在身，不肯随驾北征。

宋军正式开拔后，辽军日益迫近的消息如雪片般从前方飞来。宋军更是听说辽国太后萧燕燕不顾年过半百，戎装上阵，亲自擂鼓助威，辽军士气极旺，以致大军刚动，便开始军心动摇。跟随赵恒亲征大臣中又有人趁机提出应该迁都金陵，赵恒优柔寡断，本来就勉强出征，现在更是犹豫，想打退堂鼓，于是召寇准商议。寇准坚决反对，说：“现在大敌压境，四方危急，陛下只可进尺，不可退寸。进则士气倍增，退则万众瓦解。到时辽军必然趁势来攻，恐怕到不了金陵，陛下就成了辽军的俘虏。”握有兵权的殿前都指挥使高琼也支持寇准的意见。赵恒不得已，加上有其父宋太宗亲征失踪的前车之鉴，只好不再提撤退之事，继续北行。

北宋时，黄河还未改道，流经澶州，河道将澶州城一分为二为南城和北城。赵恒的车驾到达澶州时，辽大军已经抵达北城附近，赵恒遥遥望见黄河对岸烟尘滚滚，显见战事激烈异常，心中胆怯，不敢过河，只愿意驻扎在安全系数较高的南城。寇准认为澶州北城将士正在浴血奋战，皇帝亲临，会极大地鼓舞士气，于是力请赵恒渡河，说：“陛下不过河，则人心益危，敌气未慑，非所以取威决胜也。”（《宋史·卷二百八十一·寇准传》）

寇准所提出的“取威决胜”相当有道理，赵恒却很不情愿，只是公然拒绝宰相的提议无异于表明自己怕死，只好默不作声。寇准看见皇帝这副样子，自然明白过来，于是跑出去找武将高琼，说：“太尉深受国家厚恩，今日打算有所报答吗？”高琼也是个血性汉子，当即慷慨地回答说：“我身为军人，愿意以死殉国。”

于是寇准与高琼仔细商议了一番，再一起去见赵恒。赵恒才刚刚缓了口气，一见寇准又来了，立即头都大了。他已经料到寇准要继续游说他渡河，是以一开始就在心理上处于弱势。果然，寇准张口就说：“陛下如果认为我刚才必须要渡河的话不足凭信，可以问问高琼。”赵恒还来不及回答，高琼便说：“寇相公的话不无道理。陛下千万不要考虑迁都江南，随军将士的父母妻子都在京师，他们不会抛弃家中老小随陛下只身逃往江南的。”相公是宋朝对宰相等高级官员的尊称，一般官员不得称相公。

接着，高琼便上前请赵恒立即动身渡河。赵恒进退两难，干脆不表态。枢密院事冯拯在一旁斥责高琼对宋真宗鲁莽无礼。高琼不识字，少小从军，完全凭武功起家，年过花甲的他一直瞧不起冯拯这帮不懂军事的文人，当即愤怒地驳斥道："你冯拯只因为会写文章，官做到两府大臣。眼下敌兵向我挑衅，我劝皇上出征，你却责备我无礼。你有本事，为何不写一首诗使敌人撤退呢？"冯拯无话可说，宋真宗则继续一言不发。

高琼当机立断，命令兵士把赵恒的车驾转向北城行进。到了黄河渡河口浮桥处，赵恒又停下来。高琼用铁锤击打驾赵恒御车的辇夫的背，迫赵恒渡过了黄河。

尽管车驾中的赵恒本人心惊胆寒，然而，当大宋皇帝的黄龙旗在澶州北城楼上一出现，城下宋军与百姓立即齐呼万岁，欢声雷动，声闻数十里。宋军因而气势倍增。当时辽军围攻澶州，辽国萧太后亲自上阵擂鼓助威，辽军无不激动振奋，奋发向前，宋军看见辽军的声势，不战而寒。可以说，赵恒亲临北城，从根本上扭转了宋军的士气。

赵恒到澶州北城象征性地巡视后，仍坚持回到南城行宫。但宰相寇准就此留在北城，负责指挥作战。赵恒回到南城后，尽管有黄河天险，但还是不放心，数次派人前往北城探视寇准的举动。而寇准竟然与知制诰杨亿在北城城楼上喝酒下棋，"歌谑欢呼"，泰然自若，十分镇定。寇准如此表现，显然是胸有成竹，赵恒欣喜道："寇准整暇到这样子，我还忧虑什么呢？"总算放了心，不再恐慌。其实这是寇准知道赵恒心中不安，为了安定皇帝和军心，故意而为之。果然，"人以其一时镇物，比之谢安"。

就在这个时候，留守东京的雍王赵元份突然暴病而亡，赵恒于是借此机会回驾京师，将前线抗辽的军事大权全部交给寇准。

就在宋真宗赵恒离开澶州后不久，宋威虎军头张瑰用威力惊人的床子弩射杀了辽军先锋萧挞凛（萧燕燕族兄弟，擒获名将杨业之人），极大地动摇了辽军军心。

此时辽军孤军深入中原腹地已久，供给线长，粮草不济，已经无力持久。加上辽军先锋萧挞凛被射死对士气影响极大，于是萧燕燕下令暂缓攻城。

而宋军方面，由于赵恒御驾亲征，士气高涨，集中在澶州附近的军民，多达几十万人。局势明显对宋军有利，宋真宗却没有抗敌的决心。早在他离开京师的时候，就暗中派出了使臣曹利用往辽军大营与太后萧燕燕议和。只是因为当时战事激烈，曹利用一直未能到达辽营。而当宋辽两军在澶州对垒之时，曹利用一直谋求往返于两军之间。

萧燕燕见辽军处境不利，担心腹背受敌，便开始谋求议和，派宋降将王继忠（望都之战中被辽军俘虏后投降辽军）与曹利用联系。

寇准坚决反对议和，主张乘势出兵，收复失地，如此“可保百年无事”。宋军将领宁边军都部署杨延昭（杨业子之，著名的杨六郎的原型）也坚决主战，上疏提出乘辽兵北撤，扼其退路而袭击之，以夺取幽燕数州。但由于赵恒倾心于议和，致使宋臣中的妥协派气焰极为嚣张。这些人联合起来，攻击寇准拥兵自重，甚至说他图谋不轨。寇准在这帮人的诽谤下，被迫放弃了主战的主张。

在辽军大将殒命、兵势受挫、宋军已经明显占据优势的情况下，宋辽两国的和谈就此开始。辽军提出的议和条件是要宋朝“归还”后周世宗柴荣北伐夺得的“关南之地”。这显然是狮子大张口，因为燕云十六州本来就是中国的土地，收复失地是宋太祖、宋太宗两朝皇帝念念不忘的大计，而辽国竟然反客为主，俨然以主人自居，可谓极大的笑话。但由此却可以看出萧燕燕的政治家风度，当此宋军已经明显占有上风的局面下，她却能把握住赵恒软弱无能、企盼和谈的弱点，漫天要价，提出割地为盟。宋方的条件则要软弱得多。只要辽国退兵，宋朝愿意以金帛代地，每年给辽国一定数量的银、绢作为补偿，但不答应领土要求。

谈判在两军对峙中进行。萧燕燕十分懂得见好就收，最终按宋方的条件达成了协议。剩下的问题就是每年给辽国银绢的数量。曹利用就此请示赵恒，赵恒说：“逼不得已，二百万（银、绢各一百万）也可。”意思是说，只要不割地，能讲和，辽国就是索取百万钱财，也可以答应。

当时宋朝极其富有，宋真宗时，宋朝廷的年岁收入折算为银绢，大概为七千万两/匹。因此，宋真宗认为可以承担“岁币”之数百万，以此来换取和平。

曹利用承旨后，刚从赵恒的行宫出来，就被一直守候在门外的寇准拦住。寇准问明情况后，警告曹利用说："虽然有圣上的旨意，但你去交涉，答应所给银绢不得超过三十万。否则，你一回来我就要砍你的头！"曹利用后来成为风光一时的权臣，跟另一权臣丁谓联合起来，与寇准一派大搞党争，不过当时还未见显赫，只是个默默无闻的小吏，被寇准一吓，立即悚然而惊，喏喏应命而去。

经过谈判，曹利用果然以三十万银绢谈成。宋辽双方订立了和约，这就是历史上著名的"澶渊之盟"（澶州西有湖名澶渊，澶州也称澶渊郡）。澶渊之盟规定：

一、辽宋为兄弟之国，辽圣宗年幼，称宋真宗为兄，宋尊萧太后（辽圣宗生母萧燕燕）为叔母，后世仍以世以齿论。

二、以白沟河（今河北巨马河）为国界，双方撤兵。双方各守现有疆界，不得侵轶，并互不接纳和藏匿越界入境之人。

三、宋方每年向辽提供"助军旅之费"银十万两，绢二十万匹，称为"岁币"，至雄州交割。

四、双方于边境设置榷场，开展互市贸易。

好笑的是，和议达成后，宋真宗询问结果，曹利用伸出三个指头。赵恒误以为给了辽国三百万，大吃一惊，说："太多了！"但想了一想，又认为谈判既已成功，也就算了，又说："三百万就三百万吧。"后来，赵恒弄清了只给辽绢二十万匹、银十万两，合计数才三十万，不到宋年财政收入的千分之五，大大低于早先的估计，不禁大喜过望，重重奖赏了曹利用，甚至写诗与群臣唱和，以此来庆祝。

宋真宗刚刚即位的时候，为了应付北方强大的辽国，以及西北与党项的战争，大肆扩军，招募禁军至五十余万人，加上地方上的厢兵，号称养兵一百万，数目相当庞大。澶渊之盟后，宋真宗立即着手裁减军队，遣散老弱残兵，精简编制，如取消富有战斗力的河东效顺一军，龙骑军原有十二个指挥，减为六个指挥，等等。不仅如此，宋真宗为了表示友好的诚意，还将同辽国接壤的地名作了改变：改威虏军为广信军、静戎军为安肃军、破虏军为信安军、平戎军为保定军、宁边军为永定军、定远军为永静军、定羌军为保德军、平虏军为肃宁军。

澶渊之盟是中国历史上的著名事件，对整个北宋朝具有非比寻常的意义，甚至有人认为澶渊之盟“影响了中国思想界及中国整个历史”（蒋复璁语）。一方面，这是一个在宋军占有优势的局面下签订的屈辱性条约；另一方面，这个屈辱性的条约却给宋辽边境带来了长达百年的和平，极大地促进了两国经济、文化的发展。

澶渊之盟以后，辽宋长期保持友好往来，宋朝在雄州、霸州（今河北霸县）、安肃军（今徐水）、广信军（今徐水东），辽在新城、朔州（今山西朔县），分别置榷场，进行双边贸易，边境地区的经济、文化交流得到加强。宋辽双方每逢有皇帝即位、生辰、丧事等，都互派使者来往。这种局面一直维持到北宋末年，时间长达百年之久。辽宋不曾兵戎相见，边境安定，当时的人这样评论：“（辽）与朝廷（宋）和好年深，蕃汉人户休养生息，人人安居，不乐战斗。”

但在中国历史上，澶渊之盟却始终是个有争议的命题。辽国在不占有任何优势的情况下，反而从中大大获益，《辽史》的编纂者认为“澶渊之役”是萧燕燕军事生涯中最光彩辉煌的一页。对于宋朝而言，澶渊之盟是带有屈辱性的城下之盟，既从法律上承认了燕云十六州属于辽国，又开“岁币”之滥觞。宋真宗赵恒也因而成为“岁币”的始作俑者，开宋朝以“岁币”求和的先例，直接导致此后两宋之积弱，使宋朝繁荣的局面江河日下。

这一年，被公认是宋朝“积弱”的开始。

即使是在宋真宗一朝，澶渊之盟也被认为是奇耻大辱，寇准也因此而受到牵累，后来又因此而搞出“天书”的历史闹剧。

澶州之盟签订之初，赵恒认为南北停战是件大好事，是宰相寇准的功劳，因此加寇准为中书侍郎兼工部尚书，待其甚厚。寇准功盖群僚，有目共睹。后来王安石也在《澶州》一诗中赞扬过寇准：“欢盟从此至今日，丞相莱公功第一。”然而，早先与寇准结仇的王钦若一直想方设法地排挤寇准，一天退朝后，王钦若故意留下，在赵恒面前攻击寇准说："寇准逼着陛下亲征，将陛下当作'孤注一掷'，订立'城下之盟'。这不是胜利，是君王的耻辱，怎么还能说寇准对社稷有功呢？"又说："时议有谓，城下之盟，《春秋》耻之，澶渊之举，是城下之盟也。"（《宋史·卷二百八十一·寇准传》）这话相当震撼，宋真宗当时没有表态，但此后对寇准的疑忌加重，寇准逐渐失宠。

不久，宰相毕士安病逝，寇准失去有力的同盟。寇准少年富贵，性喜奢侈，又好饮美酒，赵恒借机以"过求虚荣，无大臣礼"等罪名，罢免了寇准的相位，出知陕州（今河南陕县），改任王旦（寇准同科进士）做宰相。此时，寇准当上宰相不过一年多时间。

寇准改知天雄军后，刚好遇到辽国使者路过。辽国使者故意问道："相公德高望重，为什么不在中书省做官，却来到天雄军呢？"寇准被说中痛处，却回答得相当巧妙："如今朝中无事，不需要我居中任职。皇上认为天雄军是北门锁匙，非我寇准执掌不可。"这话回击得无懈可击，由此也可见寇准相当自负。

赵恒听信王钦若的话以后，深以澶州之盟为耻辱，常常闷闷不乐。王钦若趁机讨好对赵恒说："惟封禅，可以镇服四海，夸示外国。"但是自古封禅，一般要有"天端"，王钦若和宋真宗想出了伪造"天书"的计谋。

由于担心宰相王旦反对，王钦若暗中向王旦传达圣意。赵恒又假装赐一坛好酒给王旦，王旦回家打开酒坛一看，发现坛内全是上好的珍珠。王旦自然明白这是皇帝亲自贿赂，从此不敢对"天书"这等荒唐之说有异议。

一天，赵恒对群臣说，夜见神人降"天书"于承天门。于是，以宰相王旦为首，王钦若、陈尧叟、丁谓等大臣皆称贺。赵恒率领群臣们到承天门，果然发现"天书"。王旦下跪献进，赵恒再拜接受，交陈尧叟启封，又命他宣读。于是，群臣入贺。有大臣名叫孙奭，对这君臣一唱一和的虚伪场面很看不惯，当面问宋真宗道："以愚臣所闻，天何言哉！岂有书耶？"赵恒默然不答。

不久，又在泰山得“天书”，赵恒亲自到泰山封禅。之后，赵恒在王钦若、陈尧叟、丁谓等大臣的迎合下，屡次搞“天书”、封禅等自欺欺人的活动，又大肆祭祀孔子、老子，并尊崇道教，大造道观，耗资巨大，以致岁出日增。

朝中大臣只有孙奭、张咏、李迪等敢于提出些批评。张咏（寇准同科进士）病重，临死前奋力上书，历数丁谓的罪行，并说：“乞斩丁谓头置国门谢天下，然后斩我张咏头置丁氏之门以谢丁谓。”意思是要皇帝杀丁谓谢天下，他张咏愿意以死谢丁谓，相当于是以死相谏了。然而，宋真宗只是赞叹张咏的忠直，并无悔改之意，依旧宠信丁谓。

宰相王旦因为对赵恒的所为不闻不问，从不提出反对意见，所以安坐宰相的位子。但他死前却留有遗命，让后人为他削发披缁入葬，表示悔恨他当初不谏“天书”的过失。

赵恒大搞“上天书”，劳民伤财，百姓不服，他开始有些不安，因此有人提出，只要平素不相信这些活动的寇准出面，便能使百姓折服。于是，赵恒命宦官周怀政暗示寇准“上天书”，想用寇准的名声来收服人心。寇准开始不愿意参与这种荒诞不经的活动。寇准的女婿王曙当时在内阁当郎官，与宦官周怀政交好。王曙在一些别有用心的人的授意下，极力撺掇怂恿寇准，说只要寇准愿意上天书，便可以重回宰相位置。寇准一时陷入两难的境地。

寇准有个门人，颇有远虑，提出一个解决困境的办法：“寇公走到半路假称有病，坚持要外补为官，此为上策；如果入见皇帝，也可揭发天书之事皆是伪造的祥瑞，可以保全寇公平生正直的名声，此为中策；最下策则是再入中书省为宰相，如此则平生威望尽损。”十分可惜的是，寇准少年富贵，长期担任中枢要职，功名之心极重，难以自拔，最终还是没有听从门人的建议，违心地加入了“上天书”的行列。此事成为寇准一生中的重大污点，为时议所非。

上天书后，寇准果然被龙颜大悦的赵恒重新起用为宰相。然而，这位寇老西在错误的时机，通过错误的手段重新得到了宰相的职位，威信已经大为下降，并自此卷入是是非非的旋涡中，再也无力脱身。

宋真宗赵恒晚年，皇后刘娥开始干政，引起一些大臣的警惕和不满，这其中以宰相寇准和翰林学士李迪为首。寇准因为上天书重新得回宰相位置后，开始着力培养自己的亲信朋党，比如推荐丁谓为参知政事（副宰相）。如果说寇准之前的上天书只是个人品德问题的话，误用丁谓则是他一生中最大的失误，这一错误严重干扰了当时的朝政。

宋朝有著名传奇“狸猫换太子”，流传极广，说的便是宋真宗皇后刘娥用狸猫换取了宫女李氏所生的龙种（即后来的宋仁宗），并将龙种说成是自己的儿子。刘娥原是个贫寒的花鼓女，靠打鼗鼓谋生，偶然的机会与当时还是襄王的赵恒结识，二人一见钟情，从此形影不离。宋太宗听说儿子喜欢上一个轻浮的花鼓女后，勃然大怒，勒令赵恒立即将刘娥逐出襄王府。赵恒实在舍不得刘娥，于是表面将刘娥送回四川老家，但暗中却将其送到亲信幕僚张耆（原名张旻）的家里。刘娥离开襄王府后，赵恒奉宋太宗命娶名将潘美（即戏曲中的潘仁美）第八女为妻。但赵恒一有机会，就悄悄去张耆家与刘娥私会。一直到宋太宗晏驾，赵恒即位为宋真宗，刘娥才得以重见天日。她进宫后立即被封为美人，不久便进为德妃。赵恒与刘娥长期相爱，最终还是冲破重重阻力结合。景德三年（1006 年），郭皇后去世后，刘娥三十七岁，年纪在后宫嫔妃中最大，但在后宫地位也最高，离皇后宝座只有一步之遥。然而，刘娥的卑微出身，成为她当上皇后的最大障碍。朝中群臣一直赞成立沈才人为新皇后，宋真宗对此也不表态，显然是因为偏爱刘娥的缘故。为了压过沈才人，刘娥最终想出一个移花接木、李代桃僵的计策，命令心腹侍女李氏去服侍宋真宗。果然如其所愿，宋真宗对李氏产生了兴趣，临幸了她。不久后，李氏怀孕，产下一子，宋真宗喜出望外，给孩子取名为赵受益，后来改名赵祯，但孩子却被刘娥占为己有，宋真宗也默许她抱养李氏之子。赵祯不明真相，一直以为刘娥是自己的亲生母亲，其真正生母李氏则在宋真宗死后被赶去守宋真宗的永定陵。赵祯即位为宋仁宗后的第十年，李氏病重，直到临死前，才得进封宸妃。这段故事后来被演绎成匪夷所思的“狸猫换太子”，其实不过是子虚乌有，但却由此反映出后宫以子争宠的复杂局面。拥有子嗣，对刘娥能册立为皇后，以及宋真宗死后能够垂帘听政起到了决定性的作用。大中祥符五年（1012年）十二月二十四日，刘娥被册立为皇后，此后一生与宋朝的政治紧密相连。尤其是赵祯即位为宋仁宗后，她以皇太后的身份垂帘听政，对北宋政局产生了重要影响。

丁谓，字谓之，宋太宗朝进士。此人工于算计，机敏狡猾。他为了迎合宋真宗，大搞上“天书”活动，曾随宋真宗赵恒巡视。大礼结束后，赵恒下诏赐给随行大臣玉带。当时随行大臣共有八人，但行宫库房中只有七条玉带。不过，尚衣局存有皇帝备用的一条玉带，称为“比玉”，价值八百万钱。赵恒见玉带数目不足，便想用比玉补足数量。丁谓很想得到这条比玉，但其官位在其他七人之下，无论如何也轮不到他。丁谓便故意对办事的官员说：“不必动用尚衣局的玉带，我自己有小腰带，暂且拴上它来行辞谢礼，等回到京城另外赏赐也不迟。”办事官吏觉得丁谓很大度，便具实奏报，赵恒觉得有理，便按丁谓的方法去做。结果，随行大臣都接受了赏赐的玉带，而丁谓自己的腰带仅仅像指头一样宽。赵恒看在眼中，觉得十分过意不去，立即告诉办事官吏：“丁谓的玉带与同列官员差别太大，你们迅速取一条来与他更换。”办事官吏报奏说只有尚衣局的那条比玉，于是赵恒决定把比玉赏赐给了丁谓。事见沈括《梦溪笔谈》，丁谓的机敏诈变由此可见一斑。

开始，丁谓依附权臣王钦若等人，时人称其为“五鬼”。王钦若便是在澶渊之盟后谗言寇准罢相的人。奇怪的是，尽管丁谓依附王钦若，但寇准却十分欣赏他的才气。赵恒即位之初，寇准就大力举荐丁谓。当时的宰相李沆（寇准同科进士）十分鄙视丁谓的人品，说：“纵观丁谓的为人，难道可以使其位于他人之上？”寇准为人尖刻，当即回敬道：“像丁谓这样的才气，难道能够长久使其位在他人之下？”李沆说：“日后你总会想起我这句话的。”但寇准始终不以为然。

丁谓当上副宰相后，开始小心谨慎，对寇准十分谦恭。有一次中书省宴会，寇准在豪饮后，菜汤沾到了胡须上。丁谓看到后，马上起身为寇准擦拭胡须。寇准不但不领情，反而十分恼火，当场讥讽丁谓说：“你现为参政，国之重臣，怎么能为长官擦拭胡须呢？”丁谓一时难以下台，不由得恼羞成怒，结下深怨，发誓要报复寇准。

此事也可见寇准的性格，自视甚高，性情刚硬，言语尖刻，经常弄得人难以下台。这些没有必要的口舌之快导致他一生树敌甚多。比如当年签订澶渊之盟的曹利用后来担任枢密使，执掌军机。寇准看不起曹利用，认为其既无品行，又无才气。两人每每有意见分歧时，寇准总是大声训斥曹利用说："你是一介武夫，怎么能识大体？"由此导致曹利用恨寇准入骨，倒向丁谓一边。二人联合起来与寇准分庭抗礼，导致党争不已。

而随着赵恒身体状况的恶化，刘娥权力越来越大，成为宋帝国实际上的统治者，其一举一动，对当时的政局，尤其是对寇准与丁谓两派之间的党争产生了决定性的影响。刘娥为了巩固自己的地位，也开始笼络自己的势力，主要是以翰林学士钱惟演和副宰相丁谓为首：因刘娥义兄刘美（实际上是前夫）娶了钱惟演之妹，而丁谓则是钱惟演的姻亲。

而之前，刘娥宗族横行不法，强夺蜀地百姓盐井，被人告发。宋真宗念及刘娥，想就此不问。但寇准铁面无私，坚持要求依法惩治，由此得罪了刘娥。只不过刘娥隐忍未发。

天禧四年（1020 年）六月，赵恒得了疯瘫病，政事多由皇后刘娥主持，钱惟演、丁谓一派立即权势熏天。寇准和李迪对此深以为忧。

赵恒自以为一病不起，想将皇位传给太子赵祯。宦官周怀政将宋真宗的心思秘密告诉了寇准。有一天，寇准请屏除外人，对宋真宗说："皇太子是万民所仰，愿陛下考虑到后继之事，传位给太子，并挑选端方正直的大臣来辅佐。丁谓、钱惟演是奸邪之徒，千万不能让他们辅佐少主。"赵恒点头答应。寇准立即密令翰林学士杨亿草拟表章，由太子参政监理国事，并打算用杨亿辅政，替代丁谓。

这是相当重大的应变行动。杨亿深知事关机密，非同小可，连夜亲自撰写书稿。然而，纰漏却出在了寇准本人身上。寇准"性豪侈，喜剧饮"，结果喝醉了酒后泄露了机密，被丁谓知道。丁谓质问李迪说："官家（指宋真宗）马上就要恢复健康，看你们怎样处理此事？"李迪回答说："由太子参政监国，是古来就有的制度，为什么不可以呢？"

丁谓立即将此事报告给刘娥。刘娥立即在赵恒面前诬陷寇准要换太子，预备夺取朝廷大权。史书记载此时赵恒已经不记得先前与寇准的谈话，于是罢免了寇准的宰相职务，这是寇准第二次罢相，也仅仅只做了一年宰相。显然，这是在为赵恒打掩护，不过是要掩饰赵恒畏惧妻子的事实。实际上，到了赵恒晚期，刘娥已经牢牢掌握了朝政大权，宋真宗有心无力，如同当年的唐高宗与武则天的情形。

寇准罢相后，李迪和丁谓担任宰相。而寇准被降为太子太傅不说，赵恒还挑选了最小的地方“莱”，封寇准为莱国公。这是赵恒恼怒寇准口风不严，导致事败。这个微妙的细节多少可以说明赵恒不满刘后坐大，只是他天生性格懦弱，已经无力改变。一个强硬的皇后，与一个软弱的皇帝结合，结果只能是皇后干政。如果皇后还比皇帝长寿的话，垂帘听政更是不可避免。

寇准一派失利，导致形势急转直下。宦官周怀政一向依附寇准，更是感到深重的危机。当时朝廷崇尚道教，周怀政趁机托神造符，掠取国库钱财，妄言国家休咎，评品朝廷大臣，相当招人怨恨。朝中不少大臣都告发周怀政。寇准因为周怀政一直顺从自己，他也需要在皇宫中有个亲信，因此一直没有追究。

寇准被罢相后，周怀政日夜惶恐不安，决定铤而走险，派其弟周怀素召客省使（接待外使的官员）杨崇勋、内殿承制杨怀吉等，准备发动政变，一举杀死丁谓，以寇准为宰相，奉赵恒为太上皇，罢刘皇后预政，传位给太子赵祯。结果，这件事被杨崇勋告诉了丁谓。丁谓知道事情紧急，立即换上便衣，乘坐妇人用的车辆，连夜找曹利用商量对策。

第二天，丁谓将此事上奏赵恒和皇后刘娥。赵恒下诏审讯周怀政，周怀政满口招认。赵恒暴怒之下，竟然还想严惩太子赵祯。皇帝发了大火，群臣谁也不敢说话。只有宰相李迪从容地上奏：“陛下有几个儿子？竟然想如此处理。”赵恒这才醒悟过来，便不再追究太子。

幸亏李迪从中斡旋，此案才没有株连太多，仅仅只杀了周怀政一人了事。但丁谓却趁机对寇准大加迫害，将其一贬再贬，先是降为太常卿、知相州，后徙安州，再贬道州司马，最后被放逐到边远的雷州（今广东海康）去当司户参军，等于被发配到那里去充军。寇准离开京城那天，大臣们由于害怕丁谓，都不敢去送行，只有王曙以“朋友之义”为寇准饯行。从此，寇准远离他所热衷的名利场，直到最后死在南方。

寇准遭贬，据说是丁谓和刘娥勾结起来，背着宋真宗干的。据《宋史·寇准传》记载，宋真宗一直都不知道寇准已经被贬出朝，他还曾经很奇怪地问左右说：“为什么有很长时间没有见到寇准了？发生了什么事情？”众人这才知道寇准被贬的谕旨并非宋真宗的意思。然而，刘娥势倾朝野，也没有人敢告知皇帝真相。甚至宋真宗在病逝前，还对近臣说群臣中只有寇准与李迪是可以托付国家大事的重臣。

寇准被贬斥后，丁谓担心李迪与寇准交好，会帮助寇准复相，于是勾结刘娥，罢免李迪的宰相位。尤其阴险的是，丁谓打算将寇准和李迪置于死地，挖空心思地想出一条毒计，他让去向寇准和李迪传达圣旨的宦官在马前悬挂一内插宝剑的锦囊，使人误以为是降旨赐死的样子。李迪为人耿直，立即上当，一看见宦官就误以为是皇帝降旨赐死，主动要求自裁。幸亏被儿子抱住，才没有枉送性命。宦官如法炮制来找寇准，众人见到宦官杀气腾腾的样子，都十分惶恐。唯独寇准镇定自若，说：“朝廷如果是赐下臣死，下臣要亲自看看圣旨。”丁谓的阴谋才没有得逞。

寇准去职后，民间对他十分怀念，流唱歌谣说：“欲时之好呼寇老，欲世之宁当去丁。”丁就是指丁谓。不知是有意，还是巧合，丁谓后来因事被贬，放逐之地是崖州（今海南），恰好要经过寇准被贬的雷州。听说丁谓要来后，寇准的家仆打算为寇准报仇。寇准就将这些家仆锁在房间里，放任他们赌博，另外派人携带一只蒸羊去送给丁谓。一直等到丁谓走了，寇准才将家仆们放出。

雷州气候恶劣，生活艰难，加上忧愤不已，寇准身体很快垮下来。天圣元年（1023年），寇准突患重病，他急忙命人取来当年宋太宗赐他的通天犀玉带，沐浴后具朝服束带，北面再拜，呼左右趣设卧具，就榻而卒，时年六十二岁。此时，宋仁宗赵祯刚刚即位不久，改寇准为衡州（今湖南衡阳）司马。然而，圣旨到时，寇准已经死去。

寇准本人很有文采，诗词写得清丽宛转，旖旎多情，如《江南春》云：

波渺渺，柳依依。
孤村芳草远，斜日杏花飞。
江南春尽离肠断，苹满汀洲人未归。

一泓春水，烟波渺渺；岸边杨柳，随风飘荡。萋萋芳草连绵不尽，一直蔓伸到遥远的天涯。夕阳下，孤零零的村落寂寥无人，只见凋谢的杏花飘落满地。这样饱含伤春情愫的小词竟然是出自一代名臣寇准之手，实在令人惊诧。南宋胡仔《苕溪渔隐丛话》中评论此词说："观此语意，疑若优柔无断者；至其端委庙堂，决澶渊之策，其气锐然，奋仁者之勇，全与此诗意不相类。盖人之难知也如此！"其实，寇准的一生几经沧桑，也许正是以诗意来寄托自己流年风雨、壮志难酬的感伤。

寇准死后，因家无余财，其妻宋氏（宋太祖开宝皇后的幼妹）入宫启奏，请求朝廷拨款，以从雷州搬运寇准灵柩回故土安葬。结果，朝廷给予的拨款仅够运灵柩到宋氏住地洛阳，根本不够运回寇准故乡下邽。当时朝政大权都在刘娥手中，这显然是刘娥故意所为，表明她仍然不忘当年寇准大公无私惩治刘氏宗族之仇。一直到寇准去世十一年后，刘娥病死，宋仁宗得以亲政，才下旨准寇准归葬故土，并为寇准昭雪，下诏复寇准官爵，追赠中书令、莱国公。宋仁宗还诏命翰林学士孙抃为寇准撰神道碑，并亲笔题"旌忠"二字为碑额，立于寇准墓前。皇帝亲自题写碑额，在当时是无与伦比的荣耀，由此也总算对寇准几起几落的一生做出了肯定。

4．高琼

小说中高琼的个人背景和经历均为真实史实，他本因强盗罪被判死刑，离奇逃脱后成为晋王赵光义心腹，多次跟随出入大内皇宫，为宋太祖赵匡胤瞩目，特意赐其军衣。赵光义即位后，高琼一飞升天，逐渐位居武将高位，朝中无人能出其右，他曾孙女高滔滔就是后来有“女中尧舜”之称的高太后（宋英宗皇后，宋神宗生母）。

高滔滔祖父是名将高继勋，母亲是北宋开国元勋曹彬的孙女，姨母是宋仁宗皇后曹氏。高滔滔从小就被曹皇后视为亲生女儿，养在宫中，被称为“皇后女”。当时宋英宗赵曙年幼，也被抱养在宫中（宋仁宗无子），被称为“官家儿”。两个小孩刚好同岁，宋仁宗对曹皇后说：“异日当以婚配。”这样，高滔滔和赵曙青梅竹马，有着很好的感情基础。长大后，宋仁宗和曹皇后亲自为两人主持婚礼，当时有“天子娶媳，皇后嫁女”的说法。赵曙即位为宋英宗后，立即立高氏为皇后，二人的感情一直很好。高滔滔自小在宫中长大，经历了许多重大政治事件，见识相当不凡，绝非普通女子可比。

宋英宗死后，宋神宗赵顼即位，尊生母高皇后为皇太后，立妃子向氏（已故宰相向敏中曾孙女）为皇后。

在宋神宗之前，宋仁宗、宋真宗都是著名的守成之君，基本上完全继承了宋初制定的政策——即宋太祖、宋太宗制定的“祖宗之法”。到宋神宗即位之时，宋朝开国已经将近百年，积弊日深，国内危机日益严重，边境还面临辽国和西夏的严重威胁。而宋神宗此时刚刚二十岁，年轻而富有朝气，对此内忧外患的局面十分焦虑，想缓解危机、富国强兵。年轻的宋神宗深信要改变现状，变法是唯一的办法。他为此重用王安石，开始了中国历史上重要的熙宁变法。

然而由于种种原因，变法失败，王安石罢相。元丰八年（1085 年）三月，宋神宗也在内外交困中病死，在位十八年，年仅三十八岁。一位心有大志想有所作为的皇帝，就这样英年早逝。

皇太子赵煦即位为宋哲宗，改元元祐，尊祖母高滔滔为太皇太后，尊宋神宗皇后向氏为向太后，尊生母德妃朱氏为皇太妃，军国大事由太皇太后高滔滔暂时处理，一切按照宋真宗皇后刘娥听政的先例办理。从此，五十四岁的太皇太后高滔滔开始垂帘听政，执掌朝政大权达八年之久。

高滔滔一向反对王安石的新法，对儿子宋神宗大力推行新政非常不满，她垂帘听政后，立即起用王安石变法的反对者。她先是召回被变法派排斥在外的老臣司马光。随后，高滔滔废除了宋神宗和王安石推行的新法，将因为不支持新法而被下放贬谪的旧臣都召回京师，分别重用。

熙宁元丰年间，有一批重臣因为反对变法而被罢官，包括文彦博、司马光、范纯仁等人。这些人被免职后，与在洛阳的一些士大夫往来十分密切。当时洛阳有名士邵雍、程颢、程颐等人，均以道学家自居，文彦博等人待之如上宾。富弼、司马光等人仿照白居易九老会的故事，经常集中在一起，赋诗取乐。他们只按年龄大小排列顺序，不按官职高低来论资排辈。他们在经常聚会的地方专门修建了一所房子，将他们十三人的像全部画在房子里面，当时人称之为“洛阳耆英会”。这些“洛阳耆英”十分喜欢接纳宾客，经常召集士大夫在一起，谈论一些趣闻轶事或国家大事，然后喝几杯酒，吃一顿便饭，号称是“真率会”。洛阳人敬重这群人的学识和风度，也十分羡慕他们的生活方式。每次“耆英”聚会之时，总有不少人围观，竟然由此成为洛阳的一大景观。

而这些“耆英”中，最为人瞩目的要数司马光。司马光作为保守派的领袖，声望极高，当时民间早已流传一句话：“君实不出，如天下苍生何？”君实是司马光的字。在天下人的心目中，司马光才是“真宰相”。宋神宗去世后，司马光到京城开封吊唁宋神宗。刚到开封，宫廷卫士及京城老百姓争先恐后地拥在司马光身边，对他说：“相公不要回洛阳了，留下来当宰相，老百姓会生活更好。”围观者多达数千人。由此可见司马光声誉之隆。然而，司马光却消受不起这般众星捧月般的拥戴，十分恐惧，生怕因此而招来朝廷猜忌，急忙不辞而别，返回洛阳。高滔滔听说司马光回洛阳后，急忙派宦官梁惟简追到洛阳，代表太皇太后加以安慰，并向司马光问政。之后，司马光入朝拜相。

高滔滔一临政，便拜司马光为相，立即赢得了相当的人心。就连大宋的敌国契丹，听说司马光为宋朝宰相后，也大为敬畏，告诫己方的边关守将不要轻易挑起争端，要维持辽宋双方友好关系。

高滔滔垂帘后，“以复祖宗法度为先务，尽行仁宗之政”，尽量与民生息。她治下的九年，史称“元祐之治”，被认为是宋朝天下最太平、百姓最安乐的时代，这也是宋朝最后一个国势较强的时期。《宋史》记载说：高滔滔“临政九年，朝廷清明，结夏绥安，杜绝内降侥幸；文思院奉上之物，无问巨细，终身不取其一，人以为女中尧舜。”

高滔滔能被称为“女中尧舜”，足见其治下朝政清明，然而，宋朝历史上最激烈、最残酷的党争也发生在这一时期，甚至从元祐时期一直延续到宋哲宗亲政后，在朝的大臣无论是保守派还是变法派，都不可避免地卷入激烈的党争。这其中，复杂微妙之处难以言表，既有保守派与变法派之间的政治之争，也有宋哲宗与高太后的冲突，还夹杂着许许多多说不清道不明的个人恩怨和情感。

斧声烛影之谜小考

1. 金匮之盟

后周世宗柴荣病死后，太子柴宗训即位，年仅七岁，就是周恭帝。皇帝年幼，无法主持朝政，太后也是普通的妇道人家，没有政治头脑和主见。在这样的情况下，一些有野心的人开始蠢蠢欲动了。

公元960年，后周君臣正在庆贺元旦，开封城中一派喜气洋洋。这时候，边境突然传来急报，说是辽国与北汉联兵南侵。周恭帝吓得六神无主，不知所措。当时后周朝中最德高望重的大臣当数赵匡胤，赵匡胤担任殿前都点检之职，手握重兵。众望所归下，赵匡胤率领禁军前往边境防御敌人。

大军开拔到开封城北二十里的陈桥驿时，天已经黑了，于是大军驻扎在陈桥驿一带。殿前散指挥使苗训夜观天象，突然宣布说天象有异，天命所归，该当“点检做天子”。点检就是赵匡胤的官职。

这里要特别提一句，当年后周世宗柴荣北征时，曾在文书囊中发现一块长三尺多的木块，上面写着“点检做天子”五个字。而当时担任殿前都点检一职的是柴荣的女婿张永德，柴荣开始猜忌张永德，于是夺取了张永德的兵权，改任宰相，而任命当时资望尚浅的赵匡胤担任殿前都点检一职。这件事不久后，后周世宗柴荣便病死。

后周大军听了苗训的话，骚动不安。赵匡胤之弟赵匡义（后来的宋太宗赵光义）、归德军掌书记赵普连夜策划兵变，联合禁军将领高怀德、慕容延钊、张令铎、张光翰、赵彦徽、潘美等人，四处散布消息说："现在周帝幼小，不能主政，我们在外面出死力，为国家抵御外敌，谁又能知道！不如先立点检（赵匡胤）为天子，然后再北征也不迟。"众人都轰然答应。

而此时真正的主角赵匡胤却佯装不知，在屋里呼呼大睡。黎明时分，群情激愤的军士披甲执锐，团团围住了赵匡胤的寝所。赵匡胤出来一看，只见将士们拿着兵器，一齐大声喊："诸将无主，愿册太尉（赵匡胤兼任太尉一职）为皇帝。"赵匡胤还来不及回答，就有人将象征皇权的黄袍披在他身上。众人立即下拜，一起高呼万岁。这就是"黄袍加身"典故的来历。

当时有一种广为流传的说法是：其实辽军并未南下侵犯，不过是赵匡胤等人故意谎报军情，想借机煽动将士情绪，发动兵变。

赵匡胤被众将士簇拥着回去开封。赵匡胤好像还有些不情愿，勒住马缰绳说："你们这些人自己贪图富贵，立我为天子。如果能够听从我的命令，我才能答应当你们的皇帝。不然，我不能当皇帝。"诸将都下马说："愿意听从命令。"赵匡胤于是当众申明军纪：不得惊犯周恭帝、太后及公卿大臣，不得侵掠朝市、府库。

当时，开封守备空虚，而守卫京师和皇宫的殿前都指挥使石守信、都虞侯王审琦均为赵匡胤亲信，二人在宫中做内应，所以赵匡胤轻而易举地就控制了京师。赵匡胤的部下拥着后周重臣范质、王溥来到赵匡胤公署。赵匡胤一见到二人，立即流涕说："我受世宗（柴荣）厚恩，被六军所迫，一旦至此，惭负天地，将怎么办？"范质等未及回答，赵匡胤部将罗彦环已经拔剑在手，上前一步，厉声说："我们无主，今日一定要立天子！"范质等人面面相觑，不知所为。还是王溥反应快，先向赵匡胤下拜，范质也不得已下拜。

之后，赵匡胤到崇元殿行禅代礼，即皇帝位，是为宋太祖，奉周恭帝为郑王，符太后（周恭帝生母，符彦卿之女）为周太后。这就是历史上著名的“陈桥兵变”。

宋太祖赵匡胤通过陈桥兵变黄袍加身后，建立了宋朝，先后灭掉南汉、后蜀、南唐等国，天下已呈一统之势。

建隆二年（961 年）六月，宋太祖生母杜太后病危，临终之际，急召枢密使赵普入宫记录遗命。据说当时宋太祖也在场，杜太后先是问宋太祖何以能得天下，宋太祖说是祖宗和太后的恩德与福荫。杜太后当即反驳说：“你想错了！你能够得天下，只是由于周世宗把皇位传给了一个小孩子，使得国无长君，人心不归附。假设周世宗立一个中长的皇帝，天下岂能到你手中？”对于母亲的话，一向孝顺的宋太祖当然只能称是，何况杜太后的话确实有道理。杜太后这才语重心长地对宋太祖说出了关键的下文：“所以，你要吸取教训，将来将帝位先传光义（赵匡胤弟），光义再传光美（赵匡胤次弟，后改名为廷美），光美传于德昭（赵匡胤共有四子，长子德秀与三子德林早夭，只有老二德昭和幼子德芳成年），如此，则国家有长君，才是社稷之幸。”宋太祖泣拜，说：“儿铭记教诲。”杜太后又对一旁的赵普说：“你也要记住我的话，不可违背。”赵普便将杜太后的话以遗命的形式写成誓书，并在末尾署上“臣普记”，收藏在金匮之中，称“金匮誓书”。

后世对这段“金匮誓书”的故事多有怀疑，认为这是后来宋太宗赵光义与赵普勾结起来编造出来的谎言，目的是为了掩饰宋太宗之得位不正。关于这一点，此处作两点分析。

第一，杜太后要求宋太祖传弟赵光义的理由是“国赖长君”，稍作推算便可知这理由相当牵强。杜太后病逝当年，宋太祖三十五岁，赵光义二十三岁，赵光美十五岁，赵德昭十二岁。除非是宋太祖活不过四十岁，才可以将“国赖长君”作为充分的理由传位给弟弟赵光义。而实际上，宋太祖是沙场出身，精通武艺与骑射，以他的体质和健壮程度，杜太后没有任何理由怀疑长子活不到六十岁。而到那个时候，宋太祖六十岁，赵光义四十八岁，赵光美四十岁，赵德昭三十七岁。显然，真到了宋太祖撒手归天的时候，长子赵德昭非但不是少君，而且正是年富力强的年龄。反倒是赵光义，已经年老体衰，几近是知天命的霭霭老人了。

第二，宋太祖为人宽厚，天性友爱，对待兄弟异常亲厚。赵光义生病的时候，宋太祖亲自去府中探望，还亲手为赵光义烧艾草治病。赵光义觉得疼痛难忍，宋太祖便在自己身上试验以观药效。手足之情深，令人感动。杜太后病逝后不久，宋太祖就下诏任命赵光义为开封尹。开封尹正三品，掌开封府（宋朝将首都、陪都及特别要害之地称“府”）之事，是京师开封的最高行政长官。根据五代旧制，储君一般都是先担任开封尹的职务。宋太祖这一举动，实际上已经是暗示弟弟赵光义就是未来的皇位继承人。他还曾经对近臣称赞赵光义说：“光义龙行虎步，生时有异，他日必为太平天子，福德吾所不及云。”（《宋史·卷三·太祖本纪》）意思是赵光义有帝王之相，加上有福有德，将来必定能当一个太平皇帝。

从上面这两点分析来看，有无“金匮誓书”姑且不论，杜太后的遗命“他日传位赵光义”内容绝对是可信的，否则宋太祖不会在杜太后病逝后不久便任命赵光义为开封尹。也就是说，杜太后有遗命是真，有没有写成“金匮誓书”则不一定。

杜太后偏爱赵光义，在杜太后之遗命中，关键之处只有一点，那就是宋太祖一定要传位给弟弟赵光义。这是杜太后的意思，更是赵光义本人的意思。可以说，从陈桥兵变的那一天起，赵光义就有要当皇帝的念头，因为正是他和赵普策划了陈桥兵变。进一步说，宋太祖也很好地遵守了母亲的遗命，厚待弟弟赵光义。之后，宋太祖各方面的言行举止，都表明他将要把皇位传给弟弟赵光义。

开宝六年（973年），宋太祖更是加封赵光义为晋王，班次在宰相之上，并且继续兼任开封尹的要职。尤其值得注意的是，赵光义封晋王一事在当年九月，而同年八月，曾经是“金匮誓书”见证人的赵普被罢去宰相之位，引起朝野侧目。关于赵普，有颇多的故事，他也是“金匮之盟”与“斧声烛影”两大谜案中的关键人物。

赵普，字则平，幽州蓟县（今天津蓟县）人，后随父迁居洛阳。他少年时也曾努力读书，但由于性情原因，不能潜心学问，因此学识不深。如此一来，自然不可能靠走科举之路成功。为了有一技之长安身立命，赵普开始学习吏事，专门琢磨为官之道，因此而达智、富于权变。

赵普读书虽少，智谋却相当多。后周时，赵匡胤为大将，赵普则为其幕僚。有一次，赵匡胤部下抓捕乡民一百多人，称这些人是盗匪，按律应当处斩。赵普听说后，怀疑乡民中有无辜者，请求审讯。结果，其中十之八九都是被诬良为盗。这件事后，赵匡胤对赵普大加赞赏，并认为他有先见之明，且处事周密持重。赵匡胤胸怀大志，此后刻意笼络赵普，深为倚重。不久，赵匡胤之父染病不起，而赵匡胤因军务繁忙，无暇顾及家事。赵普便主动服侍赵父，朝夕进献药饵，照顾饮食起居。赵父和赵母杜氏都非常感动，将赵普视为同宗。后来杜太后临终授遗命时，一定要召赵普在侧，可见对赵普的信任程度。赵匡胤也认为赵普忠智两全，视其如兄弟，不离左右。

赵普先后当过赵匡胤的推官、掌书记等心腹要员，在辅佐赵匡胤统一天下的过程中功不可没。平定天下前后，赵普有两大突出贡献：一是精心策划了“陈桥兵变”，帮助赵匡胤兵不血刃地黄袍加身，顺利登上皇帝位；二是建议赵匡胤“杯酒释兵权”，用厚禄“赋买”的方式剥夺功臣宿将的兵权，巩固了中央集权的北宋王朝。如此，赵普以其智谋赢得了宋太祖的绝对信任，从此青云直上，“国有大事，使之谋之；朝有宏纲，使之举之”，官也越当越大，直至一人之下、百官之上的宰相。

赵普小吏出身，又没什么太大的学问，做官做到宰相这个分儿上，换作他人早该踌躇满志、得意非凡了。不过赵普却颇有自知之明，他知道自己因为书读得不多，被人在背后讥称为“寡学术”的土包子，这种风言风语他当然不会放在心上，不过，如果因为学识浅薄难以承担起宰相重任的话，就难服百官之心了。因此，赵普发愤图强，“晚年手不释卷，每归私第，阖户启箧取书，读之竟日”，学识、才智、口才因而大见长进。他头天晚上秉烛苦读，第二天上朝处理政事，总是十分敏快，临政“处决如流”，令人称奇。后来，家里人发现，赵普书箱里的藏书只有一部《论语》，于是民间就开始流传一种说法，说赵普是靠“半部《论语》治天下”。

赵普的妻子能烧一手好菜，尤其擅长做烤肉。宋太祖经常事先不打招呼，微服到赵家，点名要吃赵妻做的烤肉，并亲切地称呼赵妻为“嫂子”。所以，赵普下朝后都不敢轻易换下朝服，以免宋太祖突然驾临，来不及换衣而失仪。有一年的冬天，大雪纷飞，赵普认为路上积雪太深，皇帝应该不会出门，刚把朝服换下，宋太祖就约了弟弟赵光义一同到来赵府。于是，君臣三人“设重裀地坐堂中，炽炭烧肉”（《宋史·卷二百五十六·赵普传》），赵妻亲自在一旁服侍斟酒，君臣亲密无间，一派其乐融融的样子。

宋太祖与赵普关系非同一般，赵普也敢于在宋太祖面前坚持自己的意见。有一次，赵普向宋太祖奏荐某臣任要职，宋太祖不听。第二天，赵普又奏荐这人，宋太祖因为头一天已经拒绝了，想不到赵普又来了，因而十分生气，撕碎了奏折，扔在地上。赵普面不改色，跪下来捡起破碎的奏折就回去了。回到家后，赵普将奏折细心补好，次日带上它再一次面谏宋太祖。宋太祖见赵普如此执着，这才醒悟，终于任用了赵普力荐的臣子。而后来的事实也证明了赵普的眼光。

还有一次，一名大臣应当擢升，宋太祖因为一向很讨厌这个人，执意不批准。赵普再三请求，宋太祖就是不肯答应，还发起了皇帝老大的脾气，说：“我就是不提拔他，你能把我怎么样？”赵普说：“以刑罚恶，以赏奖功，古今都是一样。再说，刑赏是天下的刑赏，不是陛下一个人的刑赏，怎么能用一个人的喜怒来决定刑赏呢？”宋太祖听他说得头头是道，无法反驳，更加难以下台，站起来就往内宫走。赵普竟然也紧紧跟在皇帝后面。宋太祖径直进了内宫，赵普无法进入，干脆就站在宫门外不走，摆出一副不达目的绝不罢休的样子。内宫门前的守卫见宰相站在大门口死活不走，只好去向宋太祖禀告。这时候，宋太祖气已经平了，便叫宦官通知赵普，同意他的请求。

赵普当了十年宰相，权力很大，不少人都想走他的门路。开宝六年（973 年），吴越王钱俶致书赵普，问候之余，还捎带了十瓶吴越的“海味”。赵普把这些瓶子放在堂前，还没来得及拆信阅读，刚好宋太祖到了。宋太祖看见厅堂前有十个瓶子，非常好奇，就问赵普瓶子里面是什么东西。赵普如实回答说：“是吴越送来的海产。”宋太祖笑着说：“既然是吴越送来的海产，海味必佳，把它打开来看看吧！”赵普便吩咐人打开瓶子，结果在场的人全都傻了眼。原来瓶子里放的不是什么海产，竟是一粒粒瓜子形状的金子。宋太祖向来痛恨大臣接受贿赂，滥用权力，脸色当即就沉了下来。赵普惊恐万分，满头大汗地向宋太祖请罪，说："臣还没有看信，实在不知道瓶子里面是什么东西，请陛下恕罪。”宋太祖说："你不妨直接收下吧！”但心中却很不痛快，在他看来，赵普此举不仅是收受贿赂，还触及了皇权的尊严。

此后，宋太祖对赵普多少开始猜疑，再也没有之前那种绝对的信任感了。不久，又有大臣告发赵普违反禁令，贩运木料。当时朝廷禁止私自贩运秦、陇（今陕西、甘肃一带）大木。赵普却违反禁令，派遣亲信到秦陇采运大木，联筏运至京师，好为自己造住宅。结果，他的亲信趁机多运了一批大木，到京城贩卖牟利。结果被三司使赵玭查出，上奏宋太祖。因为这件事牵扯到赵普，宋太祖大怒，立即命翰林学士拟旨，打算下诏驱逐赵普。太子太师王溥竭力求情，宋太祖怒气稍平，才改变了主意。

赵普的霉运并没有就此结束。翰林学士卢多逊与赵普不和，攻击赵普联姻大臣（赵普子赵承宗违反宰辅大臣间不得通婚的禁令，娶枢密使李崇矩之女为妻），经营邸店牟利，排挤大臣，为政专断。由于这一系列公忠其表、谋私其内的问题，赵普终于失去了皇帝的信任与恩宠，宋太祖设副相与赵普分掌权力，并监督相权。

其实早在宋太祖设副相之前，已经开始采取措施降低宰相的地位。在中国历史上，宰相为百官领袖，处于“一人之下，万人之上”的地位。秦汉时，宰相身份尊贵，皇帝任命宰相称“拜相”。宰相可以佩带宝剑上殿，见到皇帝也不必下跪，皇帝反而要在朝堂上起身致意，宰相还可以与皇帝一起接受百官的叩拜。如果皇帝和宰相在路上相遇，皇帝也要下车向宰相致意。到了隋唐，群臣朝见，宰相得有座位，皇帝还得给宰相赐茶。宰相可以与皇帝坐谈国家大事，即所谓的“三公坐而论道”。宋太祖即位后，宰相奏事开始还是沿用旧制。但后来的某一天早朝，宋太祖突然对当时的宰相王溥（赵普私贩大木事件中力救赵普的那位）、范质说："我眼睛有些昏花，把你们的奏疏送上前来。"于是王溥、范质二人从椅子上站起来，走上前去递奏疏。就在二位宰相离座递疏时，早已经得到指示的宫廷侍卫趁机将宰相的座位搬走。自此以后，宰相便只能站在皇帝面前奏事，于是成为定制，宰相的地位由此大大下降。

宋太祖通过在宰相下设置参知政事若干人，又设置枢密使，以此来分宰相的军政大权；再设置三司使，以分宰相的财政大权。如此，大大削弱了赵普的权力。显然，这不光是针对赵普本人，也是为了加强中央集权的需要。

尽管赵普的权力大大被分散，宋太祖似乎还是不能原谅这位患难之交的种种过错，开宝六年（973 年）八月，贬赵普为河阳三城节度使。然而，以宋太祖之忠厚，这不大合情理，背后一定还有更深层的原因。

赵普被贬后很不服气，上书自诉说："外人谓臣轻议皇弟开封尹，皇弟忠孝全德，岂有间然；矧昭宪皇太后大渐之际，臣实预闻顾命，知臣者君，愿赐昭鉴！"（《续资治通鉴·卷七》）大致的意思是说，有人说我赵普与皇弟赵光义不和，经常在背后议论赵光义，赵光义忠孝全德，哪里有什么可以让人说三道四的地方？

先看之前赵普与赵光义的关系。在宋朝立国前后，赵普与赵光义的私交很好，二人都是"陈桥兵变"的关键策划者，配合相当默契。杜太后最爱第二子赵光义，也经常告诫赵光义外出必须与赵普偕行。可见最初二人的关系相当亲密，但这只是在没有利益冲突的时候。

重新回到赵普的上书，这份自诉相当值得玩味，很有些"此地无银三百两"的味道。赵普竭力辩解与赵光义并无嫌隙，反而说明他之前与赵光义矛盾极深。就连赵光义后来也公开宣称："赵普先前与我关系不好，这是大家共知的。"赵光义身为皇帝亲弟，地位和权势熏天。赵普则精通权术，深谙为官之道，他这样一个聪明人竟然敢公然与皇弟争锋，这只能说明他背后一定有比赵光义更大的靠山。而这靠山显然别无他人，只能是宋太祖赵匡胤。

宋太祖有一次准备给符彦卿加官，赵普坚决不同意。宋太祖说："我料定彦卿不会负我。"赵普针锋相对地回答："陛下当日如何负周世宗呢？”这话相当尖刻，估计也只有赵普才敢说出来。宋太祖这才默默无语，符彦卿加官的事情就此搁浅。赵普针对符彦卿的这句著名的话，后来又被宋仁宗宰相文彦博照猫画虎地拿去针对武将狄青，这是后话。

符彦卿为后周遗臣，两女相继为后周世宗皇后，第六女嫁赵光义为妻，既是后周世宗的岳父，也是赵光义的岳父。宋太祖登基后，因心中有愧，对后周柴氏一直恩礼异常，天下所共知，还曾经立下誓约："保全柴氏子孙，不得因有罪加刑。"要求子孙后代都要遵守。赵普自然也知道，所以他的话并不是针对周世宗的后裔而发，也不是担心符彦卿加官之后会复辟柴家的天下，而是从另一个角度提醒宋太祖要留意符彦卿的女婿，也就是宋太祖的亲弟赵光义。宋太祖不是不明白赵普的深意，只是不能明言，所以只好不了了之。

即使贵为皇帝，也有常人难以想象的烦恼，宋太祖也不例外。有种种迹象可以推测说，宋太祖虽然一直想遵从母亲杜太后遗命，但他内心深处一定有过动摇。他想将皇位传给亲子德昭还在其次，最重要的是，自古以来，皇位嫡长子继承制是“百王不易之制”。

皇位嫡长子继承制源于西周时期周公的创制，是周公“制礼作乐”的重要内容。它是要在君主多妻制的情况下，根据母亲身份的贵贱尊卑将王子区分出嫡子和庶子，以确立王位继承人的资格，并依照先嫡后庶、先长后幼的顺序，把王位继承人的资格限制、压缩在一个人的范围之内，来保证国家最高权力在一家一姓内部和平过渡。嫡长子继承制的产生，在当时有深刻的历史背景，直接的原因是基于商代的教训。

商代的王位继承制度以“兄终弟及”为主，但传弟既尽之后，下面的嗣立者应该是兄之子，还是弟之子。理论上应该传位于兄之子，但却往往不是如此，弟都希望能传给自己的儿子。由此“兄终弟及”的制度在执行中具有很大的含糊性和不确定性。商朝自中丁以后，“弟子或争相代立，比九世乱”，就与“兄终弟及”制度而造成紊乱有很大关系。相反，“自康丁以下，四世传子，王室比较安定”。以周公为代表的西周统治者看到了两种继承法的不同治乱后果，为了矫正商朝“兄终弟及”继承制度混乱的弊端，正式创立了嫡长制的继承制度。秦汉以后，除了秦朝因短命而亡没有来得及立太子、清朝自雍正后采取秘密建储制度外，大多数王朝都将嫡长制奉为“万世上法”。

宋太祖虽然是武将出身，但他性好读书，身边又有一班谋士，不会不知道这些前朝典故。可以肯定地说，“万世上法”嫡长制才是令宋太祖真正动摇的根本原因。赵普与宋太祖结识于患难之间，情如兄弟，相知极深，不会不知道宋太祖的矛盾心思，一定给宋太祖出了不少主意——要彻底除去烦恼，最简单的办法，就是将皇位传给皇子赵德昭，而不是皇弟赵光义。赵普明白这一点，宋太祖也明白这一点。

然而，此时赵光义羽翼已成，难以撼动，加上宋太祖兄弟情深，不忍心对亲弟下手，终于还是没有采纳赵普的建议。正如王夫之在《宋论》中所言：“宋祖受太后之命，知其弟不容其子，而赵普密谮之言，且不忍著闻，而亟灭其迹。”

当时，赵光义亲信遍布朝野，赵普之行事多半为赵光义知晓。宋太祖最终还是决定要遵从母亲的遗愿，为了避免更大的纷争，不得已罢免了赵普的相位。否则，以宋太祖之重情重义，不会仅仅因为赵普谋私就将其逐出京城。

宋太祖之恋旧孝友，还有一件事可以说明。宋太祖先后有三位皇后，发妻贺氏生皇子赵德昭，在宋太祖即位前便已经病逝，皇后的名号是后来追封的。之后，宋太祖娶后周彰德军节度使王饶的第三女王氏，即位后立为皇后。王皇后前后生下了三个子女，但都一一夭折。王皇后短命，于乾德元年（963 年）病死，年仅二十二岁。但宋太祖对待王皇后的亲属恩宠始终不减。王皇后的弟弟王统勋长相俊美，风度翩翩，却性情凶悍，爱吃清炖的女人肉。因为是王皇后的亲弟弟，官运亨通，历任内殿供奉官都知溪州刺史、恩州团练使、都指挥使，防御使、权侍卫军司事等职，所任多为不法，并公然抢掠女子，所到之处，无不一片纷扰，吏民争相告状。宋太祖只解除了王统勋的兵权，杀其上百侍从，对小舅子的恶行却不闻不问，这自然是看在死去的王皇后分儿上。王统勋失去权势，心中郁闷，便终日以宰割奴婢、煮食女人肉为乐。洛阳长寿寺的寺僧广惠也爱吃女人肉，两人臭味相投，前后被他们煮食的女人数不胜数。后来还是赵光义即位后，才派人将王统勋、广惠杀死以平民愤。

前面提过，赵普于宋太祖父亲有恩，杜太后更是器重赵普，亲切地称呼他为“赵书记”（赵普曾经当过掌书记），并要儿子赵匡胤政事多问赵书记的意见。甚至杜太后临终时，也是将赵普叫到床边，由此可见赵普跟赵家人的亲密程度。宋太祖对死去的王皇后的弟弟王统勋都能如此容忍，怎么会容不下患难之交赵普呢？所以，一定是赵光义与赵普水火不容，而令赵光义一直耿耿于怀的事，只能是嗣立大事了。

据说当时宋太祖皇后宋氏无子（皇子赵德昭母为贺皇后，赵德芳生母不详，均已早死），因偏爱宋太祖第二子赵德芳，欲立赵德芳为太子，宋太祖没有同意。然而，宋太祖虽然没有同意，并不代表他没有考虑这个想法。

重新回到赵普上书自诉的话题。此时赵普已经被贬出京师，却为何突然要上书为自己申辩，还特意强调杜太后临终遗命时他也在场？以赵普之权变，他走这一着棋一定是有目的的，并非自诉那么简单。只有一个合理的解释，那就是赵普也看出以宋太祖之宽厚，一定不忍心废除杜太后遗命，赵光义继承皇帝位是势在必行，他上此书，无非是想将来在赵光义面前邀拥立之功，作为东山再起的凭据。

赵普上书后不久，赵光义就被封为晋王。而对于长子赵德昭，宋太祖只给了“贵州团练使同平章事”的职务，名义是相位，却没有宰相的权力。按照皇室惯例，皇子成年，都要封王，然而终宋太祖一世，赵德昭和赵德芳兄弟不但与皇太子名分无缘，甚至均未封王，这是宋太祖亲厚弟弟赵光义的另一个有力证据。《续资治通鉴》中还记载了宋太祖如何对待赵普的上书，“手封其书，藏之金匮”。这里的金匮，就是指“金匮誓书”的那个金匮。

由此可以得出结论，尽管宋太祖出于种种考虑，有过动摇，想将皇位改传给自己的儿子，但最后他还是决定要遵从母亲的遗命，要将皇位传给弟弟赵光义。只不过，他一直没有明确宣布赵光义是皇位继承人。这，自然让赵光义感到了难以名状的压力。由此也可以推断出，金匮誓言之故事确实值得怀疑。不然，赵光义该高枕无忧才对。

有一件事更加深了赵光义的忧虑。当时有个青州人到开封来料理产业，随身带着一名十几岁的小姑娘。小姑娘天真烂漫，秀美出众。赵光义偶然看到她后，十分喜欢，派人去向青州人买小姑娘，青州人不愿意。赵光义手下有个叫安习的，自告奋勇愿办成此事。赵光义便给了安习两锭银子，命他速去办理。安习为人贪婪，先用刀将银子截取了一二两留下，然后用手段强行买到了小姑娘，偷偷送入了开封府。后来宋太祖知道了此事，下令追捕安习。赵光义只好将安习藏在自己府中，直到他后来做了皇帝，安习才敢抛头露面。

这虽然只是一件小事，由此却可以看出，宋太祖对赵光义的兄弟之情已经由热烈逐渐转为冷静。赵光义机巧通变，远在其兄之上，他不能不感觉到前所未有的危机，因而，一系列针对皇位的阴谋便开始暗中进行。

2. 斧声烛影

北宋设有四京，东京开封府，西京河南府（今洛阳），北京大名府（今属河北），南京应天府（今河南商丘），但只有东京作为国都。

宋太祖出生在洛阳的夹马营，一直很留恋洛阳，加上开封作为帝都无险可守，而洛阳却固若金汤，所以宋太祖常有迁都之意。开宝九年（976 年）三月，宋太祖率群臣出东京开封，去巡幸西京洛阳。按照惯例，天子亲征、巡幸在外时，应该由储君监国。之前宋太祖率军南征北讨、平定天下时，也都是赵光义留守开封，镇抚后方。但这一次，宋太祖却要求晋王赵光义随行。

一行人浩浩荡荡，途经郑州，谒安陵。到西京洛阳后，宋太祖见洛阳宫室壮丽，十分高兴，诏加知河南府、右武卫上将军焦继勋彰德军节度使，遂欲留居洛阳，实际上已经有迁都的意思。不料群臣争相反对，于是爆发了迁都之争。

铁骑左右厢都指挥使李怀忠谏道："汴京（开封）得运河漕运之利，有通往江南之便，每年从江淮运来百万斛米供给京师数十万军队。而且东京根基已固，不能动摇。”宋太祖则认为开封城中所需物资全仗水路由外地运送，万一开封被围，后果难以想象，因此不肯听从。晋王赵光义也极言迁都不便。宋太祖坚持说：“迁都洛阳，乃权宜之计；长久之计当定都长安，我将都城西迁。为据山河之险，裁汰冗兵，依周、汉故事，统治天下。”显然，宋太祖迁都决心已下，群臣的谏阻都不能动摇。

而这时候赵光义却说了关键的一句话：“在德不在险。”宋太祖听了默然不答。晋王赵光义出殿后，宋太祖对左右大臣说：“晋王的话不错，然而不出百年，天下民力必尽敝。”于是，宋太祖打消了迁都的念头，将洛阳作为陪都，怅然东归。

后世也有人揣测，宋太祖此时提出迁都另有深意，是为了顺利传位给皇子，以迁都来动摇赵光义的根基，因为赵光义担任开封尹的职务长达十六年，根深蒂固，在京师培植了大批党羽和势力。举例来说，通文学、精吏术的宋琪，能言善辩的程羽，文武双全的贾琰等胸有抱负之人均在赵光义麾下效力，这些人后来均成为朝中显要，宋琪还当上了宰相。当时，天下人都知道开封府尹赵光义礼贤下士，善交朋友，以致赵光义府中幕僚如云，人才济济，蔚为大观。

公平而论，开封作为国都，虽然位置适中，但是无险可守，极容易四面受敌。毫无疑问，宋太祖是反复考虑了开封和洛阳的利弊，才郑重提出迁都之议。然而，无论宋太祖有没有想过用迁都来削弱弟弟赵光义的势力，赵光义本人一定有这样的忧虑。因为就在六个月后，赵光义就在天下人惊讶的目光中，由晋王摇身变成了皇帝。

因赵光义一言而罢迁都之议，可见弟弟赵光义在宋太祖心目中的地位依然无人可比。在这个时候看来，金匮誓书是不是存在，反倒不是那么重要，重要的是宋太祖要将皇位传给弟弟的态度和决心。这之后不久，便发生了“斧声烛影”事件。

开宝九年（976年）十月十九日夜，朔风凛冽，大雪飞扬。宋太祖突然命人召晋王赵光义入宫。赵光义赶到后，宋太祖表示要商议国家大事，屏退了左右侍从，独自与赵光义酌酒对饮。守在殿外的宦官和宫女远远看见殿内烛火摇晃不定，赵光义的人影突然离席起身，摆手后退，似在躲避和谢绝什么。不久，便听见宋太祖手持柱斧（一种镇纸文具，玉或水晶制）戳地，“嚓嚓”斧声清晰可闻，同时大声喊道：“好为之，好为之。”兄弟二人饮酒至深夜。赵光义告辞兄长出去后，宋太祖才解衣就寝。

然而到了次日凌晨，宋朝的开创者太祖忽然离奇驾崩，年仅五十岁。宋皇后最先得知消息，立即命宦官王继恩去召皇子赵德芳（时任贵州防御使）入宫。据在《续资治通鉴·卷八》中记载：“皇后使王继恩出，召贵州防御使德芳。继恩以太祖传国晋王之志素定，乃不诣德芳，径趋开封府召晋王。”意思是说，宦官王继恩认为宋太祖想传位的人是晋王赵光义，于是不听宋皇后的命令去召赵德芳，而是径直去开封府请晋王赵光义。

这段记载虽为官方记载，却相当值得玩味，我们先来看看宋皇后的背景。

宋氏为宋太祖第三任皇后，史称“开宝皇后”，河南洛阳人。宋氏母家自五代十国开始，就是著名的世家，显贵无比。宋氏父亲宋偓是后唐庄宗李存勖的外孙，母亲是后汉永宁公主（后汉高祖刘知远之女）。宋氏小时候，曾随母亲永宁公主入见后周太祖郭威，郭威十分喜欢宋氏，特意赏赐冠帔。宋太祖建国后，宋偓任华州节度使。宋太祖第二任皇后王氏死后，宋太祖想立后蜀花蕊夫人费氏为后，赵普以“亡国之物不祥”劝之。刚好这时宋氏随母亲永宁公主入京贺长春节。宋氏时年十七岁，正当韶华，风姿绰约，被宋太祖一眼看中，于是立为皇后。宋氏为人“柔顺好礼”。每次宋太祖下朝前，宋氏身具冠帔，穿戴整齐，亭亭玉立地站在殿前，等候宋太祖归来。宋太祖下朝后，帝后二人相携，一齐回到后宫，由宋氏亲自调膳，侍候圣驾。这温馨的一幕让人十分感动，虽然是老夫少妻，白发红颜，却是相敬如宾，恩爱异常。

显然，宋太祖对宋皇后是相当满意的。以宋太祖的作风，他当然不会以后宫的意见来决定立储大事，宋皇后偏爱德芳，花蕊夫人偏爱德昭，却没有对宋太祖产生任何影响便是佐证。但以宋太祖与宋皇后之伉俪情深，他多少会在爱妻面前流露出自己的真实心意。论心机深刻，宋太祖远不及其弟赵光义。换句话说，宋皇后对宋太祖最终想立谁为太子是心中有数的。这里再举一个后世清朝的例子。

清嘉庆二十五年（1820年）七月二十五日，嘉庆皇帝颙琰暴死于热河避暑山庄，死因不明。清朝自雍正皇帝始，采取秘密建储制度，写有皇位继承人名字的圣旨放在乾清宫“正大光明”匾后面，旧皇驾崩后，由嗣君与朝臣共同开启。但嘉庆到热河之前，将传位诏书放在了一个小金盒内，随身携带。随侍的大臣一时没有找到御笔亲书的传位诏书，慌作一团。总管内务府大臣禧恩建议由皇次子旻宁（后来的道光帝）继位。首席大臣托津、戴均元以不符合祖制为理由表示反对。经过商议，群臣决定一面寻找传位诏书，一面飞速派人回报京师的嘉庆皇后钮祜禄氏。钮祜禄氏生有皇三子绵恺和皇四子绵忻，皇次子旻宁并非钮祜禄氏亲生。钮祜禄氏惊悉嘉庆驾崩后，立即发出了一道懿旨，让皇次子旻宁继承皇位。就在钮祜禄皇后的懿旨到达热河的前一天，嘉庆皇帝的遗诏被找到了，内中就是立旻宁为皇太子。所以，当旻宁接到钮祜禄皇后的懿旨时，悚然感泣。清朝的秘密建储制度自雍正到嘉庆，已经臻于完善，几乎没有任何空子可钻。钮祜禄皇后事先并不知道传位诏书上写的是谁，她之所以不立自己的亲生儿子为太子，而是当机立断立非亲生的旻宁，最大的可能是因为她知晓丈夫嘉庆皇帝的心思。也就是说，即便在所谓密不透风的秘密建储制度下，钮祜禄皇后还是知道嘉庆皇帝将要立谁为皇太子。

重新回到斧声烛影的话题，宋皇后惊闻宋太祖英年而逝的消息后，为什么立即派人去叫皇子赵德芳呢？遍查史料，找不到任何宋皇后弄权的记载，她虽是名门之后，却没有政治主见，不过就是个嫁给了皇帝的平凡女子，在朝中也没有任何的亲党和势力。这样一个文弱的女子，猝临大变，自然也没有易储的胆量。那么，只有一点可以解释宋皇后独召德芳的原因——宋太祖真正想传位的人是皇次子赵德芳。从古至今都是疏不间亲，“知夫莫若妻”，宋皇后作为宋太祖的枕边人，比任何人都更了解皇帝的心思，所以，危机一旦来临，她只是本能地想要执行丈夫的遗愿。

再谈宦官王继恩。唐朝亡于宦官专权，宋太祖不是不明白这个道理，虽然建国后也设内侍省，由宦官主管，但对宦官干政却非常警惕。终宋一朝，都没有出现宋朝宦官严重干政的现象。所以，以王继恩的宦官身份，绝对不可能比宋皇后更清楚宋太祖最后的真实心意。他不遵宋皇后懿旨，自己决定去开封府召晋王赵光义，只能说明他是个审时度势的人，知道所谓的储君候选人中，以赵光义实力最强，其他人无法望其项背。他主动示好赵光义，还可以得到拥立之功，保证将来的荣华富贵。

还有一种更大的可能性，王继恩早就被赵光义收买。赵光义素来与大臣内侍关系密切，其目的是不言而喻的。田重进在后周时便隶属赵匡胤麾下，后一直领兵。赵光义着意结纳，派人送去酒肉给田重进。不料，却被田重进拒绝。派去的人称："此为晋王赐也。"一定要田重进收下。田重进正色回答："为我谢晋王，我只知有天子尔。"赵光义收买田重进虽然没有得逞，但也从另外一个方面说明，当时晋王确实已经形成了相当的势力。据统计，光晋王的幕府成员便有六十人之多。与此同时，赵光义还有意结交不少文官武将。即便是宋太祖的旧部，诸如楚昭辅和卢多逊等掌握实权的朝中要员，赵光义都着意加以结纳。王继恩官任内侍都知，赵光义肯定更加加以亲近。

最令人不可思议的是，斧声烛影后面的奇事还连连不断。

王继恩到达开封府的时候，发现左押衙程德玄正坐在开封府门外，似乎正在等候他的到来一般。这里特别要强调一句，程德玄是赵光义的心腹，精通医术。王继恩突然见到程德玄，十分惊讶，问道："你怎么会坐在这里？"程德玄解释说："前夜二鼓时分，有人在我家大门口唤我出去，说是晋王召见。但我出门一看，发现并没有人。如此反复了三次。我因为担心晋王真的有病，便前来开封府探视，正在门口休息，就看见您来了。"王继恩听了程德玄的话，更加惊异，也不知道是该相信还是该怀疑，于是与程德玄一起叩门而入。

当时已经是凌晨时分，天就要亮了，赵光义却没有休息，正坐在灯下看书。他得知兄长暴逝，满脸讶异，却犹豫不肯前往皇宫，还说他应当与家人商议一下。这显然是惺惺作态了。然后赵光义便真的走进内室去找家人商议去了。这商议的内容自然与宋皇后召德芳一事有关，到底是宋皇后自己要召德芳呢，还是宋皇后事先得了宋太祖的密嘱甚至密诏？倘若是宋皇后真有密诏，事情就要麻烦得多。正因为这里面有这样一层利害关系，赵光义不得不慎重考虑，所以在内室中久不出来。

王继恩却等不及了，竟然大声喊道："时间久了，恐怕被别人抢先了。"这"别人"，自然是指皇子赵德芳了，也就是赵光义的亲侄子。王继恩这话的意思，是怕他出宫太久不回，宋皇后一着急，又另外派人去召赵德芳了。但就是王继恩这句话，泄露了实情，表明赵光义的储君地位并非简在帝心，与史书中那句"继恩以太祖传国晋王之志素定"是互相矛盾的。也由此可以进一步断定，王继恩早就为赵光义收买，是赵光义在皇宫中的心腹和耳目。

以上均为《续资治通鉴·卷八》的记载。《宋史·程德玄传》里面提到王继恩是带着宋太祖遗诏来找晋王赵光义的，这显然是宋史作者的漏洞。司马光在《涑水纪闻》中也只说是王继恩自己决定去找晋王的，没有提到遗诏一说。假如真有宋太祖遗诏的话，司马光是传统的史学家身份，最知道"为尊者饰、为贤者讳"，一定会大力强调，好为赵光义澄清疑点。

赵光义听到王继恩的催促后，立即出来，与王继恩和程德玄二人冒着风雪赶往宫中。

到皇宫殿外时，王继恩请赵光义在外稍候，自己先进去通报。程德玄却一挥袖子，不耐烦地说："事情已经到了这个地步，还等什么？"说完与赵光义径直闯入殿内。

宋皇后得知王继恩回来，便问："德芳来了吗？"王继恩却回答说："晋王到了。"

此时，赵光义已经出现在宋皇后面前。宋皇后当时年二十五岁，还相当年轻，她见到赵光义乍然出现，满脸惊愕，但她毕竟出身名门，当了多年皇后，多少知道一些政事，知道一切都已经完了，便哭着喊道："我们母子性命都托付于官家了。"官家取义于"三皇官天下，五帝家天下”，是五代到宋朝对皇帝的称呼。“三皇”是指伏羲、女娲、炎帝，“五帝”指黄帝、颛顼、帝喾、唐尧、虞舜。

宋皇后拿“官家”称呼赵光义，就是表示承认赵光义做皇帝了，显然，不承认就只有死路一条。赵光义皇位到手，自然也就心满意足，也流泪说：“我和你们共保富贵，不用担心。”

事情到此为止，再作一次分析，可以说其中有三大疑点：

一、宋太祖召赵光义入宫饮酒，为什么要屏退身边的侍从？

二、宦官王继恩到达开封府的时候，为什么程德玄刚好在那里等候？

三、赵光义为什么清晨还未就寝？

对于第一点，宫廷事密，无法推测，但由此而造成的结果却是显而易见的，正因为大殿内的当事人只有宋太祖和赵光义二人，宋太祖又很快死去，斧声烛影中到底发生了什么，就任凭赵光义自己说了。

对于第二点，程德玄的解释显然十分牵强，就连站在赵光义一边的王继恩都不相信他的话。程德玄的到来显然是与斧声烛影有关。

对于第三点，赵光义没有就寝，只能说明他已经料到即将有大事发生，正坐等事态发展。

宋太祖本人身体健壮，从他生病到死亡，只有短短两三天，可知宋太祖是猝死的，历来便有赵光义毒死兄长之说。而赵光义也似乎早知道太祖的死期，不然他不会让亲信程德玄在开封府外等候。如此反复推断，斧声烛影的故事便逐渐清晰起来。

从巡幸洛阳回来后，赵光义便担心皇兄会突然改变主意，将皇位传给皇子德昭或是德芳，由此暗中开始谋划。那夜，赵光义应召入宫时，便已经随身携带了准备已久的毒药。在对饮中，赵光义趁机将毒药下到宋太祖的酒中，然后在药力未发作前与太祖辞别。赵光义离开皇宫前，密令宦官王继恩密切监视宫中的动静。回到开封府后，赵光义立即召精通医术的程德玄在府外等候，一旦宋太祖不死，还可以以医治为名继续下手。而宋太祖嗜酒如命，在宿醉中被亲弟弟夺取了性命和皇位，倘若地下有知，一定死不瞑目。后人有诗咏道：

帝位原从篡窃来，孤雏嫠妇也罹灾。

可怜烛影摇红夜，尽有雄心一夕灰。

实际上，即便宋太祖有心传位给德昭或是德芳，最终权衡利弊，还是会让赵光义当皇帝，因为此时赵光义的势力和党羽遍及朝廷内外。

关于宋太祖蹊跷离奇之死，《宋史·太祖本纪》中只说了两句简单的记载：一句是“帝崩于万岁殿，年五十”，一句是“受命于杜太后，传位于太宗”。但无论如何，赵光义抢在赵德芳之前登基继位极度不合情理，于是引出一段“斧声烛影”的千古之谜。不过，事情到了这里还远远没有结束。当年宋太祖从后周柴荣的孤儿寡母中夺取了江山，岂知他自己死后，所留下的孤儿寡母也遭遇了各自悲惨的结局，江山也落入旁系之手。他在泉下如果遇上柴荣，却不知是什么感想，能说出什么话来。

3. 德昭之死

开宝九年（976年）十月二十一日，宋太祖死后一天，三十八岁的晋王赵光义即位，是为宋太宗。由于赵光义即位的过程（官方说法）充满了神秘色彩，天下人均疑惑宋太祖不明不白死，于是，赵光义强调“受命于杜太后”。这里要强调的是，所谓的“金匮之盟”，到现在还没有露面，一直到五年后，才由赵普首先提出。此事后面再说。

赵光义遭人非议，主要是兄终弟及的皇位继承方式与传统的父子相传相比，名不正言不顺。不过，兄终弟及倒也不是没有先例，加上赵光义当上了皇帝，也就掌握了篡写历史和引导舆论的权力，可以大做手脚。事情到了这里，有了杜太后遗命的说法，后世为什么还会有赵光义得国不正之说呢？普遍认为是“有因才有果”，而因果有时候是用结果来推断原因。赵光义之所以被天下人怀疑，逃不过悠悠之口，最主要的原因在于他得了皇位后，做出的几件大事让后人很难理解，反而进一步证明了“金匮誓书”一事纯属子虚乌有，是赵光义和赵普联合起来编造的谎言。

特别提一句，赵光义一即位，立即诏赵普入朝，任太子太保，在京师供职。太子太保与太子太傅、太子太师并称为“东宫三师”，从一品官，是个典型的虚衔，荣誉至高，却没有任何实权。实际上，历朝历代的皇帝都将太子太保作为封赏大臣的加官，如担任宰相，再加封太子太保。显然，赵普进京担任太子太保一职，并不是赵光义要重用他的先兆。赵光义如此作为，不过是考虑到赵普是开国重臣，声名远扬，尤其赵普与宋太祖关系非同一般，而此时流言四起，局势动荡，也不知道赵普内心如何看待宋太祖之死，因此不如将赵普调入京师，便于控制。

当时，朝廷内外人心不安，疑云密布，气氛十分压抑。赵光义即位为宋太宗后，先是大赦天下，以弟弟赵廷美（即赵光美，为避讳改名为廷美）为开封尹兼中书令，封齐王，时年三十岁；宋太祖长子赵德昭为永兴节度使兼侍中，封武功郡王，时年二十七岁；宋太祖次子赵德芳为山南西道节度使、同平章事，时年十七岁。而对宋太祖和赵廷美的子女，均与赵光义的子女并称为皇子皇女。宋太祖的旧部薛居正、沈伦、卢多逊、曹彬和楚昭辅等人也都加官晋爵。显然，这是在刚刚登基、根基还不稳的情况下，宋太宗所做出的安抚人心、消除动荡之举。

赵廷美被宋太宗任开封尹，显然还暗示有皇储第一号候选人的身份。因为此时宋太宗还不知道有所谓的金匮誓书，他之所以如此，完全是他向天下人解释自己继承皇位是受杜太后遗命：国赖长君，他的儿子年纪都比赵德昭小，因此没有理由立为储君。在这样的情况下，宋太宗不得已将开封尹的位子给了弟弟赵廷美。值得强调的是，赵廷美和赵德昭都在“金匮誓书”（假如真有的话）上榜上有名，可以在皇帝死后承继位。

最不可思议的是，宋太宗一即位，就迫不及待地改年号为“太平兴国”，表示要成就一番新的事业。而根据惯例，新皇帝即位，都是次年才改用新年号纪年。为什么宋太宗打破常规，将只剩下两个月的开宝九年改为兴国元年呢？这愈发说明他心怀鬼胎，要抢先为自己“正名”，以期造成不可逆转的既成事实。

无论如何，尽管“金匮之盟”和“斧声烛影”迷雾重重，宋太宗还是顺利继承了皇位。之后，他注重培养和提拔自己的亲信，幕府成员如程羽、贾琰、陈从信、张平等人都陆续进入朝廷担任要职，慢慢替换宋太祖朝的大臣。

最为关键的一点，宋太宗扩大了科举的取士人数，此举对改变宋太祖朝政格局起了重要作用。宋太宗即位后，第一次科举取士人数就是宋太祖一朝最多一年的两倍多。取士人数增多，一方面使更多有才华之人有机会入仕，另一方面，士子一旦被录取，便顺利步入仕途，出任各种职务。作为“天子门生”，士子们无疑会对宋太宗心存感激，从而死心塌地为新皇帝效力。这样，朝廷内外的大权将逐渐被宋太宗的亲信所掌握，宋太宗的皇位便逐渐稳固起来。而随着时间的流逝，“斧声烛影”和“金匮之盟”的阴影也逐渐淡去。

一切看起来都还算平静，宋太祖似乎对待弟弟和侄子们都还算不错。变化是从太平兴国四年（979 年）开始的。就在这一年，许多日后的风云人物以各种各样的身份登上了历史的舞台。而宋太祖长子赵德昭也死在了这一年。

宋朝虽然与唐朝并称“唐宋”，但不但没有唐朝“天可汉”的极盛武功，甚至都没有完成江山的统一，天下存在着多个政权并立的状况，这就是所谓的“金瓯缺”。金瓯是古代一种盛酒的器皿，常用来比喻国土。南北朝时的梁武帝曾说：“我国家犹若金瓯，无一伤缺。”（《南书·卷三十八·朱异传》）在宋朝的历史时期，中国南有大理，西有西夏（党项），北有辽（契丹）、金（女真）以及后来的蒙古。多政权并立的复杂局面在后面的篇章中会逐渐涉及，先谈宋太宗即位后的事。当时在辽与宋朝之间还有个北汉刘氏，是五代十国中唯一没有被宋朝统一的政权。

五代十国时，契丹灭掉了后晋，刘知远趁机自立为帝，是为后汉。后汉政权只存在了五年，被后周所灭。但刘知远的弟弟刘崇却占据太原，自立为帝，这就是北汉。之后，刘崇传刘钧，刘钧传刘继恩，刘继恩传刘继元。北汉国主刘氏长期依附于辽国，与宋朝分庭抗礼。宋太祖时，曾两次兵临北汉所占据的太原城下，由于契丹以兵相助，宋师均无功而还。北汉有恃无恐，时常侵犯宋朝边境州军。

北汉内部在与宋朝的关系处理上也是意见不一，矛盾重重。北汉第三任国主刘继恩在位时，部将侯霸荣杀死刘继恩，想拿刘继恩的首级投降宋朝。不料北汉宰相郭无为得知消息后，发兵包围了皇宫，并派武功高强的死士翻墙入宫，一举杀死了侯霸荣。

这个郭无为，原来是武当山的道士，在乱世中投靠了北汉，被北汉第二任国主刘钧所赏识。刘钧病重时，与郭无为谈及皇位继承人选，郭无为认为刘继恩才干不足。刘继恩即位后，一直想杀掉郭无为，还没有来得及动手，便被侯霸荣所杀，在位仅六十天。所以当时有人认为真正的内幕是郭无为唆使侯霸荣杀了刘继恩，之后郭无为又杀侯霸荣灭口。

刘继恩死后，郭无为力主立刘继元为帝。刘继元信用小人，大肆诛杀亲族。郭无为见北汉大势已去，主张投降宋朝。但刘继元自恃背后有辽国撑腰，一直不肯对宋朝俯首称臣。

太平兴国四年（979 年）正月，宋太宗决定攻伐北汉，以让金瓯不再有缺。但朝臣大多反对，理由主要是有北汉在宋朝与辽国之间，多少能起点屏障的作用。但名将曹彬坚决赞成，坚定了宋太宗的决心。于是，宋太宗派名将潘美（即戏曲中的潘仁美）等分路出兵，围攻太原。之后，宋太宗又打算亲赴前线督师。这时候，就开始看出宋太宗对弟弟赵廷美的猜忌了。

按照惯例，皇帝亲征或者巡幸在外，要由储君监国。赵廷美当时任开封尹，是第一皇位继承人，宋太宗不得已，只好留弟弟赵廷美留守京城。前面提到的“小事糊涂、大事不糊涂”的吕端当时是开封府判官，为赵廷美的直系下属。此人确实是个大事不糊涂的人，他看出了宋太宗其实并不放心赵廷美，于是劝赵廷美说：“主上栉风沐雨，以申吊伐，王地处亲贤，当表率扈从，若掌留务，非所宜也。”（《续资治通鉴·卷九》）赵廷美恍然大悟，便主动向宋太宗请求随从出征。宋太宗大喜过望，当然立即同意。

实际上，吕端一番冠冕堂皇的话解决了宋太宗最大的心病。日后，宋太宗重用吕端，并夸奖他“大事不糊涂”，便是自此事开始。关于吕端，后面还有“不糊涂”的精彩好戏。

太平兴国四年（979 年）三月，宋云州观察使郭进破北汉西龙门砦，擒获甚众。北汉国主刘继元见宋军来势汹汹，志在必得，便派人向辽国紧急求援。

辽景宗因有病在身，辽国刑赏、政务、用兵等，均由皇后萧燕燕裁决。国中只知有萧后，不知有景宗。萧燕燕本名萧绰，小字燕燕，为辽国北府宰相萧思温之女，自小许配给汉人大臣韩知古之孙。两个小青年虽然不同民族，倒也情投意合，互相倾慕。不料后来萧燕燕被辽景宗一眼看中，以致上演了一出皇帝横刀夺爱的好戏，这才使萧燕燕有机会成为后来著名的萧太后。

萧燕燕虽是番邦女子，却素有机谋，善于驾驭大臣，人皆乐于为其所用。对于之前有过婚姻之约的韩家，她也加以重用。萧燕燕听说北汉被宋朝军队围攻，立即命宰相耶律沙为都统、冀王塔尔为监军率军赴援。辽军到达白马岭，前面为一条大涧，宋将郭进率宋军驻扎在对岸。耶律沙等将领认为应等待后军，再与宋军决战，而塔尔认为应率先锋一鼓作气急击宋军，耶律沙力谏不听。塔尔率军渡涧攻宋军，辽军刚渡一半，郭进率骑奋击，大败辽军。塔尔、华格、令衮图敏、洋衮唐古等将阵亡，耶律沙等也被宋军包围。刚好这时候辽将耶律色珍率救兵赶到，击退宋军，才救出了耶律沙等人。

宋军击败辽国援兵后，声势大震，连克孟县、隆州、岚州，太原城被围得水泄不通，宋军轮番进攻，矢石如雨，战斗十分激烈。宋太宗亲临太原城下，诏谕北汉国主刘继元投降，刘继元毫不理睬，于是，宋太宗命宋军发机石攻城。五月初一，攻破太原西南羊马城。

这时候，上演了极具戏剧性的一幕。北汉朝野上下人心惶惶，感到守城无望，不少人开始谋求退路。北汉宣徽使范超率先出城投降。此时，宋军正奋力攻城，个个都杀红了眼，突然看见范超带着一队北汉兵开门而出，还以为是北汉兵出城交战，立即蜂拥而上，抓住了主将范超，并不由分说地将他立斩于大旗下。而太原城中北汉国主刘继元得知范超出降，也下令将范氏抄家斩首。范超的一家老小均被砍下首级，且首级被抛到太原城外。宋军这才知道范超是来投降的，结果却莫名其妙地被误杀了。

宋太宗又移师城南，继续攻城。北汉外绝援军，内乏粮草，军心开始动摇。北汉国主刘继元欲战无力，只好出降，北汉遂平。宋朝得其十州四十一县的土地。

这里特别要提一句，北汉国主刘继元献城投降后，北汉名将刘继业据城继续抵抗。刘继业是太原人，本名杨重贵，因年少英武，很受当时北汉国主刘崇的看重，便以杨重贵为养孙，改名为刘继业。刘继业先担任保卫指挥使，素以骁勇闻名，以功升迁到建雄军节度使。由于刘继业战功卓著，所向无敌，国人号称“杨无敌”。

宋太宗爱刘继业忠勇，很想招为己用，于是派刘继元招抚刘继业。刘继业为保全城中百姓，北面再拜，这才释甲开城，迎接宋军。宋太宗大喜，立即授刘继业为右领军卫大将军，并加厚赐，复姓杨，名业。之后杨业成为宋朝著名将领，杨业及其后代的事迹被演绎成各种故事，其中最有名的便是《杨家将》。

北汉投降后，宋太宗为了断绝北汉臣民的希望，下令焚毁太原城，改太原为平晋县，以榆次县为并州，将太原城中的僧人、道士及豪民迁往西京洛阳，普通百姓则迁居并州。大火起时，太原城中尚有许多老弱病残者来不及转移，均为大火所吞没。

伐北汉旗开得胜后，宋太宗志得意满，打算干一件更加惊天动地的大事，那就是收复被辽国占据的燕云十六州。他在可疑的“斧声烛影”中登上了皇帝位，朝野之中虽然不敢公然议论，但几年来疑云久久不散。所以，宋太宗一心谋取在文治武功上超越宋太祖的地位，以求摆脱宋太祖的阴影。就拿这次伐北汉来说，满朝文武，除了曹彬，其他人都持反对意见，宋太宗却一意孤行。降服北汉后，宋军已经在外征战几近半年，人马劳顿。因此一听说宋太宗要乘势伐辽，志在夺取幽蓟，群臣纷纷反对，宋太宗不听，坚持出兵。

开始一切都还很顺利，宋军势如破竹，宋将傅潜、孔守正在沙河大败辽将耶律希达，辽东易州刺史刘禹和辽涿州判官刘原德均主动献城出降。宋军一路上没费劲儿就打到了幽州（北京）城下。当时，幽州守将为耶律学古，采取了反防死守的策略，宋军进攻了很长时间，都是徒劳无功。双方呈现出胶着状态。

而辽国萧燕燕得知幽州为宋军所围后，立即派宰相耶律沙前去增援。耶律沙刚刚出发，辽将耶律休格也主动请缨，率人马前往幽州。

宋太宗听说辽国有援兵到来后，命令宋军在高梁河（今北京西直门外）布阵防守。辽国宰相耶律沙率部先到，与宋军在河滩上激战。经过一番血战，辽兵伤亡惨重，耶律沙急忙下令撤退。宋太宗下令宋军火速追赶。就在此时，耶律休格率军及时赶到，耶律沙立即决定回师。辽军两部合一后，声势大震，宋军一下被冲乱了，结果被打得大败。宋军兵将纷纷被杀，宋太宗那顶皇帝专用的黄罗伞盖则成了辽军的攻击目标。若不是举黄罗伞盖的宋士兵中箭落马，宋太宗可能早就死在辽军刀下了。宋太宗带着残兵败将一路逃跑，鞋也掉了，帽子也飞了，战马也陷进泥里。这时还是杨业赶到，杀退了辽兵，才救了宋太宗的命。

此时已经八月，秋风已起，塞外秋高马肥，宋军在与辽军的对峙中立时处于不利的地位。宋太宗遭受了高梁河惨败后，决定退兵。不料辽将耶律休格穷追不舍，追得宋太宗屁滚尿流，狼狈不堪。到了涿州，宋太宗还中了两箭，之后乘驴车逃脱，但随行的宫女、辎重等均为耶律休格所获。后来宋太宗死，便是因为此次的箭疮发作。

堂堂宋朝天子，竟然差点儿就做了辽军的俘虏，当时的混乱状况可想而知。而就在巨大的混乱中，产生了一个极大的错误。就在宋军溃败途中，人人都只顾自己逃命，稍微安全一点的时候，群臣却突然发现宋太宗不知去向。于是人心惶惶，奔走相告，都说皇帝失踪了。更多的人怀疑宋太宗已经在乱军中遭难。于是，有人提议说："国不可一日无君，现在皇帝下落不明，很可能已经遇难。武功郡王赵德昭是太祖子嗣，应该赶紧立他为皇帝，以安定人心，免得让辽国有可乘之机。"

前面已经提过，齐王赵廷美本来是该留守开封的，却因为吕端一番话，不得不随从宋太宗出征，以避嫌疑。赵德昭也跟随在军中。

当然，也有人反对，建议先寻找到宋太宗再说。就在众人争吵不休的时候，有人奔来告诉大家："皇帝还活着。"于是，这件事就算平息了。

回到开封后，宋太宗心情十分不好，他此次出兵，目的在于提高声望、威服人心，不料却遭到惨败，全军覆没、狼狈逃命不说，连皇帝的屁股上都中了两箭，简直是奇耻大辱。就在宋太宗低沉抑郁的时候，有人告诉他在宋军溃败途中，曾有人谋立赵德昭为皇帝，宋太宗的脸色顿时阴沉得可怕，十分恼怒。但事出有因，他也不好多说什么。偏偏这个时候，毫无心计的赵德昭自己送上门来。

因为宋太宗心情非常不好，即使先前攻取太原、收服北汉也不能弥补，因而对在攻取太原中有功劳的将士也不给予奖赏。宋军将士对此意见很大，个个心怀不满。赵德昭见将士们议论纷纷，生怕军心不稳，便善意向宋太宗建议立即论功行赏，以安抚将士。宋太宗正为幽州之败而恼怒，没听完就大怒说："战败回来，还有什么功劳？什么赏赐？"赵德昭说："这也不能一概而论。我军征辽虽然失利，但终究荡平了北汉，请陛下分别考核，量功行赏。"宋太宗一拍桌子，声色俱厉地喝道："等到你做皇帝时，再行赏不迟！"赵德昭开始还不明白叔叔为什么突然发火，惊在了当场，后来才幡然醒悟，不敢申辩，只是匆忙出宫。

回到自己的府邸后，赵德昭气愤难平，问左右随从："带刀了吗？"随从见他满脸通红，情绪十分激动，不敢说带有兵器，怕出意外，便搪塞说："我们进宫，按规定不准携带利器，所以身边没有带刀。"赵德昭越想越恼，越恼越悲，迅速走入自家的茶酒阁，关上阁门，取桌上的水果刀自刎而死，死时年仅二十九岁。

赵德昭气激自杀，不能不说与之前误传宋太宗失踪、宋军欲立赵德昭为帝有关。宋太宗虽然是一时气话，但猜忌之心一览无遗。赵德昭身为宋太祖之子，对之前的"金匮誓书"和"斧声烛影"之种种议论不可能一无所闻、一无所想，而现在被亲叔叔猜疑，无以自诉，只能以死来明志了。

赵德昭之死十分令人意外。宋太宗闻讯后赶来，大为后悔，哭着说："你这个傻孩子，叔叔只是气头上的话，你怎么也当真，为什么要自寻短见呢？"命以亲王礼安葬赵德昭，赠中书令，追封魏王，后改吴王，又改越王。

如果说赵德昭之死还事出有因的话，赵德芳之死就格外令人生疑了。赵德昭死后一年多，太平兴国六年（981 年）三月，宋太祖最小的儿子赵德芳神秘暴病身亡，年仅二十三岁。史书上对他离奇的死没有作任何说明，成为又一桩疑案。朝野间怀疑赵德芳死在宋太宗之手的人不在少数，只不过从来无人敢公开议论。斧声烛影当夜，宋皇后曾对赵光义说：“我们母子性命都托付于官家了。”其实就是担心赵光义日后会对赵德芳下手，想不到宋后的担心还是不幸而言中。

这里特别要再强调一句，所谓的“金匮之盟”是宋太宗为了掩人耳目捏造出来的，虽然能有力证明他得位的合理性，但最终却限制了宋太宗传子的愿望。至此，宋太祖四个儿子全部死去（其中两个早夭），皇位继承的顺序，就发生了巨大的变化。“金匮誓书”上的人也就只剩下赵廷美，宋太宗的亲弟弟。

4. 涪陵之祸

按照原来杜太后遗言的顺序，由宋太祖传宋太宗，宋太宗传赵廷美，赵廷美传赵德昭，赵德昭既死，那么就由赵廷美传赵德芳。只有这样，皇位才能重新归入宋太祖子孙一脉，才能不负杜太后遗命，才能对得起宋太祖将天下传弟不传子的盛德。赵德昭和赵德芳先后死后，“金匮誓书”上的皇位继承人只剩下赵廷美，宋太宗的亲弟弟。倘若宋太宗将皇位传给赵廷美，赵廷美势必要传给自己的儿子，这显然是宋太宗不愿意看到的。可以说，赵德昭和赵德芳的死，使赵廷美一下子处于极度危险的境地。

此时，倘若“小事糊涂、大事不糊涂”的吕端还在赵廷美手下当差，说不定就会劝说赵廷美赶紧辞去开封尹的职位，由此作出退出储君人选的表示；或者干脆上书皇帝，请求宋太宗立皇子为太子。如此，赵廷美必然能保住荣华富贵。然而，十分可惜的是，吕端已经调离开封府，而赵廷美手下幕僚多是平庸无能之辈，竟无一人能够深谋远虑，劝赵廷美退保其身。

而赵廷美本人，虽然也感觉到了危机，但他没有采取措施来避免宋太宗的猜忌。相反，他开始暗中拉拢一些亲近的大臣，比如给当朝宰相卢多逊送财物。如此幼稚的作为，显然只能授人以把柄。进一步分析，赵廷美不肯辞去开封尹职位的根本原因，估计还是贪图那张皇帝的宝座。在不自安的情况下，赵廷美难免有怨言，竟然说："太宗有负兄意。"这些言语传到宋太宗耳中，只能加深他对赵廷美的忌恨。

太平兴国六年（981 年）九月，赵德芳死后半年，针对赵廷美的轩然大波终于开始了。宋太宗为晋王时的幕僚柴禹锡、赵镕和杨守一三人揣摩出宋太宗的心意，突然发难，向宋太宗揭发赵廷美骄恣放纵，图谋作乱。这是明显的捕风捉影，没有任何真凭实据，但却正中宋太宗的下怀。

尽管是诬告，无法追究，宋太宗还是借机罢免了赵廷美的开封尹职务，出为西京留守。而告密的三人都有升赏，柴禹锡升为枢密副使，杨守一升为枢密都承旨，赵镕升为东上閤门使。这是个非常不好的开端，伺机钻营者见只要揭发赵廷美便可以升官发财，自然不惜代价来构陷赵廷美。于是，前面已经被罢免的赵普也终于有机会东山再起了。

赵普是开国重臣，在一系列重大事件如陈桥兵变、杯酒释兵权、制定统一战略等事中都发挥了极为重要的作用，在宋太祖时代更是以佐命元臣之身份在中枢机构执政达十年之久，名望甚崇。前面已经提过，赵普之前与还是晋王的赵光义有过一段明争暗斗，尤其是他反对宋太祖传位给赵光义，赵光义即位后，自然不会轻易忘记前仇，为了防范赵普，将其调入京师便于控制。赵普宦海沉浮，婉转圆滑，深知一朝天子一朝臣的道理，尽管与宋太宗的关系极为微妙，但还是不甘心就此沉沦。只不过，当时在朝的宰相是卢多逊，是赵普的死敌，一心防范赵普东山再起，以致赵普一直被压得抬不起头来。

卢多逊为人机警，知道宋太祖喜欢读书，经常到史馆来取书，就让小吏每次都查看宋太祖所取何书，于是阅读此书。等到第二天召见时，宋太祖问起大臣们书中的事情，只有卢多逊一个人应答如流，以此获得宋太祖赏识，拜为宰相。他跟赵普一直不和，好几次在宋太祖面前说赵普专权、贪财。赵普被罢相后，卢多逊独掌大权，直至宋太宗即位后。

赵普的儿子赵承宪娶燕国长公主（宋太祖亲妹，先嫁米福德，后嫁忠武军节度使高怀德）之女。当时赵承宪任泽州知州，回到京师成婚。按照惯例，只要与皇亲结亲，便可以留京任职。然而，宰相卢多逊竟然等不到赵承宪度过蜜月，就勒令他回任泽州。这自然是针对赵普。赵普愤怒得无以复加，刚好在这个时候，宋太宗召见了他。

宋太宗之所以召见赵普，想对付弟弟赵廷美是主要的原因。宰相卢多逊与赵廷美关系一向友善，宋太宗必须找到一个能与卢多逊匹敌的人来策划废除赵廷美的大事，赵普与卢多逊是宿敌，自然是最合适的人选。

就是这次召见中，赵普说出了那句著名的阴险之语："愿备枢轴，以察奸变。"宋太宗很是满意，赵普也因此很受鼓舞，又向宋太宗表示忠心说："我有《论语》一部，用半部帮助太祖打天下，用半部帮助陛下治理国家，使之太平。"

召见结束后，赵普回家连夜写了一封奏表，抛出了所谓的"金匮之盟"，说当初杜太后有金匮誓书，除了当事人杜太后和宋太祖外，还有见证人，就是他赵普本人。这是金匮誓书第一次公然显山露水，之前从来没有人听说过（史书为后来所修，一切记载都向有利于宋太宗的方向发展），甚至包括宋太宗本人都是闻所未闻。

关于金匮之盟，前面已经分析论证过，根本不可能存在，否则赵光义不必迫不及待地杀死兄长夺取皇位。而宋太宗登位五年后，此时才由赵普提出有金匮誓书，更见其中的可疑之处。如果真有金匮之盟，为何赵普不在宋太宗即位时就指出来？这难道不是他借机在新皇帝面前邀宠、东山再起的最好时机吗？

种种可疑之处，不必再一一指出。赵普此时抛出金匮誓书，无非是要取悦于宋太宗，以固恩宠。但无论如何，金匮誓书一出，确实有力地证实了宋太宗即位的合法性。宋太宗大为心悦，心中自然将赵普当作可以信赖之人，因而询问赵普关于传位赵廷美一事。赵普深知宋太宗心意，便说："自古帝王传位乃是父传子，当年太祖已误，陛下今日还要再错吗？"这句话其实有更深的潜台词：当时宋太祖传位给宋太宗已经是错误，宋太宗怎么能再犯同样的错误。由此也进一步证明当年赵普确实是极力反对宋太祖传位于弟的。不过，赵普的话却坚定了宋太宗传子的信心。之后，赵普重新任宰相，在宋太宗传位的过程中扮演了极其重要的角色。

赵普得势后，最着急对付的不是宋太宗的心头之患赵廷美，而是宿敌卢多逊，而最简单易行的办法就是将卢多逊牵扯进赵廷美的罪案。卢多逊自己也知道赵普势必要找自己报仇，倘若能辞去相位，自行引退，或许还可以避免这场斗争。但卢多逊贪恋权势，不甘心就此放手。一场大风波就不可避免了。

赵廷美被赶出京师任西京留守后不到半个月，赵普便上告说赵廷美与卢多逊暗中交往。即使是交往，又有什么不正常？赵廷美当时是开封尹，卢多逊是宰相，之间互有来往根本不足为奇。但赵普却借题发挥，说卢多逊盼宋太宗早日晏驾，就好尽力侍奉赵廷美，赵廷美表示满意，还送卢多逊弓箭等物。这种明眼人一看就不可信的话，宋太宗却如获至宝，立即将卢多逊逮捕下狱，严加审讯。狱中黑暗，卢多逊知道"好汉不吃眼前亏"，便全部招认。之后，卢多逊被剥夺官爵，连同家属流配崖州，其同党不少被处死。赵廷美则被软禁在私第，其儿女不再称皇子皇女。

赵普在卢多逊与秦王赵廷美交结一案中一箭双雕，既打击了宿敌卢多逊，又因拉赵廷美下马讨好了宋太宗。尽管赵廷美已经如此下场，但他的悲惨命运还没到头。赵普认为处分赵廷美太轻，担心他死灰复燃，于是唆使开封知府李符上书，说赵廷美不思改过，反而心怀不满，要求将其迁徙到边远郡县。于是，赵廷美被降为涪陵县公，安置到房州。宋太宗还不放心，命阎彦进为房州知州，严密监视赵廷美的一举一动。之后，赵普害怕开封知府李符泄密，以李符用刑不当为名，将其流放春州。一年后，李符便不明不白地死去。

赵廷美被迁到房州，地处偏僻，连行动都失去了自由。他气愤难平，两年后便死在房州，年仅三十八岁。史称宋太宗贬黜赵廷美之事为"涪陵之祸"。

更令人寒心的是，赵廷美死后，宋太宗公开宣称赵廷美是乳母陈国夫人耿氏的儿子，并非杜太后亲生，如此，赵廷美及其后代就被彻底地排除在皇位继承系统之外。当时，很少有人相信这种说法，只是杜太后早已去世，宋太宗是兄弟中仅存的一人，又是至高无上的皇帝，他的话无人能够反驳。

至此，所有挡住宋太宗传子的绊脚石都已经被搬掉。再来回顾一下，自从赵光义继帝位后，先是宋太祖赵匡胤的长子赵德昭被迫自杀；次子德芳又无故而死；而宋太祖皇后宋氏死后，宋太宗坚持不肯按皇后礼仪下葬；之后便是赵廷美被迫害致死。如此种种，反倒加深了宋太宗于烛光斧影中戕兄夺位的嫌疑。就连最正统的《太宗本纪》也不得不说："若夫太祖之崩不逾年而改元，涪陵县公（赵廷美）之贬死，武功王（赵德昭）之自杀，宋后之不成丧，则后世不能无议焉。"

《太宗本纪》中提到的四点，再加上德芳年纪轻轻莫名而死，这五点始终是宋太宗得位不正的有力佐证。

再继续谈赵普的话题。赵普被重新起用，不过是宋太宗为了对付赵廷美的需要，这项任务一旦完成，宋太宗立即重新恢复了对赵普的猜忌。君臣二人的关系始终若即若离，之间隔了一道无形的高墙。

终于有一天，宋太宗对群臣说："赵普是开国元勋，而且是我的布衣之交。现在他精力衰迈，不宜再烦劳公务。我打算挑个好地方，让他安度晚年。"赵普知道后，不禁十分伤感地说："我这番作为，竟是为他人忙活了。"于是主动上书请求辞职。宋太宗顺水推舟，罢其宰相之位，出任为武胜军节度使。赵普离开京师前，宋太宗亲自为赵普饯行，以此来感激赵普一手操持的"金匮之盟"和针对赵廷美的"涪陵之祸"。

之后，赵普在外过了几年，一心想回到京师，他通过走宋太宗次子赵元僖（原名赵元佑）的门路，终于如愿以偿。刚好此时宋太宗要任命吕蒙正为相，因吕蒙正资历尚浅，便重新起用名望更大的老臣赵普为相，虚领首相。这是赵普第三次为相，此时的赵普，已经是六十多岁的老人了，他依旧热爱权力，积极帮助宋太宗次子赵元僖打击宋太宗长子赵元佐的势力。然而不久后，当宋太宗认为已经不再需要表面文章时，赵普又再次被罢相。从此，他再也没有回到他所热爱而向往的权力中枢。淳化三年（992 年），赵普病死，时年七十一岁。

宋太宗得知赵普病逝后，"凄怆之怀，不能自已"。这应该并非做作，而是皇帝真实的感情流露，不过并非完全是为了赵普，更多的应该是旧识皆逝的伤感，身为皇帝，也一样无法抗拒生老病死，终有一天，他还会与赵普在黄泉相会。为此，宋太宗停止上朝五天，追封赵普为真定王。

关于赵普，最后还要多提一句。据说赵普的死是因为赵廷美向他索命。宋人笔记中记载，赵普死前，曾请道士帮他设坛醮，显然有祈祷超度之意。这或许是捕风捉影，但却有一件事实相当能说明问题：赵普死后，他的两个未嫁女赵志愿和赵志英上书宋太宗，请求出家为尼。宋太宗再三相劝，却不能挽回。二女是名门千金，又正当妙龄，如此作为，值得玩味。推断起来，最大的可能只能是赵志愿和赵志英二女也不耻于父亲赵普不择手段诬陷赵廷美的作为，出家为尼，大概是想能为父亲赎罪吧。之后，二女出资建造庵堂，奉佛终身。

5. 元佐发疯

继续谈宋太宗皇位继承的话题。宋太宗采取一系列手段，终于扫清了传位于子的种种障碍。然而，他传位的过程并非一帆风顺，而是一波三折，变故连连。

太平兴国八年（983 年），宋太宗将自己的儿子们由“德”字辈改为“元”字辈，名字也作了更改，如赵德崇改名为赵元佐，赵德明改名为赵元佑；而宋太祖的儿子和赵廷美的儿子仍旧为德字辈。这其中，自然有更深的意味。

宋太宗长子赵元佐（原名赵德崇）自幼聪明机警，长相酷似宋太宗，很得宋太宗和太宗皇后李氏的宠爱，被封为楚王。赵元佐有武艺、善骑射，曾经跟随宋太宗出征过北汉、幽蓟。宋太宗大肆迫害赵廷美时，赵元佐很是不满其父所为，出尽全力营救叔叔赵廷美，请免其罪，但未能成功。后来赵廷美忧悸成疾，死在了房州。赵元佐闻讯后大受刺激，竟然因此而悲愤成疾，狂病大发。手下人只要有一点小小的过失，他不由分说，操刀就砍，弄得楚王府人人惊惧。宋太宗对此十分心痛，派御医来给长子医治，还专门为赵元佐而大赦天下。

[宋太宗赵光义先后有三位皇后：尹氏、符氏和李氏。尹氏和符氏都

在宋太宗即位前病死，皇后的名号是后来追封的。发妻尹氏为滁州刺史尹廷勋之女，很年轻时便得病死去。据说赵光义当时心中难过，便外出打猎，结果偶遇当时还是后周国丈的符彦卿的第六女符氏。符氏正是豆蔻年华，姿容绝美，赵光义一见钟情，回去后托兄长赵匡胤（当时掌握后周兵权）出面，如愿以偿地娶到了符氏。符氏在入宋后病死，赵匡胤此时已经是君临天下的皇帝，又为赵光义聘淄州刺史李处耘次女李氏为妻。正准备迎亲时，宋太祖暴死，亲事只得延迟。宋太宗即位后，本来想立最喜爱的李妃（赵元佐和宋真宗生母）为皇后，但李妃却突然病死。太平兴国三年（978 年），宋太宗正式接李处耘次女李氏入宫，时年十九岁，最初封为贵妃，六年后被立为皇后。]

雍熙二年（985 年）重阳节，宋太宗召集几个儿子在皇宫园林中宴饮射猎，因担心赵元佐病未痊愈，就没有派人请他。散宴后，同父异母的陈王赵元佑去看望兄长赵元佐。赵元佐得知宫中举办了盛大的宴会，皇子都有份出席，唯独没有邀请他，很不高兴，说："你们侍奉圣上欢宴，只有我没参加，这是想抛弃我啊！"越想越生气，便开始猛劲喝酒。到了半夜，索性放火烧了自己的宫室。一时间，殿阁亭台，烟雾滚滚，火光冲天。

宋太宗得知后，猜想可能是赵元佐本人所为，便命人查问。赵元佐倒也敢做敢当，大大方方地一口承认。宋太宗顿时怒不可遏，欲断绝父子之情。众人营救不得，赵元佐因此被废为庶人，安置在均州。宰相宋琪率领群臣三次给宋太宗上书，请求把赵元佐留在京城。宋太宗终于还是难舍父子之情，答应了群臣的请求。这时赵元佐已经在去往均州的途中，走到黄山的时候被使者召回，之后住在南宫。但宋太宗对长子明显失望，父子关系从此趋于冷淡。

当时宋太宗认为赵元佐是患了癫狂病，请名医多方延治。其实，根据赵元佐的性格，他得癫狂病的可能性不大，应该是在故意装疯，以此来发泄对宋太宗的不满及表示对皇位的拒绝。一个性情中人，不幸生在帝王家，亲眼见到骨肉相残，却无力制止，除了装疯卖傻，还有什么法子！当然，赵元佐的目的确实也达到了，此后，他远离权力旋涡，过着避世般的生活。而且自此后，再也不见他癫狂的记载，更进一步说明他的“发狂”是故意而为之。不过，他毕竟是宋太宗长子，利益集团并没有放过他。后来宋真宗即位时，赵元佐还莫名其妙地被卷入一场政治风波。但正因为之前赵元佐对皇位和政治毫无兴趣，他反而未受牵连，得以善终，这是他不幸中之大幸。这一段的由来到后面再详细叙述。

而在这场赵元佐火烧宫室的风波中还有个关键人物，即陈王赵元佑。赵元佑为什么要在宴席结束后跑到楚王府中？他到底对兄长赵元佐说了些什么？尽管内容不得而知，但想来这谈话应该是直接刺激赵元佐放火的起因。而后来宋太宗不怀疑别人放火，转眼就怀疑到亲生儿子赵元佐身上，极有可能也是因为赵元佑旁敲侧击的提醒。

为什么要怀疑陈王赵元佑别有居心呢？因为之前赵元佐最有可能被立为太子，而赵元佐倒台后不久，赵元佑改名为赵元僖，并任开封尹兼侍中，成为了准皇储，立时风光无限。宋太宗还同时任命户部郎中张云华为开封府判官，殿中侍御史陈载为推官，并嘱咐二人说：“两位是朝中端士，特地让你们来好好辅佐我的儿子。”语气已经相当明显，赵元僖就是将来的皇帝。但反过来推论，倘若赵元佐不倒台，这皇位怎么能轮得到赵元僖呢？由此可见，赵元僖有要除掉赵元佐的强烈动机。

赵元僖本人颇有政治才干，他一得势，便着手拉拢朝中重臣。经过反复比较权衡，赵元僖相中了已经第二次被罢相的赵普。赵普此时已经替宋太宗铲除了赵廷美，再一次失势。为什么选中失势的赵普呢？最重要的原因就是天下人都知道，赵普是构陷赵廷美的元凶，也因而是赵元佐心中的死敌。于是，赵元僖极力游说宋太宗，刚好宋太宗要任吕蒙正为相，吕蒙正威望不足，需要有一位声名显赫的重臣来辅助。于是，宋太宗重新起用赵普为相，这是赵普第三次入相。赵普入相后，立即心领神会，协助赵元僖打击赵元佐的亲信旧党。如此看来，赵元佐的所谓癫狂根本就是假装，而赵元佐火烧宫室直接导致被废一事，显然也是赵元僖一手策划。

赵普不久后即被罢相，但赵元僖已经达到了自己的目的，兄长赵元佐的势力大受打击。此后，他又与当朝宰相吕蒙正关系极为密切，目的显然是司马昭之心。然而，终宋太宗一朝，似乎始终无法摆脱“斧声烛影”的恐怖阴影，赵元佐“发狂”后，不幸的命运再一次降临在赵元僖身上。淳化三年（992 年）十一月，赵元僖早朝完后回到府中，突然觉得身体不适，浑身无力，腹痛如绞，很快就撒手归西了。死时年仅二十七岁，死因极为蹊跷。

宋太宗白发人送黑发人，自然非常悲伤，因此而罢朝五日，赠赵元僖皇太子的身份，并写下《思亡子诗》。

关于赵元僖暴死之谜，朝野上下都议论纷纷。有一种传说，说是赵元僖暴死是因为侍妾张氏下毒所致。赵元僖不喜欢正妻李氏，宠爱侍妾张氏。张氏恃宠而骄，对奴婢稍不如意即予以重罚，甚至有棰死者，又逾越制度葬其父母。李夫人看不惯张氏的作为，常有呵斥。张氏因而怀恨在心，打算下毒毒杀李夫人，但却误打误撞地毒死了赵元僖。

宋太宗听说后勃然大怒，立即派人调查此事。张氏知道无法逃罪，自己上吊自杀，她为父母精心造的豪华坟墓也被宋太宗下令毁掉。宋太宗甚至恨上了死去的儿子赵元僖，赵元僖府中左右亲吏都被处罚，又下诏停止赵元僖的皇太子追赠仪式，降低其葬礼的规格。

赵元僖本来很得宋太宗喜爱，他本人也有雄心大志，与宰相交好，朝中不少大臣都建议立他为太子。本是春风得意之时，却莫名其妙地死于非命，而死后又被父亲宋太宗所厌恶，实在是可悲可叹。

赵元佐被废，赵元僖暴死，储位顿时空缺，大臣冯拯（太平兴国二年进士）等人上疏请早立皇太子。此时，宋太宗正为赵元佐和赵元僖的事情烦恼不已，冯拯等人触痛了他最心痛之处，立即大怒，将冯拯等人贬到岭南。自此以后，朝中再没有人敢议论继嗣问题。

不过，到了此时，立太子的问题已经是迫在眉睫，宋太宗的箭伤不时发作，十分痛苦，连他自己也知道大限将至。因为刚刚因立太子问题贬斥了冯拯等人，不便公开朝议，宋太宗就私下询问寇准的意见。寇准的妻子是宋太祖皇后宋氏的亲妹，也算得上皇亲国戚。寇准深知外臣不能干预内事的祖宗家法，不便直接回答，就说：“陛下为天下选择君主，不能与妇人、宦官和近臣去商量。只愿陛下选择能符合天下所仰望的人。”宋太宗犹豫了很久，提出立襄王赵元侃（赵元佐同母弟，母李妃）。寇准委婉地回答说：“知子莫如父。”意思是说，宋太宗最了解自己的儿子，选择一定不会有错。终于促使宋太宗下定了决心。于是襄王赵元侃被立为太子，改名赵恒，就是后来的宋真宗。

宋太宗册立太子后，大赦天下。京师百姓见到太子赵恒都欢呼道：“真是个少年天子。”宋太宗得知后却很不高兴，马上召寇准说：“四海之心一下子都归化了太子，那将我摆在什么地位呢！”他刚刚册立太子，太子便如此深得人心，即使有父子之情，也起了猜忌隔阂。幸得寇准说：“太子众望所归，是陛下的英明决策，是国家百姓的洪福。”宋太宗听后才消气，请寇准喝酒，大醉方罢。事见《宋史·卷二百八十一·寇准传》。

如果不是寇准应答巧妙，消除了宋太宗莫名其妙的猜忌，后果实在难以想象。这也从另外一方面间接证明宋太宗得位不正。与宋太宗情况比较类似的有后世的明成祖朱棣，明成祖对已经被立为太子的长子朱高炽也是一再防范，甚至到了神经质的地步。原因很简单，明成祖跟宋太宗一样，得位不正。他们都不希望看到后人仿效他们夺取权力的做法，即使是亲生儿子也不行。

据说宋太宗平生最常提起的历史人物是唐太宗。唐太宗诛杀兄弟夺得了皇位，宋太宗也是谋害了兄弟取得了江山，他们的行径有极其类似之处。这大概就是所谓的惺惺相惜吧。

至道三年（997 年）三月，宋太宗在壮志未酬的遗憾和许多不堪回首的回忆中驾崩。至此，与“金匮之盟”和“斧声烛影”有直接关系的人全部都离开了人世。

宋太宗之死却并没有使“斧声烛影”的风波平息，反而引来多方猜测。宋太祖在斧声烛影中暴死，五六年内两个儿子也不明不白地丧生，在天下激起了层层波浪。许许多多的有关宋太祖暴死的神秘故事也通过各种渠道广泛流传，但大多是对宋太宗不利，几乎都认为是宋太宗杀死兄长夺取了皇位，不但有下毒一说，还有宋太宗用斧子砍宋太祖一说。

到了北宋末年，半壁河山被金人所占，徽、钦二帝被俘虏，成为宋朝立国以来的奇耻大辱。而当时广为流传的说法是，宋太祖借了金太宗完颜晟（女真名吴乞买，完颜阿骨打之同母弟）之手，报了当日的刀斧之仇。由此可见，宋太宗得位不正的说法在当时是何等深入人心。

最令人惊讶的是，宋太宗的子孙们也似乎相信他们的老祖宗杀兄篡位的说法。南宋的第一个皇帝宋高宗赵构幼子早殇，之后一直无子，太子人选因而成为突出的问题。朝野上下都为此议论纷纷，一种强有力的意见是：宋太祖是宋朝的创造者，应该在他的后代中选择继承皇位。此时，到宋高宗赵构一代，血缘已经与宋太祖的子孙相当疏远。因此，对于这种立太祖子孙为太子的提法，宋高宗开始认为是异想天开，往往是严加贬责。但是，突然有一天，宋高宗改变了主意。据说这是因为他做了一个奇怪的梦，开国君主宋太祖赵匡胤带着他，逆转时光，回到当日的“万岁殿”，看到了当日“斧声烛影”的真实情景。宋太祖还严肃地对宋高宗说：“你只有把皇位传给我的子孙，大宋国势才可能有一线转机。”还有一种传闻是，曾经出使过金国的使臣回来后说：“金主（金太宗）长得酷似太祖，传说太祖要回来夺皇位。”于是宋高宗说：“太祖皇帝大公无私，有子却将皇位传给弟弟，其后人衰微，朕准备将皇位传给太祖的后人。”最后决定从宋太祖的后人中选拔皇位继承人。

梦境和传闻也许是假，但宋高宗传位给宋太祖的后代却是真真切切的事实。宋高宗赵构费尽心力，找来宋太祖的七世孙赵 （宋太祖幼子赵德芳的直系后人），收为养子，并在日后退位为太上皇，将皇位传给了赵 ，即为宋孝宗。这一事实恰恰说明了宋高宗承认了祖先的罪孽，也给了宋太祖赵匡胤之死一个基本的答案。这时候，距离“斧声烛影”的恐怖之夜，已经有一百八十七年。

附录一

五代年号表

后梁年号

年号	庙号	名字	即位时间	即位年龄	在位年数	死时年龄	世系	备注
开平、乾化	太祖	朱温	907 年	56	6	61	宋州砀山人，父朱诚，乡儒	黄巢起义军将领，882 年叛变投唐，赐名全忠。903 年封为梁王。次年，迁昭宗于洛阳，寻杀之，立其子李柷为帝（哀帝），907 年废哀帝自立，国号梁。
凤历	庶人	朱友珪	913 年		2		太祖第三子	乾化二年（912 年）六月，朱温拟立次子友文为太子，友珪即杀父自立，次年二月，为其弟朱友贞所杀。
乾化、贞明、龙德	末帝	朱友贞	913 年	26	11	36	太祖第四子	太祖时封均王，朱友珪杀父自立，友贞以讨逆之名杀兄自立，龙德三年（923 年），李存勖建唐，同年攻入开封，灭后梁，梁末帝命部将杀己。

后唐年号

年号	庙号	名字	即位时间	即位年龄	在位年数	死时年龄	世系	备注
同光	庄宗	李存勖	923 年	39	4	42	沙陀部人，先世姓朱邪，祖朱邪赤心，被唐帝赐姓李，父李克用，被唐昭宗封为晋王	908 年其父李克用死，李存勖继任河东节度使，袭封晋王，攻破幽州，尽并卢龙之地，连年攻粮，尽占河北之地，923 年称帝，同年十月攻占开封，灭后梁，定都洛阳，926 年被部下所杀。
天成、长兴	明宗	李嗣源	926 年	60	8	67	太祖李克用养子，父李霓	随李克用、李存勖父子征战，屡立战功，庄宗立，拜中书令，又拜太尉兼蕃汉内外马步军总管，926 年后唐魏州发生兵变，庄宗被乱兵所杀，嗣源遂入洛阳，称监国，寻称皇帝。
应顺	闵帝	李从厚	934 年	20	1	21	明宗第三子	即位前封宋王，明宗死，嗣位，后为李从珂部下所杀。
清泰	末帝	李从珂	934 年	50	3	52	镇州人，本姓李，明宗养子	即位前封潞王，兼侍中，愍帝被杀，乃即位，大将石敬瑭叛后唐，引契丹兵败唐军，攻洛阳，李从珂自焚身亡。

后晋年号

年号	庙号	名字	即位时间	即位年龄	在位年数	死时年龄	世系	备注
天福	高祖	石敬瑭	936年	45	7	51	沙陀部人，家太原，父臬捩鸡，李克用部将	仕后唐北京留守，后反唐，936年借契丹兵攻入洛阳，灭后唐称帝，国号晋，割燕云十六州与辽，对辽主自称子。
天福、开运	出帝	石重贵	942年	29	5	51	父石敬儒	天福六年（941年）封齐王，次年石敬瑭卒，其子幼冲，遂由齐王嗣位，946年，辽兵攻入汴，出帝被掳至辽建州，后晋亡。

后汉年号

年号	庙号	名字	即位时间	即位年龄	在位年数	死时年龄	世系	备注
天福、乾佑	高祖	刘知远	947 年	53	2	54	沙陀部人，世居太原，父刘碘	与石敬瑭俱事后唐，后合谋反唐，后唐灭亡后，事后晋，为河东节度使，北京留守，封北平王，947 年出帝被辽所掳，知远在太原称帝，国号汉，后定都于汴。
乾佑	隐帝	刘承佑	948 年	18	3	20	高祖第二子	乾佑元年（948 年）二月，封周王，同年嗣位，950 年，李守贞等藩镇叛乱，帝命郭威平之，帝忌郭威，欲杀之，郭威反，兵临汴城，帝为溃军所杀，后汉亡。

后周年号

年号	庙号	名字	即位时间	即位年龄	在位年数	死时年龄	世系	备注
广顺、显德	太祖	郭威	951年	48	4	51	邢州尧山人，本姓常，因父死，母适郭氏，乃随姓郭	后汉重臣，950年以邺都留守起兵入汴，次年，灭后汉，即帝位，建后周。
显德	世宗	柴荣	954年	34	6	39	荆州龙冈人，父柴守礼，郭威收以养子	太祖卒，柴荣以太祖养子嗣位。
显德	恭帝	柴宗训	959年	7	2	21	世宗子	显德六年（959年）封梁王，同年世宗病死，嗣位，960年正月，辽兵南侵，殿前都点检赵匡胤率军出御，在陈桥策动兵变，建宋代周，恭帝在位实六个月。

附录二

宋辽年号表

北宋年号表

年号	庙号	名字	即位时间	即位年龄	在位年数	死时年龄	世系	备注
建隆、乾德、开宝	太祖	赵匡胤	960 年	34	17	50	父是赵弘殷	仕后周，以军功累至殿前都点检，掌禁军。恭帝显德七年（960 年 ）一月，领兵到陈桥驿，与部将策动兵变，被拥立为皇帝，国号宋。
太平兴国、雍熙、端拱、淳化、至道	太宗	赵光义	976 年	38	22	59	太祖弟	即位前任开封府尹、中书令，加封晋王，位在宰相之上。太祖卒，嗣位。
咸平、景德、大中祥符、天禧、乾兴	真宗	赵恒	998 年	30	26	55	太宗第三子	以皇太子嗣位。
天圣、明道、景祐、宝元、康定、庆历、皇祐、至和、嘉祐	仁宗	赵祯	1023 年	13	42	54	真宗第六子	以皇太子嗣位。

续表

年号	庙号	名字	即位时间	即位年龄	在位年数	死时年龄	世系	备注
治平	英宗	赵曙	1064 年	32	5	36	赵允让第十三子	年四岁，由仁宗养于宫中，后立为皇太子，以皇太子嗣位。
熙宁、元丰	神宗	赵顼	1068 年	20	19	38	英宗长子	以皇太子嗣位。
元祐、绍圣、元符	哲宗	赵煦	1086 年	9	16	24	神宗第六子	以皇太子嗣位。
建中靖国、崇宁、大观、政和、重和、宣和	徽宗	赵佶	1101 年	19	26	54	神宗第十一子	即位前封端王。哲宗死，嗣位。靖康二年（1127 年）被金兵虏归，后死于五国城。
靖康	钦宗	赵桓	1126 年	27	2	62	徽宗长子	政和五年（1115 年），立为皇太子。宣和七年（1125 年）12 月，受父禅即帝位。靖康元年（1126 年）11 月，金兵攻破汴京。明年二月，金废钦宗及太上皇徽宗为庶人，虏诣金国，北宋亡。钦宗在位一年又四个月。

南宋年号表

年号	庙号	名字	即位时间	即位年龄	在位年数	死时年龄	世系	备注
建炎、绍兴	高宗	赵构	1127 年	21	36	81	徽宗第九子	即位前称康王。靖康二年（1127 年）四月，金兵虏徽、钦二宗。五月，康王在南京（河南商丘）即帝位。
隆兴、乾道、淳熙	孝宗	赵昚	1163 年	36	28	68	太祖赵匡胤七世孙，太祖少子秦王德芳之后。父季王赵子偁	高宗无子，纳赵昚于宫中以为嗣子，后立为皇太子。高宗死，遂即位。
绍熙	光宗	赵惇	1190 年	43	6	54	孝宗第三子	以皇太子嗣位
庆元、嘉泰、开禧、嘉定	宁宗	赵扩	1195 年	27	31	57	光宗第二子	以皇太子嗣位
宝庆、绍定、端平、嘉熙、淳祐、宝祐、开庆、景定	理宗	赵昀	1225 年	20	41	60	父赵希瓐	嘉定十七年（1224 年）宁宗病危，权相史弥远称诏，另立宗室子贵诚为皇子，改名昀。同年八月宁宗死，史弥远拥立赵昀嗣位，原皇子赵竑被废。
咸淳	度宗	赵禥	1265 年	25	11	35	理宗侄，父荣王与芮	理宗无子，立禥为皇太子，理宗死，禥为太子嗣位。

续表

德祐	恭帝	赵㬎	1275年	4	3		度宗幼子	度宗死，权相贾似道拥立赵㬎为帝，㬎兄赵昰遂不得立。德祐二年（1276年），蒙古军陷临安，赵㬎被俘北去。
祥兴	帝昺	赵昺	1278年	8	2	9	度宗子	端宗病死，陆秀夫、张世杰拥立卫王赵昺为宋主，移驻崖山。1279年正月，元军攻崖山，二月陆秀夫负帝赵昺跳海死，南宋亡。

辽年号表

年号	庙号	名字	即位时间	即位年龄	在位年数	死时年龄	世系	备注
神册、天赞、天显	太祖	耶律阿保机	916年	45	11	55	德祖皇帝撒剌之子	其先世累代为契丹迭剌部酋长和部落联盟军事统帅。唐天复元年（901年），阿保机立为本部夷立堇，专征讨。903年，继任于越总知军国事。907年被选为契丹八部首领，连任九年，伏杀七部首领，统一契丹诸部。后梁贞明二年（916年）称帝，国号契丹（947年改称辽）。
天显、会同、大同	太宗	耶律德光	927年	26	21	46	太祖第二子	太祖死，由皇后（述律后）摄军国大事。一年后，德光在述律后支持下夺取其兄耶律信之皇位继承权即位中以为嗣子，后立为皇太子。高宗死，遂即位。

续表

年号	庙号	名字	即位时间	即位年龄	在位年数	死时年龄	世系	备注
天禄	世宗	耶律阮	947年	30	5	34	太宗德光之侄，东丹王耶律信长子	即位前随太宗南入大梁，封永康王。大同元年（947年）四月，太宗卒于栾城，耶律阮于回军途中受从征诸将拥戴为帝嗣位。951年，帝率军攻后周救北汉，从征将领察割等发动兵变，帝被杀。
应历	穆宗	耶律璟	951年	21	19	39	光宗第二子	即位前封寿安王。天禄五年（951年）世宗被察割等人所杀，时璟随征在军中，诛察割，即帝位。应历十九年（969年）二月，为近侍小哥等人所杀，附葬怀陵。
保宁、乾亨	景宗	耶律贤	969年	22	14	35	太宗长子	四岁时，被穆宗收养于宫中，穆宗被害，耶律贤与大臣萧思温、女里、高勋等领兵即位于穆宗柩前。

续表

年号	庙号	名字	即位时间	即位年龄	在位年数	死时年龄	世系	备注
乾亨、统和、开泰、太平	圣宗	耶律隆绪	982年	12	50	61	景宗长子	即位前封梁王。景宗卒，嗣位。因年幼，由萧太后（名绰，小字燕燕）摄政。太后临朝二十七年。
景福、重熙	兴宗	耶律宗真	1031年	16	25	40	圣宗长子	以皇太子嗣位。
清宁、咸雍、大康、大安、寿昌	道宗	耶律洪基	1055年	24	47	70	兴宗长子	六岁封梁王，后进封燕国王、燕赵国王。兴宗卒，嗣位。
乾统、天庆、保大	天祚帝	耶律延禧	1101年	27	25	54	道宗长孙，父耶律濬	六岁封梁王，后近封燕国王。道宗卒，嗣位。在位期间，女真族渐盛，辽上京、中京、西京皆被女真（金）所陷，保大五年（1125年）二月，帝为金兵所俘，辽亡。

附录三

十国年号表

吴年号

年号	庙号	名字	即位时间	即位年龄	在位年数	死时年龄	世系	备注
天复	太祖	杨行密	902 年	51	4	54	庐州合肥人	初应募为州长，迁队长，唐禧宗时，逐庐州刺史，后攻取扬州，唐又诏拜为淮南节度使，占有淮南江东之地，天复二年（902 年）受唐王封为吴王，都扬州，使用唐昭宗年号。
天祐	烈祖	杨渥	905 年	20	4	23	太祖长子	太祖死，以世子即位，使用唐昭宗年号，908 年，被太祖旧臣徐温、张颢之牙兵杀。
天祐、武义	高祖	杨隆演	908 年	12	13	24	太祖次子	烈祖死，嗣位，使用唐昭宗天祐年号，天祐十六年（919 年）四月，称吴国王，建元武义，以示不复为唐朝之藩镇。
武义、顺义、乾贞、大和、天祚	睿帝	杨溥	920 年	21	18	38	太祖第四子	继隆演而立，927 年称帝，国号吴，由徐温养子徐知诰秉政，937 年禅位于徐知诰，吴亡。

南唐年号

年号	庙号	名字	即位时间	即位年龄	在位年数	死时年龄	世系	备注
升元	烈祖	李昪	937年	50	7	56	徐州人，父李荣，吴国重臣徐温收以为养子，故改名徐知诰	吴国大丞相徐温死，其养子徐知诰执掌吴政，受封为齐王，吴天祚三年（937年），废吴帝自立，改元升元，国号大齐，升元三年复姓李，改名昪，改国号为唐，史称南唐，都金陵，升元七年因服丹药，中毒而死。
保大、中兴、交泰、显德	元宗	李璟	943年	28	19	46	烈祖长子	以皇太子即位。
乾德、开宝	后主	李煜	961年	25	15	42	李璟第六子	因自太子以上李璟五子皆早死，故煜得立为太子，中主李璟死，煜以皇太子嗣位，975年，宋将曹彬攻破金陵，煜投降，迁至汴京，宋太祖封以为违命侯，后为宋太祖毒死。

吴越年号

年号	庙号	名字	即位时间	即位年龄	在位年数	死时年龄	世系	备注
天祐、天宝、凤历、乾化、贞明、龙德、宝大、宝正	武肃王	钱镠	907年	46	26	81	杭州临安人，出身寒门	始为地方武装董昌部下偏将，击黄巢有功升都将，在唐末年军阀混战中实力渐强，光启三年(887)，唐禧宗命以为杭州刺史，寻升镇海节度使，昭宗乾宁二年（895年）董昌据越州称大越罗平国王，钱镠讨平之，尽有两浙及苏南十三州之地，后梁太祖即位，于开平元年(907年）封以为吴越王。
长兴、应顺、清泰、天福	文穆王	钱元瓘	932年	46	10	55	钱镠第五子	宝正元年(926年)，钱镠以老病命元瓘监国，镠死，瓘即位，袭封吴越王。
天福、开运	忠献王	钱弘佐	941年	14	7	20	钱元瓘第六子	
天福	忠逊王	钱弘倧	947年	19	1	45	钱元瓘第七子	947年六月即位，十二月，为胡进思等所废，在位实际才半年。

续表

乾佑、广顺、显德、建隆、乾德、开宝	忠懿王	钱弘俶	948 年	20	31	60	钱元瓘第九子	胡进思废弘倧，于乾佑元年（948年）正月迎弘俶嗣位，袭封吴越王，嗣位后，先后接受后汉、后周、北宋封号，使用三朝年号，太平兴国三年（978 年）献其地十三州与宋，举家迁汴京，吴越亡。

楚年号

年号	庙号	名字	即位时间	即位年龄	在位年数	死时年龄	世系	备注
天成（用后唐昭宗年号）	武穆王	马殷	907年	56	24	79	许州鄢陵人	在唐末军阀混战中，初为孙儒裨将，孙儒败死，与马殷等推刘建峰为主，唐昭宗乾宁三年（896年），建峰被部下所杀，马殷被推为主，遂占有潭、衡等七州之地，被昭宗任为潭州刺史，后升武安节度使，后梁开平元年（907年），朱温封殷为楚王。
长兴	衡阳王	马希声	930年	33	3	35	马殷次子	马殷死，嗣位，使用后唐明宗年号。
长兴、应顺、清泰、天福、开运	文昭王	马希范	932年	35	15	50	马殷子	希声死，嗣位，使用后唐、后晋年号。
天福、乾佑	废王	马希广	947年		4		希范同母弟	希范死，嗣位，为其兄希萼所攻，兵败，缢死。
保大		马希萼	950年		2		希广之兄	950年十二月，希萼争位攻长沙，杀希广，自立为楚王，951年十一月，为南唐所灭，楚亡。

北汉年号

年号	庙号	名字	即位时间	即位年龄	在位年数	死时年龄	世系	备注
乾佑	世祖	刘旻	951年	57	4	60	沙陀人，后汉高祖刘知远同母弟	刘知远建后汉，以刘崇为太原尹，北京留守，951年，郭威灭汉建周，刘崇占据河东十余州在太原称帝，国号汉，史称北汉。
乾佑、天会	睿宗	刘钧	954年	29	15	43	刘崇次子	刘崇卒，嗣立，称辽主为父皇帝，辽主则称之为二皇帝。
天会	少主	刘继恩	968年	1	2		刘钧养子	刘钧卒，无子故养子嗣位，居位六十余日，为供奉官侯霸荣所杀。
天会、广运	英武帝	刘继元	968年		11		刘钧养子，刘继恩同母异父弟	继恩被害，宰相郭无为拥继元为帝，宋太平兴国四年（979年），宋太宗亲征北汉，攻太原，刘继元降，北汉亡，宋封继元为彭城公。

南汉年号

年号	庙号	名字	即位时间	即位年龄	在位年数	死时年龄	世系	备注
乾亨、白龙、大有	高祖	刘龑	911年	23	32	54	祖籍上蔡，迁居泉州，父刘谦，广州牙将，兄刘隐，唐末青海军节度使	唐天祐元年（904年）其兄刘隐任唐青海军节度使，据今广东、广西之地，911年，刘隐死，刘岩继位，于后梁贞明三年（917年）称帝，国号越，次年改为汉，都广州。
天光	殇帝	刘玢	942年	23	2	24	刘岩第三子	父死嗣位，后为其弟晋王刘晟所杀。
应乾、乾和	中宗	刘晟	943年	24	16	39	刘岩子，刘玢弟	杀其兄而自立。
太宝	后主	刘继兴	958年	16	14	38	刘晟长子	刘晟卒，以长子即位，北宋开宝四年（971年）降于宋军，南汉亡。

前蜀年号

年号	庙号	名字	即位时间	即位年龄	在位年数	死时年龄	世系	备注
天复、武成、永平、通正、天汉、光天	高祖	王建	903 年	57	16	72	许州舞阳人，出身寒门，后被宦官田令孜收养	幼以宰牛，贩盐为业，后投军，黄巢陷长安，唐禧宗幸蜀，建随驾扈从，被宦官田令孜收养，授刺史，891 年占四川，903 年受唐封为蜀主，907 年称帝，国号蜀。
光天、乾德、咸康	后主	王衍	918 年	30	8	38	王建第十一子	以皇太子即位，925 年降于后唐，次年被杀，前蜀亡。

后蜀年号

年号	庙号	名字	即位时间	即位年龄	在位年数	死时年龄	世系	备注
明德	高祖	孟知祥	934 年	61	1	61	邢州龙岗人	934 年，即位。
明德、广政	后主	孟昶	934 年	16	32	47	高祖第三人	以皇太子嗣位，北宋乾德三年，宋兵攻入成都，孟昶降，徙开封，封秦国公，七日死，追赠楚王。

南平（荆南）年号

年号	庙号	名字	即位时间	即位年龄	在位年数	死时年龄	世系	备注
顺义、天成、乾贞	武信王	高季兴	924年		5	71	陕州陕石人，本名季昌	梁太祖开平元年（907年）任季兴为荆南节度使，梁末帝封以为渤海郡王，梁亡臣于后唐，924年受封为南平王，后因与后唐争夺四川等州失败，转臣于吴，受封为秦王，先后使用后唐和吴年号。
乾贞、大和、天成、长兴、应顺、清泰、天福、开运、天福、乾佑	文献王	高从海	928年	38	21	58	高季兴长子	以皇太子嗣位，复臣于后唐，封南平王，从海还向中原王朝和吴等国称臣，以博取岁赐，被诸国称为“高赖子”。
乾佑、广顺、显德	贞懿王	高保融	948年	29	13	41	高从海第三子	后周时，封以为南平王。
建隆	赠侍中	高保勖	960年	37	3	39	高从海第十子	保融卒，宋太祖封以为节度使，死后，宋赠官侍中。
建隆	赠侍中	高继冲	962年	20	2	31	高保融长子	

闽年号

年号	庙号	名字	即位时间	即位年龄	在位年数	死时年龄	世系	备注
开平、乾化、凤历、乾化、贞明、龙德、同光	太祖	王审知	909 年	48	17	64	光州固始人，父王凭	
天成	嗣王	王延翰	925 年		2		太祖王审知长子	926 年，被后唐拜为威武大将军节度使，同年十月，自称大闽国王，十二月，为其弟王延钧攻杀。
天成、长兴、龙启、永和	太宗	王延钧	926 年		10		王审知次子	后唐明宗长兴四年正月称帝，改元龙启，国号闽，935 年被其长子王继鹏所杀。
永和、通文	康宗	王继鹏	935 年		5		王延均长子	杀父自立，939 年七月为闽人所杀。
永隆	景宗	王曦	939 年		6		王审知少子	永隆六年为其部将朱文进所杀。
天德	福王	王延政	943 年		3		王审知子，王曦弟	943 年延政在建州称帝。

附录四

北宋开封地图

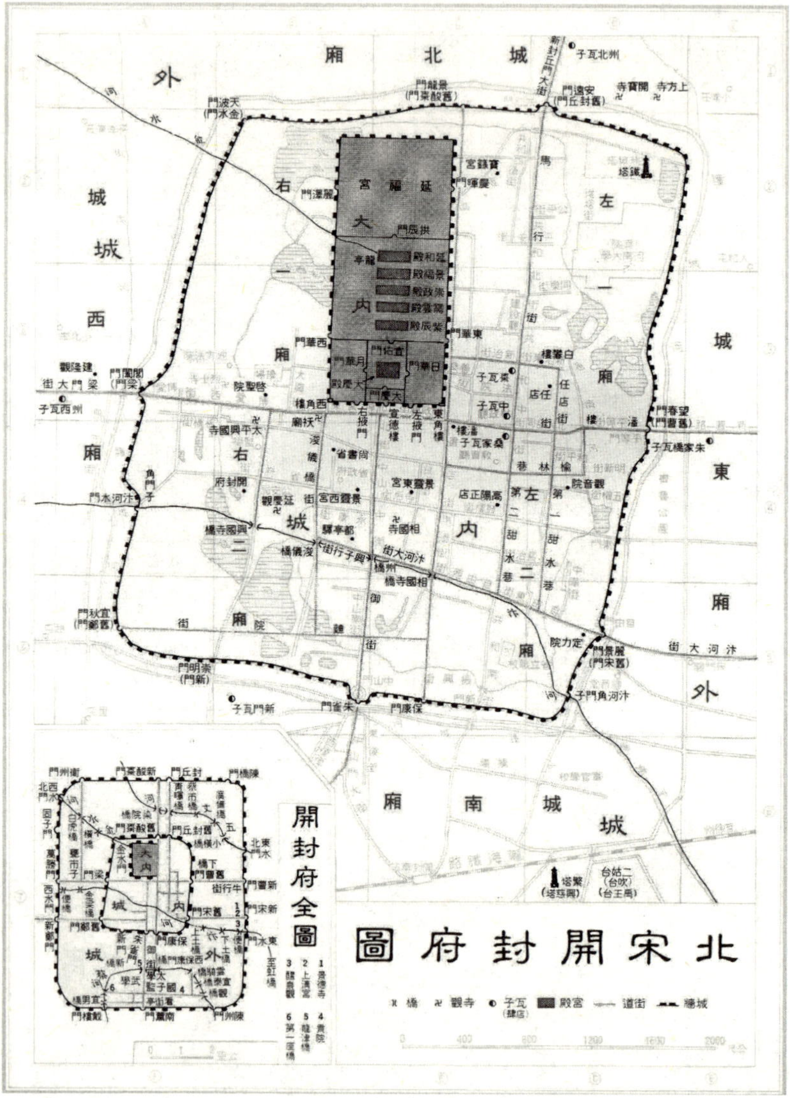

北宋開封府圖
開封府全圖
外城北廂
外城西廂
外城東廂
外城南廂
右一廂
左一廂
右二廂
左二廂
大內
內城
延福宮
拱辰門
紫宸殿
東華門
西華門
宣德樓
州橋
相國寺橋
汴河大街
興國寺橋
相國寺
大相國寺
開封府
景靈東宮
景靈西宮
太平興國寺
梁門
閶闔門
梁門大街
西州瓦子
新封丘門
封丘門大街
北州瓦子
馬行街
鐵塔
繁塔
白礬樓
任店
潘樓
桑家瓦子
中瓦子
朱家橋瓦子
望春門
舊曹門
汴河大街
觀音院
新門瓦子
朱雀門
保康門
麗景門
舊宋門
汴河角門子
宜秋門
舊鄭門
順天門
新鄭門
南薰門
戴樓門
陳州門
橋
寺觀
瓦子
殿宮
街道
城牆

附录五

北宋疆域图

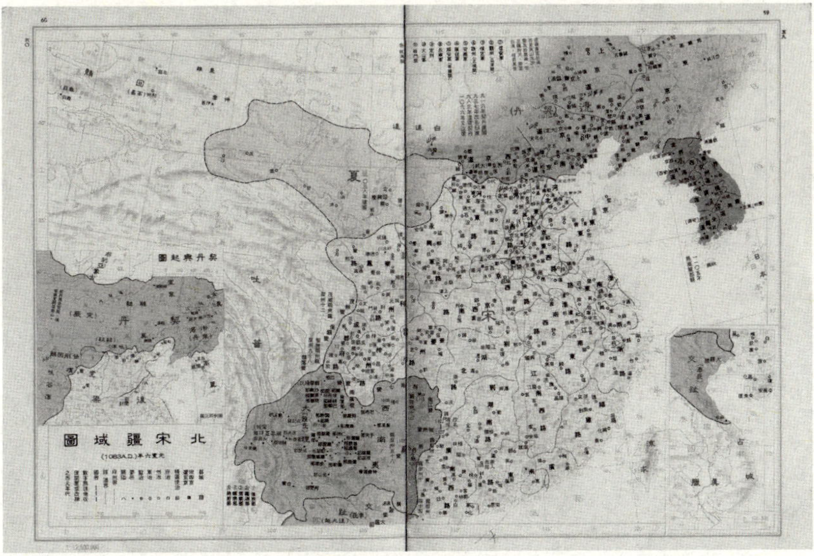

附录六

宋皇帝押字

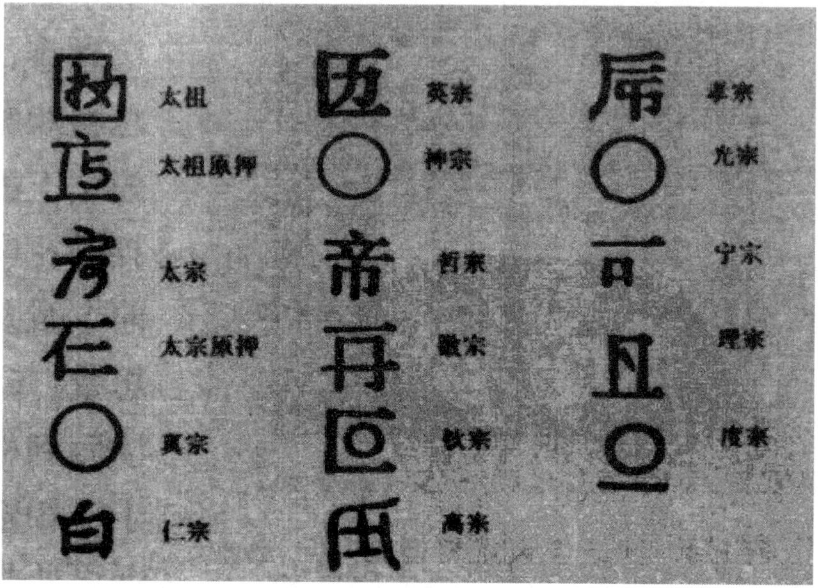

两宋十五朝御押摹本

原后记

——关于《斧声烛影》小说

宋太宗赵光义夺位不正已经是史学界公认的事实，之所以成为千古之谜，只因他下手杀害兄长宋太祖赵匡胤的起因和过程已完全被湮没，《斧声烛影》小说旨在完整还原这一千古之谜的前因后果及真相。

赵匡胤对兄弟手足友爱，他在世时亲生二子赵德昭、赵德芳及三弟赵廷美均未封王，仅封二弟赵光义为晋王，且执掌京畿要害开封府十余年，可见他确有将皇位传给赵光义的意愿。然赵光义不顾人伦，残害兄长夺位，必定有突如其来的因素促使他痛下毒手，正如明人程敏政所言："凡古之篡弑者，多出深雠急变大不得已之谋，又必假手他人然后如志，未有亲自操刃为万一侥幸之图于大内者。"

小说中的危机，如朝臣各结党派、民间盗贼横行等，不仅是宋太祖本人的危机，也是大宋王朝的危机。小说选取的是第三者的角度，以全面展现宋初扑朔迷离的时局。

作者写作本书，不单是想解开“斧声烛影”的历史谜案，且有意重现北宋京师开封的风情——小说中大多数人物为真实历史人物，大多数细节都取自相关史籍，重点参考了《东京梦华录》和《清明上河图》。但要特别说明的是，《东京梦华录》书和《清明上河图》画所描绘的世界是北宋末年的情况，并非宋初的情形。作者依旧毫不迟疑地用在了本小说中，这样做的目的，无非是为了更完整地体现宋人风貌，让历史故事更加鲜活。

《斧声烛影》与之前出版的《鱼玄机》《韩熙载夜宴》《孔雀胆》《大唐游侠》《璇玑图》以及即将出版的《大汉公主》《明宫奇案》等书共同组成了作者正在构思创作的“中国古代大案探奇录系列丛书”。这里，要特别感谢刘文武先生给予了创作灵感与启发，感谢杨瑞雪女士、肖启明先生对我的巨大鼓励，感谢刘海涛、逯卫光二位先生专业而细致的工作，感谢本书的设计师孟纪原先生，正是他们的热心帮助和不懈努力，才使得本书得以顺利付梓。

有读者指出这一系列小说过于注重历史细节，有将小说变成历史论文的嫌疑。实际上，这可以说是吴蔚小说的特色之一。如果将已经出版的六本小说摆在一起，就会发现六本书非但故事、人物不同，且各自有着鲜明的时代特色——南唐的萎靡、大理的奇特、初唐的雄劲、晚唐的苍凉、宋代的诡异等，这些正是历史原貌的体现。要再现出这种时代风貌，只能是靠细节。

作者在动笔写作每一本小说前，都会花大量时间阅读相关典籍资料，为的就是能将各种细微的历史细节如实地展现在读者面前。举例如《大唐游侠》中的朗官清酒、浪剑、吉莫靴、被当作捣衣石的大玉石、苍玉（清代时尚且存世）、玉龙子、裴度的鱼儿酒等均是取自唐代典籍，曾经在历史上真实地存在过。之所以在小说中大量采用小字注释的方式，也是怕干扰了只对故事感兴趣的读者。

无论如何，非常感谢读者长久以来的支持，你们是作者努力前行的最大动力。

吴　蔚

2011年1月30日于北京